Halim DEMİRCİ

Göçmen Kızı Türkân

CEREN
YAYINCILIK
2020

Halim DEMİRCİ
Göçmen Kızı Türkân
T.C Kültür Bakanlığı Sertifika No: **16420**
Editör: **Şeref KURTİŞ**
Genel Koordinatör: **Serhat KURTİŞ**
Kapak Tasarım: **Mahmut Can PAPİROĞLU**
İç Tasarım:**Günhan TUNCEL**
Hukuk Danışmanı:**Av İsmail KIRAY**
Grafik Tasarım:**Serkan ÖZENCAN**
Edirne: Ceren Yayıncılık
Birinci Basım
Ağustos© 2020
Baskı ve Cilt

Egem Basım Yayın Tic Ltd Şti

MALTEPEMAH:GÜMÜŞSUYU CD: ODİN İŞ MRKZ ZEMİN KAT: NO:28/201 TOPKAPI/İSTANBUL

ISBN- 978-605-9490-74-0

CEREN YAYINCILIK & KİTABEVİ
Sabuni Mah Oral İş Merkezi No : 3 EDİRNE
Telefon-0284 225 63 65 Belgegeçer: 0284 214 82 82
e-posta: info@cerenkitabevi.com

1944 yılında Hatay'ın Eğribucak köyünde dünyaya geldi. İlköğrenimini köyünde, ortaokulu Hassa'da liseyi Antakya'da okudu. İstanbul Üniversitesi Edebiyat Fakültesi Psikoloji Bölümünü bitirdi.

1967 yılında Mersin İlköğretmen Okulu'nda öğretmenliğe başladı. İki yıllık askerlik görevinden sonra, üç yıl Edirne Kız ilköğretmen Okulu'nda, yedi yıl Edirne Eğitim Enstitüsü'nde öğretmen ve yönetici olarak çalıştı.

1980 yılında Berlin'e giden Halim Demirci bu tarihten 2008 yılına kadar Berlin'de öğretmenlik mesleğinin yanı sıra yazarlık ve eğitimbilimleriyle ilgili araştırmalar yaptı. Yazarlığa ve bilimsel çalışmalarına emekli olduktan sonra daha fazla vakit ayırma fırsatı bulan Halim Demirci 1971 yılında Saadet Hanım'la evlendi. M. M.Sinan ve F. Canan isimli çocukları var. Nurgül gelinleri, Umut Kerem, Miray Zeynep torunları ile aileleri genişledi.

Yayınlanmış Kitapları:

Anneler Günü, Edirne 1973 (Tükendi)
Almancıların Çocukları, Berlin 1997
Nasreddin Hoca Almanya'da, Berlin 1999
Kimlik Arayışı ve Kesin Dönüş, Berlin 2001
Depresif Ayten 2010
Saadetli Yıllar 2012
Saadetsiz Geçen Bir Yıl 2019

Yayına Hazırlanan Kitapları:

Sorumlu Ailelerin Sorunsuz Çocukları
Kelaynak Hamdi
Hello Amca
Dul Kadınlar Dünyası
Dolunayda Düş Yorgunu
Biz Küçükler Siz Büyükler

Torunlarımız :
Miray Zeynep ve Umut Kerem'e

Önsöz Yerine:

Toplumda insan tipleri vardır. Bazı insanlar kendi yapma güçlerinin, yeteneklerinin bilincinde değillerdir. Nerede durduklarını, nereye gideceklerini, ne zaman ne iş yapacaklarını bilemezler. Bu bilgisizlikten ötürü kararsızlığın handikapına kapılır, elle tutulur, gözle görülür yararlı bir eylemde bulunamazlar. Araştırmaz, sorgulamazlar. Başkalarının onlar için düzenlediği yaşam bandında sürüklenirler.

Bu tip insanların yaşam kalitesi düşük olur. Hele bu tipler yaşamın gençlik yıllarındaysalar, aranan değil, itilen, dışlanan insanlardır. Çünkü pek işe yaramazlar.

Savaşlar hangi nedenle başlatılmış, nasıl ve ne kadar sürmüş ve sonunda ne gibi bir anlaşma ile sonlandırılmış olurlarsa olsunlar insanlık dışıdırlar.

Savaşların başlamasına neden olan çıkarcılar bu vahşi eylemlerinde en az zararla, çoğu zaman da kârlı çıkarlar. Zaten savaşı kendi çıkarları için başlatırlar. Zarar göreceklerini anlayınca da barış meleği kesilir, savaşı sonlandırırlar.

Bunlar: savaş araç ve gereçleri üreten bunların ticaretini yaparak para kazanan varsıllardır. Ülkeleri idare eden zayıf kişilikli sözüm ona devlet adamlarını da çıkarlarının maşası olarak kullanırlar.

Elden geldiğince savaşları kendi ülkelerinin, kendi topraklarının uzağında çıkarırlar ki kendileri doğrudan savaşın içinde olup zarar görmesinler.

Elbet tarih boyunca başka tür savaşlar da yürürlüğe konmuştur. Başka ülkelerin zenginliklerine sahip olmak, dinleri yaymak için çıkarılan savaşlar gibi...

Birinci Dünya Savaşı, Avrupa Devletleri'nin ve Amerika Birleşik Devletleri'nin Ortadoğu'yu bölüşüm savaşı olarak başlatılmış, ne denli istemeseler de kendi sınırlarına dayanmış bir savaştır. Bu savaşla ilgili tüm ayrıntılar tarihçilerce yazılmış, bu yazılanlar yanlı yansız kitaplıklara, arşivlere yerleştirilmiştir.

Okuyacağınız bu kitapta savaş sonunda yaşananlardan göç yoluyla oradan oraya savrulan ailelerin ve onların çocuklarının serüvenini bulacak, okuyacaksınız.

Her ne nedenle çıkmış olursa olsun, savaşlardan en büyük zararı sırasıyla analar, çocuklar, yaşlılar, hastalar ve sakatlar görürler. Hele analar, doyasıya sevemedikleri oğullarını ve kocalarını ölüm onların elinden alınca onlar iki kere ölürler. Onlar ki savaşın her türlüsüne en çok direnenlerdir.

Birinci dünya savaşı, yerle bir ettiği ülkeler, milyonlarca ölü, yaralı, sakat ve aç insan bıraktıktan sonra sözüm ona barış anlaşmaları ile bitirilmiştir. Barış yapılmış olsa da diğer savaşlarda olduğu gibi geride bir yığın sorun bırakmıştır.

Parçalanan topraklar, yıkık kentler, köyler... Yaralı ve aç insanlar... Dul ve çocuksuz analar... Bölünmüş aileler... Yavuklusunu yitirmiş sevgililer... İnsanları bu perişanlığa sürükleyen barış güvercinleri... Bunlar ki, kendilerinin olmayan ülkelerin sınırlarını yeniden belirlerken öldüremedikleri insanların nerede yaşayacaklarına da karar veriyorlardı.

Osmanlılar, güçlü oldukları zamanlarda Avrupa'ya yönelmiş Balkan ülkelerini egemenlikleri altına almışlardı. Bu topraklarda yüzlerce yıl kaldıktan sonra imparatorluk eski gücünü kaybetmeye başlamış, buraların yönetimini eski sahiplerine bırakmak zorunda kalmışlardı.

Birinci Dünya Savaşı'ndan sonra Balkan ülkelerinin sınırları yeniden düzenlenmiş, Bulgaristan, Yunanistan, Yugoslavya, Arnavutluk gibi devletler ortaya çıkmıştır.

Osmanlı'nın onların yönetiminden çekilmesi, yeni sınırların belirlenmesi, oralarda yaşayan Türklerin hepsinin birden orayı terk etmesini sağlayamamıştır.

Savaşlar sonucu belirlenen devlet sınırları, yeni yönetimler kendi sınırları içinde yaşayan halklara eşit davranamadıklarından azınlık durumuna düşen gruplar, kendilerine rahat edecekleri özellikle kendi soylarının çoğunlukta olduğu ülkelere göç etme zorunluluğunu duyarlar. İşte Balkan ülkelerinde yaşayan Türklerin çoğu iki dünya savaşı arasında kalan yıllarda Türkiye'ye göç etmeyi yeğlemişlerdir. Bu göçler İkinci Dünya Savaşı'ndan sonra da sürüp gitmiş. Yugoslavya, Arnavutluk, Yunanistan ve Bulgaristan'dan yüz binlerce soydaşımız gelip ülkenin farklı bölgelerine yerleşmişler.

Onların doğup büyüdükleri, ev ve mal mülk edindikleri topraklardan ayrılmaları sanıldığı kadar kolay olmamış, birçoğu oralardan ayrılmakta zorlanırken hala o topraklarda yaşayanların sayısı ise milyonlarla ifade edilmektedir.

Türkiye'ye gelenler soyadı alırken özellikle geldikleri yerleri çağrıştıran soyadlarını tercih etmişlerdir. Harmanlı, Hersekli, Priştina, Bosnalı gibi...

* * *

Halide Hanım ile Muharrem Bey onların yakın komşuları Hacer Hanım ve Hüsmen Ağa da Balkanlardan göç yolu ile gelerek Bursa'ya yerleştiler. Geldiklerinde birer çocukları vardı. İkinciyi ise Halide ile Hacer karınlarında getirdiler.

Halide-Muharrem çifti kayıtlara geçerken Hersek, Hacer-Hüsmen çifti ise birbirine karışmasın diye Hersekli soyadını almışlardı.

Aynı köyün komşu ailesi olan bunlar, Türkiye'ye geldiklerinde yetkililerden ısrarla aynı yere yerleştirilmelerini istemişlerdi. Bu istekleri yerine getirildi.

Geldikleri yere göre daha büyükçe bir yerleşim merkezi olan bir kasabanın yeni yeni gelişen bir mahallesine yerleştirildiler. Seçilen bu yer onlar için çok uygundu. Ne köyler gibi geri kalmış, ne kentler gibi gelişmiş.

Fiziki bakımdan buraya uyum sağlamaları pek zor olmadı. Sosyal bakımdan ise durum biraz daha farklıydı. Türkçe konuşsalar da şive farkı vardı. Tiplerinde Balkan toplumlarının etkisi gözden kaçmıyordu. Eh göç bu kolay değildi. İlk günler iki aile yalnız kendi aralarında görüştüler. Mahalleye başka kentlerden gelip yerleşenler de vardı. Onlar yerlilerle daha çabuk kaynaşıyorlardı. Bu iki aile ise "Macır" diye adlandırılıyordu.

Kasabanın diğer mahallelerinden önceden gelerek yerleşmiş muhacirleri bulmaları gecikmedi. Onlarla yakın ilişkiler kurdular. Onların ve zamanla komşularının yardımları ve kendi çabaları ile uyum sağladılar.

Yanlarında getirdikleri para, devletin yaptığı yardımın sonuna gelmeden, ne yapacaklarını nasıl para kazanacaklarını araştırdılar.

Muharrem Hersek, iyi bir marangoz ustasıydı. Eline geçen ağaca istenen şekli verebiliyordu. Bunun için gelirken aletlerini birlikte getirmişti. Bunlara yenilerini de ekleyerek kendini ortaya koydu. Bir işlik açmadan bulabildiği işte çalıştı. Onun ustalığını keşfeden mobilya üreticisi iş teklif etti. Muharrem hanım ile konuştu. Onun olurunu alarak orada düzenli olarak çalışmaya başladı.

Hüsmen'in durumu farklıydı. O, doğup büyüdüğü köyde babadan kalma bağ, bahçe ve tarlalarda tarımla uğraşmıştı. Hanımı Hacer ise evinde beslediği birkaç baş koyun, keçi ve tavuklarla uğraşmıştı. Yerleştikleri bahçeli evde ilk işleri bir kümes yapıp birkaç tavuk almak oldu. Hüsmen Hersekli elindeki paranın bir kısmı ile bir bahçe kiraladı. Orada mevsimlik sebze yetiştirdi ve sattı. Zamanla işi büyüttü. Yarıcılık, ortakçılık yaptı. O da ailenin geçimini bu yolla sağlamayı sürdürdü.

Halide ve Hacer Hanımlar becerikli ev hanımlarıydılar. Bu becerileri ile mahallenin diğer hanımlarına örnek oluyorlardı. Evin iç ve dışının küçük tamirlerini yapıyor, temizliyor, boyasını, badanasını yapıyorlardı. Halide Hanım el işlerinde becerikliydi. Dikiş dikiyor, örgü örüyordu. Hacer Hanım ise bağ bahçe işlerinde kocasının yanında bir erkek gibi çalışıyordu.

İkisi de yola gebe olarak çıkmışlar bebek bekliyorlardı. Halide, oğlu Serdar'ı dünyaya getirdi. Oğlu Serdar'ı diyorum, çünkü daha o dünyaya gelmeden erkek olursa adı konmuştu. Hacer onca işi arasında doğuma iki ay kalmış olmasına karşın arkadaşı Halide'nin yardımına koştu. Onun bir yığın ev işini yapmayı üstlendi.

Muharrem, doğacak çocuğunun cinsiyetini daha önce düşünde gördüğü halde oğlum oldu diye bir sevinç içindeydi. Sıralı doğan bu iki çocuktan sonra bir daha gebe kalmanın, çocuk doğurmanın ağır sorumluluğundan kendini kurtarmış sayıyordu. O Balkanlıydı, Balkanlılar iki çocukla yetinmesini bilirlerdi.

Üç ay sonra Hacer'in Fidan'ı da dünyaya merhaba dedi. Karşılıklı kadın dayanışması bu kez Halide'den Hacer'e yöneldi. İki hanım da kocalarına yardımı belli bir süreliğine askıya aldılar. Daha çok bebekleri, çocukları ve ev işlerini yapmaya verdiler kendilerini.

Muharrem ve Hüsmen işlerinde gösterdikleri çalışkanlık, beceri ve dürüstlükleri sayesinde ilerliyorlardı. Hüsmen ortakçılık yaptığı tarlalardan bazılarını küçük parçalar halinde satın alıyor daha bilinçli bir tarıma yöneliyordu. Muharrem'in amacı ise mobilyacılıkta kendini daha da ilerletmek kendi işyerini açmaktı. O da bu amaçla didinip duruyordu. Arkadaşı Hüsmen'e toprak edinme konusunda maddi ve manevi destek veriyordu. Bu destek elbette karşılıklı oluyordu.

Bir gün Muharrem'e patronu ortak bir işlik açmayı teklif etti. Herhalde o, işçisinin gelecekteki planlarını sezmişti. Teklif edilen iş, oturdukları kasabada olacaktı. Bu teklifi Muharrem kabul etti. Ancak patronuna parasal katkıda bulunamayacağını, bu ortaklığın en fazla üç yıllığına olabileceğini söyledi. Gerekçe olarak da çocuklarına daha iyi bir eğitim vermek için gelecekte büyük bir kente göç etmek istediğini öne sürdü.

Gerekli hazırlıklar yapıldı, sözleşmeler imzalandı. Artık Muharrem Usta işinin yarı patronu ve tüm sorumluluğu üstlenen biriydi. İnsanlar kendi işlerini kurunca, özellikle işini tam rayına oturtuncaya kadar daha çok çalışmak zorunda kalırlar. Artık Muharrem Usta da bu durumdaydı. Ev işleri ve çocukların bakımı tümüyle Halide'nin üstüne kalmıştı. O ailenin geleceğini göz önünde tutarak bundan hiç şikâyetçi değildi.

İki göçmen ailenin bu girişimciliği, kısa zamanda mal mülk edinmesini mahalleli örnek alma yerine kıskanmaya başladılar. Halide ile Hacer'in biraz daha özgür giyimleri, davranışları, bir erkek gibi iş yapmaları mahallelinin diline düştü. Onlar buna aldırmıyorlardı. Hiçbir komşuları ile de anlaşmazlığa düşmek istemiyorlardı. Çünkü iki aile de gelecekte kasabanın dar sınırları içinde kalmamaya karar vermişlerdi. Söylenenleri duymuyor, olup bitenleri görmek istemiyorlardı.

Elbette tüm mahalleli onlara karşı değillerdi. Hanımların özellikle genç kız ve erkeklerin bazıları onların yaşam tarzlarını örnek almaya çalışıyorlardı.

İki ailenin dayanışması ve geleceğe dönük planları adım adım gerçekleşiyordu. Hüsmen kendi birikimi, daha önce parça parça satın aldığı topraklara yaptığı yatırımı paraya çevirmesi, Muharrem'den aldığı borç parayı da birleştirerek İstanbul'a yakın büyük bir tarım arazisi satın aldı. Hedefi ilerde buraya bir çiftlik kurmak oraya taşınmaktı. Bu arazi üzerine oturacağı evi yapmakta gecikmedi. O biliyordu ki iş, üzerinde olunursa daha verimli olurdu. Kasabada edindiği tarım araçlarını yeni kurmakta olduğu çiftliğe taşıdı. Kasabadaki mal varlığının hepsini sattı ve çiftliğe taşındı.

Onların taşınarak işe düzen vermeleri birkaç yıllarını aldı. Kasabada yalnız kalan Hersek Ailesi de taşınma hazırlıklarına başladılar. Onların hedefinde İstanbul vardı. Bu hedeflerine ulaşmak kendi işyerlerini kurabilmek için para biriktiriyorlardı. Onlar da kasabadaki mal varlıklarını satarak paraya çevireceklerdi.

Hesap kitap yapmadan İstanbul'a taşınmanın bir serüven olacağını Hersek Ailesi çok iyi biliyordu. Hatta bunun için Muharrem Usta'nın zaman zaman İstanbul'a giderek piyasa araştırması yapması gerekiyordu.

Muharrem Usta'nın iş ortağı ile yaptığı sözleşmenin bitimine altı ay kalmıştı. İş ortağı ondan oldukça memnundu. Neden olmayacaktı ki? Her işi, tüm sorumluluğu Muharrem Usta yüklenmiş, o yalnız belli zamanlarda kazanılan paranın kendi payına düşenini alıyor, keyfine bakıyordu. Bu nedenle de ortaklığı bozmak istemiyordu.

Ortaklar bir araya geldiklerinde Muharrem Usta İstanbul'a taşınmak, orada kendi işini kurmak istediğini söyledi. Bu eski patronu, şimdiki ortağı için beklenmedik bir durum değildi. Ortağının gelecekteki hedeflerini görebiliyordu. Ona ayrılmak yerine aynı işi büyüterek İstanbul'da sürdürmeyi önerdi. Bununla da yetinmedi, ortaklık koşullarını sürdürerek bir de satış mağazası açabileceklerini ekledi.

Muharrem Usta işlik için ortaklıktan vazgeçebilirdi ama işin içine satış mağazası teklifi girince "Düşüneyim" dedi.

Tüm bunları eşi Halide'ye bir bir anlattı. Halide kocasının her işin üstesinden gelebileceğine inandığı için hiç karşı gelmeden bildiği gibi yapmasını istedi.

Ortaklar yeniden bir araya geldiler. Neyi nasıl yapacaklarını konuştular, planladılar. Muharrem için İstanbul büyük bir kent idi. Ortağı ise İstanbul piyasasını çok iyi biliyordu. Konuşarak yaptıkları planları yazıya döktüler. İşin İstanbul ayağını Muharrem'in patronu düzenleyecek ama her türlü girişimden Muharrem'in haberi olacaktı. Arada o da İstanbul'a gidecek, fabrikanın ve satış mağazasının yerini kuruluşunu yerinde görecekti.

Bu hazırlıklar bir yıl kadar sürdü. Bu arada Halide de birkaç kez İstanbul'a gitti. Orada oturacakları semti, kiralayacakları evin yerini belirlediler. Kendilerine uygun bir ev kiraladılar.

Bu eve önce Muharrem taşındı. İş düzenini oturttuktan sonra Halide ve çocukları da oraya taşındılar. Yeni bir çevre, yeni bir yaşam düzeni... Gerçi onlar için bu pek zor olmadı. Onlar göçebe yaşamını yakından tanıyorlardı. İstanbul büyük kentti. Olumlu ve olumsuz yanları vardı.

Hersek ve Hersekli aileleri yeniden batıya taşınmışlardı. Biri İstanbul'da iş düzeni kurmuş, diğeri İstanbul yakınında büyük bir çiftlik. Vatanlarından ayrılırken birlikte yola çıkmış, Türkiye'ye gelince yan yana ev bulup bir aile gibi yaşamışlardı. Şimdi birbirlerinden uzaktılar. Bu uzaklık fazla sayılmazdı. İstedikleri zaman birbirlerine ulaşabiliyorlardı.

Halide İstanbul'a taşındıktan sonra ilk iş olarak komşularını, çevreyi tanımayı bir görev bildi. Elbet büyük kentin komşuluğunun nasıl olacağını da biliyordu. Zaten öyle İstanbul'un gerçek yerlisi pek yoktu oturdukları semtte. O yine Balkan göçmeni aileler buldu, onlarla yakın ilişkiler kurdu.

Daha çok ev işlerine, çocuklarının eğitimine ağırlık veriyordu. Oğulları Serdar'ı anaokuluna yazdırdılar. Kızları Meriç, yürüyüp koşmaya İstanbul sokaklarında başladı.

***

Hersekli ailesi çiftliğini kurmuş, topraklarını işliyor, yanlarında çalıştırdıkları işçilerle birçok mevsimlik sebze üretiyor, farklı meyve ağaçları yetiştiriyorlardı. Ürettikleri sebzeleri İstanbul'da pazarlamak bir sorun olmuyordu.

Çiftliğin bir bölümünde tavukçuluk yapmaya başladılar. Çok fazla olmasa da yumurta ve et tavuğu yetiştiriyorlardı.

Hersekli Ailesi de çocuklarının daha küçük yaşta iyi bir eğitim almasını istiyorlardı. Hacer Hanım her ne kadar toprakla, çiftlik işleriyle uğraşmayı çok sevse de onun bu sevgisi çocuklarının eğitiminin ihmali için bir kaçamak olamazdı. Çözüm yollarını araştırdı. Çiftliğe yakın yerde ne anaokulu ne ilkokul vardı. Bunun için bir çözüm bulunmalıydı. Çözüm yollarını araştırdılar. Ya çocukları yatılı bir okula verilecekti ki bunu pek uygun bulmadılar. Ya da İstanbul'da bir ev kiralanacak, Hacer çocukları ile okulların açık olduğu sürece orada kalacaktı. Bunu yaptılar.

Hersek Ailesine yakın bir yerde bir ev kiraladılar. Hacer ve çocuklar çiftlikten ayrılsalar da çocukların babaları ile bağı hiç kopmadı. Babaları sebze taşıyan araba ile hemen hemen her gün onlara uğruyordu. Hafta sonları ise anneleri çocuklarını alıp çiftliğe gidiyordu. O günlerde doyumsuz bir istekle çiftlik işleri ile uğraşıyordu.

Hacer'in çocukları için İstanbul'a taşınmasına en çok Halide ve onun çocukları sevinmişlerdi. Onlar sık sık bir araya geliyorlardı. Havanın güzel olduğu kış aylarında, hafta sonları okulun tatil olduğu aylarda ise hemen hemen her gün Halide'nin çocukları çiftliğe gidiyordu.

Çocukların en büyük zevki çiftlikte keyiflerince koşmak, su ile oynamak, dalından sebze koparmak, tavukları yemlemek, hele de yumurtaları toplayarak ambalaj kutularına yerleştirmekti.

Her iki aile için de telaşlı geçiyordu günler. Her iki aile de yeni kurdukları işi en iyi yapmanın peşindeydiler. Onlar zamanla yarışıyorlardı. Ayların, yılların nasıl geçtiğini bilemiyorlardı.

Çocuklar büyümüş, genç kız ve delikanlı olmuşlardı. Hepsi de annelerinin gayreti, babalarının sınırsız desteğini boşa çıkarmamışlar, liseyi ve üniversiteyi bitirmişlerdi.

Göçmenlerde yakın akraba evliliği olmadığı gibi böyle akraba kadar yakın aileler de birbirlerinden kız alıp vermezlerdi. Bunu bilmeyen bazı komşuları kendilerince gelin güvey oluyor, aralarında hoş olmayan dedikodular uyduruyorlardı. Bu söylentiler gençlerin ve aile büyüklerinin kulaklarına kadar gidiyordu. Kolay mı? İki ailede iki genç kız Meriç ile Fidan, iki genç erkek Serdar ile Tuna güzel ve yakışıklıydılar ama dördü de birbirlerine kardeş olarak bakıyorlardı. Çünkü öyle yetiştirilmişlerdi.

Hiçbirinin iş arama sorunları yoktu. Ailelerinin işletmelerinde onlar için yapılacak çok iş vardı. Eş aramayı ise zamana bırakmışlardı.

Hersek ve Hersekli çifti yıllar sonra bir hafta sonunu gençlerin olmadığı bir ortamda çiftlikte geçiriyorlardı. Geldikleri yerlerden, ilk yerleştikleri kasabadan, İstanbul'a gelişlerinden, çocuklardan, onların büyüdüklerinden söz ediyor, şakalaşıyorlardı.

Hacer:

-Biliyor musunuz bizim veletlerin gündeminde ne evlilik ne bize torun yapma diye bir düşüncesi yok. En iyisi daha geç olmadan biz birer çocuk daha yapalım, dedi.

Hacer haklıydı. Hâlâ anne olacak kadar gençtiler. Önce şaka gibi dile getirilen bu önerinin benimsenmesine ötekiler de dünden hazırmış ki Halide:

-Neden olmasın. Zaten ev işleri azaldı. Beylerin iş yerlerinde de bize pek iş düşürmüyorlar. Yapalım birer çocuk da günlerimizi değerlendirelim. Komşulara bakıyorum da, çoğu aileler en az dört çocuklu. Bizim için üçüncüsü fazla olmaz gibi geliyor.

Bu şaka yollu konuşmalardan iki ay sonra Hacer Halide'ye:

-Ne haber ben senden erken davrandım. Anne oluyorum, dedi. Halide:

-Seni kutluyorum. Seninki erken davranmanın ötesinde bir cesaret gösterisi. Bu yaştan sonra deli misin sen?

-Haydi, canım kıskanma. Senin de istediğini çok iyi biliyorum. Biliyorum da neden savsakladığını anlayamıyorum.

Hacer haklıydı. Haklı olduğu dört ay sonra ortaya çıktı. Halide de fazla gecikmeden yıllar sonra üçüncü çocuğuna hamile olduğunu açıkladı.

İki ailenin de önemli iki gündem maddesi vardı. Birincisi, beklenen bebeklerle onların ve annelerin sağlıkları, ikincisi ise kızların ve oğullarının yaşam düzenleri; Kızların evliliği, erkeklerin askerlik ve evlilikleri... Bu konularda gençlerden hiçbir kıpırtı yoktu.

Bir aile buluşmasında ikinci madde üzerinde konuşuluyordu. Hüsmen, çiftlik işlerine kendini öyle kaptırmıştı ki nasıl olsa onlara çiftlikte gereksinimi vardı ve de denetimi altında üretime katkıda bulunuyorlardı.

Hacer için de çocuklarının çiftlikte kalması pek olumsuz değildi. Zaten bu günlerde gebeliğin yükünü çekiyordu. Fidan'ın özellikle ev işlerinde yardımına gereksinimi vardı.

Halide sanki komşularının mahalledeki tanıdıklarının sordukları soruların baskısı altındaydı. Ona hep:

-Kızanlar büyüdü, okullarını bitirdiler, çalışıyorlar da, mürüvvetlerini ne zaman göreceksiniz? diye soruyorlardı. Bunu soranların geri planlarının neler olduğunu bilen Halide:

-Ne bileyim, hayırlısı olsun inşallah! Demekle yetiniyordu.

Bu soruyu soranlar Halide'ye sanki "Bak bizimkiler de büyüdüler. Tanışsalar konuşsalar belki anlaşırlar" demek istiyor gibiydiler.

Muharrem Usta bu konuda diğerlerinden daha rahattı. Onun kafasında özellikle kendi oğlu ve kızı için ileriye yönelik düşünceleri vardı. Her ikisi için de evlilik düşünüyordu da öyle tanımadığı bilmediği birileri ile değil, soyu sopu belli olan eline ekmeğini almış, eş kıymeti bilen, evliliğin, çocuk yetiştirmenin sorumluluk bilincini taşıyan birileri olmalıydı. Bu özellikleri taşıyan adayları da sanki bulmuş gibiydi. Bunun rahatlığı ile:

-Ne acele ediyorsunuz? Gençler okullarını yeni bitirdiler. Bırakın birkaç yıl çalışsınlar, çevrelerini tanısınlar. Erkekler askerliklerini yapsınlar. Alın terleri ile kazandıkları ekmeği yesinler. Sonrası hiç beklemediğiniz bir anda kendiliğinden gelir, diyordu.

Hacer ile Halide'nin doğumları yaklaştıkça gündemin birinci maddesi öne çıkıyordu. Ana-baba adayları mutluydular. Ya gençler? Onlar bu denli aradan sonra ve bu yaşlarda annelerinin hamile kalmalarını, bebek beklemelerini bir türlü sindiremiyorlardı. Meriç ile Fidan annelerine:

– Biraz daha bekleseydiniz de torunlarınızdan sonra doğursaydınız. İkiz çocuklar gibi ikisini birlikte büyütürdünüz. Sıkışınca meme verir torunlarınıza anne olmanın yanında sütanneleri de olurdunuz.

Serdar ile Tuna bu konuda ne konuşuyor, ne de bir yorum yapıyorlardı. Susarak annelerini protesto eder gibiydiler. Annelerinin gebe kalmalarında babalarının hiç rolü yokmuş gibi onlara tek laf edemiyorlardı.

Hacer ile Halide'nin gebelikleri konusunda komşuların da ağzı boş durmuyordu. Onların dedikodu gündeminde de çiftlikten kontrole gelerek Halide'ye uğrayan Hacer ve daha sonra onu kıskanırcasına hamile kalan Halide vardı. Önce aralarında konuştular:

Galiba dünyanın sonu geliyor. Kadınlar menopozun eşiğinde yangından mal kaçırır gibi gebe kaldılar. Gül gibi yetişkin çocuklarından da utanmıyorlar. Onları evlendirip baş göz edeceklerine sonra da torun bekleyeceklerine kendileri doğuracaklar. Bunlar yetişkin çocuklarının kısmetini kesiyorlar. Madem çocuk istiyordunuz, bu yaşa kadar beklemenin anlamı neydi ki? Kadınlar neyse de kocalarına ne oluyor? İnsan da biraz ar olmalı. Madem bir kaza oldu. Gider gizlice bebeği zaman geçirmeden aldırır sağa sola rezil olmadan kurtulursunuz değil mi?

Bu konuşulanlar Halide'nin kulağına geliyordu. O yaşlarda doğuran başkaları da vardı ama onlar Doğu Anadolu'dan, Karadeniz Bölgesi'nden gelen daha çok köy kökenli hanımlardı. Köylüydüler, yerli sayılıyorlardı. Ya Halide'yle Hacer? Onlar ise Balkan göçmeniydiler ve Avrupalı sayılıyorlardı. Urfa'dan gelen on çocuk da doğursa hoş görülüyordu.

Halide, yayılan dedikodulara hiç kulak asmıyordu. Onun hangi davranışı eleştirilmemişti ki? Giyimi, yemekleri, mahallede günün her saatinde rahatça dolaşması, konuşma şekli vs...

Serdar daha okul yıllarında hafta sonları ve tatil günlerinde sık sık gittiği babasının işyerlerini yakından tanıyordu. Mobilya üretim ve satış yerinde bir çırak gibi iş görüyordu. Okulu bitirip bir süre dinlendikten sonra başka yerlerde iş arama gereği kalmadı. Hemen fabrikada işe başladı. Onun burada işe başlaması kendinden daha çok babasının ve iş ortaklarının tercihiydi. Amaçları ise onu daha genç yaşta zor işlere sokarak işin inceliklerini öğretmekti. İş ortaklarının geleceğe dönük başka düşünceleri de vardı.

Meriç işe başlamakta annesinin isteği üzerine bir yıl gecikti. Onun iş deneyimi yoktu. Arada bir satış mağazasına uğrasa da Serdar gibi hiçbir zaman işin içine girmemişti.

Halide'nin doğumu sorunlu oldu. İstanbul'un iyi bir doğum evinde, uzman hekimlerin denetiminde değil de taşrada yapsaydı doğumunu, sağlıklı bir bebek dünyaya getiremeyebilirdi. Doğumdan sonra bebeğin ve kendisinin uzun süre bakıma gereksinmesi vardı. İşte Meriç'in işe başlaması bu yüzden gecikti. O ev işlerini üstlendi. Annesi ve küçük kardeşi Özkan ile ilgilendi.

Onların sağılığına kavuşmasından sonra Meriç de babasının işyeri mobilya satış mağazasında işe başladı. İş deneyimi olmadığından epeyce zorlandı. İşi öğrenmesi sırasında ne babası ne de iş ortakları ona bir ayrıcalık tanımadılar. İşe yeni başlamış herhangi bir işçiymiş gibi tavır takındılar. Bunun böyle olmasını Halide'nin kızmasına karşın babası istiyordu. Ancak akşamları evde işle ilgili bazı püf noktalarını babasından ve Serdar'dan öğrenmeye çalışıyordu.

Tuna için okul hep ikinci planda olmuştu. O eli iş tutalı çiftliğin tüm işlerine koşturmuştu. Çiftlikte yeri gelmiş toprak kazmış, sebze sulamış ilaçlamış, toplamış sandık ve sepetlere yerleştirmişti. Yeri gelmiş onları arabalara yüklemiş, toptancılara ve pazarcılara satmıştı. O, çiftliğin tüm girdisini çıktısını biliyordu. İşinin çıraklık dönemini çocukluğunda, haftalık dönemini ise lise ve üniversite yıllarında tamamlamış artık işin ustası olmuştu. Bu yüzden çiftlik işlerini bilerek isteyerek yapıyordu.

Hacer oğlu Tuna'nın çiftlikte çalışmak yerine İstanbul'da bir iş bulmasını oraya yerleşmesini istiyordu.

Eğer Tuna İstanbul'a yerleşir, Fidan da orada bir iş bulur çalışırsa kendi de temelli onların yanına taşınırım diye düşlüyordu. Hüsmen, çocuklarını serbest bırakıyor, kendi gelecekleri ile ilgili kararları kendilerinin vermesini istiyordu. Onun da gönlü çocuklarının çiftlikte temelli kalmamaları yönündeydi. Çiftlik onlarsız da işletilebilirdi ama gelecek özellikle gençler için büyük kentlerde görülüyordu.

Fidan, ekonomi eğitimi almıştı. Son birkaç yıldır çiftliğin tüm hesaplarını o düzenliyordu. Üniversite öğrenimi sırasında stajını bir özel bankada yapmış, banka yönetimince beğenilmiş, başarılı bulunmuştu. Okul bitiminde isterse bankada çalışabileceği söylenmişti. Aynı şubede olmasa bile başka bir şubede hemen işe başlayabilirsin denilmişti.

Fiden da önce daha büyük bir şubede çalışmak istiyordu. Onun işe başlama konusu evde konuşuldu. Bankada çalışması herkesçe ve en çok da Hacer tarafından uygun görüldü. Fidan İstanbul'da bankanın yeni açılan bir şubesinde işe başladı.

Serdar ile Fidan'ın öğrencilik yıllarında oturdukları ev boşaltılmıştı. Şimdi Fidan için yeni bir ev bulunması gerekiyordu. Bankaya yakın bir yerde kiralayacağı ev ona yolda zaman kaybettirmezdi. Küçük bir ev de olsa idare ederdi. Hacer başka türlü düşünüyordu. Madem artık Fidan iş bulmuş çalışıyordu. O artık İstanbul'da kalıcıydı. Öyleyse iyi bir semtten doğru dürüst bir ev satın almak daha uygun olurdu. Bunun için para sorunları da yoktu. O çocuklarının okul yıllarında İstanbul'a alışmıştı. Düşündüğünü uygulatabilirse küçük kızı Türkân'ı da alır yeniden İstanbul'a taşınabilirdi. Bu isteğe diğerleri de karşı gelmediler. İstanbul'un beğendikleri semtinde kendilerine uygun bir apartman dairesi satın aldılar. Muharrem Usta'ya en iyisinden evin tüm mobilyasını özel yaptırdılar. Yine onun yardımı ile evin tüm eşyalarını satın alıp evi donattılar. Hacer İstanbullu olmanın ağlarını örmeye başladı. Aile ikiye bölündü. Evin üç hanımı Hacer, Fidan ve Türkân İstanbul'da, iki erkeği, Hüsmen ve Tuna ise çiftlikteydiler.

İnsanların yaşlarına ve sosyal konumlarına göre işleri, ilgi alanları değiştiği gibi onlara sorulan sorular da değişir. Öğrencilere özellikle okulun ilk yıllarında dersleri, öğretmenleri, arkadaşları sorulur. Okul bitince ne iş yaptığı ya da yapacağı, iş düzenini kurduktan sonra ne zaman evleneceği, evlendikten sonra ne zaman anne baba olacakları, işlerinin kazançlarının nasıl olduğu, derken emeklilik ve sağlık durumu...

Şimdilik Fidan'a değil ama Tuna'ya öncelikle ana babası sonra çiftlikte çalışanlar sık sık ne zaman evleneceğini soruyor, bununla da kalmayıp kendilerince uygun buldukları gelin adayından bile söz ediyorlardı.

Evlilik Tuna'ya çok uzak bir konuydu. Onun planında öncelik askere gitmekti. Öyle sıradan bir askerlik de değil. O yıllarda Yugoslavya parçalanmış, Sırplar Bosna-Hersek'i işgal etmiş, insanlık dışı orantısız güç kullanarak müslüman Boşnakları öldürüyorlar, evlerini yakıp yıkıyor, mallarına el koyuyorlar, talan ediyor daha da kötüsü çocukları öldürüyor, kadın ve kızların ırzına geçiyorlardı.

Tuna ailesinin göç ettiği bu topraklarla daha lise öğrencisiyken ilgilenmeye başlamıştı. Bu konuda tarih öğretmeninin de yardımı ile epeyce bilgi edinmişti. Bir gün gidip o coğrafyayı gezecek görecekti. O bunu Sırpların işgalinden önce düşünmüştü. Şimdi ise o topraklarda işgal güçleri kan döküyorlardı. Sırpların yaptıklarını yakından izliyordu. Yerinde duramıyor, kinle değil ama gençliğin coşku ve heyecanı ile dedelerinin yaşayıp öldüğü o yerlere giderek soydaşlarına yardım etmek istiyordu. Bunu nasıl yapabilirdi. Çiftlikte bu düşünceleri paylaşabileceği onu anlayabilecek tek bir kişi vardı, babası. Düşündüklerini ona söylese, Hüsmen biricik oğlunun oraya gitmesine hayatta izin vermezdi. Bunu Tuna da biliyordu.

Hacer, Fidan, Türkân İstanbul'a iyice yerleştiler. Halide oğlu Özkan'ı da alarak sık sık onları ziyarete geliyordu. Onlar kadar sık olmasa da Muharrem, Meriç ve Serdar da bu ziyaretleri ihmal etmiyorlardı. Özellikle Serdar onlarla yakından ilgileniyor onlar için ne yapabileceğini soruyordu.

Onların böyle ailece sık sık gelmeleri, Serdar'ın arada yalnız gelip gitmeleri, Hacer'in komşularının dikkatini çekiyor, bu konuda kendilerince dedikodularının dozunu arttırıyorlardı. Konusu ise Serdar ile Fidan idi. Komşulara göre böyle geliş gidişlerin nedeni bu iki gencin hatırınaydı. Hele arada bir bu iki gencin birlikte dışarı çıkmaları, dışardan birlikte gelmeleri...

Her mahallenin her zaman bir sözcüsü olur. Onu mahalle halkı seçerek tayin etmez. Bu tipler durumdan görev yüklenirler. İşte böyle bir mahalleli Hacer'e:

-Fidan kızımızın çıktığı oğlan maşallah nazarımız değmesin çok yakışıklı. Efendiden birine benziyor. Kaç zamandır birlikte çıkıyorlar bir sulu hareketlerini görmedik. Ailesi de gelip gittiğine göre yakında söz nişan olur herhalde?

Hacer gülümsedi. Yerli halkın göçmenlerin geleneklerini, törelerini bilmediklerini daha önce öğrenmişti. Komşusuna:

-Sevgili komşum, bizim törelerimizde yakın akraba evliliği olmaz. Yakın ve samimi komşular ise bizde akraba sayılırlar. Tuna ile Serdar kardeş gibi büyüdüler. Biz onları kardeş sayarız. Bu nedenle ne biz ana babalar ne de bu gençler evliliği düşünmezler, düşünemezler.

Bu konuşmadan sonra mahallelinin dedikodusu da kesildi.

* * *

Halide, oğlu Özkan'ı ne zaman gezmeye çıkarsa görenler "Torunun mu? Maşallah! Ne tatlı çocukmuş" diyorlardı. Hele ailece bir arada olduklarında "Kızından mı oğlundan mı?" soruları ile karşılaşıyordu. O bunların hiçbirine kulak asmıyordu. Onun yerine kızının ve oğlunun evlenip yuva kurmalarını kendilerine hayırlı torunlar vermelerini istiyordu.

Meriç ile Serdar'ın iş düzenleri gayet iyiydi. Ailenin gündeminin tek maddesi vardı, onların evliliği. Serdar pek oralı değildi. Meriç ise hep "daha erken, önce abimi evlendirin" diyordu. İkisi de iş çevresindeki tanıdıkları tarafından izlendiklerinin ayrımında değillerdi. Her iki iş yerinde de iş ortaklarının bir yığın akraba ve tanıdıkları çalışıyordu. Bunların birçoğu

Hersek ve Hersekli Ailelerinin yakın ilişkilerini biliyor, bu ilişkiden yakında çifte evlilik olabileceğini düşünüyorlardı. Bu yüzden de çok beğenseler bile ne Serdar'a ne de Meriç'e yaklaşarak onlara ilgi duyduklarını açıklayamıyorlardı. Onlara alıcı gözle bakan komşularının sayısı da az değildi.

Meriç'in iş arkadaşlarından birinin düğünü vardı. Düğüne Hersek ailesi çağrılıydı. O gün Hersekli'ler, ailece Hersek ailesini ziyarete gitmişlerdi. Düğüne gitmemek olmazdı. Olmazdı da iki aile birden nasıl gidebilirdi. Konuşuldu. Yetişkinler ve küçük çocuklar gitmeyeceklerdi. Onların yerine gençler düğüne gittiler.

Düğünde çoğu insanın özellikle tanıdıkların gözü gelin ve damattan sonra Meriç, Fidan, Serdar ve Tuna'nın üzerindeydi. Onlar ana babalar ve başka yakınları olmadan dört genç düğüne gelmiş hepsi aynı masada oturuyor, yemekte keyiflerince içkilerini yudumluyor, dans ediyor eğleniyorlardı. Tüm salonda şu görüş egemendi: "Tamam canım düşündüğümüz gibi bunlar. Ya sözlüler ya nişanlılar da yüzüklerini takmıyorlar". Bu, gençler için iyi miydi, kötü müydü? Bunu zaman gösterecekti. Göçmen aileler işin iç yüzünü biliyorlardı. Onların törelerini tanıyanlar da.

Serdar ile Tuna daha bir yakışıklı, Meriç ile Fidan daha bir güzel olmuşlardı. Onlarla dans etmek isteyip cesaret edemeyen diğer gençler halay çekerken hep birlikte oyun alanını dolduruyor onlarla gözgöze gelmek, fırsat bulabilirlerse el ele tutuşmak istiyorlardı.

Düğünlerin havası oldum olası bir başka olur. Oraya gelenler gelinin güzelliğini damadın yakışıklılığını, ailelerinin sevinç ve mutluluğunu gördükçe onlara özenirler. Kendileri de bu güzellikleri yaşamak isterler. Gençlerin tanışanlar birbirlerine daha bir yaklaşırlar. Birbirlerinin ailelerini tanıştırmak için uygun ortamı yakalarlar. Bazıları da burada birbirlerini tanıma fırsatı bulurlar. Birbirlerine aşklarını ilan etme cesareti yakalarlar. Daha sonra görüşmeyi sürdüreceklerine söz verenler olur.

* * *

Meriç'in peşinde koşan, ona bir türlü açılamayan Zafer işte bu ortamda ona düşüncelerini söyleme fırsatını bulabildi. Zafer, Muharrem Usta'nın iş ortağının uzaktan akrabasıydı. Anadolu'nun fukara köylülerinden birinin çocuğuydu. Zeki ve çalışkan biri olduğu için akrabası ona yardım etmiş okumasını sağlamıştı. Okulunu bitirdikten sonra da mobilya fabrikasında işe başlamıştı. İşyerinde de dürüstlüğü ve çalışkanlığı ile herkesin, özellikle de Muharrem Usta'nın dikkatini çekiyordu.

Meriç, satış mağazasında çalışsa da arada bir fabrikaya geliyor, oranın mağazayla ilgili bağlantılarını inceliyordu. Her gelişinde burada çalışanlarla yakından ilgileniyor, onlara bayan erkek ayırım yapmadan hal hatır soruyordu.

Zafer ise satış mağazasının yabancısı değildi. Onun işi mal verdikleri diğer mobilyacı ve kuruluşların mobilyalarının taşınma işini düzenlemekti. Satış mağazasına her gelişte Meriç'le mutlaka karşılaşıyorlardı. Bu karşılaşma önceleri gayet mesafeli ve resmiydi. Zamanla bir yakınlaşma oldu. Meriç, Zafer'in her gelişinde işçiler yükten malı indirip yerleştirinceye kadar gelen malların listelerini inceliyordu. Bu arada Zafer'e içecek bir şeyler ısmarlıyor, iş konusunda biraz laflıyorlardı.

Meriç, Zafer'in çekingenliğinin farkındaydı. Bir gün ona:

-Zafer Bey, çok suskun ve çekingen davranıyorsunuz. Yaptığınız işin gereği biraz daha yırtık ve konuşkan olmanız gerekmiyor mu? Bazı müşteriler karşılarında böyle bir satış elemanı görmek isterler, dedi. Zafer:

-Ne yapayım Meriç Hanım, bizi köyde böyle yetiştirdiler. Hep büyükler konuştu. Köy okulunda öğretmen, camide imam, mahallede muhtar… Kent okullarına geldim oralarda da öğretmenler ve kentli öğrenciler. Bazı uygun sandığım ortamlarda konuşmayı denedim, ya yanlış bir şey söyledim ya da konuştuğum şiveden ötürü benimle alay ettiler. Ben de suskun kalmayı yeğledim. Bir gün okulda öğretmenimiz "Söz gümüşse sükût altındır" atasözü üzerine bir tartışma başlattı. Bizlerden de bu söz üzerine sözlü açıklamalar istedi. Her arkadaşım düşüncesini söylüyordu. Ben ise sustum. Mademki susmak altın değerindeydi ben onu yakalamak istiyordum. Öğretmenimizin büyük bir çelişki içinde bulunduğunu düşünüyordum. Benden başka herkes konuştu. Ben hiç konuşmak istemiyordum. Elbet benim de söyleyeceklerim vardı. Sonunda herkes bana döndü, benim de düşüncelerimi söylememi istediler. Ben hiçbir ek yapmadan atasözünü yineledim. Bu kez öğretmen dâhil hiç kimseden çıt çıkmadı. Kendimce yarışmayı kazanmış onlar gümüş ben altın olmuştu.

Meriç:

-Yani Zafer…

-Durun, daha bitmedi. 'İki dinle bir söyle, söz büyüğün su küçüğün, bilmediğin konuda konuşma, büyük lokma ye büyük laf etme, söylediğinin arkasında duramayacaksan fazla konuşma' gibi bir yığın sözleri dinleye dinleye yetiştim. Bu güne kadar bu tutumumun yerine göre yararını ve zararını da gördüm. Suskunluğum konusunda ilk eleştiriyi sizden duydum. Demek suskunluğumu bozmam gerekiyormuş, dedi.

Zafer bunları söylerken bir hayli heyecanlıydı. Önündeki çay bardağına elini bile uzatmamıştı. Meriç:

-Zafer Bey, şiveniz oldukça düzgün. Bakın söze başlayınca çok da güzel laf ediyorsunuz. Bu günü bu konuşmayı bir başlangıç olarak alın ve artık çekinmeden konuşun!

Bu son tümce Zafer'in beynine bir çivi gibi çakılmıştı "Bir başlangıç olarak kabul edin ve çekinmeden konuşun!". Bunu içinden onlarca kez yineledi. Bu tümcede gizli bir mesaj mı vardı? Hep onu düşündü. Zihninde çözemedi, birilerine sormalıydı. Meriç bununla ne demek istiyordu.

Yukarda da değinmiştim belli yaşlarda belli soruların sorulacağını ve yaşam gündeminin değişeceğini… Zafer ve Meriç yaşında ve sosyal komunda olanlara sorulan sorular evlilikle ilgili olurdu. Gündemlerini de açık ya da gizli bu konu belirlerdi.

Zafer, köyüne sende bir ancak gidebiliyor ailesine düzenli olarak yardım ediyor, pek sık haberleşemiyorlardı. Ama babası her haberleşmede annesi ona hal hatır sormadan ne zaman evleneceğini, köyden ona uygun kızlar bulduğunu kendi yaşındakilerin hep evlenip çoluk çocuk sahibi olduklarını, elini çabuk tutmazsa kızların onu beğenmeyeceğini söylüyorlardı. Bununla da kalmıyor onu kente getirip okutan, yanında iş verip çalıştıran akrabalarına da oğullarının evlenmesine yardımcı olmasını istiyorlardı. Bunu yaparken hem çekiniyor, hem de "neden olmasın?" sorusunu soruyorlardı. Akrabalarının Zafer'den birkaç yaş küçük ikiz kızları vardı. Onlar da henüz evlenmemişlerdi. Hatta gizliden gizliye Zafer'e onlardan da söz ediyorlardı.

Zafer'in annesine sorulursa oğlu büyük kent İstanbul'da soyu sopu belli olmayan kendi törelerini bilmeyen biri ile evlenmemeliydi. Köylerinde temiz aileden çok güzel kızlar vardı. Köyün törelerini bilen saygılı kızlar. İsterse oğlu onlardan birini alır, kentli kızlar gibi giyindirir, oturup kalkmasını da öğretirdi. Böylece kent yaşamına uyum sağlar, geldiği yeri de unutmazdı. Sığırtmaç Hayri'nin kızı Kezban öyle olmamış mıydı? Komşu köyden dayısının oğlu Mimar Salih ile evlenmiş kente gitmiş adını bile değiştirmişti.

Zafer, bunların hiçbirine kulak asmıyordu. Meriç'le son konuşmasına değin gündeminde evlilik yoktu. O yaşına gelinceye değin ne kız arkadaşı olmuş, ne de biri ile flört etmişti. Bu yaşam düzeninden ötürü ona yapılmadık şaka kalmamış, o bunların hepsine göğüs germiş, gülüp geçmişti.

Meriç ile konuştuktan sonra ilk ipucunu anasına verdi ve "Anne, ben köylü bir kızla evlenmeyi düşünmüyorum" dedi. Annesi hem rahatlamış hem üzülmüştü. Rahatlığı oğlu Zafer'in evlilikten ilk kez söz etmesi üzüntüsü ise köyün kızlarına kapısını kapatmasıydı.

İstanbul'daki akrabası ve işvereni anne tarafından akraba olduğu için ona hep dayı derdi. Zafer ile annesinin son haberleşmesinden sonra annesi dayısına onunla ilgili durumlarını ve sezgilerini iletti. Bu, dayısı için de beklenmedik bir durumdu.

Haftanın son iş günüydü. Zafer, patronuna haftanın iş bilânçosunu verecekti ama kafasında tasarladığı ve ona söylemek istediği başka şeyler de vardı. İşle ilgili belgeleri ve bilgileri verdi. Çekingen ve heyecanlıydı.

-Dayı, bir de şey… Meriç Hanım…

Genellikle çalışanlar böyle birinden isim vererek söze başlarlarsa arkasından onunla ilgili yakınmalar gelirdi. Zafer o güne değin hiçbir çalışanından olumlu ya da olumsuz söz etmemişti. Dayısının aklından hemen böyle bir şikayet duyacağı geldiyse de birden kendini toparladı. Zafer'in annesinin söyledikleri aklına geldi. Gülümseyerek ve yeğenine derdini anlıyorum der gibi:

-Evet, Meriç Hanım. Ne olmuş Meriç Hanım'a? diye sordu.

Zafer, suskunluğunu bozup konuşmasını sürdüremedi: "Hiç… Hiçbir şey olmamış…" diyerek başını öne eğdi.

Dayısı onun yerine konuştu: "Tamam anladım. Bu konuyu başka bir zaman konuşuruz."

Zafer patronuna istediği iletiyi ulaştırmış gibiydi en azından öyle sanıyordu "Bu konuyu başka bir zaman konuşuruz". O zaman uzak mıydı yakın mı? Böyle durumlarda bir gün bir saat bile uzak sayılırdı. Araya bir de hafta sonu giriyordu. O hafta sonu Zafer için çok uzun geçti. Zihninde iki tümceyi yineleyip durdu. Meriç'in söylediği "Bir başlangıç kabul edin ve çekinmeden konuşun." Dayısının "Tamam anladım. Bu konuyu başka bir zaman konuşuruz" tümceleri.

Meriç'e olan duygusal değişiklikle Zafer her fırsatta satış mağazasına uğramaya çalışıyor, onu göremese, görüp konuşamasa bile duygularını pekiştirmek istiyordu. Onunla işi olmasa bile iş konusunda bilmediklerini ona sorarak hem Meriç' i yüceltiyor hem de biraz daha yakınlaşıyordu.

Aynı yakın ilişkiyi fabrikadaki Muharrem Usta ile de kurmaya çalışıyordu. Ona da sorular soruyor, neyi nasıl yapması gerektiğini öğrenmeye çalışıyor gibiydi. Bunu yaparken çekingenliğini ve utangaçlığını bir türlü yenemiyordu.

Muharrem Usta Zafer işe başladığından beri onu tanıyor, diğer çalışanları gibi onu da gözlemliyordu. Onun dürüst ve mert bir Anadolu çocuğu olduğunu biliyor, bunu da iş ortağına yeri geldikçe söylemeyi ihmal etmiyordu.

Zafer, şimdiki patronu, işyerinin birinci dereceden sorumlu ustası Muharrem'e hep saygılıydı. Geleceğe dönük kayınbabası olacağı hayali ile daha bir saygılı davranıyordu. Onunla da Meriç'le olduğu gibi yakınlık kurmaya çalışıyordu.

Günler günleri kovalıyor, dayısından bir ses çıkmıyordu. Sonraya öteledikleri konuşmanın zamanı bir türlü gelmiyordu. Onun sevdası kapalı devre işliyordu. Dayısına birazcık açılmıştı. O da çıkmaz sokak gibi hâlâ uç vermemişti. Ne yapsa da dayısına bir şeyler söylese bilemiyordu. Düşündü taşındı. Dayısının evine bir yolunu bulup gitmeye çalıştı. Oraya bir ulaşabilse durum ne olursa olsun yengesi ile konuşacaktı. Dayısı hanımına Zafer'in aşkını çoktan anlatmıştı.

Pazar günü Zafer'i evlerine çağıracaklar, onunla konuşacaklardı. Dayısı Zafer'e Cumartesi gününden bir alışveriş listesi verdi. "Bunları al eve götür" dedi.

Zafer hemen hemen her Cumartesi ev alışverişi yapar onları eve götürmez, dayısının arabasına yerleştirirdi. Bu hafta alışveriş listesi biraz farklıydı ve eve teslim edilecekti. Zafer'in eve geleceğini yengesi biliyordu. Zaten o da her farklılıkta kendine bir pay çıkarıyordu. Alışverişi yaptı. Eve getirdi. Onları yengesine teslim ederken:

-Hayrola, yenge? Galiba ağır konuklarınız var. Bu haftanın alışveriş listesi değişik ve kabarıktı da...

-Evet, doğru. Pazar günü konuklarımız var. Onların en önemlisi de sen olacaksın.

-Ne, ne diyorsunuz yenge? Ben kimim ağır konuk olmak kim? Bunun nereden çıkardınız? Şey, başka... başka kimler geliyor ki?

Zafer'in kafası iyice karışmıştı. İyi ki günlerden Cumartesi'ydi ve işlerini bitirmişti. Yoksa bu kafa karışıklığı ve onun yüzüne yansıması ile ne birileri ile karşılaşmak ister ne de işlerini doğru dürüst yapamazdı.

Fabrikada kendine verilen yerde tek başına kalıyordu. Cumartesi öğleden sonra tüm çalışanlar orayı terk ediyorlardı. Zafer de iş bitiminden sonra giysilerini değiştiriyor, dışarı çıkıyordu. Çıkış ve girişlerde işyerinin güvenlik görevlisine hem haber veriyor hem de dışardan bir isteği olup olmadığını soruyordu. Dönüşte kendi gereksinimlerini de alıp geliyordu.

O gün dışarı çıkmadı, uzandı, dinlendi. Hava karardı, saatler olmuştu, odasının ışıkları da parlamıyordu. Güvenlik görevlisi merak ettiyse de "Hele bekleyeyim. Uyuyup kalmıştır" diye düşündü. Gecenin saat 12'si olmuştu ki Zafer'in kaldığı odanın ışıkları yandı. Bekçi Hasan birden şaşırdı. "Bu da neyin nesi? Yıllardır ilk kez böyle bir duruma tanık oluyorum. Bu adam hiç böyle yapmazdı. Yoksa evine hırsız mı girdi?" Bu kuşkuyu uyandıracak belirtiler de vardı. Lambanın ışığı biraz sönük görünüyordu.

Bekçi Hasan dış kapının güvenliğini sağladı. Silahını hazırladı. Zafer'in konutuna yaklaştı. Üst üste düdüğünü çaldı. Ardından:

-Kim var orada? Diye bağırdı.

Zafer, bekçi Hasan'ın telaşını anlamıştı. Önce lambaların ışığını güçlendirdi. Ardından pencereyi hafif aralayarak:

-Kimse yok Hasan Amca benim ben. Bu hafta çok yorgundum dışarı çıkmadım. Sana haber vermeyi ihmal ettim. Akşamdan uyuyup kalmışım. Biraz önce uyandım. Uyku tutmayınca kalktım oturuyorum. İçeri gel de konuşalım.

Bekçi Hasan rahatladı. Silahının güvenlik tetiğini kapattı, kılıfına koyarak kapıya geldi:

-A be deli oğlan, yüreğimi düşürdün. Ben de evine hırsız girmiş sandım. Bu kuşkudan sonra içeri nasıl girebilirim?

Zafer'in, Hasan Amcasına anlatacakları vardı. Bekçi Hasan'ın da onunla konuşup korkusunu yatıştırma gereksinimi:

-İçeri giremem sen dışarı çık. Hem fabrikayı dolaşır hem konuşuruz, dedi.

Zafer aceleyle giyindi, dışarı çıktı. İkisi de heyecanlıydılar. Önce Bekçi Hasan konuştu. Ardından Zafer'e:

-Senin derdin ne be oğul? Yatıp istirahatını etsen olmuyor mu?

Bekçi Hasan, yaşlı, emekliliğini çoktan hak etmiş güvenilir, gün görmüş biriydi. Onun bu özelliğinden ötürü patronları ona emekliliğinden sonra yeniden iş vermişlerdi. Verilen görevi bu yaşına karşın eksiksiz yapıyordu. Fabrikada çalışan herkesi yalnız isim olarak değil, çoğunun özel yaşamlarını da biliyordu. Ama ser veren sır vermeyen biriydi. Bu özelliğinden ötürü birçok işçi, sorunlarını onunla paylaşıyordu. Onun bu özelliğini bilen Zafer de bu gece yarısında onun deneyimlerinden yararlanacaktı:

-Dertliyim Hasan Amca dertliyim. Derdimin büyüklüğü, onun beni rahatsız eden çözümsüzlüğünden değil, onu birileri ile hele de kaynağındaki kişiyle paylaşamamaktan ileri geliyor.

Güngörmüş, dert dinlemiş, sorun çözmüş Hasan Amca Zafer'in derdini anlamıştı. Önce onun kendini anlatıp rahatlamasına fırsat verdi. O anlattı, Hasan Amca dinledi. Saate bakmıyorlar, fabrikanın bahçesinde binaların arasında dolaşıp duruyorlardı.

-Eyvah, dedi Hasan Amca. Saatleri kurmayı unuttum. Yarın patrona nasıl hesap vereceğim? Dedi. Zafer:

-Düşündüğüne de bak, ben tanıklık ederim. Nöbeti birlikte tuttuğumuzu söylerim.

Hasan, Zafer anlattıklarını bir bir dinledi. Ardından:

-Haydi, gel bir çay demleyelim, dedi.

-Ama Hasan Amca, tek bir sözcükle derdime ortak olmadın. Ben de seninle paylaşırım diye ümit etmiştim. Karşımda suskun bir kaya gibi durdun.

-Konuşmayacağımı nerden biliyorsun? Hele gel çaylarımızı içerken konuşuruz.

Hasan Usta'nın makamına gittiler. Çaylarını demlediler. Konuşma sırası Hasan Amca'daydı. O hiç bir ciddi sorunu ayaküstü konuşmazdı. Zafer'i karşısına oturttu. Zafer'in anlattıklarına kendi bilgi ve deneyimlerini de katarak nelerin olabileceğini tüm ayrıntıları ile anlattı. Anlatılanların çoğu Zafer'in hoşuna gidecek olumlu ipuçlarıydı. Ne de olsa Hasan Amca Muharrem Usta'yı yakından tanıyordu. Onun değerleri ile Zafer'in kişilik özelliği örtüşüyordu. Arada örtüşmeyen bazı değerler var idiyse de ki, bunların neler olduğunu Zafer'e anlattı. Zamanla iki tarafın çaba ve hoş görüsü ile ortadan kaldırılabilirdi.

Zafer, o gün dayısına çağrılı olduğunu büyük bir olasılıkla bu konunun görüşüleceğini Hasan Amca'ya söyledi. Konuşulacaklar şimdilik bitmişti. Zafer uykusuz kalmış da olsa epey rahatlamıştı. Bekçi Hasan:

-Haydi, git yat artık. Dinlenmen gerekiyor. Oldukça ciddi bir konunun görüşülmesi arifesindesin.

Kendini topla rahat ol. Dayın ve yengen aklı başında insanlar. Onlar da seni en az benim kadar sabır ve anlayışla dinleyeceklerdir.

Zafer, Hasan Amca'sına saygılarını, minnet duygularını belirtti, teşekkür etti. Konutuna gitti. Dinlenmeye çalıştı. Gelecek olanlar dayısının tanıdıklarıydı.

* * *

Evde yengesi yanına çağırdığı yardımcısı ile birlikte tüm hazırlıkları yapmıştı. O gün onlara yalnız Zafer gelmeyecekti. Onlar da İstanbul'a Anadolu'dan gelerek yerleşmişlerdi. Geldikleri yörenin törelerine hâlâ bağlıydılar. Bir genç evlenme, buna benzer ciddi konularda aile büyüklerinden hele de ana babasından izinsiz karar veremezdi.

Bu nedenle, Zafer'in annesi ve babasına daha önce haber verilmiş bu konuyu görüşmek üzere İstanbul'a çağrılmıştı. Onların geleceğinden Zafer'in hiç haberi yoktu. Onlar, Zafer'den habersiz daha bir gün önceden gelmişlerdi İstanbul'a. Patronun evine ise Pazar sabahı kahvaltıya geleceklerdi.

Zafer, Pazar günü hep erken kalkar, fabrika çevresini şöyle bir dolaşır, kahvaltı için kendine bir şeyler ve günlük gazetesini alırdı. O Pazar erken uyanamadı. Uykusuzluğun ve heyecanın etkisi ile canı ne gazete okumak ne de kahvaltı yapmak istiyordu. Öğleye doğru yatağından kalktı. Hazırlıklarını yaptı. Patronunun evine gitmek üzere yola çıkmadan önce Bekçi Hasan'a uğradı. Onu selamlamak, son bir cesaret almak istiyordu. Bekçi Hasan:

-Haydi, cesaretini topla. İlerde bu tür daha çok görüşmelerin olacak. Patronun evine giderken sakın bir demet çiçek almayı unutma. Sana uğur getirir, dedi.

Daha o gelmeden, patronun evindeki kahvaltı sofrasında yengesi, dayısı, ana babası,, Meriç konusunu ele almış, konuşuyorlardı. Daha doğrusu Zafer'in annesini ikna etmeye çalışıyorlardı. Annesi fazla konuşmadan, sessiz bir direnişteydi. O daha Meriç ve ailesini görmeden, o Zafer'le enikonu konuşmadan bu evliliğe karşı geliyordu.

Zafer, elinde bir demet çiçekle her zamanki çekingen ve utangaç tavrı ile dayısının kapı ziline bastı. Kapıyı açan yengesi onu candan ve güler yüzle karşıladı:

-Zafer, evladım gir içeri bak kimler var, dedi.

Anası ile babasını karşısında gören Zafer gerçekten şaşırdı. Onların orada olmaları bir rastlantı mıydı, yoksa plânlı bir geliş miydi?

Önce onlara "hoş geldiniz" dedi ve ellerini öptü. Sonra da yengesi ile dayısının. Annesinin ona karşı soğuk durması dikkatinden kaçmadı.

-Anne, nasılsın? Yorgun görünüyorsun. Dilerim bir rahatsızlığın yoktur.

Yengesi o gün o buluşmanın sözcülüğünü üstlenmiş gibiydi:

-Annenleri biz çağırdık. Dün akşam geldiler. Annen biraz yorgun galiba pek rahat ettiremedik, dedi.

Annesinin Zafer'e bakışları farklıydı. Bu bakışlarda özlemden başka ifadeler gizliydi. O Güne kadar Zafer'in sorularını hep annesi yanıtlardı. Köyü, akrabaları, arkadaşları ile ilgili sorulara hep babası yanıt verdi. Zafer, annesinin tutumundan olumsuz tepki vereceğinin farkına vardı ama şimdilik konuşmaması gerektiğini düşündü.

Hep birlikte Pazar kahvaltısına oturuldu. Konuyu patron açtı:

-Oğlumuz Zafer hayırlı bir konuda ilk adımı atmış. Bundan şimdilik yalnız bizlerin haberi var. Önce o bana, ben de sizlere söyledim. Törelerimiz gereği böyle ciddi konular önce aile ortamında büyüklerle konuşulur, birlikte karara varılır. Olumlu ya da olumsuz - Zafer'in annesi ve babasına dönerek sizler köyde oturuyorsunuz. Anadolu köylerinin töreleri çok sert bunu hepimiz biliyoruz. Kent yaşamı bunu değiştiriyor. Zafer köyde olsaydı orada evleneceği kızı öncelikle annesi seçerdi. Burada öyle değil artık. Özellikle okumuş gençler evlenecekleri eşi kendileri seçiyorlar. Kendi aralarında konuşuyor, anlaşıyor, ondan sonra bu anlaşmayı büyüklerinin onayına sunuyorlar. Zafer, köyünün, ailesinin törelerini hâlâ üzerinde taşıdığı için beğendiği kızın haberi olmadan onu bana söyledi. Ben kim olduğunu, ailesini yakından tanıyorum. Sizlerin ana baba olarak görüşlerinizi almadan olumlu ya da olumsuz bir düşüncede bulunmayacağım. Eğer olumlu yaklaşırsanız gelin adayını eşim de tanıyor. O da bazı şeyler söyler.

Zafer'in babası:

-Ne bileyim bey. Oğlumuzu siz okuttunuz siz yetiştirdiniz, ona siz iş verdiniz. Allah sizden razı olsun. Onun üzerinde bizden çok sizin emeğiniz var. O köyde doğdu ama artık köylü değil. Köyümüzün törelerinden söz ediyorsunuz. Köyde bile eski törelere uyan azaldı. Kalkıp o töreleri İstanbul'a taşıyıp burada sürdüremezsiniz. Burası büyük kent, burada her şey farklı.

Zafer biraz rahatlamıştı. Annesinin karşı geleceğini biliyordu. Biliyordu da artık o tek başına kalmıştı. Ne denli karşı gelse de onun 'hayır'ı geçersiz olacaktı. Annesi patrona dönerek:

-Anlat bakalım bey. Bu gelin adayı kimin nesi, kimin fesiymiş. Ev işlerinden anlıyor muymuş? Hiç köy görmüş mü? Oğlum Zafer'i ne kadar tanıyormuş? Soyu sopu kimmiş?

Bunları sorarak alacağı yanıtlarla elini güçlendirmeye çalışıyor gibiydi. Patron bildiklerini tek tek anlattı. Anne Hanım:

-Bu bize uymaz, dedi. Balkan göçmeni bir ailenin kızı. Benim köyüme gelip bana bir gün bile hizmet etmez. Ben onların yaşam şeklini ve törelerini hiç beğenmemişimdir. Oğlumu, Zafer'i bir göçmen kızının mutlu edeceğine inanmıyorum. Bana sorarsanız bu evliliğe karşıyım. Zafer:

-Nasıl olur anne? Sen Meriç'in kendini değil resmini bile görmeden karşı geliyorsun. - cebinden Meriç'in resmini çıkararak- şunun asaletine ve güzelliğine bak. Oğlunun böyle güzel bir kızla evlenmesini, böyle güzel bir gelininin olmasını istemez miydin? Annesi:

-Ver şu fotoğrafı bir bakayım. Resmi aldı. Gözlüklerini taktı. Dikkatlice baktı:

-Evlenmeyi düşündüğün kızın resmi mi bu? Yoksa bir artistin mi? Bu ne güzellik Allah'ım! Peki, huyu da resmi gibi güzel mi?

Sofradaki gergin hava bu sözlerle iyice değişti. Patronun eşi:

-Güzel güzel yenge, huyu da güzel, suyu da güzel… Dileyelim ki o da Zafer'in ve bizim isteğimize evet desin.

Zafer, annesinin bu denli çabuk değişeceğini beklemiyordu. Yerinden fırladı. Annesini kucakladı, yanaklarından öptü. Annesi:

-Kızı ne zaman göreceğiz? Diye sordu. Patron:

-Acele etmeyin. Kendi kendimize gelin güvey olamayız. Gençler kendi aralarında konuşsunlar. Meriç'in ailesinin bundan haberi olsun. Onların düşüncelerini öğrenelim. Ama ille de görmek istiyorsanız fabrikaya gidelim. Onu bir iş için çağırırız orada görürsünüz. Zafer'in annesi:

-Sakın gecikmeyelim. Sabırsızlanıyorum. Patron:

-Bir dakika durun defterime bakayım. Onun hangi günler fabrikaya geldiğini göreyim. Sizi de aldırırım görürsünüz. Ama yalnız görürsünüz konuşmak tanışmak yok.

O gece Zafer de ana babası ile birlikte patronunun evinde kaldı. Sabah erkenden kalktı, fabrikadaki konutuna geldi. Bekçi Hasan'ı buldu. Ona patronunun evinde kalacağını söylememişti. Önce bunun için özür diledi. Sonra büyüklerle neler konuşulduğunu nelere karar verildiğini anlattı, iş giysilerini giydi işe başladı. Kendini daha bir enerjik hissediyordu. Meriç'in düşüncelerindeki yeri daha bir sağlamlaşmıştı. Öncelikle o gün daha sonra o haftanın çalışma planına baktı. Satış mağazasına Çarşamba günü mal gidecekti. Bunu önemsemedi. Patronu Pazartesi yani o gün saat 12'de

Meriç'in fabrikaya bir iş için geleceğini söylemişti. Belki konuşamayacaktı ama uzaktan da olsa onu görebilecekti.

Annesi ve babasını patronu fabrikaya getirdi. Onları bürosunda ağırlarken fabrikaya gelen Meriç'in kendine uğramasını ilgililere tembih etmişti. Bunları bilen Zafer işlerini öyle bir düzenlemişti ki aynı saatte o da iş konusunda bir soru sormak için patronun bürosuna uğradı. Önceden kararlaştırdığı gibi anne baba büroda sıradan bir ziyaretçi gibi oturdular. Meriç, Zafer'le selamlaşmakla yetindi. Kısa, ayakta geçen bir iş görüşmesinden sonra oradan ayrıldı. Zafer'in annesi söylediklerinden pişmanlık duymanın mahcupluğu ile:

-Oğlum Zafer çok şanslıymış mı desem, yoksa çok akıllı mı? Bu ne güzellik, bu ne asalet böyle? Aman oğlum elimizi çabuk tutalım. Kuşu kafesten uçurmayalım. Söz ise söz, nişan ise nişan. Ne yapılması gerekiyorsa hemen yapalım. Benim Meriç'i görmeden önyargı ile söylediklerimi hiç duymamış ve bilmemiş olun ve cehaletime sayın, dedi. Patron:

-Bu işler burada köydeki gibi hemen üç beş günde olmaz. Gençlerin tanışması, konuşması, aileye bilgi verilmesi, neyin nasıl yapılacağının planlanması var. Bunlar hep zaman alır. Eğer bana yetki verirseniz ben hepsini sizin adınıza yaparım. Gerektiğinde size haber veririz, gelir ailesiyle tanışır size düşen görevleri yaparsınız. Yalnız şunu da şimdiden söyleyeyim de hayal kırıklığına uğramayın. Meriç ve ailesinin bu işe yüzde yüz evet diyeceklerini umut etmeyin. Babası:

-O ne demek? Oğlum onu beğenmiş. Hayır, olmaz derlerse Zafer de Meriç'i alır köye kaçırır. Biz de nikâhını ve düğününü orada yaparız.

Bu sözlere söyleyen dâhil hepsi güldü. Patron, konuklarını köylerine uğurladı. Ana babasının olurunu alan Zafer kendince eli kolu sıvadı. En kısa zamanda Meriç'e, geleceğe dönük duygularını söylemenin hazırlığına girdi. Bu duygularını önce davranışları ile ifade etmeye çalıştı. Meriç'in bu davranışlardan anlam çıkarması gecikmedi. O, bunu belli etmemeye çalıştı. Sonunda Zafer, Meriç'e söylemek istediklerini söyledi. Aldığı yanıt olumluydu. Bu yanıtla dünyalar onun oldu. İlk müjdeyi Bekçi Hasan'a, sonra patron dayısına ve onun hanımı yengesine verdi.

Artık patron da sorumluluk altına girmişti. Onun bu konudaki ilk ödevi Meriç'in babası Muharrem Usta ile konuşmaktı. Bunun için seçilen yer Muharrem Usta'nın mekânıydı. Ona haber vererek bir kahvesini içmeye geleceğini söyledi. Gitti ve:

-Muharrem Usta şu bizim yeğen Zafer'i tanıyorsun; çalışkan, dürüst, utangaç, çekingen Zafer'i.

-Evet, tanıyorum. Ne olmuş Zafer Bey'e?

-Artık ona Zafer Bey demeyeceksiniz.

-Nedenmiş? O uygun olmayan bir iş mi yaptı. İşten mi çıkarıyorsunuz?

-Hayır, işten çıkarmıyorum. Yaptığı işe gelince uygun olup olmadığını ben de bilmiyorum. Ona şimdi siz karar vereceksiniz.

Yılların güngörmüş Muharrem Usta'sı bir şeyler sezerek kahvesinden bir yudum aldı. Oturma düzenini biraz değiştirdi, gözlerini iş ortağına çevirdi.

-O sizin yakınınız, ortak işyerimizin işçisi olsa da daha çok sizin yanınızda ve denetiminizde. Onu siz daha yakından tanıyorsunuz.

-Söyledikleriniz doğru da, şu anda sizi yakından ilgilendiren bir şeylerin peşinde…

-Neymiş beni ilgilendiren bu konu?

-Zafer, kızınız Meriç ile yaşamını birleştirmek istiyor. Bu konuyu bana açtı. Bunun için sizin ailenin olurunun olup olmadığını benim aracılığımla bilmeyi istiyor.

-Siz ne düşünüyorsunuz? Dediğim gibi Zafer Bey'i siz benden daha iyi tanıyorsunuz.

-Ben uygun görüyorum. Siz de ailenizle bir görüşün konuşun. Kararınızı bana bildirin. Eğer yanıtınız evet olursa gerekenlerin yapılmasının sorumluluğunu ben yükleniyorum.

-Benim açımdan bir engel yok. Öncelikle gençlerin kendi aralarında anlaşmaları gerekir. Elbet ailemizin görüşü de önemli. Ben aile bireyleri hatta kızım Meriç'le de konuşurum. Sonucu en kısa zamanda size bildiririm.

Muharrem Usta'nın yanıtı gecikmedi. Tüm aile onun uygun gördüğü bu ilişkiyi onayladı. O da bu sonucu iş ortağına iletti.

Zafer, patronundan aldığı bu haberle en çok sevinendi. Meriç, daha önce uygun biri olursa artık evlenmek istediğini annesine söylemişti de ondan.

"Neden olmasın kızım, artık zamanın geldi" yanıtını almıştı. O, ailesinin evliliğe onay vereceğini biliyordu. Ona göre Zafer buna uygun biriydi.

Zafer artık kendini Meriç'in sözlüsü sayıyordu. Buna karşın deneyimden yoksun olduğu için nasıl davranacağını bazen şaşırıyordu. Yaptığı en düzenli davranışlardan biri satış mağazasına hemen hemen her gün uğramak ve her fırsatta Meriç'i görmeye çalışmaktı. Arada birlikte çıkarak başbaşa kaldıkları, Meriç'in ailesine uğradığı da oluyordu.

Çevrenin dedikodusuna zaman bırakmadan aileler bir araya geldi. Söz kesildi, nişan yüzükleri takıldı. Düğün ve evlilik için hazırlıklar başladı.

* * *

Nişan törenine Hersekli Ailesi özellikle çağrılıydı. Aile tüm bireyleri ile bu çağrıya uydu. Onlar da buna benzer bir hazırlık vardı. Önce oğulları Tuna'yı evlendirmek istemişlerdi. Hacer Hanım, Tuna için uygun bir kız aramış birden fazlasını bulmuştu. Babası Hüsmen bu konuda tüm yetkiyi Hacer Hanım'a vermişti. Tuna evliliğe hiç yanaşmıyordu. Onun başka idealleri vardı.

Fidan'a gelince; onun çalıştığı banka da ve dışarıda isteyenleri vardı. O da önce Tuna'nın evlenmesini, en azından nişanlanmasını istiyordu. Tuna'nın ağır davranması canını sıkıyordu. Dayanamadı ve abisine:

-Abi, evlenmeyi düşünmüyor musun? Bak çevremizde sana uygun bir yığın tanıdık güzel kızlar var...

-Hayır, Fidan düşünmüyorum. Evlenmeden önce yapmam gereken daha ciddi işlerim var. Önce onları halledeyim. Ondan sonra düşünürüm.

Tuna kafasındaki gizli planlarını ilk kez Fidan'a açtı:

-Atalarımızın yurdu Bosna-Hersek ateşler içinde. Orada bebekler, kadınlar, yaşlılar öldürülüyor. Atalarımızın toprakları işgal, mezarları, evleri barkları talan ediliyor. Ben önce oraya gitmek, işgalcilerle savaşmak istiyorum. Şimdilik bunun peşindeyim. Askere gideceğim. Bosna-Hersek'e gitmek için gönüllü olacağım. Bunu başaramazsam kaçak yollarla giderek çete savaşına katılacağım. Oradaki işgal sürdükçe evlenmeyi kendime hak olarak göremiyorum.

Onu dinleyen Fidan, ne diyeceğini şaşırdı:

-Bu düşüncelerini anneme, babama ve başka birilerine söyledin mi? Bu çok ideal bir düşünce. Onların tepkisi ne oldu?

-Hayır, henüz kimseye söylemedim. İlk sana söylüyorum. Başkalarının, annemin, babamın düşünceleri bile umurumda değil. Kararlıyım ve gideceğim.

-İyi de annem, babam, buradaki işler ne olacak? Sen atalarımızın topraklarını işgalden kurtarmaya giderken bizim çiftliği kim koruyacak? Ben ayrıldım bankada çalışıyorum. Annemiz ancak ev işleri ve Türkân'la ilgilenebiliyor. Babamız dersen artık yaşlandı. Eskisi kadar gücü kalmadı. Çiftlik işlerini sen üstlenmiştin. Çok da iyi yürütüyordun. Şimdi ne olacak?

-Bilmiyorum Fidan, ben de bilmiyorum. Kafamda bunlara yer yok. Bunlar üzerinde hiç düşünmedim. Okuduklarım dinlediklerim beni hep o yana yöneltti.

Fidan, son günlerde hele Meriç'in nişanlanmasından sonra isteklilerine ilgi duymaya, bunlardan birini seçme aşamasına gelmişti. Tuna'yı dinledikten sonra ailenin gündemini onun belirleyeceğini fark etti ve kendi düşüncelerini başkalarına söylemeyi şimdilik öteledi.

Bir hafta sonu çiftliğe geldiğinde annesini, babasını bitkin, Tuna'yı üzgün buldu. Nedenini anlamakta gecikmedi. Onu kapıda karşılayan Türkân herkesten çabuk davrandı:

-Fidan abla, Fidan abla! Tuna abi askere gidiyor. Subay olacak Bosna'ya gidecekmiş. Orada düşmanlarımızı öldürecekmiş, diye bağırdı.

Fidan, evdeki ağır havanın nedenini iyice kavradı. Annesi, babası ve abisi Tuna'nın ellerini öptü Onlarla kucaklaştı. Hepsi ağlamaklıydı. Tuna:

-Anlamıyorlar, Fidan anlamıyorlar. Kaç gündür anlatamıyorum. Ne olmuş bunlara? Sanki oralarda doğup büyümemişler. Oraların ekmeğini yiyip, suyunu içmemişler. Oralarda oynayıp, oraların havasını solumamışlar! Oralarda bıraktıkları akrabalarını, arkadaşlarını, atalarının mezarlarını hep unutmuşlar. Oralar ateş içindeyken, arkadaşları, akrabaları öldürülürken, çocukluk anıları yerle bir edilirken, atalarının mezarları bile talan edilirken bu denli ilgisiz ve duyarsız nasıl kalınır anlamıyorum.

Tuna'yı daha önce dinleyen Fidan daha soğukkanlıydı. Fidan daha eşyalarını yerlerine koyup üstünü başını değiştirmemişken Hacer onu yanına oturttu. Onun ellerini tuttu:

-Kızım, canım benim. Oğlum gidiyor. Savaşacakmış. Bosna-Hersek'i işgalden kurtaracakmış. Bunları anlattı. İki gündür gözlerimize uyku girmiyor.

Yediklerimiz boğazımıza tıkanıyor. Yutsak da midemize oturuyor. Babanın ağzını bıçak açmıyor. Türkân henüz olanların ciddiyetinin bilincinde değil. Şaşkına döndük.

-Fidan'ın anlatacakları vardı. Onların zamanı değildi. Tuna'nın kararının ana babasını bu denli etkileyeceğini hiç düşünmemişti. Acaba kendi de yeni bir karar aşamasında olmasa onlar gibi etkilenir miydi?

Banka müşterilerinden iş adamı Hâdi Bey'in kendisi ile daha yakından tanışmak istediğini söylemesinin zamanı mıydı? Bunu ilk anasına söylemeyi tasarlamıştı. Görüyordu ki anası onu dinleyecek durumda değildi. Zaten hafta sonu için gelmişti. En iyisi konuya hiç girmemekti.

Tuna'nın bu kararını söyleyinceye değin Bosna-Hersek'in işgali ile ilgili televizyon ve gazete haberlerine sıradan olaylar gibi bakıyor, okuyorlardı. Artık bu haberleri yakından izlemeye başladılar. Anayurtlarının ne hallere düştüğünü yakından gördüler.

Tuna'yı bu kararından nasıl vazgeçirebileceklerini günler ve haftalarca düşündüler. Ne ettilerse oğullarını vazgeçiremediler. Tuna'nın askere gitme günü geldi çattı. Onu arkadaşları askere uğurlamak için küçük bir törenle evden aldılar. Hepsi gençliğin coşkulu sevinci içindeydiler. Hersekli ailesi ise kara yasta.

Asker uğurlandığı günlerde İstanbul Otogarı bir bayram yeri şenliğine dönüyordu. Davul zurna eşliğinde çekilen halaylar, dalgalanan bayraklar, atılan sloganlar. Çoğunluğu gençler olmak üzere oraya gelen ana babaların, eş ve çocukların, sözlülerin, nişanlıların sevinçten mi hüzünden mi belli olmayan gözyaşları. Tuna'yı uğurlamak için aileden kimse yoktu.

Birliğine teslim olur olmaz Tuna Bosna'ya nasıl gidebileceğinin yollarını araştırmaya başladı. Kime sorsa doyurucu bir yanıt alamıyordu. Konuşması Bosnalılara çalan bir çavuşla karşılaştı. "Etse etse bu bana yardım eder" diye düşündü ve ona sordu. Tam da adamını yakalamıştı. Çavuş da gönüllü gitmek istemiş böbreklerinden rahatsız olduğu için gönderilmemişti. Ama o, gitmenin yolunu yöntemini biliyordu. Önce bunları Tuna'ya tüm ayrıntıları ile anlattı. Sonra aldı ilgili komutana götürdü. Komutan onu dinledikten sonra gerekenleri yaparak Tuna'yı Bosna'ya gidecek birliğe teslim edeceğine söz verdi. Tuna gururlu ve sevinçliydi.

Abisinin askere gitmesinden sonra Fidan, her hafta sonu ve her fırsatta çiftliğe gelmeye başladı. Hâdi Bey'e de ailesinin durumunu anlatarak kendine biraz zaman tanımasını istedi.

***

Türkân, çocukluğunun ilk yıllarını İstanbul'da geçirmişti. Ablası Fidan üniversiteyi bitirip işe başlayınca o da annesi ile birlikte çiftliğe dönmüştü. O yıl Türkân okula başlayacaktı. Daha okula başlamadan büyüklerinin yardımı ile okuma yazmayı, birinci sınıf öğrencilerin bilmesi gereken sayıları, bu sayılarla işlem yapmayı öğrenmişti.

Aile yeni bir karar verme aşamasındaydı. Hacer'in yeniden İstanbul'a gitmesi söz konusuydu. Fidan zaten oradaydı. Türkân da İstanbul'da okula başlayacaktı. Babalarını bu üzüntüyle, bu yaşta çiftlikte yalnız bırakmak istemiyorlardı.

Oldum olası Hüsmen, büyük kentlerde yaşamayı sevmezdi. Çiftlikte tek başına kalmasına, hanımı ve kızları İstanbul'a taşınmalarına karşın çiftlikte kalmayı yeğledi. O eşinden ve kızlarından ayrılmasını dert etmiyordu, onlara istediği zaman ulaşabilirdi. Ya Tuna'sız? Hep onu düşünüyordu. Bosna'ya gidip de dönmemek vardı. Oğlunun kafasına bu fikri kim sokmuştu? Son aldığı habere göre oğlu iki hafta sonra Bosna'ya hareket edecekti.

Fidan, annesi ile kardeşinin İstanbul'a taşınmasından memnundu. İlk girdiği banka şubesindeki başarılı çalışmasından ötürü ona daha büyük ve merkezi yerdeki bir şubeye gideceği, iyi bir okula yakın ev tutacak, annesi ve kardeşi ile birlikte kalacaklardı. İsterse babası da gelip orada kalabilirdi. Hâdi Bey de onun böyle küçük şubelerde körelmesini istemiyordu.

Abisinin Bosna'ya gitmesinin kesinleştiğini ilk Fidan öğrendi. Bunu aileden hiç kimseye söylemedi. Ancak o hareket edince söyleyecekti. İkinci haber gecikmedi. Bosna'dan geldi. Artık Tuna oradaydı. Bunu annesine ve babasına söyledi.

Türkân, dünyaya şanslı bir bebek olarak geldi. Ana babası olgunluk yaşındaydı. Ekonomik yönden sorunlarını çözmüş, yerleşik düzene geçmişlerdi. Ailede ona annesinden başka yaşamına yön verecek baba, abi ve ablası vardı. Çiftlikte neredeyse el bebek gül bebek yetiştirildi.

Sarı saçları, mavi gözleri, beyaz teni, beden ölçüleri ile çiftlikte çalışanların ilgi odağıydı. Herkes onunla ilgileniyor onu sevmeye doyamıyorlardı. Abisi ile ablasının okul yıllarında annesi ile birlikte İstanbul'a taşındıklarında oradaki komşularının da ilgi merkeziydi. Daha o yıllarda kendi yaşıtları ile çok iyi ilişki kurmuştu. Kendinden büyükleri ile de iletişimi çok iyiydi. Konuşmaları, fizik güzelliği, güler yüzü, annesinin ona aldığı giysileri ile daha o yıllarda geleceği hakkında her görenin bir şeyler söylemesine neden oluyordu.

Kayıt için okula gittiği ilk gün hiç yabancılık çekmeden sanki okulun birkaç yıllık öğrencisiymiş gibi davranış ve konuşmaları kayıt işlemlerini yapan görevlilerin ilgisini çekti. O gün orada bulunan Esin Öğretmen:

-Türkân'ı benim sınıfıma verin, onu ben okutmak istiyorum, dedi. Türkân:

-Evet, Ben de öyle isterim., diye söze katıldı.

Kayıt için annesiyle birlikte gelmiş olsa da kayıtla ilgili dosya onun elindeydi. İstenenleri ilgililere o sunuyordu. Kayıt işlemleri bittikten sonra Esin Öğretmen'e:

-Öğretmenim, madem beni siz okutacaksınız, bana okulu gezdirir, okuyacağım sınıfı gösterir misiniz?

Esin Öğretmenle el ele tutuştular. Türkân, kendini bir kuş gibi hafif hissediyor, sanki uçuyordu. Öğretmen özellikle merdivenleri çıkarken ona yetişemiyordu. Okulu gezerken o denli çok soru soruyordu ki Esin Öğretmen bir ara "Keşke bunu sınıfa almayı önermeseydim" diye geçirdi içinden. Ama Türkân'ın sorduğu tüm sorular yanıtlanmaya değer mantıklı sorulardı.

Okulun öğrenime açıldığı gün, okulun istediği her şeyi tamamlamış, bayram yerine giden bir çocuğun şık giysileri ve sevinci ile okula gitmişti. Onu ilk gün okula götürmek isteyen annesine:

"Anne, senin gelmene gerek yok. Ben okulumun yolunu, okulumu ve öğretmenlerimi tanıyorum. Tek başıma gidebilirim" dediyse de onu okula annesi götürdü.

Okulun birinci sınıfına başlayan öğrenciler onları ilk gün okula getiren büyüklerinin eteğinden tutup bacaklarına sarılarak ayrılmak istemezler. Türkân fırsat verseler okul Müdürünün açılış konuşmasından sonra mikrofonu eline alıp şiir okuyacak, şarkı söyleyecekti. Annesine:

-Tamam Anne. Sen de diğer anneler gibi ağlama! Haydi, eve dön! Beni almak için gelmene de gerek yok ben kendim gelirim, dedi.

İlk gün sınıfa anneleri ile giren çocuklara "niçin ağlıyorsunuz? Esin Öğretmen artık bizim annemiz ve de öğretmenimiz. O bizimle ilgilenir, bize bakar, bize dünyayı öğretir" O konuştukça orada bulunanların bakışları ona çevriliyordu.

Okulun ilk haftası yeni başlayan öğrenciler için oyun ağırlıklı geçer. Amaç onları okula alıştırmaktır. Esin Öğretmen bunun Türkân için sıkıcı olacağını bildiğinden ona daha ilk günden görevler vermeye başladı. Bunu diğer öğrenciler kıskansalar da hak ettiğini kabullendiler. Bununla da kalmayıp onu sınıf başkanı seçtiler. Kısa zamanda Türkân kendisini neredeyse tüm okula tanıttı.

Okula başlayalı iki hafta olduğunda öğretmenine, "Ben bir defter alıp anılarımı yazmak istiyorum, bana yardım eder misiniz?" diye sordu. Onun istediği yardımı öğretmeni hemen yerine getirdi. Ona kalınca bir defter hediye etti. Bir başka gün okula başlamadan çiftlik evinde yaparak dosyaladığı resimleri getirdi öğretmenine gösterdi. Esin Öğretmen Türkân'la ilgili özel bir defter tutmuş, onunla ilgili her şeyi bu deftere kaydediyordu. Onu korkutan bir durum vardı. Bu çocukla nasıl baş edebilecekti. Bunu daha ilk günden okul Müdürüne de bildirmişti. Okul Müdürü yılların yöneticisi olduğundan daha önce de böyle öğrencilere rastlamıştı. Esin Öğretmene:

"Endişe etmeyin. Elbirliği eder, onu yönlendiririz" dedi.

Türkân'ın yaptığı resimleri içeren dosyayı ve Türkân'ı alarak Müdüre götüren Esin Öğretmen:

-Bu Türkân. Bu da okula başlamadan önce yaptığı resimler. Alt yazılarını da Türkân yazmış.

Müdür resimlere, altındaki yazılara baktı. Esin Öğretmene "Haklıymışsınız" demekle yetindi.

Türkân o akşam anı defterine şu kısa notu düştü.

"Bugün okula başlayalı on gün oldu. Okulum, öğretmenim, arkadaşlarım çok güzeller. Onların hepsini çok seviyorum. İstanbul..."

O, ilerleyen yıllarda yazdığı güncelere daha ciddi konular işleyecekti.

* * *

Tuna Bosna'ya varır varmaz hemen eline silahını alıp cepheye gideceğini düşünüyordu. Hâlbuki buradaki Türk birliğinin görevi cephede savaşmak değil, belli bir yerin güvenliğini sağlamaktı. Nöbet tutan askerlerin silahlarında gerçek mermi olsa da onu gelişigüzel değil, ancak bir tehlike anında kullanmaya izinliydiler. Tehlike anları da genellikle geceye denk geliyordu. Tuna birkaç hafta bekledi. Buradaki görevin-in farklı olduğunu görünce komutanına:

-Komutanım, biz buraya kampa mı geldik? Yüz, iki yüz metre ilerimizde soydaşlarımız öldürülürken biz burada nasıl rahat durabiliriz? Sıcak bölgede, silahlı çatışmaya ne zaman başlayacağız? Sırpların gelip bizleri öldürmesini mi bekleyeceğiz?

Komutan, Tuna'nın heyecanını anlıyordu. Bu denli açık olmasa da diğer askerlerden de buna benzer sözler dinlemişti. Onlara kısa yanıtlar vermişti. Tuna'nın yaklaşımı onlardan farklı olduğundan ona görevlerinin ne olduğunu biraz daha ayrıntılı anlattı. Bu anlatılanlar da Tuna'nın içindeki ateşi söndürememişti.

O, amacına ulaşabilmek için yasadışı yolları denemeyi düşünüyordu ki, komutanı onunla yaptığı birkaç görüşmeden sonra gizli görev vereceğini söyledi. O ara komutan onun tüm geçmişini incelemişti. Buraya hangi amaçla gönüllü ve istekli geldiğini öğrenmişti. Vereceği görev bilgi toplama greviydi. Sivil giysiler giyecek, gizli silah taşıyacaktı. Taşıdığı silahı zor durumda kalmadıkça kullanamayacaktı. Verilen görevi hiç karşı durmadan kabul etti. Bununla da yetinmedi.

Komutanına gece nöbetlerine birliğin en kritik noktalarında devam edeceğini söyledi.

Yeni görevinin ilk günlerini çevreyi, çevredeki insanları tanımakla geçirdi. Oranın dilini, derdini anlatabilecek kadar öğrendi. Giyeceklerini onlarınkine benzetti. Fotoğraf makinesini istediği gibi kullanamıyordu. Gözlemlerini rahatça kayda geçirebiliyordu. Nerde bir Sırp askeri görse heyecanını kontrol altına almakta zorlanıyordu. Görevi gereği onlarla selamlaşıyor, onlardan ne denli olabilirse bilgi edinmeye çalışıyordu.

Verilen bu görevi isteyerek ve tam yapıyordu. Belli bir zaman sonra bununla da tatmin olmamaya başladı.

Bosna'ya geleli aylar olmasına karşın ailesi ile pek haberleşmemişti. Telefonla konuşmak olanaksızdı. Ancak mektuplaşılıyordu. Geldiğinde kısa bir mektup yazmış, yolculuğunu, geldiği yeri, sağlık durumunu ve adresini babasına bildirmişti. Komutanları onlara ailelerine mektup yazmalarını ihmal etmemelerini söylüyorlardı. Tuna, ikinci mektubunu yazdı. Bunda en çok Türkân'ı merak ettiğini bildiriyordu. Babası bu mektubu okuduktan sonra Türkân'a gönderdi. Türkân bu mektuba yanıt yazmakta gecikmediği gibi abisinden mektup gelse de gelmese de, yazdıklarının hepsini postalamasa da her Pazar ona bir mektup yazmaya başladı. İlk yazdığı mektupta abisinden Bosna ile ilgili bilgiler ve daha önemlisi fotoğrafını istiyordu. Zaten o abisi mektubunda anlatmasa da oralarla ilgili epeyce bilgi edinmişti.

Başarılı çalışmalarından ötürü Tuna'ya iki haftalık izin vermek istediler. Kural ve yasalara göre dış göreve giden askerlere oradaki görev süreleri bitinceye kadar izin verilmiyordu. Tuna önce önerilen iki haftalık izni kabul edemeyeceğini söyledi. "Benim diğerlerinden ayrıcalığım ne ki bana izin veriyorsunuz?" dedi. Sonra birlik komutanına şöyle bir öneride bulundu. "Bu izni alırım ama memlekete gitmem. Buralarda kalırım. Başka yerlere gider bilgi toplarım. Sıkıştığım zaman gelir birlikte kalırım" dedi. Komutan:

-Bu bir serüven, hem de çok riskli bir serüven. Biliyorsun her taraf Sırplar tarafından kuşatılmış durumda çevrede kuş uçurtmuyorlar. Senin kendini koruyacak silahın da olmayacak. Resmi grevli olmadığın için yakalandığında seni yok ederler. Üzerinde kimlik bile taşıyamayacağın için nasıl yok edildiğinden kimsenin haberi bile olmaz.

Tuna kendisine en iyisinden bir tabanca edinmişti:

-Silahsız olduğumu kim söylüyor? Benim silahım var. Sağ ya da ölü olarak yakalanmayacağıma söz veriyorum. İlk günlerin heyecanını atlattım. Kendimi tehlikeye atmayacak kadar bilinçlendim. Sizden tek istediğim, eğer şansım çok kötü gider de istenmeyen bir durum olursa beni ortalarda bırakmamanız.

Komutanla anlaştılar. Tuna iki haftalık izne ayrıldı. Hemen o gün birliğin bulunduğu yerden uzaklaştı. Onun amaçlarından biri de hangi koşulda olursa olsun dedelerinin mezarlarının bulunduğu yere gitmek, onları ziyaret etmekti. Oraya giderek, annesi, babası, Muharrem amcası, Halide teyzesinin çocukluklarını geçirdiği yerleri görmekti.

Önce, suya sabuna dokunmadan sakin sade bir vatandaş gibi ailenin anayurduna gitti. Daha önceki bilgilerine dayanarak oraları bulması zor olmadı. Dedelerinin yattığı mezarlığı buldu. Sırplar henüz oralara girmediğinden savaş yoktu ama ora halkı da savaşın zorluklarını çekiyorlardı. Daha önce titizlikle bakıp korudukları mezarlığı da artık kendi haline terk etmişlerdi.

Mezarlığa Tuna'yı köyün muhtarı götürdü. Muhtar elli yaşlarında biriydi. Tuna'nın ailesini, orada bıraktığı akrabalarını tanıyordu. Ona geçmiş günleri anlattı. Sorularını yanıtladı. Tuna'ya bir yığın sorular sordu. Ondan; Türkiye, oraya göç eden Bosnalıları, tanıdıklarını, Muharrem ustayı, Halide'yi, Hacer'i, Hüsmen Ağa'yı sordu.

Anlattı Tuna hepsini bir bir... Muhtar da Tuna'nın sorularını yanıtladı fazlasıyla. Mezarlık dönüşü muhtar Tuna'yı hiç görüp tanımadığı ailesinin akrabalarına götürdü. Onlarla tanıştırdı. Herkes tedirgindi. Önce Tuna'nın akrabaları olduğuna inanmadılar. Onun ne giyimi ne konuşması, ne de davranışları oralılara benzemiyordu. Bir yandan muhtar, öte yandan Tuna, Muharrem Usta'yı, Halide'yi, Tuna'nın annesini babasını anlatınca onun akrabaları olduğuna inandılar. Ancak o zaman onu bağırlarına bastılar.

Tuna'ya muhtardan sonra bir de akrabaları ahiret sorusu sormaya başladılar. Özellikle işgal altındaki bu topraklara niçin ve nasıl geldiğini soruyorlardı.

O günü ve geceyi baba tarafından bir akrabasının yanında geçirdi. Ona ayrı bir oda veremediler. Eşyalarını özellikle silahını saklıyordu. Eğer silahını görürlerse kuşkularının artacağını biliyordu. Gece boyu tedirgin yattı.

Hacer'in akrabaları Tuna'nın geldiğini duydular. Onlar, köyün öteki ucunda, biraz da köyün dışında oturuyor, hayvancılıkla uğraşıyorlardı. Ertesi gün Tuna'yı almaya, alıp evlerine götürmeye geldiler. Hayvan besledikleri, ufak çaplı bağ bahçe işleri ile uğraştıklarından işgale karşın ekonomik sıkıntıları fazla değildi. Kendi ürettikleri ile besleniyorlardı. Tuna için burası daha rahat idi. O, bu yaşama alışkındı. Evin güzel kızı Cevriye, konuk ağırlamayı çok iyi biliyordu. Karşısına uzaktan da olsa kan bağı bulunan yakışıklı bir genç görünce biraz şaşırdı. Tuna ondan birkaç yaş büyüktü. Konuğun yatacağı odayı o hazırladı. Tuna, annesinden dinlediği bilgiler ışığında hareket ediyordu. Annesinden dinlediğine göre Balkanlarda genç kızlar, evin hanımları gelen konuklardan kaçmazlardı. Erkek gibi birlikte yer içer, söyleşilere katılırlardı.

Bu akrabaları da Tuna'ya bir yığın soru sordular. Buralara gelmesinin nedenini öğrenmek istediler.

Cevriye, Tuna'yı görür görmez onu beğendi. Aile büyükleri soruları sordukça o:
-Ne sorup duruyorsunuz? Onu buralara Allah gönderdi. Fazla sıkıştırmayın.

Herkes birbirine baktı. Cevriye ne demek istiyordu?

-Baksanıza tığ gibi delikanlı. Eğer Sırp canavarları kapımıza dayanırsa bizleri savunacak hazır askerimiz var.

Bu kez Tuna işkillendi. Yoksa Cevriye onun silahını mı görmüştü. Bu olanaksızdı. Öyleyse o neler söylüyordu. Bakış ve gülümsemeleri anlamlıydı anlamlı olmasına da böyle birden nasıl olurdu?

Cevriye'nin güzelliği Tuna'nın gözünden kaçmamıştı. Gecenin geç saatine kadar oturdular. Yatma saatinin geldiğini Cevriye söyledi. Sabah erken kalkılacaktı. Onları bir dolu iş bekliyordu.

Annesi Cevriye'ye:

-Hâdi kızım, konuğumuzu al odasını göster, dedi.

Cevriye, yalnız odayı değil, banyoyu, lavaboyu gösterdi. Yatmadan önce içmesi için taze süt getirdi. Geceleri köpek havlamaları, sabaha karşı diğer hayvanların seslerinden rahatsız olmaması için kapı ve pencereyi sıkıca kapatmasını söyledi. O söylemese de Tuna bunları yapacaktı.

Sabah kahvaltısı her günkünden biraz geç yapıldı. Kahvaltı sofrasını Cevriye hazırladı. Tuna daha önce kalkmış, duşunu almış, traş olmuş, giyinmişti. Fotoğraf makinesi dışında tüm eşyalarını sırt çantasına yerleştirmişti.

Cevriye'de her günkünden daha şık giyinmiş, saçına başına özel bir günmüş gibi düzen vermişti.

Hep birlikte kahvaltı yaptılar. Tuna bol bol resim çekti. Bir fırsatını buldu Cevriye'nin tek resmini çekti. Cevriye ise onunla birlikte ya da onun tek çekilmiş resmini edinmek istiyordu. Tuna bunu anladı. Cebinden çıkardığı bir resmi sözde aileye, özde Cevriye'ye verdi. Diğerlerini de postayla göndereceğini söyledi. Bununla da kalmadı. Hayvanların, evin hemen yanındaki bahçesindeki sebze ve meyvelerin fotoğraflarını çekti.

Cevriye, Tuna'nın orada daha çok kalmasını istiyordu. Bunu bir fırsatla ona da söyledi. Tuna, o güne değin bir genç kıza bu denli ilgi duymamıştı. Hele bu yerlerde birine yakınlık duyacağını aklının ucundan bile geçirmiyordu. O, ciddi ve ağır sorumluluğu olan bir görev yüklenmişti.

Orada fazla kalamayacağını biliyordu. Gene de kalış süresini iki gün uzattı. Bu arada Cevriye ile birkaç kez baş başa kaldılar, konuştular, birbirlerine duygularını açıkladılar. Gelecekle ilgili birbirlerine söz verdiler. Tuna, bir tek Cevriye'ye asker olduğunu ve diğer görevlerini söyledi.

Ayrılırken, yine gelebileceğini gelemese de mektup yazacağını söyledi. Tuna'nın ikinci hedefi Sırp askerlerinin yakıp yıktığı yerleri görmek, oraların resmini çekmek, oraların yerli halkı ile görüşmek konuşmaktı.

Düş dünyasına Cevriye'nin girmesi onu biraz rahatlatmıştı. Bununla sanki kafasındaki tek konunun ağır yükünden kurtulmuştu. Artık yalnız Bosna'nın kurtulması değil, Cevriye'yi de düşünüyordu. Sırpların tahrip ettikleri yerleri gördükçe kendince yüklendiği sorumluluğun ciddiyetinin bilincine varıyordu.

Elindeki haritaya göre görmeyi planladığı yerlere gitti, gezdi, gördü. Sanki bir savaş gazetecisi gibi resimler çekti, insanlarla yaptığı söyleşileri, gördüklerini defterine not etti. Gördüklerinin bazılarını, kendinin sağlık durumunu yazdığı bir mektupla birlik komutanına bildirdi.

İzni bitip birliğine gelince ilk işi birlik komutanı ile görüşmek oldu. Bu görüşmede gezisinin kısa bir özetini anlattı. Komutan fazla soru sormadı.

Resimleri yaptırdı. Önce Cevriye'ye sonra Türkân'a birer mektup yazdı. İkisine de seçtiği resimlerden gönderdi. O hâlâ çatışmanın sıcak ortamına gitmekten vazgeçmemişti.

Cevriye ve Türkân, Tuna'dan aldıkları mektuplar ve resimleri sevinçle ailelerine gösterdiler. Cevriye, birkaç resmi, gelen mektubun bazı bölümlerini gizlemişti. Türkân hem mektubu hem resimleri önce öğretmeni ve sınıf arkadaşlarına sonra annesi ve ablasına gösterdi. O abisi ile gurur duyuyordu. Yanıt yazmakta gecikmedi. Böylece Türkân mektup yazmaya da başladı.

* * *

Tuna'nın beklediği oldu. Birliğine gelen bir emirle çatışma bölgesine gidiyorlardı. Emir gelir gelmez komutanı çağırdı. Onunla özel konuştu.

-İsteklisin, heyecanlısın. Sakın maceraya atılma! Savaş bir zekâ oyunudur. Hatta buna ölme sanatı da derler. Buradaki sanat ölmemeyi ifade eder. Öldürmeye gelince, bu savaşın temel kurallarındandır. Cevriye'yi, Türkân'ı ve diğerlerini düşün ama önce kendini...

Komutan son sözleri ile sanki damardan işlemişti "Cevriye'yi, Türkân'ı düşün".

Elbet onları düşünüyordu. Yine de kendini kontrol edemedi. Çatışmaya girmelerinin ikinci günü yakınına düşen bir topun şarapnel parçası onun sol bacağını diz üstünden kopardı. Acı içinde kıvranırken:

-Sakın kopan bacağımı düşmana teslim etmeyin. Onu yanıma alıp memlekete götüreceğim, diyordu.

Dediklerini yaptılar. Yaralı gövdesini, kopan bacağını hastaneye taşıdılar. Hemen tedaviye başlayıp acısını dindirdiler, yarasını sardılar. O, acılarının dinmesinden sonra cephede olan biteni sordu:

-Benim bir şeyim yok. Beni cepheye götürün, dedi. Kendince şansı kötü gitmiş, amacına ulaşamamıştı.

Cephede yaralananlar görev yapamayacak duruma geldiklerinde memleketlerine gönderilirlerdi. Tuna:

-Hayır, gitmeyeceğim. Tek bacağımla da olsa savaşmak istiyorum, diyordu.

İyileşinceye kadar hastanede kaldı. Bu arada isteği üzere kopan bacağı ilaçlandı, ambalajlandı. Taburcu edilirken ona verilmek için korundu. İyileşmesi uzun sürmedi. Hastanede kaldığı sürede neyi nasıl yapacağını düşündü. Bacağının koptuğunu, ailesine hele de Cevriye'ye nasıl bildirecekti. Mektup yazmak için hazırladığı kâğıt kalem günlerce yatağının başucunda durdu. İki satır da olsa yazmaya eli bir türlü varmadı. Kendini yazmak için zorladığı bir günde kâğıdı kalemi aldı, öylece bekledi. Gözleri dolu dolu olmuştu. Komutanı onu yoklamaya gelmişti.

-Ooo! Tuna mektup mu yazıyordun?

-Evet, mektup yazmak istiyorum. Ama bir türlü başaramıyorum. Ne yazacağımı bilemiyorum. Ben bu duruma düşecek adam mıydım? Hangi düşüncelerle geldim ne durumlara düştüm? Kardeşim Türkân ve

Cevriye'nin düşecekleri hayal kırıklığını düşünüyorum da… Onların gözünde bir kahramandım. Ya şimdi?

Komutan, elini Tuna'nın omzuna koydu. O, askerlik yaşamında daha kötülerine tanık olmuştu. Tuna'ya:

Sen görevini yaptın. Bacağının birini kaybetmen cephede sıcak çatışmaya girmenin ve kahramanca dövüşmenin bir belirtisi değil mi? Sen hem bir gazi hem yiğit bir kahramansın. Seni sevenler, bunu böyle kabul edecekler. Hiç çekinmeden ve de gururlanarak yazacağın mektuplarda durumunu açıklayabilirsin. İnan bana onlar da bundan övünç duyacaklardır, dedi.

Tuna biraz rahatladı. En çok sevdiği o iki kişiye birkaç satırlık mektup yazdı. İkisine de bacağının koptuğundan söz etmek yerine:

-Buradaki görevim bitiyor. Yakında görüşmek dileğiyle, notunu düştü.

Mektubu önce Cevriye aldı. Açtı, okudu. Okudukları onu hem meraklandırdı, hem sevindirdi. Sevindi, çünkü Tuna'dan mektup almıştı. Okuyunca da meraklandı. Merakı ise daha askerliğinin bitmesine çok zaman vardı. O savaş ortamında yaşadığı için Tuna'nın başına gelecekleri kestirebiliyordu.

Türkân'a gelince, o mektubun bu denli kısa yazılmış olmasının nedeni üzerinde kafa yormaya başladı.

Bosna'ya giden Türk Birliği görev süresinin bitirince yerine yeni gelecek birliğe bırakıyor, Türkiye'ye toplu olarak dönüyordu. Yaralanan ya da şehit düşerlerse memleketlerine hemen (yaralılar iyileşince) gönderiliyorlardı. Tuna'nın birliğinin dönmesine daha altı ay vardı. O bu altı ayı bitirmeden dönmek istemiyordu. Birlikte yapacağı bir görev de kalmamıştı.

Bunu yetkili komutanı ile görüştü. İçindeki düşünceyi ona anlattı. Orta yol bulunmaya çalışıldı ve bulundu. Tuna birliğinde kalacak, geri hizmetlerde görev yapacaktı. Bu arada kendini tehlikeye atmamak kaydıyla izne ayrılabilecekti. İyileşinceye kadar orada kaldı. Ağırlıklı olarak hastanede görev verildi.

Cevriye'ye gitmek, onunla görüşmek durumunu göstermek, yazgılarının ne olacağını konuşmak istiyordu. İstediği izin verildi. Onun için Cevriye'nin olduğu yere gitmek oldukça riskliydi. Onu gören Sırp askerleri savaşa doğrudan katılarak yaralandığını bilecek, daha çok sorular soracaktı. Yolculuk yaptığı tüm taşıtlarda koltuk değneklerini, yaralı bacağını sakladı. Taşıttan hiç inmemeye çalıştı.

Kazasız belasız köye geldi. Köyde daha önce söyleşi yaptığı insanlar onu hemen tanıdılar. Yakın ilgi gösterdiler. Geçmiş olsun dileklerini ilettiler. O bunlara hazırlıklıydı. Cevriye'nin onu nasıl karşılayacağını merak ediyordu. Köyde köylülerle fazla oyalanmadan Cevriye'nin evine gitmek istiyordu. Ev çok uzak olmasa da yürüyerek gitmesi biraz güçtü. Köylüler onu bir talikaya bindirerek götürdüler. Eve vardığında onu ilk Cevriye gördü. Sanki yolunu bekliyordu. Terastan:

-Tunaaaaaaaa! Diye bağırdı. Anne baba bakın Tuna gelmiş!

Tuna'nın talikadan koltuk değnekleri ile bacağının birinin yarım olduğunu görünce şaşkına döndü. Sesi kesildi:

-Demek sen de… diye mırıldandı.

Cevriye'nin çığlığını, talikanın tekerlek, atların solumasını duyan Cevriye'nin anne ve babası kapı önüne çıktılar. Tuna'yı öyle görünce onlar da hayal kırıklığına uğradılar. Onu getiren köylüleri içeri buyur ettilerse de onlar girmediler. Tuna'yı ve eşyalarını içeri aldılar. Soru sormadan onun başına gelenleri anladılar.

Tuna'nın yarası tam iyileşmemişti. Burada gönlünün de yaralanmasından korkuyordu. Cevriye'den olur almıştı ama ya şimdiki durumunda olmaz derse ne olacaktı. İlk gelişinde ona Bosna'da yapmak istediklerini anlatmıştı. Onları gerçekleştiremeden Cevriye'nin karşısındaydı. Hem de yaralı, sakat olarak.

Cevriye'nin bunları düşünecek zamanı yoktu. O, Tuna'ya yardım etmek, onu bir an önce sağlığına kavuşturmak peşindeydi. Onun yarasını ilaçlıyor, en iyi beslenmesi için elinden geleni yapıyordu.

Köylüler Tuna'nın yaralı olarak geldiğini öğrendiler. Başta muhtar ve diğerleri onu yoklamaya, geçmiş olsun dileklerini iletmeye ve nasıl yaralandığını öğrenmeye geldiler. O, görevini yarıda bırakma duygusu ile fazla konuşmuyordu. Ancak sorulanları kısa kısa yanıtlıyordu.

Köyde on gün kaldı. Bu arada yarası daha bir iyileşti. Hekimin söylediği gibi ayağa kalkarak koltuk değnekleri ile evin içinde ve bahçede dolaştı. Ağrıları gittikçe azaldı.

Evlenme konusunu Cevriye'ye açmaya cesaret edemiyordu. İzninin bitmesine üç gün vardı ki Cevriye'nin annesi:

-İstanbul'dakilerin yaralanmandan haberleri var mı? Onlara bildirdin mi? Ne zaman dönüyorsun?

Cevriye İstanbul'u ve Türkiye'yi çok merak ediyor. Onları görmek ailenle tanışmak istiyor, dedi.

Tuna, Cevriye'ye baktı. O Tuna'ya:

-Ailemin haberi yok. Ben yakında döneceğim. Cevriye istediği zaman gelir. Onu ağırlarız. O zamana kadar ben daha da iyileşirim. Fidan ve Türkân ona İstanbul'u gezdirirler.

Bu konuşmadan sonra ikisi baş başa kaldıklarında Tuna söylemek istediklerinin hepsini söyledi:

-Cevriye, verdiğin sözde duruyor musun?

-Evet

-O zaman annene babana söyleyelim

-Söyledim, anlattım. Onlar da olur dediler. Demekle kalmadılar memnun olacaklarını söylediler.

-Peki, bu durumunda?

-Hiçbirinin görüşünde değişiklik olmadı.

-O zaman bu günden tezi yok neyi nasıl yapacağımızı konuşalım. Benim birliğime dönmem gerekiyor.

-Olur, akşam konuşuruz.

Kendi aralarında neyi nasıl yapabileceklerinin biraz daha ayrıntısına girdiler. Gerisini dörtlü görüşmeye bıraktılar. Akşam yemeğinde konuya Cevriye'nin babası girdi:

-Hayırlı bir işi konuşmuş, kendi aranızda karar vermişsiniz. Bu karar bizce de uygun. İkiniz de aklı başında insanlarsınız. Kendi geleceğinizi bizden daha iyi görürsünüz. Umarız düşünceleriniz istediğiniz gibi gerçekleşir. Bunun için biz elimizden geleni yaparız.

Annesi, babasının söylediklerini daha önce onaylamıştı. Ona göre hazırlıklıydı. Çantasından çıkardığı yüzükleri taktı. Onları öperek iyi dileklerini dile getirdi.

Tuna öylesine duygulandı ki gözyaşlarını tutamadı. Kalktı, büyüklerin ellerini öptü. Onlara, gösterdikleri hoşgörü ve anlayışlarından ötürü saygılarını ve şükranlarını bildirdi. Ardından Cevriye aynını yaptı.

Birliğine döndükten sonra Tuna'nın yeniden buraya gelmesi olanaksızdı. Onun askerlik görevi bitiyor, İstanbul'a dönmesi gerekiyordu. Buna zorunluydu. Bu nedenle gelecekle ilgili neyin nasıl yapılması gerektiğini bu bir iki gün içinde konuşmalıydılar.

Önce Cevriye ile Tuna kendi aralarında sonra hep birlikte yaptılar bunu. Neyi nasıl yapacaklarının daha doğrusu yapabileceklerini en ince ayrıntılarına kadar planladılar. Bu planın bir ayağı İstanbul oluyordu. Tuna "Orasını bana bırakın" dedi. Buna göre Tuna İstanbul'a dönünce, Cevriye' ve ailesini kendi ailesine anlatacak, onların olurunu aldıktan sonra gerekli hazırlıklar yapılacak, düğün için onlar İstanbul'a geleceklerdi.

Tuna birliğine döndü. Onu sağlıklı ve neşeli gören komutanı sevinçle:

-Seni çok iyi gördüm Tuna. Sağlığına kavuşmuşsun. Neşen de yerinde.

Tuna, parmağındaki yüzüğü göstererek:

-Bana çok iyi baktılar ve geleceğe dönük ciddi bir karara ilk adımımı attım.

-Neee! Nişanlandın mı? Kiminle? Kutluyorum, dedi ve Tuna'yı yanaklarından öptü.

Birlik, artık dönmek için son hazırlıklarını yapıyordu. Arkadaşları kendilerinden habersiz izne ayrılan Tuna'yı merak ediyorlardı. Bazıları onu yaralandıktan sonra hiç görmemişlerdi. Birbirlerine ve komutanlarına sordular. Nerede olduğunu değil ama durumunun iyi olduğunu öğrendiler. Aralarında ufak tefek yaralananlar da vardı. En ağırı Tuna'ydı. Bir de trafik kazasına kurban giden diğer arkadaşları Nazmi.

Nazmi, daha geldiklerinin ilk günlerinde bir kaza sonucu ölmüştü. Cenazesini memlekete göndermek zor olduğundan oraya gömmüşlerdi. Dönerken onun kemiklerini bir tabuta yerleştirdiler, birlikte götürüp ailesine teslim edeceklerdi. O tabutun yanında küçük bir tabut daha vardı. Küçük tabutu gören merak ediyor, herkes onun bir çocuk cenazesi olduğunu düşünüyordu. Ama bu nereden çıkmıştı. Kimin çocuğunun cenazesiydi. Açıklamayı birlik komutanı yaptı. Onun Tuna'nın kopan bacağı olduğunu söyledi. Küçük tabutu orada değil yol boyu gören herkese açıklamak zorunda kaldı.

Birlik, sivil iki uçakla İstanbul Atatürk Havaalanı'na bir Pazar günü öğleden sonra saat on altıda indi. Onları karşılayan tören kıtasının yanında devlet yetkilileri, subay ve erlerin akrabaları, arkadaşları, tanıdıkları vardı. Karşılayanların sevinçleri gözlerinden okunuyordu.

Tuna'yı karşılamaya Hacer, Fidan, Türkân ve Hâdi gelmişlerdi. Herkes cam arkasından beklediklerini görmek için birbirlerini itiyorlardı. İlk görülen Tuna oldu. Sakatlığından ötürü ona öncelik tanımışlardı.

Ailesi onu görünce önce tanımadı. Bacağının biri yarıdan kopmuş, koltuk değnekleri ile yürüyebilen bir Tuna beklemiyorlardı. Türkân:

-Abim, evet bu abim. Nasıl olur? Olamaz! Olmaması gerekir! Diye bağırdı. Hacer, dili tutulmuşçasına dondu kaldı. Fidan şoka girdi, başını çevirdi.

Eşyalarını uçaktan alıp başka bir yere götürecekler giriş işlemlerini yaptıranlar da orada toplanacak orada ailelerle birlikte bir tören yapılacaktı. Ondan sonra isteyenler ayrılacaktı.

Hep birlikte tören yerine gidildi. Orada birlik komutanı kısa bir konuşma yaptı. Ardından Vali ve başkaları... Sade bir karşılama töreninden sonra İstanbul ve diğer kentlerden gelen karşılayıcılar çocuklarını ve eşyalarını aldılar. Nazmi'nin tabutunu almak için Çankırı'dan annesi, abisi, amcası gelmişti. Onlar cenazeyi aldılar, devletin görevlendirdiği cenaze arabasına koydular.. Buruk bir acı ile oradan ayrıldılar.

Tuna'nın kesik bacağının bulunduğu küçük tabut yine oradakilerin dikkatini çekti. Onun ne olduğu oradakilere anlatıldı ve Tuna'nın yakınlarına teslim edildi.

Ailelerin karşılayıp aldıklarından geriye kalanlar askeri araçlarla kışlaya gittiler, sonra da oradan memleketlerine... Hepsinin askerlik görevi bitmişti.

Hacer ve diğerleri, Hâdi 'nin arabası ile İstanbul'daki evlerine gidiyorlardı. Hüsmen de çiftlikten gelmiş, evde onları bekliyordu. Fidan önde diğerleri arka koltukta eve doğru yol alırken Hacer, hâlâ sessiz, oğlunu sağ yanından, Türkân sol yanından kucakladılar.

Türkân, abisine hatta diğerlerine sormak için bir yığın soru hazırlamıştı. Onları soramadığı gibi doğru dürüst fotoğraf bile çekemedi. Yolda giderken birkaç soru sormayı düşündü ondan da vazgeçti. Tuna'nın çok da yıkılmış olmadığını gören Fidan bir iki soru sordu. Amacı üzgün havayı biraz dağıtmaktı.

Evde onları karşılamak için Hüsmen dışında başkaları da vardı. Arabayı görünce herkes kapı önüne indi. Arabadakilerin yüz ifadelerini ve sessizliklerini görünce şaşırdılar. Hâdi ve Fidan önce inerek, arka kapıları açtılar. Hacer arabadan iner inmez kendini daha fazla tutamadı, hıçkırıklı bir ağlayışla kocasına sarıldı:

-Oğlumuz Tuna sakatlanmış Hüsmen. Bacağının biri yarıdan kopmuş, dedi ki Tuna arabadan indi.

O da babasına sarıldı. Hüsmen'in sanki dili tutulmuştu. Ne hareket edebiliyor, ne tek sözcük söyleyebiliyordu. Diğerleri de onlara bir iki dakika öylece baktılar.

Türkân arabadan indi. Bagajı açan Hâdi 'nin yanına koştu:

-Hâdi abi, küçük tabut şimdilik burada kalsın Diğer eşyaları alalım yeter, dedi. Tabutu o anda arabadan indirmediler.

Hep birlikte oturma odasına geçtiler. Hacer'in hazırladığı yemekler, Fidan'ın düzenlediği, donattığı yemek masasını kimsenin gözü görmüyordu. Herkes açlığını unutmuştu. Unutulan yalnız bu değil, Hâdi ile Tuna'nın tanıştırılması da. Orada bulunanlar Tuna'dan ötürü hayal kırıklığı yaşıyorlardı. Bu yüzden hepsi ne diyeceğini bilememenin şaşkınlığı içindeydi. Sessizliği Türkân bozdu:

-Tuna abi, bize birşeyler anlatmayacak mısın? Bacağına ne oldu? Hepimiz büyük bir merak içindeyiz. Şey, bir de parmağındaki yüzük. Anlat anlat da meraktan kurtar bizi. Sonra yemek yiyelim. Yorgunsun bir duş al dinlen. Artık aramızdasın. İleriki günlerde bol bol konuşuruz.

Tuna birkaç cümle ile olanları anlattı. "Yüzük konusunu sonra konuşuruz" demekle yetindi.

Hersek Ailesi'nden hiçbiri ne havaalanındaki ne de evdeki karşılamaya gelmemişlerdi. Önce onlar aile olarak özlem gidersinler diye düşünmüşlerdi. Pazartesi Tuna'nın sakat kaldığını öğrenir öğrenmez 'hoş geldin' ve 'geçmiş olsun' a geldiler.

İki gün İstanbul'da kaldıktan sonra Tuna çiftliğe gitmek istedi. Çiftliğin kendinin yokluğunda ne duruma geldiğini görmek istiyordu.

Türkân, abisinin anlattıklarını az bulmuş, ondan Bosna ve dedelerinin yurdu hakkında daha çok bilgi almak istiyordu. Bir de Cevriye ile ilgili.

Tuna, Cevriye ve ailesini anlattı. Hacer ve Hüsmen onları tanıyorlardı. Ne de olsa uzaktan akraba ve de hemşeriydiler. Ama Cevriye onlardan ayrıldıktan sonra dünyaya geldiği için onu tanımıyorlardı. Oğullarının Cevriye ile evlenme kararına karşı gelmediler. Merak ettikleri Cevriye'yi İstanbul'a nasıl getireceklerdi. Tuna bunların hepsini planlamış, yalnız uygulaması kalmıştı.

Fidan ile Hâdi 'nin düğünleri Tuna'nın gelişine bağlıydı. O da gelmişti. Artık nikâh ve düğün işlemlerine başlanabilirdi. Başlandı. Hâdi 'nin İstanbul'da iş ve bürokrat çevresi genişti. O alanlarda yapılacakları kolaylıkla başarabilirdi. Bir yandan kendi hazırlıklarını yaparken öte yandan Cevriye ile anne babasının İstanbul'a getirilmesinin yolları arandı. Eğer olanak bulunur ve başarılabilinirse onlar Fidan'ın düğününe gelecekler, Cevriye'nin nikâhı yapılacak, o İstanbul'da kalacaktı. Bunun için resmi başvurular iki tarafca da yapıldı. Hâdi 'nin yardımı ile pek güçlükle karşılaşılmadan Cevriye'lerin gelmesi sağlandı.

* * *

Hersek ailesinde de epeyce değişiklik vardı. Meriç sözlenmiş, nişanlanmış, onlarda da düğün hazırlığı sürüyordu. Serdar da bir değişiklik yoktu. O, kariyer ve iş peşindeydi. Babasının işyerinin sorumluluğunun büyük bölümünü üstlenmişti. Muharrem Usta işten yavaş yavaş elini çekiyordu. Sorumluluğu, işin büyük yükünü Serdar ve Meriç'e devretmek istiyordu.

Hersek ve Hersekli aileleri düğün hazırlığını paralel yürütüyor, bir araya geldiklerinde eksiklerini, bu eksiklerin en uygun nereden nasıl temin edileceğini konuşuyorlardı. Hersekliler için bir de Tuna'nın hazırlığı devreye girmişti.

İki aile bir araya geldiği, düğünün yaklaştığı bir gün, kesin tarih ve yer konusu konuşulacaktı. Türkân:

-Enişteler neredeler? Önce onlarla konuşmamız gerekmiyor mu? Onların görüşlerini aldınız mı? Bence düğünleri aynı gün aynı yerde yapalım. Önümüz yaz, kapalı salonlar dar gelir diyorsanız açık havada, daha geniş bir mekânda yapılabilir. Bunda hem işin yükü paylaşılır, hem çağıracaklarımızın çoğu ortak tanıdıklar olduğundan onları iki kez yormamış oluruz. Bu görüşümü eniştelere de söyleyeceğim.

Bu görüşe en sıcak bakan Serdar oldu. O ne de olsa her olaya ekonomik yönden bakıyordu. Meriç ve Fidan "Kesinlikle olmaz!" dediler. Halide kızlara:

-Türkân doğru söylüyor. Üstelik düğünü yapacak olan erkek tarafı. Nişanlılarınızla bunu konuştunuz mu? Onlar ne düşünüyorlar? Yoksa işlerinin yoğunluğu nedeniyle diğer işlerde olduğu gibi bunu da bizim kararımıza mı bırakıyorlar?

Aynı gün ve aynı mekânda düğün yapma önerisi kabul görmedi ve bu konu orada kapandı. Nişanlıları ile konuşan kızlar bu konuyu onlara yüklediler. O arada şaka olsun diye Türkân'ın önerisini de dillendirdiler. Meriç'in nişanlısı "Üzerinde düşünmeye değer" dedi.

Bir yandan İstanbul'da düğün hazırlıkları yapılırken, öte yandan da Cevriye ile ana babasının getirilmesi için yapılacakların peşinde koşuluyordu. Bu işlemler, düşündükleri gibi zor olmadı. Her şey tamamlandı. Bosnalılar üç aylığına İstanbul'a geldiler.

Cevriye'nin babası, Yugoslavya dağılmadan önce Belgrad, Niş, Priştina gibi büyük kentleri görmüştü. Kendi ve annesi ise bu şansı yakalayamamışlardı. İlk kez büyük bir kent görüyorlardı. Cevriye okulda ve Tuna ile tanıştıktan sonra dergi, gazete ve kitaplardan İstanbul ile ilgili bilgiler edinmişti. Annesinin tüm bildikleri dizilere ve filmlere dayanıyordu.

Geldiklerinde İstanbul'da fazla kalmadılar. Hacer ve özellikle Hüsmen, onları çiftlikte rahat ettirebileceklerini düşünüyorlardı. Tuna da onlara İstanbul'dan çok çiftliği anlatmıştı.

Türkân Cevriye'yi görünce:

-Abimin anlattıklarından daha mükemmel, resimdekilerden daha güzelsin Cevriye abla, dedi. Cevriye:

-Olur mu, Türkân? Ben hep kendimi güzel sanırdım. Artık ikinci plana itildim. Senin güzelliğin beni gölgeledi.

Fidan işinden, Türkân okulundan ötürü onlarla birlikte çiftliğe gidemediler. Hacer, konuklarını ağırlamak için onlara eşlik etti. Türkân hafta sonunu iple çekti. O arada Cevriye yengesini, fotoğraflarını da göstererek öğretmenine anlattı. Onları en yakın zamanda tanıştırmak istediğini söyledi.

Tuna sakatlanmasına karşın yaşama bağlılığından hiçbir şey yitirmemişti. Var gücü ile çiftliğin işleri peşinde koşuyordu. Bosnalılara çiftliği gezdirme ve anlatma görevini üstlendi. Geldiklerinin ertesi günü bu görevini yerine getirdi. Onlar bu yaşamın yabancısı değillerdi. Ancak onlarınki hayvancılığı ağır basan bir köy yaşamıydı. Çiftliği, özellikle üretilenlerin çeşitliliği ve kalitesi yönünden çok beğendiler. Tuna onlara:

-Burada alın terimizin ürünü doğal gıdalarla besleneceksiniz. Seçme hakkı sizin. Annemin sevgisini de katarak yaptığı yemeklere doyamıyor insan, dedi.

Cevriye:

-Desene burada iyice şişmanlayacağız. Ben hemen önlem almalıyım. Doyduktan sonra yemem konusunda ısrar etmeyin lütfen.

Tuna:

-Annemin yemekleri hiç kilo aldırmaz. İnsanı şişmanlatmaz. Sen keyfince yemene bak.

Hacer:

-Bunun sırrı benim yaptığım yemeklerde değil. Yediklerini üretmek için çalışarak bilinçli sindirmesini bilmekte.

Lafının ters anlaşılacağını sezen Hüsmen, konuklarına:

-Sizin işler nasıl gidiyor? Savaş içinde sağlıklı üretip ürettiklerinizi satabiliyor musunuz? Diye sordu. Ardından:

-Bize oraları anlatmadınız. Biz geleli hayli zaman geçti. Epey değişiklik olmuştur. Ölenler, kalanlar, Sırp işgalinin olumsuzlukları... Bunları anlatın da dinleyelim. Tuna epeyce anlattı. Siz tüm olan bitenlerin içinde yaşıyorsunuz. Sizin gözlemleriniz daha farklı olur.

Hacer de art niyetsiz söylediklerinin başka türlü anlaşılacağının ayırdına vardı ve: "Tüm anneler çok güzel yemek yaparlar. Taze ve kendi ellerimizle yetiştirdiğimiz sebzelerin bunda etkisi var. Benim Tuna'm başkalarının yaptığı yemekleri pek tanımadığı için bana böyle iltifat eder" diyerek durumu kurtarmaya çalıştı

-Tuna'ya dönerek

-"Yarından tezi yok nikâh işlemlerine başlayın. Devlet işleri ağır yürür. Pek belli de olmaz. Cevriye ile birlikte gidin. Bir bakarsınız hemen yaparlar. Bir de iş bilmez korkak ve pısırık birine denk gelirsiniz, işi yokuşa sürer."

Bu konuşmalar, gerginliği başlamadan bitirdi. Cevriye'nin annesi ve babası boş durmayı hiç sevmezlerdi. Üzerlerindeki konukluk resmiyetini ve savaş ortamının gerginliğini attıktan sonra işe koyulmak istediler. Hacer buna izin vermek istemediyse de Hüsmen onları çok iyi anlıyordu. Hanımına:

-Bırak nasıl keyif alıyorlarsa öyle yapsınlar, dedi.

Hafta sonunu sabırsızlıkla bekleyen Türkân, verilen ev ödevlerini günü gününe yaparak hafta sonuna iş bırakmak istemiyordu. Daha Çarşamba gününden Fidan ablasına:

-Sen işlerini ayarla. Hâdi Abiye de söyle bizi Cuma günü öğleden sonra çiftliğe götürüversin.

Fidan:

-Hayrola Türkân? Sen çiftliğe gitmeye pek hevesli olmazdın.

-Lafı değiştirme. Lütfen ne dedimse onu yap! Doğru, çiftliğe çok sık gitmek istemezdim. Ama orada konuklarımız var. Bir de anneme...

-Sakın bir de anneme yardım edeceğim deme! Bu pek inandırıcı olmaz

-Evet, abla bildiğin ve düşündüğün gibi Cevriye Ablayı çok sevdim. Onunla görüşmek ve konuşmak için acele ediyorum. Pazar akşamı dönerken onu da İstanbul'a getirmek istiyorum. O da çiftlikten sıkılmıştır. Sakın kıskanayım deme ve bu isteğime karşı gelme!

-Tamam, Türkân Hanım, istekleriniz emriniz olur. Hâdi Abine söylerim. Senin isteğin olunca hiç karşı gelmez. Cuma günü istediğin saatte götürür, Pazar günü o da çiftliğe gelir ve istediğin saatte geri getirir. Ben de sayende anamı, babamı, abimi ve konukları görmüş olurum.

-Abla sen de hemen kızıyorsun. Hâdi Abi ile ciddi bir işiniz varsa gelmeyin. Biliyorsun ben artık tek başıma çiftliğe gidip gelebiliyorum. Yine öyle yaparım.

Türkân, konuklar için biraz alışveriş yaptı. Hazırlandı. Hâdi söylenen zamanda onları aldı çiftliğe götürdü. Çiftlik evi bir hayli büyüktü. İsterse Hâdi 'nin de o hafta sonunu çiftlikte geçirebileceğini söyledilerse de o işlerinin olduğunu başka bir hafta sonu kalabileceğini söyledi.

Cevriye, Türkân ve Fidan aynı odada yatıyorlardı. Herkes yattıktan sonra iki gece neredeyse sabahlara kadar oturdular. Daha çok Türkân ile Cevriye konuşuyor, Fidan arada bir katılsa da onları dinlemeyi yeğliyordu. Konuşmanın konusu İstanbul ve Bosna zemininde Tuna ve Cevriye'ydi.

Hani Hersek ve Hersekli aileleri kızlarının düğününü aynı tarih ve mekânda yapmayı düşünmüşlerdi. Fidan'ın düğününün öne alınması ile bu plandan vazgeçmek zorundaydılar. Fidan'ın düğününü görecek ve öyle gideceklerdi.

Düğün orta halli bir törenle yapıldı. Fidan daha düğün öncesi eşyalarını Hâdi ile yaşayacakları eve taşımıştı. Düğünden sonra Türkân evde yalnız kalamayacağı için Hacer yeniden İstanbul'a taşındı.

Cevriye ile Tuna'nın nikâh işlemleri tamamlandı. Onlar da nikâhlandılar. Cevriye, Anne ve babasının Bosna'ya dönmelerini istemiyordu. Bunun nasıl olabileceğini kendi aralarında konuşmuşlar da Hersekli Ailesine bildirmemişlerdi. Hersekli Ailesi, özellikle Tuna onların yaşam koşullarını yakından bildiğinden gitmeyip çiftlikte kalmalarını istiyorlardı. Onların son iki haftası özellikle Fidan'ın düğün, Tuna ile Cevriye'nin nikâh telaşları bittikten sonra bu konuya ayrıldı. Normal yollarla onların nasıl gelebileceklerinin araştırılması konusunu araştırma görevini Tuna ile damat Hâdi üstlendiler. Önce onların Bosna'ya dönmesi zorunluydu. Orada evlerini, bağ bahçe işlerini yakın bir akrabalarına bırakmışlardı. Öncelikle gitmeli, ucuzuna pahalısına bakmadan mallarını satmalıydılar.

Tuna, kaynanası ve kayınbabasına kendi ailesinin düşüncelerini iletti. Onların düşüncelerini kısmen de olsa Cevriye'nin anlatımlarından biliyordu. Sonra hep bir araya gelinerek konuşuldu, şöyle bir karara varıldı.

Cevriye'nin annesi ile babası Bosna'ya dönecekler, orada ne yapılması gerekiyorsa yapacaklar. Evlerini yerlerini satacaklar, oradan ayrılma hazırlığına başlayacaklar, Türkiye'deki işlemleri bitince de dönüp geleceklerdi. Hâdi burada yapılacakların sorun olmayacağını öğrenmişti. Onlara "siz gidin oradaki işlerinizi bitirin ve bize haber verin. Biz buradakileri birkaç gün içinde hallederiz" dedi.

Cevriye'nin annesi, babası çiftlikte kaldıkları birkaç ayda işin içine fazla girmeseler de kendi işlerine benzediği için neyin nasıl yapıldığını öğrenmişlerdi. Bosna'dan ayrılıp geldiklerinde çiftlikte çalışacaklardı. Çiftliğin bitişiğinde satılık bir arazi vardı. Hüsmen Ağa işleri yetiştiremediği için oraya alıcı olmamıştı. Ora da satın alınacak, çiftlik genişletilecekti. Yeni alınan yerde daha çok hayvan beslenecekti. Yeni dünürler bu konuda deneyim sahibiydiler.

Herseklilerde iki hazırlık birden sürüyordu. Tuna ile Cevriye'nin düğünü ve dünürlerin gelmeleri. Düğün konusunda biraz da acele davranılıyordu, çünkü gene aile ikiye bölünmüştü. Düğün yapılırsa Cevriye ile Tuna İstanbul'a taşınacaklar, Türkân ile birlikte oturup onun bakımını üstlenecekler, Hacer de çiftliğe dönecekti.

* * *

Dünürler Bosna'daki işlerini bitirdiler. Evi, yeni savaş koşullarında yok pahasına da olsa sattılar. Tanıdık ve akrabalarına veda ziyaretlerinde bulundular. Atalarının mezarlarına gittiler, dua okudular. Yanlarında getirecekleri şeyleri hazırladılar.

Hâdi , İstanbul'da yapılacakları çoktan halletmişti. Belgelerin bir kısmı resmi kanallarla, bir bölümü de tanıdık biri ile elden gönderildi. Hazırlığını tamamlayan Bosnalılar, bürokratik işlemler de bitince Bosna İstanbul arası çalışan otobüsle anayurtlarına veda edip buruk bir acıyla İstanbul'a oradan çiftliğe geldiler.

Daha iyice yerleşip işe başlamadan Cevriye ile Tuna'nın düğünü yapıldı. Onlar İstanbul'a taşındı. Boşluğu çiftliğin yeni ortakları da diyebileceğimiz dünürler doldurdu. Hacer ise Türkân'ı güvenli ellere bırakarak çiftliğe döndü.

Tuna ve Cevriye için çiftlik işi bitmişti. İstanbul'da kendilerine uygun iş bularak çalışmalıydılar. İkisinin de İkisinin de çiftlik işi dışında deneyimleri yoktu. Ama ikisi de iş yapmaya yatkın ve istekliydiler. Onların bu özelliğini en iyi bilenlerden biri de enişteleri Hâdi Bey'di. Evlilikten birkaç aylık süreden sonra iş teklifi eniştelerinden geldi. O kendi işyerinde ikisi için de uygun iş ayarlamıştı.

Fidan önce Cevriye'ye "Çalışmak ister misin? İsterseniz Hâdi ikinize de iş verecek" dedi. Cevriye:

-Ne demek Fidan abla, biz de Tuna ile birkaç haftadır bunu konuşuyorduk. Artık yeter ailemize daha fazla yük olmayalım çalışalım diyorduk. Buna ikimiz de hazırız. Tuna ile de konuşalım.

Tuna, üzerindeki sakatlık duygusunu bir türlü atamıyordu. Yapılan iş teklifine:

-Sakın enişteye yük olmayayım. Bana hatır için iş verip beni çalışıyor gibi göstermesin, diye yanıt verdi.

Fidan:

-Öyle şey olur mu abi? Enişten onların hepsini düşünmüş. Sana rahatlıkla yapabileceğin bir iş verecek. Zaten senin durumun birçok işi yapmaya engel oluşturmaz.

Cevriye ile Tuna işe başladılar. Onların işe başlaması ile Türkân'ın ev işi sorumluluğu biraz daha arttı. O bundan yakınmıyordu. Tam tersine evde daha fazla sorumluluk yüklenmek istiyor, böylece sığıntı gibi yaşamaktan kendini kurtardığını düşünüyordu.

Hersekli ailesinde Tuna'nın sakatlığı dışında yaşam normal yatağında yol alıyordu. Türkân son altı ayın telaşında okul ve derslerini aksatmamak için anı defterine yazacağı güncesini yazamamış, onları unutmamak için küçük kâğıtları tarihleri ile not ederek bir zarfa yerleştirmişti. Yarıyıl dinlencesinde tuttuğu notları güncesine geçirdi.

1 Ekim…

Abim çok istediği askerlik görevine başladı. Bosna-Hersek'e giderek Sırplara karşı savaşmak istiyor. Buna en çok annem karşı çıkıyor. Ben hem abim hem annem gibi düşünüyorum.

10 Ekim…

Okulumuzda dersler iyi gidiyor. Sınıftaki tüm arkadaşlarımı isim olarak tanıyorum. Sınıf başkanı seçildiğim için onların hepsi ile iyi geçinmek zorundayım. Okul Müdürümüz bizlerle sık sık toplantı yaptığı için diğer sınıfların başkanlarını da tanıdım. Bunların yanında başka bir yığın öğrenci arkadaşlarım oldu.

15 Ekim...

Okulumuzda Cumhuriyet Bayramı'nı kutlayacağız Bunun hazırlıkları sürüyor. Şiir okuyacakların seçimi yapıldı. Şiir okuyacaklardan biri de benim. Daha önce Esin Öğretmenle seçip üzerinde çalıştığımız şiiri okuyacağım.

29 Ekim...

Okulumuzda ailelerin de katıldığı görkemli bir tören yaptık. Törene annem ve ilk kez bu vesileyle okulumu gören babam da katıldı. Alkışlandım. Çok mutluyum.

3 Kasım...

Abimden ilk mektubu aldım. O askerliği anlatıyordu. Hemen yanıt yazdım. Ben de ona 29 Ekim Cumhuriyet Bayramı'nı okulda nasıl kutladığımızı ve şiir okuduğumu, alkışlandığımı anlattım.

Okulumuzda yoğun bir şekilde 10 Kasım Atatürk'ü anma hazırlıkları başladı, sürüyor. Derslerimiz Ata'yı ve yaptıklarını anlatmakla geçiyor. Esin Öğretmen bana yine görev verdi.

10 Kasım...

Bu gün Ata'mızı anmak için özel giysiler giydik. Gün boyu onu anacağız. Öğretmenlerimiz, başta Müdürümüz olmak üzere diğer yöneticilerimiz O'ndan,

O'nun devrimlerinden ve diğer yaptıklarından söz ettiler. Çok şey öğrendik. O'na karşı görev ve sorumluluğumuz biraz daha arttı.

20 Kasım...

Abimden ikinci mektubu aldım. Bosna-Hersek'e gidecek birliğe seçilmiş. Bunu anneme hemen söylemedim.

5 Aralık...

Abimin mektubuna yanıt yazdım. Kısa bir mektup. Henüz uzun uzun mektuplar yazamıyorum. Yazdığım mektubu Esin Öğretmene gösterdim. Küçük düzeltmeler yaptı. Onu başka bir kâğıda yeniden yazdım ve postaneye giderek kendi ellerimle pulladım, gönderdim.

13 Aralık...

Esin Öğretmen tüm sınıfı sinemaya götürdü. Sinemaya gitmeden önce izlediğimiz filme dikkat etmemizi, gördüklerimizi anlatacağımızı söyledi. Film başlamadan önce Sırpların Bosna-Hersek'i işgalleri ile ilgili kıs bir görüntü verildi. Ardından şiddet içermeyen bir Türk filmi. Bosna-Hersek'in işgal görüntüleri benim daha çok ilgimi çekti. İkisini de dikkatle izledim.

1 Ocak...

Dün geceyi tüm aile bireyleri bir arada geçirdik. Babam çiftlikten, abim Bosna yolculuğundan önce üç günlüğüne askerden izine gelmişti. İstanbul'da ilk kez bir yılbaşı gecesi geçirdim. Evimizde buruk bir gece yaşandı. Abim Fidan ablamı da alarak gecenin yarısı, yılın bitiminde dışarı çıkardı. İnsanlar çılgınca eğleniyorlardı.

21 Ocak...

Abimin yola çıkacağı gün. Annemle onu görmeye gittik. Annem kendi elleri ile ördüğü yün çorabı, kazağı, satın aldığı giysileri, yine kendisinin yaptığı börek ve çörekleri götürdü. Tüm askerlere ve abime iyi yolculuk ve sağlıklı gidiş gelişler diledik.

23 Ocak...

Televizyonda en çok Bosna-Hersek ile ilgili haberleri izliyoruz. Sanki bu haberlerde abimi görecekmişiz gibi... Abimden gideceği yere sağlıkla ulaştığına dair kısa haberi aldık. Merakımız giderildi.

30 Ocak...

Annem abimin ayrılığının etkisinden bir türlü kurtulamıyor. Varsa yoksa onun özlemi. Eve gelen komşu ve tanıdıklara hep onu anlatıyor. Uzun uzun onun duvardaki resmine bakıyor. Uzanıyor ona dokunuyor, okşuyor, öpüyor. Bu hafta sonu değişiklik olur diye çiftliğe gittik.

5 Şubat...

Ablam her günkünden farklı bir yüz ifadesiyle eve geldi. Annem kafasında hep abimi taşıdığı için bunun ayırdında değildi. Ben sordum. Anlattı. Hâdi abiyle tanışmışlar. Hâdi abi ona kendisi ile evlenmeyi teklif etmiş. Bana:

— Biliyor musun Türkân, bu bir genç kızın alabileceği en önemli teklif. Çok heyecanlandım. Adam yakışıklı, efendi ve de zengin biri. Bankamızın müşterisi olarak aylardır tanıyorum. Benim için büyük sürpriz oldu. Ne diyeceğimi bilemedim. Sanki dilim tutuldu. Heyecanlandım. Düşünmem gerekir demekle yetindim. Bunu anneme, babama nasıl söyleyeceğimi bilemiyorum, dedi.

14 Şubat…

Abimin Bosna'dan ilk mektubu ve fotoğrafı geldi. O mektubu benim adıma yazıp göndermişti. Ben okuldan gelmeden annem zarfı açmış, mektubu okumuş. Biraz daha rahatlamış. Mektubu ben de okudum, dosyaya yerleştirdim.

Ablam o gün eve geç geldi. Sabahleyin çıkarken geç geleceğini söylemişti. Hâdi Abi ilişkisinden annemin haberi yok. Sevgililer Günü'nde birlikte yemeğe gitmişler. Ablama, "Fazla uzatma anneme söyle. Abimden mektup ve fotoğraf geldi. Neşesi yerinde. Seni anlayışla karşılayacağını sanıyorum" dedim.

20 Şubat…

Halide Teyze ve Meriç abla geldiler. Onlarla oturduk. Ablam Meriç ablaya annemlerden gizli Hâdi Abi'den söz etti. Meriç abla da kendi tanıştığı Zafer Bey'den…

23 Şubat…

Artık okuma yazmayı epeyce ilerlettim Abime uzunca mektuplar yazacak durumdayım. Yurt dışına gönderilecek ilk mektubu yazdım. Fotoğrafımla birlikte zarfladım, abime gönderdim.

25 Şubat…

Yarıyıl tatilini çiftlikte geçirdik. Ablam da bir hafta izinliydi. Bizimle birlikte oldu. Çiftlikte yapılacak iş olmadığı için daha çok dinlendik.

10 Mart…

Esin Öğretmen diğer sınıfların öğretmenleri ile anlaşmış üç birinci sınıfı çocuk tiyatrosuna götürmeye karar vermişler. İlk kez tiyatroya gittim. Televizyonda izlediğim çocuk oyunlarından, çocuk tiyatrosundan çok farklıydı. Oyuncularla birebir selamlaştık el sıkıştık. Onlarla fotoğraf çektirdik.

3 Nisan…

Baharın ılık esen Rüzgârı, güneşin ısıtıcı ılıklığı, doğanın uyanması, biz çocukları sokağa çağırıyor. Çiftliğin toprak kokusunu özlüyorum. 23 Nisan Ulusal Egemenlik ve Çocuk Bayramı'nın hazırlıkları başladı. Sınıfımızı ve okulumuzu süslemeye, giysilerimizi hazırlamaya, neler yapacaksak onların işbölümünü yapmaya başladık.

11 Nisan…

Abimden mektup geldi. Ona gönderdiğim son mektupta Bosna ile ilgili bilgiler istemiştim. Topladığı bilgileri, fotoğraf, kartpostal, broşürleri göndermiş, sevindim. Merakla inceledim. Nedense abim savaştan hiç söz etmiyor.

23 Nisan…

Bu gün epeyce yorgunum. Görkemli bir bayram kutladık. Binlerce öğrenci coşkuyla yürüdük, şiirler okuduk, şarkılar söyledik, oynadık, dans ettik. Binlerce anne- baba ve diğer izleyiciler tarafından alkışlandık. Onlarca resim çektirdik. Gazete ve televizyonlara haber olduk. İlk kez Vali, Belediye Başkanı, General gibi üst düzey yöneticileri yakından gördüm.

5 Mayıs…

Abim mektubunu geciktirdi. Durumunu merak ediyorum. Anneme ablama soruyorum. Onlar da bir şey söylemiyorlar.

10 Mayıs…

Beklediğim mektup geldi. Zarftan üst beden bir resim çıktı. Her zaman gönderdiği boy fotoğrafından farklıydı. Yüzü de solgundu. Sanki zayıflamıştı. Benim gördüklerim annemin dikkatini daha çok çekti. Askerlikten hiç söz etmediği için o konuda fazla bilgimiz de yoktu. Görevini bitirip dönmesine üç ay vardı. Artık günleri saymaya başladık.

18 Mayıs…

Sınıfımızın tüm öğrencileri Esin Öğretmenin tarifsiz çabası ile okuma yazmayı öğrendiler. Yaz dinlencesi yaklaşıyor. Biz de hem yapacağımız okuma bayramına, hem de yaz dinlencesine hazırlanıyoruz. Bu günlerde öğretmenimiz bizi sık sık parklara, deniz kıyısına, kırlara gezmeye götürüyor.

5 Haziran…

Ana babaların katılımı ile okuma bayramımızı kutladık. Hepimiz yaşamımızın önemli dönüm noktalarından birindeydik. İkinci sınıfa geçiyorduk. Elimize geçen yazılı her şeyi okuyabiliyorduk. Yalnız bu mu? Şarkılar, şiirler, fıkralar, atasözleri öğretmişti Esin Öğretmenimiz bize. Düzgün konuşmayı, insanlar arası ilişki ve iletişimin kurallarını da.

15 Haziran…

Annemle biz çiftliğe döndük. Ablam İstanbul'da yalnız kaldı. Annem onu eskisi kadar merak etmiyor. O artık büyüdü. Bir de güvenilir arkadaşı var. Bahar ve yaz aylarında çiftlikte yaşam daha bir hareketli geçiyor.

29 Haziran…

Ablam çiftliğe geldi. Anneme "Hâdi Abi ile olan ilişkimi babama da söyleyelim. Hâdi söz ve nişan yapalım diyor" dedi. Annem de öyle istiyordu. Ne de olsa kız anası. Söz kesilirse, nişan yapılırsa daha bir rahat edecekti. Bir akşam yemeğinde annem konuyu açtı.

Babam "uğurlu olsun. En kısa zamanda damat adayını tanımak isterdim" dedi.

10 Temmuz...

Hâdi Abi, ailesiyle birlikte çiftliğe geldi. Söz kesileceği için Muharrem amca ile Halide Teyze kızları Meriç Abla da çağrılıydılar. Güzel bir akşamdı. Büyükler birbirlerine karşı oldukça kibar davrandı. Nitelikli konular konuşuldu. Söz yüzükleri takıldı. Nişan ve düğün için gün belirlendi.

3 Ağustos...

Çiftlikte geçen günler birbirine benziyor, yazacak kayda değer bir şey yok. Bir hafta sonra abim gelecek merak ve heyecanla onun geleceği günü bekliyoruz.

12 Ağustos...

Annemle ben İstanbul'a gittik. Ablamla Hâdi Abiyi de aldık doğru havaalanının yolunu tuttuk. Diğer karşılayıcılarla uçağın inmesini abimin görünmesini bekliyoruz. Abim ilk görünenlerden oldu. O da ne! koltuk değnekleri ile yürüyordu. Önce gözlerimize inanamadık. Annem "Olmaz! Olamaz! Tuna'm! Yavrum! Diye bağırdı. Cam arkasında abim annemin sesini duyamadı. Bizi görmüştü, gülümseyerek el salladı. Karşılayanların alkışları arasında yanımıza kadar geldi. Bizim için kötü bir gündü.

* * *

Türkân, yaz dinlencesini yarı çiftlik, yarı İstanbul'da geçirdi. Tuna'nın sakatlığını bir türlü benimseyemiyordu. Cevriye'nin gelmesi onunla her konuda çok iyi anlaşması bu eksikliği gidermeye yetiyordu sanki. Hele onun abisine karşı tutum ve davranışları her kadının yapabileceği bir özveri değildi.

Eylül ayının ilk haftası okullar açıldı. Türkân okul için ön hazırlıklarını yaptı. Okula gittiği ilk gün onu çok etkileyecek, hiç beklemediği, hayal bile etmek istemediği kötü bir sürprizle karşılaştı.

Okul Müdürü açılış konuşmasına başlamadan okul bahçesinde yaz dinlencesi boyunca hiç göremediği bazı arkadaşlarını kucakladı öptü. Gözü hep Esin Öğretmeni aradı. O görünürde yoktu. "Ne olabilir ki?" diye düşündü bir anlam veremedi. Bir önceki öğretim yılında bir gün bile okulunu işini aksatmayan öğretmeni daha ilk günden görevine gelemezlik edemezdi. Arkadaşlarına sordu, onlar da bilmiyorlardı.

Müdür, İstiklal Marşı'nın okunmasından sonra öğretim yılı açılış konuşmasını yaptı. Tören sırasında her sınıfın öğrencileri kendi kümelerinde bir araya geliyor, yanlarında sınıf öğretmenleri ile duruyorlardı. Türkân'ların kümenin yanında Esin Öğretmenin yerine gelen bir erkek öğretmen vardı. Onu yanlarında gören sınıfın tüm öğrencileri şaşkınlıkla birbirlerine, sonra öğretmene ve okul Müdürüne baktılar. "Bu da kim oluyor? Bizim öğretmenimiz nerede?" der gibiydiler.

Okul Müdürü konuşmasının sonlarında o yıl için okulda olan ve olacak olan değişiklikleri anlattı. Okuldan ayrılan öğretmenlerin nerelere gittiklerini, yerlerine hangi öğretmenlerin geldiğini, adları ve hangi sınıfları okutacaklarını söyledi.

Türkân biraz rahatlamıştı. Esin Öğretmen sağlıklıydı ve İstanbul'daydı. Ona ulaşmak sorun olmayacaktı.

Öğretmenler öğrencilerini alarak dersliklerine yöneldiler. Türkân ve arkadaşları derse girip girmemekte bir an tereddüt ettiler. Yeni öğretmenleri durumu sezmişti.

-Haydi, çocuklar ne bekliyorsunuz? Sınıfa gideceğiz, dedi.

İsteksiz de olsa sınıflarına yöneldiler. Ağır ve üzgün adımlarla yürüdüler. Hepsi suskundu. Birinci sınıftaki arkadaşlarından Esin Öğretmenle birlikte beşi eksikti. Onların dışında kalanlar bir önceki yılın sınıf düzeni ile yerlerine oturdular. Hiçbirinin yüzünde yeni öğretim yılına başlamanın, ikinci sınıfa geçmenin sevinci yoktu.

Kerim Öğretmen, bu duruma onlara göre daha hazırlıklıydı. O sınıfı okutma görevi kendine verilirken okul Müdürü olabilecekleri ona anlatmıştı. O da bir an ne yapacağını bilemeden suskun kaldı. Sınıfta bir iki gitti geldi. Pencereden dışarı baktı. Sınıfa, öğrencilere döndü. Böyle durumlarda öğrencileri gözleri ile öğretmeni izlemeleri gerekirken, hiçbir öğrencide bunu göremedi. Sözlerine "Esin Öğretmen..." diye başladı. Esin Öğretmen'in adını duyar duymaz tüm öğrenciler ağlamaya başladılar. Türkân ve onunla birlikte birkaç arkadaşı hıçkırarak ağlıyordu. Kerim Öğretmen daha bir şaşkına döndü. En azından okulun ilk günü ilk ders saatinde bir şey yapamayacağını anladı.

Zil çaldı. O doğru okul Müdürüne gitti. Öğrenciler zorunlu olmalarına karşın dışarı çıkmadılar. Dersliğin kapısını tuttu biri. Diğerleri bir önceki yılın sınıf başkanlığını yapan Türkân'ın öncülüğünde kısa bir durum değerlendirmesi yaptılar. İkinci ders saatinde şimdilik normal davranmaya karar verdiler.

Bu sorunu nasıl çözeceklerini hiç gecikmeden daha o gün başlayarak araştıracaklardı.

Kerim Öğretmen nasıl davranması gerektiği ile ilgili okul Müdüründen kısa bilgiler alarak geldi sınıfa. Sevimli tavırlar takınarak söze başladı. Onlarla empati kurmalıydı. Ben yerine sizler demeliydi. Öyle yapmaya çalıştı.

-Sevgili çocuklar, bu öğretim yılı için okulumuza hoş geldiniz. Öncelikle hepinize sağlıklı ve başarılı bir eğitim öğretim yılı diliyorum. Şimdi sizlerle tanışmak istiyorum. Sizler birbirinizi zaten tanıyorsunuz. Şimdi sınıf listesinden tek tek ve sırayla isimlerinizi okuyacağım. Adını okuduğum arkadaşınız ayağa kalkacak ve kısaca kendini tanıtacak. En son sıra bana geldiğinde ben de kendimden söz edeceğim.

Adı okunan her öğrenci kendini tanıttı. Sıra Türkân'a geldiğinde Kerim Öğretmen ona farklı baktı. O kendini tanıttı. Daha oturmadan bir erkek öğrenci "Türkân aynı zamanda sınıf başkanımızdır" dedi. Öğretmen:

-Biliyorum.

Öğrencilerin kendilerini tanıtmasından sonra Kerim Öğretmen yerinden kalktı tahtaya adını ve soyadını yazdı "Kerim Sertbaş".

Ardından soyadı ile ilgili sık sık yapmak zorunda olduğu açıklamayı yapma gereği duydu: "Soyadımı kendim seçmedim. Dedelerimden kalma. Ben soyadım gibi sert başlı değilim. Onu unutun. Beni Kerim Öğretmen olarak yerleştirin zihinlerinize."

Türkân yavaş bir sesle:

-Kerim Öğretmen... Zihnimizdeki Esin Öğretmeni silip seni oraya yerleştirmek nasıl olur? Bu biraz zor gibi geliyor.

Kerim Öğretmen kendinden biraz daha söz etti. Bu yıl nelerin nasıl yapılacağını anlatmaya başlamıştı ki, zil çaldı. Türkân ve birkaç arkadaşı yine dışarı çıkmadılar. Yapacakları hakkında taktik belirliyorlardı. Öğrenciler ve öğretmen biraz daha rahatlamış gibiydiler.

Üçüncü ders saati başlayınca öğretmen sınıftan eksilen beş öğrencinin yerine yeni beş öğrencinin geleceğini söyledi. Sonra "Bu yıl..." der demez erkek öğrencilerden biri gelecek öğrencilerin cinsiyetini sordu. Kerim Öğretmen bu soruya bir anlam veremedi. Ders defterine baktı. "Dördü erkek biri kız" dedi.

Türkân'ın yanında oturan sınıf arkadaşı:

-Sınıf başkanını seçelim. Sınıf başkanımız geçen yıl Türkân idi. Ben yine onu aday gösteriyorum.

Yukarıdaki soruyu soran öğrenci de aday olmak istiyordu.

-Olmaz, itiraz ediyorum. Sınıf henüz tamamlanmadı. Bu gün arkadaşlarımızın hepsi burada değil. Seçim yapılsa da demokratik olmaz.

Kerim Öğretmen birden şaşırdı. Daha önceki yıllarda çalıştığı okullarda kendi bir öğrenciyi aday gösterir, öğrenciler de buna ellerini kaldırarak olur derler iş biterdi. Bu gün farklı bir durumla yüz yüzeydi. Neler oluyordu. Ardı ötesi bir sınıf başkanlığı seçimiydi: "Ne olacak canım. Türkân arkadaşınız sınıf başkanlığına bu yıl da devam ettirsin. Kabul edenler el kaldırsın."

Kaldırılan elleri saydı. Çoğunluk Türkân'ı yeniden seçti. Aynı erkek öğrenci söz istedi.

-Ben seçimin gizli yapılmasını istiyorum, dedi.

Seçim gizli oyla yinelendi. Türkân üç oy farkla yine seçildi. Öğrencinin karşı oluşu bitmiyordu.

-Yeni arkadaşlar gelsin bu seçimi yeniden yaparız, dedi.

Kerim Öğretmen geçiştirmek için:

-Hele o gün gelsin bakarız, demekle yetindi.

O gün öğleye kadar Kerim Öğretmen sınıfın insiyatifini ele alamadı. Öğlen dinlencesinde o sınıfta olup bitenleri arkadaşlarına anlattı. Esin Öğretmenin o sınıfın öğrencileri ile olan ilişkilerini yakından bilen bir öğretmen:

-Kerim arkadaş, senin işin çok zor. Esin'den sonra o sınıfın seni benimsemesinin olanaksız olduğunu şimdiden söyleyebilirim. Ne gibi sorunlarla karşılaşabileceğini şimdiden hesapla! Ona göre önlemini al, yoksa çok yorulursun.

Öğrenciler kendi aralarında akşam eve gittiklerinde anne ve babalarına öğretmen değişikliği ile ilgili neler konuşacaklarını kararlaştırdılar. Eve gittiklerinde okulun ilk günündeki memnuniyetsizlik yüzlerinden okunuyordu. Zaten ilk sabah çocuklarını okula getiren velilerden bazılarının öğretmen değişikliğinden haberleri olmuştu. Her biri daha üstünü değiştirmeden, velisi sormadan: "Esin Öğretmen başka bir okula gitmiş. Bize Kerim Öğretmeni vermişler. Biz Esin Öğretmeni istiyoruz" demiş ve ağlamaya başlamıştı.

Türkân, veliler devreye girmezlerse öğretmen sorununun çözülemeyeceğini biliyordu. Henüz sınıf veli temsilcisinin görev süresinin bitip bitmediğini bilmiyordu. Önce onu araştırmalıydı. Yapacaklarının listesine onu da ekledi.

Okul Müdürü ve Kerim Öğretmen bir hafta boyunca nasıl bir tutum izleyeceklerini hemen hemen her gün görüştüler. Öğrencilerin tutumunda bir değişiklik olmuyordu. Yalnız sınıfta değil, okul avlusunda, okula giriş çıkışlarında da o sınıfın öğrencileri sanki yas tutuyorlardı.

Okulun açıldığı ilk bir iki günün telaşından sonra bu konu öğretmenler odasının gündemine de taşındı. Arkadaşları Kerim Öğretmen'e alabileceği önlemleri söylediler. Olmuyor, olmuyordu.

İkinci haftanın ortasında Türkân, okul Müdürüne giderek Esin Öğretmenin çalıştığı okulun adresini istedi: "Sınıfça gidip öğretmenimizi ziyaret etmek istiyoruz" dedi.

Müdür, Türkân'a adresi vermeden önce biraz konuştu. Ona Kerim Öğretmene karşı olan tutumlarının yanlış olduğunu söylemeye çalıştı. Aldığı yanıtlar onu epeyce düşündürmeye başladı.

Türkân önce tüm arkadaşlarının imzaladığı bir mektubu Esin Öğretmene götürdü. Bu ilk mektupta yalnız hal hatır soruluyor, onun kendilerinden ayrılmasının üzüntüleri belirtiliyordu. Türkân yalnız mektubu vermekle kalmadı. Esin Öğretmene gelecekle ilgili neler yapacaklarının da ön bilgisini verdi.

Ana-babalar çocuklarının isteği üzerine bir araya geldiler. Okul Müdürü ile görüştüler. Çocuklarının evde huzursuz olduğunu ev ödevlerini yapmadıklarını, böyle giderse durumun üst makamlara bildirileceğini, hatta çocuklarını bu okuldan alarak başka bir okula göndereceklerini söylediler. Sorunun ciddiyetini bilen Müdür, tek tek ya da ikişer ikişer, üçer gelselerdi onları belki ikna edebilirdi. Bir yanda sınıfın öte yandan velilerin bir yumruk gibi sıkı ve birlikte hareket etmeleri önemliydi.

Okulun ilk haftalarında sınıfta devamsızlık başlamıştı. Okula gelmeyen öğrencilerle öğretmen ve okul yönetiminden daha çok Türkân ilgileniyordu. O devamsızlığın sınıfın birlik ve bütünlüğünü bozacağından endişe ediyordu.

Türkân, Esin Öğretmenin yeniden kendi öğretmenleri olması için neler yapması gerektiği konusunda bilmediklerini ablası Fidan ve eniştesi Hâdi 'ye soruyordu. Hâdi önce:

-Bu işlerle uğraşma Türkân! İstersen seni alır Esin Öğretmenin okuluna ve sınıfına veririz olur biter, dedi.

Bu bir denemeydi. Hâdi de Türkân'ın böyle bir öneriyi kabul etmeyeceğini çok iyi buluyordu. Eniştesine:

-Beni denediğini biliyorum. Bu boş lafları bırakalım da zaman geçirmeden neyi nasıl yapabileceğimizi düşünelim. Biraz daha gecikirsek Esin Öğretmenin öğrencileri, onun nasıl bir öğretmen olduğunu öğrenen velileri, onu bize vermemekte direnirler. İş o düzeye gelmeden Esin Öğretmen yeni okuluna, öğrencilerine ısınmadan dönüşünü sağlamanın yollarını araştıralım.

Zaman uzarsa ben de sınıfın ve velilerin birlik, bütünlüğünü sürdürmekte zorlanırım.

Fidan:

-Türkân doğru söylüyor. Bu konuda bir şey yapılacaksa hiç gecikmeden sıcağı sıcağına yapılmalı. Yoksa herkes yeni duruma alışır. Olanlar da Türkân'a olur.

Sıkıldığı zaman çiftliğe gitmeyi seven Türkân neredeyse altı haftadır çiftliğe gitmedi. Hafta sonları bile bu konu ile uğraştı. Bu konuyu Tuna ve Cevriye ile tartıştı. Onlar da Türkân'ı destekliyor, ne yapabilecekleri konusunda fikir üretmeye çalışıyorlardı.

Haftalar, aylar geçiyor, veliler çocuklarının okula, ikinci sınıfa, özellikle de Kerim Öğretmene bir türlü ısınamadıklarını görüyorlardı. Kerim Öğretmen de bu durumdan hiç memnun değildi. Velilerle doğru dürüst iletişim kuramadığı gibi sınıfta da öğretmenliğinin zevkine varamıyordu. İsteksiz ve bir türlü motive edemediği bu öğrencilerle ne yapabilirdi? Düşünüyor, arkadaşları ile konuşuyordu. Başka sınıfta olsa çok verimli olacağını düşündüğü çalışmaları bu sınıfta pek ilgi görmüyordu. Başta pek aldırmadığı ve artık onu da bıktıran şu sözlere kızmaya başlamıştı.

-Esin Öğretmenimiz olsa onu öyle değil böyle yapardı...

Esin Öğretmene eleştiri getirmek istemiyordu. Bir kere dolaylı da olsa dener gibi yaptı. Öğrencilerin büyük tepkisi ile karşılaştı. Sonunda Kerim Öğretmen kendinden çok mesleğinin yıpratıldığını ve buna daha fazla dayanamayacağını anladı. Okul Müdürüne:

-Müdür Bey, birbirimizi kandırmayalım. Bu iş böyle yürümeyecek. Elimden gelen her şeyi yaptım olmuyor. Bu çocukların başarısızlıktan öte davranış bozukluğu geliştirmelerinin sorumluluğunu yüklenmek ve taşımak istemiyorum. Öğrenciler mutsuz. Ben çok yıpranıyorum. Lütfen beni bu görevden alın. Alın ama o sınıfa hangi öğretmen arkadaşımı verseniz durumu değiştirebileceğinize inanmıyorum. Bence çözüm yolu Esin Öğretmeni geri döndürmek. Bu hemen olmasa bile geçici bir öğretmen arkadaşım bu görevi üstlenince sınıfa da Esin Öğretmenin geri döneceğini duyurmak. Bunu sağlayamazsak öğrencilerin de onların velilerinin de huzursuzluğunu gideremeyiz.

Okul Müdürü:

-Ben Esin Öğretmenin dönüşü için gereken girişimlerde bulunurum. Bunu başarabileceğimi sanıyorum. Ancak yarıyılı bulur. Bu arada bir öğretmen değişikliğine gerek yok. Siz bu görevde kalırsınız. Eğer Esin Öğretmenin yarıyıl bitiminde dönüşünü güvence altına alabilirsek bunu, öğrencilere ve velilerine duyururuz. Hepsinin tutumunda bir değişiklik olur ve siz de rahatlarsınız.

Böyle bir plan Kerim Öğretmenin mantığına da uygun geldi. Okul Müdürü hemen girişimlerde bulundu. Önce Esin Öğretmenle görüşerek ona olup bitenleri anlattı, sonra da ilgili makamlara. Herkesin olurunu aldıktan sonra sınıfta öğrenci, veliler ve Kerim Öğretmenin de bulunduğu bir toplantı yaptı. Onlara Esin Öğretmenin ikinci yarıyılda yeniden sınıfın başına geleceğini söyledi. Herkes sevindi. Daha buna iki ay vardı.

Bu toplantının ertesi günü her şey birden değişmişti. Tüm sınıfın yüzü gülüyordu. Kerim Öğretmene daha bir saygılı davranıyor, sorularını yanıtlıyor, sorular soruyorlardı. O da rahatlamıştı. Artık ev ödevleri yapılıyor, derslere ilgi duyuyorlardı. Sanki Esin Öğretmen gelmeden ruhu gelmişti.

Esin Öğretmen çalıştığı okulda da öncelikle öğrencileri olmak üzere herkes tarafından çok seviliyordu. Buna karşın eski okulunu ve öğrencilerini bir türlü unutamıyordu. Türkân'ın öncülüğünde veliler ve öğrencilerinin onu geri istemeleri, yetkililerin buna olur vermeleri onu da sevindirdi. İşini, öğrencilerini ihmal etmeden çalıştı. Yarıyıl dinlencesinden sonra da eski okuluna, öğrencilerine döndü.

Uğurlanması değil ama gelişinden sonra ona güzel bir hoş geldin töreni hazırlandı. İkinci yarıyılın ilk günü öğrenciler en şık giysilerini giydiler. Velilerin hemen hemen hepsi okula geldiler. Kerim Öğretmen sınıfını devretmek için orada bulunup bulunmamakta tereddütlüydü. Görevi gereği orada bulunmak zorundaydı.

Türkân güzel bir konuşma hazırlamıştı. Bu konuşmasında Kerim Öğretmen'i onore edici sözler söyledi. Kendine karşı bir saygısızlıklarının olamayacağını ama Esin Öğretmen'i bir anne gibi sevdiklerini anlatmaya çalıştı. Onun söyledikleri diğer öğrenciler ve velilerce de onaylandı. Kerim Öğretmen üzüntüsünden kısmen de olsa kurtuldu.

Artık birinci yarıyılda ihmal edilen derslerin, ev ödevlerinin ve diğer çalışmaların telafi edilme zamanıydı. Eğer izin verilse hafta sonları da okula gelecekti Esin Öğretmen ve öğrencileri.

* * *

O yazın başlangıcında Meriç ile Zafer'in düğünleri vardı. Görkemli bir düğün olacaktı. Serdar'da henüz bir değişiklik yoktu. O değişimi medeni halinde değil iş yerinde yaptığı yeniliklerde gösteriyordu. Bu değişimle Halide ve Muharrem Usta pek ilgilenmiyorlar, onlar daha çok onun uygun biri ile tanışıp evlenmesini istiyorlardı. Bunun için bazen açıktan, bazen gizli her türlü girişimde bulunuyorlardı.

Türkân, Serdar'ı Abisi Tuna'dan pek ayırmaz, onu da abisi gibi severdi. Zaten Serdar da Türkân'ın gönüllü destekçilerindendi. Evlilik konusunda Serdar abisine düşünce belirtmek durumunda değildi. Değildi de kendince Esin Öğretmen'i ona uygun görüyordu. Bu konuda hiç kimseye sır vermeden öğretmenini Meriç'in düğününe çağırmanın yollarını arıyordu. Bunda ona yardım edecekler vardı. Fidan Ablası, Cevriye Yengesi hele de eniştesi Hâdi . Bunların üçü de hem Esin Öğretmen'i hem Serdar'ı tanıyorlardı. Türkân düşüncesini söylediği zaman üçü de baştan bunu bir saygı ifadesi olarak algıladılar. Hâdi Eniştesi:

-Merak etme Türkân, ben Esin Öğretmen için isme yazılı bir davetiye alırım, dedi.

Daha düğüne üç hafta vardı ve okullar yaz dinlencesine girmemişti. Türkân, Hâdi 'nin getirdiği davetiyeyi öğretmenine götürdü. Böyle lüks mekânlarda yapılan öğrenci yakınlarının düğünlerine yalnız okul Müdürü çağrılırdı. Şimdi Esin Öğretmen hiç tanımadıklarının düğününe çağrılıyordu. Önce Türkân'a teşekkür etti. İstekliydi. Sonra:

-Türkân kızım bu düğün çok lüks bir mekânda yapılıyor. Kim bilir oraya hangi zenginler ve sosyete mensupları gelir. Bu düğün için pahalı giysiler, onlara uygun takılar olmalı, yoksa oraya o insanlara uyum zağlanamaz. Sonra ben aileden değilim kimseleri tanımıyorum.

-Öğretmenimin söylediklerine bak hele. Öncelikle şunu söyleyeyim yabancı değilsiniz. Bizim ailenin konuğusunuz. Giyim ve süslenmeye gelince; siz o denli güzelsiniz ki giydiğiniz her şey size yakışıyor. Kendinize biraz çeki düzen vermeniz yeter de artar bile.

Esin Öğretmen gerçekten Türkân'ın söylediği gibiydi. Onun ruhu gibi yüzü de güzeldi. Zaten ölçülü ve güzel giyiniyor, seçtiği giysiler, yaptığı makyaj, saç modeli ona yakışıyordu. Düğüne yapılan çağrıyı kabul etti, Türkân'a geleceğini söyledi.

Düğün gününden önce Türkân Hâdi eniştesine:

-Enişte durumun uygun mu? Giderken Esin Öğretmeni de alabilir miyiz? Diye sordu. Hâdi onun isteklerine hemen hiç hayır demezdi.

-Durumum uygun olmasa da uydururuz.

Hersekli Ailesine özel bir masa ayrılmıştı. Çiftliktekiler geldiler. Aileye Esin Öğretmen de katıldı. O Türkân'ın ailesinin hepsini tanıyordu. Türkân'ın dediği gibi kendini aileden saydı. Aynı masada oturdu.

Düğünde herkes yarışırcasına şık giyinmiş, takıp takıştırmıştı. Öyle de olsa her masada bir ya da iki kişi şıklığı ile dikkat çekiyordu. Hersekli Ailesinin masasındakiler damat ve gelinden sonra en şık görünenlerdi.

Cevriye, Esin Öğretmen, Türkân, Fidan olmak üzere hepsi göz dolduruyordu. Onlara ayrılan masa gelin ve Hersek Ailesine yakındı. Hersek Ailesi düğün sahibi olarak tüm konukları selamladılar. Esin Öğretmeni, Halide dışındakiler tanımıyor, ilk kez görüyorlardı. Onları Türkân tanıştırdı. İki kişinin el sıkışıp selamlaşması ve tanışması sırasında özel dikkat gösterdi. Esin Öğretmen ve Serdar. Acaba aklından geçirdikleri bu ilk tanışmada ipucu veriyor muydu? Serdar'ın bakışları yalnız Türkân'ın değil Cevriye ve Hacer'in de dikkatini çekmişti. Cevriye Esin Öğretmen'in düğüne özellikle davet edildiğini biliyordu. Türkân'ın kulağına eğildi:

-Elektriklenmeyi görebildin mi? diye sordu.

Esin Öğretmen mesleğinde ne denli titiz ve mükemmel ise sanat ve eğlence de aynı özelliği göstermesini bilirdi. Dans etmek de halay çekmek de ona yakışırdı. Bunlarda da oldukça başarılıydı.

Gelinle damat salona girip ilk dansları ile açılışı yaptılar. Ardından davetliler dansa çağrıldılar.

Düğün ve eğlencelere zorunlu olarak katılmayan, katılsa da dans etmeyen, hatta uzun süre böyle yerlerde kalmaktan sıkılan Serdar bir fırsatını bulup, Esin Öğretmen'i dansa kaldırmak istiyordu. Fazla gecikmeden onu dansa davet etti. Onların dans ederken resimlerinin çekilmesini düğün fotoğrafçısından Türkân rica etti. Bu çekilen fotoğraflar çok önemliydi. O arada kendi de onların resimlerini çekti.

Dansın bitiminden sonra Serdar, Esin Öğretmen'e masasına kadar eşlik etti. Onların gelişini gören Türkân yerini Serdar'a verdi. Serdar bu teklife hayır demedi.

Onların dansı, Serdar'ın gelip masada oturması, düğünde uzun süre kalması en çok Halide ile Muharrem Usta'nın dikkatini çekti. Galiba Serdar'a bir şeyler oluyordu. Aynı durum Meriç ile Zafer'in de dikkatini çekmişti. Zafer, Meriç'e:

-Galiba seninki abayı yaktı. Yoksa o şimdiye kadar ne yapar eder bir bahane bulur buradan kaçardı.

Meriç:

-Bana da öyle geliyor. Esin Öğretmen de çok hoş bir bayan. Abime de yakışıyor.

Türkân, Cevriye ve Esin Öğretmen birlikte lavaboya gittiler. Onların gitmesini fırsat bilen Tuna, çocukluk arkadaşı Serdar'a:

-Neler oluyor Serdar? Sen kolay kolay dans etmezdin. Böyle kalabalıklara hiç katılmaz, katılsan da sıkılır kaçardın. Bakıyorum da...

Serdar gülümsedi, elini Tuna'nın omzuna koydu:

-Evet, bakıyorsun da... Neler görüyorsun? Gördüklerin, aklından geçenler doğru. Hoş bir hanım değil mi? Ne dersin?

Benzer konuşma Cevriye ile Esin Öğretmen arasında geçti. Onlar sanki kendiliğinden birbirinden habersiz bir görev yükleniyorlardı.

Düğünün sonuna kadar kalan Serdar, Esin Öğretmenle yeniden dans etti, halay çekti. Ondaki bu değişim Hersek ailesi için o gün kızları Meriç'in düğünü kadar önemliydi.

Esin Öğretmen bir ara: "Ben artık kalksam iyi olacak, saat epeyce ilerledi. Eve giderken vasıta bulmakta zorlanabilirim" dedi.

Hâdi :

-O ne demek Esin Hanım? Sizi evinize biz götürürüz. Otur eğlenmene bak.

Töreler gereği düğün salonunu en son düğün sahipleri ve onların yakınları terk ederler. Esin Öğretmen de düğün sahiplerinin yakınları arasında kalmış, eve gitme konusunda da Hâdi'den söz almıştı.

Serdar tüm işlerini ve üzerine düşen görevleri, en sonunda Esin Öğretmen'i evine kendi arabası ile götürmeye göre düzenliyordu. Zor olanı bunu ona nasıl söyleyecekti. Onu bile düşünmüştü.

Gelinle damadı arabalarına bindirip uğurladıktan sonra kapı önünde Hersek ve Hersekli Ailesi ile Zafer'in yakınları kalmışlardı. Serdar:

-Nasıl yapıyoruz? Herkesin arabası var mı? Tuna sizi ben alabilirim.

Türkân:

-Olur, Serdar Abi. Esin Öğretmenimle ben ve Cevriye yenge de birlikte geliriz. Önce bizi sonra Esin Öğretmen'i evlerimize götürürsün.

Bu plana Serdar çok sevindi. Esin Öğretmen de karşı gelmedi. Onları arabayla uğurlayan aileler de var olan arabaları nasıl bölüşeceklerini konuşurken Fidan, Halide ve Muharrem Usta'ya:

-Çok mutlu görünüyorsunuz. Bunun nedeni Meriç'in evliliği mi, yoksa Serdar'daki değişiklik mi?

Halide:

-Fidan kız, yanıt sorunun içinde değil mi? Bilmezmiş gibi ne soruyorsun? Bu Türkân var ya! Her şeyi o düzenledi gibime geliyor. Kim bilir ilerde daha neler düzenler.

Serdar, araba kullanacağını bildiği için o akşam kardeşinin düğünü de olsa alkol almamıştı. Almamıştı ama onun başını Esin Öğretmen döndürmüştü. Tunaları evlerine bıraktıktan sonra arabada Esin Öğretmenle ikisi kalmışlardı. İkisi yalnız kalsalar da Esin Öğretmen ön koltuğa geçmemişti. Serdar oldukça kibar konuşuyor ama araba kullanırken önünden çok aynadan Esin Öğretmenin yüzüne gözlerine bakıyordu. Ayıp olacağını bilmese gecenin o saatinde Esin Öğretmen'i bir yerlere davet edecekti. Onu yapamadı ama yolu dolandırarak biraz uzattı. Bunun farkına varan Esin Öğretmen ise sesini çıkarmadı.

Serdar ile Esin Öğretmenin böyle birbirlerine yakınlaşması herkesin kafasında "Acaba?" sorusunu doğurdu. "Acaba Esin Öğretmen, yıkılmaz kale gibi duran Serdar'ın kalbini fethediyor muydu?"

Halide ve Muharrem Usta, özellikle Halide yıllardır oğlu Serdar'ı evlendirmek istemiş, bunu başaramamıştı. Onların bu yakınlığı bir umut ışığı doğurmuştu. Muharrem Usta da yılların deneyimi ve bir erkek ruhu ile aynı umuda kapıldı.

Bu konuda Serdar ile konuşmak için acele etmediler. Birkaç gün onun davranışlarını gözlediler. Düşüncelerinde yanılmadıklarını anladılar. Bir pazar kahvaltısında ki, Serdar pazar günleri hep geç kalkardı; o gün daha erken kalkmış, duş almış, traş olmuştu. Bu bir nevi konuşulacakların ön hazırlığı gibiydi. Konuyu Halide açacaktı. Oğlunun davranışlarından bir şeyler sezdi ve onun söze girmesini bekledi. Gecikmeden Serdar:

-Bendeki değişikliğin farkındasınız değil mi? Evet değiştim. Bu değişmemde Meriç'in evlenmesi mi yoksa başka etkenler mi rol oynadı, bilemiyorum. Bildiğim bir şey varsa o da Esin Öğretmen'in kalbimi fethetmesi. Şimdilik onu her yönü ile beğeniyorum. Zaman içerisinde birbirimizin huyunu suyunu daha yakından öğreniriz. Sizin de onayınız olursa... Evet derseniz Esin Öğretmenle evlenmek istiyorum.

Halide ile Muharrem Usta sessiz kalamadılar. Serdar'ın sözünü bitirmesine bile sabırları yoktu. İkisi birden:

-Bizce de çok uygun. Beklemekle iyi etmişsin. Peki, Esin Öğretmenin durumu nedir? O bu teklife ne diyecek? Araştırdın, soruşturdun mu? Bir engeli, çengeli var mı?

-Evet, araştırdım, soruşturdum. Bilirsiniz bir işe karar verdiğimde sinyallerim hızlı ve sağlıklı çalışır. O da beyaz atlı prensini beklemiş.

Hersek Ailesi, kızlarını gelin etmenin oğullarının da ciddi bir kararın başlangıç adımını atmasının mutluluğunu yaşamaya başladılar. Serdar sırtındaki sorumluluğa yenilerini ekledi.

Türkân, Pazartesi okula gittiğinde Esin Öğretmen'deki davranış değişikliğini gözlem altına aldı. Onda bunu sezmenin zor olacağını biliyordu. Çünkü onun dünyası işi ve de öğrencileriydi. Birkaç gün hiçbir ipucu yakalayamadı. Kendini beceriksizlikle suçladı. Sonra Cevriye yengesi ile bir değerlendirme yaptılar. Yengesi ona:

-Acele etme Türkân. Esin Öğretmen ve Serdar'ın aşkları farklı olacak. İkisi de yaşını başını almış olgun insanlar. Kolay kolay açık vermezler. Ben de satış mağazasına gittim bir bahane ile amacım Serdar'dan bir şeyler öğrenmekti. Davranışlarını gözledim. Sanki dünyasında bir değişiklik olmamış. Ben de sormadım. Değişiklik varsa ki var. Buna kalbim gibi inanıyorum. Onu hiç dışarıya belli ettirmiyor.

***

Meriç ile Zafer balayından döndüler. Doğru Hersek ailesine geldiler. Onların mutluluğunu gören Halide çok sevinçliydi. Meriç kendi heyecanından düğün gecesi Serdar- Esin yakınlığının farkına varamamıştı. Onu fark eden Zafer ise balayı gezisi sırasında Meriç'e o konudan söz etmemişti. Meriç annesinden sanki bir müjdeymiş gibi duydu bu ilişkiyi. İlk tepkisi:

-Hayır, inanmıyorum. Demek abimin kalbini fethedecek biri çıktı. Bu hanımı kutlamak gerek. Kimmiş çok merak ettim doğrusu. En kısa zamanda tanışmak isterim, oldu.

O yıllarda cep telefonları bu günkü gibi yaygın değildi. Kullanımı ve telefonun kendisi çok pahalıydı. Bu günkü gibi değil odadan odaya telefonla konuşmak, sevgililer bile birbirleri ile konuşamıyorlardı. Serdar işi gereği çok pahalı olmasına karşın cep telefonu almış kullanıyordu. Araya kimseyi koymadan Esin Öğretmen ile haberleşmek istiyordu. Ona da telefon almayı düşündü. Bunu söylemeye cesaret edemedi. Genç sevdalılar gibi okul kapısında bekleyemeyeceğinin bilincindeydi. Esin Öğretmenle de görüşüp konuşması gerekiyordu. Bunun yolunu bulmalıydı.

Arabası ile okula gitti. Amacı fark edilmekti. Okul Müdürü ile görüştü. Okullarının mobilya türü dolap, masa sandalyeye ihtiyaçlarının olup olmadığını sordu. Eğer böyle bir gereksinimleri varsa uygun fiyatlarla bunların sağlayabileceğini, hatta bazılarını bağış olarak verebileceğini söyledi. Bu öneri Müdürün hoşuna gitti.

-Bakıp inceleyeyim. Arkadaşlarla konuşayım. Sınıflara yeni masa ve dolap almamız gerektiğini söylüyorlardı. Sonra sizi ararım.

-Arama zahmetinde bulunmayın. İki gün sonra ben yine gelirim.

Esin Öğretmen, dersinin en ciddi bölümünde pencereden dışarı bakarken Serdar'ın arabadan indiğini görmüştü. İradesine egemen olamadı. Pencere kenarına doğru biraz daha yaklaştı. Konuşmaları birden değişti, daha bir dikkatle dışarıya bakmaya başladı. Ondaki bu değişikliği fark eden Türkân da yerinden kalktı. O da Serdar'ın arabasını gördü. Hemen yerine oturdu. Oturdu ama nasıl bir oturuş. Zil çalmasını beklemek ve sabretmek kolay değildi. Öğretmenin anlattıklarını sanki hiç duymuyor ve anlamıyordu. Serdar Abi'si niçin gelmiş olabilirdi? Onu düşünüyordu.

Zil çalar çalmaz sınıftan dışarı ilk çıkan Türkân oldu. Doğru arabanın yanına koştu. Gözleri ile Serdar'ı aradı. Bulamayınca hizmetlilerden birine onu sordu. Okul Müdürünün yanında olduğunu öğrenince sevindi.

Okul ile ilgili yapılacak yenilik ve alımlarda Müdür herkesten önce Esin Öğretmen'in düşüncelerine başvururdu. Yine öyle yaptı, "Serdar diye birinin geldiğini, uygun fiyatlarla mobilya verebileceğini, hatta bir kısmını bağışlayacağını söyledi. İki gün sonra yine uğrayacak. Geldiğinde sizinle de görüşelim. Teklifini inceleyelim".

Esin Öğretmen Müdüre "Olur, bakarız" dedi.

"Serdar diye biri! Demek bunun için gelmiş. Akıllı, diplomat birine benziyor. Bunca işin arasında bizim okulun masa, sandalye, dolabı ile niçin ilgilensin? Demek hem ziyaret hem ticaret"

İkinci gelişi öğlen dinlencesindeydi. Müdür, Müdür yardımcısı, satın alımla ilgili öğretmen ve Esin Hanım bir araya geldiler. Serdar'ın getirdiği katalogları daha önce incelemiş, neler alacaklarını kararlaştırmışlardı. Serdar'ın tekliflerini de dinlediler. Serdar hazırlıklıydı. Okul için alınacaklardan çok az kâr edecekti. Okuldaki görevliler düşük fiyat ve bağış teklifini duyunca kaliteden kuşkulandılar. Burada Esin Öğretmen devreye girdi.

-Serdar Bey'in mallarının kalitesinin kefili benim! Dedi.

Başta Serdar olmak üzere herkes buna şaşırdı. O hiç böyle davranmazdı. Müdür:

-Esin Hanım kefilse bence de olur, dedi. Diğerleri de verilen teklifi kabul ettiler.

Serdar ile sözleşmeyi yaptılar. O gittikten sonra Müdür yardımcısı Esin Öğretmene:

-Serdar Bey'i tanıyor musunuz? Diye sordu.

-Kendisinden çok yaptığı işi, mallarının kalitesini biliyorum. Bir önceki okula da mobilyayı bu firmadan almıştık. Bize daha ucuz bir teklifle geldi. Ama merak etmeyin. İsteklerimizi zamanında yerine getirir. Dediğim gibi kalitesinden kuşkunuz olmasın.

Esin Öğretmen'in sade bir yaşamı vardı. Üretkendi, sorunlarını çözmüş, başkalarının sorunlarının çözümünde de yardımcı olmayı severdi. Elbet kıskananları vardı. Bunları bilir aldırış etmezdi. Yapılan dedikoduları duymaz, duysa da hiç ilgilenmezdi. Bunlar kendisi hakkında olsa bile...

Ismarlanan mobilyalar geldi. Öğretmenler odası tümüyle değiştirilerek yeni masa, sandalye, dolaplarla donatıldı. Sınıflara da öğretmen masası, eksik olanlara dolap ve sıralar alınıp kondu.

Gerek önceden ölçü almada gerekse mobilyaların getirilip yerleştirilmesinde Türkân'ın sınıfının her işini Serdar yapmıştı. O arada Esin Öğretmen ve Türkân'la konuşma fırsatı bulmuştu.

Esin Öğretmen'in sınıfı en kalitelisi ile döşendi. Sınıfın tüm mobilyası değiştirildi. Üstelik bunlar bağış listesindeydi. Bu durum dedikodu tezgâhına yatırılmadan Türkân önce sınıfa, sonra tüm okula şunu duyurdu.

-Serdar Abi benim çok yakınım. Biz ailecek tanışır sık sık görüşürüz. Sanki akraba gibiyiz. Sınıfımıza bu yüzden ayrıcalıklı mobilya getirdi. Bunu bana daha önce söyledi. Sürpriz olsun diye ben kimseye söylemedim.

O sıradan bir öğrenci olsaydı, söyledikleri inandırıcı olmazdı. Ama buna Esin Öğretmen dışında herkes inandı.

-Türkân bunu neden yaptın? Bu söylemi neden yaydın? Biliyorsun ki... diye sordu Esin Öğretmen. Türkân:

-Öğretmenim bunun dedikodu konusu olacağını önceden kestirdim. Üzülmeni, hele bu dedikodunun onurunu incitmesini istemedim. Bırakın da öyle bilsinler. Bu söylediklerimin etik açıdan kötü bir şey olduğunu sanmıyorum.

Serdar'ın bu yaptığı centilmenlik Esin Öğretmen'in de hoşuna gitmişti. Dedikodu meraklıları yine de boş durmadılar. Yılların deneyim sahibi Serdar bunu önceden kestirdiği için "Neden bağış Esin Öğretmenin sınıfına?" sorusuna okul müdürü sormadan şöyle açıklık getirmişti.

"Müdür Bey biz firmamızda bağışın ne olacağını ve ne şekilde yapılacağını kendi yöntemlerimizle belirleriz. Bu kez Esin Öğretmenin sınıfında karar kıldık" şeklinde bir açıklama yaptı. Böylece yapılacak dedikodunun tüm kanalları kapandı.

Serdar'ın okula gelip gitmesi, mobilyaların yerleştirilmesi sırasında Esin Öğretmen'i daha yakından görme, az da olsa konuşma fırsatı yarattı. Türkân, onların birbirlerine karşı tutum ve davranışlarını gözlüyor, gözlemlerini sır ortağı Cevriye yengesine anlatıyordu. Bununla da kalmıyor, güncesine not ediyordu.

Onlar tanışalı aylar olmasına karşın geleceğe dönük ciddi konuya girmemişlerdi. Hatta bunun için başbaşa kalıp konuşacak bir ortam da yaratmamışlardı. Serdar, bunun zamanının geldiğini düşünüyordu. Düşünmekle de kalmıyor bu konuda Esin'den bir tavır bekliyordu. Esin Öğretmen ise ağırdan alıyordu. O her işinin ciddi ve sağlıklı yürümesini isteyen biriydi.

Teklif Serdar'dan geldi. Mobilyaların yerleştirme işinin bitirilmesinden sonra bir fırsatını buldu ve Esin Öğretmene:

-Uygun bir günümüzde bana bir kahve içimlik zaman ayırabilir misiniz? Diye sordu. Esin Öğretmen gülümsedi:

-Neden olmasın? Ne zaman nerede olacağına birlikte karar verelim.

Karar verdiler. İkisi de belli bir olgunlukta, birbirlerine neyi nasıl söyleyeceklerini bilecek kültür düzeyindeydiler. Aptal âşık oynayacak durumda değildiler. Neden buluştuklarını neler konuşacaklarını biliyorlardı. Hatta o güne kadar birbirleri ile ilgili gerekli bilgiyi de edinmişlerdi.

Serdar, konuya Esin'in girmesi, daha doğrusu önceliğin hanımlarda olduğunu kabul ettiğini sezdirmesi için zemin hazırlıyordu. O bir giriş yapsa gerisini getirirdi. Esin bunun ayırdındaydı. O da nasıl bir giriş yapacağını bilemiyordu.

-Serdar Bey siz hala bekâr mısınız?

-Evet, gönlümün prensesini arıyorum.

-Bulamadınız mı?

-Buldum.

-Kimmiş o şanslı?

Cebinden bir ayna çıkardı. Esin Öğretmene uzattı ve ondan sonra da "Kimin daha şanslı olduğuna karar verirsiniz" dedi. Esin Öğretmen bu şakayı beğendi. Aynaya baktı:

-Güzel birini seçmişsiniz. Sizi kutlarım. İyi de kendisine sordunuz mu?

-Ben cesaret edemedim. Benim yerime siz sorar mısınız?

-Soracağım. "Evet" derse onu mahcup etmezsiniz değil mi?

Biraz heyecanlıydı Esin Öğretmen. Yüzünün şeklini ve rengini görmek için aynaya bir daha baktı:

-Sordum, teklifinize "Evet" diyor. Ya siz? Sizden yanıt bekliyor.

-Ben de "Evet" diyorum.

Bu evetleri el ele tutuşarak sözleşmenin pekiştirilmesi anlamına gelerek sıktılar. İkisi de heyecanlanacaklarını kestirememişlerdi. Birkaç dakika öylece suskun kaldılar. Sonra kendilerince geleceğin yapılacak takvimini belirlediler. Değişiklik hakkını saklı tutmak kaydı ile neyi ne zaman yapacaklarına karar verdiler.

Serdar, Esin Öğretmen'i evine bıraktı. Kendi evine döndüğünde Halide ile Muharrem Usta, onun Esin'le olan ilişkisinin ne aşamada olduğunu konuşuyorlardı. Oğulları gelince konuyu değiştirdiler. Ancak Serdar ilk kez karşılarına değişik bir gülümseme, farklı bir yüz ifadesi ile gelmişti. Oğullarının yüzündeki ifade pozitifti. Serdar, pek yapmadığı bir davranışla önce annesinin sonra babasının ellerini öptü. Derin bir nefes aldı. Üstünü başını değiştirmeden karşılarına oturdu:

-Evet, oldu. Öncelikle sizin gönlünüzce, sonra benim istediğim gibi oldu.

Muharrem Usta işle ilgili bir sorunun çözüldüğünü düşündü. Halide ise annelik sezgileri ile oğlunun aklından geçenleri kestirmeye çalıştı. Cesaretini toplayarak:

-Kim? Nasıl biri? O mu? Diyebildi.

-Evet, anne, o! Bu gün birlikteydik. Kahve içtik. Şimdilik kırk yıl hatırı olacak bir dostluğun ilk harcını koyduk. İkimiz de buna hazırmışız. Belli bir anlayış, kendimize özgü olgunluk içinde kendi aramızda ilk adımı attık. Evlenmeye karar verdik.

Halide kendini tutamadı. Sevinçle ayağa kalktı.

Serdar'ı kucakladı:

-Seni kutluyorum. İyi bir seçim yaptın. Umarım verdiğiniz karar sizi mahcup etmez. -Muharrem Usta'ya dönerek- Ne dersin Bey? Söylediklerimde haksız mıyım?

Muharrem Usta da en az Halide kadar sevinmişti. O da

-Annen doğru söylüyor. Ben de katılıyorum. Bundan sonra neler yapacağımızı düşünelim. Söz, nişan, nikâh… Geciktirmeyelim. Esin Öğretmen en kısa zamanda evimize, işyerine rahatlıkla gelip gidebilsin.

-Bakıyorum da siz benden daha çok sevinmiş gibi görünüyorsunuz. Benden daha aceleci davranıyorsunuz. Halide:

-Yok, be oğlum… Şey, yani, bir an önce mürüvvetini görmek istiyoruz. Esin kızımızı ilk görüşümüzde çok sevdik.

* * *

Cevriye'nin annesi ile babası Hersekli Ailesi'nin çiftliğine yerleştikten sonra kendilerini iyice çiftlik işlerine verdiler. Böyle bir yandan daha fazla üretmenin tadını çıkarıyor, öte yandan geride bıraktıkları acı tatlı anılarını unutmaya çalışıyorlardı. Biliyorlardı ki artık geldikleri yere dönmeyeceklerdi.

Bosna'da sattıkları malların parasını yanlarında getirmiş, olduğu gibi bankaya yatırmışlardı. O paraya ihtiyaçları olmadığı gibi çiftlikte çalışmaları karşılığı aldıklar paradan onun üstüne ek yapmışlardı.

Çiftlikte işi büyütmek, bunun için de ek toprak almak istiyorlardı. Bunu Hüsmen Ağa'ya söylediklerinde O:

-Neden olmasın? Yalnız biz yaşlanıyoruz. Eski gücümüz kalmıyor. İşçi çalıştırmak ise her gün biraz daha zorlaşıyor, dedi.

Cevriye'nin babası Şevki:

-Ne diyorsun Hüsmen Ağa? Yaşlılık kim, biz kim? Biz daha çok çalışırız. Hele yanımızda Hacer ve Kıymet Hanımların desteği oldukça... Bak, bitişiğimizdeki araziyi de satacaklarmış. Oraya ahır kurar sığır besleriz. Sütünden ve etinden yararlanırız. Bizim esas işimiz hayvancılık. İlerde küçük bir mandıra da kurduk mu, süt ürünlerini piyasaya süreriz. Kazancımız daha bir çoğalır. Ama bu karara varmadan önce hanımlar, sonra kızanlarla konuşmamız, onların da olurunu almamız gerekiyor.

Hanımlarla, Tuna, Cevriye, Türkân, Fidan ve Hâdi ile yapılan aile toplantısında Şevki'nin düşüncesi masaya yatırıldı. Herkes görüş ve düşüncesini söyledi. Sonuç olumluydu. Sonra neyin nasıl yapılacağının ön görüşmesi ile iş bölümü yapıldı.

Arsa sahibi İstanbul'da oturuyordu. Onu bulup konuşma görevi Hâdi 'ye verildi. O işlemleri yapabilmek için Şevki'den vekâlet aldı. Arazi, Cevriye ile Tuna'nın üstüne tapulanacaktı.

Mandıra kurmak, hayvanları almak için en uygun kredinin nasıl sağlanabileceği görevini Fidan üstlendi. Cevriye ile Tuna ileriki zamanda üretilecek malların pazarlama işini araştıracaklardı. Türkân:

-Çok iyi bir işbölümü yaptınız da ben ne oluyorum? Ben hiçbir görev ve sorumluluk yüklenmeyecek miyim?

-Yüklenmez olur musun Türkân! Diye söze girdi Kıymet. Seninle çok işimiz olacak ama senin okul sorumluluğun var. Sakın onu küçümseme. Eğitim çok ciddi bir uğraş. Sen gereğinden fazlasını öğrenmeye çalış. İster misin sana şimdiden bir görev verelim. Sen önce ailelerimizin, sonra Bosna'nın tarihi geçmişini araştır. Umarım bu sana büyük bir zevk verecektir.

Kıymet'in bu konuşması diğer tüm konuşmalardan daha çok ciddiye alındı. Ondan böyle bir konuşma, hele de o gün hiç beklenmiyordu. Tuna:

-Evet, Türkân sen bu günden bu görevi yüklen. Benim yapamadıklarımı sen tamamla. Bu, gelecek için yüklenmen gereken önemli bir iş. Bu konuda en büyük destekçin ben olacağım.

Türkân birden ne diyeceğini şaşırdı. Daha o yaşta araştırma yapmayı çok seviyordu. Bunu ilk keşfeden Esin Öğretmen olmuştu da adını koyamamıştı. İkincisi Kıymet Teyzesi, o adını da o koydu.

Evdeki konuşmaların kendisi ile ilgili bölümünü Türkân, Esin Öğretmene anlattı. Birlikte gelecekte yapacağı işin adını koydular: "Araştırmacı Gazeteci".

* * *

Hâdi , eli kolu sıvadı hemen işe koyuldu. Bitişik arazinin tapu kaydını, sahibini, piyasa değerini öğrendi. Bu bilgileri ilk Fidan'a verdi. O, banka kredisinin koşullarını öğrendi. Tuna ile Cevriye arandı. Onlara sonra da Şevki ile Hüsmen Ağa'ya bilgi verildi. Arazinin alınması için koşullar Şevki'nin tam istediği gibi değildi ama alınabilir durumdaydı. Elindeki para ancak arazi bedelini ödeyecek kadardı. Haydi biraz da üç beş sığır olabilirdi. Fidan'ın tüm olanakları zorlayarak en uygun koşullarla sağlayabileceği banka kredisi ile gerekenler yapılabilecek gibiydi.

Hemen uygulamaya geçildi. Arazi, Cevriye ile Tuna'nın üzerine satın alındı. Buna bağlı olarak Fidan, banka kredilerinin ön hazırlığını tamamladı. Tapu alınıp kredi için arazi üzerinde yapılacaklar yapıldı. Çiftlikle yeni alınan arazi arasındaki sınırların birkaç yerinden geçiş yolu açılarak çiftlik genişletildi. Banka kredisinin alınması gecikmedi. Hemen alınan parayla daha önce hazırlığı yapılan ahırların ve mandıranın inşaatına başlandı. Daha önce alınan inek ve düvelere yenileri eklendi.

Çiftlikte iş çoğalmıştı. Cevriye yeni başladığı ve bir türlü ısınamadığı işinden ayrıldı. Çiftlik işlerine döndü. Çiftliktekilerin daha fazla yorulmalarını istemiyordu. Oradaki işlerin birçoğunu o üstlendi. Gündüzleri çiftlikte akşamları İstanbul'daki evinde oluyordu. Hafta sonları Tuna ve Türkân da Cevriye ile birlikte çiftliğe gelmeye başladılar. Çiftliğin işleri gün geçtikçe çoğaldı. Önce süt üretimi, sonra bunların işlenmesi, derken bu ürünlerin pazarlanması, hep yeni iş gücü gerektiriyordu.

* * *

Türkân, sürekli abisinin durumunu düşünüyordu. Onun koltuk değnekleri ile yürümesi, daha sonra alınan ve Tuna'nın kullandığı akü ile çalışan tekerlekli sandalye, onun hoşuna gitmiyordu. O konuda yazılmış kitaplar, dergiler, gazete haberlerini okuyor, araştırıyorduk. Abisinin durumunda olanların yasal haklarını soruşturuyor, inceliyordu.

Bu konuda işine yarayacak iki önemli ipucu yakalamıştı. Biri abisine protez bacak takılabileceği, diğeri de sürücü belgesi alırsa özel donanımlı araba alıp kullanabileceği. Birincisi kolaydı. Ama pek yardımcı olamayacak abisini koltuk değneklerinden kurtaramayacaktı. Sürücü belgesi, özel donanımlı araba... Pahalı da olsa bunlar Tuna için yapılmaya değerdi.

Topladığı bu bilgileri önce Cevriye yengesi ile sonra abisi ile paylaştı. Cevriye, Türkân'a nasıl teşekkür edeceğini bilemiyordu. Tuna'ya sürücü belgesi için hemen okula başlamasını söyledi. Arabayı nereden nasıl temin edebilecekleri konusunda girişimde bulundu. Böyle bir araba bulmak da zor değildi. Yeter ki parası ödensin. Tuna için ailenin hepsi parasal özveride bulunmaya hazırdılar. Kısa zamanda Tuna, sürücü belgesini aldı, istenilen arabaya sahip oldu. Bu, onun yaşamını oldukça kolaylaştırdı.

Tuna artık yalnız ev ile iş arasında sıkışıp kalan yaşam alanını iyice genişletti. Kendini Cevriye ile Türkân'ın sırtında yük kabul ederken şimdi kullandığı araba sayesinde onları sanki kendi sırtlanmıştı. İstedikleri zaman gezmeye çıkıyor, atlayıp çiftliğe gidebiliyorlardı.

O güne kadar baba olmayı hiç düşünmeyen Tuna Cevriye'ye, "Anne olmak ister misin? Sorusunu sordu. Cevriye öyle bir sevindi, öyle bir şaşırdı ki ne diyeceğini bilemedi. Bu çok ve sorumluluğunu yüklenebilecek aşamaya gelmişti.

-Ne diyorsun Tuna! Bu güne değin senden duyduğum en önemli soru. Sen buna hazır olduğuna göre ben çoktan hazırım, dedi.

Tuna:

-Bunu şimdilik büyüklerimize söylemeyelim. Çevremizdekiler de duymasınlar. Hem kıskanırlar hem de ne bileyim nazar filan olur. Bak son günlerde peşpeşe bir yığın olumlu iş başardık. Meriç ve Fidan evleneli kaç yıl oluyor. Hâlâ anne olamadılar. Kıskananlar derken onları kastetmiştim.

Cevriye:

Böyle bir durumu herkesten ilk birkaç ay da olsa gizleyebiliriz ama Türkân'a söylemeden edemem. Onun ağzı sıkıdır. Hiç kimseye söylemeyeceğinden emin olabiliriz.

* * *

Çiftliğin ikinci bölümü, altı ay gibi kısa zamanda istenilen düzeye getirildi. Ahırlar, mandıra binası tamamlandı. İlk birkaç ayda üretilen süt, bazı süt ürünleri firmalarına satılmıştı. Bundan vazgeçildi. Artık yoğurt, birkaç çeşit peynir, tereyağını kendileri üretmeye başladılar. Bu yolla daha iyi para kazanıyorlardı.

Çekilen banka kredileri hiç aksatılmadan hem de zamanından önce kapatıldı.

Bu ürünlerin pazarlamasını Tuna ek iş olarak yapıyordu. Aracı kârının ne olduğunu biliyordu. Zaten Hâdi eniştesi onu ticari alanda bir işe yerleştirmişti. Orda da ticaretin girdisini çıktısını teorik olarak öğrenmişti.

Türkân büyümüştü. Öyle zekiydi ki, okul dersleri ona çok basit geliyordu. Her gün birkaç saatliğine, hafta sonları ise biraz daha fazla iş gücünden yararlanılabilinirdi. Cevriye çiftlikteki iş yaşamına daha aktif katılmak istiyordu. Tüm bunlar üçlü bir toplantıda konuşuldu. Ortaya çıkan işgücünün hesabı yapıldı. Bu işgücü ile neler yapılabileceği düşünüldü. Eğer Tuna işi bırakır sorumluluğu üstlenmeyi kabul ederse bir market açabilecekleri sonucuna vardılar. Tuna:

-Acele etmeyelim. Bu da bizim ikinci sırrımız olsun, dedi.

Türkân'ın gözleri parladı:

-Birinci sırrımız neymiş? Benim ondan haberim yok ki…

Tuna Cevriye'ye baktı. Cevriye:

-Hala oluyorsun Türkân! Bunu daha önce söylemeliydim. Birinci sırrımız bu. Şimdilik üçümüzden başka kimse bilmiyor. Sen de bunu şimdilik kimseye söyleme!

Türkân önce:

-Çok kötüsünüz. Kaç aylık? Diye sordu. Ardından onları kızdırmak için:

-Bu denli önemli bir konuyu içimde nasıl tutabilirim? Bu müjdenin fiyatını biliyor musunuz? Bunu

Hüsmen Ağa Bosnalı Şevki, onların ötesinde Halide ve Kıymet Hanımlar duysa sevinçlerinden kendilerini kaybeder, ilk söyleyene, söylemesini bilene ne büyük ödüller verirler. Siz bunu biliyor musunuz? Ben bu fırsatı kaçırır mıyım?

Tuna:

-Yapma Türkân. Şimdilik diren. Zamanı gelince sana söyleriz. Müjdeyi sen verir ödülü de sen alırsın. Ağzını sıkı tut. Hemen heyecana kapılma. Sen sır saklamasını bilen birisin. Birinciyi zaten duyuracaktık. Biliyorum bunda büyük ödül var ve bunu sen alacaksın. İkinciye karşı geleceklerini sen de biliyorsun. Zamanlamayı iyi yaparsak birincinin hatırına ikinciyi de kurtarırız.

Türkân:

-İkisini de bana bırakın. Birincinin sevinç sarhoşluğu ile ikinciyi de büyük bir istekle onaylayacaklardır.

Bunları konuşmak için çiftliğe gelmeden önce Tuna, açacağı marketin yerini, satış yerinin büyüklüğünü, satacağı ürünlerin çeşidini, nereden nasıl sağlanacağını, çalıştıracağı işçi sayısını, açılış için gerekli izinlerin nasıl halledileceğini, hatta sigorta ve vergi durumunu araştırdı. Bunların hepsini bir rapor halinde dosyaladı. Bu konularda özellikle annesi Hacer'in yaş tahtaya basmayacağını biliyordu.

Çiftliğe Tuna'nın kullandığı arabayla gittiler. Çiftliktekiler onun araba kullandığını ilk kez görüyorlardı. Onu direksiyon başında görmek onları çok sevindirdi. Arabanın rengi, modelinden çok dikkatlerini Tuna'nın üzerinde topladılar. Cevriye daha rahat bir yolculuk yapmak için arkada oturuyordu. Araba durunca önce ön koltukta oturan Türkân ile Tuna indiler. Cevriye arabadan inmekte yeni gelin gibi nazlanıyordu. Onun böyle davranacağından kimsenin haberi yoktu. Türkân bunu anlamakta gecikmedi. Arabanın kapısına yaklaştı. Yengesinin kulağına eğildi:

-Yapma Cevriye yenge, onlar arabayı ve abimin araba kullandığını görünce gerekli şoku yaşadılar. Şimdi torun sahibi olacaklarını senin bebek üzengiliği istediğini duyarlarsa içlerinden kalp krizi geçirenler olur. Bırak benim sana borcum olsun. Büyüklere ikinci sevinci sindire sindire tattıralım.

Cevriye'nin arabadan inmemesi, Türkân'ın gidip onunla konuşması, Kıymet'in dikkatini çekti. Merakla arabanın yanına yaklaştı ve:

-Ne oluyor kızanlar? Cevriye kızım sana bir şey mi oldu? Hasta mısın? diye sordu. Tuna, Cevriye'den önce:

-Yok, Kıymet Teyze, hasta filan değil. Yalnız biraz naz ediyor. Özel bir durumu var da... diye yanıtladı.

Cevriye arabadan indikten sonra eşyalarını aldılar. Büyük salona geçip oturdular. İstanbul'dan gelenlerin yüzünde farklı bir ifade seziliyordu. Söylemek istediklerini söylemeden rahat edemeyecekleri belliydi. Halide Kıymet'e göz kırptı ve mutfağa gitti:

-Bunların nesi var kuzum? Cevriye arabadan nazla indi. Salona çıktılar... derken arkalarından mutfağa gelen Türkân araya girdi:

-Müjdemi isterim büyük hanımlar müjdemi. Öyle salondan kaçıp mutfakta mır mır konuşmak yok. Torun sahibi oluyorsunuz!

Hacer elindeki tabağı, Kıymet ise çaydanlığı bırakıverdiler. Bunların yere düşüş gürültüsüne:

-Sen ne diyorsun Türkân? Düş görmüyoruz değil mi?

Türkân:

-Susar mısınız lütfen panik yapmayın! Böyle bağırıp gürültü çıkarmayın Cevriye yengeye büyük heyecan olumsuz etki yapabilir.

Mutfaktan gelen kap kacak gürültüsü, Halide ile Kıymet'in attığı çığlıklar salondan duyuldu. Bu kez olup biteni Hüsmen ile Şevki merak ettiler. Tuna ile Cevriye sakindiler. Çünkü onlar neler konuşulduğunu az çok kestirebiliyorlardı. Salondakiler kalkmış mutfağa yönelmişlerdi ki, Halide ile Kıymet kollarını iki yana açarak olanca gülen yüzleri ve sevinçleri ile salona girdiler. Hacer Cevriye'ye, Kıymet Tuna'ya sarıldılar? Sana değiştirdiler. İkisi birden:

-Bu ne büyük müjde! Bu ne büyük sürpriz! Diye bağırdılar. Şaşırma sırası Hüsmen ile Şevki'deydi. Daha onlar sormadan Türkân onlara da:

-Müjdemi isterim babalar yakında bir de dede oluyorsunuz. Bu gürültü patırtı, bu sevincin nedeni bu, dedi.

Onlar da Cevriye ile Tuna'ya sarıldılar, öptüler, kutladılar. Allah'tan hayırlısını dilediler. Türkân durmuyor görevini yapmaya çalışıyordu.

-Oturun sakinleşin bakalım sayın bayanlar baylar. Daha söyleyeceklerim var. Cevriye yengenin arabadan inerken ağırdan alması bebek üzengiliği içindi. Önce onu ödeyin. En azından sözünü verin. Ben müjdemi peşin isterim. Bunları halledelim, daha başka söyleyeceklerimiz de var.

Hacer ve Kıymet odalarına gittiler. Birer altınla salona döndüler. Altınları Cevriye'nin yakasına iğnelediler. Türkân'a müjdesinin karşılığını Hüsmen ile Şevki para olarak verdiler. Herkesin heyecanı biraz yatıştı. Yerlerine oturdular. Pek az konuşan Hüsmen Türkân'a döndü:

-Daha söyleyeceklerim var demiştin. Onları da söyle de bizi merakta bırakma' O, Türkân'dan bebeğin cinsiyetini söyleyeceğini bekliyordu ki Türkân:

-Bebek konusunu şimdilik bırakalım. Abim, yengem ve de ben başka ciddi bir kararın başlangıcındayız. Kesin kararımızı vermeden sizin görüşlerinizi almak istiyoruz. Bunun üzerinde düşünmeniz gerekiyor. Çünkü maddi ve manevi desteğinize gereksinimimiz olacak.

Biraz önceki heyecan yerini dinginliğe bırakmıştı. Hacer "Ciddi bir karar!" diye geçirdi içinden. Birden ne olabileceğini kestiremedi. Öngörüde de bulunmak istemedi. Diğerlerinin göstereceği tepkiyi bekledi. Hüsmen:

-Evet, Türkân seni dinliyoruz. Yeni kararınızı da açıkla bakalım.

Türkân:

-Biz düşündük, konuştuk, uygun bir yerde bir market açmaya karar verdik. Bu konuda gerekli ön araştırmaları abim en ince ayrıntılarına değin yaptı. Elde ettiğimiz sonuç olumlu gibi görünüyor. Zaten satılacak ürünlerin bir bölümü çiftliğin ürünleri olacak...

İlk destek Şevki'den geldi:

-Başaracağınıza inanıyorum. Elimizden gelen desteği veririz. Çiftliğin ürünlerini doğrudan tüketiciye ulaştırma düşüncenize ben de katılıyorum.

Türkân babasına bakarak:

-Şevki amca siz gerekeni yaptınız. Cevriye yengenin adına kocaman bir arazi aldınız. Yeni bir hayvan çiftliği kurdunuz. Şimdi elini cebine sokmanın sırası babamda, öyle değil mi anne?

Hacer:

-Elimizden geleni yaparız. Gerekirse Kıymet ile işgücü olarak da destek veririz.

Kıymet:

-Ben gençlerin bu işin de üstesinden gelebileceklerine inanıyorum. Ancak bir endişem var. Cevriye kızımın bu dönemde fazla yorulmaması gerekiyor. Onun yorulmaması için gecemi gündüzüme katar onun yapacaklarını da ben yaparım.

Her şeyi iki tartıp bir ölçen Hüsmen Ağa:

-Tuna oğlum, anlat bakalım neyi nasıl yapacaksınız?

Tuna hazırladığı dosya üzerinden yaptığı hazırlıkları bir bir anlattı. Hüsmen Ağa'nın dikkatini çeken üç konu vardı. Birincisi marketin açılacağı semt; göçmenlerin yoğun olduğu bir yer seçilmişti. İkincisi çiftlik ürünlerinin satılması kararı. Üçüncüsü ise çalıştırılacak eleman seçimi. Bunların üçünü de olumlu buldu.

-Korkmayın gençler. Verdiğiniz karardan ötürü sizleri kutluyorum. Elimden geleni yaparım. Yalnız bunun için hiç ödün vermeyeceğim bir koşulum var. Türkân'ın okulunu, eğitimini, geleceğe dönük araştırmalarını aksatmaması.

Bu kez gözler Türkân'a çevrildi. Ondan önce onun adına Cevriye konuştu:

-O konunun kefili benim. Türkân'ı hepimizden çok ben tanıyorum. Söylediklerinizin hiçbirinin aksatılmayacağına onun adına ben söz veriyorum. Onun sorumluluğunu hepinizin önünde ben yükleniyorum.

Tuna:

-Türkân'ın geleceği çok önemli. Onu ne çiftlikte ne de açacağımız markette köreltemeyiz. O geleceği parlak olan biri onun önüne engeller koymak yerine teşvik edeceğiz, önünü açacağız. Bunu daha önce de konuştuk.

Çiftlikte büyüklerle konuşmaları onlardan beklentileri umut ettiklerinden daha iyi sonuçlandı. İki gün çiftlikte kaldıktan sonra İstanbul'a döndüler. Bebek bekleme müjdesi çiftliğe büyük bir mutluluk bırakmıştı.

* * *

Esin Öğretmen ile Serdar'ın nişanından sonra düğün tarihine kadar olan hazırlıkları hemen hemen tamamlandı. Satın alınan ev, özel yapılmış mobilya, özel ısmarlanmış diğer eşyalarla dayandı döşendi. Düğün öncesi için aldıkları nikâh günü geldi çattı. Nikâh töreninin davetiyeleri dağıtıldı. Nikâh tanıkları kim olacaktı? Serdar kendisi için tanığı belirlemişti. Aile dostu, çocukluk arkadaşı Tuna. Esin'e tanığının kim olacağını birkaç kere sorduğu halde ondan bir isim alamamıştı. Esin Öğretmen:

-Bırak bu da benim sürprizim olsun, diyordu.

Nikâh törenine yakın akrabalar ve yakın arkadaşlar çağrılmıştı. Bunların sayısı da az değildi. Gelenleri kapıda Türkân'la birlikte okulun en genç bayan öğretmeni karşıladı. Nikâh salonu tıklım tıklım doluydu. Aylar, yıllardır birbirlerini görmeyen davetliler vardı. Bunlardan biri ön sıralarda oturmuş sessizce bekliyordu ama en çok ilgilenilen eli öpülen o idi. O, ilerlemiş yaşlına, emekliye ayrılmış olmasına karşın eğitim derneklerinde aktif çalışan yalnız Esin'in değil, oradakilerin birçoğunun da ilkokul öğretmeniydi. Okuldan öğrencisi olmayanlar da onu eğitim etkinliklerinden tanıyorlardı. Esin'in okuldaki öğretmen arkadaşları, okul müdürü tam kadro oradaydılar. Herkes, Okul Müdürünün Esin Öğretmenin nikâh tanığı olacağını sanıyordu. Okul müdürünün kendisi de bu beklentideydi.

Esin Öğretmen tüm güzelliği ve şıklığı ile Serdar'ın kolunda salona girdi. Alkışlar arasında yerlerini aldılar. Nikâh memuru yerine oturdu. Tanıkların gelip yerlerini almasını istedi. Hala herkes Esin Öğretmenin tanığı kim olacak merak ediyordu. O, ayağa kalktı. Aliye Hanım'a döndü:

-Sayın öğretmenim, bu mutlu günümde benimle birlikte oldunuz! Lütfen rica etsem nikâh tanıklığımı kabul eder, buraya buyurur musunuz?

Aliye öğretmen yerinden kalkıp nikâh masasına yürürken salondakilerden hemen hemen yarısı ona saygı gösterdiklerinden ayağa kalktılar. Nikâh masasındakiler de. Okul Müdürünün yanında oturan Esin Öğretmen'i hep kıskanan biri müdürün nikâh tanıklığına çağrılmadığını görünce ona:

-Müdür Bey, atlandığınızın farkında mısınız? Nezaket gereği sizin tanık olmanız gerekmiyor muydu? Diye sordu.

Okul Müdürü:

-Ne diyorsun sen… Hanım? Benim, Aliye öğretmen buradayken tanıklığım söz konusu olamazdı. Çağrılsaydım da bunu istekli yapmazdım. Bu, Aliye Öğretmene saygısızlık olurdu. Esin Hanım vefalı davrandı. Onu nikâhına çağırması, bu mutlu gününde onun tanıklığını sağlaması ne denli onurlu bir eylem bunu biliyor musunuz?

Nikâh memuru resmi görevini bitirdikten sonra bir ilki gerçekleştirdi. Kuralların dışına çıkarak Aliye öğretmene nikâh cüzdanını uzattı.

-Gençlere söylenmesi gerekenleri sizden dinlemek istiyoruz. Lütfen buyurunuz efendim, dedi.

Aliye Öğretmen o güne değin yüzlerce gencin nikâh tanıklığını yapmış, bu tür ve benzeri topluluklar önünde konuşmuştu. Salondakileri ve masadakileri daha iyi görebilmek için nikâh memurunun yanına geldi. Oturmasını istedilerse de o ayakta durdu. Genç çiftler, Tuna, nikâh memuru, hatta salondakilerin hepsi ayağa kalktılar. Herkes ayağa kalkmamış olsaydı konuşmasını, belki daha uzun tutardı. Onu yapmadı.

-Sevgili Serdar, bu denli büyük şansı nereden bulduğunu bilemiyorum. Dünya tatlısı evlatlarımdan biri ile yaşamınızı birleştiriyorsunuz. Bunun ilk ve en önemli adımını bu gün attınız. Kızım Esin'in iyi bir öğretmen olduğu kadar iyi bir eş ve mükemmel bir anne olacağından da hiç kuşkum yok. İkiniz de ağır bir sorumluluk yüklendiniz ama onurlu bir sorumluluk. Üstesinden geleceğinize, kuracağınız yuvada mutlu olacağınıza inanarak sizleri kutluyorum. Yüklendiğiniz bu sorumlulukla sizden bir şey daha bekliyorum. Atacağınız her adımda, evlilik yaşamınızda sorumluluk bilinciyle başkalarına iyi örnek olmanız. Şu anki güler yüzünüzü içinizdeki coşku ve mutluluğu tüm yaşamınızda sürdürmenizi diliyorum. Bu cüzdan bir sözleşme. Eğer o sözleşmenin gerekleri yerine getirilmezse hiçbir işe yaramaz. Bunun bayana verilmesi gelenek haline getirilmiş. Ben de Esin Hanım'a veriyorum, diyerek evlenme cüzdanını Esin Öğretmene verdi.

Onun konuşması, davranışları, yerine oturuncaya kadar ayakta alkışlandı. Nikâhtan önce onu görmeyen elini öperek hal hatır sormayanlar yanına geldiler, Saygılarını sundular. Türkân bunları ilgiyle izledi. Bir ara Esin Öğretmen'e iyice yaklaştı, onun kulağına yüzü kızararak titrek bir sesle:

-Siz de benim nikâh tanığım olursunuz değil mi? Şimdiden söz verin lütfen, dedi.

Nikâh töreni bittikten sonra oraya gelenlere yakın gelecekte yapılacak düğün töreninin davetiyelerini verdiler.

Nikâhı kıyılan çift, aileleri ve yakınları sevinçliydiler. Bu sevinçlerini Serdar'ın önceden yer ayırttığı bir pastanede kutladılar.

* * *

Cevriye ile Tuna, açacakları marketin tüm hazırlıklarını bitirmişlerdi. Onlar da açılış için davetiyeler bastırmışlardı. Bunları kimlere vereceklerini ya da göndereceklerinin listesini yaptılar. İki faklı açılış yapılacaktı. Biri daha çok esnaf ve iş insanı ağırlıklı ikincisi ise müşteri potansiyeli olacak halka yönelik olacaktı. Davetiyeler de birinci ve ikinci grup için farklıydı. İkinci gruptakilerinki daha çok reklâm niteliğindeydi. Elden verilecek davetiyeyi dağıtma görevini Tuna üstlendi. Reklâm nitelikli olanını ise Cevriye, Türkân ve diğer akraba, tanıdıklar dağıttılar.

O yıllarda bu nitelikte ve daha büyük market açmak yaygındı. Bunlarınki onlardan farklı olmalıydı. Cevriye ve Tuna bu farklılığı ağırlıklı olarak gıda ürünlerinde düşünüyorlardı ki onların birçoğu da çiftlikten gelecekti. Başka bir farklılık ise hizmet kalitesinde verilecekti. Rekabeti büyük marketlerle değil, orta ölçeklilerle yapacaklardı. Bu konuda da evlere servis ve İstanbul'da en çok sıkıntı çekilen araba park alanı konusunda kolaylık planladılar. Küçük bakkallar zaten birer birer kapılarına kilit vuruyorlardı.

Markete yer olarak pek merkezi olmasa da nüfusu göçmen ağırlıklı, kalabalık bir semt seçmişlerdi. Açılış öncesi tüm hazırlıkları bitirdiler. Belirlenen tarihte sade bir kokteyl ile birinci açılışı yaptılar. Üçlünün ev sahiplerine markette çalışacak işçiler, en yakın akrabaları eşlik ettiler. Cevriye, özellikle Türkân'ın davranışlarındaki olağan üstünlülük dikkat çekiciydi. Türkân ilk kez güzelliğine, ergenliğe adım atmış olmasının yanına hafif bir makyaj eklemiş, o güzel saçlarına farklı bir şekil vermişti. Bu haliyle onu en yakınları bile ilk gördüklerinde tanımakta zorlandılar.

Kokteyl ile yapılan açılış uzun sürmedi. İkinci yani müşterilere yapılacak ikramlı ve satışlı açılışta bazı karmaşanın olacağını biliyorlardı. Bunun için her türlü önlemi aldılar. Ne de olsa ilk kez görücüye çıkıyorlardı. Bu ilk günün sınavı önemliydi. "İlk gün indirimi" diye dağıtılan reklâm davetiyelerinde belirtilen tüm ürünlerin üzerine de özel işaretler konmuştu.

Bu tür indirimli satışlar tüm satış mağazalarında yapılırdı. Oradakiler ya eski ya da hatalı olan mallar olurdu. Bu market yeni açıldığından müşteriler diğerlerindeki kusurların burada olmayacağını bildikleri için en çok bu ürünleri aldılar. Bu ürünler kısa sürede tükendi. Sonradan gelenler ellerindeki reklâm kâğıtlarını göstererek indirimli alışverişten yararlanmak istediklerini söylediler. Cevriye onlara:

-Yeni indirimli ürünlerimiz öğleden sonra saat üçte gelecek, dedi.

Onun bu zekice davranışını Tuna anlamıştı. Öğle yemeği ayakta yendi. Bir ara Cevriye orada bulunan Hacer ve Kıymet Hanımlara:

-Yardımlarınıza gereksinmem var. Çalışanlardan birini de yanınıza alarak hemen depoya gidin en hızlı nasıl yapabiliyorsanız indirimli ürünler listesine bakarak mal hazırlayın. Bu gün kapanışa kadar bu ürünleri indirimli fiyatla satmak zorundayız. Yoksa daha ilk günden müşterilere karşı güvenimiz sarsılır.

Cevriye'nin bu zekice buluşu market görevlilerinin ve çalışanlarının hepsi de beğenildi. Yalnız anneler biraz yorulacaklardı. Onların da böyle bir günde bundan yakınmaya hakları yoktu.

O günü, yani marketin ilk açılış ve ilk satış gününü Cevriye'nin ek düzenlemeleri ile istedikleri sonuçları alarak kapattılar. Hizmet ve ürün kalitesi tüm müşterilerin, açılışa gelenlerin beğenisini kazandı. Daha ilk günde depodaki malların birçoğu tükendi. Sabah erkenden bu mallar yerlerine konmalı, raflara dizilmeli, satışa hazırlanmalıydı.

Hiçbiri ilk günden bu denli ilgi göreceklerini, malların bir bölümünün satılıp biteceğini hesaplamamışlardı. Malları aldıkları toptancılara telefon etseler malı zamanında yani sabahın erken saatinde getiremeyeceklerini biliyorlardı. Onların kendilerine göre bir mal dağıtım planları vardı. Akşam oturdular, bunu nasıl çözebileceklerini konuştular.

Türkân:

-Serdar abi ile Hâdi enişte ne güne duruyorlar? Onlar sıkışırsanız yardımınıza koşarız dememişler miydi? İşte sıkıştık. Bir gün de erken kalksınlar. Telefon edelim. Kendi işlerine gitmeden önce neyin nerden alınacağını söyleyelim. İkisinin de arabası var alıp getirsinler. Bazılarını da toptancılara rica ederiz, onlar gecikmeden tamamlarlar. Daha ilk günlerde müşteriye yok satamayız. Marketi Cevriye yenge açar. Biz Tuna abi ile gider bazı malları alır geliriz, dedi.

Cevriye:

-Serdar ve Hâdi Beylere bunu kim söyleyecek?

Türkân:

-Ben! Hemen şimdi ararım.

Tuna:

-Hele bir dur neyi nereden alacağımızın bir listesini yapalım.

El çabukluğu ile listeyi yaptılar. Serdar ve Hâdi 'nin hangi malı hangi toptancıdan alacaklarını saptadılar. Türkân önce Hâdi 'yi, ardından Serdar'ı aradı. Onlara durumu açıkladı. Yardımlarına gereksinimlerinin olduğunu söyledi. İkisi de hemen yapabileceklerini söylediler. Listeler onlara akşamdan ulaştırıldı. Daha doğrusu Hâdi :

-Siz çok yorgunsunuz. Ben gelir listeleri alırım. Serdar'ınkini de ona iletirim, dedi.

Sabah erkenden kalktılar. Cevriye'yi markete bıraktılar. Kendileri mal almaya gittiler. İşçiler geldi. Cevriye ile akşamdan kalan yarım işleri tamamladılar. Boşalan raflara var olan mallardan yerleştirdiler. Gelecek malların yerlerini hazırladılar.

Eksilen malların gelmesi gecikmedi. İlk Serdar geldi. Ardından Tuna ile Türkân, sonra Hâdi . Eksik olan ne varsa tamamlandı. Raflardaki yerlerine düzgünce yerleştirildi. Müşterilerin gelmeye başlamaları da gecikmedi. Güne güzel başlandı.

Çiftlikten gelen ürünler için ayrı bir bölüm oluşturdular. Benzer diğer ürünler de bulunduruluyordu. Müşteriler, çiftlik ürünlerine o denli fazla ilgi gösterdi ki onlara bunu yetiştirmek zor oldu. Kural olarak müşterinin sorduğu bir ürün için yok demek istemediklerinden, buna bir formül bulmalıydılar, buldular da... Çiftlik ürünleri Pazartesi, Çarşamba ve Cumartesi günleri gelecek, o günler satışa sunulacak, biterse müşteriler ikinci geliş gününü bekleyeceklerdi. Cumartesi günü daha fazla mal bulundurmaya özen gösteriyorlardı. Artık neredeyse çiftlik ürünlerinin belli müşterileri vardı. Bunların çoğunluğunu da göçmenler oluşturuyorlardı.

Markette çalışacak işçileri seçerken Cevriye ve Tuna bazı ölçütler belirlemişlerdi. Bunlardan en nemlileri müşteriye itibar ve güler yüzlü davranmak. Bu malın kalitesi ve temizliği kadar önemliydi. Cevriye ile Türkân zaten kibar ve güler yüzlüydüler. Diğerleri de onlara uyunca markette sanki bir personel ışıltısı egemendi.

Yaz dinlencesi bitti. Verilen sözlere uyularak Türkân market ile ilişiğini neredeyse kesti. O okuluna ve derslerine döndü. Hafta arası akşamüzeri kısa bir uğruyor, ancak Cuma günü öğleden sonra ve cumartesi günleri biraz daha uzun kalıyordu. Türkân'ın yokluğu bazı müşterilerin dikkatini çekti. Bir gün alışverişi bitiren yaşlıca bir hanım:

-O güzel kız nerede? Kaç gündür göremiyorum. Allah korusun hasta filan olmasın, dedi.

Cevriye:

-Merak etmeyin hasta filan değil. O Tuna'nın kız kardeşi... Okullar açıldı, dersler başladı. Türkân'ın önceliği okul ve dersleri olduğu için ancak Cuma günü öğleden sonra ve Cumartesi günleri gelebiliyor.

-Haa!... Öyle mi? Ben de alışverişi bundan sonra o günlerde gelirim de o güzel kızı o zaman görürüm, dedi yaşlıca hanım.

Yalnız o hanım değil, Türkân'ın yakından ilgilendiği diğer bazı müşteriler de alışveriş için o günleri seçmeye başladılar.

***

Açılan yeni öğretim yılında da Türkân'ın seçilerek geldiği sınıf başkanlığı sürüyordu. Öğretim yılının başında Esin Öğretmen günlük derslerin dışında hangi özel gün ve haftalarda hangi etkinliklerin yapılacağını yazılı olarak öğrencilere dağıttı. Her bir etkinlik için sınıftan bir ya da daha fazla öğrenci daha çok sorumluluk yüklenecekti. Türkân iki konuda sorumluluk üstlendi. Basın yayın, yerli malı haftası. İki konuyu da yalnız yürütebileceğini söyledi. O artık okul gazetesine yazılar yazıyordu. Hatta birkaç şiiri yerel bir gazetede bile yayımlanmıştı.

Yerli malı haftasının başlamasına 10 gün vardı. O hafta için nasıl bir kutlama hazırlığı yapacağının plan ve programını hazırlamıştı. Bunu Esin Öğretmen'e sundu. Esin Öğretmen bunu inceledi. Çok da beğendi ancak Türkân'a:

-Bunu uygulamak benim boyumu aşar. Okul müdürü ile görüşmemiz gerekiyor, dedi.

Okul müdürüne gittiler. O:

Bırakın inceleyelim, iki gün sonra yeniden görüşelim, dedi.

Türkân'ın hazırladığı program ana hatlarıyla şöyleydi; Sınıfta sergilenecek her şey yerli üretim olacaktı. Üç gün sürecek bu etkinlikte sınıfta hiç kimse ayakkabısından yazı yazdığı kaleme kadar ithal malı araç ve gereç kullanmayacaktı. O yıllarda markalı ithal eşya kullanmak bir salgın halini almıştı. Türkân'ın amacı da buna direnmekti. Sınıf arkadaşlarının çoğunun buna karşı geleceğini biliyordu. Bu direnci kırabilmek için ön hazırlık yapıp öğretmenine, okul müdürüne sunmuştu.

Türkân'ın yaptığı ön hazırlık müdürün hoşuna gitti ve buna onay verdi. Böylece Türkân elini güçlendirdi. Yönetim ve Esin Öğretmen'in oluru ile elini güçlendirse de kendi sınıf arkadaşlarının direncini kırmanın zorluğunu yenmek için özel bir çalışma yapmalıydı. Bu engeli aşmanın diğerlerinden zor olduğunun bilincindeydi. Esin Öğretmenden izin alarak bu konuyu tartışmaya açtı. Öğretmen yan tutmamaya söz verdi. Türkân'ın amacı, önce arkadaşlarının tepkisinin ne olduğunu saptamak, düşüncelerini öğrenmekti. Önce kendi yaptığı bir konuşma ile arkadaşlarının anlayacağı düzeyde yerli malının tarihi geçmişini, onları kullanmanın erdemlerini genelde ülke, özelde bireylerin çıkarları için ne denli önemli olduğunu anlattı.

Dış alımla gelen mallara tümüyle karşı olmadığını ancak bunların zorunlu ise alınması gerektiğini, dış alımla dış satımın eşit, hatta dış satımın daha fazla olmasının önemini vurguladı. Ülkede üretilenlerin bu gün çok kaliteli olmasa da yarın kaliteyi yakalayabileceğimizi, bunun için yerli malların kullanılmasına titizlik göstermenin gerekliliğini dile getirdi.

Türkân'ın konuşmasına fazla karşı gelen olmadı. Böyle bir konuşmanın olacağını beklemedikleri belliydi. Türkân:

-Bu konu üzerinde yeniden konuşuruz ama şimdiden hazırlığa başlamamız gerekiyor. Birçoğumuz giysilerimizin, kullandığımız araç ve gereçlerin hangisi yerli, hangileri yabancı onu bile tam bilemiyoruz. Bunları bırakın yediklerimizin içtiklerimizin bile...

Bu konuşma sınıftakilerin hepsini etkiledi. Karşı gelmeyi düşünenler de bundan vazgeçtiler. Hepsi kendi kendine kullandıklarının, giydiklerinin hangilerinin yerli, hangilerinin yabancı olduğunu düşünmeye başladılar. Bununla da kalmadılar, birbirlerine sormaya başladılar, sordular öğrendiler.

Etkinliklerin başladığı ilk gün Esin Öğretmen'in sınıfındaki öğrencilerin giysileri, ayakkabıları, çantaları, okul araç ve gereçleri dikkat çekecek denli farklıydı. Onların bu girişimine başka sınıflardan da katılanlar oldu. Bu eylemin önderi olan Türkân'a öğretmenler, okulun diğer öğrencileri bir yığın soru sordu, bilgi edindiler.

Türkân, okul gazetesine yerli malı haftası ile ilgili bir yazı, yerel gazeteye de aynı konuda bir şiir yazmış, bunlar yayınlanmıştı.

Yerli malı haftasının son günü öğrenci ve öğretmenlerden oluşturulan bir seçici kurul, tüm sınıfları gezdi. En iyi hazırlık yapanları seçeceklerdi. Birinciliği Türkân'ın sınıfı aldı. Yalnız onlar değil, ulusal ve yerel basına Serdar haber vermiş, onlar da okuldaki bu etkinliği haber yapmak için gelmişlerdi. Gelen gazeteciler de sınıfları gezdiler. Notlar aldılar, fotoğraflar çektiler. En çok Türkân'ın sınıfındaki etkinliği beğendiler. Yerel gazeteden gelenler Türkân'ı tanıyorlardı. Ulusal basından gelenlerle de tanışıldı.

Basın görevlileri o etkinlikte Türkân'ın rolünü öğrenince onunla özel söyleşi yapmak ve resmini çekerek gazetelerinde özel haber yapmak istediler. Türkân bunu fırsat bildi. Öyle ki, yerli malı kullanımında dış satım ve dış alım konusunda kendi gazetecilere daha fazla soru sordu. Gazetecilerin sorduklarını ise onları şaşırtacak kadar gerçekçe yanıtladı.

Bir gün sonra ulusal gazetelerin yerel sayfalarında bu söyleşi Türkân'ın resmi, okuldaki etkinlik haber olarak verildi. Türkân'ın her zaman yazı ve şiirlerini yayınlayan yerel gazetenin manşeti ise şöyle çıktı:

"TÜRKÂN'IN BAŞARISI!

Dün... Okulunda kutlanan yerli Malı Haftasını gezdik. Orada yaptığımız saptamalardan sonra Türkân ile yaptığımız söyleşi biz gazeteleri şaşırttı. Biz ona sorular sormak isterken kıvrak zekası, güzel konuşması, bilgi dolu kafası ile işi tersine çevirdi. O, biz gazetecilere akla gelmeyecek sorular sorarak bizlere sözün tam anlamıyla kök söktürdü. Sorduklarının bazılarını yanıtlamakta gerçekten zorlandık."

Ulusal gazetenin yerel ekinde de buna benzer haberler yayınlandı. Yayınlanan bu haberlerin gazete kesikleri okulun duyuru panosuna asıldı. Türkân bunları keserek dosyaladı. Ayrıca gazetelerden birer tane alarak arşivledi.

Okulda böyle bir etkinliğin olduğu haftanın son eğitim günü cuma, okul ve haftanın kapanışında yapılan bayrak töreninden önce Okul Müdürü yaptığı konuşma ile bir değerlendirme yapardı. Özel günlerin olmadığı haftalarda da eğer yapılmışsa başka etkinlikler örneğin "Bilgi yarışması gibi" dile getirilirdi.

O cumanın konusu yerli malı haftası etkinliği, konunun kahramanı Esin Öğretmen'in sınıfı, özellikle de Türkân'dı. Onlara başarı ödülünü vermeden önce Okul Müdürü övücü sözler içeren bir konuşma yaptı. Sınıfın öğrencileri o gün de yerli malı giysileriyle oradaydılar. Hepsini yanına çağırdı. Kaç gündür markalı ve yabancı malın kölesi olmuş, gösteriş budalası bazı ailelerin çocukları dışında tüm öğrenciler onları alkışladı. Birincilik ödülünü, sınıfı adına bu işte en çok emeği geçen Türkân'a verdi. Ödül verilirken öğrencilerin alkışları, takdir çığlıkları caddede ve okul bahçesine bitişik evlerde duyuldu.

Bu etkinlik Türkân için ilerde yapacaklarının önemli bir başlangıç noktası oldu.

Gazetelerde çıkan yazı ve resimleri Cevriye de keserek marketin bir köşesine düzgünce astı. Aynı haberleri okuyan mahalle komşuları, markete gelen müşteriler hep Türkân'ı soruyor, görenler onu kutluyorlardı.

Cuma günü öğleden sonra ve Cumartesi günü marketin yıldızı Türkân'dı. Özellikle belli bir yaşın üstündeki ana babalar, dedeler, nineler onun bu çalışmasını övgüyle kutladılar. Bunlar, çocuklarının ve torunlarının pahalı ve dış alım malı giysi ve ayakkabılara para ödemekten bıkmışlardı.

Cumartesi akşamı hep birlikte çiftliğe gittiler. O hafta ailenin çiftlikte toplanma haftasıydı. Fidan ile Hâdi çiftliğe onlardan önce gelmiş, gelirken Türkân'la ilgili haberleri içeren gazeteleri de getirmişlerdi. Hacer ile Kıymet'in sevinçlerine diyecek yoktu. Hüsmen Ağa temkinliydi. Şevki ise hanımından bir basamak yukarda olabilmek için:

-Ben Türkân kızımızdaki cevheri seziyorum. O ilerde ünlü bir gazeteci olacak. Daha büyük başarılara imza atacak, dedi.

Cevriye'nin günü gününe izlenen hamileliği sanki geçici bir zaman için ikinci plana itildi. Gündemde Türkân vardı. Herkes önce onunla ilgileniyor, sonra Cevriye'ye hal hatır soruyorlardı. Hüsmen Ağa'nın kafasında henüz yerli yerine oturmamış marketin durumu vardı. İşler umduklarından iyi gitse de boşlamaya gelmezdi. Onu Tuna'ya sordu. Gerçi çiftlikten giden ve su gibi satılan mallardan işlerin iyi gittiğinin farkındaydı. Gene de ilgilenmek zorunda hissediyordu. Kendini. Tuna, babasının sorularından daha fazlasını anlatarak onu rahatlattı.

Türkân ailenin, okulun olduğu denli mahallenin de yıldızıydı. Onu kıskananlar olduğu gibi, ona özenen akranları da vardı. Kıskananlar çoğunlukla hemcinsleriydi. Karşı cinsleri ise onu çocuklarına örnek gösteriyor, kendinden küçükler Türkân'ın davranışını, giyimini örnek almaya çalışıyorlardı.

Okul, hafta sonu markette çalışma, ev ödevleri derken dolu dolu yaşıyordu. O arada Esin Öğretmen'in düğün hazırlığının kendine düşen bölümünü de ihmal etmiyordu. Burada Cevriye'nin yardım ve yol göstericiliği işini kolaylaştırıyordu. Düğünde ne yapmalı da gündemdeki yerini korumalı ya da bir basamak yukarı çıkarmalıydı? Yapmak istediklerinin bazılarını gizli tutuyordu. Bazılarını ise Esin Öğretmene soruyor söylüyordu. Bazıları konusunda da Serdar abisinden yardım istiyordu.

Esin Öğretmen, Serdar, Türkân bir araya geldiler. Düğün yapılacak salon çağrılacak konuklara göre seçilmişti. Oldukça büyük bir salondu. Gene de çağrılılar listesi gözden geçirildi. Kimler gelemeyebilirdi, gelemeyenlerin yerine fazladan insan getirebilirler miydi? Konuklar hangi düzene göre oturtulurlarsa daha iyi olurdu? Bunlar konuşulup değerlendirilirken Türkân kendi yapacaklarının hepsini kafasında şekillendirmişti. Yapmayı planladıklarının hepsini uygulasa düğünlerin gözdesi gelin ve damadı ikinci plana itebilirdi. Bu üçlü toplantıda salonla ilgili yapılacaklara son şekli verildi. Türkân onlardan ayrıldıktan sonra yapacaklarını netleştirdi, sırasına göre bir kâğıda not etti.

Düğün için özel giysiler yaptırmadı. Onun yerine çok amaçlı güzel bir fotoğraf makinesi satın aldı. Saçlarının şeklini değiştirdi. Sade bir makyaj yaptırdı. Düğün günü marketten erken ayrıldı. Eve geldi, giysilerini, yedek pabuçlarını bir çantaya yerleştirdi. Abisi ile yengesini bekledi. Onun hazırladığı çantayı gören Cevriye:

-Hayrola Türkân, çantanı hazırlamışsın? Düğünden sonra Esin Öğretmen ve Serdar'la birlikte sende mi balayına çıkacaksın, ya da başka bir yere yatıya mı gideceksin?

-Hayır, Cevriye yengeciğim, hiçbir yere gitmeyeceğim. Düğünde yapmayı planladığımız bazı sürprizlerimiz var. Bu hazırlık onun için.

Bu hazırlığı diğer sınıf arkadaşları da yapmışlar, onlar da ana babalarının soruları ile karşılaşmışlardı. Türkân salon hazırlanırken düğünden birkaç gün önce oradaki yetkiliye kendisi ve arkadaşları için iki farklı soyunma odasının ayarlanmasını istemiş, bunu sağlamıştı.

Sınıf arkadaşlarının tümü kendilerine düzen verecek ama elden geldiğince yerli malı giysiler giyeceklerdi. Her birinin ailesi ile bu konuda da küçük bir anlaşmazlıkları oldu. Herkes geldi yerlerini aldı. Çiftliktekileri Hâdi eniştesi getirdi.

Gelinle damadın salona gelmelerine yirmi dakika varken Türkân'ın bir işareti ile salonun farklı yerlerinde oturan Esin Öğretmenin öğrencileri çantalarını alarak soyunma odasına gittiler. Orada okul giysilerini giydiler, ellerinde mumlar ve kırmızı güllerle gelinle damadın içinden geçeceği tüneli oluşturdular.

Düğüne çağrılı gazeteciler, düğün salonunun görevli fotoğrafçısı, Türkân ve diğer davetliler, fotoğraf makinelerini ve kameralarını alarak, önce bu görüntüyü çektiler. Sonra aynı görüntüyü daha bir güzelleştirecek gelinle damadı beklediler. Salondaki davetlilerin hepsinin merakla ayağa kalkarak tüm salonda bir yarım ay şekli oluşturarak giriş kapısına yünlerini çevirmeleri görülmeye değerdi.

Gelinle damat yerlerine oturmadan onlara eşlik eden öğrenciler gelin masasının çevresinde belli bir disiplinle yerleşerek toplu resim çektirdiler. Bu görevlerini bitirince soyunma odasına gidip giysilerini değiştirdiler.

Türkân'ın disiplinli düzenlemesi olmasaydı arkadaşlarının düğün giysileri onları tanımayanlarca eleştirilebilirdi. Ne var ki o buna fırsat vermeden gelinle damadın açılış dansından sonra arkadaşlarını yine bir işaretle piste çağırdı. Kız ve erkek öğrenciler önceden planlandığı şekilde dans ettiler. Bu görüntüler onların giysilerini unutturdu. Unutturdu derken, şıklık açısından... Hepsini markasız, sade, uyumlu yerli malı ayakkabı ve giysileri giyinmiş olmaları bir anda tüm salondakilerin kulağına fısıldandı.

Türkân, düğünün başlangıcından bitimine değin gelinle damattan sonra salonda en çok ilgi toplayandı. Düğünün başlamasından önce her yeri denetleyen o, hep koşuşturdu. Bir dakika olsun yerinde oturmadı. Gelinle damadı uğurladıktan sonra da salondaki son görevlerini tamamladı.

Onun bu davranışı, elindeki fotoğraf makinesi ile resimler çekmesi, notlar tutması sanki çok genç bir gazeteci gibiydi. Düğün konuklarından birçoğu ile yeni tanıştı. Onlarla çok kısa söyleşiler yaptı. İş insanları ona adres ve telefon numaralarını içeren kartlarını verdiler. Onun böyle olması başta kendi ailesi, Hersekli Ailesi ama en çok Cevriye ve Tuna'yı sevindirdi.

Düğün, okulun on beş günlük ara dinlencesine denk getirilmişti. Gelin ile damat balayına gittiler. Çekilen resimler basında çıkan haberlerle hep Türkân ilgilendi. Düğün fotoğrafçısının ve kendinin çektiği resimleri yaptırarak bir düzene koydu. Düğünü haber yapan gazeteleri de...

Kısa süren balayından sonra dinlencenin bitiminde Esin Öğretmen okulda değişik bir ilgiyle karşılandı. Onun her sabah hemen hemen tüm öğretmenlerden önce okula geldiğini bilen öğrencileri o gün ondan önce davranmışlar, bahçe kapısında ellerinde çiçeklerle onu bekliyorlardı. Ondan önce gelen öğretmenler, okulun diğer öğrencileri de oradaydı.

Okula onu Serdar arabası ile getirmek istediğinde Esin Öğretmen ısrarla karşı gelmişti. Gene de

Serdar'ın ısrarlarını kıramamıştı. Okula yaklaşınca kocasına:

-Serdar beni burada bırak. Okula özel araba ile geldiğimi gören bazıları bundan rahatsız olur. Abuk sabuk konuşurlar. Onları duyacak durumda değilim, dese de Serdar bunu da dinlemedi.

Okulun kapısına kadar getirdi. Esin Öğretmen'in kapısını açtı. Çantasını ve diğer paketleri alarak kapıya kadar birlikte yürüdüler. O anda Esin Öğretmen'i karşılayan öğrenciler hep bir ağızdan ve Türkân'ın verdiği işaretle:

-Günaydın öğretmenim! Hoş geldiniz! Dediler.

Ardından onlara mutluluk dileyen bir şarkıyı hep birlikte söylediler. Ellerindeki çiçekleri öğretmenlerine sundular, onun gelişini alkışladılar. Esin Öğretmen sevinç gözyaşları ile onlara teşekkür ederken Serdar da hemen arabaya binip gitmedi. Okulun duvarına yaslanarak olup bitenleri izledi. O da hanımına yapılan bu karşılama törenini görünce duygulandı.

Yılların Esin Öğretmen'i elbet daha önce aldığı başarı ödülleri karşısında da benzer duygular yaşamıştı. Ancak bu günkü çok farklıydı. Pazartesi sabahının bayrak töreninden sonra Okul Müdürü konuşmasına Esin Öğretmeni kutlayarak başladı. Burada da herkesin gözü onun üstündeydi.

Türkân okula herkesten önce gelmiş, Okul Müdüründen izin alarak birkaç arkadaşı ile sabah törenlerine katılmamış, sınıfı fotoğraf ve gazetelerle bir sergi salonuna dönüştürmüştü. Esin Öğretmen sınıfa girince bir şaşkınlık daha yaşadı. Burası onun sınıfı mıydı yoksa sergi salonu mu?

-Ne yaptınız çocuklar? Kendinize oturacak yer bırakmamışsınız. Dersimizi nasıl yapacağız?

Türkân:

-Müdür beyden ve bizden izinlisiniz bu gün ilk dersi yapmayacağız. Düğün, balayı ve bu sergi üzerinde konuşacağız. Siz her zaman derslerimiz kadar toplumsal yaşamın da önemli olduğunu söylemez miydiniz? İşte bunlar da toplumsal yaşamdan bir kesit.

Esin Öğretmen heyecanını tutamadı:

-Ne diyeyim çocuklar? Gene neler, ne güzel şeyler yapmışsınız ama kaçamazsınız. Bu iki saatlik dersimizi ilerde yaparız. Söz mü?

Hep bir ağızdan:

-Evet, öğretmenim söz! Lafını işitince biraz rahatladı.

Önce fotoğrafları, gazete haberlerini ve oradaki düğün resimlerini inceledi. Düğüne yaptıkları renkli katkılardan ötürü öğrencilerine teşekkür etti. Sonra öğrencilerinin merakını gidermek için kısaca balayını anlattı. İki saat dışarı çıkmadılar. Üçüncü ders saati başlayınca Esin Öğretmen:

-Haydi, çocuklar, toparlayalım derse başlayacağız.

Türkân:

-Hayır, öğretmenim toparlamayacağız. Ben bu gün okul yönetiminden izin aldım. Siz arkadaşlarımızla başka bir derslikte olacaksınız. Buranın düzeni olduğu gibi kalacak. Ben gün boyu burada olacağım. Diğer sınıfın öğrencileri sınıfımızı9 gezecekler. Onların gezileri sırasında ben de açıklamalarda bulunacağım.

Esin Öğretmen:

-Ah sizi sevgili yavrularım. Benim için ne güzel şeyler yapmışsınız. Hepinize sonsuz teşekkürler.

Öğrenciler hep bir ağızdan:

-Biz size teşekkür ederiz öğretmenim. Siz daha büyüklerine daha çoğuna layıksınız.

Türkân sınıfta nöbetçi kaldı. Esin Öğretmeni kıskananların dışında tüm okulun öğrencileri öğretmenleri ile birlikte belli bir düzen içerisinde bu sergiyi gezdiler. Türkân'ın hazırladığı bir deftere kısa kısa izlenimlerini yazdılar.

O gün okul genelinde, sınıf özelinde değişik bir gün olarak geçti. Tüm bu olup bitenlerden en çok etkilenen Türkân oldu. Esin Öğretmen'in Serdar'la birlikte arabayla okula kadar gelmesi, Serdar'ın güler yüzle arabadan indirmesi, onun eşyalarını hele de çantasını taşıması, hemen orayı terk etmeden bir süre beklemesi... Onların evliliğine en çok sevinen Türkân'dı. Şimdi neler oluyordu. Esin Öğretmeni bir başkası ile paylaşmak istemiyordu. Bu, çok sevip saydığı Serdar abisi de olsa. Yalnız öğretmenini mi? Serdar abisin de. İşte şimdi bu karmaşık duygular içindeydi. Bu tür duygulara kapılınca daha önce Esin Öğretmen ile paylaşıyordu. Ya şimdi? Onun böyle karmaşık duygulara sürükleyen Esin Öğretmen'deki değişimdi. Kendi duygularını ona açamazdı. İkinci adresin kapısını çaldı; Cevriye yengesi.

Cevriye, Türkân için abisinin hanımı olmasından fazla biriydi. Onun dert ortağı, bu günü ve geleceği ile ilgili yapacaklarının en büyük destekçisiydi. Elbet yalnız o değil, ailenin tüm bireyleri. Türkân'daki duygu karmaşasını ilk sezen Cevriye oldu. Cevriye onun ergenlik döneminin başladığını da biliyordu. Bu konuda gerekli ön bilgileri daha önce vermişti. Bu günlerde yine Türkân'la başbaşa kalmanın zamanıydı. Böyle zamanlarda Türkân'la gider sakin bir pastane, lokanta gibi yerlerde otururlar, ya da Tuna'dan evi terk edip kendilerini başbaşa bırakmasını isterlerdi. Cevriye gebeliğinin yarattığı beden özelliğinden ötürü evde olmayı yeğledi. Tuna arabasına bindi, pek yapmadığı bir iş yaptı. Tek başına kısa süreliğine de olsa çiftliğe gitti.

Evde yalnız kalan iki genç bayan rahatça konuştular. Daha çok Türkân anlattı, Cevriye dinledi. Sanki Türkân'a söyleyeceklerine önceden hazırlanmış gibiydi. Sabırla dinlemesi, Türkân'ın anlattıklarına yaptığı katkılarla onun sorunlarını empati ile paylaşması Türkân'ı iyice rahatlattı.

* * *

Bir ülkeden başka bir ülkeye göç eden insanların göç ettikleri ülkede yerleşik düzene geçmelerinin belli koşulları vardır. Bu koşulları yerine getirmedikleri sürece oralı olamazlar.

Hersek ve Hersekli Aileleri Türkiye'ye gelir gelmez mal mülk edindiler. Kendi işlerini kurdular, burada çocuk dünyaya getirdiler. Onların çocukları askerliklerini burada yaptılar, burada evlendiler. Bunlar yeterli değildi. Türkiyeli olabilmeleri için torunları doğmalı, hatta söylemesi zor ama o topraklarda gömülü ölüleri olmalıydı.

Çocuklar ana karnına düştüğünde anne adayına şu sorular sorulur:

"Kız mı erkek mi? Ne zaman doğacak? İkiz mi tek mi? Kaçıncı çocuğunuz?"

Bebek dünyaya gelince mutlaka birilerine benzetilir. Anne tarafı kendi ailesinden birine, baba tarafı da öyle...

Çocuklar konuşmaya başlayınca saçma sapan sorularla karşılaşırlar:

"Büyüyünce ne olacaksın? Anneni mi yoksa babanı mı daha çok seviyorsun?" Bunlara ek olarak yine çocuklara hoş olmayan davranışlar, argo sözcükler ve küfürler öğretilerek onlarla eğlenilir.

Okul çağına girmiş, okula başlamış öğrencilere okul yaşamı boyunca dersleri sorulur. Onların hangi yaşta neler öğrenmesi gerektiği bilgi düzeyi yerine notlarından söz edilir.

Öğrenimlerinin ilerleyen yıllarında yarışa katılmış atlar gibi robotlaştırılarak koşturulurlar. Kurslar, özel dershaneler, özel dersler derken kendilerince en iyi çocuklara sahip olma peşinde koşarlar.

Üniversite ya da başka bir okul bitirilince ana babalar iş ve eş planları kurarken gençler ev, özellikle de araba sahibi, daha çok para kazanma düşüncesindedirler. Bunlara gene de ağırlıklı olarak "Ne zaman evleneceksin?" Soruları gelir. Bu sorular yalnız gençlere değil, onların ana babalarına da sorulur.

Sorular burada da bitmez. Evlenmiş gençlere en geç bir yıl sonra ana babaları, daha sonraki yıllarda akraba ve arkadaşları ne zaman çocuk sahibi olacaklarını sorarlar.

Çalışanlara işi, kazancı, biraz daha yaşlılara ne zaman emekli olacağı, emeklilere sağlık durumu sorulur da en ağır hastaya bile ne zaman öleceği sorulmaz.

Hersek ve Hersekli Aileleri'nin bireyleri de yaşadıkları toplumun birer üyeleri olarak bu sorularla sık sık karşılaştılar. Zaman içinde bu sorular yaşanarak yanıtlandı.

Oğulları ve kızları evleneli yıllar olmuştu. Serdar'ın evliliği yeni sayılırdı. Tuna da bebek bekliyordu. Ya Meriç, Fidan evleneli yıllar olmasına karşın henüz çocuk sahibi değillerdi. Gündemin soruları buydu.

Halide ile Hacer ne zaman bir araya gelseler, kızlarının neden anne olmadıklarını konuşuyorlardı. Onlar kadar sık olmasa da Muharrem Usta, Hüsmen Ağa ve diğerleri de... Bu konuda Hersekli Ailesi biraz daha rahattı. Onların üçüncü çocuk olarak Türkânları, gelmekte olan torunları vardı.

* * *

Cevriye, doğacak bebeğinin cinsiyetinin saptanmasından bu yana daha bir mutlu görünüyordu. Bir erkek bebek dünyaya getirecekti. İlk çocuklarının erkek olma tutkusu göçmen ailelerde hatta tüm Türk Halkı'nda yaygın bir istekti. Hersekli Ailesi hem göçmen hem Türk idi. Tuna "Benim için fark etmez" diyordu.

İleriki yıllarda yapacağımız çocuklar farklı cinsten olabilirler, düşüncesi içersindeydi.

Doğumu yaklaştıkça Cevriye iki hatta üç ailenin de gözdesiydi. Erkekler daha çok işleriyle uğraştıklarından öncelikle Kıymet, Hacer ve Halide anne adayının üzerine titriyorlar, ona neyi nasıl yapması gerektiği ile ilgili yol gösteriyor, yardımcı olmaya çalışıyorlardı. Bunlara Türkân da katılıyordu.

Cevriye, doğuma iki hafta kalıncaya kadar markette çalışmasını sürdürdü. Ağır işler yapmasa da oradaydı. Eğer hekimi yasak koymasaydı son güne değin markette olurdu. Bedeni yorgun düşen Cevriye'yi doğum hekimi doğumdan on gün önce hastaneye yatırdı, gözlem altına aldı. Aynı odaya bir yatak daha kondu. Orada sırasıyla Kıymet, Hacer ona eşlik ettiler. Türkân her gün okul çıkışı eve gitmeden Cevriye yengesine uğradı. Kıymet ile Hacer çiftlik ve hastane arasında koşuşturuyor, yorgun düşüyorlardı. Halide, Meriç, Fidan ve Esin Öğretmen de Cevriye'yi ihmal etmiyorlardı. Ancak son üçü gelecek soruları da biliyorlardı.

Aile bireyleri ikişer üçer ya da hepsi bir araya geldiklerinde cinsiyeti belli olan bebeğe verilecek isim üzerinde konuşuyorlardı. Balkan göçmenlerinde Anadolu insanında olduğu feodalite pek yürürlükte değildi. Öyle olsaydı doğacak çocuğa konacak ad üzerinde konuşulmaz, erkekse dedesinin kız ise nenesinin adı konulurdu.

Yetişkinlerin bu konuşmalarına Cevriye, Tuna, Türkân da katılıyorlardı. Herkes kendine göre bir ad bulmuştu da ilk söyleyen olmak istemiyordu. Kıymet'in bulduğu ad geldikleri yerleri anımsatsın istiyordu. Hacer, İstanbul'a uygun bir ad bulmuştu. Gençler başka fikirdeydiler. Türkân daha önce Cevriye'ye de sorarak doğacak bebeğin adını kendince belirlemişti. Hep bir arada olunduğunda kabul görmez düşüncesiyle koyulmasını istediği adı ve nedenini büyüklere tek tek söyledi.

Bebeğe İlker adı konmalıydı. Nedeni hem üç ailenin ilk torunları, hem de Cevriye ile Tuna'nın ilk çocuklarıydı. Bu isme karşı gelen olmadı. Muharrem Usta:

-Şu gençler artık karar verseler de bizi fazla bekletmeden bir de İlknur'umuz olsa! dedi. Onlara İlknur'u kim verecek şimdilik belli değildi.

* * *

Cevriye'nin doğum sancıları başlayınca Tuna'ya haber verdiler. Tuna marketi kapattı, kapısına sanki çocuklarının doğumunu müşterilerine de duyurmak istercesine şu duyuruyu astı:

"Sayın müşterilerimiz, Cevriye'nin İlker'i dünyaya getirmesi nedeniyle işyerimiz üç saat süreyle hizmetinize kapalıdır. Özür diliyor, anlayış göstereceğinize inanıyoruz."

Bebeğin ismi ilk kez işyerinin kapısındaki duyuruya yazıldı. Daha sonra marketin adı değiştirilecek "İlker Gıda" olacaktı. Duyuruyu okuyan müşteriler okumayanlara haber verdiler. Daha bebek doğmadan tüm mahallenin haberi oldu.

Tuna, Kıymet, Hacer doğumu kapı önünde sabırsızlık ve büyük bir heyecanla beklediler. En heyecanlı olanı Kıymet idi. Oğlunun sesini duyan Tuna, bacağı elverseydi başını tavana vuracak kadar havaya zıplayacaktı. Onu yapamadı da yanında getirdiği büyük harflerle yazılmış kartonun rulosunu açtı. Kartonda:

"Dünyamıza hoş geldin oğlumuz İlker!" İfadesi vardı.

Doğum, bebek ve Cevriye sağlıklıydılar. Bu müjdeyi doktor verdi. Diğer görevliler bebeği ve annesini yıkadılar, pakladılar, giydirdiler. Doğumun ve verilen narkozun sarsıntısından kurtulsa da Cevriye güçsüzdü. Anne olmanın yüce onuru onun bu durumunu kısmen perdeliyordu. Oradakiler Cevriye'ye geçmiş olsun dedikten sonra bebeğin yüzünü görmekte sabırsızlanıyorlardı. Tuna, bebekten önce Cevriye'nin alnına sıcacık bir öpücük kondurdu.

-Seni seviyorum. Büyük geçmiş olsun. Anne olman seni daha bir güzelleştirdi, dedi.

Hacer ve Kıymet de onu öperek kutladılar, geçmiş olsun dediler. Doktordan izin alarak geleneklerine uygun hazırladıkları loğusa yemeklerini ve içeceklerini yedirdiler.

Doğumun olacağı gün belliydi de saatini kesin bilmiyorlardı. Türkân sıradan bir öğrenci olsa o gün okula gitmezdi. Gitti gitmesine de aklı hep Cevriye yengesindeydi. İçinden:

-Umarım ben hastaneye gelinceye değin İlker dünyaya gelmez beni bekler. İlk çıkardığı sesi duymak, ilk dakikalarını görmek istiyorum, diyordu.

Esin Öğretmen'in doğumdan haberi olduğu için ona:

-İstersen git, izinli sayılırsın, dediyse de gönderemedi.

Türkân, okul çıkışı doğru hastaneye gideceği için ikinci çantasını da hazırlamıştı. İkinci çantada fotoğraf makinesi, ekleri, bir defter ve özel bir kalem vardı.

Okulda son dersin bitmesine yarım saat vardı. Türkân neredeyse kendinden geçmiş bir pencereden dışarıya bir saatine bakıyordu. Pencereden, Serdar'ın arabayla gelip park ettiğini gördü. Bunu Esin Öğretmen'e bir işaretle bildirdi. O, Türkân'ın yanına geldi yavaş bir sesle:

-Tamam, Türkân, seni anlıyorum. Birlikte gideceğiz, dedi.

Türkân biraz rahatlamıştı. O günün son zili çalar çalmaz yayından fırlamış ok gibi daha önce hazırladığı çantalarını alarak Serdar'ın yanına koştu. Neredeyse Esin Öğretmen'i bekleyecek sabrı yoktu. Esin Öğretmen de aceleyle geldi. Hep birlikte hiç durmadan Cevriye'ye gittiler. Esin Öğretmen yolda: "Bir çiçek" dedi. Serdar "Tamam, aldım" diye yanıtladı.

Arabanın içinde Türkân fotoğraf makinesini hazırlamıştı. Cevriye ve bebeğe dokunmadan önce onların resimlerini çekmek niyetindeydi. Ama daha önce "İyi ki doğdun İlker" şarkısını bağırarak söyledi. Onların ilk resimlerini o çekmek istiyordu. Düşündüğünü yaptı. "İlk ben mi çektim?" diye sordu. "Evet" yanıtını alınca İlker'in peşpeşe birkaç fotoğrafını daha çektikten sonra Cevriye yengesine sarıldı onun yanaklarından defalarca öptü, onu kutladı. Arkadan:

-Dur Cevriye yenge! Kendine hiç çeki düzen verme. Anne olmanın fotoğrafını çekeceğim. O kadar güzelsin ki! Diyerek peşpeşe birkaç poz çekti.

İlker'i annesinin kucağında verdi. Farklı yönlerden ikili, sonra onu kendi kucağına aldı, Cevriye'nin yanına yaklaştı, üçlü fotoğraflar çekildi.

Türkân, hala olmanın, ailenin en küçüğü kalmaktan kurtulmanın sevincini yaşıyordu. Bunun yanında İlker dünyaya gelmekle tüm aile bireylerinin kimliğinde değişiklik yapmıştı.

Cevriye, iki haftadır hastanedeydi. Bu denli uzun süreyi ilk kez yatarak geçiriyordu. Hareketsizlik, dış dünyadan uzak kalmak, daha da önemlisi hiçbir şey yapamamak onu sıkıyordu. Doğumun yarattığı ağrılar kısmen geçti. Elinde olsa bir saat bile kalmaz bebeğini alır, atlar bir taksiye evine giderdi. Hekimine bu durumu anlattı. O:

-Dur acele etme' İki üç gün daha kalman gerekiyor, eve gidip işe mi koşulacaksın? Bırak onları düşünme artık sen bir annesin. Sırtında İlker'in sorumluluğu var. Yaşamının önceliği oğlun olmalı. En küçük bir ihmal mikrop kapmana, hastalanmana neden olabilir. O zaman geri buraya dönersin, ama İlkersiz. Onu bu durumda kime teslim edebilirsin?

Hekimin söylediklerine uymak zorunda kaldı. Belirlenen birkaç günlük sürenin bitiminde evden yalnız çıkan Cevriye, bir sabah hekimin hastanede yaptığı son kontrolden sonra evine oğlu İlker ile birlikte döndü. Onu hastaneden Tuna ile Hacer birlikte aldılar. Kıymet, evde kızı ve torunu için her türlü hazırlığı yapmak için sabahın köründe kalktı. Yapacaklarını eksiksiz bitirdi. Giyindi. Onları karşılamak için kapının önüne çıktı, bekledi. Cevriye ile İlker'i yardımla eve taşıdılar. Ardından eşyalarını. Onların gelmesi ile evin havası birden değişti. Evin duvarlarında yansıyan bebek sesi, odaya yayılan bebek kokusu, Hacer ile

Kıymet'i yıllar öncesine götürdü. İkisinde de buruk bir duygu, gözlerinden akan sevinç gözyaşı görüldü.

Okul çıkışı her gün hastaneye uğrayan Türkân, o gün doğru eve geldi. Cevriye ve İlker'e "Hoş geldiniz!" diyerek onları öptükten sonra, daha üstünü başını değiştirmeden resimlerini çekti. Yalnız onların mı? Hacer, Kıymet, Tuna Abisini loğusa yatağının çevresine topladı. İlker'i sırasıyla babası ve diğerlerinin kucağına verdi, grup ve tek tek fotoğraflarını çekti.

Daha önce bebeğe bakıcı konusu gündeme gelmiş, üzerinde konuşulmuş bir karara varılamamıştı. Bunun nedeni hiçbirinin İlker'i güvenemeyecekleri birinin eline teslim etmek istememeleriydi. Bu konu hemen ele alınıp bir karara varılması gerekiyordu. Zira Cevriye'nin marketteki boşluğunu kimse dolduramıyordu. Zaten o daha küçük yaştan beri çalışmaya alışmıştı. İlker'le ilgilenecek zamanını ona ayıracak da olsa evine kapanıp kalmak onu sıkardı. Doğum hekimi Cevriye'ye:

-Henüz iyileşmedin. Seni buradan salıveriyoruz ama en az bir ay belli aralıklarla kontrole geleceksin. Bu zaman içerisinde söylediklerimizin dışında ev işleri dâhil hiçbir iş yapmayacaksın. Ne zaman diğer işleri yapabileceğine karar verdikten sonra yaparsın, dedi.

Cevriye, hekimin söylediklerine daha baştan beri hep uydu. Bir yandan onun dediği kontrollere giderken öte yandan bakıcı konusu üzerinde duruldu. Bakıcı konusu en kısa zamanda karara bağlanmalıydı. Hacer ile Kıymet bir aydır sırayla orada olsalar da onların çiftlikte işleri vardı. Onların gönlüne bırakılsa bu nöbetleşe bakım işini sürdürürlerdi. Hatta bunu bir öneri olarak da getirdiler. Onların bu önerisi kabul görmedi.

Cevriye, bakıcı konusunu herkesle konuşsa da bunu en iyi Esin Öğretmen bilir diye düşündü. Esin Öğretmen ciddi, bilinçli bir eğitimciydi. Türkân ile ona haber gönderdi. Zaten o da ev ziyaretine gelecekti. İlk görüşmeyi Esin, Cevriye, Türkân birlikte yaptılar. Birlikte İlker'e bakacak olanda bulunması gereken özellikleri saptadılar. Bunları bir deftere tek tek not ettiler. Esin Öğretmen, belirlenen özellikte birini araştırıp soruşturma görevini üstlendi. Bulunan adaylarla ayrıca birebir görüşülecekti.

Tuna da kendince oğlu için bakıcı arıyordu. Bunun için market camına bir duyuru bile asmıştı. Cevriye, Esin Öğretmen ile görüştüğünü, bir bakıcıda bulunması gereken özelliklerin neler olduğunu listesine yazdıklarını kocasına gösterdi. Bu arada Esin'in bu özellikleri taşıyan birini arama görevi üstlendiğini söyledi. Tuna listeyi okuyup Esin Öğretmenin bu görevi üstlendiğini duyunca rahatladı.

Cevriye, bebeğine hamile kaldığını öğrendiği ilk günden başlayarak hamilelik, ana çocuk sağlığı, bebek bakımı, çocuk yetiştirme ve eğitimi, annelik görev ve sorumluluğu ile ilgili bir yığın kitap almış birçoğunu okumuş, okumayı yetiştiremediklerini kitaplığına yerleştirmişti. Bununla da kalmamış, gazete ve dergilerde bu konularda çıkan yazıları keserek dosyalamıştı. Gebelikle ilgili toplantı ve seminerlere katılmış, radyo ve televizyon programları izlemişti.

Doktorunun ona bir aylık çalışma yasağı koymasından yararlanarak okuyamadığı ve yeni aldığı kitapları okuma fırsatı buldu. Radyo ve televizyon programları izlemeyi sürdürdü.

Esin Öğretmen üstlendiği bakıcı bulma görevini yerine getirmekte gecikmedi. Kendi gibi ideal, çalışmayı, çocukları seven insan canlısı Meryem'i epey zamandır tanıyordu.

Meryem, kız meslek lisesi çocuk gelişimi, eğitim fakültesi anaokulu öğretmenliğini bitirmiş, birkaç yıldır ataması yapılamamıştı. Bu arada belli sürelerde ücretli öğretmenlik, evlerde çocuk bakıcılığı yapmıştı. Meryem'i Cevriye'ye göndermeden önce kendisi anlattı. Ondan sonra gönderdi.

Meryem ile öğleden sonra Türkân'ın da evde olacağı bir saatte görüşülmek üzere sözleşildi. Cevriye, Türkân'ın görüşlerine önem veriyordu. Çünkü o artık küçük değildi. Bir de bakıcı ile birlikte evde daha çok o kalacaktı.

Cevriye ve Türkân, Meryem ile ne konuşacaklarını, neler soracaklarını hazırlarlar da Meryem boş durur mu? Onun da kendine göre soracakları, söyleyecekleri vardı. Bu konuda deneyim sahibi de sayılırdı.

Belirlenen gün ve saatte buluşuldu, konuşuldu. Cevriye, önceden hazırladığı soruların yarısını bile soramadı. Türkân ise Meryem'in konuşmalarını, sorulan sorulara verdiği yanıtları dinledi. Onun elindeki dosyaları, çantasından çıkardığı kitapları görünce pek söze karışma gereği duymadı. Meryem'in giyimi, makyajı hele hele konuştuğu Türkçe'yi, davranışlarını izleyince ona olan hayranlığını gizleyemedi. Meryem, daha ilk görüşme sonunda ev ve İlker'in odasını gezerken kendince gördüğü eksik ve fazlalıkları, yapılması gereken değişiklikleri not etti. Onun bu yaptıkları Türkân ile Cevriye'ye daha bir güven verdi.

Görüşme bittikten sonra Cevriye Türkân'a dönerek:

-Bence Meryem uygun. Abinle konuşalım. Onun düşüncesini soralım. Belki onun da Meryem'e soracakları olur, dedi.

Türkân:

-Soralım soralım da o bizim olur dememize karşı gelmez.

Bir gün sonrasında yeniden görüşülmek üzere ayrıldılar. Meryem kendi ailesi, Cevriye ile Türkân Tuna ile görüştüler. İki taraf için de durum olumluydu.

Meryem'e ailesi, Cevriye ve Türkân'a Tuna:

— Madem görüşmüş konuşmuş, kendi aranızda olumlu bir karara varmışsınız, biz de onaylıyoruz, dediler.

Markete biraz daha yakın satın aldıkları büyükçe bir eve yerleştiler. Bu evde herkese birer oda düşüyordu. Meryem her akşam onlarda kalmasa da kalmak zorunda olduğu akşamlar için bir oda düzenlendi.

Varılan anlaşma gereği Meryem'in çalışma düzeni şöyle olacaktı. Her gün saat öğlen 12'de gelecek akşam 20.00'ye kadar çalışacaktı. Çalışmasının ağırlığını İlker oluşturacak yemek ve diğer ev işlerinin bazılarını da yapacaktı. İlk üç aylık geçici bir sözleşme yapıldı. Buna göre Meryem, asgari ücretle çalıştı. Taraflar bu zaman içinde anlaşamazlarsa sözleşme bozulacak, anlaşmazlık olmaz ise yeniden sözleşme yapılacaktı.

Meryem işe başladı. Yapacağı işleri çok iyi biliyordu. Cevriye oldukça titiz bir hanımdı. Evde her şeyi ince eler sık dokurdu. Markette işçi çalıştırmıştı ama evini, en değerli varlığı oğlunun tüm sorumluluğunu Meryem'e teslim edecekti. Her şeye karşın kafasında endişeleri vardı. İlk beş günde Meryem'in çalışmaları İlker'le ilgilenmesi bu kuşkularının ortadan kalkmasına yetti.

Meryem, önce Cevriye'nin evin içinde neleri nasıl yaptığını, İlker'le nasıl ilgilendiğini gözledi, notlarını aldı. Cevriye'nin çocuk bakımı ve yetiştirmesi ile ilgili okuduklarına göz attı. Onun bu konudaki teorik bilgilerini bir tür test etti. Bunların hiçbirine eleştiri getirmedi. Bu konuda zaten Cevriye'nin fazla bir eksiği yoktu. Olan eksiklerini de annelik sevgisi ile tamamlıyordu. Evdeki kitaplarının bazılarını, ders notlarını, CD'lerini getirdi. Bunları Cevriye'ye göstererek yararlanmasını sağladı.

Tuna ile Meryem pek karşılaşmıyorlardı. Cevriye öğleye kadar evde olduğundan bazen Meryem'in erken, bazen kendisinin geç gitmesi ya da işten erken gelmesi nedeniyle onunla bir arada oluyorlardı. Türkân ile Meryem daha çok bir arada bulunuyorlardı. İlker'in uyku saatleri göz önüne alınırsa etkin zaman olarak Meryem ile Türkân'ın daha çok bir arada oldukları gerçeği ortaya çıkıyordu

Bu nedenle ikisinin çok iyi anlaşmaları gerekiyordu. Meryem bunun farkındaydı. Türkân'ın bu yaşlarda en az İlker kadar, birine gereksinimi vardı. Esin Öğretmen evlendikten sonra ister istemez öğrencilerine ders saatleri dışında fazla zaman ayıramıyor, onların sorunları ile eskisi kadar ilgilenemiyordu. Bundan en çok Türkân etkileniyordu. Doğan bu boşluğu Meryem'le doldurmak istedi. Öte yandan o ergenlik döneminin başlangıcındaydı. Bu dönemi kendini anlayan, dinleyen biri ile atlatması onun için büyük bir şans olurdu. Cevriye yengesi ile tüm sorunlarını paylaşıyordu. Tuna abisine, annesine, babasına ve diğerlerine söyleyemediklerini ona söylüyordu.

Ergenlik döneminin sorunları ağırdı. Kan bağının bulunduğu herkesle, Esin Öğretmenle bile çatışmaları vardı. Bu dönemin sorunlarını en çok kendi akranları ile paylaşsa da bu yetmiyordu. Hatta tüm arkadaşları yıllardır onun sınıf başkanlığı ve diğer etkinliklerde hep önde olması nedeniyle bu dönemin sorunlarının çözümünde de ondan destek istiyorlardı.

Bu dönemde Meryem'in bakıcı olarak işe başlaması belli bir süre İlker'den çok Türkân'ın işine yaradı. Esin Öğretmen ve Cevriye'den doğan boşluğu o doldurdu. Öyle ki Cevriye gizli bir kıskançlıkla Türkân'a:

-Meryem Ablan geleli bazı konuları benimle paylaşmıyorsun. Galiba artık beni sır ortağı olmaktan dışladın, dedi.

Türkân:

-Olur mu yenge? Sen benim her zaman dert ortağım, en büyük destekçim oldun. Bundan sonra da böyle olacak. Ne var ki senin de fark ettiğin gibi bazı konuları Meryem Abla ile konuşuyoruz. O da beni en az senin kadar anlıyor, dinliyor. İzin ver de bu kadarını yapayım.

Türkân'ı çok iyi tanıyan Cevriye:

-O kadarına izinlisin, dedi.

Meryem, üç aylık geçici sürenin ikinci ayını doldurdu. Her iki taraf, özellikle Türkân bu birliktelikten, çalışma düzeninden çok memnundular. Herkes geçici sözleşme yerine kalıcı sözleşmenin hemen yapılacağını daha çok Tuna bildiği için Türkân ona ve Cevriye'ye:

-Meryem Abla'yı ben sizden daha iyi tanıyorum. Onun geçici sözleşme süresinin sonunu beklememize gerek yok. Bakarsınız başkalarından iş teklifi alır, bizi bırakır. İlker'le en az Cevriye yengem kadar ilgileniyor. Ev işlerindeki temizlik, düzen ve becerisini görüyorsunuz. Hani kıskanmayın ama benim için de iyi bir abla.

Benzer düşünceyi Cevriye ile Tuna da paylaşmış, onlar da kalıcı sözleşmenin koşullarını belirlemişlerdi. Tuna:

-Madem Meryem Ablanla bu denli iyi anlaşıyor, onun bizde çalışmasını istiyorsun ona söyle kalıcı sözleşmeyi yapalım.

* * *

Cevriye, aylardır uzak kaldığı çalışma yaşamına dönerken gebeliğinde karnında doğumdan sonra kucağında taşıdığı oğlundan belli saatler için ayrılıyordu. Ona zor gelecek olan çalışmak değil, İlker'inden ayrı olmaktı. Onu güvenilir birine bıraktığı için içi biraz olsun rahattı.

Tuna hanımının işe dönmesi ile biraz olsun rahatladı. İşin yanında sorumluluğun birazını ona yükledi. Onun ayrı kaldığı zamanlarda markette fark edilir bir değişiklik olmamıştı. Cevriye, kendini arayıp soran müşterilerine kavuşmanın, bu arada anneliğini kutlayanların sevincini yaşıyordu.

Çalışmaya başladığı ilk birkaç gün onu İlker'in emme saatleri rahatsız etti. Memelerinde biriken sütü oğluna doğrudan vermek istedi. Bu olmayınca, onu özel hazırlanmış şişelere boşalttı, iş dönüşü vermek üzere sakladı. Hele ilk günü öyle zorlandı ki o saatte birden durdu, oğlunun sesini duyar gibi oldu. Gözleri yaşardı, elleri titredi. Tuna'ya:

-Eve gitmek, bebeğimi emzirmek istiyorum, dediyse de Tuna:

-Seni anlıyorum Cevriye. Bu duruma senin ve oğlumuzun alışmanız gerekiyor. Bu ayrılık bir gün mutlaka olacaktı. Biliyorum senin sütünle beslenme saati gelince o da ortalığı yıkmıştır. Meryem onun üstesinden gelir. Direnirseniz bu duruma ikiniz de alışırsınız.

İlk günün ayrılığını Türkân da merak ediyordu. Okuldan çıkar çıkmaz koşar adım eve geldi. Meme emme saatinde huysuzlanan İlker'i Meryem henüz yeni uyutabilmişti. Anahtarı ile kapının kilidini ve kapıyı sessizce açan Türkân içeri girer girmez İlker'i sordu. Meryem sus işareti yaparak o saate kadar neler yaptığını anlattı.

Meryem daha önce çalıştığı yerlerde olduğu gibi burada da çok zor durumda kalmadıkça ev sahiplerini arayarak onlara bilgi vermezdi. Türkân, Meryem'e Cevriye yengesini telefonla arayıp aramadığını sordu. "Hayır, aramadım" yanıtını alınca duramadı o aradı. Yengesine İlker'in rahat rahat uyuduğunu söyledi.

Cevriye için o gün yaşamında en uzun gün sayılacak günlerden biriydi. İstese hemen birkaç saat sonra işi bırakıp eve bebeğine dönebilecek durumda olmasına karşın bunu yapmamıştı.

Eve geldiği saat, İlker'in uyku saati değildi ama o günün ikinci uykusuna yatmıştı. Bu Cevriye'nin kafasında bazı soruların doğmasına neden oldu. Bunun ayırımına varan Meryem, Cevriye'nin sormasına meydan vermeden gereken açıklamayı yaptı. Bu açıklamaları dinleyen Cevriye aklından geçenleri sormadan rahatladı.

Ev giysilerini giydi, elini yüzünü yıkadı. Güvercin sessizliği ile sırt üstü yatan oğluna yaklaştı, onun yanaklarından yavaşça öptü. Arkadan aynı davranışı Tuna yaptı. İlker bebek sanki onların gelip kendisini öpmelerini bekler gibiydi. Aradan beş on dakika geçmişti ki uyandı. Bu uyanışta hiç de mızmızlanmadı. Onun yerine annesine sitem eder gibiydi.

Meryem, İlker'le ilgilenmesi dışında ve onun uyuduğu saatlerde planladığı işleri yaptı. Türkân ve ev sahiplerine o gün neler yaptığını, İlker'in gün boyu nasıl davrandığını sözlü rapor halinde sundu. Onun bu sunumundan sonra Türkân:

-Meryem Abla, seninle yapılan geçici sözleşmenin bitimine daha bir ay var. Abim ve yengem sen de uygun görürsen bu bir ay bitmeden kalıcı sözleşmeyi yapmak istiyorlar. İstersen hemen, yok "üzerinde düşünmem gerekir" diyorsan gecikmeden yeni sözleşmeyi düzenleyerek imzalayın.

Henüz hazırlanmış yazılı sözleşme ortada yoktu. Meryem buna tam hazırlıklı değildi.

-Bu konuyu iki gün düşünmem için bana izin verin. Bu arada ailemle de görüşeyim. Çalışma koşulları üzerinde yeniden bir düzenleme yapar sözleşmeyi imzalarız.

Meryem'in bu yanıtı en çok Türkân'ı sevindirdi. İlker'in dili dönse aklı erse o daha çok sevinecekti. Çünkü annesinden sonra en çok Meryem'i sevmişti.

İki taraf da çalışma koşulları ile ilgili görüşlerini somutlaştırdılar. İsteklerini yazıya döktüler. Öne sürülen koşullarda karşı durulacak bir durum yoktu. Aksine Cevriye ve Tuna Meryem'e istediğinden daha fazlasını verebileceklerini söylediler. Artık Meryem kağıt üzerinde marketin sigortalı işçisi olacak ama evde çalışacaktı. Yapılan yazılı sözleşme taraflarca imzalandı.

Türkân ertesi gün Meryem'in sözleşme imzaladığını ilk Esin Öğretmen'e söyledi. Bu bilgi onu da sevindirdi. Hem çok güvendiği Meryem geçici işçilikten kurtulmuş, hem de Türkân bu dönemde kendine ablalık, arkadaşlık edecek olan birine sürekli kavuşmuştu.

Bir hafta sonra Esin Öğretmen Meryem ile buluştu. Ona Türkân ile ilgili bazı bilgiler verdi. Ona karşı tutum ve davranışlarının nasıl olursa daha iyi sonuç alabileceğini anlattı. Bu arada ergenlik dönemi konusunda yazılmış birkaç kaynak kitap getirdi. Getiremediği kitapların adını vererek bulup okumasını önerdi. Tüm bunlar Meryem'in işini kolaylaştırmak içindi. Meryem, Esin Öğretmen'e teşekkür etmekle kalmadı:

-Eğer sorunların üstesinden gelemez, tıkanırsam yardımlarınıza başvurabilir miyim? Diye sordu.

Eski Öğretmeni'nin buna evet diyeceğini biliyordu. Ondan olumlu yanıt aldı.

* * *

Mestan, Muharrem ve Hüsmen'in çocukluk, gençlik arkadaşıydı. Birlikte Saraybosna'nın bahçelerinden erik elma çalmışlar, ormanlarında kuş avlamışlardı. Meyhanelerinde kafa çekmiş, sinemalarında film izlemiş, sokaklarında sabaha kadar dolaşmışlardı. Gençliğinde Mestan biraz da babasının varlıklı olmasından ötürü daha bir Bohem yaşamı sürdürmüştü. Diğerlerinin hiç yanaşmadıkları kumarhanelere ve diğer hanelere de gitmişti. Kız peşinde koşmaksa burada anlaşamamışlardı.

Muharrem ve Hüsmen Türkiye'ye göç etmeye karar verdiklerinde Mestan'a da söylemişlerdi. Mestan, babasının mallarını ve ailesini bırakıp gitmeyi göze alamamıştı.

O, Saraybosna'da kalmış, diğer yaşıtlarına göre geç evlenmiş, elini işe geç vurmuştu. Evlilik dışı yaşadığı Sırp bir kadından iki oğlu vardı. Bu kadınla evlenmesine ailesi izin vermediği ve kalıcı evlilikle yaşamını birleştirdiği Arnavut asıllı hanımından doğan kızından sonra çok sevdiği Sırplı hanımdan ayrılmak zorunda kalmıştı. Yugoslavya'nın dağılmaya başlamasından sonra Sırplı sevgilisi çocuklarını alarak Saraybosna'yı terk etmiş, Mestan onları çok aramasına karşın bir türlü bulamamıştı.

Anne ve babasının ölümünden sonra iki oğulları daha dünyaya gelmişti. Evin tek çocuğu olduğundan babasının tüm malvarlığı ona kaldı. Eğer Arnavut eşi ve kayınbiraderleri olmasaydı babasından kalan mirası bir yıl içinde satar savar yer tüketirdi. Akrabaları özellikle hanımı buna izin vermediler. Mestan da kaçış yolunun olmadığını, aile sorumluluğunun ciddiyetini anlayınca çocukluğunda ve gençliğinde hiç alışık olmadığı çalışma yaşamına girdi. İlk başta sorumluluk yüklenemedi. Çünkü neyin nasıl yapılacağını bilmiyordu. Zamanla ve zorlamayla işini öğrendi. Zaten Saraybosna'nın eski tadı kalmamıştı. Gençlik yıllarında gittikleri meyhaneleri bar pavyon gibi eğlence yerleri kapanmış, arkadaşlarının her biri bir yere dağılmıştı. Evlenenler, kenti terk edenler, başka ülkelere ya da bölgelere göç edenler…

Mestan, Muharrem ve Hüsmen'le haberleşmeyi hiç kesmemişti. Özel günlerde birbirlerini arayıp soruyorlar, ancak neler yaptıklarını, sosyal yaşamlarındaki değişikliklerle ilgili ayrıntılı bilgi vermiyorlardı.

Yıllar yılları kovaladı. Her biri çocuklarını büyüttü, iş güç sahibi oldular. Oğullarını, kızlarını evlendirdiler. Hüsmen ile Hacer torun sahibi bile oldular. Mestan'ın ilk sevgilisinden olan çocuklarından hala bir haber yoktu. Arnavut hanımla diğerlerine göre geç evlendiği için çocukları daha küçüktü.

Muharrem Mestan'dan bir mektup aldı. Mestan hanımı ve çocukları ile Türkiye'ye özellikle İstanbul'a gezmeye gelmek istediğini yazıyordu. Yıllardır görmediği arkadaşından aldığı bu haber Muharrem'i çok sevindirdi. Bu sevincini önce eşi Halide ile sonra çocukları ile paylaştı. Halide, Mestan'ı gençliğinden tanıyordu. Eşini ve çocuklarını geldiklerinde tanıyacaktı. Muharrem'e:

-Mestan'ın huyları değişmiş mi ki? İstanbul'a gelince kendine gece kulübü, eğlence yerleri aramasın. Burada kendine eşlik edecek birilerini bulmak da zor olur, dedi.

Muharrem:

-Yok, artık bu yaştan sonra daha neler... Anladığım kadarı ile hanımı onu denetim altına almış. Babası ve annesinin ölümünden sonra işyerinin sorumluluğu da üzerinde kalınca kendine bir çeki düzen vermiş, herhalde çoluk çocuk sahibi olunca o Bohem yaşamından vazgeçmiştir. İstanbul'un eğlence merkezleri Saraybosna'dakilere benzemez. Daha nitelikli. Onun yaşındakilerin gidip efendice eğlenecekleri yerler var.

Muharrem, arkadaşı Mestan'ın geleceğini onu tanıyan Hüsmen ve Hacer'e, tanımayan çocuklarına da haber verdi. Hüsmen:

-Hey gidi yıllar. Nasıl da geçtiler birer birer. O da artık bizler gibi yaşlanmıştır. Kim bilir ne haberlerle gelecek?

Hacer:

-Aman Hüsmen neyini merak ediyorsun? Onun haberinden ne olacak tembel, baba parası ile sorumsuz bir yaşam sürdüren adamdan ne haber bekliyorsun? Allah bilir daha evlenip bir yuva kurmayı bile becerememiştir. O değerli ana babadan nasıl oluyor da böyle bir adam çıkıyor anlayamıyorum. O zaten bizde kalamaz. O hızlı yaşamaya alışkın. Çiftlik onu sıkar. Halide'nin çekeceği var.

Hüsmen, Hacer'in eski arkadaşı hakkında söylediklerine üzüldü. Ona hak vermiyor da değildi. Ama gene de yıllardır görmediği, çocukluk ve gençlik yıllarında paylaştığı anıları aklına geldi. Ona göre hanımı Mestan hakkında böyle düşünmekle iyi etmiyordu. O yılların ve yaşanan olayların insanları nerelere sürükleyeceğini biliyordu. Bunu Hacer'e anlatmaya çalıştı. Kocasını dinleyen Hacer ona hak verdi. Kendilerinde de bir yığın kestiremedikleri değişiklik olmamış mıydı? Onları geçirdi aklından ve:

-Hüsmen, sen haklısın galiba! Mestan kiminle geliyormuş? Evlenmiş mi, çocukları var mıymış? Ona göre hazırlık yapalım, dedi.

Mestan; gelme, ailesi ve İstanbul'da ne denli kalacağı konusunda Muharrem Usta ile haberleşiyordu. Elbet bundan Halide'nin de haberi oluyordu.

Hacer, Hüsmen'e sorduklarını Halide'ye sorarak öğrendi. Edindiği bilgiye göre Mestan ve ailesi Türkiye'de kalmayı en az 40 gün için planlamışlardı. Ancak bunun tümünü İstanbul'da değil; Bursa, Balıkesir, İzmir gibi başka kentlerde de geçirmeyi düşünüyorlardı. Bunu öğrenince:

-Eh, dedi Hacer, bu durumda bize fazla yük olmazlar. Önce Halide'nin konuğu olacaklarına göre önceden huylarını da öğrenmiş oluruz.

***

Mestan, hanımı Hanna, kızları Suzan, oğulları Rasim ve Rüstem ile yola çıktılar. Arabayı Mestan kullanıyordu. Dağılan Yugoslavya'nın küçük devletleri kendi sınırlarında gümrük kapıları oluşturmuşlardı. İç savaş sırasında yollar bozulmuş, gümrükteki görevliler henüz neyi nasıl yapacaklarını bilemediklerinden giriş-çıkışlarda bir dolu zorluk çıkarıyorlardı.

O günlerin koşullarına göre Mestan'ın arabası lüks sayılırdı. Onu daha ülke bölünmeden bir Hırvat'tan almış, geziye çıkmadan önce de plakasını değiştirmişti. Her geldiği sınır kapısında ahiret soruları ile karşılaştı. O bunlara hazırlıklıydı. Çünkü yola çıkmadan bunlar hakkında daha önce geziye çıkmış arkadaşlarından bilgi edinmişti.

Bulgaristan sınırına kadar süren bu zorluk ondan sonra kolaylaştı. Bulgar sınır kapılarında verdiği küçük hediye ve bahşişler tüm zorlukları yenmesi için yeterliydi.

Kapıkule giriş kapısında ise Türk konukseverliği hepsinin sevinç gözyaşı dökmelerine neden oldu. Türkiye'ye girer girmez kendilerini ayrı bir dünyaya gelmiş gibi duyumsadılar. Karşılarına çıkan ilk dinlenme tesisinde arabalarından indiler. Hepsi derin bir nefes alarak sanki üzerlerinde taşıdıkları gerginlik ve yorgunluktan kurtuldular. Zorunlu gereksinimlerini giderdikten sonra oradaki görevliye yol ile ilgili sorular sorup bilgi aldılar. Edirne'ye 16 kilometre sonra ulaşacaklarını öğrenince fazla kalmadan yola devam ettiler.

Sırp kuşatmasında yıkılan minareler, camiler, tarihi yapılar, köprülerin acısını çeken aile, daha kente girişte üzerinden geçtikleri köprüyü, yanındaki cami ve karşılarında başta Selimiye olmak üzere diğer camilerin minarelerini görüp, oralardan yükselen ezan seslerini duyunca kendilerini cennette sandılar. Hepsinin buruk bir özlemle gözleri doldu. Mestan, Hanna ve çocuklarına:

-Yol yorgunuyuz. Karınlarımız aç. Kente girdiğimizde yemeklerimizi bir cami gölgesinde yiyelim. Manen de içimiz dolsun, dedi.

Bunu diğerleri de onayladılar. Ne var ki cami gölgesinde yemek yiyebilecekleri bir lokanta bulamadılar. Onun yerine tarihi Bedesten'in gölgesine, Eski Cami'nin karşısına ve Selimiye'nin de rahatça görülebileceği bir yer buldular. Oraya oturup karınlarını doyurdular.

Arabanın plakasını gören, iç savaş çıkalı geldiği topraklara gezmeye gidemeyen Bosnalı yaşlı bir göçmen yanlarına geldi. Oradaki akraba ve tanıdıklarını görmüş gibi Bosna şivesi ile onları selamladı. Masalarına oturdu, hal hatır sordu. Nereden gelip, nereye gideceklerini öğrendi. Çocukluğunu yaşadığı toprakların son durumu hakkında bilgi edindi. Eğer isterlerse kendilerini evinde konuk edebileceğini söyledi. Buna yol yorgunu olan Mestan istekliydi. Hanna kuşkuluydu. Çocuklar ise İstanbul'u görmek için sabırsızlanıyorlardı. Bu istek kabul edilmedi. Dönüşte görüşebileceklerini söylediler. Hesabı Edirneli ilk tanıştıkları hemşerileri ödedi.

Hepsi hem biraz etkilenmiş, hem de daha rahat ve özgür bir ülkeye gelmişlerdi. Edirne'den İstanbul'a gitmek için iki yol vardı. E-5 ya da Otoban. Yol boyu içinden geçecekleri köy ve kasabaları görebilmek için E-5'i tercih ettiler. İçinden geçtikleri bu yerlerde hiç durmadılar. İstanbul'a bir an önce ulaşabilmek için sabırsızlanıyorlardı.

Muharrem Usta, Mestan'a daha önce evinin ve işyerinin adreslerini, telefon numaralarını, İstanbul'a geldiklerinde hangi yolu izleyeceklerini belirten yol planını göndermişti. Bunlar Hanna'nın elinde, Mestan'a nerende nasıl gideceklerini söylüyordu. Atatürk Havaalanı kavşağına geldiklerinde araç trafiği birdenbire karıştı. Hana şaşırdı. Mestan'ın başı döndü. Suzan:

-Baba, buraya gökten araba yağmış, dedi.

Kendi memleketlerinde, yaşadığı kentte ve trafik kuralı pek düzgün, yollar pek iyi değildi. Ama orada bu denli çok araba yoktu. İstanbul'un araba sürücüleri kendi hatalarına bakmadan yabancı plakalı bir araç görünce hep onu kural çiğneyici olarak görüyorlardı. Mestan, bir ara ne yapacağını şaşırdı. Arabasını uygun bir yerde durdurdu, arabadan indi. Sürücülerin nasıl araba kullandıklarını gözetledi. Muharrem'e telefon ederek bulunduğu yeri, trafikteki keşmekeşi anlattı. Ondan bazı bilgiler edinmek istiyordu. Muharrem Usta araba kullanmadığı için telefonu yanında çalışan birine uzattı. O Mestan'a gerekli bilgileri verdi. Mestan biraz rahatlamıştı. Anlatılanlara uyarak arabasını sürmeye başladı. Biraz yol aldıktan sonra Yenibosna sapağı yazısını gördü. Daha bir cesaretlendi. Semtin adı Yenibosna'ydı ama kendi memleketine hiç benzemiyordu. Orası da İstanbul'du.

Muharrem Usta'nın mobilya mağazasını bulmak evini bulmaktan daha kolaydı. O nedenle ilk gidilecek adres olarak orası verilmişti. Elinde plan olmasına karşın zorlansa da sora sora mağazayı buldu.

Muharrem Usta kapı önüne birini görevlendirdi. Arabanın marka ve plaka numarasını verdi. Gelen konuğunu hemen kendine bildirmesini söyledi. Konuklarının geldiklerini haber alınca kapıya koştu ve onları karşıladı.

Konukların gelecekleri saatlerde Serdar da oradaydı. Karşılamaya o da eşlik etti. Hanna ve çocukların doğru dürüst Türkçe konuşamadıklarını bilemiyorlardı. Onlarla Türkçe konuşarak selamlaştılar. Bu kadarını bilseler de arkasını getiremediler.

Mobilya mağazasında bir kahve içimi dinlendikten sonra Serdar ile Muharrem Usta onları alıp eve götürdüler.

Halide, konukları için tüm hazırlığını yapmış, bitirmiş onları bekliyordu. O da yalnız Mestan'ı tanıyor, aradan bunca yıl geçtiği için hayal meyal anımsıyordu. Mestan bu yıllarda dışarıda görse tanıyamayacağı kadar değişmişti. Üstüne üstlük sırtında taşıdığı işgalin izleri ve yol yorgunluğu onu daha da tanınmaz duruma getirmişti.

Hoşbeş, hal hatır sorma, tanışmalardan sonra Halide:

-Yol yorgunu ve açsınız. Banyo ve yatacak yerleriniz hazır. Önce karnınızı mı doyurursunuz yoksa duş almayı mı düşünürsünüz?

Söylenenleri Mestan, Hanna ve çocuklarının anlayacakları dile çevirdi. Çok yorgun olmadıklarını ama karınlarının aç olduğunu söylediler. Arabadan giysi ve diğer eşyalarının olduğu çantaları valizleri çıkardılar. Halide onlara yatacakları odaları, banyo ve tuvaleti gösterdi. Konuklar evde rahat edebilecekleri giysilerini giydiler, yol boyu kaç gündür yıkanmamış ayaklarını, ellerini, yüzlerini yıkadılar. Halide'nin hazırladığı Türk yemeklerinden oluşan nefis yemekler mis gibi kokuyordu. Hanna doğru dürüst yemek yapmasını bilmiyordu. Buna Sırp kuşatmasının yokluğu da eklenince Mestan ve çocukları böyle zengin ve kaliteli bir yemek sofrasına ilk kez oturuyorlardı. Onların kendi dillerinde konuşsalar da davranış ve yüzlerindeki sevinç dolu gülümsemelerinden yemekleri çok beğendikleri anlaşılıyordu. Bunu açıklamada Mestan gecikmedi.

Yemekten sonra kahveler içildi. Sırada başkaları vardı. Halide:

-Çok yorgunsunuz. Birer duş alın ve dinlenin. Akşama tüm akrabalar, bazı tanıdıklar gelecekler. Sizi geç saatlere kadar uyutmazlar, dedi. Suzan ile Rasim:

-Biz yorgun değiliz. Sokağa çıkmak istiyoruz, dediler. Diğerleri dinlenmeye çekildiler. Halide etrafı topladı, akşam gelecekler için hazırlığa başladı. Muharrem ona elinden geldiğince yardım etti. Serdar, Suzan ile Rasim'i alarak dışarı çıktı. Hem onları gezdirdi, hem evin eksiklerini alarak annesine yardım etti.

Günlerden Cuma idi. Halide'nin kızı, damadı, gelini doğru ona geldiler. Hâdi ile Fidan da. Çiftlikten Hüsmen Ağa, Hacer, Şevki, Kıymet işlerinin yoğunluğu nedeniyle en geç gelenler Tuna, Cevriye, Türkân Meryem ve İlker oldu.

Türkân'ın gelen konuklarla tanışmak için gösterdiği sabırsızlığı yüzünden okunuyordu. Onun gelenlere, özellikle Mestan'a soracağı çok şey vardı. Onun kadar olmasa bile Tuna ve Cevriye de sabırsızlanıyorlardı. Tuna, Sırp işgalinin son durumunu bilmek istiyor, Cevriye çocukluğunun geçtiği henüz zihninden silemediği toprakları merak ediyordu.

Mestan'ın işi çok zordu. Diğerleri sorulanlara yeteri kadar Türkçe yanıt veremediklerinden hepsine o yetişmek zorundaydı. Buna bir de Hanna'nın sık sık konuşulanları Arnavutçaya çevirme isteği ekleniyordu. Bereket Cevriye ile anne babası Boşnakça bildiklerinden biraz yardımcı oluyorlardı. Bunlar da olmasa Suzan ve kardeşleri sıkıntıdan patlayacaklardı.

Gelen konuklardan bir hanım da Arnavut kökenliydi. O yıllardır konuşacak birini bulamadığından Arnavutça konuştuğunu o güne değin hiç kimse duymamıştı. Kendi bile artık o dili konuşup konuşamayacağını bilemiyordu. Hanna'nın Mestan ile konuşmalarına kulak verince zihnindeki kullanılmayan dilin sözcükleri mısır patlaması gibi ortaya çıkmaya başladı. O da onların konuşmasına katıldı. Böylece Hanna'nın Mestan üzerindeki yükü biraz olsun azaldı.

O akşam Muharrem Usta'nın evi birkaç dilin konuşulduğu, en az üç kuşağın buluştuğu, yıllardır birbirini görmeyen, göremeyen eski dostların birbirine kavuştuğu, yeni dost ve akrabaların birbirleri ile tanıştığı bayram şenliği havasını taşıyordu.

Herkes birbirleri ile tanıştı, ön konuşmalar yapıldı. Tüm bunlar olurken Türkân soracaklarına başlamak için sırasını bekledi. O arada yine de boş durmadı. Konuşulanları can kulağı ile dinledi, notlarını aldı. O akşam fazla soru sorma gereğini duymadı. Sezdiği havaya göre soracaklarına Mestan'dan çok bilir bilmez diğerleri yanıt verecekler ve sorular güme gidecekti.

* * *

Türkân'ın liseye başlaması ailede küçük de olsa bir sorun oldu. Annesi onun öğretmen ya da hemşire olmasını istiyordu. Bunun için en iyisi öğretmen lisesi ya da sağlık meslek lisesine başlamalıydı. Tuna ekonomi okusun diyor, o da ticaret lisesine gitmesini öneriyordu. Hüsmen hiç karışmıyor, Cevriye annesinden duyduğu gazeteci olma isteğini destekliyordu. Türkân gazetecilik ve onun yanında hukuk okuma düşüncesinde ısrarlıydı. Bunun için de daha lise yıllarında kendini iyi yetiştirmeliydi. En azından iki yabancı dil öğrenmeliydi. Esin Öğretmenin yönlendirmesi ile yabancı dille eğitim yapan bir liseye gitmek istediğini, bunda ısrarlı olduğunu ailesine söyledi.

Tuna, Türkân'ın isteğine Cevriye ile birlikte ilk "olur" diyen oldu. Diğerleri de buna karşı gelmediler. Yalnız yine küçük bir sorun vardı. Türkân, okuyacağı Avusturya Lisesi'ne yatılı gitmek istiyordu. Ona göre yabancı dil ancak böyle daha çabuk ve daha iyi öğrenilirdi. Aile büyükleri biraz da kazanamaz umuduyla:

-Hele bir sınavlara gir! Kazanabilirsen düşünürüz, diyerek karşı gelmediler.

Türkân kendine güveniyordu. Girdiği sınavları kazandı ve Avusturya Lisesi'nin yatılı öğrencisi oldu. Onun liseye yatılı olarak başlaması hafta arası İlker ile Meryem'den ve marketteki çalışmalarından uzaklaştırdı. Kendini okula, derslere, güncel olaylara öyle kaptırdı ki, hafta sonları bile başını kaşıyacak zamanı yoktu. Eğer zaman bulabilirse en çok Meryem, Cevriye,

İlker ve Esin Öğretmen ile görüşmek istiyordu. Çok sevdiği hafta sonlarını geçirmekten büyük zevk aldığı çiftliği bile neredeyse unutmuştu.

Devam ettiği lisede dersler Almanca ağırlıklıydı. Onun yanında yabancı dil olarak İngilizce de öğretiliyordu. Türkân diğer derslerden fazla bu iki dili öğrenmeye ağırlık veriyordu. Diğer ders konuları nasıl olsa öğrenilirdi. Dil öğrenmek ise farklı bir şeydi.

Okul ve derslerinde bir sıkıntısı yoktu. Sınıfın en iyi öğrencileri arasındaydı. Güncel olayları izlemekte sorun yaşıyordu. Bunun nedeniyse yatılı öğrenci olmasından kaynaklanıyordu. Yatlı öğrenciler için okul yöneticileri bazı şeyleri sınırlıyorlardı. İstedikleri gazete, dergi, kitap gibi yayınları izleyemiyor, televizyonu ancak belli saatlerde izleyebiliyorlardı. Sinema, tiyatro, seminer, konferans, konserler de öyle...

Türkân birden ikiye geçtiği yıl okul yönetimine başvurdu. Ailesinin İstanbul'da olduğunu söyledi. Eğer izin verirlerse hafta sonlarını ailesinin yanında geçirmek istiyordu. Bu olanağı ancak ikinci sınıfın ikinci yarıyıl başlangıcında elde etti.

Hafta sonlarını evde geçirmesi hatta bazı hafta sonlarında çiftliğe gitmesi aile büyüklerini sevindirdi. Onlar sanıyorlardı ki Türkân onlara yardım edecek. Ondan bekledikleri yardımı göremeyince ve onun bilgi birikimini arttırmak için gösterdiği uğraşılar karşısında şaşırdılar. O, sürekli okuyor, araştırıyor, ailesinin yabancı olduğu televizyon programları izliyor, gazete ve kitaplar okuyordu. Diğer kültür etkinliklerine katılıyor, eve akşamları geç saatlerde dönüyordu.

Meryem:

-Bırakın Tuna Bey! Türkân, genç kızlık dönemini yaşıyor. Hem de dolu dolu. O, kendi yaşıtlarının çoğu gibi boş ve işe yaramaz uğraşılar peşinde koşmuyor. Yaptıklarının bilincinde, hep geleceğe dönük bilgi peşinde. Bu yaşında bile bizleri geçmiş durumda. Hangi davranışına sınır koyacak, hangi eylemlerini engelleyebileceksiniz?

Cevriye de Meryem'in dediklerine katıldı. Tuna bunlara dayanarak çiftliktekilerin kardeşini eleştirilerini de göğüsleyebildi. Abisi artık ona köstek olmak yerine destek veriyordu.

* * *

Meryem:

-Sabah kaçta kalkarsınız? Kahvaltıyı ona göre hazırlayalım. Çocuklar kahvaltıda neleri seviyorlar, onları alayım, dedi.

Mestan:

-Ben ve hanım erken kalkarız. Kahvaltı için çocukları beklememize gerek yok. Doğru dürüst kahvaltı yapmazlar ki ne yediklerini bileyim. Annelerine sorarız o daha iyi bilir. Ona göre eksik varsa alırız.

Türkân, o hafta sonunu Halide Teyzelerinde konuklarla birlikte geçirmeyi planladı. Akşam ayrılırken Halide'ye:

-İzninizle size kahvaltıya geleceğim. Gelirken taze ekmek alırım.

Halide:

-Bu çok iyi olur. En azından Suzan ve kardeşleri ile de ilgilenirsin.

Türkân geldiğinde daha Mestan bile uyanmamıştı. Halide Teyze'si ile kahvaltıyı birlikte hazırladılar. Mestan sabahın o saatinde Türkân'ı orada görünce, "Evet, galiba aklımdan geçenler doğru..." diye mırıldandı.

Onun bu mırıltısını kimse duymadı. Hâlbuki Türkân'ın geliş nedeni Bosna-Hersek hakkında bilgi toplamaktı. Kahvaltı sırasında ve sonrasında Mestan'a epey soru sordu. Aldığı yanıtları defterine not etti.

Mestan kahvaltıdan sonra:

-Benden istediğiniz emaneti getirdim. Akşamın kalabalığında çıkaramadım, arabada. Ayrı ayrı torbalara koydum. Birazını size bırakacağım, diğerlerini Bursa, Balıkesir ve İzmir'deki tanıdık hemşerilerime götüreceğim. Daha fazla getirmek isterdim ama sınırda sıkı kontrol var. En çok da bunu denetliyorlar. Benden önce yurt dışına çıkan bir tanıdıkta üç çuval yakalamışlar, bırakın çıkışına izin vermeyi, adamı hapse attılar, dedi. Bunları duyan Türkân merakla sordu:

-Neymiş o değerli emanet?

Muharrem soruyu duymadan:

-Sağ ol Mestan kardeş. Biz gelirken atalarımızın mezarlığından birkaç torba getirmiştik. Değerini bilemedik, oradan oraya taşınırken çocuklar ne olduğunu bilemeden sıpıtıp atmışlar. Hâlbuki öldüğümüzde onları mezar topraklarımıza karıştıracaklardı.

Türkân bir şeyler anlamıştı. Yine de merakla sorusunu yineledi. Muharrem:

-Böyle işte gençler bazı şeylerin değerini bilmiyorlar. Bizim için getirdiğin ana yurdumuzun altın değerindeki bir avuç toprağa sıradan bir toprak olarak bakıyorlar. Onun her bir zerresindeki manevi yükten haberleri yok.

Türkân daha fazla sormadı. Defterine bu konuda not düşmekle yetindi. Bunun üzerinde düşünecek, bilgi toplayacaktı.

Mestanları Muharrem Usta, özellikle Halide Hanım üç gün boyunca çok iyi ağırladılar. Oğulları Serdar, kızları Meriç, damatları Zafer, gelinleri Esin Öğretmen de onlardan ilgilerini esirgemediler. İstanbul'u gezdirdiler. Türkân, okulu, dersleri ve diğer etkinliklerden ötürü onlarla fazla ilgilenemedi.

Konuklar daha önce planladıkları gezileri için yola çıktılar. Daha üç kente gidecek oralardaki akraba ve tanıdıkları ile görüşeceklerdi. Bu kentler; Bursa, Balıkesir ve İzmir idi. Onlar yola çıkmadan Muharrem Usta göç ettiğinde ilk geldiği yer olan Bursa'yı birazcık anlattı. Oradaki dostlarının adreslerini verdi. Uğrayabilirlerse selam ve sevgilerini gönderdi. Yaptıkları plana uyabilirlerse bu kentlerde beşer gün kalacaklar, sonra İstanbul'a döneceklerdi.

Esin Öğretmen ve Serdar gezmeyi çok sevdiklerinden bu kentleri daha önce gezip görmüşlerdi. Konuklarına, kentlerin gezilip görülecek yerlerini anlattılar. Yol güzergâhının haritasını, yol boyunca konaklayabilecekleri yerleri işaretlediler.

Bursa'da Mestan'ın dayısı kızı vardı. Doğru onun evine gittiler. Dayısı kızının komşusu çocukları ile birlikte bir yıl kadar önce Sırp kuşatmasından kaçmıştı. Hanımı biraz Arnavutça, çocukları ise Boşnakça biliyorlardı. Bu, Mestan ailesine çok büyük kolaylık sağladı.

Günlerdir konuşamamaktan patlayacak durumda olan çocuklar ve anneleri daha bir rahatladılar.

Mestanlar gelince çocukların yarım gün okula gittiklerini, karı kocanın hiç çalışmadan evde oturduklarını gördü. Evleri güzel denecek denli eşyalarla dayalı döşeliydi. Onlara nerede çalıştıklarını ve kazanç durumlarını sordu. Aldığı yanıt şaşırtıcıydı. Çalışmıyorlar, devletin sadaka türü verdiği yardımla geçiniyorlardı. Ev kiralarını, çocuklarının okul giderlerini de devlet ödüyordu. Bunları öğrenen Rüstem:

-Baba, biz de buraya göçelim. Okul yarım günmüş. Okula gitmesen de kimse bir şey demiyormuş, dedi.

Bursa'da kaldıkları sürece gündüzleri bazen bayan ve erkekler ayrı ayrı, bazen de hep birlikte gezdiler. Rasim il Rüstem, kuzenlerinin okullarını gidip gördüler. Rüstem'in hanımı alışveriş yapmaya doymuyordu. Onu kocası uyardı.

-Her şeyi Bursa'dan almaya kalkma! Buradan alınacaklar konusunda dayı kızı sana yardımcı olur. Her kentten alacaklarımız farklı olacak. Eksikler kalırsa İstanbul'dan tamamlarız.

Bursa'da o denli çok Yugoslav, Yunan, Bulgar hatta Arnavut göçmeni vardı ki, bazı semtlerde insan Türkiye'de olduğunu unuturdu. Dayısı kızı da böyle bir semtte oturuyordu. Mahallenin adı da "Boşnak Mahallesiydi. Bursa'nın toplumsal dokusu da bir Balkan kentini andırıyordu.

Dayıkızının burada geniş bir çevresi yoktu. Bursa'ya geldikten sonra tanıdıkları, yıllar önce gelip yerleşmiş uzaktan başka akrabaları vardı. Onları Mestan hiç tanımıyordu. Bu akrabaları ailecek bir tarikata girmiş, Balkanlı olduğunu unutmuş, sakal bırakmış, kendi eşi ve çocuklarının giysilerini, yaşam düzenini Araplaştırmıştı. O, Bosna-Hersek'ten gelen herkese yakın ilgi duyuyordu. Hele kan bağı olan birinin geldiğini duyunca bu ilgisi biraz daha artıyordu. Bursa'daki evinin dışında Uludağ'da geniş bir meyve bahçesi bulunan bir evi daha vardı.

Mestanların geldiğini öğrenince onları görmeye geldi. Bu gelişinde yalnızdı. Mestan'ın hanımı ve çocukları ilk kez giyimi, kuşamı, sakalı, başındaki takkesi değişik birini yakından görüyorlardı. Suzan babasının kulağına eğilerek:

-Bu Arap amca burada ne geziyor? Yoksa o da bizim gibi Bursa'yı gezmeye mi gelmiş? Diye sordu. Mestan sus işareti yaptı.

-O amca bizim uzaktan akrabamız oluyormuş.

Rasim:

-Baba, Arap'tan akrabamızın olduğunu da ilk kez duyuyorum.

Adam gittikten sonra Mestan, dayısı kızına:

-Bu adam kim Allah aşkına?

-Ne diyorsun Mestan abi? O sizi yarın akşam için yemeğe çağırdı. Evine gidince daha yakından tanır, kim olduğunu sorar öğrenirsin.

Adam ertesi günün akşamı için Mestanlarla birlikte birkaç yakın akrabasını, kendince seçtiği tanıdıklarını yemeğe çağırıyordu. Yemeği iki evde birden verecekti. Çocuklar dâhil tüm erkekler Uludağ'daki bahçeli evine gidecekler, hanımlar ise Bursa'daki evinde toplanacaklar. Mestan bunu öğrendi.

Hanımı Hanna'ya söyledi. Hanna, adamı ilk gördüğünde bile gözü tutmamıştı:

-Olmaz, Mestan. Böyle bir saçmalığa beni alet edemezler! Sen neredeysen ben ve çocuklarımı orada olacağız.

Mestan, hanımının itirazını dayısı kızına, o da daveti verecek sakallıya bildirdi. Adam daveti vermeye niyetlenmiş, çağıracağı insanlara haber vermişti. Davet yine verilecekti. Bu kez şekli değiştirildi. Yemekli toplantı Bursa'da yapılacaktı. Onun nasıl bir konuk ağırladığını Mestanlar dışında herkes biliyordu.

Çağrılı konukları dış kapıda ergenlik çağına henüz girmiş oğlu karşıladı. Hanımlarla erkekleri evin ayrı bölümlerine yönlendirdi.

Hanna burada da itiraz edecek oldu. O güne değin ilk kez böyle bir davete katılıyordu:

-Ben ve çocuklarım Mestan'ın yanında olmak istiyoruz, dediyse de dayı kızı onu kibarca uyardı,

-Hanna, bozuntuya verme! Suzan'la sen bizimle gel. Rasim ile Rüstem selamlığa babaları ile gidecekler. Gel, inan bana çok eğleneceksin. Hiç görmediğin bilmediğin görüntülere tanık olacaksın. Gelen konuklar arasında Arnavutçayı çok iyi bilen tanıdıklar var. Konuşulanları, yapılan dedikoduları anında sana çevirir. Suzan'la da ben ilgilenirim. Baktık sıkıcı oluyor, bir yolunu bulur, fazla kalmadan ayrılırız.

Hanna söylenenleri kabul etti. Yönlendirilen yere evin haremlik bölümüne geçti. Geçer geçmez de gözlerine inanamadı. Dışarıda sarınıp bürünen, saçının tek telini göstermemek için sıkı sıkı baş bağlayan hanımların hepsi açılıp saçılmışlardı. Kısa kollu, dekolte, mini etekliler sanki sosyete partisinde gibiydiler. Mestan'ın uyarılarına uyarak kendi ve kızı daha ölçülü giyinmişlerdi. Onların yanında bu giysileri ile tutucu ve rüküş göründüler.

Ev sahibi hanımın:

-Alkol olarak ne alırsınız? Sorusu ise daha bir şaşırttı.

-Erkekler bölümünde yani selamlıkta da durum farklı değildi. Orada hizmet gören evin büyük oğluydu. Konuşulan konular tümüyle ekonomi üzerindeydi. Şirketler, holdingler, alacaklar, verecekler, en kârlı yatırım ortaklıkları, devlet ihaleleri ve benzerleri…

Burada Mestan'a pek söz düşmüyordu. İsteyen bardan istediği alkolü alıp içebiliyordu. Rasim ile Rüstem şaşkına döndüler. Mestan, çok önemsediği ve çağrıldığı her yere kendince en önemli hediye olarak kabul ettiği vatan toprağının bulunduğu torbayı bir fırsatını bulup ev sahibine vermeye hazırlandı. Eğer ona sıra gelir de söz söyleme fırsatı bulursa kısa birkaç söz edecek toprak torbasını verecekti.

Alkol almanın, fazlaca yemenin, saatlerdir konuşmanın yorgunluğu ile ortam biraz sessizleşti. O sırada Mestan söz aldı. Bosna-Hersek'in Sırplar tarafından nasıl kuşatıldığını, insanların acımasızca nasıl öldürüldüğünü, yerlerinden yurtlarından edildiğini, kalanların açlık ve hastalıkla nasıl perişan olduklarını anlatmaya çalıştı.

Mestan'ı dinleyenler timsah gözyaşları dökerek üzüntülerini belirttiler. Mestan, söylediklerinin onları etkilediğini düşündü, getirdiği toprağı kutsayarak ev sahibine verdi. Bununla pek ilgilenen olmadı. İçlerinden biri:

Keşke fazlaca getirseydin. Burada satardık, dedi.

Eniştesine:

-Yeter artık! Daha fazla dayanamayacağım. Hemen burayı terk edelim, derken Hanna ile Suzan'ın durumunu merak ediyordu.

Enişte kendilerine hizmet eden evin büyük oğlunu çağırdı. Ondan haremlikteki hanımlarına haber verilmesini istedi. On dakika sonra hanımların hazırlandıkları haberi geldi. Mestan, oğulları ve eniştesi yemekli toplantıyı daha erken denecek bir saatte terk ettiler.

Hanna daha evin bahçesinde Mestan'ın elini sıkıca tuttu, kendine doğru çekti, bir kahkaha attı:

-Mestan, çok eğlenceli bir geceydi. Sana anlatacağım ilginç şeyler gördüm.

Mestan:

-Ben de çok sıkılacağından endişe etmiştim.

-Ne sıkılması canım. Çok çok eğlenceliydi. Değil mi Suzan?

-Evet, baba gerçekten çok eğlenceliydi.

Oradan ayrıldılar. Dayı kızının evi çok uzak değildi. Yürüyerek gelmişlerdi. Yine yürüyerek gidiyorlardı. Hanna kendi dilinde hem anlatıyor, hem kahkahayı basıyordu. Sokaklar tenha olsa da onlar gibi davetten, ya da başka yerlerden evlerine dönenler vardı. Hanna'nın yüksek sesle başka bir dil konuşması kahkahalarla gülmesi sokaktaki insanların dikkatini çekiyordu. Enişteleri Hanna'yı uyardı. Onunla da kalmadı Mestan'a:

-Ne olursun Hanna'ya söyle biraz dikkat etsin. Ya da bir taksi çevirelim. Eve varınca anlatacaklarını keyfince anlatır, hepimiz güleriz, dedi.

Mestan'ın yeniden uyarması üzerine bir şeyler söyleyerek bir kahkaha daha patlattı. Ondan sonra eve gelinceye kadar sustu.

Evde hanımların ve erkeklerin birbirlerine anlatacakları vardı. Dayı kızı ve enişte yemekte konuk oldukları aileyi tanıyorlardı da bu denli olduğunu bilmiyorlardı. Gündemde dedikodu olunca hanımlara hep öncelik verilirdi. O gece de öyle yapıldı. Aksi olsaydı bile Hanna'yı susturmak zor olurdu. Hanımlar söyleyeceklerini söylediler. Enişte ve yeğen Hanna'nın anlattıklarını tümüyle anlamasalar da dinlediler, neşesine ortak oldu. Yeşim Hanım ise biraz daha temkinli onlara katkıda bulundu. Söylenenler erkekler için inanılır gibi değildi. Özellikle biraz da aldıkları alkolün etkisiyle hanımların coşarak dans etmeleri, ilahi havasında türkü şarkı söylemeleri...

Selamlık cephesini Mestan anlattı. O anlatırken bazen üç dili birden kullandı. O anlattıkça bu davete baştan katılmak istemeyen Hanna, kahkahalarını denetim altına alamıyor ve:

-İyi ki gitmişiz Mestan. Ben ve çocuklar çok eğlendik. O adama söyleyin Uludağ'daki evinde de bir gece düzenlesin. Bu belki daha eğlenceli olur, dedi.

Hanna'nın bu isteği gerçekleşemedi. Bursa'da gezilecek görülecek yerlere gidildi. Gezinin Bursa ayağı tamamlandı. Balıkesir yolculuğu başlarken Rüstem:

-Baba, Balıkesir'de de tanıdıkların ve akrabaların buna benzer bir davet verirler mi? diye sordu.

Mestan:

-Hiç bilmiyorum. İnsanlar ne denli farklılaşmışlar. Konuşma konularına sizlerde tanık oldunuz. Gündemlerinde yalnız para var. Başka hiçbir şey umurlarında değil. Annenle ablan çok iyi eğlenmişler, seninle abini bilmiyorum ama benim için büyük bir hayal kırıklığı oldu. Bu nasıl bir iki yüzlülük anlayamadım. Umarım Balıkesir ve İzmir'de böyle akşamlar yaşamayız.

Suzan:

-Baba, biz geziye mi çıktık, yemek davetlerine katılarak insanların abuk sabuk davranışlarını görmeye mi? Buna benzer yemekli çaylı toplantılara katılacaksanız beni unutun.

Hanna gülerek ve Suzan'a bir çimdik atarak:

-Ne diyorsun kızım, çok eğlenceli oluyor. Görmedin mi dışarıda saçının telini göstermeyen hanımların içerde neler yaptıklarını?

Rasim annesini desteklercesine:

-Bence de fena değildi. Sofraya dualarla oturan amcalar söyleşilerini kimi nasıl kazıklayarak servetlerini ikiye üçe katlayabileceklerini konuştular. Bu konuları konuştukça iştahları açılıyordu. Meyve suyu görünümlü kokteyllerini içtikçe neşeleri arttı. Servetlerindeki haram gibi dilleri de bozuldu. Argolar, küfürler birbirine karıştı. Baştaki "beyefendi, muhterem" sözlerinin yerini "hey bana bak, kelek, ulan" sözcükleri aldı. Kısaca gece eğlenceliydi.

Mestan:

-Yeter artık çocuklar çok dedikodu yaptınız. On iki kilometre sonra park alanı var. Gereksinmeniz varsa duralım beş on dakika dinlenir varsa bir şeyler yeriz içeriz, diyerek konuyu kapattı.

Sabah erken çıktıkları yolculuğu öğleden sonra tamamlayarak Balıkesir'deki çocukluk arkadaşı Resul'ün evine vardılar.

Resul, ilk iki evliliğini yürütememiş, üçüncü evliliğini orta yaşlarda yapmış, bu evlilikten peşpeşe ikizleri olmuştu. Geç evlilikten doğan çocuklar Resul'ün yaşına göre küçük olduklarından ona herkes "torunların mı?" diye soruyordu. Hanımını görenlerin bazıları ise "gelinin mi?" diyorlardı. Resul bu sorulara alışmıştı. "Düşündüğünüz gibi" diyerek geçiştiriyordu. Benzer soruları Mestan ve ailesinden de bekliyordu. Buna meydan vermeden onları kapıda karşılarken:

-Eşim ve çocuklarım, dedi. Ve her birinin adlarını söyledi. Evde çocuklara bakan hanımla da konuklarını tanıştırdı. Çocuklara bakan hanım şık giyimli, konuşma ve davranışları ile göz doldurduğundan bazıları onun için Resul'e "ikinci eşiniz mi?" diye soruyorlardı. Hanımı bu sorudan çok rahatsız olduğundan daha ona meydan vermeden gelen konuklarına bakıcıyı kendi tanıştırıyordu.

Resul ve hanımı aynı iş yerinde çalışıyorlardı. Konukları geleceği için ikisi de üç gün izin aldılar. Davranış ve tutumları Bursa'dakilerden çok farklıydı. Balıkesir'deki Bosnalı hemşerileri ve akrabaları ile daha bir mesafeli duruyorlardı. Ev gezmelerinden daha çok onlarla Bosnalılar Yarımlaşma Derneği'nde görüşüyordu. Buna karşın o akşam birkaç aile konuklara hoş geldine geldiler. Gelenler Resul'ün huyunu bildikleri için konukları evlerine çağırmaya çekindiler. Buna karşın Mestan'ın çocukluktan en samimi arkadaşlarından biri bir gün sonrası için "Yarın hepinizi bize bekliyoruz" dedi. Bu çağrıya ne Mestanlar ne de Resuller sıcak bakmadılar. Herkes sessiz kaldı. Mestan, Hanna'ya davetin çevirisini yaptı. Ondan bir yanıt bekledi. Hanna:

-Bir buna, başka yok! Deyince davet kabul edildi.

Hanna ile Suzan Bursa'daki davette şıklık yönünden ikinci plana düşmenin rahatsızlığını üzerlerinden atamamışlardı. Ertesi günü kahvaltıdan sonra ilk işleri çarşıya gidip kendilerine yeni giysiler, ayakkabılar almak oldu. Öğleden sonra da berbere gittiler. Saçlarını başlarını yaptırdılar. Bu şıklığın verdiği moral ve Bursa deneyimi ile daha bir farklıydılar. Hanna gitmeden önce Resul'ün hanımına Suzan aracılığı ile kadın ve erkeklerin ayrı oturup oturmayacaklarını sordu. "O da nereden çıktı?" yanıtını alınca rahatladı.

Mestan ve oğulları, Resul ve gelen konukları görünce buradaki hemşerilerinin Bursa'dakilerden çok farklı olduklarını gözlemişlerdi. Konuşmaları, davranışları oldukça doğal ve samimiydi. Evden çıkarken Rasim babasına:

-Baba senden rica etsem şu toprak dağıtma işinden vazgeçer misin? Buradaki insanların farklı değer yargıları var. Artık bunlar buralı olmuşlar, dedi.

Mestan:

-Oğlum, toprağı elimdeki çantada ya da cebimde taşımıyorum. Arabada duruyor. İlgi duyan olursa oradan alırız.

Resul ve hanımının çalıştıkları iş çok yorucuydu. Konukları için üç gün izin almış olsalar da evlerinde başkalarını da çağırarak daha fazla yorulmak istemiyorlardı. Hanımı Resul'e şöyle bir öneride bulundu:

-Şimdi bu hemşerilerimizi görmeye gelmek isteyenler olacak. Evde ağırlamaya kalksak bir dolu hazırlık yapmamız gerekir. Onlara hizmet etmekten ilgilenmeye zaman bulamayız. Onun yerine yemeği dışarıda yesek, yani bu daveti dışarıda versek ayıp olur mu ki? Bak, havalar da çok güzel. Bir kır lokantasına gideriz. Yemekten sonra da hep birlikte eve döneriz. Çayımızı kahvemizi de evde içeriz.

Resul:

-Hemşerilerimize ayıp olmaz mı? Belki ev yemeklerinden hoşlanırlar. İstersen bir soralım, onların da fikrini alalım.

Dışarıda akşam yemeği yeme düşüncesine hemşerileri olumlu yaklaştılar. Balıkesir'den çağıracaklarına da haber vererek bir kır lokantasında buluştular.

Gelen konuklar, lokantada yemek yiyen diğer müşteriler, Bursa'dakilerle karşılaştırıldığında sanki iki ayrı ülkenin insanları gibiydiler. Herkes tertemiz aşırıya kaçmadan şık giyimliydiler. Konuşmaları, davranışları oldukça ölçülüydü. Konuştukları konular bile farklıydı. İsteyene alkol servisi yapılıyor, istemeyene hiç kimse neden içmiyorsun diye sormuyordu. Bursa'da inadına içip sarhoş olan Hanna bir bardak şarap içmekle yetindi.

Yemekte ve yemekten sonra geldikleri Resul'ün evinde değinilen konularla doyumsuz bir söyleşi yapıldı. Çocuklar ve gençler uyudu. Konukların bazıları gitti. Kalanlarla sabaha kadar oturdular.

Resul ve hanımı konuklarına önce Balıkesir'in görülmeye değer yerlerini gezdirip gösterdiler. Sonra günübirliğine, Çanakkale, Ayvalık gibi yerlere gittiler. Truva harabelerini, Cunda Adası'nı gördüler.

***

Gezinin Balıkesir bölümü Hanna ve çocukları Bursa'ya göre daha çok mutlu etti. İzmir'de katılacakları sünnet düğünü olmasa burada kalış sürelerini uzatabilirlerdi.

Bilmediği yollarda Mestan geceleri araba kullanmak istemiyordu. Onun için İzmir yolculuğuna sabah erken çıktılar. Hava kararmadan İzmir'de oldular. Balıkesir- İzmir arasında yol boyu gördükleri güzellikler onları büyüledi. Sık sık mola verip bu güzellikleri daha bir yakından gördüler. İnsanlarla konuştular, meyveleri dalından kopardılar. Bu nedenle yolculuk daha fazla zaman aldıysa da İzmir'e hava kararmadan ulaştılar.

İzmir'de ağırlanacakları aile yani karı-koca Mestan'ın çocukluk arkadaşı, yakın komşusu, uzaktan akrabasıydılar. Onların aileleri kendileri daha çocuk denecek yaştayken gelerek İzmir'e yerleşmişlerdi. Bosna-Hersek'te olduğu gibi komşu olmuşlar, evlilik çağına gelince Raziye ile Hasan'ı evlendirmişlerdi.

Raziye ile Hasan'ın; iki kız bir erkek çocukları olmuş, Raziye ile Hasan'a bir yığın torun vermişler. Kocaman bir aile oluşturmuşlar. Bu günlerde o torunlardan birinin sünnet düğününün hazırlık telaşı içindeler.

Mestan'ı İzmir girişinde Hasan'ın oğullarından biri karşılayarak çevre yolundan evlerine getirdi. Ev sünnet düğünü nedeniyle oldukça kalabalıktı. Yol yorgunluğu, evdeki beklenmedik kalabalık Mestan'ların kafasını karıştırdı. Hoşbeş, tanışma, kısa bir konuşmadan sonra Hanna ile çocuklar kendi aralarında konuşarak o evde gecelemenin rahat olmayacağı kararına vardılar. Bunu Mestan'a, o da ev sahiplerine söyledi. Raziye:

-Konuklarımızın geceleyecekleri yerleri planladık. Sizin için ablamların evini seçtik. En iyi rahat edebileceğiniz yer olarak orayı düşündük. Buraya çok uzak değil. İki sokak ilerde. Yol yorgunusunuz. Hasan sizi oraya kadar götürüversin.

Mestan:

-Çok fazla konuklarınız var. Biz bir otele gitseydik, dediyse de buna izin vermediler. Ertesi gün kahvaltıda buluşmak üzere ayrıldılar.

Hanna, Mestan'ın aracılığıyla akşamdan ütü ve ütü masası istedi. Sabah erken kalktı. Tüm ailenin giysilerini ütüledi. Sabah kahvaltıya gidilecek, orada kalınacak, öğleden sonra ve akşam yapılacak sünnet düğünü törenlerine katılınacaktı. Onları yorucu bir gün ve akşam bekliyordu. Buna karşın Hanna ve çocukları büyük bir merak içindeydiler, yıllardır Sırp kuşatması altında bulunan Saraybosna'da değil sünnet düğünü, evlilik düğünü bile görmüyorlardı. Hele Türkiye'de bir düğün hiç görmemişlerdi. Düğün konusunda merak ettiklerini, neyi nasıl yapacaklarını, nasıl giyineceklerini, nasıl davranacaklarını hep Mestan'a soruyorlardı. O da doğrusu pek fazla bilgi sahibi değildi. Sorular karşısında:

-Ben de çok şey bilmiyorum. Sorar öğrenir sizlere anlatırım, diyerek yanıtladı onları.

Düğün günü görkemli bir kahvaltı sofrasında buluştular. Kalabalık olduğu kadar düzenli, sengin bir kahvaltı sofrasıydı. Sünnet çocuğu Burak özel giysileri içinde günün yıldızıydı. Başköşeye oturtuldu. O yanına istediklerini çağırdı. Evde her şey elbirliği ile yapılıyor, bir karmaşaya meydan verilmiyordu. Düğün, sünnet düğünü olduğundan büyüklerden çok çocuklar eğleniyorlardı. Çocukların özellikle de erkek çocukların hepsi rengârenk giysiler ile damat şıklığı içindeydiler. Onların çoğu daha sünnet olmamışlardı. Hepsi Burak'la şakalaşıyor, günün tadını çıkarıyorlardı.

Rasim ile Rüstem çocukluk yıllarına dönerek çocuklara özendiler. Onlar için böyle sünnet düğünü yapılamamıştı. Utanmasalar onlar gibi giyinip onların arasına katılacaklardı.

Mestan günün programını aldı, Hanna ve çocuklarına da anlattı. Kaldıkları evin bir anahtarı onlara verilmişti. İstedikleri zaman gidip giysilerini değiştirebilir, dinlenebilirlerdi.

Kahvaltıdan sonra Hanna ile Suzan kuaföre, Mestan, Rasim ve Rüstem berbere gittiler. Programa göre öğlen yemeğinden önce mevlit okunacak, dua edilecekti. Hanna ile Suzan ona göre giyindiler. Mevlit bitimi yemek yenecek, çoğunlukla çocuklar arabalara bindirilecek, oluşturulacak konvoyla kent içinde bir tur atılacaktı.

Mevlit töreninde hanımlarla erkekler ayrı yerlerde toplanmaya başlayınca Suzan Hanna'ya:

-Anne dikkatli olalım. Bursa'da yaşadığımız komediyi burada yaşamak istemiyorum, dedi.

Hanna:

-Daha neler, bu dini bir tören. Bildiğim kadarıyla hoca mevlit ve dua okuyacak bizler de dinginlik içinde onu dinleyeceğiz. Öyle bir rezillik olmaz endişelenme.

Raziye ile Hasan torunlarının sünnet mevlidinde bir ilki gerçekleştiriyorlardı. O güne değin alışılmış kurallara göre hanımlar ve erkekler ayrı bölümlerde otururlar, erkekler bölümünde mevlit okuyan hocanın sesi hoparlörlerle hanımların bölümüne verilirdi. Onlar hanımlar için ayrı, bayan bir mevlit okuyucu çağırdılar. Hanımlar da töreni canlı yayınla izlediler.

Mevlit ve yemek töreni bitti. Akşamın düğün başlangıcına daha zaman vardı. Suzan annesine:

-Anne bu giysilerle düğüne katılamayız. Rasim ve Rüstem'in giysileri de sakil kalır. Daha zamanımız var. Babama söyleyelim birilerinin yardımı ile çarşıya gidip kendimize uygun giysiler alalım.

Hanna:

-Haklısın Suzan. Ben de öyle düşünüyorum.

Mestan'a söylediler. Onları biri aldı çarşıya götürdü. Hepsi o güne uygun giysilerini aldılar. Kaldıkları eve gidip giyindiler. Düğün evine döndüklerinde tanınmayacak denli şık ve güzle olmuşlardı.

Yaz aylarının uzun günlerinde düğünün salondaki bölümü başladığında ortalık daha kararmamıştı. Düğün salonunun açık pencerelerinden İzmir

Körfezi'nin güzelliği, kıyı boyunca uzanan apartman camına vuran akşam güneşinin yansıması göz kamaştırıyordu.

Bosnalı konuklar, dakikalarca oturdukları yerden kıpırdamadan bu güzelliği seyrettiler. Her ne kadar sözlü olarak dile getirmeseler de hepsinin içinden bu güzelliği hep yaşamak geçti. Onların dikkatlerini salona çevirmeleri güneşin batmasından sonra oldu. Salonda toplanan insanları, sahnedeki müziği, onlara uyarak dans eden kalabalığı ancak fark ettiler.

Zaten onların böyle hayranlıkla dışarıyı seyrettiklerini görenler de onlara karışmamışlardı. Onların dikkatini çeken birçok farklılığa tanık olacaklardı. Sünnet çocuğunun yatağı, davetlilerin giyimi, müzik eşliğinde yapılan hareketli danslar, yenilen içilenler...

Suzan ve kardeşlerinin dansa çağrılmaları gecikmedi. Şarkı söyleyen bayan:

-Değerli konuklar, sınırlar ötesinden, Bosna-Hersek'ten gelerek aramıza katılan konuklarımız var. Onlara hoş geldiniz diyor, onlar için güçlü bir alkış istiyor, Suzan, Rasim, Rüstem kardeşleri piste davet ediyorum.

Genç konuklar hemen dansa kalkmaktan çekindiler ama onların bu çekingenliğini gören gençler yanlarına gelerek onları dansa davet etmekte gecikmediler. Onların piste gelmesi ile salondakiler bir alkış daha patlattılar. Onların dans gösterileri için orkestra Balkan müziği çaldı. Gençlerin coşkusunu gören Hanna biraz da aldığı alkolün etkisiyle Mestan'ın kolundan tuttu:

-Kalk ben de dans etmek istiyorum, dedi.

Mestan önce:

-Bırak şimdi gençler oynuyorlar. Biz sonra kalkarız, dediyse de hanımının ısrarlarına dayanamadı.

Onlar da dansa kalktılar. Mestan hareketli bir oyun havası çalınmasını istedi. Pistte aile tamamlanınca diğerleri çekildi. Onların dans gösterilerini daha yakından görmek için salondakilerin bir bölümü yerlerinden kalktı, pist çevresinde bir çember oluşturdular. Çalınan müziğe tempo tutarak onları biraz daha coşturdular. Mestan'ın bir işareti ile müzik daha ağır bir havaya döndü. Dans gösterileri ile gecenin yıldızı olmayı hak ederek yerlerine oturdular. Gördükleri ilgi ve alkış onları sevindirdi, mutlu etti. Oturup biraz dinlendikten sonra Suzan Raziye'ye:

-Raziye yenge bu yapılan sünnet düğünü de çocuğun sünneti yapılmadı. Artık buralarda sünnet yapılmadan düğün mü yapılıyor? Diye sordu.

Raziye:

-Suzancığım, çocuk sünnet olalı on gün oldu. Yaraları iyileşti. Çocuk bu gün sünnet edilse yarasının acısı ile böyle rahat duramaz. Gün boyu yapılan dua ve eğlencelerde naz eder dururdu. Bunun önüne geçmek için böyle bir uygulamaya geçildi.

-Yani desene evlilikler de böyle oluyor?

-Nasıl?

-Nasılı var mı? Gençler artık önce nikâh kıydırıyor, evleniyor, ondan sonra düğün yapıyorlar.

-Doğru da… O biraz farklı.

Güvenlik görevlileri gece saat 00.01'de gelip uyarmasalardı, eğlenceyi sabaha dek sürdüreceklerdi. Herkesin kafası iyiydi. Özellikle gençler yorgunluk nedir bilmiyorlardı. Eğlence bitti. Konuklar yavaş yavaş toparlanarak salonu terk etmeye başladılar. Bir grup genç Mestanların masasına geldi. Suzan ve kardeşlerine:

-Biz diskoya gidiyoruz. Sizi de davet ediyoruz. Bize katılır mısınız? Diye sordular.

Böyle bir teklifi hiç beklemiyorlardı. Mestan olumsuz yanıt vermek istediyse de Hanna:

-Neden olmasın? Raziye'nin yeğenleri de birlikte gidecek. Bırakalım da gençler eğlensinler.

Gençlerin gitmesinden sonra düğün sahibi başkalarının yardımı ile toparlandı. Saat 12.00'de kahvaltıda buluşmak üzere Mestan ile Hanna'yı kaldıkları eve bıraktılar. Hanna alkolün etkisi, hava değişikliği ve yorgunlukla derin bir uykuya daldı. Mestan bir türlü uyuyamadı. Her ne kadar çocuklara evin anahtarı verilmiş olsa da onları merak etti. Çocuklarının eve dönmelerine kadar bazen uzandı, bazen pencere kenarına gidip dışarıya baktı. Çocuklarının sabahın altısında içeri girmelerinden sonra biraz uyuyabildi.

Saat onbirde ilk uyanan yine Mestan oldu. Hanna'yı uyandırmaya çalıştı. Hanna'nın uyanarak kendine gelmesi zor oldu. Kendi evinde olsaydı ya da kahvaltıya gitmek zorunda olmasaydı daha saatlerce yatar uyurdu. Gözlerini açar açmaz çocukları sordu "Geldiler, uyuyorlar" yanıtını alınca:

-Bırak onları kaldırmayalım. Kahvaltıya biz ikimiz gidelim, dedi. Ona Mestan da katıldı.

Giyinip hazırlanırken Hanna:

-Mestan, çok yorgun ve uykusuzum ama o geceye değdi. Yıllardır böyle eğlenmemiştim.

Çocuklarımız da çok eğlendiler. Umarım bizden sonra da keyiflerince eğlenmişlerdir.

Arkadaşlarının evine geldiklerinde her şeyin dört dörtlük hazırlandığını gördüler. Kahvaltı masasında yerlerini aldıklarında boş yer kalmadı. Hanna'nın sorusuna meydan vermeden Raziye:

-Gençlerin bu saatte kalkamayacaklarını bildiğimiz için onlara servis hazırlamadık. - Yeğenlerini kastederek - bizimkiler de hala uyuyorlar. Bizim bu denli gürültü patırtımıza karşın uyanamadılar. Onlar kalktıklarında ayrı bir sofra hazırlarız.

Kahvaltı yapılırken dünün bir değerlendirmesi yapıldı. Mevlit, yemek, akşam salon eğlencesinde bir eksiklik, aksaklık var mıydı? Bunlar konuşuldu. Hanna dili döndüğünce her şeyin çok güzel olduğunu, yıllardır böyle bir güzellik yaşamadıklarını söylemeye çalıştı. Mestan Hanımına katıldı. Hasan:

-Bu tür etkinliklerde elbet eksiklikler, aksaklıklar olur. Biz elimizden geleni yaptık. Buraya uyan yıllar önce yaşanmış bir öykü vardır. Padişah kızını evlendirirken her şeyinin tam olması için emir verir. Onun emri doğrultusunda yapılır tüm hazırlıklar. Kızın çeyizi serilir, hiçbir eksiğin olmadığı sanılarak. Mahallenin bilgiç anası çağrılır. Onun da eksiksiz bir çeyiz görmesi istenir. Bilgiç ana şöyle bir inceleri "Hey günümüzün padişahı, paşası her şey tamam, her şey de, nerede bu mangalın maşası? Diyeceğim şudur ki eksikler, kusurlar olur. Dostlarımız bunu hoş görürler.

Sünnet düğününün telaşı ve yorgunluğu bittikten sonra Hasan konuklarına İzmir ve çevresinin gezilip görülebilecek yerlerini harita üzerinde gösterdi. Oralara nasıl gidileceğini anlattı.

İzmir, Hanna'nın da, çocukların da çok hoşlarına gitti. Mestan'a gezinin buradaki bölümünü birkaç gün uzatarak o yerleri görmek istediklerini söylediler. Mestan onların bu isteklerini kabul ederek en fazla üç gün uzatabileceğini söyledi.

Geziye önce kentin görülmeye değer yerlerinden başladılar. Kadifekale, Kemeraltı, Konak, Karşıyaka'yı gezdiler. Karşıyaka'da dolaşırlarken Hanna'nın kulağına Arnavutça konuşmalar çarptı. Birden durdu. O konuşmalara kulak verdi. Aklına kuzeninin yıllar önce Türkiye'ye gelerek İzmir'e yerleştiği geldi. Kuzeni Kosovalı biri ile evlenmiş, daha sonra göç etmişlerdi. Aklına gelenleri Mestan'a anlattı. Mestan:

-Eve dönünce Raziye ve Hasan'a sorarız. Onların yardımı ile kuzenini ve enişteni bulmaya çalışırız, dedi.

Kent gezisi onları epeyce yordu. Eve dönmeden Suzan'ın isteği üzerine güzel bir kıyı lokantasına oturdular. Hem dinlendiler, hem karınlarını doyurdular.

Eve döndüklerinde Hanna'nın Kosovalı eniştesi ile kuzeninden söz ettiler. Raziye:

-Çiğli taraflarında Kosova'dan gelen göçmenlerin yoğunlukta olduklarını biliyorum.

Hasan:

-Doğru söylüyorsun. Ben de oralarda bir Kosovalılar Derneği olduğunu gazetelerden duymuştum. Tam adresini bilmiyorum ama araştırır önce derneği, sonra enişteni bulmaya çalışırız. Şu eniştenin ve kuzeninin adını, soyadını, mesleklerini not edelim.

Hanna onların adını, soyadını, mesleklerini söyledi ve ekledi:

-Kuzenim eniştemden daha girişken birisi. Öyle dernekleri filan varsa mutlaka aktif bir görev almıştır.

Hasan o akşam hiç zaman kaybetmeden kendileri gibi göçmen olan birkaç arkadaşını aradı. Kosovalılar Derneği'nin adresini bulmakta gecikmedi. Dernek Bornova'da merkezi bir yerdeydi. Hanna ilk ipucunu yakaladı. Heyecanlandı, sabırsızlandı. Yorgundu. Buna karşın Mestan'a:

-Beni oraya götürür müsün? Dernek açıksa kuzenim yüzde yüz oradadır. Değilse bile adresini varsa telefon numarasını alırız. En kısa zamanda onları görmek istiyorum.

Mestan, Hanna'nın huyunu biliyordu. Onda Arnavut inadı vardı. Bir şeyi istedi mi mutlaka yaptırırdı.

Çocukları kaldıkları eve bıraktılar. Mestan, Hanna ve Hasan Bornova'ya derneğin adresini aramaya gittiler. Hasan oraları iyi tanıdığı için derneğin yerini bulmakta zorlanmadılar. Zaman epeyce ilerlemişti. Dernek lokalinde oranın temizliğini yapan görevliden başka kimsecikler kalmamıştı. Aradıkları insanları ona sordular. Aldıkları yanıt Hanna'nın öngörülerini doğruladı. Gerçekten kuzeni derneğin yönetim kurulundaydı. Bu nedenle her gün derneğe uğruyor, herkes tarafından da tanınıyordu. Bu bilgiden sonra Hanna'dan çok Mestan rahatlamıştı.

-Yarın ilk işimiz buraya gelmek, sonra kuzenini bulmak olacak, diyerek Hanna'yı daha da rahatlattı.

Dernek lokalinin öğle üzeri saat on ikide açıldığını öğrendiler. Her şeye karşın derneğin telefon numarasını not ettiler.

Sabah kalktıklarında Rasim annesinin söylemesinden önce sordu:

Ne oldu anne? Yıllardır göremediğin sevgili kuzenini ve enişteni bulabildin mi?

Hanna:

-Kendilerini değil ama izlerini bulduk. Umarım bu gün kendilerini de bulacağız.

Eş dost görmekten daha çok gezmeyi seven Rüstem:

-Gene bir uzak akraba mı? Ben gelmiyorum. Tek başıma çıkıp fuar alanını, hayvanat bahçesini gezmek istiyorum. Suzan sen de bana katılır mısın?

Suzan:

-Sahi anne böyle iki arada bir derede kuzen ve enişte peşinde koşmak nereden çıktı. Babamdan zorla burada geçireceğimiz günlere ek yaptık. Daha bir yığın gezip görülecek yerler var. Akrabalarını bulursak bilmem kaç gün onlara ayırmak zorunda kalacağız.

Hanna:

-Ne demek istiyorsunuz siz? Yıllardır görmediğim, bir daha belki hiç göremeyeceğim kuzenim ve eniştemi görmemi neden bana çok görüyorsunuz? -Mestan'a dönerek- Beni akrabalarımla buluştur. Sen çocuklarını al istedikleri yerlere götür, gezdir. Bunlar için müzeler, örenler akrabalarından daha önemli.

Mestan:

-Hele bir durun! Hepsini hallederiz. Her birimiz biraz özveride bulunmamız gerekiyor. Hanna biz seninle dünkü ısmarladığımız giysileri alır derneğe döneriz. Çocuklar siz gezi planınızı uygulayın. Eğer akrabalarına bu gün ulaşabilirsek onlarla görüşürüz. Ulaşamazsak saat öğleden sonra üç gibi fuarda belirleyeceğimiz bir yerde buluşur hep birlikte orayı gezeriz. Her yerde, her saat hep birlikte olmak zorunda değiliz.

Bu programa göre başladılar. Saat on üçte Kosovalılar Derneği'ne gelen Hanna ile Mestan dernek lokalinde oturan birkaç kişi ile karşılaştılar. Onlar kendi aralarında Türkçe Arnavutça karışımı bir dille konuşuyorlardı. Hanna Arnavutça onlara kuzenini ve eniştesini sordu. İçlerinden biri yönetim kurulunda görevliymiş. Saatine baktı:

-Saat on yedide toplantımız var, ikisi de gelir. Kuzeniniz daha erken gelebilir ama isterseniz telefonla da ulaşabiliriz, dedi.

Mestan:

-Hanna biz gidelim, daha zaman var. Çocuklarla buluşalım. Onlarla bugünkü gezi programımızı gerçekleştirelim. Saat en geç 18.00'de burada oluruz.

Lokaldekilerin sormalarına karşın hiçbir ipucu vermeden oradan ayrıldılar. Çocukları ile buluştular. Onlara olanları anlattılar. Lokale geri döneceklerini söylediler. Suzan:

-Ben yoruldum. Ben de sizinle gelmek istiyorum, dedi.

Yıllardır birbirini görmeyen Hanna ile kuzeni ve eniştesi birbirlerine kavuştular, sarıldılar, öpüştüler. Bu seremoniye Mestan'ı da kattılar. Hanna'nın mutluluğuna diyecek yoktu. Akrabalarına kavuşmuş, doyasıya ana dilini konuşabileceği bir yığın Kosovalı Arnavut'la buluşmuştu. Onları izleyen Suzan:

-Ah bu yaşlılar! Birbirlerine ne denli de bağlılar. Sanki hemşeri, uzaktan akraba değiller de öz kardeş gibi birbirlerine sarıldılar. Gözlerinden ne de güzel sevinç gözyaşları döktüler. Gerçek dostluk bu olsa gerek, diye mırıldandı.

Rasim'in öngörüsü doğru çıktı. Enişte ve kuzen:

-Sizi hayatta bırakmayız. Artık bizim konuğumuzsunuz. Bu akşamdan tezi yok bize gideceğiz.

Suzan:

-Teyze biz çok kalabalığız. Daha iki kardeşim var. Size yük olmayalım. İzmir'de geçireceğimiz fazla zamanımız da yok. Gezip görmek istediğimiz yerler var. Bizi tutsak etmeyin!

Enişte:

-Elimizden kurtulmak öyle kolay değil. Kardeşlerin neredeler? Onları da alıp bir yerde oturalım. Hep birlikte konuşur neler yapabileceğimizi kararlaştırırız. Bakarsın hepimize uygun olan orta yolu buluruz.

Akşam hep bir araya geldiler. Eve gitmek yerine fuarda bir lokantaya oturdular. Burası İzmir'in en ünlü balık lokantalarından biriydi. Lokanta sahibi de Kosova'dan yıllar önce gelerek İzmir'e yerleşenlerdendi. Hanna'nın kuzenini ve eniştesini iyi tanıdığı ve kendilerinin de Bosna-Hersek'ten gelen konuklar olduğunu öğrenince çok iyi ağırladı.

Orada hem yemek yediler, hem İzmir'de geçirilecek son dört günün planını yeniden düzenlediler. Enişte onlara yeni bir gezi planı sundu. Yakından tanıdığı bir tur düzenleyicisi vardı. Onun yardımı ile kısa zamanda daha fazla yer görebilecek, kalan zamanda da birlikte olacaklardı. Bu turlara katılmak için eniştenin zamanı yoktu ama hiç olmazsa bazılarına kuzen katılabilecekti. Bu güzel buluşmanın hatırına Mestan:

-İsterseniz dönüşü bir gün daha erteleyebiliriz, dedi.

Böylece yeni plan ve programla hem akrabalara, hem geziye zaman ayırabileceklerdi.

Planlanan geziler tur otobüsleri ile yapıldığından Mestan, araba kullanmadı. O da artık daha fazla yorulmuyordu. Gezilerin bazılarına Hanna'nın yeğeni de katıldı. O, bu yerleri daha önce birkaç kez gördüğü için anlatılanları dinlemekten çok fotoğraf çekiyordu. Mestan'ın görevi daha çok çeviri yapmaktı.

Suzan bu gezilerde sanki özel bir görev üstlenmiş gibi notlar tutuyor, gittikleri her yerde çok sayıda kartpostal ve hediyelik eşyalar alıyordu.

Akşam eve döndüklerinde hepsi yorgun düşüyordu. Buna karşın bir gün sonrasının gezisine hiç biri karşı gelmiyor, sabah erkenden kalkıyor, doğru dürüst kahvaltı yapmadan yola koyuluyorlardı. Peşpeşe üç gün katıldıkları turla görmek istedikleri yerleri gezip gördüler. Belki de Bosna-Hersek'ten yola çıkalı ilk kez hiçbiri bu gezilere karşı gelmediler.

Hanna'nın eniştesi, İzmir'in en ünlü kuruyemiş dükkânlarından birinin işletmecisi ve sahibiydi. Oldukça geniş bir çevresi vardı. Böylesine geniş bir sosyal çevresinin olmasında onun sivil toplum örgütlerinde görev üstlenmesinin de rolü vardı. Birden fazla dernekte yönetim görevi üstlenmişti. Kendi işi yanında bu etkinliklere de katılması onda zaman sıkıntısı yaratıyordu. Neyse ki hanımı, özellikle iş yerinde ona yardım ediyordu. Gerçi onun da katıldığı sosyal etkinliklerden ötürü başını kaşıyacak zamanı olmuyordu.

Raziye ve Hasan'dan izin alarak son iki günün yatılı bölümünü de Hanna'nın akrabalarında geçirdiler.

Mestan, çocuklarının gezi sırasında gittikleri bazı yerlerden hediyelik eşyalar yanında ilginç buldukları taş ve kaya parçaları hatta bir avuç toprak alıp sakladıklarını gördü. Baştan hiçbir yorum yapmadı. Aklına birden Bosna'dan getirdiği toprakları hemşerilerine hediye etmesine onların itirazı geldi. Arabasında henüz dağıtamadığı Bosna toprağı vardı. Hanna'nın akrabaları Kosovalıydı ama az da olsa Bosna'nın ekmeğini yemiş, suyunu içmişlerdi. Kosova ya da Arnavutluk'tan toprak getirmiş olsalardı onlar için büyük değer ifade ederdi. Gene de Mestan hediyelik topraktan enişteye söz etti. Enişte:

-Elinde ne kadar var? Kosovalı özellikle Bosnalı hemşerilerin Balkan topraklarına özel bir değer veriyorlar. Katıldığım cenaze törenlerinde gömülen hemşerilerimizin mezar toprağında oralardan getirilmiş bir avuç toprağın serpilmesi sanki ayrıcalık oluyor. Sendeki toprakların hepsini bana bırak ben onu değerlendiririm, dedi.

Bu istek üzerine birkaç avucunu kendinde bıraktı, diğerlerinin hepsini verdi.

İzmir'de geçirecekleri son gündü. Çevre gezisi bitmiş, kent içinde görülmeye değer yerleri görmüşlerdi. Günlerden Cumartesi'ydi. Hanna'nın eniştesi ve kuzeni için haftanın en yoğun günüydü. Dükkânda hafta sonu nedeniyle çok müşteri oluyordu. Sosyal etkinliklerin çoğu da Cumartesi günü öğleden sonra ya da akşama denk geliyordu. Dernek toplantısı olmasa bile eş dost bir araya gelerek topluca akşam yemeğinde buluşuyorlardı.

O gün Bosnalı konuklarla Raziye ve Hasan ilgilendiler. Daha doğru söylemek gerekirse bayanlar Raziye, Hanna, Suzan erkeklerden ayrıldılar. Alışverişe gittiler. Erkeklerse kordon boyu ve fuarı gezmeye yeğlediler.

Akşam, önceden kararlaştırıldığı gibi Hanna'nın akrabalarının konuğu olunacaktı. Onlar bir sahil lokantasında yer ayırtmışlardı. Kalabalık denilecek bir grupla yemek yenecekti.

Yemeğe Hanna, Raziye'lerin yanında başka birkaç tanıdık aile de çağrılıydı. Her şey oldukça güzeldi. Müzik, dans, yemekler, servis yemeğe gelmiş diğer müşteriler... Zaman su gibi akıp gidiyordu. Hafta sonu olması nedeniyle orada bulunanların sabahın erken saatine kadar eğlenecekleri belliydi. Hanna'nın keyfine diyecek yoktu. Aldığı alkolün etkisi, konuk olarak el üstünde tutulmanın şımarıklığı ile coştu da coştu. Yerinde duramıyor, Mestan'ı yorduktan sonra Hasan ve eniştesi ile hiç oturmadan dans ediyor, o tipik kahkahası ile tüm dikkatleri üzerine çekiyordu.

Mestan rahatsız olmaya başladı. Onun rahatsızlığının neden yalnız Hanna'nın bu davranışları değil, sabah erken yola çıkacak olmasıydı. Bunu bu durumda Hanna'ya anlatmanın zor olacağını biliyordu. Böyle durumlarda en büyük yardımcısı hep kızı Suzan ile küçük oğlu Rüstem olurdu. Hanna'yı çok iyi tanıyan Mestan, kuzenini de çağırarak ona durumu anlattı. Hanna'nın artık kendini denetleyemediği, çevreye rahatsızlık vermeye başladığını, bunun ötesinde kendisinin Pazar günü erken kalkarak uzun bir yolculukta araba kullanmak zorunda olduğunu anlattı. Olası ise önce Hanna'yı sakinleştirmelerini sonra da izin verilirse eve gitmelerinin uygun olacağınız söyledi.

Kuzen, Suzan ve Rüstem bir yolunu bulup Hanna'yı dışarı açık havaya çıkardılar. Onu sigarayla biraz oyaladılar. Anlatabildikleri kadarıyla bir şeyler anlatmaya çalıştılar. O alkol ve coşkunun son sınırında yorgun düşmüştü. Temiz havaya çıkınca ikinci sigarasını bitiremeden uyuklamaya başladı. Koluna girerek arabaya götürdüler. Suzan ile Rüstem arabada kaldılar. Kuzen lokantaya döndü, Mestan'a olanları anlattı. Sonra da masadaki konuklarına döndü, onlar adına izin istedi. Zaman bir hayli ilerlemişti. Mestan ile Rasim de kalktılar.

Arabaya geldiklerinde Hanna derin bir uykudaydı. Onu uyandırmamaya özen gösterdiler. Onları uğurlamak için arabaya kadar gelen dostlarına gösterdikleri konukseverlikten ötürü teşekkür ederek vedalaştılar.

Hanna'yı evin önüne gelince iyice uyandırmadan yatağına götürdüler. Kendileri de zaman kaybetmeden yattılar. Hanna ancak yola çıkacakları saatte uyanabildi. Uzatmalı İzmir gezisi Hanna'nın son akşamki tutumu dışında istediklerinden daha iyi geçti. O da kötü bir kusur sayılmazdı.

Yol boyu Hanna baş ağrılarından yakındı. Dönüşü Çanakkale, Gelibolu, Keşan, Tekirdağ üzerinden yaparak değişik yerler görmek istediler. Günübirlik yolculuk yapacaklarından ve daha önce Çanakkale'ye kadar gelip gezdiklerinden geldikleri yoldan İstanbul'a dönmeyi yeğlediler.

Hanna'nın baş ağrılarını dindirmek ve üstündeki yorgunluğu atmak için yol boyu alkol dışında onun tüm isteklerini yerine getirdiler. Bu yolculuklarının en az iki saat gecikmesine neden oldu. İstanbul'a hava karardıktan sonra girebildiler. Kentin parlayan ışıkları, köprüden geçerken boğazın gece görüntüsü hepsinin hoşuna gitti. Suzan annesini neşelendirmek için:

-Anne, senin olumsuz gibi görünen davranışların bile işe yarıyor. Yol boyu nazını çektiğimiz için geciktik. İyi ki naz etmişsin. İstanbul'un, boğaz kıyılarının, köprünün bu gece güzelliğini bir baştan öte başa göremezdik, dedi.

Mestan:

-Annenizin değerini bilin.

Rasim:

-Annemize söz yok! O, bir tanedir.

Rüstem:

-Baba yağcılara geldik galiba inecek var.

Suzan:

-Baba birilerinin yağı bitmiş galiba. Uygun bir yerde dur da yağdanlığını doldursun. İzmir'de tüm uyarılarıma karşın düzensiz kullandı.

Bu konuşmalar Hanna'yı biraz daha rahatlattı.

* * *

Muharremlerin evine geldiklerinde saat gecenin onu idi. Onlar saat sekizde bekleniyordu. Gecikmeleri merak konusu olduysa da Halide, "Yolculuk bu, beklenmedik durumlarla karşılaşılır" diyordu. Gecikme nedenleri üzerinde fazla durulmadı. Gelenler yorgun, ev sahipleri için Pazartesi iş günü olduğundan yatıldı. İzmir gezisi, oradaki dostlar daha sonra anlatılacaktı.

Her hafta sonu gelin, damat, oğul ve kızlarını konuk eden Halide'ye o hafta sonu Serdar ile gelini gelmişlerdi. Onlar için de Pazartesi iş günü olduğundan konukları daha fazla beklemek söz konusu olamazdı. Kalkıp evlerine giderlerken kapı önünde karşılaştılar.

Hafta arası Halide genellikle evde yalnız olduğundan enikonu kahvaltı yapmazdı. Sabah erkenden kalktı. Pazar akşamından kalan işleri yaptı, etrafı toparladı. Kahvaltı için taze ekmek ve eksikleri aldı. Ondan sonra daha o alışverişteyken Hanna uyandı. O, yol boyu uyumuş, uykusunu almıştı. Evin içinde Halide'yi aradı. Diğerleri kalkmadan, anlaşabildiği kadarıyla Halide'yle dedikodu yapacaktı. Halide'nin dışarı çıktığını anlayınca pencere önüne oturdu, dışarıyı seyretti. Halide onu pencere önünde görünce:

-Günaydın Hanna. Böyle erken kalkacağını bilseydim dışarı çıkmazdım, dedi.

-Günaydın Halide Hanım. Kusura bakacak bir durum yok. Bizimkilerin hepsi yol yorgunu hala derin uykudalar. Beni uyku tutmadı. Kalkıp iki laf edeyim dedim.

Hem konuştular, hem kahvaltı sofrasının eksiklerini tamladılar. Halide saate baktı Hanna'ya:

-Ne zaman kalkarlar artık çayı demlesem mi? diye sordu.

O arada Mestan'ın sesi duyuldu. Hanna:

-Çayı demleyelim. Gün öğlen oluyor. Artık herkes kalksın. Dur ben çocuklara seslenirim.

Kahvaltıdan sonra geziden döndüklerini Tuna'ya bildirdiler. O da çiftliğe haber verdi. İzinlerinin bitmesine az kalmıştı. Bunun birkaç gününü çiftlikte, geri kalanını da İstanbul'u gezerek geçirmek istiyorlardı. Tuna'ya mümkünse Çarşamba akşamı olmazsa Perşembe sabahı çiftliğe gitmek istediklerini bildirdiler. Tuna hafta sonu çiftlikte onlarla birlikte olabilmeleri için Perşembe'nin daha uygun olacağını söyledi.

Bosnalı konukların gezi dönüşünü en sabırsızlıkla bekleyen Türkân'dı. Onun çiftlik buluşmasında soracakları, söyleyecekleri vardı. Bunun için günlerdir hazırlık yapıyordu. Suzan ve Hanna da sabırsızdılar. Suzan, Türkân'a daha rahat konuşabildiği Türkçe'yle gezide gördüklerini ve yaşadıklarını anlatacaktı. Hanna ise gezinin Bursa bölümünün dedikodusunu yapacaktı. Gerçi Hanna İstanbul'da Halide'ye ve gelen komşularına epeyce anlatıp rahatlamıştı. Ama şöyle daha çok insanın bulunduğu bir yerde anlatmak daha çok hoşuna gidiyordu.

Çiftlikte hazırlıklar başladı. İstanbul'dan alınacakları Cevriye ile Türkân aldılar. Tuna onları çiftliğe götürdü. Türkân Çarşamba gününden çiftliğe gitti. Annesi ve Kıymet Teyzesine yardım etme yanında kendi hazırlığını da yaptı.

Çiftliğe Cumartesi akşamı verilecek toplu yemeğin konuklarının çoğu aynı zamanda Tuna'nın market müşterileriydi. Onlara ve diğerlerine haber verme görevini Tuna ile Hacer üstlenmişlerdi. Zaten Hersek ve Hersekli Aileleri yeteri kadar kalabalıktılar. Bunlara Bosnalılar ve diğerleri de katılınca yemekli toplantının boyutlarını aştı. Sanki yemekli bir düğün toplantısı gibi oldu. Bir orkestra eksikti. Çiftlik evinin bahçesi bu tür kalabalıkların rahat edebilecekleri kadar büyüklükte ve uygundu.

Yemeklerin hazırlanması masaların düzenlenmesinde hanımların yanında erkekler de grev üstlendiler. El birliği ile her şey belirlenen zamanda eksiksiz hazırlandı. Özellikle gençler dikkat çekmek için ne denli takıp takıştırsa da, Esin Öğretmen, Meryem, Türkân, hatta kızı Suzan'dan sonra ancak dördüncü geliyordu. Hanna, başka türlü ilgi merkezi olmak istiyordu. Kocası ve çocuklarının tüm uyarılarına karşın bildiği Türkçesine daha çok Arnavutça sözcükler katarak ve el kol işaretleri ile anlatmaya çalışıyordu. O güne kadar Balıkesir, İzmir, İstanbul hatta çiftlikte defalarca anlatmasına karşın bu toplantıda da Bursa'da yaşadıklarını anlatacak. Bu Mestan ve çocukları için kabak tadı vermeye başlamıştı. Buna karşın Hanna hiç bıkmamış, her anlatışta daha bir heyecanlanıyor, daha bir coşuyordu.

Suzan anlatacaklarını Türkân, Meryem, Esin Öğretmen ve Hacer bir arada olduklarında onlara anlatmıştı. Onunkisi daha çok İzmir'de yaptıkları alışveriş ile gezip gördükleriydi. Bir de o Türkçeyi ne kadar ilerlettiğini göstermek istiyordu. Onun erkekler topluluğuna anlatacağı kayda değer bir şey yoktu. Suzan'ın anlattıkları ilgiyle dinlendi. Suzan hanımlara:

-Annem yine coşacak umarım çok ileri giderek bizi rezil etmez, dedi.

-Hiç merak etme Suzan kızım ben onunla konuştum. Anlatacakların burada yaşayan bizler için görülmemiş bir olay değil. Fazla ilgi görmez dedim. Zaten sofra düzeninde öyle ayarladık ki, ben onunla yan yana oturacağım. Ben onu frenlerim, dedi.

Suzan rahatladı. Kendi rahatlamakla kalmadı. Kıymet teyzesinden duyduklarını babası ve kardeşlerine söyleyerek onları da rahatlatmak istedi.

Konuklar çiftliğe öğleden sonra gelmeye başladılar. Hemen hemen hepsi daha önce çiftliğe gelmişlerdi. İstanbul'un sıkıcı kalabalığından kaçmak için yakalanmış bir fırsatı değerlendirmek istiyorlardı.

Hacer ve Kıymet Hanım'ın yaptığı yemeklerin eksiklerini Halide, gelinler, kızlar ve Meryem tamamladılar. Tuna, çağrılıların ve gelenlerin listesine baktı. Daha önce gelemeyeceklerini bildirenlerin dışında herkes oradaydı. Konukları yemeğe çağırma, onlara hoş geldiniz selamını verme görevi evin büyük kızı Fidan'a yüklenmişti. Konuklarını yemeğe davet etti. Aile adına onları selamladı. Böyle bir toplantının yapılmasında birinci derecede rolü olan Bosnalı konuklarına ayrıca teşekkür etti.

Her sofraya oturmadan aperatif bir şeyler atıştırdığından yemekte acele etmiyorlardı. Masada oturma düzeni öyle güzel ayarlanmıştı ki herkes birbiri ile konuşurken diğerlerini rahatsız etmiyordu. Yemeği biten yavaşça yerinden kalkıyor yan masada duran yemek tencerelerinden alıyordu. Yemekte hemen sarhoş edecek ağır içkiler yoktu. Açık havada olduğundan içilen sigaralar bir diğerini rahatsız etmiyordu.

Konuşmalara sıra gelince ilk söz Mestan'a verildi. Mestan, söz başlamadan Hanna yarı Türkçe yarı Arnavutça:

-Mestan, yaptığımız gezinin Bursa bölümünü ben, Balıkesir'i Rüstem, İzmir bölümünü ise Suzan anlatacak. Sen sadece Bosna-Hersek'ten söz edeceksin tamam mı? dedi.

Mestan:

-Baş üstüne Hanna Hanım tamam. Türkiye'de biraz daha kalırsak zaten hep sen konuşursun.

Mestan, daha önceki hemşeri buluşmalarında anlattıklarından farklı bir şey söylemedi. Konuşmasını oldukça kısa tuttu. Söz sırası Hanna'daydı. Daha konuşmaya başlamadan coşkulu bir kahkaha attı. Herkes yönünü ona çevirdi.

-Bursa'da Mestan'ın hemşerisi, bizi bir yemeğe davet etti. Ben böyle bir daveti hiç görmedim. Bundan sonra göreceğimi de sanmıyorum. Suzan ile beni daha dış kapıda haremliğe yönlendirdiler. Sandım ki orada uslu uslu oturacağız. Masada kuş sütü eksikti. Dışardan gelirken saçının telini göstermeyen, uzun giysili, eldivenli, siyah gözlüklü hanımlar öyle bir açıldılar, saçıldılar ki Suzan'la biz şaşırdık kaldık. Mini etekliler askılı, dekolte giysili hanım hanımcıklar. Her biri takıştırdıkları mücevherleri ile sanki birbirlerine nispet yapıyorlardı - Kıymet bir uyarı çimdiği attı- Tamam bitiriyorum, dedi.

-Eh buraya kadar bunlar gayet normal diyebilirsiniz. Biz de öyle düşündük. Ya ondan sonrası? Alkolün her türlüsü ve içicisi vardı. Pencere ve perdeleri sıkı sıkı kapadılar. Müziği sonuna kadar açtılar. Bundan sonrası vur patlasın çal oynasın. Bir oyun bir oyun ki! Arada konuşmalarını yaptığı taklitler ve kahkahalarla süsledi.

Türbanlı eşi ile gelen konuklardan biri:

-Biraz abartmıyor musunuz Hanna? Dedi.

Hanna:

-Yok, vallahi abartmıyorum. Aksine sansürledim.

Kıymet:

-Tamam Hanna. Bundan sonrasını ve daha fazlasını Saraybosna'ya gidince oradaki dostlarına anlatırsın.

Rüstem, Balıkesir'de geçirdikleri günlerin özetini bir çırpıda yapıverdi:

-İlginç bir sünnet düğününe katıldık. Öğleden sonra haremlik selamlık oturduk. Mevlit ve dua dinledik. Gül suyu eşliğinde gül kokulu lokumlar yedik. Akşam neredeyse sazlı sözlü, kadın erkek karışık içkili danslı eğlenceye katıldık.

Sıra Suzan'daydı. Türkçe konuşma zorluğu olmasa çok şey anlatacaktı. Önce yaptıkları kent içi gezileri ve alışverişten söz etti. Sonra:

-Annemin kuzeni ve eniştesini bulduk. Onların yardımı ve yönlendirmeleri ile İzmir çevresinde çok güzel yerler gezdik. Özet olarak İzmir çok hoşumuza gitti.

Bundan sonra yan yana oturanların konuşmaları alanını genişletti. Herkes karnını doyurdu. Ağızlar yeme yerine konuşmaya yöneldi. Bir ara bir sessizlik oldu. Bu tür toplantıların en deneyimlisi Esin Öğretmen

Türkân'ın bir konuşma hazırladığını biliyordu. İşte burada:

-Türkân'ın, öncelikle Mestan beye, sonra hepinize soruları ve söyleyecekleri var. İzin verir misiniz? Diye Türkân adına söz istedi.

Nasıl olduysa hep birden alkışla "Olur!" dediler. Söz sırası Türkân'daydı. Önceden hazırladığı yazılı notlarını cebinden çıkardı. Kağıtlara bakmadan konukları selamlayarak söze başladı:

-Soracağım sorular, anlatacaklarımın bazılarının sizleri rahatsız edeceğini şimdiden kestirebiliyorum. Buna karşın soracağım ve anlatacağım. Lütfen soracağım soruları doğru yanıtlayın. Sorduklarımın bazılarının yanıtını bildiğimi de unutmayın. İlk sorularım Mestan Amcaya. Bosna-Hersek'ten en son siz geldiniz:

* Sırp kuşatmasının son durumu nedir?

* Saraybosna ve diğer kentlerde kasaba ve köylerde halkın durumu nasıl? Beslenmek için gıda ve su bulabiliyorlar mı? Sağlık sorunları çözülebildi mi? Öğrenciler okula gidebiliyorlar mı?

* Üretim ne durumda; fabrikalar, iş yerleri açık mı? İnsanlar bağda, bahçede, tarlalarda çalışabiliyorlar mı?

* Görünürde bir barış umudu var mı? Varsa nasıl bir barış ön görülüyor?

*Bosna ordusunun ve halkın direnme gücü nasıl?

Bu ve benzeri soruları sıraladıkça tüm gözler bir Türkân'a bir Mestan'a çevriliyordu. Özellikle de Mestan'a. Mestan soruların bazılarını yanıtladı, bazılarını ise bilemediğini söyledi. Sıra Türkân'ın anlatacaklarına geldi. Önce Mestan'a sorularına verdiği yanıtlar için teşekkür etti. Sonra konuşmasını sürdürdü.

-Bu akşam burada bulunan bizlerin bir kaçımız dışında Balkan kökenliyiz. Biz gençler burada doğmuş olsak da oraların öykülerini dinleyerek büyüdük. Genlerimizde hâlâ oraların özelliğini taşıyoruz. Her biriniz oralardan ayrılalı yıllar oluyor. Gönlünüzde hâlâ oraları yaşatıyorsunuz. Bundan kurtulmanızın kolay olmadığını biliyorum. Kökleriniz, çocukluk, gençlik anılarınız orada. Orada aşık oldunuz, orada sevdiniz, oralarda evlendiniz. Ananızı, babanızı, akrabalarınızı, hatta çocuklarınızı oralarda bıraktınız. Dostlarınızı, düşmanlarınızı, sevdikleriniz, sevmedikleriniz, borçlularınız, alacaklılarınız oralarda kaldılar. Bosna-Hersek'ten Yugoslavya'nın başka yerlerine, başka ülkelere göç edenlerin yanında en fazlanız Türkiye'ye geldiniz. Burada değişik kentlere yerleştiniz. Buna biraz da darmadağın oldunuz denebilir. Peki neden? Bunu hiç düşündünüz mü? Gördüğüm, bildiğim kadarıyla oraların özlemi ile kıvranıyorsunuz. Altın değerinde kutsal topraklarınız için ne yaptınız? O toprakların değerli olması için önce alın teri, gerektiğinde savunma direnci ile kan dökmek gerekir. Ya sizler ve sizin gibi daha bir çokları oraları terk ettiniz. Vatan toprakları yerinde savunulur, sınırları beklenir. İşgale uğramışsa işgalcilerle yerinde savaşılır. Sizlerden duyduğum kadarı ile hepiniz acı çekiyorsunuz. Hiç birinizin çektiği acı, o topraklarda yaşayanlarınki kadar olamaz.

Türkân'ı dinlerken önce birbirlerine baktılar. Bu bakışmaları ile "Bunlar bana değil, sana söyleniyor" der gibiydiler. Söylenenlerde hepsine pay düştüğünün ayırtına varınca gözler Türkân'a çevrildi. Türkân'ın daha söyleyeceği çok söz vardı. Esin Öğretmen'in bir işareti ile konuşmasını kesme gereği duydu. Gene de Mestan'a gezileri ile ilgili birkaç soru sormaktan kendini alamadı.

-Bursa'da olanları Hanna Teyzeden dinledik. Ne diyeyim demek bazıları kimlik değiştiriyorlar. Bu onların seçimi... Anlatılanlara göre bu bir kimlik değişiminden öte iki yüzlülük. Buna insanların özel yaşamı deyip geçemezsiniz. Balıkesir ve İzmir gezilerini de dinledik. Mestan amcaya gene soruyorum: Balıkesir'de İnönü Savaşları'nın yapıldığı yerleri Afyon'da Kurtuluş Savaşı alanını, Ankara'ya giderek başkentimizi, Anıtkabir'i gezip göremez miydiniz? İzmir'e giderken Bursa, Balıkesir yolunu yeğlediniz. Oradaki dostlarınızı gördünüz ki bu çok güzel bir düşünce. Dönüşü Çanakkale üzerinden yaparak Çanakkale'nin ve çevresinin güzelliklerini, özelliklerinden yaparak Çanakkale'nin ve çevresinin güzelliklerini, özellikle Gelibolu Yarımadası'na bir gün ayırarak ülkemizin yazgısını değiştiren, ulusal bağımsızlığımızın ön sözü olarak kabul edilen Çanakkale Savaşları'nın yapıldığı yerleri, şehitliklerimizi gezemez miydiniz? Bunları neden yapmadınız? Siz bilemiyor ya da düşünemiyor olabilirsiniz. Buradaki akraba ve dostlarınızdan önerenler olmadı mı? Bir de unutmadan, şu toprak getirip dağıtmanıza değinmek istiyorum. O konuda bir gazete haberi okumuştum. Bosna-Hersek, Arnavutluk, Kosova'dan dışarı gezmeye gidenler torba torba vatan toprağı taşıyorlarmış. Bunun ne anlama geldiğini bir türlü anlayamadım. Hakkı ile savunamadığınız toprakları torbalarla dışarı taşımakla neyi amaçlıyorsunuz?

Soracaklarım ve söyleyeceklerim bunlardı. Hepinize teşekkür ederim.

Türkân konuşmasını bitirince hemen yerine oturmadı, gelecek soruları, verilecek tepkileri bekledi. Konukların konuşması boyunca gösterdikleri jest ve mimikleri gözlemeyi sürdürdü.

Herkes, "Söylediklerinde haklısın" der gibi suskundular. Hanna ayağa kalktı. Onun konuşacağını ya da soru soracağını beklediler. O sessizce yürüdü, tabağına biraz yemek aldı, yerine oturdu. Hanımı türbanlı olan konuk, soruların ve konuşulanların içeriğine bakmadan ancak yanındakilerin duyabilecekleri bir ses tonu ile:

-Bu gençler de çok şımardılar. Anası, babası, abisi, ablası, bu kadar büyüğün yanında sanki ona söz düşermiş gibi kalktı konuştu. İnsanda biraz saygı olur. Konuşmasında saygıyı bırakın sanki hepimizi küçümsedi. Onun da ötesinde inceden inceye suçladı.

Hanımı:

-Kocam doğru söylüyor. İnsan misafirlerine saygı duyar. Büyükleri böyle bir şımarıklığa nasıl izin verdiler anlayamıyorum.

Bu konuşmaları tam karşılarında oturan Zafer ve Esin Öğretmen duydular. Zafer, Esin Öğretmen'e:

-Söylediklerini duydun. Şunlara bir şeyler söyler misin? Yoksa...

Esin Öğretmen:

-Bırak şimdi. Dilleri çözülüyor. Yavaş yavaş diğerleri de önce kendi aralarında, sonra daha sesli konuşmaya başlarlar, karşılık vermeyi gerektiren bir konu olursa Türkân gerekli karşılığı verir. Bizim araya girmemiz uygun olmaz, dedi.

Esin Öğretmen'in öngörüsü doğru çıktı. Gecenin ilerleyen saatlerinde Hanna'dan sonra birkaç kişi daha yemek tabaklarına yemek, bardaklarına içecek doldurdular. Aile bireyleri suskundu. Diğerlerinden eleştiriler gelmeye başladı. Türkân'ın konuşmasını olumlu ve olumsuz bulanlar kendi aralarında konuşmaya başladılar. Onlar kendi aralarında bu değerlendirmeleri yaparlarken gençler de Türkân'ın yanına gelerek onu kutluyorlardı. Hanna sabırsızdı. Eğer biri Türkân'a olumsuz söz söyleyecek olursa karşılığını verecekti. Gözü ve kulağı özellikle kocası Mestan ile türbanlı hanım ve onun kocasındaydı. Onların biraz önce konuşmalarına dikkat etmiş ama tek sözcük de olsa anlamamıştı.

Arnavut kökenli bir Bosnalı söz aldı. Yıllardır İstanbul'da oturmasına karşın dili pek değişmemiş, kullandığı sözcüklerden Arnavut olduğunu herkes anlayabilirdi. Arnavut şivesi, İstanbul kibarlığı ile:

-Türkân Hanım güzel konuştunuz, tebrik ederim. Ben Enver Hoca rejimini de daha sonrasını da gördüm. Enver Hoca'nın baskıcı düzeninden kurtulduk derken gelenlerin yönetimi daha kötü oldu. Ekmeğimiz aşımız vardı. İyi kötü karnımızı doyuruyorduk. Sonrakilerin yönetiminde savaşlar işgaller bahane edildi. Birçok Arnavut'u genç yaşlı demeden silâhaltına aldılar. Kosova'ya ve başka cephelere gönderdiler. Buralara gelmesek de oralarda ölsek miydi? Dedi.

Türkân:

-Neden hemen ölmeyi düşünüyorsunuz anlayamıyorum. Ölmeden bilinçli bir savaşımla ülkenizi savunmak varken sizler oraları terk etmeyi yeğlediniz. Evet, gerekirse insan vatanı için ölmeyi de göze alır. Şimdi soruyorum; Bölünen Yugoslavya'da vatanında kalıp canı pahasına topraklarını savunanlar mı, yoksa savaştan kaçmak için vatanını terk edenler mi daha onurlu insanlar?

Belli ki başkaları da Türkân'a sorular soracaklardı. İlk sorulana Türkân'ın verdiği yanıtı duyunca vazgeçtiler. Türkân'ın bu konuda çok hazırlıklı geldiğinin, sorulacak ve söyleneceklerin kendilerine geri döneceğinin ayırtına vardılar. Söz bağlama görevi gecenin onur konuğu Mestan'a düşüyordu. Artık sabaha yaklaşıldı. İstanbul'a dönecekler vardı.

-Sayın ev sahipleri, değerli hemşerilerim! Bize unutulmayacak güzellikte bir gece yaşattınız. Sayın ev sahibesi ve sahibi kendinizi çok yormuşsunuz. Değerli konuklar, dostlarım ve hemşerilerim; sizler İstanbul'dan gelerek bizleri onurlandırdınız. Her şey çok mükemmeldi. Her şey çiftliğin bu güzel havasına uygundu. Türkân kızımızın bizleri eleştiren konuşması baştan bir burukluk yarattı. Tek tek ve paylaşarak düşündüğümüzde ne denli doğru olduğunu hepimiz kabul ettik. Evet, vatanımızın bu duruma düşmesinde hepimizin sorumluluk payı var. Türkân kızımız bizleri incitmemek için oldukça ölçülü konuştu. Onun konuşmasını dinlerken düşündüm de şu anda Bosna-Hersek genelinde, Saraybosna özelinde düşündüğünüz zaman yurt dışında yaşamayı tercih ederek Bosna'yı terk edenlerin sayısı, Bosna'da yaşayanlardan daha fazla gibime geliyor. Şu İstanbul'da yaşayanlar Bosna-Hersek'e dönseler koca bir kent oluştururlar. Benim yaptığım gibi onların her birine bir torba Bosna toprağı getirsek bir kasabayı besleyecek toprağı buraya taşımış oluruz. Türkân kızımız bizi açık yüreklilikle uyardığı için kendine teşekkür ediyorum.

Gecenin yorgunluğu mu, uykusuzluğu mu yoksa söyleyecekleri olmadığından mı Türkân'a daha fazla eleştiri getirilmedi. İstanbul'a dönecek olanlar döndüler. Kalanlar, gidecek konukları uğurladıktan sonra elbirliği ile masaların üstündekileri topladılar. Zaman kaybetmeden hemen yattılar. Ev sahiplerini birazdan yapılması gereken çiftlik işleri bekliyordu.

Hüsmen ile Şevki hiç uyumadılar. Daha gün doğmadan hayvanların yemini suyunu verdiler. Arkadan Hacer ile Kıymet kalktılar. Ne denli sessiz olmaya çalışsalar da uykusu çok hafif olan Halide uyandı. O da süt sağmaya giden ev sahibelerine eşlik etti. Sabahları erken kalkmaya alışık olan Esin Öğretmen, Meryem ve Türkân hafta sonu olması ve daha yeni yatmış olmalarına karşın uyandılar, bahçeye çıktılar. Meryem:

-Hanımlar ve beyler, kalkmadan şu dağınıklığı toparlayalım. Kahvaltı için etrafa bir düzen verelim, dedi.

Türkân:

-Bırak şimdi gürültü etmeyelim. Yaşlı hanımlar ve beyler galiba hiç uyumadılar. Biraz önce sessizce kalktılar, işe koyuldular. Gelin biz de bahçeye gidelim. Dalından sebze ve meyve toplayalım.

Meryem:

-Siz gidin İlker uyanabilir. Ben onu bekleyeyim. Hem siz gelinceye değin şuraya çeki düzen vereyim.

Türkân:

-Bu temiz havada sabahın bu saatinde İlker uyanmaz. Haydi gel! Dediyse de Meryem'i götüremedi. O güvercin sessizliği ile kahvaltı için ön hazırlıklara başladı. Suzan uyandı. Meryem'in yanına geldi, ona yardım etti.

Türkân ile Esin Öğretmen birer sepet ve bıçak alarak bahçeye giderken gecenin değerlendirmesini yaptılar. Esin Öğretmen eski öğrencisine:

-Konuşman biraz sert ve kırıcı olmadı mı? diye sordu.

Türkân:

-Bize nerede ve hangi koşulda olursa olsun gerçekleri söylemekten çekinmeyin diyen siz değil miydiniz? Şimdi neden eleştiriyorsunuz. Ben böyle konuşmakla sizin emeğinize saygı gösteriyorum. Ben Atatürk'ün genciyim. Bakın lisenin son sınıfına geçtim. Yabancı dille eğitim yapan bir okuldayım. Öğretmenlerimizin yarısı yabancı. Türk olanlar ve öğrenciler bu okula seçilerek alınmışlar. Elbet hepsi aynı değiller. Yabancı dil öğretmenimiz Türkçeyi de çok iyi konuşan bir Alman. Tarih öğretmenimiz Avusturyalı. Özellikle bunların en büyük çabaları kendi dersleri yanında demokrasi, insan hakları, özgür düşünce ve özgür davranışlar konularını bize anlatmak. Okulumuz yasa ve yönetmelikler gereği dışa karşı disiplinin ötesinde baskıcı görünse de içerde genel yapısı ile çok özgür. Yukarda sıraladıklarımı göz önünde tutarsak benden başka türlü bir davranış ve konuşma beklenemezdi.

Onlar böyle konuşmaya dalmış yürürlerken karşılarından ellerinde süt güğümleri ile Halide, Hacer ve Kıymet geliyorlardı. İnekler sağmışlar, güğümlerde ev için gerekli sütü getiriyorlardı. Halide'nin elindeki sepette ise taze yumurtalar vardı. Onları görünce Türkân takılmaktan kendini alamadı:

-Sabahın üç güzeli, bizden habersiz kaçmışsınız. Mumları nerede söndürdünüz? İnsan bize de seslenir. Günaydın, nasılsınız bakalım? Anlaşılan hiç uyumamışsınız.

Kıymet:

-Sen çiftlik yaşamını bilirsin kızım. Sabahın iş kaygısı insanı uyutmaz. Sabah erkenden yapılacak zorunlu işler var. Babanla Şevki amcan bizden de erken kalkıp hayvanların yanına gittiler. Onların sütünü sağmadan yemlerinin, sularının verilmesi gerekiyor. Bak gün kuşluk oldu. İşçiler gelip işe başlayacaklar.

-Tamam, siz gidin. Biz de taze sebze ve meyve toplayarak hemen geliyoruz. Kendi üzerinize düşen günlük işlerinizi yapın biz gelince elbirliği ile kentli hanımlar ve beyler kalkıncaya değin kahvaltı masasını hazırlarız. Meryem ile Suzan işe koyuldular bile. Şimdi Cevriye yengenin de kalkmış olması gerekir.

Esin Öğretmen ile Türkân, sebze ve meyvelerin en iyilerinden sepetleri doldurdular. Onların üzerine rengârenk mis gibi kokan çiçekler koparıp yerleştirdiler. Eve döndüklerinde erkeklerin bazılarının kalktığını İlker'in koşup oynadığını gördüler.

Türkân:

-Günaydın kentli beyler. Umarım rahat uyumuşsunuzdur. Buranın kuşlarına söz dinletmek olanaksız. Öterken çok ses çıkarmayın ağır konuklarımız var. Onlar yeni yattılar, yorgunlar biraz uyusunlar, dedimse de söz dinletemedim. Kusura bakmayın.

Türkân, akşam yarattığı gergin havayı dağıtmak, kahvaltı masasına daha bir neşe ile oturmak istiyordu. Hanna:

-Sana ne oldu Türkân, düşünde iyi şeyler mi gördün de bu denli neşelisin?

-Hele bana sorana bakın! Hep neşeli olmak gerektiğini söyleyen siz değil miydiniz? Ben de bu güzel güne öyle başlayalım istiyorum.

Mutfakta Halide, Hacer ve Kıymet hanımlar bir yandan işlerini yapıyor, öte yandan başkalarına şimdilik duyurmamaya çalışarak:

-Şu İlker çocuk da amma yalnız... Şimdi şuralar çocuk sesleri ile dolmalı, torunlar koşuşturmalı, istekleri ile bizi bıktırmalıydılar. Şu bizimkiler amma tembel çıktılar.

Bunları söylerken öyle dalmışlardı ki işlerine, mutfağa giren çıkandan haberleri yoktu. Neyse ki yanlarına gelerek konuştuklarını yalnız Türkân duydu. O da annelerin, hatta babaların yıllardır bu istek ve özlemlerini bildiği için duymazlıktan geldi. Onları uyarmak için de:

-Ablam, yengem, abim ve enişteler kalktılar. Biraz daha acele olun! Dedi.

Anne ve babaların gündeminde yıllardır torun sahibi olmak vardı. Bunu kendi aralarında sık sık konuşuyor, çocuklarına da söylüyorlardı. Çocukları ise "Zamanı gelince olur" diyorlardı da o zaman bir türlü gelmiyordu. Hacer ile Kıymet Halide'ye göre biraz daha rahat idiler, onların İlker torunları vardı.

Saat on olmuş, hala yatanlar vardı. Hüsmen Ağa Hacer'e:

-Bizim karnımız acıktı. Bir bardak sütle birer dilim ekmek verir misin gün öğlen oldu, dedi.

Hacer duymazlıktan geldiyse de Kıymet bu isteği yerine getirdi. Ancak saat on bir buçukta herkes kalkıp kahvaltı masasında toplanabildiler. O saate kadar Pazar günü çalışacak işçiler işe başlamış, çiftlik evinin birçok işi bitirilmişti. Pazartesi için meyveler toplanmış sandıklanmıştı.

İlker kalkmış banyosu yaptırılmış, karnı doyurulmuş, çiftliğe uygun ama oldukça şık giysileri giydirilmişti. Keyfi oldukça yerindeydi. Kahvaltıya oturulduğunda masanın çevresinde rahatça dolaşarak her türlü şımarıklığı göstermeyi hak etmişti. Cevriye Meryem'e:

-İstersen İlker'i al bahçeye, kümesin yanına götür! İlker oralarda biraz oyalan, oynayın, dedi.

Çok az konuşan Hüsmen:

-Olur mu öyle şey? Meryem kızım sen otur hep birlikte kahvaltı yapalım. İlker de yanımızda olsun, dedi.

İlker, masanın çevresinde oynarken her türlü muzipliği yapıyor, şımardıkça şımarıyordu. Bunların hiçbiri kimseyi rahatsız etmiyordu. Tam tersine onun daha fazla şımarması için zemin hazırlanıyordu. O böyle davrandıkça açıktan olmasa da iç geçirenler vardı. Hiçbiri diğerine açıktan, "Bu çocuk yalnız kaldı. Kendine kuzenler ve kardeş istiyor" diyemiyordu.

Hanna Mestan'ın kulağına eğildi "Diğerlerinin neden çocukları yok?" diye sordu. Mestan:

-Hanna ne olursun sus! O bizi hiç ilgilendirmez. Sakın böyle bir soruyu diğerlerine sorma! İnsanlar üzülebilirler.

Uzaktan gelen inek böğürtüleri, tavuk ve horoz sesleri, kuş cıvıltıları eşliğinde uzun zamandır bir araya gelemedikleri kahvaltılarını neşe içinde yaptılar. Kahvaltının uygun yerinde Türkân:

-Yakında İlker'in yaş günü var. Onun bu yaş gününü planlama görevini Meryem'le biz üstleniyoruz. Onu burada kutlayacağız. Şimdiden ön bilgi veriyorum. Kutlama yine böyle bir hafta sonu yapılacak. Herkes işini ona göre ayarlasın. O gün geldiğinde mazeret kabul edilmez. İlker'i kucağına alarak, öyle değil mi İlkerciğim? Haydi, sen de söyle bakalım da duysunlar.

İlker:

-Evet, hepinizi bekliyorum, dedi.

Hep bir ağızdan:

-Söz İlker, hepimiz geleceğiz, dediler.

Kahvaltı bitiminde her zaman yaptıkları gibi elbirliğiyle masayı topladılar. Yeni bir oturma düzeni verdiler.

Hacer "Öğlen yemeğinde ne istersiniz? Hazırlık yapalım" dediyse de Mestan ve ailesi dışındakiler İstanbul'a döneceklerinden "Yemeğe gerek yok" dendi.

İsteyenler kalkıp çiftliği gezdiler. Dalından meyve kopardılar. Sebze topladılar. İlker, Zafer ile Serdar'ın ellerinden tutmuş, onlara sürekli soru soruyordu. Serdar sorular karşısında bunaldı. Esin Öğretmen'e seslendi:

-Lütfen buraya gelir misin? İlker'in sorularını yanıtlamakta zorlanıyoruz. Bu soruları olsa olsa sen yanıtlayabilirsin.

Esin Öğretmen geldi. İlker'i kucaklayarak:

-Sor bakalım! dedi.

İlker onun saçlarını ve yüzünü okşadı. "Onlar bilmiyorlar" diyerek güldü. Esin Öğretmen, mesleğinin sabrı ve sevecenliği ile tüm soruları yanıtlıyordu. Türkân yanlarına geldi, Esin Öğretmen'in kulağına, "Vallahi çok yakışıyor öğretmenim". Uzaktan onları böyle gören Halide ile Hacer de birbirlerine Türkân'ın söylediklerini yinelediler. Esin Öğretmen'in Türkân'a yanıtı:

-Ben öğretmenim, elinden tuttuğum, kucağıma aldığım, birlikte oyun oynadığım her çocuk bana yakışır, dedi.

Türkân'ın demek istediğini Esin Öğretmen elbette anlamıştı.

-Ben bunları biliyorum öğretmenim... Ben..."

-Tamam, anladım Türkân.

Gülüştüler ve konuyu orada kapattılar, kapattılar ama Esin Öğretmen, Meriç ve Fidan'ın anne olmaları konusu iki ailenin de gizli gündemine oturdu.

Mestanlar duruma göre iki üç gün çiftlikte konuk olacaklardı. Diğerleri Pazar günü öğleden sonra İstanbul'a dönmek üzere hazırlığa başladılar. Suzan ve kardeşleri çiftlikte sıkılacaklarını biliyorlardı. Israrla Türkân'ın çiftlikte kalmasını söylediler. Türkân da bunu kabul etti. Zaten Suzan ile konuşacakları vardı.

Türkân'ın çiftlikte kalması Mestan gibi Hanna'nın da zihninde bazı sorular oluşturdu. "Acaba... Yok canım olmaz. Türkân ayrı dünyaların insanı..."

Suzan'ın Türkçesi Türkân'ın soracaklarına yanıt verecek kadar farklılaşmıştı. Türkân'la dertleşmeye çok istekli olduğundan dil konusunda daha bir gayretli oluyordu. Türkân elinde defteri Suzan'a önce Bursa, Balıkesir ve İzmir'de yaşadıklarını yeniden anlattırdı. Arada sorular sordu, notlar aldı.

Bosna-Hersek ve Saraybosna ile ilgili öğrenmek istediklerine gelince, önce Suzan'la birlikte Rasim ve Rüstem'i de çağırdı. Onları dinledi. Anlattıklarının önemli bulduğu bölümlerini kayda geçti.

Benzer ya da farklı bilgileri Mestan'dan edinmek istiyordu. Hatta dil sorunu olmasa Hanna'dan bile... Mestan ile aralarına mesafe ve bir resmiyet girmişti. Bunu çözmek Türkân için zor olmadı. Ona bir gün:

-Mestan Amca, haydi hazırlan da birlikte çiftliği gezelim. Benim çocukken diktiğim meyve ağaçlarını, inşaatında tuğla taşıdığım kümesi ve ahırları göstereyim, dedi.

Mestan, Türkân'dan böyle bir yakınlık beklemiyordu:

-Hemen hazırlanıyorum. Hanna da bizimle gelebilir mi?

-Gelirse çok sevinirim.

Hanna:

-Biraz bekleyin, ben de hazırlanayım!

***

Çiftliği gezerlerken Türkân çocukluk yıllarını, çiftlikte neler yaptığını anlattı. Hanna ve Mestan'ın sorularını yanıtladı. Bir ara Hanna Arnavutça Mestan'a, "Ne duruyorsun haydi söyle!" dedi. O dili anlamayan Türkân:

-Ne oldu Mestan Amca? Hanna Teyze'nin bir sorunu mu var? Diye sordu.

Mestan:

-Hayır canım. Sana teşekkür ediyor. İlerde gelebileceğin bir zamanda seni Saraybosna'ya çağırıyor.

-Saraybosna'ya, Bosna-Hersek'e ilerde bir değil, birçok kez geleceğim ama ondan önce sizinle oralar hakkında biraz konuşmak bilgi edinmek istiyorum

-Ne zaman istersen konuşuruz.

Türkân, her zamanki gibi ön hazırlığını yaptı. İkisi için de uygun olan bir zaman seçtiler. Türkân'ın hazırladığı çay ve yanında atıştıracakları yiyeceklerin var olduğu masaya yalnız ikisi karşılıklı oturdular. Türkân, gazete, radyo, televizyondan edindiği bilgilerin yarım kalanlarını, yanıtlayamadığı bazı soruları soracaktı. Bir de Mestan'ın anlatacaklarını dinleyerek yeni bilgiler edinecek, bunları defterine kaydedecekti. Konuşmayı Türkân başlattı.

-İki gün önceki konuşmamda galiba sınırlarımı aştım. İnanın amacım sizi sorgulayarak üzmek değildi. Hedefimdekiler diğerleriydi. Siz zaten hâlâ Bosna-Hersek'te yaşıyor, oradaki zorluklara aile bireylerinizle birlikte direniyor, savaşım veriyorsunuz. Buradakiler ise hem oradan kaçmış, daha rahat bir yaşam seçmişler, hem de kahramanlık taslıyorlar. Söz yerindeyse timsahın gözyaşlarını döküyorlar. Yeteri denli gözlemlediniz sanırım. Bazılarının bir eli yağda ötekisi balda... Sorsanız oralardan ayrılalı beri bir kez olsun geri dönüp ekmeğini yedikleri toprakları görmemiş, atalarının mezarlarını, geride bıraktıkları akraba, eş dostlarını ziyaret etmemişler ama oradan gelen bir avuç toprağı kutsayarak çeyiz gibi sandıklarında saklıyor, öldüklerinde gömülürken mezar toprağına karıştırılmasını istiyorlar. Böylece kendilerince iç dünyalarında teselli buluyorlar. Benim bunlarla ilgili daha fazla söz etmeme gerek yok. Siz onları İstanbul'da, Bursa'da Balıkesir ve İzmir'de gördünüz. Benden daha fazla ve yakından tanıma fırsatınız oldu.

-Türkân kızım, tüm içtenliğimle söylüyorum ki o konuşmadan ötürü sana ne kızdım ne de kırıldım. Tam tersine hoşlandım. O konuşmanda benim duygularımı dillendirdin. Orada bulunanlar sanki hiç üstlerine alınmadan bana baktılar. Ben yeni geldiğim ve hâlâ Bosna-Hersek'te oturduğum için konu kahramanın ben olduğumu sandılar. Bence bu yanlıştı. Seni destekleyici ve de tamamlayıcı laf etmek istedim de konuk olduğumu düşünerek birilerini kırarım endişesiyle vazgeçtim. Yineliyorum inan bana sana hiç kızmadım, kırılmadım.

-Teşekkür ederim Mestan Amca, beni bu söylediklerinizle rahatlattınız. Onların ana vatanlarını sevmelerinin sözde kaldığını siz de gördünüz. Eğer özde sevselerdi Tuna abim gibi giderlerdi…

Mestan merak edip bir türlü soramadığını sordu:

-Sahi Tuna Abi'ne ne oldu? Kaza mı geçirdi? Yoksa…

-Tuna abim kendi isteği ile Bosna-Hersek'e asker olarak gitti. Ne yazık ki isteklerine ulaşamadan daha ilk günlerde yaralandı. Bacağını keserek onu kurtardılar. Abim de gördüğünüz gibi sakat kaldı. Başta çok üzüldük. Sonra bu onun yapması gereken insanlık göreviydi, yerine getirdi diye düşündük.

Mestan'ın yedikleri ve içtiği çay boğazında düğümlendi, gözlerinden yaşlar döküldü.

-İnan bana çok duygulandım. Biz buraya geleli kaç gün oldu bir kez olsun sen ve ailen bunu övünç olarak duyumsatmadınız. Oturup birebir konuşmasak, konu buraya gelmese yine de anlatmayacaktın değil mi? -Boşalan çay bardağını doldurdu- Biz konumuza dönelim, dedi.

Türkân:

-Mestan Amca siz genel olarak durumu bir anlatın. Sonra birkaç sorum olacak. Anlattıklarınızla sorularım yanıtlanmış olabilir. Bilmediklerimi de sizden öğrenir not ederim. Böylece sizi yormamış olurum.

-Yorulmak ne demek Türkân, seninle saatlerce konuşmaya hazırım. Yeter ki sana yardımcı olabileyim. Sana şunu söyleyebilirim. Buralara geleli bu benim için en nitelikli konuşma oldu. Zaten Saraybosna'da da yıllar var ki kendi çocuklarım da içinde olmak üzere gençlerle bir araya gelerek konuşamıyoruz. İnan bana senden çok şeyler öğrendim.

Türkân soracaklarının sonlarına geldiğinde dakikalardır. Onları gözleyen Hanna sabrının sınırlarını zorluyordu. Eğer kocası Mestan, Türkân'dan başkası ile konuşuyor olsaydı bu denli sabredemezdi. İçinden " Eh Mestan, sonunda Türkân'ı yakaladın, söylemek istediklerimizi söyleyebildin.

Umarım kabul ettirebilmişsindir" diye geçirdi.

Hacer, onların böyle dakikalarca yalnız başlarına konuşmalarına anlam veremedi. Kıymet'e sordu, "Ne olabilir ki?

Kıymet:

-Kızını tanımıyor musun? Ya okulu ile ilgili bir ödev yapıyor ya da Bosna-Hersek'le ilgili bilgi topluyordur.

Konuşmaları bitmek üzereyken yanlarına Suzan geldi.

-Ne o amca yeğen başbaşa vermiş neler konuşuyorsunuz?

Türkân:

-Kıskanma canım gel sen de katıl bize!

Suzan geldi yanlarına oturdu. Türkân'ın elindeki defter ve kalemi, tuttuğu notları görünce:

-Babamın ifadesini mi aldın Türkân? Bir gazeteci gibi bir yığın notlar tutmuşsun.

Mestan:

-Yok be kızım Türkân'la Bosna-Hersek ve Saraybosna üzerine verimli bir söyleşi yaptık. Hepsi o kadar. Hanna da Suzan'ın onların yanına geldiğini görünce cesaretlendi, o da yanlarına geldi. Ayakta Suzan'ın sorusunu ve Mestan'ın yanıtını duydu. Demek aklından geçenleri konuşmamışlardı. Hayal kırıklığı ile Mestan'a:

-Demek hepsi o kadar ha? Dedi.

Suzan:

-Başka ne olacaktı?

Türkân:

-Evet, Hanna Teyze, başka ne olacaktı?

Mestan:

-Hanna seninle sonra konuşuruz. Haydin kızlar tembellik yaptığınız yeter. Hacer ve Kıymet Hanımlara biraz yardım edin!

Hanımının sabırsızlığını biliyordu. Ona:

-Hanna sen de gel şöyle otur, biraz konuşalım.

-Soğuyan çayı ısıttılar. Birer bardak çay doldurdular.

-Hanna aklından geçenleri biliyorum. İyi ki bunu açığa vurmadın. Ben de bazen senin gibi düşündüm. Bizimkisi ham hayalmiş. Türkân'ı hiç tanımamışız. Onun çok değişik ve de büyük planları var. Bosna-Hersek'le ilgili araştırmalar yapıyor. İlerde bunun için oraya gelecek. Konuğumuz olacak. Gel ikimiz de kafamızdaki o düşünceyi silelim.

Hanna Türkân'ın kendilerine geleceğini duyunca düşüncelerinden değil ama onun şimdilik dile getirilmesinden vazgeçti.

Bosnalı konukların çiftlikte geçirecekleri zaman da doldu. Burada geçirdikleri günler beklediklerinden daha iyi geçti. Bunda en büyük pay Türkân'ındı. O konuklarla yakından ilgilendi. Özellikle gençlerin sıkılmamaları için elinden geleni yaptı.

İstanbul'a Hersek ailesinin yanına döndüler. Türkân ile gençler kalan günlerinde İstanbul'u birlikte gezmeye karar verdiler. Onların bu gezilerinin bazılarına Esin Öğretmen ve Meryem de eşlik ettiler. İstanbul'un güzelliği başta Suzan'ı ve kardeşlerini büyüledi. Ana babalarına:

-Biz burada kalıyoruz. Siz de gidin neyiniz varsa satın savın buraya dönün, dedilerse de Hanna:

-Olmaz, bu yaştan sonra biz buralarda yapamayız. Siz çocuklarımın uğruna ne doğduğun toprakları ne de oradaki akrabalarını, komşularımı terk edip gelemem. İsterseniz siz… diyecek oldu.

Mestan:

-Hayır, anca beraber kanca beraber! Biz neredeysek çocuklar da orada olurlar. Ben de anneniz gibi düşünüyorum. Ülkemizin sıkıntılı günleri bitiyor. Eski güzel günlerimize döneceğiz. İsterseniz buralara yine gezmeye geliriz.

Bosnalı konuklar alışverişlerini yaptılar. Son hazırlıklarını bitirdiler. Bir Pazartesi sabahı erkenden yola çıktılar.

Edirne'de bir hemşerilerine söz vermişlerdi. Ona uğrayacaklar eğer izin alabilirlerse o gün yollarına devam edeceklerdi. Edirne'de hemşerilerini buldular. Onu bulmak zor olmadı. O son günlerde yemek yedikleri lokantaya uğruyor Mestan'ı soruyordu. O gün gene gelmiş oturuyordu. Hanna onu görünce Mestan'a:

-Bak çok iyi oldu. Burada oturup konuşalım. Sakın evine gitmeyelim. Yolumuz uzun.

Onu çocuklar da onayladılar.

Mestan:

-Canım birden önyargılı karar vermeyin burası Osmanlıya yüzyıl başkentlik yapmış. Görülecek yerleri vardır. Gelmişken hiç olmazsa bir gün kalır gezeriz. Zaten hemşerimize de söz vermiştik, ayıp olur.

Hemşerileri arabayı görünce yerinden kalktı. Onları karşıladı:

-Nerede kaldınız? Gözüm yollarda beklemekten bir hal oldum. Arabadan hiç inmeyin evde hanım, çocuklar, torunlar sizi merakla bekliyorlar. Hemen eve gidiyoruz, dedi.

Bu tür kalabalık aile ortamından zevk alan Hanna gülümsedi:

-Size yük olmasak, bizim yolumuz uzun.

-O ne demek? Yük olmayı da nereden çıkardınız?

Hep birlikte hemşerilerinin evine gittiler. Orada biraz dinlendiler. Rasim:

Edirne'de nereleri gezip göreceksek zaman kaybetmeden oralara gidelim.

Rasim'in söylediklerine diğerleri de katıldılar. Önce Selimiye ve diğer camileri, sağlık müzesini, Sarayiçi'ni, Karaağaç'ı gezdiler. Edirne'de iki gece kaldıktan sonra Pazarkule sınır kapısından çıkarak ağır ağır, konuşa konuşa devam ettikleri yolculuklarını bir buçuk günde bitirerek evlerine varabildiler.

* * *

Hersek ve Hersekli ailelerinin neredeyse yıllardır gizli gündemlerinde var olan konu yavaş yavaş gün ışığına çıkmaya başladı. Gençler, yaşlılar kendi aralarında ama bir diğerine duyurmadan bebek yapma konusunu konuşuyorlardı. En son Serdar ile Esin Öğretmen evlenmişlerdi. Onun üzerinden bile yıllar geçmişti. Hepsi iş güç sahibi yoğun tempolu bir çalışma içindeydiler. Sorulduğunda aşağı yukarı hep aynı yanıtı veriyorlardı.

"Daha erken, evliliğin tadını çıkaralım. Biraz daha olgunlaşalım. İşlerimizi biraz daha yoluna koyalım" diyorlardı. Galiba söylenen zaman gelmişti ki Hâdi Fidan'a, Meriç Zafer'e, Serdar Esin Öğretmene aşağı yukarı aynı haftalarda "Artık bir karar verelim, bebek yapalım demeye başladılar.

Hani çiftlik evinde Türkân "Yakında İlker'in doğum günü var. Bu yılki doğum gününü hep birlikte burada kutlayacağız. Herkes işini gücünü ona göre ayarlasın. Burada kutlayacağımız doğum günü toplantısında aramızda yabancı kimse olmayacak. Aile arasında yapılan bir kutlama olacak" demişti. Ondan sonra doğrudan olmasa da ablasına, eniştesine, Esin Öğretmene, artık bebek yapma zamanında geciktiklerini söylemişti.

Ciddi konuları gündeme getirip açıklamadan önce hep Esin Öğretmenle konuşan Türkân, bu kez annesi ve Halide teyzesi ile ön görüşme yaptı. Doğum günü yemeğinde bu konunun nasıl konuşulabileceğini birlikte kararlaştırdılar. Zaten herkesin gündeminde aynı konu vardı.

İlker'in yaş gününde aileler dışında bir tek Meryem vardı. O da aileden sayılıyordu. Öyle ki o günün konusunun en önemli elemanlarından biri olacak, adı sık sık geçecek düşüncesi sorulacaktı.

İlker'in doğum günü kutlamasına planlandığı gibi başlandı. Aralarında başkaları olmayacağı için giyimlerinde aşırıya kaçan bir şıklık yoktu. Herkes elinden geldiğince erken gelmişti. En erken gelenler ise Cevriye, Meryem ve Türkân'dı. Onlar İlker için Hacer ve Kıymet hanımların yaptıkları hazırlıklara yardım ettiler. Türkân Cevriye'ye:

-Yenge bu gecenin yıldızı İlker ve sen olacaksınız. Bu geceyi her ne kadar İlker için düzenlemiş olsak da onun bu denli ciddi bir konuyu gündeme getirip konuşacağımızı sen de biliyorsun. O konunun girişini sen yapacaksın. Sezdiğim kadarıyla herkes ondan sonrasını konuşarak düşüncesini söylemeye hazırlar.

İlker'in doğum günü için yapılan program tamamlandı. Yemekler, pastalar yendi. Hediyeler verildi. Cevriye:

-İlker çok yalnız kaldı. Onu bu yalnızlıktan kurtarmak gerekiyor. Hani diyorum ki artık kuzenleri olsa. Yoksa biz bir kardeş düşünmeye başladık.

Cevriye'nin söylediklerine hiç karşı gelen olmadı. Tam tersine herkes birbirine bakarak onu onayladılar. Ailenin en az konuşanı Hüsmen Ağa:

-Cevriye gelin çok doğru söylüyor. Söylediklerine aynen katılıyorum. Ne dersin Hacer? Diyerek hanımından destek bekledi.

Ondan önce Muharrem Usta:

-Doğru söze ne denir Hüsmen Ağa? Diye söze katıldı.

Onların böyle tepki vereceğini hiç kimse beklemiyordu. Demek ki bu konu çok ciddiydi. Eğer en son konuşması gerektiği düşünülenler en önce konuşmuşlarsa konu kahramanlarının söyleyecekleri bir şey kalmamıştı. Eğer onlar değil de örneğin gençlerden biri konuşacak olsaydı gene bin dereden bir su getirmeye çalışırdı. Gençler adına konuşması için herkes Esin Öğretmene baktı. Onun konuşmasını, söylenenlere yanıt vermesini bekliyor gibiydiler.

Esin Öğretmen:

-Belli ki bu akşam İlker'in doğum gününü kutlamaktan çok bu konunun konuşulması planlanmış. Bu planın kimin tarafından hazırlandığını biliyorum. Güzel ve de tam zamanında kurgulanmış bir plan. Büyüklerimiz beklentilerinde ve söylediklerinde yüzde yüz haklılar. Bu güne değin ki epeyce geciktik, bu konuda üzülürüz endişesi ile tek söz etmediler. Bunun için onlara saygı duyuyor teşekkür ediyoruz. Bazılarımız için zamanı gelip geçti bile denebilir. Bu konuda ben kendim ve Serdar adına konuşuyorum sizleri daha fazla bekletmeyeceğiz.

Esin Öğretmenin söylediklerini dinleyenlerin yüzünde gülümsemeler ve ardından alkışlar geldi. Ardından Fidan söz aldı:

-Cevriye İlker'e kardeş getirme konusunda çok iyi düşünüyor. Yalnız galiba biraz geç kaldı. Ondan önce kuzeni gelecek. İki aylık hamileyim. Der demez herkes ayağa kalktı. Hep bir ağızdan:

-Neee? İki aylık hamile misin?

Bir süre öylece hareketsiz kaldılar. Masanın ta öbür ucunda olan Hacer neredeyse masanın üzerinden yürüyerek bir çırpıda yanına geldi onu kucakladı. Yanaklarından öptü. Ellerinden tuttu. Bir adım geri çekildi. Fidan'ı tepeden tırnağa süzdü ve:

-Bu ne güzellik? Bu ne büyük bir sürpriz? Dedi.

Meriç:

-Gene yapacağını yaptın Fidan. Seni ve Hâdi enişteyi kutluyorum. Hep öyle fark atmayı seversiniz. Alacağınız olsun. Eğer ikiz doğurmazsam bana da Meriç demesinler.

Esin Öğretmen:

-Meriç yoksa sen de mi? diye sordu.

-Yok, henüz değil amma…

-Peki, ortada fol yok yumurta yokken ikiz lafı nerden çıktı?

-Hiç canım öylesine söyledim.

Hersekli Ailesi böylece Hersek ailesine fark atmış oluyordu. Sanki bebek yapma konusuna herkes hazırlanmıştı. Serdar, Halide'nin kolundan tuttu. Onun üzgünlüğünün farkındaydı.

-Anne merak etme yakında bizden de beklediğin haberi alırsın, dedi.

Halide:

-Ne oluyorsunuz çocuklar? Biriniz ikiz bebekten, diğeriniz yakında iyi bir haberden söz ediyorsunuz. Bu güne kadar neyi beklediniz?

Türkân duyduklarının sevinci ile ulaşmak istediğini elde etmişti. Gizli gündem açığa çıkmış ailelerin en önemli gündemi olarak birinci sıraya oturmuştu. Dışarıda bunlar konuşulurken mutfakta bir araya gelen Hacer, Halide ve Kıymet hanımlar neşeyle birbirine sarıldılar. Kıymet diğerlerine:

-Ben size dememiş miydim kardeşler, bu günün gençlerinin sağı solu belli olmaz. Beklenmedik bir anda bizleri şaşırtırlar, diye. Yakın bir gelecekte Cevriye de bebek bekliyoruz derse şaşırmayacağım. Hazır Meryem gibi iyi bir yardımcı bulmuşken...

Hacer:

-Evimizin ve çiftliğin gelecek günlerini gözümün önüne getiriyorum da içim açılıyor. Boy boy kız ve erkek çocukları, koşuşturmaları, bağırıp çağırmaları, kavgaları, barışmaları…

Muharrem Usta ile Hüsmen Ağa da mutfağa geldiler. İkisinin de yüzü gülüyordu. Muharrem Usta Halide'ye:

-Bir düşte değiliz değil mi Halide? Duyduklarımız doğru değil mi? Yakında büyük anne ve dede oluyoruz, öyle mi? dedi.

***

Türkân için oldukça hareketli, bir o kadar da verimli geçen yaz dinlencesi bitti. Yaz aylarında markette gösterdiği performansı ile neredeyse abisinin yükünü yarıya indirdi. Bu arada farklı kaynaklara başvurarak bilgi ve görgüsünü arttırdı. Markete gelen turistlerle İngilizce ve Almanca konuştu. Yeni öğretim yılı başlamadan bir hafta önce marketteki çalışmasını azaltarak okul hazırlıklarına başladı. Onu o yıl çok yoğun bir çalışma bekliyordu. Lisenin son sınıfındaydı. Üniversite giriş sınavları vardı. Elbet okulun dersleri de... Abisine:

-Okul açıldıktan sonra markete belki alışverişe bile gelemem. Hafta arası okulun dersleri hafta sonları dershane ve üniversite sınavlarına hazırlık...

-Tamam canım. Bunu biz de biliyoruz. Cevriye yengenle konuştuk. Senden iş konusunda bir beklentimiz yok. Tam tersine başarılı olabilmem için biz sana elimizden geleni yaparak yardımcı olmaya çalışacağız.

Okullar açılmadan üç hafta önce dershanenin kursları başlamıştı. Türkân, öğretmenlerinin önerisi ile İstanbul'un en iyi ve en pahalı dershanelerinden birine gidiyordu. Orada yıllardır göremediği bazı ilköğretimden arkadaşları ile buluştu, yeni arkadaşlar edindi.

Hersekli Ailesi için dolu dolu günlerin geçeceği bir sonbahar ve kış başlıyordu. Fidan bebek bekliyordu. Türkân, üniversite giriş sınavlarına hazırlanıyor, liseden mezun olacaktı. Çiftlikte ilk kez on inek birden yavrulayacaktı. Çiftlik ürünlerinin isteklisi çoğalmış, daha fazla üretim için hazırlıkların kış boyunca sürdürülmesi gerekiyordu.

Türkân'ın markete iş gücü ile verdiği desteği çekmesi Tuna'nın işini de zorlaştırmıştı. Neyse ki İlker biraz daha büyümüş olduğundan bu boşluğu dönüşümlü olarak Cevriye ile Meryem dolduracaktı.

Meryem'in market işine yönlendirilmesini Fidan ve Hâdi hiç istemiyorlardı. Hatta Cevriye'nin bile yavaş yavaş markette çalışmasının azaltılmasını istiyorlardı. Onlara göre İlker'e artık annesi bakmalı Meryem ise oradan ayrılıp doğacak bebeklerinin bakımı için hazırlanmalıydı. Fidan ve Hâdi bunu doğrudan Tuna ile Cevriye'ye söyleyemediler. Düşündüklerini Türkân'ın aracılığı ile ilettiler. Hâdi markette ikisinin yapacağı toplam işten daha fazlasını yapacak birini bulmuştu. O işe başlarsa Cevriye İlker'e bakar, Meryem de onlara dönerdi.

Cevriye işin içinde kendi ailesi olmasa Meryem'in gitmesine hiç izin vermezdi. Yine de bir koşulla olur dedi. Meryem İlker'den tümüyle kopmayacaktı, eğer kendileri ikinci bebeği yaparlarsa hemen geri dönecekti.

Tüm taraflarca bu öneriler kabul edildi. Meryem, Fidan'ların yanında çalışsa da sigorta, emeklilik ve ücreti eskisi gibi devam edecekti. Meryem'in o aileden,

İlker ile birbirlerinden ayrılmalarının kolay olmayacağını herkes biliyordu.

Hüsmen ile Şevki oturdular, çiftlik işlerinin kış aylarının çalışmalarını konuştular. Onlar sürekli işçi yanında mevsimlik işçiler çalıştırıyorlardı. O kış işlerinin çokluğunu düşünerek mevsimlik çalışan işçilerden üçünü daha sürekli çalışanların arasına kattılar. Çiftlik dediğin toprak, şu işi sürekli çalışmayı, bakımı gerektirir. Hele ahırdaki hayvanlar...

Doğum yapacak inekler, bebek bekleyen analar gibi ilgi ve bakım ister. Onlar iki canlıdırlar. Aşıları, doğacak yavruların sağlığı, beslenmeleri, barınmaları büyük önem taşır.

Şevki kış boyunca bu işlerden anlayan işçilerden birini de alarak onlarla daha fazla ilgilendi. Hiçbir şeylerini eksik bırakmamak için elinden geleni yaptı. Her ne denli bu konuda deneyim sahibi olsa da düzenli olarak veteriner hekim çağırdı. Onun önerilerini birebir yerine getirdi.

Türkân'ın başını kaşıyacak zamanı yoktu. Ne doğru dürüst Fidan ablasını görebiliyor ne de hafta sonlarını geçirmekten zevk aldığı çiftliğe gidebiliyordu. Yarı iş yeri sayılan markete bile ancak haftada bir şöyle bir yol uğrağı yapıyordu. Meryem'le yaptığı zevkli söyleşileri, İlker'le boğuşarak oynadığı oyunları bile kısıtlamıştı.

Okulda ders sınavları, ödevler, dershanede kıyasıya bir yarış test çözme... Dershanedeki çalışmalar, okuldakinin önüne geçmişti. Buna karşın okulun öğretmenleri yaptıkları sınavlarda verdikleri ödevlerde eksikliğe göz yummuyorlardı.

Bir de lisenin kendine özgü uyguladığı programları vardı. Lisenin son sınıfında olan öğrencilere yıllık bir ödev veriyorlardı. Bu ciddi bir çalışma, ciddi bir alıştırma yapmayı gerektiren bir ödevdi. Konuyu öğrenciler seçiyor, seçilen konuyu ilgili öğretmen onaylıyordu. Seçilen konular fizik kimya gibi fen derslerinde de olabiliyordu.

Sosyal içerikli konularda daha çok ülke ve dünya sorunları ele alınıp hazırlanıyor, sunuluyor, tartışılıyordu. Bu konular seçilirken biraz da güncel olmasına dikkat ediliyordu.

Türkân geçen yıllarda bu tür ödevleri yapan öğrencilerin çalışmalarına ilgi duymuş onların sunumlarını izlemişti. Seçeceği konuyu çoktan kararlaştırdı. Bu ödevde ona tarih öğretmeni rehberlik edeceğinden seçilecek konuyu onun onaylaması gerekiyordu.

Tarih öğretmeni Türkân'ı iyi tanıyordu. Daha önce derslerde bazı konularda, dersin işleniş şeklinde tartışmışlardı. Buna karşın birbirlerine karşı sevgi saygıda bir zedelenme yoktu.

Türkân konuyu seçmişti. Bosna-Hersek'in işgali, Yugoslavya'nın dünü bugünü bölümünü elden geldiğince kısa tutmasını söyledi. Bosna-Hersek'in işgali konusunda da elden geldiğince yan tutmaması uyarısında bulundu. Gerektiğinde yardımcı olacağını da ekledi.

Konunun sunumuna daha üç ay vardı. Bu zaman uzun sayılsa da diğer derslerin sıkışıklığında kısaydı. Türkân için pek sorun sayılmazdı. O bu konu ile yıllardır ilgileniyordu. Elinde yeteri kadar bilgi belge vardı. Onları yeni bilgilerle düzene sokması yeterliydi. Hazırlığa başlar başlamaz Mestan amcasına ve Suzan'a mektup yazdı. Daha onun mektubu gitmeden onlardan Bosna-Hersek'le ilgili bilgiler ev adresine gelmişti. Hafta sonu onları aldı inceledi. Konu ile ilgili Tuna Abisi ile kısa bir söyleşi yaptı. Mestan'la daha önce yaptıkları görüşmeyi ödevinin canlı tanığı olarak belgeledi.

Sunumuna bir ay kala ödevinin ön hazırlığını bitirdi. Epeyce uzun ve ayrıntılı bir ödev olmuştu. Son şeklini vermeden felsefe öğretmeninden incelemesini istedi. O aynı zamanda sosyoloji derslerinin de öğretmeniydi. Güncel konularla oldukça ilgiliydi. Öğretmeni Türkân'ı kırmadı, zaman ayırdı okudu. Bazı bölümler için notlar aldı. Konuşma sırasında en etkileyici bölümleri saptadı.

Sonra bir araya geldiler. En çok üzerinde durulması gereken bölümleri belirlediler. Türkân felsefe öğretmeninin önerilerine de uyarak yapacağı sunuma son şeklini verdi. Ondan sonra daha önemli bilgiler ele geçirirse konu bütünlüğünü bozmadan ek yapabilirdi.

Hazırladığı sunumu; harita, kroki, fotoğraf ve slaytlarla zenginleştirdi. Gerçekçi sayılarla daha güvenilir duruma getirdi. Artık kendinden önce sunum yapacak arkadaşlarını izleyecek, dinleyenlerin nelere dikkat ettiklerini, ne gibi sorular sorduklarına dikkat edecekti.

İlk sunum biraz kendininkine benziyordu. Irak işgalini, onun dünya ve Türkiye'ye etkilerini irdeleyen bir sunumdu. Bu konuda bilgi ve belge öylesine çoktu ki, doğrular ve yanlışlar iyice birbirine karışmıştı. Ödev sorumlusu aynı öğretmendi.

Sunumu herkes can kulağı ile dinledi. Tarih Öğretmeni sürekli not alıyordu. Sunum bitti. Soru yanıt bölümüne geçildi. Sorular o denli çok geldi ki, tümü yanıtlanacak olsa sunumdan iki kat daha fazla zaman alacaktı. Sunumu yöneten Türkçe Öğretmeni benzer soruları birleştirdi. Yanıtı konuşmada geçen soruları çizdi. Kalanları sunucu arkadaş yanıtladı. Oturumun sonlarına doğru konu dışına çıkıldı.

Bir grup Amerikan işgalini savunurken, başka bir grup buna karşı çıktı. Başta tüm öğretmenler yansız davranmak için konuşma ve tartışmaya katılmadılar. Zaten soru da sormamışlardı. Tartışmanın dozu iyice arttı. Okul müdürü oturduğu ön sırada ayağa kalktı, daha sakin olmaları için izleyicileri uyardı. Bu, biraz etkili oldu ise de yetmedi. Zaman bir hayli sınırı aşmıştı. Müdür Bey bu kez sahneye çıktı:

-Sevgili öğrenciler, değerli öğretmenler. Bu güzel konuşmayı hazırlayan öğrencilerimize bizleri hazırladığı bilgilerle aydınlattığı için teşekkür ediyorum. Siz sevgili öğrencilerimin konuya bu denli yakın ilgi duymanız beni sevindirdi. Görüldüğü ki hepiniz bu konuda bilgi sahibisiniz. Farklı düşüncelere sahip olmanız güzel bir zenginliktir. Bu tür sunumların amacı bir konuda toplu bilgi vermek, kafamızdaki bilgileri de yenilemek. Arkadaşınız bu amacı gerçekleştirdi. Hepinizin önünde onu kutluyorum.

Sunumu yapan öğrenci ayağa kalktı. Okul Müdürü ile el sıkıştılar. Salondakilerin de ayağa kalkarak alkışlamaları ile tartışma ve günün programı bitti.

* * *

Çiftlikte sonbaharda yazdan kalan işler bitirildi, mevsimin sebze ve meyveleri toplandı. İnekleri çoğu hamile olduklarından o bölümün işi daha azdı. Kış sebzelerinin ekilip dikileceği yerler hazırlandı. Sonbaharın ilk aylarında ekilecekler ekildi, dikilecekler dikildi. Ekim ve dikim alanı yüzde otuz arttırıldı. Yaz sebzeleri biter bitmez kış sebzelerinin hasadına başlandı. Bunların bir kısmı hem yazın hem kışın üretiliyordu.

Meyvelerin budanma mevsimi geldiğinde Hüsmen Ağa o işleri başkasına güvenmez, elinde makası, testeresi, bıçağı, keskisi ile günlerce budama işi ile uğraşırdı. Bunu yaparken öğretmek amacı ile hep aynı işçiyi yanına alır, ona neyin nasıl yapılacağını anlatır, iş yaptırırdı.

Çiftliğin kaliteli malının müşterisi o denli çoktu ki ürün yetiştirmekte zorlanıyorlardı. Aracıyı kaldırdıklarından alıcı da satıcı da kârlıydı. Müşterilerin çoğu lokantalar ve küçük manavlardı.

Tuna her zaman sebzelerin en seçilmişlerini günün erken saatinde daha diğerleri gelmeden aldırıyordu. Bazen özellikle de Perşembe ve Pazar akşamları çiftliğe geliyor, toplanacak sebzeleri denetliyordu. Çünkü onun Cuma ve Pazartesi özel müşterileri oluyordu. O günlerde genel satış da diğer günlerden daha fazlaydı.

İlker'in doğum gününden sonra herkes yoğun bir çalışma içine girdi. Çiftlikte hep bir araya gelinemedi. İstanbul'dakiler birbirlerine gidip geliyorlardı.

Bir gün Esin Öğretmen'de bir araya geldiler. Bu buluşmaya Meryem ile Türkân da çağrılıydı. İlgi merkezi hamileliğinin belirgin ilerlemesinden ötürü Fidan'dı. Diğerlerinde henüz bir kıpırtı yoktu. Fidan Türkân'a:

-Sevgili organizatörümüz sen iyice tembelleştin. Görevini aksatıyormuşsun gibi geliyor bana. Bu günlerde çiftlik buluşması yok mu? Arayı epey uzattın.

Meriç:

-Senin keyfin yerinde Fidan. Eğer orada yine bir araya gelirsek inanın bana büyükler resmen ve açık açık bizi sorgularlar. Hele de beni. İlker'in doğum gününde bir blöf yaptım. Sonunu getiremedim.

Fidan:

-Getirseydin, daha ne bekliyorsun?

-Bakın öngörülerim doğruymuş. Fidan böyle derse diğerleri kim bilir neler söyler?

Serdar:

-Yani onlar konuşacaklar diye artık bir araya gelmeyecek miyiz? Konuşurlarsa konuşurlar. Bizim dilimiz yok mu? Biz de kendimizce konuşuruz.

Türkân:

-Biliyorum ihmal ettim ama sizlerin ve çiftliktekilerin işleri çok yoğun. Herkes her şeye hazır olsun yılsonu akşamı çiftlikte buluşuyoruz. Hiç birinizi rahatsız edici bir konunun gündeme gelmeyeceğinin güvencesi benim.

Aralık'ın ilk hafta sonu Türkân çiftliğe gitti. Uzun zamandır gitmediği çiftlikte herkes onu, özellikle Hacer ile Kıymet candan karşıladılar, ağırladılar. Bu yılsonu toplantısının yapılacağının haber verilmesi, ön hazırlıkların yapılması için yapılan bir ziyaretti.

Türkân, orada kaldığı iki günde nelerin yapılacağını, İstanbul'dan daha önce ve o gün nelerin alınacağının listesini düzenledi. Bunların hangilerini kimler alacak, onları ayrı ayrı kâğıtlara yazarak İstanbul'dakilere verdi.

Çiftlikte bu tür yemekli toplantılara genellikle dışardan kimse çağrılmaz, Hersek ve Hersekli aileleri katılırlardı. Bu toplantıya Meryem'in annesi özel konuk olarak çağırıldı. Gelmemekte nazlandı ise de Türkân'ın ısrarlarına dayanamadı, "Olur, gelirim" dedi.

Aralık ayında herkesin işi çok yoğun olur. Bankalar, ticari işletmeler yılsonu hesaplarını yapmak zorundadırlar. Gene en rahat olan Esin Öğretmen ile Türkân'dı. Meryem'i, annesini, İlker'i de alarak o gün sabah erkenden çiftliğe geldiler. Önce çiftliktekilerle hasret giderdiler, sonra eli kolu sıvadılar, akşamın hazırlığına başladılar.

Türkân, Meryem'e, "Annen çiftlikte hiç olmazsa bu gün ve akşam için hiçbir iş yapmayacak. Bu nedenle ne yap yap onun çok şık olmasını sağla" diye tembih etmişti. Aynı tembihi annesi ve Kıymet Hanım'a yaptı.

Bir hanım için hele de kızı çalışırken durmak kolay mı? Herkes mutfakta evin diğer bölümlerinde iş yaparken birisi bir köşede oturacak. Bu doğanın kurallarına ters düşer. Annesi bıraksalar, Meryem izin verse, onun yapacağı işlerin hepsini kendisi yapardı.

Hacer ona:

-Sakın kendini zorlama bu gün sana hiçbir iş yaptırmayacağız, dedi.

-Hiç olmazsa İlker'le ilgilensem?

-İlker'i bırak. O buraya gelince başka bir çocuk olur. Kendisi ile ilgilenecek birini ya da kendisi ilgilenecek bir şeyler bulur. Bak şimdi dedesi onu alır bahçeyi gezdirir. Tavukların yanına götürür, kümesten yumurta alırlar. Ahıra giderler, hayvanları severler. Onu kendi keyfine bırak.

İşler bitirildi. İstanbul'dakiler gelinceye kadar çiftliktekiler giyindiler, süslendiler salonda oturup konuklarını beklediler.

Meryem ile Türkân evi süsleme görevini üstlenmişlerdi. Esin Öğretmen'in Meryem'in annesinin yönlendirmesi ile çiftlik evini düğün evine benzettiler. Yalnız içeriyi değil dışarıyı da ışıklandırdılar.

O gecenin onur konuğu Meryem'in annesiydi. İstanbul'dan gelenlerin hepsi önce onu selamladılar. Onu aralarında görmekten mutlu olduklarını söylediler.

Aileler kural olarak en neşeli akşam buluşmalarında bile ağır alkollü içkiler içmezlerdi. Genellikle değişik şarap bulunurdu sofralarında. Bu gece damatlar kendi aralarında anlaşmışlar, izin alarak ya da gizli olarak rakı içeceklerdi. Hanımlar için de viski almışlardı. Onların bu planlarını öğrenen Halide ile Hacer hiç bozuntuya vermeden masayı ona göre donattılar. Muharrem Usta ile Hüsmen Ağa'ya da "Bu gece kim ne yaparsa karışmayın" diye tembihlediler.

Türkân, o güne değin hiç alkollü içki içmemişti. Teklif edildiğinde de on sekiz yaşını bitirmeden içmeyeceğini söylüyordu. Meryem büyüklerinin hele de annesinin yanında alkol almayı etik bulmuyordu. Fidan'a doğacak bebeğine zarar verir diye alkol almaması tembihlenmişti. Bunların üçü de kendi kurallarını bozmadılar.

Meryem'in annesi gecenin onur konuğu olmasına karşın Fidan'a olan ilgi de az değildi. O iki can taşıyordu. İş yapıp yorulmamalıydı. Yemesine oturup kalkmasına çok özen göstermeliydi. Bunun için başta Hâdi ve annesi olmak üzere herkes gereken özeni gösterdi. Saat gecenin yarısında o günün ve o yılın bitiminde kutlama, hediyelerin verilmesi bitti. Milli Piyango'nun büyük çekiliş heyecanından önce Fidan ve İlker kendilerine hazırlanan yerlere yatırıldılar. Fidan'a verilen hediyeler ağırlıkta bebek giysileri ve eşyalarından oluşuyordu. Hediye paketlerini açtıkça duramadı.

-Eh galiba pabucumuz dama atılıyor. Hepiniz beni daha şimdiden ikinci plana ittiniz. Durun daha bebek doğmadı ama alınanların hepsi onun için, dedi.

Hacer diğerlerine dolaylı mesaj vermek istercesine yeniden ayağa kalktı.

-Olur mu kızım? Diyerek Fidan'a yüksek değerli iki çift bilezik taktı. Bunun bir çifti babandan, bir çifti de benden, diye de ekledi.

Diğerleri kıskansalar da bunu belli etmeden:

-Oooo... Fidan gecenin yıldızı olmayı gene başardın, dediler.

***

1 Ocak sabahı erken kalkıp işe koyulanlar, geç yatıp geç kalkan hanımlar, beyler aldıkları biletlere hiç para çıkmasa da mutluydular, umutluydular. En azın-

dan öyle görünüyorlardı. Yeni yıla nasıl başlarlarsa öyle devam edeceği konusuna inanıyorlardı. Zaten her birinin mutlu olmaları için iyi kötü bir nedeni vardı.

Kahvaltıdan sonra İstanbul'a dönecekler için bahçeden özel kış sebzeleri toplanmış, hayvansal ürünlerden oluşan paketler hazırlanmıştı.

Türkân, Esin Öğretmen ile Meryem'i de alarak kısa da olsa bahçeyi, özellikle yakında doğuracak ineklerin bulunduğu ahırı gezdiler. İneklerin yavrulamalarının eli kulağındaydı.

Ocak sonu Şubat başında ineklerin hepsi yavruladılar. Başlangıçtan yavrularını dünyaya getirinceye kadar veteriner hekimin gözetim ve denetiminde olduklarından doğurmaları ve yavruları hep sağlıklıydı.

On ineğin birden peşpeşe doğurması özellikle Şevki ve Kıymet'in işini neredeyse iki katına çıkardı. Buzağılar doyurulacak, bakılacak, anneleri ile ilişikleri belli bir süreliğine iyi kurulacak ve korunacaktı. İlk günlerde ineklerden süt alınmasına ve bu sütlerin değerlendirilmesine özen gösterilecekti. İş yorgunluğu dışında bu konularda deneyim sahibi olan Kıymet ile Şevki'nin bir zorluğu olmadı. Günlerin uzaması, havaların ısınması onlara kolaylık sağladı.

Mart ayı ile birlikte çiftliğin işleri birden yoğunlaştı. Kış sebzelerinin son turfandaları yapıldı. Bahar ve yaz sebzelerinin yerlerinin kıştan başlayan hazırlanması, ekim ve dikimlerinin yapılması gerekiyordu. Geçici işçiler çağrıldı iş başı yaptırıldı. Bu ay kümeste yapılacak işlerde de en yoğun aydı. Çiftliğin genel durumu elden geçirildi. Kışın olumsuz koşullarında yıpranan, kırılan, dökülen yerler bu işleri bilenler tarafından onarıldı, yenilendi.

Bahar aylarında açan meyve çiçekleri boy atan çiçek açan sebzeleri ile çiftlik cennete döndü. Böceklerin ve kuşların birbirleri ile yarışırcasına çıkardığı sesler, çiftliğin güzelliğine güzellik katıyorlardı. Bu aylar çiftlikte çalışmaktan, orada bulunmaktan en çok zevk alınan aylardı.

Türkân'ın yapacağı sunumun tarihi yaklaştı. O, sunumunu Mayıs ayının ilk Cuma günü öğleden sonra yapacaktı. Bir Mayıs İşçi Bayramı Çarşamba günüydü. Salı günü öğleden sonra ders bitiminde okuldan aldığı izinle önce markete, eve uğradı. Konuşması ile ilgili tüm dokümanları alarak çiftliğe geldi. Hem çiftliğin güzelliğini görecek, hem orada sakin kafayla yapacağı sunumu son bir kez gözden geçirecekti. Çiftlik evindeki odasına çekildi, karşısında dinleyicilerin varlığını imgeleyerek sunumu baştan sona okudu. Saat tuttu. Aşağı yukarı ne kadar süreceğini saptadı. Bunu yaparken, dia gösterisini, fotoğraf, gazete dergi kesikleri üzerinden anlatacaklarının hesabını da yaptı. Ortaya çıkan zaman kendine tanınacaktan fazla oldu. "Olsun, bu ciddi bir konu. Öğretmenlerimle bunu önceden konuşurum. Sunumuma başlarken de izleyicilere ön açıklama yaparım. Umarım anlayış gösterirler ve bana izin verirler" dedi.

Kendinden önce yapılan sunumlardan epeyce ders çıkarmıştı. İzleyicilerin nelere daha çok dikkat ettiklerini saptamıştı. Kendisi her yönü ile onlardan daha iyi olmalıydı. Zaten öğretmenlerin, okul yönetiminin ve öğrencilerin beklentileri de bu yöndeydi. Yapacağı sunumla o yılın en iyisi olmalıydı.

Cuma günleri yapılan sunumların izleyici açısından olumsuz bir yanı vardı. Haftanın son eğitim günü olduğundan evci çıkan öğrenciler ders bitiminde okuldan ayrılıyorlardı. Öğretmenler de haftanın yorgunluğundan ötürü bu tür etkinliğe daha az ilgi gösteriyorlardı.

Bu durumu bilen Türkân hazırladığı duyuruları sunumunun en önemli tümcelerini yazarak okul yönetiminin izni ile okulda görülebilecek her yere astı. Kendi el yazısı ile yazdığı davetiyeleri öğretmenlerine ve sınıf temsilcilerine vererek herkesi sunumunu dinlemeye çağırdı.

Okulun haftalık kapanışında yapılan bayrak töreninden hemen sonra başlayacak sunum için salon hazırlanmıştı. Okul Müdürü haftalık konuşmasını yaptıktan sonra herkesi Türkân'ın yapacağı sunum için salona çağırdı. Konuşma bitiminde müdür alkışlanırdı. O gün bu alkışın tonu ve süresi daha fazlaydı.

Türkân, salonun düzeni, girenlerin daha düzenli yerleşmelerini sağlamak için arkadaşlarını görevlendirmişti. Onlar gelenlerin rahat oturmaları için yönlendirme görevlerini yaptılar. Hiçbir düzensizliğe meydan verilmedi. Salon ilk kez bu denli düzenli, bu denli doluydu.

Daha Türkân'ın sahnede yerini almadan oranın durumu tüm salondakilerin dikkatini çekti. Masa çiçeklerle donatılmıştı. Tepegöz, dia gösterisi için küçük bir perde, gazete ve dergi kesitlerinin iliştirildiği panolar, üst üste levhaların asıldığı harita sehpaları…

Sunumu yönetecek felsefe öğretmeni ile Türkân koltuğunda taşımakta zorlandığı dosyalarla sahnede yerlerini aldılar. Onlar oturmadan, izleyicileri selamlamadan bir alkış salonu çınlattı. Felsefe öğretmeninin bir işareti ile alkışlar durdu. Nefesler tutuldu. Birkaç tümce ile giriş yaptıktan sonra sözü Türkân'a verdi.

Türkân, salondakileri selamladı. Onlara böylesine büyük katılımları için teşekkür etti. Sunumunun belirlenen süreyi aşabileceğini baştan söyledi. Sözüne, "Önce sizlere bazı kavramları açıklamak istiyorum" diyerek başladı. Bunlar savaşla ilgili genel kavramlardı. İç savaş, bölgesel savaş, din savaşları, ekonomi savaşları, uluslar arası savaş, dünya savaşı... Savaşların insanlar, hayvanlar ve doğa üzerindeki yıkımından söz etti. Hiçbir savaşın kadınlar ve çocuklar tarafından çıkarılmadığını, ne var ki savaşlarda en çok onların zarar gördüklerinden söz etti. Yine hiçbir savaşın güçsüz ülkelerce başlatılmadığını söyledi.

Yugoslavya'nın tarihine, ekonomisine, coğrafi konumuna, iç savaşla emperyal güçlerce nasıl parçalandığını anlattı. Osmanlıların balkanlara dolayısı ile Yugoslavya'ya nasıl girdiklerine, oraları yüzyıllardır nasıl yönettiklerine değindi. Batı Avrupa'nın balkanlar üzerinde ne gibi oyunlar oynadıklarını anlatıyordu ki tarih öğretmeni Bay Müler yerinde kıpırdadı ve gereksiz yere öksürdü.

"Anlatacağım konunun daha iyi kavranması için bunları ön bilgi olarak vermem gerekiyordu. Bunları sizler zaten biliyordunuz. Benimkisi bir hatırlatma oldu. Şimdi esas konuma Bosna-Hersek'in işgaline geçiyorum" dedi.

Önce Bosna'nın haritadaki yerini gösterdi. Stratejik durumunu, etnik yapısını, komşularını, yönetim şeklini, halkının özelliklerini anlattı. Sırpların tüm Yugoslavya'yı yönetmek istediğini, bunu başaramayınca parçalanan ya da ayrılan devletçikleri egemenliği altına almak için işgale kalktı. En büyük direnmeyi Bosna-Hersek halkından gördü. Tek yönlü saldırıya geçti. Elindeki tüm askeri gücü buraya yönlendirdi. Başka bir deyişle tek taraflı savaşla Bosna-Hersek'i kuşatarak kendine bağlamak istedi. Bosnalılar direndilerse de Sırplarla başa çıkamadılar. Nato ve Birleşmiş Milletler devreye girdiklerinde iş işten geçmiş yüz binlerce Bosnalı ölmüş, yaralanmış, sakat kalmıştı. Üretim durmuş, açlıktan insanlar perişan olmuşlardı. Sağlık hizmetleri ve ilaç yetersizliğinden çocuklar ve bebekler direnememiş, yaşamın tadına varmadan bu dünyadan arkalarında acı ve gözyaşı bırakarak göçüp gittiler.

Tüm bunları anlatırken dia gösterileri, krokiler, savaşta çekilmiş resimlerin gazete ve dergi kesikleri, dosyasından çıkararak gösterdiği yazılı belgelerle söylediğinin doğruluğunu ispatlıyordu.

Konuşmasının bu bölümünde, Hırvatların başta Almanya olmak üzere Avrupa ülkelerince Sırplara karşı desteklendiğini ve hatta korunduğunu, bu durumda Bosna-Hersek'in işgaline dolaylı olarak göz yumduğunu söyledi. Salondakiler öyle bir dikkat ve sessizlikle dinliyorlardı ki Türkân sinek uçsa vızıltısı duyulurdu. Salonda ya sinek yoktu, varsa da Türkân'ı dinliyorlardı. Hırvatların durumunu dinlemek hoşuna gitmemiş olacak ki Bay Müler oturduğu yerden en az salondakilerin yarısının duyabileceği ses tonu ile ve Almanca:

-Das ist nicht richtig! (Bu doğru değil), dedi. Almanca bilen öğrenciler ise:

-Leise bitte! (Lütfen sessiz olun!) –arkasından da- Doch das ist richtig ! (Elbette bu doğru) dediler.

Türkân'ın Bay Müller'e sert denecek bakışı, oturumu yöneten felsefe öğretmeninin sus işareti ile bozulan sessizlik yeniden düzeldi. Türkân söyleyeceklerini söylemişti. Daha fazla tartışmaya meydan vermeden Hırvatistan konusunu kapattı.

Sayılar bu tür konuşmalarda konunun en gerçekçi ama en sıkıcı bölümünü oluşturur. Bunu bilen Türkân, konuşmasının sayılar bölümünü en sona bıraktı. Savaşların yıkımından etik yönünden söz etti. Yeniden emperyal güçlerin geri kalmış ve az gelişmiş ülkeleri kendi çıkarları için nasıl işgal ettiklerini, işlerini bitirip istediklerini elde ettikten sonra barış güvercini rolü ile nasıl ikiyüzlü davrandıklarını, sözüm ona acıma duygusu ile nasıl timsah gözyaşları döktüklerini tarihten verdiği örneklerle anlattı.

Bay Müler yerinde duramıyor, Türkân'ın konuşmasına karışmak istiyordu. Biraz önceki denemesinin nasıl bir tepki ile karşılandığını görünce bunu yapamadı. Salondan çıkmayı aklından geçirdi. Bunu yapması şık olmazdı. Üstelik sunumun sorumlu öğretmeniydi. Yine de kendini tutamadı. Yanında oturan Müdür Başyardımcısının kulağına eğildi, başkalarının duyamayacağı bir sesle "Konuşma sınırlarını aştı. Politik bir konuşmaya döndü" dedi. Müdür Başyardımcısı sus işareti yaparak:

-Bunları sonra değerlendiririz, dedi.

Türkân, konuşmasını daha sürdürecekti. Okul Müdürü saatini göstererek zamanı işaret etti. Felsefe öğretmeni Türkân'ı uyardı. Salondakiler kendilerini konuşmaya öyle kaptırmışlardı ki, geçen zamandan habersizdiler. Türkân, başını kaldırdı duvardaki saate baktı. O da geçen zamanın farkında değildi. Sayılara geçti:

-Şimdi bir kuşatmanın en önemli bölümüne geçiyorum. Bu işgalin Bosna-Hersek'e neye mal olduğunu sayılarla açıklamak istiyorum, diyerek ayağa kalktı.

Bir öğretmen titizliği ile önceden hazırladığı sayı tablosunu sehpaya astı. Sayılar, grafikler dinleyicilerin okuyabileceği büyüklükte kocaman bir kartona yerleştirilmişti. Onları hem gösterdi, hem sözlü olarak dile getirdi. Sözlerini bitirdi yerine otururken öğretmeninin duyacağı ses tonu ile:

-Eyvah öğretmenim süreyi çoktan aşmışız. Ben konuşmamı burada keseyim de soru-yanıt bölümüne geçelim.

-Evet, Türkân, süreyi geçtik. Hiçbirimiz bunun farkında değiliz. İzleyiciler bile böyle bir uyarı yapma gereği duymadılar. İlginç doğrusu…

Felsefe Öğretmeni izleyicilere döndü:

-Türkân'ın konuşması bitti. Şimdi konu ile ilgili sorularınızı bekliyoruz. Lütfen sorularınızı elden geldiğince yorum yaparak değil soru olarak sorun.

Salondakiler birbirine bakıyor, soru sorulmuyordu. Öğrencilerden biri:

-Öğretmenim, Türkân arkadaşımız konusuna öyle güzel hazırlanmış, öyle bir sunum yaptı ki bence soracak bir konu bırakmadı.

Felsefe Öğretmeni:

-Madem soru yok ben Türkân kızımıza yaptığı sunumla bizleri bilgilendirdiği için teşekkür ediyor, iyi akşamlar, iyi hafta sonu diliyorum.

Türkân'ın elini sıktı, yanaklarından öperek kutladı. Türkân'ın da dinleyicilere teşekkür etmesi ile salondakilerin hepsi ayağa kalktı. Türkân'ı dakikalarca alkışladılar. Bay Müler bu alkışlar arasında sahnenin kenarına gelerek Türkân'ı kutlamaktan kendini alamadı. Bu Türkân için çok önemliydi. İyice rahatladı.

* * *

Tuna, özellikle Meryem ve Cevriye, onun sunumunun nasıl geçtiğini merak ediyor, sabırsızlıkla onun eve dönmesini bekliyorlardı. Sunumun uzun sürmesi eve gelmesini geciktirdi. Tuna bile marketi kapatıp eve gelmişti. Gelir gelmez de Türkân'ı sordu.

Türkân, sunumu ile ilgili tüm belgeleri, grafikleri, çizelgeleri yüklendi ve eve getirdi. Sunumun stresi, haftanın ve taşıdıklarının yorgunluğu ile bitkin haldeydi. Onun içeri girişindeki durumunu görenler şaşırdılar. Çünkü Türkân'ı hiç böyle yorgun ve bitkin görmemişlerdi. Cevriye:

-Ne oldu Türkân? Ne bu halin? Ayakta duramıyorsun. Yoksa sunumunda istenmeyen bir şeyler mi oldu? Ne olur çabuk söyle!

-Hiçbir olumsuzluk yok. Her şey beklediğimden, umut ettiğimden daha iyi geçti. Ancak biraz yorgun ve gerginim.

Meryem:

-Eh be Türkân, gecikmenle bizi meraktan çatlattın. Seni karşımızda böyle bitkin görünce senin yerine neredeyse ben bayılıp düşecektim. Neyse bırak şu elindekileri, Üstünü başını çıkar, hemen bir duş al. Biz de yemeği hazırlayalım. Olan bitenleri rahatça anlatırsın.

Türkân söylenenleri yaptı. Yemek sırasında sunumunun baştan sona nasıl geçtiğini özetledi. Gönderdikleri çiçeklerin çok işe yaradığını belirterek teşekkür etti. Abisine:

-Abi beni yarın öğleden sonra çiftliğe götürür müsün? Bu sevincimi onlarla da paylaşmak istiyorum. Bu gerginliğimi orada dinlenerek atayım. Üniversite sınavına az zaman kaldı. Ona ağırlık vereyim.

Cevriye:

-Meryem, istersen sen annene git. İlker de çiftlik deyip duruyor. Biz hep birlikte çiftliğe gider, Pazar akşamı döneriz. Sen de Pazartesi erken gelirsin.

Çiftlikte onları bir sürpriz bekliyordu. Fidan, Hâdi , Esin Öğretmen, Serdar hiç haber vermeden Cuma akşamından baskın ziyarete gelmişlerdi. Onları karşılarında görünce şaşırdılar. Türkân'ın sunumunun nasıl geçtiğini hepsi merak ediyordu. Onlar sormadan Türkân özetledi ve arkasından "Ya siz burada ne arıyorsunuz?" diye sordu.

Serdar ile Esin Öğretmen birbirlerine baktılar. Serdar:

-Haydi, sen söyle! dedi.

Esin Öğretmen:

-Beklenen oldu. Bebek bekliyoruz. Bu sevincimizi bizimkilerle paylaştık. Sizin bu hafta sonu buraya geleceğinizi biliyorduk. Biz de gelip sizinle de paylaşalım istedik.

Türkân:

-Çok kötüsün Serdar Abi. Bunu ilk duyan ben olmak isterdim. Meriç ablalar duydular mı? Tepkileri ne oldu?

Esin Öğretmen:

-Evet, duydular. Çok sevindiler.

Esin Öğretmenle Türkân Bosna-Hersek konulu sunum üzerine başbaşa gelip bir değerlendirme yaptılar. Esin Öğretmen, Türkân'ı dinledi. Sunumun iyi geçmesinden duyduğu sevincini belirtti. Sonra Türkân'a:

-Sunumunla ilgili bilgi ve belgeleri iyi sakla. Bunlar ilerde çok işine yarayacaklar. İyi emek verdin. Çok çalıştın. İstediğin sonuca ulaştın. Zaten senden de bu beklenirdi.

* * *

Pazartesi okulda tüm gözler Türkân'ın üzerindeydi. Önüne gelen onu kucaklıyor, öpüyor kokluyordu. Bay Müller sunum sırasında yaptığı çıkışı unutmuştu. O, Türkân'ı en içten kutlayanlardan biriydi. Çünkü Türkân'ın başarısı onun da başarısı sayılıyordu. O sunumun sorumlu öğretmeniydi. Öğle arası Okul Müdürü Türkân'ı odasına çağırdı. Onu yeniden kutladı ve:

-Türkân kızım, Cuma günü sen sunumunu yaparken yanımda oturan hanım... Lisesi'nin Müdiresiydi. Senin sunumunu o denli çok beğendi ki, bunun kendi liselerinde yinelenip yinelenemeyeceğini sordu. Ben de sana sormam gerektiğini söyledim. Ne dersin? Diye sordu.

Türkân:

-Neden olmasın? Eğer bir sakıncası yoksa siz uygun görmüşseniz benim için uygun. Ancak Bay Müller'le de bu konuyu görüşseniz iyi olur. Bir de üniversite birinci basamak sınavlarından sonra olsa benim için daha iyi olur. Epeyce yorgun ve gergin olduğumuzu siz de biliyorsunuz.

Müdür hemen Bay Müller'i çağırdı. Ona sordu. Hemen "Olur" yanıtını aldı. Sunumun yapılacağı gün daha sonra belirlenecekti. Türkân, arkadaşlarının da yardımı ile okulun camlarına astığı duyuruları topladı.

O yılın son sunumunu konusu "Çevre Bilinci ve Doğadaki Dengenin Korunması" idi. Konunun sorumlu öğretmeni kendini en iyi çevreci kabul eden Avusturyalı Bay Bergmann idi. Kendi ülkesinde Yeşiller Partisi'nin üyesiydi. Bu konuya herkesin çok ilgi duyması gerektiğine inanıyordu. Sunumu yapacak öğrenciye araç gereç edinme konusunda çok büyük yardımları oldu.

Türkân'ın sunumundan sonra kendi konularına ne denli ilgi duyulacağı konusunda endişeliydiler. Sunum beş gün sonra bir Çarşamba günü öğleden sonra yapılacaktı. Sunumu yapacak öğrenci Türkân'la konuştu. Türkân'ın bu konuda söyleyecekleri önemliydi. Arkadaşına:

-Sibel, yapacağın sunumda hayal kırıklığına uğramanı istemem ama durum öyle gösteriyor ki beklediğin ilgiyi göremeyeceksin. Bunun nedeni sen değilsin. Nedenleri istersen sıralayayım. Bu konuya biz hâlâ duyarlı değiliz. Sınav yaklaştı. Sıcaklar bastırdı. Seninki son sunum. Arkadaşların motivasyonu iyice azaldı. Tüm bunları alt alta sıraladığımızda sonucun ne olacağı şimdiden belli oluyor. İster Bay Bergmann ve okul yönetimi ile konuş, sunumunu üniversite sınavının sonuna ertele.

Sibel, Türkân'ın söylediklerinin doğruluğunu kabul etti. Yalnız erteleme için:

-Ertelemeye gerek yok. Sınavdan sonra okulda kaç öğrenci kalır ki. İyisiyle kötüsüyle bir an önce sunumumu yapayım. Sonucun ne olacağı şimdiden belli. Hatta birinciliği kimin alacağı da...

Sibel, Bay Bergmann'ın yardımı ile de konusuna çok iyi hazırlanmıştı. Öncesi ve sonrası ile sulak yeşil vadiler, ormanlar, tepeler, göller, bitki örtüleri, burada yaşayan canlılar, bunların yok olmasından sonraki çirkinlikler. Bitki örtüsünün, suyun önemi... Kuraklık ve erozyon tehlikesi gibi birçok konu levhalarla gösterilecekti.

Tüm uğraşılarına karşın salon yarıya kadar bile dolmamıştı. Bunu da bir başarı kabul ederek sunumuna Yaşar Kemal'den bir yazı okuyarak başladı. Yazının başlığı "ORMANIN ÖCÜ"ydü ve şöyle devam ediyordu.

"Orman öcünü alır mı? Alır, alır hem de bal gibi alır..."

Salon kalabalık değildi. Öğretmen ve yöneticiler de sanki temsilen katılmışlardı. Buna karşın konuyu dikkatle dinlediler, sunumun bitiminde ilginç sorular sordular. Sibel sonuçtan memnundu. Beklediğinden daha fazla ilgi gördü.

Türkân, önerilen Lisedeki sunumunu tam iki hafta sonra, yine bir Cuma günü öğleden sonra yaptı. Bu lisede yapılan toplantı öğrenci yakınlarına açıktı. İsteyenler gelir katılırlardı. Sunumun ders saatlerine denk gelmesi, katılacak öğrencilerin derslerden muaf tutulması, veli katılımı ile büyük bir dinleyici kitlesi oluşturdu. Onun araç gereçleri taşımasında, yerleştirilmesinde…

Okulunun Müdürü yardımcı olmaları için öğrenci görevlendirdi. Benzer yardımı konuşma yapacağı okul yönetimi de sağladı. Tüm bu olanlar Bay Müller'i gururlandırdı. Kendine büyük pay çıkardı.

Türkân'ın burada yaptığı sunum da beklediğinden fazla ilgi gördü. Çocuğu bu lisede okuyan gazeteciler dinlemeye gelmişlerdi. Bol bol resim çektiler. Türkân ve Bay Müler ile kısa söyleşiler yaptılar. Bir gün sonranın bazı gazetelerinde resimli haber olarak çıktılar.

Artık, o yılın yapılan sunumların değerlendirmesine gelmişti sıra. Herkes, Türkân'ın sunumunun birinci olacağını biliyordu. İkinci ve üçüncünün kim olacağını merak ediyorlardı.

Sonuç beklendiği gibi oldu. Üniversite sınavlarından bir hafta önce sonuçlar açıklandı. Türkân'ın sunumu birinciydi. Hazırlanan ödüller özel bir törenle dağıtıldı. Okulda Türkân'ı tanımayan kimse kalmamıştı. Büyük takdir ve alkış topladı. Bu Türkân için büyük bir moral oldu. Sanki üstündeki yorgunluğu attı. Üniversite giriş sınavlarında da böyle bir başarı göstereceği içine doğuyordu.

Üniversite giriş sınavları okulun dinlenceye girmesinden hemen sonraydı. O arada Türkân için moral olacak ikinci sonuç geldi. Sınıfının birincisi, tüm okulun üçüncüsü olarak okulu bitirmişti.

Artık okuduğu lise ile resmi ilişiği kesildi. Eşyalarını topladı, abisinin evine döndü. Sınava mezun olduğu okulda girecek, sınav görevlileri de büyük bir olasılıkla lisenin öğretmenleri olacaklardı.

Üniversite için yıllar önce hedefini belirleyen Türkân yaptığı ciddi hazırlıkla kendine güveniyor, öyle fazla bir heyecana kapılmıyordu. Sınav sabahı moral dolu, rahat bir durumda kalktı, giyindi, güzel bir kahvaltı yaptı. Sınav için gerekli araç-gereçleri, belgeleri hazırladı. O gün işe geç gidecek olan Cevriye yengesi ve Meryem'in başarı dileklerini aldı. İlker yeni uyanmıştı. Onu kucakladı "Sen benim uğurumsun, öp beni" diyerek yanaklarını uzattı. Kendi de İlker'in yanaklarından öptü. Sanki büyük bir sınava değil de lisenin herhangi bir dersinin sınavına gider gibi okuluna gitti. Okul bahçesindeki kalabalığı, lisenin çevresinde park etmiş arabaları görünce birden şaşırdı. Sanki sınav değil de olağanüstü bir olay vardı. Karşılaştığı öğretmenlerinden birine:

-Bunları siz mi çağırdınız? Gördüğüm kadarıyla yarıdan fazlası öğrenci değil. Benim haberimin olmadığı bir durum mu var? Arkadaşlar sınava ana-babaları ile birlikte mi girecekler? Diye sordu.

Öğretmen bir şey söylemeden gülümsedi gitti.

Sınav başlamadan önce yapılan sözlü duyuruda okul bahçesini sınava gireceklerin dışında herkesin terk etmesi söylendi. Bahçeyi terk edenler ağlıyor, içinden bir şeyler söylüyor, uğur getireceği eşyaları ellerinde sımsıkı tutuyorlardı. Aralarında kedisini köpeğini getirenler bile vardı. Bunlardan biri köpeğini kucağına aldı, ön ayağını tuttu.

"Haydi, canikom ablana başarı dile" diyerek salladı. Köpek birkaç kere "hav hav" diye ses çıkardı. Kadın köpeği yanaklarından öperken "Ah yavrum son günlerde ablanla sen de strese girdin. İnşallah duaların kabul görür" dedi ve bahçeyi terk etti.

Sınav sorularını alan Türkân, önce genel bir göz attı. Sınav süresinin bitmesine yarım saat kala soruları yanıtlayarak dışarı çıktı. Onun çıkışını gören veliler hemen yolunu kestiler, soru yağmuruna tuttular. En çok sorulan sınav sorularının zor ya da kolaylığı idi. Türkân:

-Benim için kolaydı ki hemen yanıtlayarak çıktım. Sizin çocuklarınız için nasıldı bilemiyorum. Siz duanıza devam edin. Onlar çıkınca zor ya da kolay olduğunu onlara sorarsınız.

Türkân'ın sınava yalnız gelmiş olmasına ana-babalardan bazıları acıdılar. Hatta içlerinden biri Türkân'ın da duyacağı bir sesle:

-Ne ana-babalar var. Şu kızcağızı tek başına buralara göndermişler. Kızcağız öksüz mü yoksa kimsesiz mi? dedi.

Türkân:

-Yok, teyze, öksüz ya da kimsesiz değilim. Çok iyi bir ailem var. Herkes işinin gücünün başında, benim görevim ise öğrencilik. Sınav görevimi tek başıma yaptım bitirdim. Şimdi ailemin yanına gidiyorum. Ben anaokulu çocuğu muyum ki ailemden birileri kolumdan tutup sınava getirsin?

Eğer yüz verseydi, bahçenin dış duvarında ipe serilmiş çamaşır gibi bekleyenler çocukları sınavda çıkıncaya değin onunla konuşacaklardı. O daha fazla oyalanmadan doğru markete gitti. Tuna, Cevriye, hatta evde meraktan duramayacağını anlayan Meryem, İlker'i de alarak markete gelmiş onu bekliyorlardı. Türkân'ın gelişini ilk gören İlker oldu:

-Halam geliyor! Diye bağırdı.

Türkân'ın sınava gireceğini bilen müşterilerin bazıları da oradaydılar. Hepsi yönünü ona çevirdiler, neredeyse hep bir ağızdan:

-Sınav nasıl geçti? Diye bağırdılar.

Türkân:

-Niçin bu denli heyecanlanıyorsunuz? Anlamıyorum. Gayet iyi geçti. İstediğim puanı alacağımı umuyorum.

Sınavın nasıl geçtiğini merak eden Esin Öğretmen, Fidan ve Meriç'e telefon ederek bildirdi. Onlar da diğerlerine…

Marketteki iş giysilerini giyerek işe koyuldu. Stresini ancak böyle atabilirdi. Onun hemen işe koyulduğunu gören Cevriye:

-Ne yapıyorsun Türkân? Sen yeteri kadar yorgunsun. Böyle hemen işe soyunman gerekiyor mu?

Türkân:

-Evet, yenge gerekiyor. Bu işi öylesine özledim ki anlatamam. Yorgunluğa gelince; benimkisi zihin yorgunluğu, bedenim öyle hareketsiz kaldı ki neredeyse kaslarım ve kemiklerim uyuşacaklar. Stresimi ve zihin yorgunluğumu ancak böyle atabilirim. Bırak hafta sonuna değin böyle keyfimce çalışayım. Hafta sonu çiftliğe gideceğim. Orada da birkaç gün toprakla ve hayvanlarla uğraşırım. Sonra ikinci basamak sınavının hazırlık koşuşturması başlayacak.

Türkân'ın çiftliğe gideceğini duyan İlker:

-Hala beni de götür. Ben de seninle gelmek istiyorum, dedi.

Cevriye:

-Türkân, sunumda elde ettiğin başarıyı, sınavının iyi geçmesini ne zaman kutlayacağız?

Türkân:

-Lisenin diploma töreni yapılsın. Lise bitirme diplomamı alayım ondan sonra.

Meryem:

-Oldu olacak ikinci sınavı da yap hepsini bir kutlarız.

Tuna:

-Çok geç olur. Türkân o sınavı da nasıl olsa başarı ile atlatacak. Onu sonra yine kutlarız. Şimdiye kadar olanları hemen kutlayalım.

Onların kendi aralarında yapacağı kutlamadan önce lisede diploma töreni yapılacaktı. Türkân buna hazırlanmalıydı. Onun için bu daha önemliydi. Sunumunda aldığı birincilikten, hele başka bir okula sunum için çağrıldıktan sonra müdürün gözdesi oldu. Müdür onu çağırarak diploma töreninde okulu bitiren öğrenciler adına konuşma görevi verdi.

Türkân üstlendiği her görevi ciddiye alırdı. Bunu da öyle yaptı. Yapacağı konuşmayı hazırlamak için günlerce uğraştı. Diploma töreninde okulu bitiren öğrenciler için giysi özgürlüğü tanındı. Herkes en şık olmak için birbiri ile yarışıyordu. Türkân giysilerini Esin Öğretmenle birlikte seçti.

Diploma törenine veliler de çağrılıydılar. Tören bahçede yapılacağından, yer sıkıntısı yoktu. Her öğrenci istediği sayıda yakınını getirebilirdi. Yemekli müzikli bir tören olacaktı. Türkân'ın çağrısına uyacaklar belliydi. Bunlar çiftlikte özel toplantılara katılanlardan bazıları olacaktı. Çiftlikten Hacer ve Kıymet Hanım katıldılar.

Giysileri, yaptığı konuşma ile Türkân gene ilgi merkezi iken, buna bir de dereceye girmiş olmanın ayrıcalığı eklendi. Tüm bunların ötesinde Türkân on gün sonra on sekizinci yaşını bitiriyordu. Yemekler yendi, dans edildi. Okul bitirmenin belirgin işareti olan kepler havaya fırlatıldı. Öğrencilerin bu okulda geçirdikleri iyi kötü anılarının bazıları orada kalıyor, çoğu zihinlerinde geleceğe taşınıyordu.

* * *

Zaman Hersekli ve Hersek ailelerinin iyiliğine işliyordu. Onlar elbet her alanda büyük çaba gösteriyorlar, gösterdikleri bu gayretin olumlu sonuçlarını da alıyorlardı. Bunun en belirginini Türkân'da görmek olasıydı. Belki yaşının da gereği, onda olağanüstü değişiklikler oldu. Yaptığı sunumda gösterdiği başarıdan ötürü plaket ve birinciliği elde ettiğini belirten kutlama yazısı aldı. Üniversite giriş sınavında iyi bir sonuç getirdi. Okulunu bitirdi, hem de dereceyle. On sekizinci yaşını geride bıraktı, on dokuzuna girdi. Üniversitenin ikinci basamak sınavından aldığı sonuçla istediği bölüme girme hakkını garantiledi. Tüm bunlar hepi topu üç ayda oluşan değişikliklerdi.

Bunların hepsi için aileler arasında toplanıp bir kutlama yapmak gerekiyordu. Bunu düzenleme görevini Esin Öğretmen ile Cevriye üstlendiler. Yardımcıları ise her zaman olduğu gibi Meryem'di.

Kutlama hazırlıklarının en azından bazı bölümleri Türkân'dan gizlendi. Özellikle verilecek hediyeler.

Kutlama toplantısı yaş günü olunca herkes işini ona göre ayarladı. Ona daha önceleri de doğum günü kutlamaları yapılmıştı. Şimdikinin anlamı başkaydı. O nedenle ciddi bir planlama ve hazırlık gerekliydi. Neyin nasıl yapılacağından önce herkesin nasıl bir hediye alacağı konuşuldu. Alınacak hediyeler onun işine yarayacak cinsten olmalıydı. Başkaları sıradan hediyeler olsalar da onlardan önce alınan ve olanlar şöyleydi;

Esin Öğretmen ile Serdar profesyonelce kullanılabilecek fotoğraf makinesi, Tuna ile Cevriye iyi bir kamera, Meriç ile Zafer cep telefonu, Fidan ile Hâdi dizüstü bilgisayarı alıp hazırladılar.

Yaş gününü planlayanlar çiftliktekilerin fazla yorulmamaları için yiyeceklerin birçoğunu hazır aldılar. Mutfakta yapılacaklarla masanın düzenlenmesi, süslemelerin yapılmasında yardımcı olacak birini dışardan görevlendirdiler. O gün yine getir götür işleri için Hacer Hanım çiftlikte çalışan becerikli bir hanımı çağırdı.

Yaş günü ve diğer başarılarla ilgili konuşma görevini Esin Öğretmen, çalınacak müzik, söylenecek şarkı ve türküleri düzenleme işini ise Zafer üstlendi.

Onlar bu hazırlıkları yaparken Türkân başka bir hazırlığın peşindeydi. İki ailenin tüm bireylerinin doğum günü, evlilik yıldönümü kayıtlarına ulaştı. Onları sıraya koydu.

O akşam orada bulunanların hepsi düğüne gidecek ya da bayram günlerindeki denli önemli ve şık olmak için çalıştılar. Varsa eksiklerini tamamladılar. Oldukça uyumlu ve şık giyindiler.

Her şeyin eksiksiz olmasına özen gösterildi. Herkes belirlenen saatten önce orada olmak için elinden geleni yaptı. Bunu başardılar da... Hazırlanan programa göre yemekten önce yorgunluk çayı içildi. Bu arada Türkân'a alınan hediyeler belirlenen sıraya göre verildi.

Türkân beklemediği sürpriz hediyeleri aldıkça şaşırıyordu. En son babası Hüsmen Ağa eli kolu boş, Türkân'ın yanına geldi. Herkes nasıl bir hediye vereceğini merakla beklerken cebinden bir zarf çıkardı.

-Bununla sürücü belgesi kursu yaparsın. Sürücü belgesini alınca annenle ortaklaşa arabanı alacağımıza söz veriyoruz, dedi.

Son aylarda üst üste gösterdiği başarılarını ve doğum gününü kutladı. Hediye verme işinin bitmesinden sonra Esin Öğretmen:

-Sevgili Türkân, sendeki gizil gücü yıllar önce keşfedenlerden biri bendim. Bu günlerde gösterdiğin başarılar konusunda hep umutlu oldum. Ailenin sana verdiği desteği çok iyi değerlendirmesini bildin. Zor günler geride kaldı. Bundan sonra yapacaklarının alt yapısını aldığın iyi bir eğitimle oluşturdun. Gelecekle ilgili ciddi sorumlulukların altına giriyorsun. Tüm bunların altından başarı ile kalkacağından hiç kuşkumuz yok. Artık on sekizini bitirdin, ailenin, hatta toplumun daha fazla sorumluluğunu taşıyan biri oldun. Bundan sonra da sana olan desteğimiz ve güvenimiz daha fazlası ile sürecek. Sana buradakiler adına gönlünce başarı dolu bir gelecek diliyorum. Yolun ve şansın açık olsun.

Türkân, gelenlere, getirdikleri hediyelere teşekkür etti, ekledi:

-Bana olan güveninizi sarsmayacağım. Bu güne kadar verdiğiniz desteklerle bu başarıları elde ettim. Dolayısıyla benim bu başarımda hepinizin az çok payı oldu. Bana seçtiğiniz hediyeler bundan sonra neler yapmam gerekeceği konusunda sanki uyarı görevi yapıyorlar. Fotoğraf makinesi, kamera, dizüstü bilgisayarı ve diğerleri... -Önceden hazırladığı notları cebinden çıkardı.- Bana yıllar önce verdiğiniz bir görev vardı. Derslerimin yoğunluğu nedeniyle bu görevi epeyce aksattım. Çiftlikte yapılacak bu tür toplantıları planlama görevini üstlenmiştim. Tam yapamadım. Bundan sonra bunu nasıl yapabiliriz diye düşündüm. Düşünmekle de kalmadım yazıya döktüm. Bundan sonra İlker'in ve daha sonra doğacak çocukların her yıl doğum günleri ve evlenme yıldönümleri önceden verecekleri kararla yine burada kutlanacak. Anne ve babalar isterlerse her yıl doğum günleri, her beş yılda bir evlenme yıldönümleri kutlanacak. Bunların dışında yılbaşı, bayramlar ve buna benzer özel günlerde burada buluşulacak. Bu toplantıların hepsine herkes katılmayabilir. Bazılarından özelliğine ve o günün koşullarına göre kaçış yok!

Bunun, anneme ve Kıymet Teyze'ye ağır bir iş yükü getireceğini biliyorum. Çiftlikte çalışan hanımlardan biri bundan sonra evde çalışacak. Bizler de özel günlerde onlara yardım ederek işlerini hafifleteceğiz. Bu planı oylarınıza sunuyorum.

Kendi aralarında kısa bir değerlendirme konuşması yaptılar. Sonra hepsi onayladılar. Türkân'a verilen hediyeleri, çiftlik evindeki odasına Türkân, Meryem ve İlker birlikte taşıdılar. İlker:

-Sana çok hediye getirdiler. Hala gelecek doğum günümde ben de böyle çok hediye istiyorum, dedi.

Türkân, İlker'i kucaklayarak öptü:

-Olur, birtanem. Bundan sonra sana da çok hediye veririz.

Meryem:

-Gerçekten çok değerli hediyeler verdiler. Yalnız şunu merak ettim. Senin gibi genç kızlara getirilen hediyeler, çeyize konulacak eşyalar olması gerekirken, sana hep bu günlerde kullanacağın değerli hediyeler getirildiği dikkatimi çekti.

Türkân:

-Doğru söylüyorsun Meryem Abla. Bunlar da benim yapacağım mesleğin çeyizleri. Sağ olsunlar hepsi çok iyi düşünmüşler. Yarın üniversiteye başladığımda bunların hepsi işime yarayacaklar. Bunlar çeyiz sandığına kilitlenip yıllarca bekletilecek eşyalar değil.

Bu günden yarına kullanabileceğim iyi düşünülmüş değerli hediyeler. Bak istersen fotoğraf makinesini hemen kullanalım.

Fotoğraf makinesi resim çekmeye hazır hale getirildi. Yemek masasında oturan topluluğun haberi olmadan birkaç kare fotoğrafını çekti Türkân. Bunun farkına varanlar kendiliklerinden toparlanıverdiler.

Fidan:

-Ne yapıyorsun Türkân? Böyle habersiz fotoğraf çekilir mi? Makineyi bana verir misin? Resimleri ben çekeceğim.

O, hamileliğinin son günlerinde, o şişmanlığı ile fotoğraf karelerine girmek istemiyordu. Türkân makineyi Fidan'a verdi:

-Af edersin abla, senin amatör fotoğrafçı olduğunu birden unutmuşum, dedi.

Akşamın ilerleyen saatlerinde Türkân'la ilgili konuşmalar bitti. Gündeme Fidan'ın iyice yaklaşan doğumu girdi. Bu konu daha çok hanımlar arasında konuşuluyordu. Farklı futbol takımını tutan erkekler ise gündemlerinin değişmeyen konusu futbol karşılaşmaları, kendi takımlarının oyunlarındaki başarı ve başarısızlıklarını tartışmaya başladılar.

Fidan'ın doğacak kızının adını Kıymet Hanım'la Hacer Hanım ortaklaşa belirlediler. Turna adı üzerinde anlaştılar.

Hekimlerin yaptığı kontrollere göre doğumda bir sorun olmayacaktı. Bebeğin ve annenin sağlıkları gayet iyiydi. Doğum, Türkân'ın sınav sonuçlarının açıklanmasından önce olacaktı. Doğumla ilgili tüm hazırlıklar günler, haftalar önce bitirilmişti.

Fidan doğuma hazırlanırken, Türkân da Bosna-Hersek'e gitmeye hazırlanıyordu. Sınav sonuçları açıklanıp Fidan doğum yaptıktan sonra Mestan'ların çağrılısı olarak Saraybosna'ya gidecekti. Onun ön hazırlıklarını tamamladı.

* * *

Turna dünyaya geldi. Türkân'ın sınav sonucu açıklandı. Ailede iki sevinç birden yaşandı. Türkân sınavda beklediğinden daha yüksek puan alarak okumak istediği iletişim fakültesinde kayıt yaptırarak devam etme hakkını garantiledi. Hem de İstanbul'da çok istediği üniversitelerden birinde. Üniversitelerin öğrenci kayıtlarına zaman vardı. Türkân ise Bosna gezisi için tüm hazırlıklarını tamamlamıştı.

Bosna-Hersek'e gitmenin iki yolu vardı. Otobüs ya da tren yolculuğundan birini seçecekti. Gidip gelenlere sordu soruşturdu. Herkes farklı şeyler söyledi. Onları dinledikten sonra gidişi trenle dönüşü otobüsle yapmaya karar verdi.

Valize koyacaklarını koydu. El çantasına fotoğraf makinesini, kamerasını yerleştirdi. Onları yolculuk sırasında çekim için kullanacaktı. Giydikleri ile kendine gazeteci havası verdi. Elindeki not defterine daha Sirkeci Garı'ndayken gördüklerini yazmaya başladı.

Yol boyunca sınır kapılarında trenin gecikmeli hareketlerinin dışında bir zorlukla karşılaşmadı. Bunda en büyük yardımcısı bildiği iki yabancı dili oldu.

Saraybosna'ya gece yarısı ulaştı. Tren istasyonunda onu Mestan ile Suzan karşıladılar. Bosna-Hersek topraklarında içinden geçtiği büyüklü küçüklü yerleşme yerlerinde dikkatini en fazla çeken bu yerlerin gündüzleri tenha, geceleri karanlığa gömülmüş olmasıydı. Saraybosna'da bunlardan farklı değildi. Ana caddeleri tren garı, kentin meydanlarının aydınlanması bir kasaba görünümünden daha sönüktü. Belki gecenin geç saati olmasının da etkisiyle evlerin pencerelerinde pek az ışık görülüyordu.

Bu görüntüler, yol yorgunluğunun etkisi ile beklemediği bir karamsarlığa düştü. Bunu üzerinden atması gerekiyordu.

Hanna ile oğulları Türkân'ı karşılamak için yatmamışlardı. Onu büyük bir sevgiyle karşıladılar. Onun yorgun olmasına karşın saatlerce oturdular. Türkân:

-Ben yorgunum. Burada yapılacak çok işim var. Zamanım da sınırlı. Hemen yarından tezi yok işe koyulmam gerekiyor. Yatsak iyi olmaz mı?

Suzan ile aynı odayı paylaşacaklardı. Hanna:

-Odanız hazır. Türkân'ın eşyalarını odasına alın. İstersen duş al, dinlendirir.

Hazırlanan odaya yerleşirken Hanna kapıdan, "Kahvaltıyı saat kaç için hazırlayayım?" diye sordu. Türkân:

-Ne kadar erken olursa o denli iyi olur. Ben hemen işe koyulmalıyım.

Suzan:

-Anne bana seslen, kahvaltıdan sonra da ben Türkân'a eşlik ederim.

Kahvaltıdan sonra Türkân neler yapmak, nereleri görmek istediği ile ilgili hazırlıklarını anlattı. Bunların dışında daha neler yapabileceğini sordu. Bunun için gerekli araç-gereçlerini hazırladı. Hemen o gün işe koyuldu.

Yaptığı programa göre söyleşi yapabileceği yetkilileri, halktan insanları buldu konuştu. Notlar aldı, fotoğraf makinesi ve kamera ile görüntüledi, ses kaydı yaptı. Sırp kuşatması sırasında bombalanan yerleri gezdi. Oraları da aynı yöntemle kayıt altına ladı. Saraybosna'da yayımlanan gazeteleri ziyaret etti, gazetecilerle görüştü, soracaklarını sordu. Televizyon ve radyo evlerine gitti. Oradaki haberciler, yayın yetkilileri ile söyleşiler yaptı.

Bunları yaparken bir saniye bile zaman kaybetmek istemiyordu. Sabah erken kalkıyor, akşam geç saate kadar koşuşturuyordu. Bu koşuşturmaya Suzan ancak iki gün dayanabildi. Saraybosna'da daha iki günlük işi vardı. O günlerde ona Rüstem yardımcı oldu.

Elindeki programa göre gideceği yerlere yaya gidemezdi. Ya bir hatta birden fazla vasıtadan yararlanacaktı ki bu oldukça zor ve zaman alırdı. Ya da onu gideceği yerlere Mestan, arabası ile götürür getirirdi. İkinci yol tercih edildi. Mestan'la birlikte Suzan da gelmek istiyordu. Türkân'a:

-Ben senin koşuşturmalarına ayak uyduramıyorum. Gezilerinize de katılmak istiyorum, dedi.

Türkân:

-Gel katıl, fazla koşuşturmazsın. Yorulduğun yerde oturursun. Zaten senin gelmen gerekiyor. Bazı yerlerde fotoğraf makinesi ve kamerayı kullanacak birine gereksinmem olacak. Bu görevi de sen üstlenirsin. Bu arada çevirmenlik de yaparsın.

Gidilecek yerler bir gün önceden saptanıyor, uzak ya da yakınlığına göre sabah yola çıkılıyordu. Program akşam eve dönülecek şekilde düzenleniyordu.

Dedelerinin, Hersek ailesinin büyüklerinin yattığı mezarlıkları gezdi. Mezarlıkta bakımsızlıktan tanınmayacak hale gelmiş mezarlar gördü. Bunların çocukları ve torunları oraları terk edip başka yerlere gitmişlerdi. Kendinin görmek istediği mezarlar da pek bakımlı sayılmazdı. Zaten bazı mezarlar Sırp saldırısı ile tahrip edilmişti. Dedelerinin ruhuna bildiği duaları okudu, fotoğraflarını çekti. Mestan, Türkân'ın nasıl bir tepki göstereceğini bildiği halde:

-Dedenin ve ninenin mezarlarından bir avuç toprak al da...

Türkân duygulanmıştı:

-Alacağım Mestan Amca. Yalnız bizimkilerden değil, Muharrem Amca ile Halide Teyze'nin anababalarınınkilerden de alacağım.

Mezarlardan aldığı toprakları çantasından çıkardığı gazetelere sardı. Üzerlerine hangi mezarlardan aldığını not etti.

Mezarların başında, farklı duruşlarla fotoğraflar çektirdi. Mezarlığın genel durumunu kayıtlara geçti. O günün öğlen saatlerinde ailesinin eski köyüne gittiler. Sora soruştura akrabalarını buldular. Köylüler konukseverdi konuksever olmasına da böyle gazeteci kılıklı bir yabancıyı görünce konuşmaktan bile çekiniyorlardı. Mestan ve Suzan'ın konuşmaları, Türkân'ın bayan olması işlerini kolaylaştırıyordu. Köylülerin başka bir çekinceleri daha vardı. Gelen konuklarını ağırlayacak yiyecek ve içeceklerinin olmaması...

Türkân, hiç görmediği ama anası ve babasının sıkça anlattığı akraba ve aile dostlarını buldu. Onlara kendini tanıttı. "... Amca hanginiz? ... Hala, ... Teyze kim oluyor? ... Nine nerede?" Aldığı yanıtlar farklı oluyordu. "O işte bu. O içerde - birisi içerdekine sesleniyordu- ... Nine sizlere ömür çoktan öldüler."

Köydeki uzak yakın akrabaları, aile dostları ile topluca resimler çektirdi. Onların adlarını not etti. Ardında kamera kaydı yaparken bazılarına "kendinizi tanıtın" diyerek konuşmalarını kamera görüntüleri ile birleştirdi. Kamera ve fotoğraf makinesi ile köy ve çevresinin görüntülerini saptadı. Köylülerle söyleşilerini defterine not etti. Karşılanması soğuktu, ağırlanması ve uğurlanması sıcak ve içten oldu.

Bu geziler Türkân'ı hiç yormuyordu. Fazla zamanı olmadığı için hiç ara vermeden daha çok yer görmek istiyordu. Hanna:

-Çok yoruldun Türkân. Hastalanacaksın. Hastalanırsan burada sana bakacak hekim de bulamayız. Sonra Hacer Hanım'a nasıl hesap veririz? Burada; İstanbul, İzmir ve Bursa'daki gibi eğlenecek güzel mekanlar yok. Gene de yarın Pazar, piknik yapabileceğimiz bir yere gider, biraz dinleniriz. Orada değişik insanlar görür, onlarla söyleşi yaparsın. Onların resimlerini çekersin, farklı bir ortamda bilgi toplarsın.

Hanna'nın önerisine diğerleri de katıldı. Komşularını da çağırdılar. Pazar günü erkenden pikniğe gittiler. Kahvaltıyı orada yaptılar. Hava kararıncaya değin güzel bir havada dinlendirici bir gün geçirdiler. Türkân, savaş sonrasında savaşın izlerini henüz üzerlerinden atamayan insanların nasıl eğlendiklerini gözlemledi. Resimler çekti, söyleşiler yaptı. Hanna İstanbul'daki gibi şen şakrak Hanna değildi. Oldukça sakin ve ağırbaşlı davranıyordu. Türkân merak etti. Bunu Suzan'a sordu. Suzan:

-Biz hâlâ işgal altında sayılan bir ülkeyiz. Bu ortamda neşelenme, sınırlarımızı aşacak eğlenme hakkımız yok. Annem Türkiye'de kendini o özgür ortamda koyverdi. Burada onu yapamaz, dedi.

Piknik dönüşü Türkân, gezi programına baktı. Daha gidilip görülecek yerler vardı. Bunlardan biri Cevriye yengesinin köyü idi. Cevriye ondan mutlaka ama mutlaka köyüne gitmesini, oradaki akrabalarını, özellikle arkadaşlarını görmesini istemişti. Hatta arkadaşlarına vermesi için mektup yazmıştı. Saraybosna'dan o köye gitmek zor değildi. Köy yola yakındı. Kentler arası çalışan arabaların geçtiği yola. Mestan:

-O köye gidip gelmek zor değil. Benim önemli bir işim var. Oraya Suzan ve Rasim'le birlikte otobüsle gitseniz olur mu? diye sordu.

Türkân:

-Madem otobüsle gidilip geliniyormuş, neden olmasın?

Sabah erkenden kalktılar. Otobüsle Cevriye'nin köyüne gittiler. Sorarak onların komşularına sattıkları evi buldular. Kapıyı çaldılar. Türkân kendini ve yol arkadaşlarını tanıttı. Türkân'ın adını duyan evin genç kızı bir çığlıkla koştu Türkân'a sarıldı:

-Sen demek O'sun? Cevriye ablanın mektuplarında uzun uzun anlattığı görümce Türkân sensin ha?

Ayrıldı, yüzüne baktı, bir daha bir daha sarıldı. Kolundan tuttu evin en rahat edilebilecek yerine götürdü. Diğerleri ile de hoş beş etti. Onlara da rahat edebilecekleri yerler gösterdi. Kendi oturmadan:

-Dur hele Türkân Abla, Leyla ile Semiha'yı çağırayım. Eğer iki dakika gecikmeli haber verirsem bana yapmadıklarını koymazlar.

Bahçeye indi. Bahçe duvarından bitişik evdekilere seslendi:

-Leylaaaa! Semihaaaa! Tez gelin! Gelin de kim gelmiş görün!

Kızlardan önce bu çağrıyı anneleri duydu:

-Ne oldu kızım? Yangın mı var? Yoksa yeni bir saldırı haberi mi duydun?

-Hayır, Leman Teyze hayır! Hiçbiri değil! Fazla soru da sorma! Leyla ile Semiha çok çabuk buraya gelsinler!

Son tümceyi Leyla ile Semiha duydular. Hemen duvardan atladılar ve geldiler.

-Gene ne var? Ne oluyor Cemile? Derken eve gelen konukları gördüler.

Cemile onların ellerinden tutup Türkân'ın yanına götürdü:

-Bakın bu kim? Nereden gelmiş biliyor musunuz?

-Hayır, nereden bilelim? Dedi Leyla ile Semiha.

-Bilemezsiniz elbet nereden bileceksiniz? Bu Türkân Abla, Cevriye Abla'nın görümcesi, İstanbul'dan onun yanında geliyor. Ondan, Şevki Amca'dan, Kıymet Teyze'den bize haber getirmiş!

Leyla ile Semiha da Türkân'ı kucakladılar. Onu öptüler. Herkes ayaktaydı. Suzan ile Rasim'i de selamladılar. Leyla:

Demek İstanbul'dan onların, Cevriye Abla'mızın yanından geliyorsun? Aaah ah! O güzel insanlar... Canım Cevriye Ablam...

Gözleri dolu dolu oldu. Cemile'nin annesi geldi yanlarına:

-Ne oldu çocuklar, bir anormallik mi var? Hepiniz ayaktasınız? Neden oturmuyorsunuz?

Gençler birbirlerine baktılar, yerlerine oturdular. Türkân ve yanındakilere hoş geldiniz deyip hal hatır sormayan komşu kızları Hacer'in annesini, babasını soruyorlardı. Semiha:

-Ne olur, Cevriye Abla'yı anlatır mısınız?

Türkân, heyecanı biraz daha arttırmak için çantasını açtı. Üzerinde "Cemile, Leyla, Semiha'ya" yazılı kalınca zarfı çıkardı. Zarfı almak için üçü birden uzandı. Zarf Cemile'nin elinde kaldı. Zarfta bir dolu fotoğraf ile arkadaşlarına yazılmış bir mektup vardı. Mektubu okumadan üç beş birbirine yapıştı. Altı göz birden resimlere baktı. Resimlere baktıkça donup kaldılar.

Cevriye; nişan, düğün, gelin, market, çiftlik, en önemlisi İlker'in resimlerini göndermişti. Peşpeşe hepsine baktılar. Cemile ardından mektubu okudu. Üçünün de verdiği tepkiler görülmeye değerdi. Resimlere bir daha baktılar. Onların bu davranışlarını Türkân kamera ile kaydederken Suzan da resimlerini çekti. Rasim, beş genç kız arasında nasıl davranacağını bilemiyordu. Onların bu şaşkın, karmakarışık duygularını Cemile'nin annesinin ikinci kez yanlarına gelerek onların duruşlarına şaşkınlıkla bakıp "Haydin artık acıkmadınız mı? Sofra hazır" Sözleri bozdu.

Rasim:

-Durun hepiniz bir araya gelin de birkaç poz resminizi çekeyim, dedi.

Cemile'nin annesi bu giysilerle olmaz dediyse de birkaç kare fotoğrafları çekildi. Cemile, Leyla, Semiha hep Cevriye'yi, Tuna'yı ve hiç görmedikleri İlker'i soruyorlardı. Fotoğraflar arasında Tuna'nınki yoktu. Demek Cevriye mektupta da ondan söz etmemişti.

Yemek sırasında Türkân, evin büyüklerinin sorularını yanıtladı. Onlara bazı sorular sordu.

Öğleden sonra Cevriye'nin çocukluk ve gençlik yıllarını geçirdiği evi, bahçeyi, mahalleyi, köyü gezdi. Resimler, kamera görüntüleri çekti. Köyün ileri gelen yaşlıları ile kendini tanıtarak söyleşiler yaptı. Saraybosna'ya gidecek son arabanın geliş saati yaklaşıyordu. Cemile, Leyla, Semiha:

-Bu gece burada kalacaksınız. Sizi bırakmayız, dediler.

Türkân, kalmak yanlısı idi. Suzan ile Rasim:

-Dönmek zorundayız. Evdekilere döneceğimizi söyledik. Dönmez isek onlar meraktan çatlarlar.

Cemile Rasim'e:

-Sen git ailenin merakını gidererirsin. Yarın gelmene gerek yok, biz onları buradan arabaya bindirir göndeririz.

Leyla:

-Hem de geciktirmeyiz. En geç öğle üzeri orada olurlar.

Rasim'i gönderdiler. Türkân ile Suzan orada kaldı. Rasim eve yalnız geldiğinde daha o tek söz söylemeden Hanna:

-Açıklama yapmana gerek yok. Seni sepetlediler değil mi? Ben bunun böyle olacağını biliyordum. Gene de sen gelmesen çok merak ederdik. İyi ki seni göndermeyi akıl etmişler.

Beş genç kız o geceyi sabaha kadar uykusuz geçirdiler. Konuşacak bir yığın ortak konu buldular. Sabah şafak sökerken birkaç saatliğine de olsa uyumak için giysileri ile buldukları yere uzandılar.

Cemile'nin annesi ve babası onların uykuya ne zaman daldıklarını biliyorlardı. Çünkü onlar şafak sökmeden kalkmış işe koyulmuşlardı. O sabah Cemile'nin yapması gereken işleri de onlar üstlendiler. Leyla ile Semiha'nın ailesine de sessizce haber verdiler. Kendileri kalkıncaya kadar da onlara seslenmediler. İlk uyanan Türkân oldu. Diğerlerini de uyandırdı. O fazla gecikmeden Saraybosna'ya dönmek istiyordu. Yapılacak daha çok işleri vardı.

Apar topar bir şeyler yedi. Çantalarını hazırladı. Cemile'nin babası:

-İsterseniz sizi ben götüreyim, dedi.

Türkân:

-Buna gerek yok, yoldan arabaya bindir. Biz gideriz, dedi.

Cemile, babası, Leyla ve Semiha yola kadar eşlik ettiler. Gelen otobüse onları bindirerek uğurladılar. Onları Saraybosna'nın otogarında sabahtan beri bekleyen Rasim karşıladı, eve götürdü.

Uykusuz ve yorgunluğun etkisi, biraz da işlerin bitmesi nedeniyle Türkân o günü dinlenerek geçirdi. Hanna onunla konuşmanın tadını çıkardı. Bol bol soru sordu. Karşılıklı anlattılar.

Türkân, Mestan'a, Tuna Abisi'nin bacağını kaybettiği yeri sordu. Mestan:

-Ben orayı biliyorum. Ancak askeri bölge olduğu için benimle gidersen yakıştıramazlar. Bunu başka türlü yapacağız. Televizyon habercisi tanıdığım bir bayan var. O gazeteci kimliği ile her yere rahatlıkla girebiliyor. Bu gün işi varmış. Yarın birlikte gidebileceğini söyledi. Ben sizi arabayla götürür, getiririm. Bu gün Saraybosna'da istersen belediye ve televizyon binalarını gezersin. Yakında Sırp kıyımında öldürenlerin topluca gömüldüğü yere gideriz.

Türkân:

-Önce şu toplu mezarın bulunduğu yere gidelim zaman kalırsa diğer yerlere de uğrarız.

Türkân, gittiği yerlere Suzan'ın da gelmesini istiyordu. Hanna nedense buna karşı gelmiyor, tersine birlikte gitmeleri için fırsat kolluyordu.

Toplu mezarların bulunduğu yere gittiler. Orası oldukça kalabalıktı. Belli bir alan tel örgülerle çevrilmiş, Birleşmiş Milletler askerleri tarafından koruma altına alınmıştı. Tel örgü boyunca yer yer nöbetçiler görev yapıyorlardı. Her isteyeni alanın içine sokmuyorlardı. Tel örgünün iç ve dış kısmında orada öldürülenlerin isimleri, fotoğrafları, isim listeleri vardı. Bunlara dokundurulmuyor, resimlerinin çekilmesine izin veriliyordu.

Orada öldürülenlerin ailelerinin, yakınlarının ziyaret etmelerine yalnız Cuma günleri izin veriliyordu ve o gün orası ana-baba günü oluyordu. Türkân'ın gelişi de o güne denk düşmüştü. Bunu kendisi için bir avantaj kabul etti. Şehit aileleri, yakınları ile söyleşi yaptı, onların resimlerini çekti, onlarca resimler çektirdi.

Orada başka hiçbir yerde göremediği yerli ve yabancı bir dolu gazeteci ve televizyon habercisi ile karşılaştı. Bunlar mesleklerinin ustası olan insanlardı. Hiç görmediği fotoğraf makineleri ile kameralarla görüntü alıyor, oradaki görevlilere hemen her dilden sorular soruyorlardı. Kendine gazeteci süsü vererek onların arasına karışmakta gecikmedi. Almanca ve İngilizce dillerinde bir sorunu olmadığından o dillerde sorulan soruları, verilen yanıtları defterine kaydetme fırsatını kaçırmadı. Sorular daha çok Birleşmiş Milletle görevlilerine katliamın ne zaman nasıl yapıldığı üzerineydi. Kendisi de sorular hazırlamıştı ama bir türlü sorma fırsatı bulamıyordu.

Haberciler onar kişilik gruplar halinde koruma altına alınmış alandaki Birleşmiş Milletler görevlilerince gezdiriliyor, görevli onlara açıklamalarda bulunuyordu. Türkân'ın fotoğraf makinesi ve kamera taşıdığını görenler, onu da haberci sanarak içeri girmesine izin verdiler. İçeri girenler anlatılanları dinlerken sorular soruyor, kendi aralarında konuşuyor, daha yakından fotoğraf çekiyor, kamera kaydı yapıyorlardı. Türkân, gençliği, güzelliği ile dikkat çekti. Alman bayan bir gazeteci ile İngiltere'den gelen Kıbrıs kökenli bir erkek gazeteci onun yanına yaklaşarak selam verdiler, el sıkıştılar. Karşılıklı ön adlarını söyleyince iki gazeteci de Türkân'ın Türkiye'den geldiğini anladılar.

İki gazeteci de çat pat Türkçe biliyorlardı. Türkân'a Türkçe ne denli genç ve güzel olduğunu söyleyerek iltifat ettiler. Türkân bu yakınlaşmayı fırsat bilerek onlara bir yığın soru sordu. Aldığı yanıtları kayda geçti. Fotoğraf çektirdi, kamera kayıtları yaptırdı. Onlardan daha fazla yararlanmalıydı. Ne de olsa onlar da usta gazeteciydiler.

Her Cuma şehit aileleri ile birlikte bir din görevlisi getiriliyor, açık havada Cuma Namazı kılınıyor, ardından şehitlerin ruhuna kuran okunuyor, dua ediliyordu. Ezanın okunmasından namaz ve duanın bitimine karda içeri kimse sokulmuyor, Birleşmiş Milletler görevlileri de öğlen dinlencesinde oluyorlardı.

Namaz kılınacak genişçe bir alan o gün için hazırlanıyordu. İsteyen hanımların namaz kılabilmeleri için ayrı bir bölüm düzenliyordu. Namaza katılmayanlar ise onlara saygı duyarak sessiz bir köşede bekliyorlardı.

Namazdan sonra şehitliğe yalnız yakınlarının ve akrabalarının girişine izin veriliyordu. Birleşmiş Milletler'in üst görevlilerinden biri o gün özel görevle orada bulunuyordu. Bu görevli her hafta farklı uluslardan biri oluyordu. O Cuma görevli subay çok dil bilen bir Alman'dı. Habercilerle çaylı bir toplantı yapılıyordu. Buna bir tür basın toplantısı da denebilirdi. Bu toplantıda habercilere bilgi veriliyor, onların yanıtları alınıyordu. Sorular genellikle İngilizce, yanıtlar da öyleydi.

Türkân, yeni tanıştığı İngiliz ve Alman gazetecilerle bu toplantıya katıldı. İlk kez bir gazeteci gibi ayağa kalktı, kendini tanıttı ve sormak istediklerini sordu. Onun sorularını, aldığı yanıtları Alman gazeteci Türkân'ın kamerasına kaydetti. Kıbrıslı gazeteci fotoğraflarını çekti.

Basın toplantısından sonra Türkân yeni tanıştığı gazetecilere zamanları varsa kendileri ile biraz konuşmak istediğini söyledi. Kendisi ile onlar arasında ortak yönler buldu. Mestan ve Suzan'ı da çağırdı. Açık hava çaycılarının birine gittiler sakin bir köşe seçip oturdular.

Türkân, önce Kıbrıs kökenli gazeteciye 1960'lı yıllarda Kıbrıs'ta yapılan toplu öldürmeleri sordu. Onu dinledikten sonra Alman gazeteciye Almanya'da Hitler'in yaptığı işkenceleri, fırında yakılanları sordu. Dedesinin, birçok akraba ve yakınını Hitler faşizmi sırasında kaybeden Alman, üzüntülerini gizleyemedi. Anlatmaya başladı. Zaman olsaydı saatlerce konuşacak içini dökecekti. Onun söyledikleri dinleyenlerin hepsini duygulandırdı. Türkân:

-Ama sizin yöneticileriniz o günleri unutmuş gibi görünüyorlar. Kendi çıkarları söz konusu olunca geçmişlerini unutuyor, başka ülkelerde insanların toplu öldürülmesine göz yumuyorlar. Yakın tarihte bunu hep gördük, duyduk, yaşadık. Kore'de, Vietnam'da, Kamboçya'da, Afrika'nın diğer ülkelerinde, daha yakın tarihte Irak'ta, Afganistan'da bunlara göz yummadılar mı? Bu gün hala Irak ve Afganistan'da sürüyor. Bunlar yetmiyormuş gibi bir de Avrupa topraklarında Bosna-Hersek'te olanlar... Birlikte gezdik, taze kan kokularını kokladık...

Alman gazeteci:

-Evet haklısınız. İnsan yöneticilerini seçiyor seçmesine de yönetim şekillerine karışıp yönlendiremiyor. Onlar kendi çıkarları için kendi vatandaşlarını bile tehlikeye atıyorlar. Ne acı ki çoğu zaman medya patronlarını ve çalışanlarını da bu kirli düşüncelerine alet ediyorlar. Siz gazetecilik mesleğini seçtiğinizi söylediniz. İlerde bunları yaşayacaksınız. Biz bir dolu haber topladık, bunları çalıştığımız medya grubunun yayınlayacağını mı sanıyorsunuz? İsterseniz topladığınız bilgileri ülkenizin medya yöneticilerine götürün. Nasıl kuşa çevirip öyle yayınladıklarını görürsünüz...

Türkân:

-Dedenizin Hitler'in güçleri tarafından öldürüldüğünü söylediniz. Yoksa?

-Evet, baba tarafından Yahudi kökenliyim. Babaannem Alman ırkından. Ne yazık ki o da savaşın pisliklerine kurban gitmiş.

Türkân:

-Yanılmıyorsam ve gördüklerim doğruysa şu anda sahibi Yahudi olan bir medya kuruluşunda görev yapıyorsunuz. Yahudiler Hitler faşizminin buna bağlı olarak ikinci dünya savaşının baskısı altında ezildiler. Neredeyse Avrupa'da uygulanan soykırımla soyları tükenmeye yüz tuttu. Buna karşın patronunuz nasıl oluyor da savaşta ölen insanları insan hakkı ihlallerini sansürleyebilelim? Ve siz tüm bu gerçekleri bildiğiniz halde vicdan rahatlığı ile o medya kuruluşunda gazetecilik yapıyorsunuz?

-Türkân Hanım, siz bir meslek seçmeye karar vermişsiniz. Daha bu işin çok dışındasınız. İçine girdiğiniz ilk günlerde hocalarınız ve mesleğin ustaları o denli insancıl ve güzel konulara değinir, anılarını anlatırlar ki, bu mesleğe aşık olursunuz. Her geçen gün gerçeklerle yüz yüze geldikçe "Hayır, bunlar gibi olmayacağım" çığlıkları atar, vicdanınızın sesi ile işinize biraz daha ciddi sarılırsınız. Eğer kendinizi çok iyi yetiştirir, aranan eleman olursanız pek zorluğunuz olmaz. Yok, sıradan bir gazeteci olursanız, siz siz olamaz patronun ve medya yöneticilerinin güdümünde, onların istediği doğrultuda bir meslek yaşamınız olur.

-Patronumun milliyetine gelince... İnsanın varsıllığı belli bir sınırın üstüne çıkınca ona hiç kimse milliyetini sormaz. Hele uluslar arası arenaya gelecek düzeydeyse böylelerine dünya vatandaşı gözüyle bakılır. Onların yaşamları ve ilişkileri de ona göre düzenlenir. Onlardan uzak olan tehlike tehlike değildir. Biraz önce savaş oyunlarının hangi ülkelerde oynandığını söyledin. Şunu hepimiz biliyoruz ki bunlar savaş değildir. Bir ülkenin çıkarları için başka bir ülkeyi tek yanlı işgal etmesi. İşgal güçlerinin ön saflarındakiler ise ya paralı askerler ya da işgalci ülkenin halk çocuklarıdır. İkinci Dünya Savaşı'ndan sonra varsıl ülkelerin topraklarında "Avrupa, Amerika, Rusya, Kanada gibi..." Hiç savaş çıktı mı? Sözü uzatmayayım. Bu söylediklerimi bile gazetemde yazdırmazlar, radyo ve televizyonlarda söyletmezler.

Türkân, duymak istediklerinden daha fazlasını duymuştu. Alman ve İngiliz gazetecilerin adreslerini, telefon numaralarını aldı. Kendininkini de onlara verdi.

Türkân'ın Bosna-Hersek gezisi için ayırdığı zaman bitiyordu. Yaptığı plana göre görmek istediği iki yer vardı. Sırbistan ve Hırvatistan sınırı. Bu sınırlar birbirinden uzak olduğundan farklı günlerde gidilip gezilebilirdi. Ancak buralara giderken çok dikkatli olmak zorundaydı. Özellikle Sırplar sınıra yaklaşanları çok sıkı sorgudan geçiriyor, fotoğraf ve kamera çekimlerine izin vermiyorlardı.

Önce Hırvatistan sınırına gittiler. Suzan artık Türkân'ı yalnız bırakmıyordu. Sanki onun yaptıklarına özenircesine yardımcı da oluyordu. Sınıra yaklaştıklarında yine gazetecilerle karşılaştılar. Türkân biraz rahatladı. Sınırda olanlar resimleri nasıl çekiyor, kamera kayıtlarını nasıl yapıyorlarsa kendi de benzerini yapacaktı. Birinin kamerasında bir Türk gazetesinin logosunu gördü. Yaklaşarak ona selam verdi. Tanıştılar. Gazeteci Türkân'a:

-Gazeteci misiniz? Hangi gazetede çalışıyorsunuz? Diye sordu.

Türkân:

-Henüz gazeteci değilim. İlerde gazeteci olacağım. Siz nerden gelip nereye gidiyorsunuz?

-Ben gazetemin Avusturya temsilcisiyim. Birkaç günlüğüne bir geziye çıktım. Parçalanan Yugoslavya'nın şimdiki durumu ile ilgili bilgi topluyorum. Yeni kurulan parça devletler arasındaki sınırları inceliyorum. Dün Sırbistan'a sınırı olan iki ülkenin sınırlarını gezdim.

Türkân burada sözün arasına girdi:

-Sırbistan sınırının kötü olduğunu, geçiş yapmayacakların sınıra yaklaştırılmadıklarını duydum. Doğru mu? Biraz anlatır mısınız?

-Evet, epeyce sıkı tutuyorlar. Gazeteci kimliği olmayanları sınıra pek yaklaştırmıyorlar. Fotoğraf ve kamera çekimini oldukça sınırlı tutuluyor. Gazeteci olmayanları böyle çekim sırasında yakalarlarsa çektikleri filmlere ve çiplere el koyuyorlar. Eğer oraya gitmeyi düşünüyorsan çok dikkatli olman gerekiyor. Makinelerine yeni film ve çip tak el koysalar da eskileri kurtarmış olursun. Elden geldiğince İngilizce, biliyorsan Rusça dışında bir dil konuşma. Boşnakça, Arnavutça, Türkçe konuşanı duydukça tavırları birden değişiyor. Karşılarında bir düşman görmüş gibi oluyorlar.

Türkân, verdiği bilgiler ve yaptığı uyarılar için gazeteciye teşekkür etti.

Hırvatistan sınırındaki gezileri çok kısa sürdü. İsteseler belki sınırı geçebilirlerdi. Buna gerek duymadılar. Türkân:

-Buralarda fazla oyalanmayalım. Gereği kadar yorgunuz, eve gidip dinlenelim. Yarın gezimizin son günü, onun hazırlığını yaparız, dedi.

Orada ve yollarda fazla oyalanmadan eve döndüler. Hanna Türkân'a:

-Arnavutluk'a ya da Kosova'ya gitmek ister misin? İstersen ben de sizinle gelebilirim.

-Hanna teyze çok isterdim ama zamanım yok. Yarın Sırbistan sınırına gideceğiz. Bir gün hazırlık yapacağım ve dinleneceğim. Ondan sonra dönüş yolculuğu başlıyor. Buralara çok gelişim olacak o zaman umarım kendi arabamla gelirim. Birlikte oraları da gider gezeriz.

Rasim sürücü belgesini alalı birkaç ay olmuştu. Babası ona arabasını kullanmasına, hele kendi yanında olmadan pek izin vermiyordu. Uzun yol için kesinlikle…

Sırbistan sınırına gidileceği gün Mestan'ın önemli bir işi çıktı. Böyle durumlarda arabayla birileri bir yere gidecek olursa kayınbiraderine güvenir arabayı ona verirdi. O da orada yoktu. Rasim:

-Baba, arabayı ben kullanabilirim. Bana güven. Bu konuda ben kendime güveniyorum. İnan bana çok dikkatli olurum. Yanımda Rüstem, Suzan, Türkân olacaklar. Hız konusunda onlar beni uyarırlar. Zaten yollar hız yapmaya uygun değil.

Hanna:

-Çocuk doğru söylüyor, Mestan. Arabanı bu gün vermeyeceksin de ne zaman vereceksin. Sen böyle yaptıkça Rasim'in cesaretini kırıyorsun. Gerekirse ben de birlikte giderim. Oğlumun yanına oturur, dikkatli araba kullanmasına senin yerine ben yardımcı olurum.

-Tamam, arabayı veriyorum ama sen evde kal Hanna. Gelen konuklarımla eve kahve içmeye gelebiliriz. Gençler kendi başlarına gitsinler, dedi Mestan.

Suzan:

-Yaşasın babam! O bir tanedir.

Mestan:

-Yalnız, özellikle Sırp asker ve polislerine karşı dikleşmeyin. Karşılarında Bosna plakalı bir arabada dört genç görünce şüphelenir, öfkelenirler. Arabanın evraklarını, sen sürücü belgeni istediklerinde hemen bulabileceğin yere koy. Kimliklerinizi yanınıza almayı unutmayın. Sordukları sorulara kızmadan yanıt verin. Türkân, sen de fotoğraf ve kamera çekimlerinde dikkatli ol. Hatta izin almadan çekim yapma. Aksi durumda makinelerini elinden alırlar. Oralarda fazla oyalanmayın, işiniz bitince hemen dönün ki bizi meraktan kurtarın.

Dört genç, sabah erkenden kahvaltı bile yapmadan yola koyuldular. Hepsi hazırlığını akşamdan yapmıştı. Yol boyu Sırp işgalinin yıkıntılarını gördüler. Doğru dürüst ne dinlenecek, ne karın doyurabilecek bir yer bulamadılar. Hanna'nın hazırlayıp koyduğu yiyecek ve içecekler olmasaydı açlıktan bitkin düşerlerdi.

Rasim, arabayı oldukça özenli kullandı. Babasının söylediklerine hepsi uydu. Gerçekten de Sırp asker ve polisi her tarafta sıkı denetim yapıyordu. Sınırdaki geçiş kapısına iki kilometre kala durduruldular. Oradaki Sırp görevliler nereye gittiklerini sordular. Sınır bölgesini gezmek istedikleri yanıtını alınca, arabayla nereye kadar gidebileceklerini söylediler. Ondan sonra belli bir yere kadar yaya gidilebileceğini daha ilerisinin yasak olduğunu söylediler. Kamera çekiminin yasak olduğunu ancak izin alınarak fotoğraf çekebileceklerini söylemekle kalmadılar. Bir de uyulması gereken kuralları içeren Sırp, Boşnak, İngiliz diliyle yazılmış birer kâğıt verdiler. Bunlara uymazsanız ceza yersiniz diye de uyardılar.

Söylenen ve yazılanların hepsine titizlikle uydular. Sınır bölgesinde iki yol vardı. Biri transit geçiş yolu, diğeri o bölgeyi gezmeye gelenler için engelli yol. Transit yoldan karşılıklı yüzlerce araba geçiyordu. İki yol arasındaki mesafeden ötürü transit geçenleri görmek olası değildi.

Rasim arabayı söylenen yere park etti. Rüstem:

-İsterseniz siz gidin, ben burada kalıp arabayı bekleyeyim. Burası pek tekin değil gibi geliyor bana. Arabaya en küçük bir şey olursa babamın dilinden kurtulamayız.

Suzan:

-Evet, doğru söylüyorsun. Biz atımızı sağlam kazığa bağlayalım.

Rasim arabanın yanında kaldı. Diğerleri Sırp sınır görevlilerinin uyarılarını göz önünde tutarak Türkân'ın görmek istediklerini görmeye, göstermeye çalıştılar. Türkân burada fotoğraf çekmek yerine gördüklerini not etmeye çalıştı. Sınır kapısının yanında yükselen bir tepe vardı. Oradan sınırın Sırp tarafındaki yakın bir yerleşme yeri görülebiliyordu. Oraya tırmandılar. Oradan Sırp tarafını gözetlemek hatta fotoğrafını çekmek serbestti. O tarafta savaş yıkıntısından hiçbir belirti yoktu. Türkân peşpeşe aceleyle oranın fotoğrafını çekti. Not defterine şunları yazdı:

" Sırplarla Bosnalıların savaşmadığı buradan belli, bu, iki tarafın savaşı olsaydı Bosna'ya en yakın yerleşim yerinde de savaşın yıkıntıları olurdu."

Fazla oyalanmadan arabaya döndüler. Rüstem:

-Acele edelim! Siz gideli beş kere sorguya çekildim. En kısa zamanda buradan uzaklaşalım.

Zaten diğerleri de aynı düşüncedeydiler. Arabaya binerek hemen oradan uzaklaştılar. Evlerine ön gördüklerinden iki saat önce döndüler. Mestan henüz işten eve gelmemişti. Hanna:

-Ne oldu çocuklar? Neden böyle erken döndünüz? Yoksa sınır kapısını gezmenize izin vermediler mi?

Suzan:

-İzin vermesine verdiler de bir yanda babamın sıkı sıkı tembihleri, öte yandan Sırp Asker ve Polislerinin sıkı denetimi gezimizi çabuk bitirmemize neden oldu. Sen bu soruları bırak da yiyecek ne var ondan haber ver. Karnımız zil çalıyor.

Türkân'ın gezi için yaptığı program tamamlandı. Ertesi yani gezisinin son günü adına alışveriş denirse biraz hediyelik aldı. Eşyalarını yerleştirdi. En önemlisi kamera, not defteri, film ve çiplerdi. Onları en güvenli şekilde yerlerine sakladı. Fotoğraf makinesini yanına alacaktı. Onun çipini değiştirdi. Pasaportunu, otobüs biletini, yol haritasını el çantasına koydu. Dönüşü, Makedonya, Yunanistan üzerinden yapacaktı. Çıkarken Kapıkule sınır kapısını tercih etmişti. Girişi İpsala'dan olacaktı.

Dönüşte sabah erken hareket eden otobüsün ön koltuğundan bilet almıştı. Amacı o günün akşamına kadar gündüz gözü ile çevreyi görmek, fotoğraf çekmek gezi notları almaktı.

Tüm aile gelerek onu otobüs garından yolcu ettiler. Hanna hazırladığı yolluğu verdi.

-Yolda doğru dürüst yiyecek içecek bulamayabilirsin. Bunlarla idare edersin, dedi.

Suzan:

-Gene gel bekleriz.

Türkân:

-Ben ilk fırsatta gene geleceğim ama sizi de bekliyorum.

Yolların tenha olacağını düşünerek yolculuğa hafta sonu çıkmayı yeğledi. Cumartesi sabahı erkenden yola çıktı. Eski Yugoslavya şimdi balkanlaştırılmış ülkelerde yol alırken hep iç savaşın yıkıntılarını, olumsuzluklarını gördü. Fotoğraflarını çekti. Makedonya üzerinden Yunanistan'a geçti. Otobüsler orada bir gece konaklıyor, sabah erkenden Türkiye'ye günübirliğine alışverişe gidecek olan Yunanlı yolcuları alıyordu. Oraya kadar otobüs yarı dolu geliyordu.

Yunanlı yolcuları alıp yola koyuldular. Türkân, gece uykusunu iyi uyuduğundan gündüz gözünü kırpmadan yol boyu çevresini seyretti. Konakladıkları yer Türk sınırına yakındı. Sabah fazla gecikmeden İpsala sınır kapısına geldiler. Yunanistan'a girdikten sonra gerginliği azalan Türkân, Türkiye'ye girince iyice rahatladı.

Yunanistan'dan binen yolcular Keşan'da inince otobüsün yolcu sayısı yine azaldı. Yolda başka yolcu olması yasak olduğundan fazla oyalanmadı. Öğleden sonra İstanbul'a ulaştı.

Yolculuk sırasında sınır kapılarında korktuklarından hiçbiri başına gelmedi. Rahat bir yolculuk yapmış sayılırdı.

İpsala sınır kapısından girince Hâdi eniştesine telefon etti. Hangi saatte İstanbul'da olabileceğini bildirdi. Tuna'nın çok yorgun olduğunu biliyordu. Türkân'ı otogarda Hâdi karşıladı. Doğru onların evine gittiler. Bunda biraz da yeğenini görme isteği yatıyordu.

Türkân, döndüğünü Cevriye yengesine, Esin Öğretmene ve çiftliktekilere bildirdi. O geceyi Fidan ablasının evinde geçirdi. Yol yorgunluğuna aldırmadan neler yapacağını planladı. Fotoğraflar yaptırılıp sıraya konacak, aldığı notlar düzenlenecek, kamera kayıtları gözden geçirilecekti. Daha o akşam onlarla uğraşmaya başladı. Sabahleyin Hâdi işe giderken onu markete bıraktı. Tuna'ya:

-Abi bana birkaç gün daha izin ver yapacaklarım var. Onları düzene koyayım ondan sonra işe koyulurum, dedi.

İlk işi bir fotoğrafçıya gitmek oldu. Fotoğrafçı çok uzakta değildi. Onu yakından tanıyordu. Çipleri verdi. Önce her birinden birer tane yapılmasını istedi. Yüzlerce resim çekmişti. Onları ayıklayacaktı.

Eşyalarını aldı eve gitti. Hemen tuttuğu notları düzenlemeye başladı. Bazen üç dört hafta çiftliğe gitmediği olurdu. İki haftadır göremediği anne ve babasının özlemi burnunda tütüyordu. Hemen gitti onları gördü.

Türkân'ın Bosna-Hersek gezisini herkes ama farklı şekilde merak ediyordu. Örneğin babası, annesi, Muharrem, Halide, Şevki ve Kıymet'in merakı ile Tuna ve Cevriye'ninki ayrıydı. Esin Öğretmen'i Serdar, Zafer, Meriç ablası, eniştesi de daha bir farklı merak ediyorlardı. Türkân ise hepsinin her türlü meraklarını giderecek bilgilerle, belgelerle döndü. Merak farklılığını bildiği için onlara ayrı ayrı yorulmadan, usanmadan ve görüntülerle anlatacaktı gezisini.

Türkân, Bosna-Hersek gezisine çıkmadan önce Esin Öğretmen ile Serdar da tatil yapmak üzere İstanbul'dan ayrıldılar. Türkân döndüğünde onlar hâlâ tatildeydiler. Türkân telefonla arayarak, geziden döndüğünü, kendilerinin nerede olduklarını ve ne zaman geleceklerini sordu.

Gezi izlenimlerini ilk Esin Öğretmenle paylaşacaktı. Topladığı bilgi ve belgelerin düzenlenmesinde onun yardımını isteyecekti. Onlar izinden dönünceye değin geziyile ilgili izlenimlerini başkalarına ayrıntılara girmeden anlattı. Yapılmış fotoğrafları aldı, kaba bir düzene soktu. Unutmamak için sıcağı sıcağına arkalarına hangi fotoğrafın nerede çekilmiş olduklarını yazdı.

Esin Öğretmenler daha İstanbul'a dönmeden onunla hangi gün buluşacaklarını belirledi. Ona görüşmelerinin uzunca süreceğini söyledi. Esin Öğretmen de Türkân'ın ilk ve tek başına yaptığı, hem de Bosna-Hersek gibi riskli bir ülkede gerçekleştirdiği gezinin sonucunu ve izlenimlerini merak ediyordu.

Geziden geldiklerinin ertesi günü buluşmaya karar verdiler. Serdar arabası ile geldi. Türkân'ın birkaç karton kutuya yerleştirilmiş eşyalarının ne olduğunu bilmeden:

-Türkân onlar ne? Diye sordu.

-Evde paketleri açtığım zaman görürsün.

Serdar evde hazırladıkları alışveriş listesine göre marketten alınacakları aldı. İşçilerden biri onların hepsini Serdar'ın arabasına yükledi. Tatil dönüşü evde yapılacak bir yığın iş vardı. Esin Öğretmen'in üzerindeki yol yorgunluğu, hamileliğinin verdiği zorluk birden evin işlerine girişmesine elvermiyordu. Evi toplayacak, temizliğini yapacak birini çağırdı. Kendi de Türkân için bir şeyler hazırladı.

Temizlik yapan hanıma önce çalışma odasını düzene sokmasını söyledi. Türkân gelince onun eşyalarını oraya koyacak ve orada çalışacaklardı. Alınanları ve Türkân'ın eşyalarını eve taşıdılar. her birini konacak yerlere yerleştirdiler.

Serdar:

s-Benim dışarıda görülecek işlerim var. Siz hanımları başbaşa bırakayım. Evin eksikleri varsa onları tamamlayayım, diyerek dışarı çıktı.

Türkân ile Esin Öğretmen odaya çekildiler. Hemen işe koyuldular. Önce kaba bir planlama yaptılar. Esin Öğretmen Türkân'ın getirdiği belgelere, çektiği resimlere, kamera kayıtlarına, tuttuğu notlara baktı. Onun bunlarla ilgili kısa açıklamalarını dinledi, derin bir nefes aldı.

-İnanılacak gibi değil Türkân. Bu denli kısa zamanda bu yaşında bu denli çok bilgi ve belgeyi nasıl toplayabildin. Bunlar ancak usta araştırmacı bir gazetecinin başarabileceği işler. Bu topladıklarından çok şey çıkar. Hele bir başla da dinleyeyim.

Türkân, Sirkeci garından trenle başlayan yolculuğundan Esenler otogarında otobüsle biten yolculuğuna kadar süren iki haftalık gezisini özetledi. Esin Öğretmen'in arada sorduğu soruları yanıtladı. Bu konuşmaları sürerken fotoğrafları sınıfladılar. Gazete, dergi kesiklerini dosyalayarak düzene soktular. Sıra kamera görüntüleri ve Türkân'ın tuttuğu notlara geldiğinde odanın kapısı çalındı. Serdar, dışarıdaki işini bitirmiş ısmarladıkları yemekleri alıp gelmişti.

O eve gelip de onların odaya çekilmiş olduklarını görünce temizlikçi kadına:

-Bunlar hâlâ odadalar mı? diye sordu.

Kadın:

-Evet beyim. Odalarından hiç çıkmadılar. İki kere çay servisi yaptım. Masada bir yığın fotoğraf, yanında öbek öbek gazete dergi... Ne yapıyorlar bir türlü anlayamadım.

-Ben ne yaptıklarını biliyorum. – kapıyı çalarken – Kaç saattir içerdesiniz. Ben dışarıda dünyanın işini yaptım. Yemekleri getirdim. Karnınız acıkmadı mı? Bırakın da karınlarımızı doyuralım. Sonra devam edersiniz.

Türkân saate baktı. "Oooo!" diye bir ses çıkardı. Esin Öğretmen "Odaya gireli tam beş saat olmuş" dedi ve kapıyı açtı.

-Haklısın Serdar. Öyle dalmışız ki, zamanın farkında değiliz. İşimizin bitirilmesine gelince daha başındayız.

Odanın düzenini olduğu gibi bıraktılar. Serdar'ın getirdiği yemeklerle karınlarını doyurdular. Ardından kahve, çay derken biraz dinlendiler. Temizlikçi kadın hâlâ işini bitirememişti. Serdar'ın tuttuğu takımın karşılaşması vardı. O televizyonun karşısına geçti, kendi dünyasına daldı. Tuttuğu takımın maçı İstanbul'da olsaydı mutlaka izlemeye giderdi. Değilse tüm işini bırakır televizyonun karşısına mıhlanırdı.

Esin Öğretmen ile Türkân yeniden çalışma odasına geçtiler. Türkân'ın gezisi ile ilgili nerede neyi nasıl anlatacağının ana hatlarını belirlediler. Şimdilik belirlenenler üç aile bireylerine ikili üçlü ve toplu yapılacak görüşmelerde nasıl olacağı idi. Sonra Bosnalı market müşterilerinin tek tek sordukları soruları ve merak ettikleri konuları bir konferansla açıklamayı planladılar. İkisi de epeyce yoruldular ama yaptıkları işe değdi. Beş on dakika arayla temizlikçi kadının işi, Serdar'ın izlediği maç ve onların o güne özgü çalışmaları bitti. İşçi kadını uğurladılar. Televizyon kanallarında haber saatleri başlıyordu. Daha sonra diziler başlayacaktı. Türkân ve Esin Öğretmen oldum olası televizyon dizilerine ilgi duymazlardı. Serdar ise arada bir izler ama dizilerin bağımlısı değildi.

Televizyonda yarım saat kadar akşam haberlerini izlediler. Serdar saatlerce odaya kapanıp ne yaptıklarını sordu. Anlattıklarını dinledi:

-Kafanız epeyce yorulmuş haydin hazırlanın dışarı çıkalım. Esin'in akşam yürüyüş saati geldi geçiyor. Yürüyüşten sonra bir yerlerde oturur karnımızı doyururuz.

Türkân:

-Siz çıksanız da… diyecek oldu.

Sözlerini tamamlamadan Serdar:

-Olur mu canım birlikte çıkarız. Yaptığın geziden söz edersin.

Arabayla çıktılar. Kentin gürültüsünden uzak bir mekanda biraz yürüdüler. Bir sahil lokantasında balık yediler. Yemekten sonra ılık bir yaz akşamında kıyıda biraz daha yürüdüler. O arada Türkân, Serdar'ın isteğini yerine getirdi, gezisinden söz etti. Sonra Esin Öğretmen'e:

-Bu arada siz de tatile çıktınız. Yaptığınız geziden hiç söz etmediniz. Nerelere gittiniz? Geziniz nasıl geçti?

Esin Öğretmen:

-Seninkini dinlemekten bizimkine sıra gelmedi ki.

Onlar da kısaca gezilerinden söz ettiler.

Türkân'ı birkaç hafta markette göremeyenler Tuna'ya ve diğer market çalışanlarına onun nerede olduğunu soruyorlardı. Bosna-Hersek'e gittiğini duyunca çoğu şaşırıyor, bu kez ne zaman döneceğini merak ediyorlardı.

Serdar, Türkân'dan gezisi ile ilgili söylediklerini dinledikten sonra:

-Saatlerce çekilip odada gezi ile ilgili fotoğraf ve belgeler üzerinde çalıştığınızı biliyorum. Onları ne zaman görebileceğiz? Diye sordu.

-Bazılarına hemen bakabiliriz. Daha ayrıntılı bilgiyi çiftlik evinde yapacağımız toplantıda vereceğim.

Eve döndüklerinde yatmadan önce çalışma odasında fotoğraflara baktılar. Türkân onlarla ilgili açıklamalar yaptı. Derlediği belgelerden bazılarını gösterdi. Kamera kayıtlarından söz etti. Serdar:

-Sen tatil gezisi değil, iş gezisi yapmışsın. O denli kısa zamanda bilmediğin, ilk gittiğin bir ülkede bu kadar çok bilgi ve belgeyi nasıl topladın? Bunu yapsa yapsa bir gazeteci yapar.

-Doğru söylediniz. Ben artık bir gazeteci sayılırım.

-Daha fazlasını merak ettiğimi söylersem...

-Sabret dedim ya Serdar Abi. Çiftlik toplantısında hepsini ayrıntıları ile anlatacağım.

-Ne zaman? Sen gideli bizi çiftliğe çağıran olmadı. Gerçi biz de tembellik ettik gitmedik.

-Biliyorum, yalnız siz değil. Diğerleri de pek uğramamışlar. En kısa zamanda toplanırız.

* * *

O günlerde üniversiteye giriş sınav sonuçları açıklanacaktı. Türkân bir yandan çiftlikte yapılacak yemekli toplantıda yapacağı konuşmayı hazırlarken öte yandan da sınav sonuçlarını bekliyordu.

Beklediği sonuçlar açıklandı. Aldığı puanla İstanbul'daki üniversitelerin istediği bölümünü tutturabiliyordu. Kayıtlar on gün sonra başlayacaktı. O arada aile bireyleri onu kutladılar, dost ve tanıdıkları arayıp sordular. İstediği bölümü kazandığını öğrendiler. Onlar da kutlayarak başarı dilediler.

Çiftlikte yapılacak toplantıya sıra geldi. Türkân gezisi sırasında topladıklarının bir kısmını çiftlik evine daha önce getirip yerleştirdi. Onları öyle bir düzenledi ki ne zaman neler gerekirse hemen bulabilsin.

Bu toplantıda neler konuşacağını, neler anlatacağını, neler göstereceğini Esin Öğretmenle birlikte kararlaştırdılar. Fazla ayrıntıya girmeyecek Öncelikle büyüklerin merak ettikleri soruları yanıtlayacaktı.

Yemeğe erken oturdular. Yemek sırasında Türkân'ın konuşması başladı. Ardından soruların gelmesi gecikmedi. Onları yanıtladı. Yemekten sonra masa toplandı, ancak herkes yerinden kalkmadı. Türkân önce çektiği fotoğrafları dağıttı. Onlarla ilgili soruları yanıtladı. Fotoğraflara bakmak arkasında nerede çekildiğini okuyarak yeniden bakmak bir saatten fazla zaman aldı. En fazla soru Hacer, Halide ve Kıymet Hanımlar'dan geldi. Muharrem Usta ile Hüsmen Ağa bazı fotoğraflara baktıkça gözyaşlarını tutamadılar.

İkinci bölüm kamera çekimlerinin gösterisi ile başladı. Bu bölüme başlamadan Muharrem Usta seçtiği fotoğrafları göstererek:

-Bunlardan bizim için yaptırabilir misiniz? Diye sordu.

Türkân:

-Fotoğrafları size yeniden dağıtacağım. Kim hangisinden istiyorsa arkasına yazacak ve istenilen sayıda çoğaltarak sizlere vereceğim. Yalnız sizlerden bir isteğim var. Kamera çekimlerini izlerken özleminizi uyaracak, duygularınızı kamçılayacak görüntüler izleyeceksiniz. Kendinizi koyuverip fazla üzülmeyin. Bunlar ne yapalım ki Bosna-Hersek'in acı dramı

Kamera görüntülerine geçildi. Bunda da tüm çekilenler değil, bir seçim yapılmıştı. İnsan duygularını birilerinin uyarısı ile belli ölçüde denetim ya da baskı altında tutabilir. Sonra boşalır. Görüntüler, oraya özgü şiveyle konuşmalar, dinlenen müzik, insanların acı yakınmaları, giysileri, çocukluğu ve gençliği orada geçmiş insanların bilinçaltını depreştirir. Burada da öyle oldu. Yaşlılar bu görüntülere dayanamadılar. Bırakın gözyaşını hıçkıra hıçkıra ağlamaya başladılar. Onların bu ağlamaları diğerlerini de etkiledi. Ağlayanları teselli edemeyeceklerini anladılar. Duyguları ile onlara bir tür destek verdiler.

Türkân video görüntülerini sonlandırdı. Loşlaştırılmış bahçe yeniden aydınlatıldı. Hiç kimse açığa vurulmuş duygularının ortaya çıkardığı yüz ifadelerini gizleme gereği duymadı. Dakikalarca süren bir sessizlikle birbirlerine öylece baktılar. Sanki sözün bittiği bir anı yaşadılar.

Şevki:

-Ne çok ne titiz çalışmışsın Türkân. Önce çektiğin resimleri sonra yaptığın kamera kayıtları ile bizleri aldın oralara götürdün. Bizleri duygulandırdın, ağlattın…

Türkân, o akşam için yapmak istediklerini yaptığından:

-Bu akşam bu kadar. Toplu gösterilerin programı burada bitti. Bireysel ya da ikili üçlü sorularınız için hakkınız saklı. Gelecek günlerde sorarsınız ben de üşenmeden yanıtlarım.

Kıymet:

-Benim sorum değil de bir ricam olacak. Türkân kızım sen hemen İstanbul'a dönmesen de birkaç gün çiftlikte kalsan olur mu? Çok yorgun görünüyorsun. Biraz dinlenirsin.

Hacer:

-He ya İlker de burada kalır. Onunla birlikte eğlenir ve dinlenirsiniz. Birkaç gün de olsa İstanbul'un bunaltıcı sıcağından uzak kalırsınız.

Türkân, onların kendisi ile özel konuşmak istediklerini biliyordu.

-En fazla iki gün, daha fazla kalamam. Biliyorsunuz yakında okul açılacak. O güne kadar sürücü belgesi kurslarını bitirip yazılı sınavı vermem gerekiyor.

Okul açılıp dersler başlayınca başka işlere ayıracak pek zamanım olmaz.

Fidan:

-İlker'in kalmasına izin veriyoruz ama Türkân'ın dediği gibi iki günlüğüne. Özlemine daha fazla dayanamayız.

Halide:

-Dolunayın sarı aydınlığında, yaz ayının gece melteminde Türkân kızımızın verdiği değerli bilgiler hepinizin saate bakmayı unutmanıza neden oldu. Eğer kümesteki horozlar sabahın olduğunu haber vermiyorlarsa ya uyuyup kalmışlar, ya da bizlere saygı duyup rahatsız etmek istememelerindendir. Baksanıza yıldızlar sönükleşti, tan yeri ağardı. Biraz yatalım. Gecenin hakkı var diyeceğim. Gerçi uyanık olarak verdik o hakkını. Gene de biraz dinlensek iyi olmaz mı?

Hacer:

-Uykusu olan yatıp dinlensin. Ben bu saatten sonra yatsam da uyuyamam. Gürültü patırtı etmeden buraları toplarım. Kahvaltıyı ne zaman yapacaksınız? Söyleyin o saatte kahvaltıyı hazırlarım.

Kıymet:

-Benim de uykum yok. Birlikte toplarız buraları.

Gözler Halide'ye çevrildi. Hacer:

-Sen onların bakışına aldırma. Yat, dinlen biraz.

Halide:

-Hayır, ben de yatmayacağım. Eğer yatarsam Muharrem Usta'nın dilinden kurtulamam. Biz anayız yorulmayız, kaynanayız herkes gibi sabah uykularında dinlenme hakkımız ve lüksümüz yoktur.

Meriç:

-Seninki de istemem ama yan cebime koy örneği. Biz istemesek sanki gidip yatacaktın. Hazır fırsat bulmuşken hem çalışır, hem de üçünüz başbaşa verir birkaç lafın belini kırarsınız. Konuşacak bir yığın konu birikmiştir.

Meriç'in bu sözleri gülüşmelere neden oldu. Halide:

-Tamam, anlaşıldı. Birlikte iş yapmam için birden çok neden varmış da benim haberim yokmuş. Şimdi hepiniz gidin dinlenin. Allah rahatlık versin. Kahvaltı için özel istekleriniz varsa onları söylemeyi de unutmayın. Unutmayın ki sınırı olmayan hizmette kusurumuz da olmasın.

Serdar:

-Anne bunları dert etme. Biz çiftliğin yabancısı değiliz. Hacer ve Kıymet Teyze'nin sofraları her zaman eksiksiz ve kusursuz olur. Kendinizi fazla yormayın. Haydi size kolay gelsin. Esin çok yorgun biz yatmaya gidiyoruz.

Kıymet:

-İyi ki bizi başbaşa bıraktılar. İşe başlamadan birer kahve içelim de uykumuz açılsın, bedenimize bir canlılık gelsin. Bizim adamları uyku tutmaz. Onlar kalkmadan hem konuşalım, hem iş yapalım.

Daha Kıymet'in sözü bitmemişti ki Şevki'nin sesi duyuldu:

-Bu saatten sonra ben uyuyamam. Ahırlara gidip hayvanların sabah yemini ve sularını vereceğim. Akşam ineklerden birinin pek keyfi yoktu, ona bakacağım. Kıymet sen de fazla gecikme. Süt sağıp hazırlayalım.

Önce Muharrem Usta, Türkân, Esin Öğretmen kalkıp bahçeye çıktılar. Sabahın ılık Rüzgârı temiz havasına karşın gece içilen sigaraların nikotin kokusu sanki masa, sandalye, ağaçların gövdesi ve yapraklarına sinmişti. Muharrem Usta, Türkân'a diğerlerinin de duyacağı şekilde:

-Kızım şu sigara konusunu da gündemine alsan da tiryakilerimizi bu zararlı meretten kurtarsan. Hala çevrede sigara kokusu var.

Kocasının en az otuz yıl boyunca sigara içtiğini bilen Halide:

-Söyleyene de bak! Daha düne kadar günde bir paketten fazla sigara içen beyimiz, bu gün Yeşilaycı olup sigara karşıtı kesildi başımıza.

Muharrem Usta, Halide'ye karşı hep hoşgörülü yaklaştığından yine hoşgörünün piri şairin bir sözü ile yanıt verdi:

" Dün dünde kaldı cancağızım, bu gün yeni bir şeyler yapmak lazım"

İlker:

-Babaanne, anneanne neredesiniz? Diye bağırarak dışarı çıktı. Şevki Dedem nerede? O beni kümese götürecekti. Kahvaltı için yumurta alacaktık. Bahçeden sebze toplayacaktık.

İlker'in bağırtısına diğerleri de derinine dalmaya zaman bulamadıkları uykularından uyandılar.

Kıymet torununu kucakladı:

-Benim erkek oğlum kalkmış da dedesini arıyor. Onunla kümese gidip yumurta, bahçeye gidip domates, salatalık, tere toplayacakmış. Deden unutmuştur. O erkenden kalktı, hayvanların yanına gitti. Gel seni ben götüreyim.

Türkân:

-Hayır, hayır onu biz götürürüz. Esin Öğretmenimle biz de bahçeye gitmeye hazırlandık.

İlker:

-Tamam, ben de sizinle geliyorum.

İlker, küçük sepetini koluna taktı, diğerleri de bir sepet aldılar. Önce sebzelerin bulunduğu bölüme gittiler. Türkân, İlker'e sebzelerin nasıl koparılması gerektiğini öğretirken Esin Öğretmen'e:

-Bizimkiler gene bir araya geldiler. Senle konuşma konularının ana gündemi neydi?

-Bunu bilerek mi, bilmeden mi soruyorsun? Elbet Meriç'le Zafer. Şu günlerde kaynanamın kafasında onlardan başkası yok. Anne ya da anne baba adayı olmayan bir tek onlar kaldı. Onunun üçünü bir araya getirir, özellikle Halide Hanım'ı rahatlatmak için konuşurum.

Onlar sebzelerini toplayıp kümesin yanına geldiklerinde Şevki Dede'yi gördü İlker. Ona:

-Bana verdiğin sözü tutmadın. Sabah erkenden kaçmışsın. Ben de bunlarla geldim.

İlker'in sepetindeki sebzelere bakarak:

-Bunları sen mi topladın? Diye sordu.

-Evet, ben topladım. Türkân Halam nasıl koparılacağını bana öğretti. Ben de bitkilere zarar vermedim.

-Şimdi ben de sana kümesten yumurtaların nasıl alınacaklarını göstereceğim. Sepetinde kaç yumurtalık yer var biliyor musun?

İlker parmakları ile sayarak:

-Ben, Turna, annem, babam dört dedi.

Kümese birlikte yaklaştılar. Tavukların o sabah yumurtladıkları taze yumurtalardan alarak İlker'in sepetine dört tane yumurta koydular. Şevki:

-Çok dikkatli olmalısın. Yoksa yumurtalar çok taze, kırılırlar.

-Merak etme dede, dikkat ederim.

Bahçeye gelirken beş sepetle seke seke yürüyen İlker eve dönerken elindeki dolu sepetle podyumdaki mankenler gibi yürüyordu.

Esin Öğretmen, O gün kahvaltıdan sonra bir fırsatını buldu. Üç anneyi bir araya getirdi. Evin bir odasına çekildiler. Kapıya "Yarım saatliğine girilmez!" yazısını astılar. Esin Öğretmen:

-Sevgili anneler, sabah başbaşa kalınca neler konuştunuz bakalım?

Hanımlar birbirlerine, sonra Halide'ye baktılar. Halide:

-Neden hepiniz bana bakıyorsunuz?

Esin Öğretmen:

-Biliyorum, neden sana baktıklarını. Ben de zaten senin kafandaki soruları biraz aydınlatmak için bu toplantıyı düzenledim. Babaanne olmak seni rahatlatmadı. Anneanne olmak istiyorsun. Merak etme o da gündemde. Meriç Abla ve Zafer Abi ile konuştum. Hepsi peşpeşe gelirse heyecan yaratmaz. Hele sizinkiler doğsun, biraz büyüsünler o zaman biz de sıraya gireriz dediler.

Halide biraz da özenerek:

-Cevriye ikinci için sırayı kaptı bile.

Esin Öğretmen:

-Tamam, anne üzme kendini fazla gecikme olmayacak.
Üç anne ama daha çok da Halide rahatlamışlardı.

* * *

Çiftlik evinde kalan İlker, Türkân ve Esin Öğretmen konukların geride bıraktıkları dağınıklığı toplamak için Hacer ile Kıymet'e yardım ettiler. Günlük işleri bitirdiler. Yorgun düşen ana-babalar çiftliğin normal gidişine uyarak erkenden yattılar. Hacer İlker'i uyuttuktan sonra diğer hanımlara:

-Artık biz de yatsak iyi olmaz mı? Sabah erken kalkılacak. Yapılacak işler var.

Türkân:

-Bizim işlerimiz akşam. Siz yatın. Biz Esin Öğretmenimle biraz daha oturacağız.

Hacer ile Kıymet de yattılar. Aslında Kıymet yatmak yerine, Türkân'la konuşmak istiyordu. Onun Bosna'daki köyü, orada bıraktığı akrabaları, tanıdıkları, komşularının son durumlarını merak ediyordu. Türkân ona:

-Kıymet teyze çok yorgunsun, yat dinlen. Yarın sabah inekleri sağmaya birlikte gideriz. O arada hem iş yapar hem konuşuruz.

Kıymet:

-O zaman sen de yat dinlen yoksa sabahın erken saatinde kalkamazsın.

-Merak etme kalkarım. Yeter ki saat kaçta kalkmam gerekiyor onu söyle.

Hacer'in annelik damarı tuttu:

-O denli erken kalkamazsın. Zaten yorgunsun. Şuraya iki gün dinlenmeye geldin. Sana kıyamam.

Türkân güldü:

-Anne bana hala çocukmuşum gibi davranıyorsun. Bırak da yatma kalkma saatlerine ben karar vereyim.

-Elbet çocuk değilsin. Kendi kararlarını kendin vereceksin. Unutma buraya dinlenmeye geliyorsun. Kıymet'le konuşmak için erkenden kalkmana gerek yok. Daha geç kalksan da gün içinde konuşma fırsatı bulabilirsiniz.

-Tamam, anne erken kalkmayacağım. Kıymet teyze ile yarın uygun bir saatte oturur konuşuruz.

Türkân ile Esin Öğretmen not defterlerini kalemlerini yanlarına aldılar. En rahat konuşulabilecek yer olarak mutfağı seçtiler. Çiftlik evinin mutfağı geniş bir balkona açılıyordu. Balkonun bitişiğinde ise çok iyi yetiştirilmiş her renkten bakımlı güller vardı. Geniş camlı, sürmeli balkon kapısı açılınca mutfakla balkon birleşiyor gül kokusu içeri doluyordu.

Türkân çay demlerken Esin Öğretmen radyoda o saatte çalınan hafif müzik yayını yapan radyo istasyonu arayıp buldu.

Mutfak masasına karşılıklı oturdular. İçtikleri çay, dinledikleri müzik eşliğinde gündemlerindeki konular üzerinde konuşmaya başladılar. Esin Öğretmen Türkân'a:

-Aç bakalım şu defterini gündeminde neler var?

-Bende önemli üç konu var:

*Gazete ve televizyon söyleşisi

*Sürücü belgesi sınavları

*Üniversite kaydı ve üniversiteye başlama

Bir dördüncü benim olmasa da ortak konumuz.

-Neymiş o?

-Kırk uçurma, başka bir söylemle Turna'nın doğumunun kırkıncı gününü kutlama.

-O zaman sırayla gidelim. Gazete ve televizyon söyleşileri

-Biliyorsun bu öneri Zafer Abi'den geldi. Onların reklâm verdiği bir medya kuruluşunda Zafer abinin iyi tanıdığı bir gazeteci varmış. Zafer abi konuyu ona açmış. O da bu konuya sıcak baktığını söylemiş.

-Bu konuyu düşünüp kafa yordun mu?

-Evet, düşündüm. Erken buldum. Zamanlamayı çok iyi seçmek gerekir. Şu anda bir lise mezunuyum. Elimdeki bilgi ve belgeler ne denli ciddi olsa da pek ses getirmez. İlgi toplamaz. Halbuki üniversiteye kayıt yaptırıp bir iletişim fakültesi öğrencisi olarak bu söyleşileri yaparsam hem daha etkili olur, hem okulda olumlu puan toplarım. Bu nedenlerle bu söyleşileri Zafer abi ile konuşarak birkaç ay ertelemek istiyorum.

Esin Öğretmen:

-İyi düşünmüşsün. Bu görüşlerine ben de katılıyorum. İkinciye geçelim.

-Sürücü belgesini üniversite kaydını yaptırıp öğretime başlamadan almak istiyorum. Onu epeyce salladım. O güne kadar ciddi çalışmam gerekiyor. Teori sınavına hazırım. Onu başarmaktan korkmuyorum. Pratikte zorlanırım diye korkuyorum.

-Teori ve pratikte zorlanmaman için gereği yapılır. Ben, Serdar ve Zafer'le konuşurum. Çiftliğin çevresinde araba kullanabileceğin uygun alan var. Onlar seni çalıştırırlar. Böylece araba kullanmada gerekli pratiği yaparsın. Sürücü okulunda alacağın derslerle de kent içi yolları, trafik işaretlerini ve kuralları öğrenirsin. Belgeni istediğin zaman içinde alabilmen için gerekenler yapılır. Geçelim üçüncüye:

-Önümüzdeki hafta okula kaydımı yaptıracağım. Üç hafta sonra da eğitim yılı başlıyor. Ortaokuldan liseye geçmek pek zor değildi. Eğitim programları birbirine benziyordu. Üniversite tümüyle farklı... Öğretim görevlileri, arkadaşlar, okulun yeri, evin uzaklığı... ne bileyim...

-Seni bunlar mı endişelendiriyor?

-Yok öyle endişe de sayılmaz ama ne bileyim? Biraz düşündürüyor işte.

-Kaydını yaptırdığın zaman kendini başka bir kimlikte duyumsayacaksın. Bu ilk adım. Sen on sekizini bitirmiş, yaşam deneyimi olan, iki dil bilen, İstanbul'da doğup büyümüş, iyi okullarda okumuş bir gençsin. Hocalar elbette akademik kariyer sahibi insanlar. İnsan baştan onlara nasıl yaklaşabilirim diye düşünür. Sonra çabuk alışır. Arkadaşlarına gelince Türkiye'nin farklı bölgelerinden gelmiş olacaklar. Belki birkaçı başka ülkelerden... Bu bir kültür zenginliği oluşturur. Çekincesi olanlar daha çok onlar olurlar. Onlar yeni ve büyük bir kent ortamına alışmak durumundalar. Seni tanıdıklarında soru soracak, yardım isteyecekler. Önemli olan senin eşiği atlayıp içeri girmen ki, o da çok rahat olacak. Dördüncü konu neydi?

-Turna'nın 40. doğum gününde kırk uçurma. Biliyorsun bu tür özel toplantıların plan ve programları benim sorumluluğumda. Kırk uçurma geleneği unutulmak üzere olsa da annem bu konuda ısrarlı. Kendince bazı hazırlıklar yapmış. Kuralı ise bebek annesi ile o günü evinin dışında geçirmeliymiş. Anneme göre en uygun yer çiftlik evi değil, İstanbul'da Tuna abilerin eviymiş. Fidan ablanın bundan haberi olmayacak ona sürpriz yapılacakmış.

-Onu şöyle programlamayı düşünüyorum. Cevriye yenge ve Tuna abi ile konuştum, onlar kabul ettiler. Bu toplantıya iki ailenin hanımları katılacaklar. O gün sabah erkenden Meryem, Annem, Kıymet Teyze, Tuna Abilere gelecek ön hazırlık yapacaklar. Öğleden sonra siz geri kalan hanımlar geleceksiniz. O arada bir bahane ile ben Fidan abla ile Turna'yı bir taksi ile Tuna abilere getireceğim. Fidan ablamın ancak o zaman böyle bir programdan haberi olacak.

-Çok iyi programlamışsın. Bundan erkeklerin haberi var mı? Onlar ne yapacaklar?

-Evet, hepsinin haberi var. İsteyen daha sonra gelip katılacaklar.

-Programın içeriği nasıl?

-Onu daha çok annemle Kıymet teyze düzenlemişler. Halide Teyze de katkıda bulunmuş.

-Nasıl biraz açıklar mısın?

-Annem Halide Teyze'ye söylemiş. O bir bayan bulmuş. Bu bayan biraz Kuran, birkaç dua okuyacakmış. Ardından Turna, özel hazırlanmış bir düzende yunup yıkanacakmış. Ona hediyeler verilecek, Fidan Abla kutlanacakmış. Sonrası her zaman olduğu gibi yeme içme.

-İlginç değil mi? Bunu İlker için yapmadılar herhalde.

-Doğru, yapılmadı. Nedenini ben de bilmiyorum. Zaten Kıymet teyze bana bir ara "Yüklendiğin görevde eksikler var. Onları sana hatırlatacağım" demişti. Belki bu buluşmada onu da söyler.

Esin Öğretmen:

-Her şeye karşın güzel düşünülmüş. Galiba söylediklerin arasında ilk gerçekleşecek olan bu. Hazırlıklar yapılmış olsa da ben ne gibi bir katkıda bulunabilirim.

-Ne katkısı? Sizin iş yapacak haliniz mi var? Yakında anne oluyorsunuz. O gün için sorulacak sorulara hazırlıklı olun. Hazır erkekler de yokken soru yağmuruna tutulacağınızı unutmayın.

-Ne gibi sorular sorarlar? Ön bilgin var mı?

-Ne olacak? Bildiğin, beklediğin sorular. Sorulardan daha önemli olan yanıtlar. Şunlara hazırlıklı olun. Doğuma kaç gün kaldı? Doğumu hangi hastanede yapacaksınız? Normal doğum mu yoksa sezaryen ile mi aldıracaksınız? Bebeğe bir isim düşündünüz mü? Adını ne koyacaksınız? gibi…

Esin Öğretmen bunları duyunca gülümsedi. Bardaklarına yeni çay doldurdular. Hava serinlemişti. Balkon kapısını yavaşça kapattılar. Radyoda çalan müziğin değiştiğinin ayrımına vardılar. Türkân:

-Benden bu kadar! Sizin gündeminizde neler var?

-Benim gündemim seninki kadar yoğun değil. Biliyorsun benim de okulum açılacak. Galiba eğitim öğretim yılının ilk günlerinde okula gidemeyeceğim. Gitmek zorunda olduğumu biliyorum. Öğrencilerimin bensiz yapamayacaklarını biliyorum. Bebek yapma konusunu herhalde yanlış planladık. Bebek doktorumuzun söylediğine göre okulun açılışından üç hafta önce gelecek.

-Ben hala öğrenciniz olsam, okulun açıldığı ilk günde sizi okulda, sınıfımızda göremesem kendimi öksüz ve yetim gibi duyumsarım. Diğer öğrencilerinizin de böyle olacağına inanıyorum. Bebeğe bakıcı bulma sorununu çözmüş olmalısınız.

-Bu sorunu çözdük. Biliyorsun yeni doğmuş bebeğe ilk üç ay için iyi bir bakıcı bulmak çok zor. İlk üç ayda bakıcının anne gibi olması gerekir. Yani daha önce kendi çocuğunu nasıl doğurup baktı ise öyle. Bunun için Halide Teyzen sorumluluk yüklenmeyi kabul etti. O arada başka bir bakıcı da işe başlayacak. İyi bir bakıcı bulduk. Yine benim eski öğrencilerimden Meryem'in akrabası.

-Meriç ablanın durumu? Halide Teyze'ye ufak bir ipucu vermiştiniz. O konu hangi aşamada?

-Meriç Ablan bebek bekliyor. Henüz kırk beş günlük. Hekimin saptamaları öyle.

Türkân, pencereden dışarı baktı. Tan yeri ağarıyordu. Kümesten gelen horoz sesleri, dallarda öten erkenci kuşların cıvıltıları sabahın olduğunu haber veriyorlardı.

-Konuşacaklarımız bitti herhalde. Siz yatın biraz dinlenin. Benim uykum yok. Bizimkiler kalkmak üzereler. Onlara biraz yardım edeyim. Kahvaltı için saat kaçta kalkarsınız, kahvaltıda ne yemek, içmek istersiniz?

-Beni uyandırmayın. Dinlenmek istiyorum. İlker'i de odama göndermeyin. Kahvaltıda yiyip içeceklerime kalkınca karar veririm. Nasıl olsa her türlü yiyecek ve içecek var.

* * *

Turna'nın doğumunun kırkıncı gününde hanımlar Cevriye'nin evinde toplandılar. Fidan'ı ve Turna'yı evden Türkân aldı. Taksiye bindiklerinde Fidan:

-Ne oluyor Türkân? Böyle apar topar taksiye bindirip bizi nereye götürüyorsun?

Türkân'ın üzerindeki şık giysilere baktı. Kendi ve Turna günlük ev giysileri içindeydiler. İçinden "Bu kız oldukça da şık" diye geçirdi. Türkân:

-Abla biraz sabret. Yalnız şunu söyleyeyim kötü değil, aksine güzel bir sürprizle karşılaşacaksın.

Evin önüne geldiler. Onları taksiden inerken Hacer ile Kıymet karşıladı. İkisi de oldukça şık ve neşeliydiler. Turna'yı annesinin kucağından alabilmek için ikisi birden Fidan'a yaklaştılar. Her zaman olduğu gibi Hacer önceliği elde etti. O, Turna'yı Türkân da Fidan'ı Cevriye'nin yatak odasına götürdüler. Onlar için getirilmiş giysileri giydirdiler. Ancak ondan sonra konukların toplandığı yere getirdiler. Ancak o zaman Fidan:

-Doğru ya bu gün kırkıncı gün, dedi. -ardından ekledi- Ama neden burada? Neden bizim evde değil?

-Kural böyle kızım. Bunun adı kırk uçurma. Evinizin dışında bir yerde kutlanması gerekiyor. En uygun yer olarak da burayı seçtik.

Hazırlanan program uygulandı. Dualar yapıldı. İyi dilekler dilendi. İkişerli üçerli konuşmalara geçildi.

Bir ara sessizlik oldu. Gözler Esin Öğretmene çevrildi. Türkân onu daha önce uyarmıştı. Sorulacaklara meydan vermeden kendi konuştu.

-Meriç abla sen mi söyleyeceksin yoksa ben mi söyleyip Halide Ana'dan müjdemin karşılığını alayım?

Türkân:

-İkiniz de değil ben söyleyeceğim! Meriç ablam bebek bekliyor.

Halide:

-Neee! Benim kızım bebek mi bekliyor? Kaç haftalık, kaç aylık? Hekime gidip kontrolleri yaptırdın mı? Sağlığı nasılmış?

Meriç:

-Panikleme anne sekiz haftalık. Gerekli kontrolleri yaptırdık, her şey yolunda.

Meriç'in gebeliği üzerinde söylenecekler bitince gözler yine Esin Öğretmen'e çevrildi. Türkân'ın ona daha önce söylediği sorular yöneltildi. O sorulanların hepsini yanıtladı. Kıymet hanım Türkân'ı yanına çağırdı:

-Senin şu program listen yanında mı? Oraya eklemeyi unuttuğumuz birkaç madde var onları hemen yazıver.

-Program listem yanımda değil ama siz söyleyin ben not alır oraya eklerim.

Kıymet:

-Düğünler, düğünler.

Türkân:

-Ne düğünleri Kıymet teyze? Kimlerin düğünleri?

Kıymet:

-Bunlar birbirine engel olmazlar ki. Hele o günleri görelim. İşi sıkı tutar el birliği eder bir gayretle ikisinin hatta üçünün birden hazırlığını yaparız.

-Doğru söyler Kıymet, dedi Hacer ile Halide.

Cevriye, Türkân'a:

-Programına bak bakalım yakın gelecekte ya da ilk sırada ne var?

Türkân:

-Yakın gelecekte program dışı işler var. Bu işler sizlerden çok beni ilgilendiriyor. Okul kaydı, okula başlamak, sürücü belgesi sınavları. Hele bunlar bir yoluna girsin. Sonra neler var sizlere haber veririm.

* * *

Esin Öğretmen bebeğini dünyaya getirmeden önce konacak ad üzerinde Serdar ile anlaştılar. Bunun için kimsenin düşüncesini sormadılar. Doğacak kızlarına Burcu adını koymaya karar verdiler. Esin Öğretmen yaz dinlencesinde ve okulun açılmasına üç hafta varken Burcu dünyaya geldi. Okulun açılışında da dört hafta doğum iznini kullanarak bebeğinin ilk haftalarını birlikte geçirdi. Turna'nın ki gibi kırk uçurma töreni yapar mısın sorusu sorulmadan o toplantılardakilere:

-Sakın böyle bir toplantıyı benim doğacak bebeğim için düşünmeyin, demiş ve eklemişti Şimdiki bebekler kırk günü beklemeden uçuyorlar.

Doğum sonrası Cevriye'nin ikinci bebeğindeydi ama ona daha zaman vardı.

* * *

Türkân, önce üniversite kaydını yaptırdı. Sürücü belgesinin yazılı sınavını verdi. Esin Öğretmen'in söylediği gibi Serdar çiftlikte birkaç gün üst üste Türkân'a araba kullanmayı öğretti. Sürücü okulunda hem bu öğrendiklerini pekiştirdi. Hem de kent içi trafiğine uyum sağlamak için trafik işaret ve kurallarını öğrendi. Kısa sürede sürücü belgesini aldı.

Okula gittiği ilk günde biraz heyecanlıydı. İlk kez hiç tanımadığı insanlarla bir arada olacaktı. Herkes sinemaya gider gibi elini kolunu sallayarak gelmişken o dopdolu bir sırt çantası ile oradaydı. Sırt çantasında fotoğraf makinesi, kamera, not defteri, kalemleri vardı. Açılış, kapalı salonda resmi törenle yapıldı. Türkân bir gazeteci gibi resim çekiyor, kamera kaydı yapıyor törende yapılan konuşmaları not ediyordu.

Tören bitti, herkes sınıflarına dağıldı. İlk dersi verecek, hoca derse girdiğinde en ön sırada elinde kamera, boynunda asılı fotoğraf makinesi, önünde not defteri ile Türkân'ı görünce onu gazeteci sanarak:

-Hanımefendi gazetecilerin görevi açılış töreninde bitti. Sınıflara gazetecilerin girmesine izin vermiyoruz, diye uyardı.

Türkân fotoğraf makinesini ve kamerayı sırt çantasına yerleştirdi:

-Ben gazeteci değilim. Gazeteci adayıyım. Adım Türkân Hersekli... Numaralı öğrencinizim. Listeye bakarsanız adımı görürsünüz. Bu da benim öğrenci kimliğim.

Bakışlar Türkân'a çevrildi. Hoca listede Türkân'ın adını buldu.

-Gazetecilik görevinizde başarılar diliyorum. Yaşamımda ilk kez dersimi böyle bir öğrencimle başlatacağım. Makinelerini çalıştır. Önce sınıfın birkaç kare resmini çek, sonra kamera ile görüntüle. İstersen derse başlamadan mini bir söyleşi bile yaparız.

Türkân, hocanın dileğini yerine getirdi.

-Mini söyleşi kendiliğinden olacak hocam. Siz arkadaşlara bazı sorular soracaksınız. Onlar yanıtlayacaklar, ben de not edeceğim.

-Peki, ilk soruyu sana sorarsam?

-Bana en son sormanızı tercih ederim.

Hoca derse başlama konuşmasını yaparken sınıfta bir tek Türkân not alıyordu. Hocanın öğrencilere sorduğu sorular, onların verdiği yanıtları da not etti. Sıra Türkân'a soru sormaya geldiğinde zil çaldı. Hoca ona tek soru sorabildi:

-Hangi gazetede çalışıyorsunuz?

Türkân:

-Şimdilik hiçbir gazetede, diye yanıtladı.

Hoca dışarı çıktı. Sınıftaki öğrenciler Türkân'ın çevresinde toplandılar. Hocanın soramadığı soruları onlar sordular. İçlerinden biri Türkân'ın tam karşısında ayakta duruyordu. Oldukça bakımlı ve şık giyimliydi. Bir öğrenciden çok manken görünümündeydi. Başkaları sordukça o susuyor, bakışlarını Türkân'ın yüzünde topluyordu. O, soru sormak yerine kendisine sorulmasını bekliyordu. Kimseden soru gelmeyince kendine özgü bir tavırla dışarı çıktı. Kapının önünde telefonunu diğerlerine göstermek için çıkardığı çantasından elinin birinden öbürüne geçirdi. Kapaklı, o günlerin pahalı bir cep telefonuydu. Peşpeşe kapağını açtı kapadı. Çıkardığı sesler de kimsenin dikkatini çekmedi.

Telefonun tuşlarına dokunarak birilerini aradı. Ona:

-Saat tam 14.10'da dersimiz bitiyor. Beni sabahleyin bıraktığın kapının önünden al. Doğru gazeteye gideceğim. Orada Genel Yayın Müdürü ile görüşmem gereken konular var.

Bu konuşması ile de ilgi toplayamayan şık hanım, sınıfta orta sağ yanda kendine seçtiği yerde tek başına oturdu. O gün ne derslerle ne sınıftakilerle iletişim kurabildi.

Türkân okul çıkışı Esin Öğretmen'e uğradı. Okulun ilk gününün nasıl geçtiğini ona anlattı. Sonra ayaküzeri markete uğradı. İlk günün heyecanı onu biraz yormuştu. Eve gitti, dinlendi.

Yaz başlangıcından, yaz sonuna kadar yapmayı planladıklarının hepsini yoğun bir çalışmayla hiçbir aksaklık olmadan tamamladı. Bu, onun için büyük bir başarıydı.

Bosna-Hersek'ten dönünce Suzan'a önce bir kart sonra kısa bir mektup yazarak teşekkür etmiş, yolculuğunu ve İstanbul'u, çiftliği anlatmıştı. Şimdi daha uzun bir mektup yazmanın zamanıydı. Suzan'a daha doğrusu onun adına tüm aileye şu mektubu yazdı.

Sevgili Suzan!

Beni en içte duygularla sabahın erken saatinde otobüse bindirip yolcu ettiniz. O gün yol boyu hava kararıncaya değin hiçbir ayrıntıyı kaçırmamacasına çevreyi gözetledim.

Güzelliği, çirkinliği ile yarım bir Balkan turuydu sanki bu yolculuk. Bildiğin gibi bol bol resim çektim, kamera kaydı yaptım. Çektiğim resimlerden sana da gönderiyorum.

Yunanistan'a geldiğimizde akşam oldu. Geceyi güzel bir kasaba otelinde geçirdik. Oraya kadar yarı dolu gelen otobüs sabahleyin Yunanlı yolcularla doldu. Sabahın şafak zamanında yola çıktık. Benim için çok iyi oldu. Yolculuğa yine gündüz devam ettik. Böylece Yunanistan'ı da birazcık da olsa görmüş oldum.

İşin daha güzeli, Yunanistan'a kadar yalnız yaptığım yolculukta yanıma bir yol arkadaşı geldi. Çok iyi İngilizce ve anlayabilecek kadar Türkçe konuşan bir hanım. Bankada Müdür Yardımcısı olarak çalışıyormuş. İstanbul'da akrabaları varmış. O nedenle sık sık İstanbul'a geliyormuş. O bana Yunanistan'ı ben ona İstanbul'u anlatayım istedim ama O İstanbul'u benim kadar tanıyor. Gene de karşılıklı anlatabileceğimiz çok konu bulduk.

İstanbul'a inince doğru Fidan Ablam'a gittim. Bilmem size yeni bebeği olduğunu anlatmış mıydım? Onu gördüm sevdim. Sonrasını tahmin edersin. Akraba geniş. Hepsini tek tek dolaşmak yerine çiftlikte sizlerin de tanık olduğunuz o yemekli toplantıyı yaptım.

O gece için kendimi çok iyi hazırlamıştım. Çektiğim resimleri yaptırmış, kamera kayıtlarını düzene sokmuştum. Elbet notlarımı da…

Çiftlikte toplananlar daha yemek yemeden beni soru yağmuruna tuttular. Belki inanamayacaksınız ama hemen hemen hepsi önce sizleri sordular. En çok da sizlerin buralardan hangi izlenimlerle ayrıldığınızı merak ettikleriydi. Anlattım, sevindiler.

Yemekten sonra onlara çektiğim resimleri verdim. Sırayla baktılar. Sordular yanıtladım. Sonra kamera kayıtlarını hazırladığım televizyon ekranına yansıttım. Özellikle yaşlıların tepkileri görülmeye değerdi. Sessizliği bir türlü sağlayamadım. Burada soru sormak yerine:

"Hah bizim köyün girişi! Şurası bizim mahalle! Bizim ev! Bak şu Hüsnü Efendi değil mi? Yanındaki de hanımı Kaniye, ikisi de yaşlanmış. Bak bak çeşme başındaki çınar ağacına! Muhtar Zeynel Çeşme'de eşeğini suluyor, demek hala eşeklerinden vazgeçmemiş" daha buna benzer bir dolu konuşmalar...

Cevriye yengemle başbaşa kaldık. Bunu özellikle o istedi. Ben onun bizim buralara alıştığını sanıyor, oraları, özellikle Leyla ile Semiha'yı bu denli özlediğini bilemiyordum. Sizlerden, birlikte geçirdiğimiz o geceden söz edince kendini tutamadı. Sanki yılların özlem dolu birikimini boşaltmak için hıçkıra hıçkıra ağladı. Bana:

"Anlat Türkân, anlat! Leyla'yı, Semiha'yı, Cemile'yi ve diğerlerini... ama hepsini tek tek anlat!" diyor, onun için yaptırdığım fotoğraflara tek tek bakıyordu.

Ben de duygulandım. Birbirlerinize bu denli bağlı olduğunuzu birbirlerinizi bu denli sevdiğinizi bilemiyordum. Yengeme "Sana söz veriyorum. Çocuklar biraz büyüsünler, sizleri alıp oraya götüreceğim. O zamana kadar kendi arabam da olur. Daha rahat gideriz" diye söz verdim de biraz rahatladı.

Neredeyse unutuyordum. Cevriye yengem ikinci çocuğuna hamile, yakında bir kızımız doğacak.

Kıymet teyze, Cevriye yengeden sonra ama en az onun kadar merakla beni soru yağmuruna tuttu. Soruları öyle bir sordu ki, sorunun içinde gizli sanki ayrıntılı bilgi alma isteği vardı. Bıkıp usanmadan sorularını yanıtladım. Ne var ki yanıtlayamadığım soruları da vardı. Örneğin köyden birini soruyordu. Benim bir günlük ziyaretimde oradakilerin hepsini tanıyamayacağımı kabullenemiyordu.

Şevki Amca'nın soruları daha bir farklıydı. O, gözü gibi baktığı, çocukları gibi büyüttüğü, sonra onlardan ayrılmak zorunda olduğu bağındaki üzüm tiyeklerini, bahçesindeki meyveleri merak ediyordu. Elbet akrabalarını, arkadaşlarını da...

Biliyor musun Suzan? İyi ki o denli çok resim çekmiş, söyleşi yapıp onları kameraya kaydetmişim. Bunlar çok işime yaradı.

Oradayken İstanbul'da işlerimin çok olduğunu söylemiş, bunların ne olduğunu, hangi sırayla yapmam gerektiğini anlatmıştım. İşte gelir gelmez bir koşuşturmacadır başladı. Burada benim de bilmediğim bir kutlama yapıldı. Hanna Teyze'nin istediği bir ortamda kadın kadına yapılan bir kutlama. Fidan Ablamların kızları Turna'nın 40. doğum günü. Bunun adı "Kırk uçurma" töreniymiş. Epeyce renkli geçti.

Ben sürücü belgemi aldım. Üniversiteye kaydımı yaptırdım. Artık üniversite öğrencisi, daha önemlisi gazetecilik bölümü öğrencisi olarak derslere devam ediyorum. Dediğim gibi yaz ayları hep dolu dolu geçti. Sonunda her şey planladığım ve istediğim doğrultuda gerçekleşti.

Çiftlikte ve İstanbul'da işler yolunda gidiyor. Kayda değer bir yaramazlık yok. Tersine Halide Teyze, annem, Kıymet Teyze yaşamlarından oldukça memnunlar. Herkesin, hepimizin sağlığı yerinde.

Hanna Teyze'ye, Mestan Amca'ya, Rasim ve Rüstem'e en az onların toplamı kadar da sana yeniden çok teşekkür ediyorum. Benim için çok yoruldunuz. Sağ olun var olun.

İstanbul,……..

Türkân

Türkân, yazdığı mektupla birlikte çektiği fotoğraflardan seçtikleri yirmi kadarını gönderdi.

Üniversite günleri iyi ve istediği gibi geçiyordu. Açılışta, ilk derste kendini göstermesi epe işine yaradı. Başka ülkeden ve başka kentlerden gelen gençler ondan yardım istediler. Sınıfta bayanlar çoğunluktaydı. Bunların hemen hemen hepsi İstanbulluydular. Türkân'a kıskançlıktan mıdır nedir bilinmez daha mesafeli davranıyorlardı.

Sınıf temsilciliği için seçim yapılacaktı. Günlerce kim seçilecek bunun üzerinde durdular. İstanbullu bayanlar kendi aralarında toplanarak durum değerlendirmesi yaptılar. Şöyle bir sonuca vardılar. Ankaralı bir erkek arkadaşlarını aday göstererek taşralı erkeklerin oyunu alacaklar, kendileri de ona oy verecek, Türkân'ın olası adaylığının dolayısıyla seçilmesinin önünü keseceklerdi.

Ankaralı gence bu düşüncelerini anlattılar. O kendisinden çok Türkân'ın adaylığına sıcak bakıyordu. Yapılan öneriye kesin yanıt vermedi.

Seçimin yapılacağı sırada görevli Hoca:

-Bu gün sınıf temsilcisi seçimi yapacağız. Adayları belirlediniz mi? diye sordu.

Ankaralı öğrenci:

-Ben Türkân'ı aday gösteriyorum.

-Ben de adayım!

Hoca:

-Başka aday var mı? Yoksa oylamaya geçeceğim. Yalnız oylamayı gizli mi, açık mı yapacağınıza siz karar vereceksiniz.

Başka aday çıkmadı. Dilber sonucun ne olacağını kestirebiliyordu:

-Oylama gizli olsun, dedi.

Bu öneri oya sunuldu. Gizli oylama yapıldı. Sınıfta bulunan ve oylamaya katılan kırk sekiz oydan otuz yedisini Türkân on birini de Dilber aldı. Kendi yakın arkadaşları bile Dilber'e oy vermediler. Dilber hiç söz bozuntuya vermeden:

-Demokrasiye saygılı olmak gerekir, diyerek Türkân'ı kutladı.

Dilber'in babası Melih Bey, sağ eğilimli, ancak her iktidarla barışık politika izleyen bir gazetenin patronuydu. Gazetesi fazla satmıyordu. Buna karşın aldığı reklâmlarla ayakta durabiliyordu. Kızını iletişim fakültesinde okutma isteği de, kuruluş hazırlığı yaptığı televizyonun yönetimini ona vermek istediğindendi.

Sınıf başkanı seçilememesi onu üzdü. Okul çıkışı doğru babasının işyerine gitti. Olanları babasına anlattı. Babası güngörmüş, yaşam deneyimi olan biriydi. O da gençliğinde zaman zaman birinciliğe oynamış, bir türlü kazanamamıştı. O yüzden de herkesle, medya patronu olarak her iktidarla uzlaşmayı yeğlemişti. Kızına:

-Sen yaşam savaşımının daha başındasın. Mayınlı, dikenli yollar katedeceksin. Buralarda kendine zarar vermeden yürümek kolay olmayacak. Bu yollarda burnunun doğrultusunda, gelişigüzel yürürsen çok büyük zorluklarla karşılaşırsın. Ben merkezli, dik kafalı olmamalısın. Bazen bükemediğin elin nasıl öpüleceğini bilecek ve de öpeceksin. Gölgeni büyütüp başkalarını gölgene alamıyorsan sen onun gölgesinde yaşamayı bileceksin. Bileceksin ki ondan bir şeyler öğrenmek, onun özelliklerini anlamak için yakınlık kurabilesin. Şimdilik sana önerim Türkân'la yakınlaşmaya çalış.

Dilber, babasının söylediklerinin, yabana atılmayacak öğütlerini biliyordu. Biliyordu da babasının söyledikleri ile Türkân'a ulaşması, onunla yakınlık kurması çok zordu. İkisi farklı dünyaların insanlarıydı. Onun yerine sınıfta varlığını kanıtlamak için başka yollar denemeliydi. O güne değin denediği şık giyinme lüks, markalı eşyalar kullanma pek işe yaramamıştı.

Yılbaşı yaklaşıyordu. Birçok firma gibi Melih Bey'in sahip olduğu gazete de değişik hediyeler hazırlamıştı. Kalemler, ajandalar, takvimler. Dilber bunlardan bir kutuya yerleştirip sınıfa getirdi. Her öğrenci için birer kalem vardı. Türkân için ise özel bir paket hazırladı. Ona uygun bir ortamda verecekti. Sıcak bir ilgi ve güler yüzle Türkân'a:

-Biliyorum daha güzel hediyelere layıksınız. Gazetemiz çeşitli hediyeler hazırlamış, sizin için ayrı bir paket yaptırdım. Kabul ederseniz sevinirim.

Türkân, o güne kadar üzerinde reklâm amacı taşıyan hiçbir eşya kullanmamıştı. Bu konuda kesin kuralı, kırmızı çizgileri olan biriydi. Dilber'in vermek istediği paketin üstünde gazetenin adı ve logosu yazılıydı. İçindeki eşyalarda da yazılı olduğunu kestirebiliyordu. Dilber'e:

-Bana özel bir hediye paketi yaptırma nezaketinizden ötürü çok teşekkür ederim. Benim yaşamımın kesin kuralı reklâm amaçlı eşya kullanmamak. Bu sizin gazeteyle ilgili değil. Yanlış anlaşılmak istemiyorum.

Dilber amacına hediye yolu ile yaklaşmaya çalıştıysa da ulaşamadı. Babasının yönlendirmesi ile uğraşılarından vazgeçmesi. Babasının çıkardığı gazeteden önce her gün beş tane getirip en yakın arkadaşlarına dağıttı. Türkân'a vermek istediyse de Türkân çantasından sürekli alıp okuduğu gazeteyi çıkardı "Benim gazetem var" dedi.

Öğretim yılının ilerleyen aylarında derslerde genel konulardan gazetecilik konularına girilmeye başlandı. Hocalardan biri öğrencilere:

"Hepiniz bu bölümü isteyerek seçmiş olmalısınız. Daha önce ya da bu günlerde medya ile ilişkisi olanlarınız var mı?" sorusunu sordu.

Herkes Türkân'ı işaret edercesine ona baktı. Bunu fark eden Hoca Türkân'a:

-Herkes seni işaret ediyor. Medya ile ne gibi bağlantın var? Bir medya kuruluşunda görev yapıyor musun?

Türkân:

-Hayır, Hocam. Arkadaşlarım öyle sansalar da şu anda organik bir bağım yok, bir görev de üstlenmiş değilim.

Dilber, babasının kendisi için çıkardığı basın kartını göstermek isteği ile ceplerini, çantasını aradı. Aradığını bulamadı.

-Benim var, dedi.

Hoca:

-Neyin var?

-Benim basın kartım var. Aradım bulamadım.

-Hangi medya kuruluşunda ne görevler üstlendin de basın kartı almayı hak ettin?

-Ben çalışmadım. Babam yılların gazete patronu. Ben iletişim fakültesi sınavlarını kazanıp kaydımı yaptırınca bana diğer hediyeler yanında basın kartı da hediye etmişti. Herhalde öbür çantamda kalmış, ya da kaybolmuş. Kaybolsa da önemli değil, babam bir tane daha çıkartır. O zaman getirir size gösteririm.

Sınıfta bir gülüşme oldu. Hocanın işareti ile sessizlik sağlandı.

Birkaç gün sonra Dilber, Türkân'a nispet yaparcasına sırt çantasına yerleştirdiği en yeni kamera ve fotoğraf makinesi ile geldi. O gün tüm sınıf bir deste uygulama yapmak için okul bahçesine çıkıp ağaçların kış görüntülerini çekeceklerdi. Her ne kadar fakültenin gereçleri varsa da her öğrenciye bir tane düşmüyordu. Onun için evinde bu gereçleri olanların getirmeleri istenmişti.

Evinden getirenler kendi gereçlerini, diğerleri okulun gereçlerini alarak bahçeye çıktılar. Başta Türkân olmak üzere herkes elindeki gereçleri çalıştırıyor, görüntüler saptıyorlardı. Dilber de hiçbir kıpırtı yoktu. Fotoğraf makinesi boynunda kamera elindeydi. Türkân ona yaklaştı.

-Haydi Dilber! Sen gazeteci kızısın. Çekimi hepimizden daha iyi bilmelisin. En yeni en modern gereçlere sahipsin. Üstelik basın kartının olduğunu da söylüyorsun, dedi.

Dilber ne diyeceğini şaşırdı. Hocanın:

-Tamam, arkadaşlar, toparlanın bu gün bu kadar çekim yeter. Bunların çıktılarını alır, üzerinde konuşuruz, demesi Dilber'i şimdilik kurtarmıştı.

Onun gereçlerine girdi yapılmamıştı. Çıktısının nasıl alınacağını düşündü. Fazla kafa yormadan "Babama söylerim, bunu da halleder" diye geçirdi aklından.

Okuldan eve döndüğünde henüz babası gelmemişti. Olanları annesine anlattı. Evde hiçbir iş yaptıramadığı kızına annesi:

-Yeter artık Dilber! Üniversite öğrencisi oldun kendi işini kendin gör. Buraya kadar özel okullar, öğretmenlerden aldığın özel dersler, özel dershanelerle buraya gelebildin. Üniversite eğitiminde de özel ders aldıracak durumumuz yok. Yanlış anlama para yönünden demiyorum. Şey yani ben bu güne değin üniversite öğrencilerinin özel ders aldığını duymadım.

-Anne biliyorum, sen işleri hep zora sokarsın. Babam bir gelsin, o pratik zekâlı adamdır. Buna da bir çözüm bulur.

Babası gelince olanları ona da anlattı. "İki gün sonra çıktı alacağız ama bende hiç girdi olmadı." Babası:

-Tasalanma kızım, yarın gazeteden birini görevlendiririm birlikte gidersiniz, çekim yapılacak mekânı gösterirsin, girdileri yapar çıktılarını da hazırlar. Bu bir sınıf çalışması ama bir bölümü ev ödevi, şimdi öğrencilerin ev ödevlerinin çoğunu ana-babalar ya da başkaları yapıyorlar.

Babasına sarıldı:

-Yaşasın babam. –annesine döndü- Çözüm buna derler. Bak babam ne güzel bir çözüm buldu.

Dilber babasının görevlendirdiği bir foto muhabiri ile çekim yapılan okul bahçesine gitti. Sevincine diyecek yoktu. Ona:

-Öyle güzel çekimler yap ki, Türkân bile şaşırsın. Diğerleri de nasıl çekim yapıldığını görsünler.

Gazeteci:

-Hiç merak etmeyin Dilber Hanım, bu bizim işimiz. Ben gazeteciliğin yanında ev ödevlerine yardım işi de yapıyorum. Her akşam onlarca öğrenciye bilgisayar çıktısı alıp düzenliyorum.

Çekimleri yaparken gereçlerin tarih düzenlemesini yapmayı unutmuşlardı. Çıktıları aldıkları zaman gazeteci farkına vardı da hiç bozuntuya vermedi. Bundan ötürü Dilber'in başına gelecekleri bilmiyordu. Dilber ise bunu fark edecek denli düşünemedi.

Çekim yapan her bir öğrenci en fazla üç resim ve üç dakikalık film gösterisi yapacaktı. Sırayla resimler slaytla duvara, filmler perdeye yansıtıldı. Herkes Dilber'in sırasını merakla bekliyordu. O ise kendinden emindi. Görüntüler yansıdı. Hoca tarihin farkına vardı. Başkalarının fark etmesini bekleyerek ses çıkarmadı. Görüntüler güzel çekilmişti. Hoca öğrencilere:

-Görüntülerde bir ayrıntı var, fark edemediniz herhalde yeniden perdeye yansıtalım, dedi.

Türkân:

-Gerek yok hocam ben fark ettim. Bunlar bizim yaptığımız çekimlerden iki gün sonranın tarihini taşıyor. Çekimlerin güzelliğinden belli ki usta bir gazetecinin elinden çıkmış. Ne yazık ki tarih ayarlamasını unutmuş. Saatine de dikkat ettim. Bizim ders saatlerimizden sonrasını gösteriyor.

Hoca Dilber'e baktı. Diğerleri de... Dilber ne söyleyeceğinin şaşkınlığı ile toparlandı, çantasını aldı. Tek söz söylemeden sınıfı terk etti. Sınıftaki en yakın arkadaşlarından biri:

Dilber arkadaşımız lise alışkanlığından henüz kurtulamamış. Onun ev ödevlerini hep başkaları yapardı. Bu ödevlere öğretmenlerimiz kimin yaptığını sormadan iyi notlar verirlerdi. Burada da denedi ama tutturamadı.

Türkân:

-Lütfen aramızda olmayan biri hakkında konuşmayalım. Onu sorgulama görevi bizim değil hocalarımızın.

Dilber, üniversite bahçesinden caddeye çıkıncaya kadar etrafına bakmadan hızla yürüdü. Otobüs durağında gelen ilk taksiye binerek doğru babasının gazetedeki bürosuna gitti. Gazete binasına girişi de üniversiteyi terk edişi gibiydi. Çalışanları, güvenlik görevlilerini gözü görmüyordu. Kimseye selam vermedi. Kendini selamlayanları da duymazlıktan geldi.

Sekreter onu karşısında o durumda görünce ayağa kalktı:

-Neyiniz var Dilber Hanım? İki dakika oturun bir şeyler için. Kendinize çekidüzen verin.

Dilber, "Bir şey yok" dedi. Babasının oda kapısına yaklaştı. Sekreter:

-Lütfen durun! Babanızın önemli bir toplantısı var. Bu durumunuzla içerdekilere görünmeniz hoş olmaz.

-Çekilir misiniz' Benim sorunum toplantıdan daha önemli.

-Ben yine de Melih Bey'e haber vereyim.

İçerdeki toplantı sekreterin söylediği gibi önemli değildi. Onun amacı Dilber'i biraz sakinleştirmekti. Bunu başaramadı. Dilber öfkeyle babasının kapısını açtı, içeri girdi. Melih Bey gazete çalışanları ile mini bir toplantı yapıyordu. İçerisi epeyce kalabalıktı. Ona resim çeken, kamera kayıtlarını yapan foto muhabiri de oradaydı. Öfkeyle ona yöneldi. Babası ne olduğunu bilemiyordu. Kızının bu durumunun nedenini öğrenmek istiyordu. Ona:

-Kızım, gördüğün gibi toplantıdayız. Toplantımız on dakika sonra bitiyor. Sen oturup biraz dinlensen daha iyi olmaz mı?

-İyi ya, hazır toplantıdayken gazetecilikle ilgili benim de söyleyeceklerim var.

-Söyleyeceklerini sonra bıraksan, biz görüşeceğimiz konuları bitirip seni öyle dinlesek?

-Olur, yalnız bir sakıncası yoksa ben burada oturacağım.

-Peki, olur, dedi.

Melih Bey kızına oturacak yer gösterdi. Sekretere Dilber için içecek söyledi. Melih Bey'in yaptığı toplantının konuşulacak konuları bitti. Dilber, verilen içeceğin etkisiyle biraz sakinleşti. Babası:

-Senin söyleyeceklerin neymiş bakalım? Seni dinliyoruz.

-Benim söyleyeceklerim üç kişiyi ilgilendiriyor. -Foto muhabirini işaret ederek-"Sen kal! Diğerleri gidebilirler.

Toplantıya katılanlar odayı terk ettiler. Dilber sakinleşmiş de olsa babasından önce foto muhabirine döndü:

-Sen ne biçim gazeteci, ne biçim foto muhabirisin. Bana bir de benim ikinci işim ev ödevlerine yardım diyorsun. Yaptığın ev ödevleri bana yaptığın gibiyse vay o öğrencilerin başına gelenlere.

Dilber'in sesi yükseldikçe yükseliyor, sinirden titreyen ses tonuna el kol hareketleri eşlik ediyordu. Melih Bey kızını hiç böyle sinirli görmemişti. Olabildiğince yavaş bir ses tonu ile:

-Biraz sakin olabilir misin kızım?

-Hayır, baba sakin olamam!

Melih Bey güngörmüş, yılların gazetecisi, gazete yöneticisi idi. Sekreter kapısını açtı. Sekretere:

-Kapını kapat! Kendi odana bile ben söyleyinceye kadar kimseyi alma!

Dilber konuşmasını sürdürdü:

-Bunu bana nasıl yaparsın? Aptal mısın sen, geri zekâlı adam! Beni sınıfa rezil ettin. Hani sen çok iyi çekim yapardın? Senin ne usta bir çekim yaptığın bana çektirdiklerinden belli!

Melih Bey ve gazeteci hala ne olduğunu anlayamıyorlardı. Gazeteci çekingen bir ses tonu ile:

-Ne yapmışım Dilber Hanım? Diye sordu.

Dilber:

-Şuna bak, sanki bilmiyormuş gibi bir de ne yapmışım diye soruyor. Man... adam!

Gazeteci Melih Bey'e bakarak Dilber'in son sözcüğünü söylemesine fırsat vermeden:

-Yeter artık, biraz fazla ileri gittiniz! Deminden beri yaptığım yanlışı söylemiyor, onun yerine var gücünüzle bağırarak hakaret ediyorsunuz.

Melih Bey:

-Evet, Dilber, yeter artık. Yapılan yanlışı söyle! Belki düzeltilebilecek bir yanlış.

-Hayır baba! Düzeltilebilecek bir yanlış değil!

-Ama gene de söyle biz de bilelim.

Dilber koltuğa oturdu. Derin bir nefes aldı.

-Benim için çektiği fotoğraf ve kamera kayıtlarında tarih ve saat ayarlaması yapmamış. Sınıfta bunlar gösterilirken o kız yine ayrıntıyı yakaladı. Benim çektiğim sanılanlar iki gün sonrasının tarihini taşıyordu. Saat ise hiç uymamıştı.

Durumu anlayan Melih Bey, foto muhabirine:

-Sizinle sonra konuşuruz. Şimdilik işinizin başına dönün.

Foto muhabiri yanıt ve açıklama hakkını kullanmadan odayı terk etti. Dilinde patronunun söylediği tümceyi yineleyerek "Sizinle sonra konuşuruz. Şimdilik işinizin başına gidin".

Dilber biraz daha rahatladı. Bu kez babasına:

-Bu nasıl yapılır baba? Anlamıyorum. Sınıfta düştüğüm durumu sana anlatamam. Arkamdan kim bilir neler söylendi. Bunu bile kimseye soramam.

-Fazla büyütüyorsun kızım. Gazetecilikte bunlar her gün yapılan yanlışlar. Okuyucu ve izleyiciler bu ayrıntılara dikkat etmezler. Senin sorunun Türkân ile. Önce o sorunu çözmemiz, bu konuda kafa yormamız gerekiyor. O ayrıntıyı bir tek Türkân görmüş.

-Hayır, bir tek Türkân değil. Hoca da gördü.

-Hocanın görmesi doğal, onlar sizi yetiştirmek için işlerini bilim insanı titizliğiyle yaparlar.

Dilber babası ile konuştukça rahatlıyordu. Bir ara saate baktı:

-Şimdi öğle arası verilmiş olmalı. Bir arkadaşıma telefon edip sorayım bakalım benim ardımdan neler konuşulmuş?

Telefonla arkadaşını aradı.

-Benden sonra neler oldu? Diye sordu.

Arkadaşı:

-Seninle ilgili konu uzatılmadı.

-Türkân'ın söylediklerini merak ediyorum.

-Bırak onu da senin en iyi arkadaşının söylediklerini merak etsen daha iyi olur.

-Uzatma da anlat!

-Arkadaşının söylediklerini şimdi anlatmayacağım. Senin için önemli olan Türkân'ın söyledikleri değil mi?

-Evet, öyle.

-Öyleyse iyi dinle! dedi arkadaşı. Eğer arkadaşının söylediklerine Türkân engel olmasaydı, hakkında epey eleştiri yapılacaktı. Bunu Türkân önledi. Ne dedi biliyor musun? Aramızda olmayan arkadaşımızın ardından laf etmek dedikodu olur. Dedikodu yapmak bize yakışmaz.

Dilber son sözcükleri dinlerken telefonu kulağından uzaklaştırdı. Konuşma bitince Melih Bey:

-Kızım sen olayları değerlendiremiyorsun. Artık lise öğrencisi değilsin. Üniversite ortamı farklı. Oradaki arkadaşlarının hepsi on sekizini bitirmiş, sınav kazanmış olgun insanlar. Hemen böyle heyecana kapılıp anlamadan dinlemeden panik yapma!

-Hayır, baba bu Türkân ile ben...

-Evet, Dilber bu Türkân ile sen aynı sınıfta olamazsın. Onu hallettik diyelim ya diğerleri? Onlarla nasıl uzlaşacaksın? Yine de Türkân sorununu çözelim. Bunun için bazı düşüncelerim var. Uygulanması biraz zaman alır.

* * *

Esin Öğretmen Türkân'ı telefonla aradı:

-Sesin soluğun kesildi. Uygun bir zamanda uğra da görüşelim, dedi.

Türkân da onunla görüşmek okulda olanların kayda değer olanlarını anlatmak istiyordu. Okul çıkışı uğradı. Üniversitenin değişik atmosferinden, derslerden, arkadaşlarından, biraz da Dilber'den söz etti. Ondan söz ederken, kınama, kötüleme şeklinde değil, yardım edilerek eğitilmesi, topluma kazandırılması şeklinde.

-Bu konuda sorumluluk yükleneceğim ve uğraşacağım, dedi.

Dilber, tam tersine Türkân'la başka türlü uğraşmanın peşindeydi. Okulda ondan bir satır yukarı çıkamayacağını anlamıştı. Yakın bir tarihte doğum günü vardı. Orada Türkân'ı küçültebilirdi. Doğum günü özel davetiyeler hazırlattı. Babasının sekreterinin yardımı ile güzel bir salon kiralandı. Çoğunluk kendi yakın arkadaşlarından olacak, onlar markalı şık giysilerle gelecekler, Türkân'a fark atacaklardı. Bu da yetmeyecek, onlar erkek arkadaşları ile geleceklerdi.

Plan ve program iyi düzenlendi. Türkân, bu tür toplantıların ustasıydı. Ne giyeceğini, nasıl bir hediye alacağını Dilber'in doğum gününe kiminle gideceğini çok iyi planladı. Onun için hepsi kolaydı da erkek arkadaşı nasıl bulacaktı?

Dilber'in sınıf başkanlığına aday gösterdiği Ankaralı sınıf arkadaşına:

-Özgür arkadaş, yardımına gereksinmem var. Bu İstanbul gençlerini bilirim. Doğum günlerinde çağrılı olanlar mutlaka karşı cinsten biri ile gelirler. Sen ve ben yalnız gitmek durumunda kalırsak sosyeteye ayıp olur. Hatta kınanırız.

Özgür:

-Ben Katılmayı düşünmüyorum.

-Nedenmiş o?

-Hem yalnızım, hem de ne bileyim?...

-Bak şimdi yalnız değilsin. Gider katılırız. İstanbul gençlerinin nasıl eğlendiklerini görürüz. Bol bol resim çekeriz, eğleniriz. Böylece deneyim sahibi oluruz.

Doğum günü eğlencesi çok iyi düzenlenmişti. Çağrılılar Türkân'ın öngördüğü gibiydi. Dilber'in gözü hep kapıda Türkân'ın gelişini bekliyordu. O zannediyordu ki Türkân o gazeteci giysileri ile gelecek, onu arkadaşlarına öyle tanıtacaktı.

Türkân ve Özgür oldukça şık giysileriyle el ele tutuşmuş olarak kapıdan girdiler. Dilber gözlerine inanamadı. Daha önce gelenlerin çoğu için ikisi de o grubun yabancısıydı. Onların da dikkatini çekti bu çift. Dilber, iç bozukluğunu dışa vurmamaya çalışarak onları arkadaşları ile tanıştırdı. Türkân ile Özgür eğlencenin her aşamasında orada bulunanların en iyileriydiler. Dilber istediği amaca burada da ulaşamadı.

Doğum günü partisinden eve döndüğünde yine neşesizdi. Onun bu durumunu gören annesi ve babası:

-Ne var Dilber? Eğlencenizde istenmeyen bir tatsızlık mı oldu?

-Evet, tatsızlık oldu. O geldi. Tüm hünerlerini gösterdi. Sınıf arkadaşımız Özgür'ü ayartmış. Giyimindeki şıklığı, makyajı, davranışlarındaki düzen, dans gösterisi ile hepimize fark attı.

Annesi, kocasına dönerek:

-Kimmiş bu Türkân? Şu sorunu bir türlü çözemediniz. Görüyorsun kızımızın huzuru yok. Buna bir çare bulmamız gerekiyor.

Melih Bey:

-Durumun ciddiyeti anlaşıldı. Olaya el koyacağım.

Melih Bey gazetesinin Genel Yayın Yönetmenini çağırdı. Dilber'in Türkân ile olan olumsuz ilişkisini anlatarak, buna bir çözüm bulunmasını istedi. Genel Yayın Yönetmeni:

-Siz nasıl bir öneride bulunursunuz efendim? Önce onun üzerinde düşünelim.

Melih Bey:

-Ne yapılabileceğini düşündüm. Senden bunun uygulanmasını bekliyorum.

-Düşüncenizi açıklar mısınız?

-Türkân okuldan uzaklaştırılacak

-Bunu nasıl yapacağız?

-Ona ulaşacak, gazeteye çağıracaksınız. Gazeteyi gezdirerek iyi koşullarda iş teklif edeceksiniz.

-Baş üstüne efendim.

-Bu iş sonuçlanıncaya değin ikimizden başka kimsenin bilgisi olmayacak. Özellikle Dilber'in.

Genel Yayın Yönetmeni işe koyuldu. Önce Türkân'a ulaşması, onunla tanışması, onu makamına kadar getirmesi gerekiyordu. Bunun için haftalarca uğraştı. O'nu nerede bulabileceğini düşündü. Fakülteye gitse Dilber ve arkadaşları ile karşılaşabilirdi. Bundan vazgeçti. Ana-babasının çiftlikte, abisinin İstanbul'da oturduklarını, Türkân'ın abisinin yanında kaldığını, abisinin Yenibosna'da market işlettiğini öğrendi.

Hafta arası marketten alışveriş yapmaya başladı. Alışveriş yaptığı bir gün ilk kez Türkân'la karşılaştı. Onun Cumartesi günleri markette çalıştığını öğrenince hafta sonu alışverişi için markete gelmeye başladı. Bu yolla Türkân'la tanışma fırsatı yakaladı. Onunla yavaş yavaş yakınlık kurmayı denedi. Bunu kısa sorularla sağlamaya çalıştı. Kartını verdi. Türkân'a hafta arası markette görünmediğini ne iş yaptığını sordu. O, İletişim Fakültesi'nde okuduğunu söyledi.

-Bir gazetenin Genel Yayın Yönetmeniyim. Madem meslektaş olacağız ya da sayılırız, gazeteye beklerim. Size gazeteyi gezdiririm.

Türkân:

-Ben aynı zamanda sınıf temsilcisiyim. Arkadaşlarla konuşayım, belki ilgi duyanlar olur. O zaman grup halinde geliriz. Bunun için ben size önceden bilgi veririm.

-Genel Yayın Yönetmeni'nin verdiği karta göz attı. Dilber'in babasının gazetesinin ismini gördü.

-Siz Dilber'in babasının gazetesinde çalışıyorsunuz.

Gencl Yayın Yönetmeni, Dilber'i tanımıyormuş gibi bir tavır takınarak:

-Dilber kim ki? diye sordu.

Türkân:

-Patronunuzun kızı. O da bizim sınıfta.

-Biz patronumuzun ailesiyle ilgilenmeyiz. Patronun böyle bir kızının olduğundan haberim yoktu, derken işinin zor olduğunun farkına vardı.

Türkân cin gibi gözü açık biriydi. Üstlendiği görevi yerine getirebilmesi için hem zamana hem çok çalışmaya gereksinimi vardı.

-Türkân Hanım, gazeteyi arkadaş grubunuzla gezme işini ileri bir tarihe ertelesek. Yeni yaptırdığımız ek binaları bitiriyoruz. Yeni ve daha modern makineler geliyor. O zaman belki bir açılış töreni de yaparız. Bu törene sizleri de çağırırız. O zaman gelir tüm gazeteyi gezme fırsatı bulursunuz.

-Öyle uygun görüyorsanız öyle yapalım.

-Ama sizi daha önce bekliyorum. Siz burada bana işinizin çokluğundan türü çay, kahve bile içemediğinizi söylediniz, ben size içireyim.

Türkân:

-Söz veririm ama tarih veremem.

-Önemli değil, ancak fazla geciktirmezseniz sevinirim. Nasıl olsa görüşüyoruz. Bana önceden gelebileceğiniz günü belirtirseniz sizi buradan alabilirim.

-Buna zahmet etmenize gerek yok. Derslerimizin erken bittiği günler var. O günlerden birinde gelirim.

Genel Yayın Yönetmeni, hedefine giden yolda ilk adımı ancak iki ay sonra atabilmişti.

Türkân, bu teklifin nereden çıktığını düşünmeye başladı. Adam Dilber'i tanımadığını söylediyse de bu gerçek ve inandırıcı olamazdı. Konuyu Dilber'e açmayı düşündü. Sonra vazgeçti. Genel Yayın Yönetmeni alışverişe gele gide Tuna ile de kaç kez markette hanımı ve kızını da getirip tanıştırmıştı.

Türkân bu görüşmeye gitmeden önce konuyu Esin Öğretmen ile görüştü. Esin Öğretmen Türkân'a:

-O gazeteyi tanıyorum. Yayın politikasını ve ne denli fırsatçı olduğunu da biliyorum. Elbet bu görüşmeyi gerçekleştirmelisin. Yalnız çok dikkatli ol. Elindeki bilgi ve belgelerden söz etme. Yapacakları öneriye hemen yanıt verme. Düşünmen gerektiğini söyle ve ötele.

Tuna abisine sordu. O:

-Cevriye yengenle konuştun mu? Cevriye yengen insan sarrafı. O gazeteciyi pek gözünün tutmadığını, davranış ve konuşmalarının çok yapay olduğunu söyledi. Buna karşın karar senin. Artık neyi nasıl yapacağını bilecek olgunluktasın. Bana sorarsan görüşmekte yarar var. Madem bu mesleği seçtin, git görüş.

Görüşme gününün belirlenmesi, Genel Yayın Yönetmeni'ni sevindirdi. O gün o saatle ilgili daha önce kararlaştırılmış görüşmeleri karşı tarafa telefon ederek başka günlere aldı.

Türkân, gideceği yere görüşmeye gitmeden önce kendince bir ön hazırlık yapardı. Neler söyleyecek, ne gibi sorulara nasıl yanıt verecek, kendisi ile ilgili vereceği bilgilerin sınırları ne olacak, ne gibi sorular soracak?

Gideceği günü Tuna Abisi'ne haber vererek gitti. Eğer görüşme uzayacak olursa görüşmeden çıkınca hemen telefonla bilgi vereceğini söyledi.

Genel Yayın Yönetmeni de kendince ön hazırlıklarını yaptı. A planını sunacak, kabul ettiremezse B planına geçecekti. Üstlendiği grevi patronunun istediği gibi yerine getirirse önemli bir başarıya imza atmış olacaktı.

Türkân'ı önemli konukların karşılanışı gibi gazete binasının giriş kapısında karşıladı. Üçüncü kattaki odasına asansörle birlikte çıktılar. İçeri girerken oda kapısının dış yanına, görüşmesinin olduğunu, rahatsız edilmemesi gerektiğini belirten yazıyı astı. Selamlama, hal hatır sorma bölümünden sonra görüşmenin özüne geçildi.

Genel Yayın Yönetmeni, Türkân'ı yüceltici iltifat dolu girişimi yaptı. Türkân'a:

-Biraz kendinizden söz eder misiniz? Diye sordu. Onu dinlerken önündeki deftere not almaya hazırlandı.

Türkân:

-Kendimin neyinden söz edeyim. Avusturya Lisesi'ni bitirdim. Orada iyi bir eğitim aldım. Kendime bir hedef belirleyerek ben de sizin gibi gazetecilik mesleğini seçtim. Bunun için İletişim Fakültesi'ne başladım. Okula devam ediyorum. Gördüğünüz gibi zaman bulabilirsem abime yardım ediyorum.

-Bir yabancı lisede okuduğunuza göre yabancı diliniz var.

-Evet, Almanca ve İngilizce biliyorum. Bilgisayarı, interneti çok iyi kullanıyorum. Henüz arabam olmasa da sürücü belgemi de aldım.

Genel Yayın Yönetmeni bunları defterine not etti. Daha fazla gecikmeden yavaş bir ses tonu ile "Tam aradığımız özellikler..." deyiverdi. Türkân:

-Ne dediğinizi anlayamadım?

-Bir eleman gereksinmemiz var. Bunu önceden size ön bilgi olarak söylemeliydim. Sizi buraya bu konuyu görüşmek için çağırdım. Sizin özelliklerinizde birini arıyorduk. Çok iyi oldu. Sizinle tanıştık. Çalışma koşullarınızı anlatayım. En kısa zamanda işe başlayabilirsiniz.

Türkân, böyle bir sürprizle karşılaşacağını biliyordu. Toparlandı. Çayını yarıya kadar içmişti. Daha fazla dinlemek istemedi.

-Teklifiniz için teşekkür ederim. Ben kalksam iyi olacak.

-Durun, acele etmeyin! Sizin söyleyecekleriniz de olmalı.

-Elbet benim söyleyeceklerim de var. Ben öğrenciyim. İnsanın öğrencilik yıllarında çalışması için iki nedeni olmalı. Birincisi para sıkıntısı, ikincisi meslek deneyimi. Benim para sıkıntım yok. Mesleki deneyimime gelince bu gerekli, gerekli olmasına da benim için henüz erken. Ben bir işe başladım mı tam başlar eksiksiz ve işimin hakkını vererek yaparım. Eğer önerdiğiniz işi kabul eder de burada çalışmaya başlarsam ne iyi bir öğrenci ne iyi bir işçi olurum. Zaten sizin de bilip gördüğünüz gibi markette yardımcı işçi gibi çalışıyorum. Bizim bir de çiftliğimiz var ki uzun dinlencelerde oraya gidiyor, toprakla, hayvanlarla ilgileniyorum. Yani hobi olarak orada da yapabileceğim bir dolu uğraş var.

Zeki Müren'in yaşam öyküsünü biliyor olmalısınız. Ona da öğrencilik yıllarında bir gazino sahibi iş teklifinde bulunur. Zeki Müren arada bir akşamları sahneye çıkıp şarkı söylediği o mekândan ayrılır ve bir daha okulunu bitirinceye değin o tür yerlerde görülmez. Eğer önerilen işi kabul etseydi, okulunu bitiremez ve iyi bir sanatçı olamazdı. Paranın sıcak yüzü, sahnelerin parlak ışıkları, müşterilerin coşkulu alkışları onu okulundan soğuturdu. Üç beş yıl sonra da iyi bir sanatçı olamadığı gerekçesiyle sahnelerden uzaklaştırılırdı. O kendi kararını kendi verdi. Okuluna öncelik tanıdı. İyi bir sanatçı oldu. Sanatını ölünceye kadar nitelikli ölçüler içinde yürüttü. Herkesin gönlünde taht kurdu. Ölümünden yıllar sonra bu gün bile aranan dinlenen bir sanatçı.

Bu nedenle ben diyorum ki öğrenci öğrenci, gazeteci gazeteci olmalı. Ben bir koltukta iki karpuz taşıyabilecek denli yetenekli değilim. Ama istiyorsanız sınıfımızda bu işi kabul edecek arkadaşlarımız bulunabilir. Onlara bir sorayım.

Türkân'ın söylediklerini dikkatle dinleyen Genel Yayın Yönetmeni, onun söylediği son tümceyi duyunca birden irkildi. Bu görüşmenin sonucu ne olursa olsun, gizli kalması gerektiğini anımsadı.

-Yok hayır... Sakın arkadaşlarına ve başkalarına böyle bir görüşmeden söz etme. Bu görüşme ikimizin arasında kalacak. Bir gün düşünceni değiştirir çalışmak istersen kapımız sana açık. Gazetecilikle ilgili bir işin olursa da bana gelebilirsin. Elimden gelen yardımı yaparım. Yakında açacağımız televizyon yayını için de hazırlığımızın son aşamasındayız. Açılışa beklerim.

Türkân vedalaşmak üzere ayağa kalktı.

-Dilber arkadaşla ilgili bir öneride bulunmak istiyorum. Hani şu patronunuzun kızı bizim sınıfın öğrencisi. Çok iyi bir arkadaş da yaşam deneyimi olmayan birine benziyor. Madem elinin atlında da böyle uygun bir ortam var neden gelip biraz çalışarak ilerde yapmayı düşündüğü gazetecilik mesleğinin girdisini çıktısını öğrenmiyor? Bunu yapmasında ona yardımcı olmanız beni işe almanızdan daha iyi olur.

Genel Yayın Yönetmeni Dilber'den söz açılınca ne yapacağını şaşırdı. Türkân'ın bu konuyu uzatmasını istemiyordu. Elini Türkân'a uzattı:

-Bu görüşme için size teşekkür ederim. Dediğim gibi bu görüşmeden, özellikle içeriğinden kimseye söz etmezseniz sevinirim. Markete geldiğimde görüşmek üzere, diyerek Türkân'ı uğurladı.

Onu gönderir göndermez de görüşmenin sonucunu sabırsızlıkla bekleyen patronunun odasına gitti. Üstlendiği işi başaramamanın ezikliği ile patronuna olup bitenleri anlattı. Türkân için "O, kendini aşmış biri. Öyle çok yaşam deneyimi edinmiş ki kendine güveni oldukça fazla. Bence bunu fazlasıyla hak etmiş de. Geleceğin aranacak bir gazeteci adayı". Melih Bey elindeki kalemi masanın hemen kenarına vurarak dinledi Genel Yayın Yönetmeni'ni. Ona:

-Aranızdaki görüşmenin gizli kalması gerektiğini söylediniz mi? Gizli kalacak mı?

-Söyledim efendim. Bizim için çok ciddi sayılan bu görüşme sıradan bir söyleşi gibi geldi. Gizli kalacağından emin olabilirsiniz.

Efendim, edindiğim izlenime göre, onun kaprisli biri olmadığını anladım. Olaylara ciddi ve olumlu gözle bakıyor. Onda Dilber Hanım'la ilgili olumsuz hiçbir tutum göremedim. Anladığım kadarı ile ona yardımcı olmak bile istiyor. Dilber Hanımın iyi bir arkadaş olduğunu, yaşam deneyiminin yetersizliğini, onun biraz gerçek yaşamın içine girmesi gerektiğini söyledi.

Melih Bey:

-Sorun da orada ya! İkisi farklı dünyaların gençleri Türkân kendince haklı olarak yaşam deneyimlerinin avantajlarından yararlanıyor. Dilber ise bunu sindiremiyor. Bunu kızıma da anlattım. Bir türlü kabullendiremedim. Şimdilik bu konuyu böylece bırakalım. Sen yine de Türkân'la bağını koparma. Umarım televizyon vericisi hazırlığımızdan söz ettin.

-Söz ettim efendim. Söz etmekle de kalmadım. Açılışa çağıracağımı gelirse sevineceğimizi söyledim.

Melih Bey, bu görüşmeden daha farklı bir sonuç bekliyordu. Beklediği gibi olmadı. Gene de kendince olumlu ipuçları yakaladı. Kafasındaki soruların bir bölümü yanıtlanmış oldu.

* * *

Türkân, yaptığı bu görüşmenin hangi amaçla yapıldığını anladı. Oradan ayrıldıktan sonra Esin Öğretmen'e telefonla görüşmeyi özetledi. Doğru markete geldi. Tuna'ya, Cevriye'ye özet olarak anlattı. İş teklifi aldığını ama kabul etmediğini söyledi. Tuna:

-O adam kendisini ne sanıyor da iş teklifi yapıyor? Çalışacaksan buna zamanın varsa işte iş. Burada çalışırsın, dedi.

Esin Öğretmen'in doğum izni bitti, işe başladı. Hamileliğinin son ayları yaz dinlencesine denk geldiği için iş arkadaşları ve öğrencileri onun şişmanlık durumunu görmediler. Beden görüntüsünde hamileliğin ve doğum sonrası izleri çok az belli oluyordu. Bunları da seçtiği giysilerle örtmeye çalıştı.

İşe başladığı gün onu özlemle bekleyen arkadaşları ile öğrencilerinin yakın ilgisi doğru dürüst ders yapmasını engelledi. O öğrencilerinin seslerine, gülüşlerine, tertemiz yüzlerine hasret kalmıştı. İlk günü bu hasretini giderdi. Onları tek tek kucakladı, okşadı, öptü.

Cevriye, kızı Turaç'ı dünyaya getirdi. Turaç'ın doğumundan iki hafta önce Meryem Turna'nın bakımını başkasına bırakarak Cevriye'lere taşındı. Bu gelişe en çok İlker sevindi. Ne var ki İlker'in bu sevinci fazla sürmeyecek, onun yerini kıskançlık alacaktı.

Bunu bilen Meryem kitaplığını karıştırdı, kitapçıları dolaştı. İkinci çocuğun kıskanılması ile ilgili bilgi kaynaklarına ulaşmaya çalıştı. Bulduğu kitapları okudu, inceledi, notlar çıkardı. En önemli bulduğu birkaç kitabı okumaları için Cevriye ve Tuna'ya verdi. Onlar da okudular, bilgi edindiler.

Meryem, Turaç'ın doğumundan önceki iki haftada Cevriye'ye yardım ederek onun giysilerini, diğer eşyalarını, yatacağı yeri düzenlediler. Bu arada İlker ile daha yakın iletişim kurarak onu gelecek kardeşi için elinden geldiğince hazırlamaya çalıştı. Bu konuda ne yapılırsa yapılsın, İlker'de görülecek davranış değişikliklerinin olumsuz yansımalarını biliyordu. Bunu Cevriye'ye de uzun uzun anlattı. Bunun doğal davranışlar olup bu durumdaki tüm çocuklarda şu ya da bu şekilde görülebileceğini söyledi.

İlker'in göstereceği kıskançlık davranışlarının Cevriye'yi üzeceğini bilen Meryem, ilgisini daha çok İlker üzerinde yoğunlaştırarak bunu en düşük düzeyde tutmaya gayret etti.

İlker'e yakında bir kız kardeşinin olacağı, onun anlayacağı dille günlerce anlatıldı. Görünürde o da bunu merakla bekliyordu. Hastaneden karnındaki bebeği kucağına alarak gelen anneyi karşısında gören İlker kendine anlatılanların hepsini unutarak bir çığlık attı. Yıllardır en güven, en rahat yeri olan anne kucağında bir başkası vardı. İlk kez kendinin dışlandığını, ikinci plana itildiğini duyumsadı. Meryem'e koştu, onun kendisini kucaklamasını istedi. Meryem'le birbirlerine sıkı sıkı sarıldılar. Gözlerini annesinden, onun kucağındaki bebekten uzun süre ayırmadı. Annesine küskün ve yaşlı gözlerle bakıyordu. Kendini tutamadı.

-İstemiyorum, onu getirdiğin yere götür ver! diye bağırdı.

İlker'in yemek, Turaç'ın beslenme saatiydi. İlker'e en çok sevdiği yemekler hazırlanmıştı. Meryem:

-İlkerciğim yemek saatimiz geldi. Haydi, gel karnımızı doyuralım.

-İstemiyorum aç değilim.

-Haydi, gel karnımızı doyuralım, sonra birlikte oynarız.

-Karnım aç değil, Oynamak da istemiyorum, o bebeği de. Anladınız mı?

O günü öyle geçirdiler. Akşam uyku saati geldi.

Meryem İlker'e:

-Gel odamıza gidelim. Biraz oynarız, sonra ben sana en çok sevdiğin masallardan okurum. Sabah erken kalkar gezmeğe gideriz.

-Ben kendi odamda değil, annemle birlikte yatmak istiyorum. Sabahları da gezmeğe gitmek istemiyorum.

-Peki Meryem Ablanla yatmak ister misin?

-Hayır, onunla da yatmak istemiyorum. Onunla o yatsın ben annemle yatmak istiyorum.

-O günün akşamı Türkân, katıldığı bir toplantıdan eve geç döndü. İçeri girdiğinde tüm odaların lambalarının açık olduğunu, o saate kadar yatması gereken İlker'in bir köşede üzgün ve sessiz oturduğunu gördü. O herkesten önce İlker'le ilgilendi. Onu kucakladı, öptü.

-Üzgün görünüyorsun İlkerciğim. Kim üzdü seni böyle anlat bakalım?

-Konuşmuyorum, hiç kimseyle konuşmuyorum. Seninle de konuşmayacağım.

-Olur mu bir tanem? Konuşmadan nasıl anlaşacağız?

-Kimse beni sevmiyor artık! Ben de kimseyi sevmiyorum!

-Ben seni çok seviyorum. Peki, sen beni de mi sevmiyorsun?

Bunu söylerken İlker'i yeniden kucakladı, başından daha yukarı kaldırdı.

-Üzülmüş benim biricik yeğenim. Üstelik benden de büyük olmuş. Öylece birkaç dakika tuttu aşağı indirdi, karşısına gözgöze gelecek şekilde oturdu.

-Şimdi biraz konuşalım. Neden üzgünsün? Önce onun üzerinde duralım.

-Ben Turaç'ı istemiyorum. Onu sevmiyorum. O geleli annem, babam, Meryem Abla da beni sevmiyorlar. Hep onunla ilgileniyorlar. Ona bir sürü yeni giysiler, oyuncaklar, başka eşyalar aldılar. Anam onu kucağından indirmiyor.

-İlker seni anlıyorum. Belli ki tüm bunlar seni üzmüş. Neden yatmıyorsun? Uykun gelmedi mi? Haydi, odana gidelim de artık uyu.

-Odama gitmek istemiyorum. Ben annemle birlikte yatmak istiyorum.

-Biliyor musun İlker? Turaç geceleri çok ağlar. Onun sesi ile uyanır bir daha uyuyamazsın. Kendi odanda yatmak istemiyorsun. Öyleyse bu gece benim konuğum olur musun?

Zaman ilerlemiş İlker'in uykusu gelmişti.

-Bana masal anlatır mısın Türkân Hala?

-O nasıl soru? Hem de en yenilerinden

-Meryem yeni masal kitapları almıştı. Konusu kardeşler arası ilişkileri içeriyordu. Onlardan seçtiği iki masalı okuması için Türkân'a verdi. İlker'e Türkân'ın odasında özel yatak hazırlandı. Daha birinci masalı sonuna kadar dinlemeden uyudu. Bir yıldır altını ıslatmayan İlker'in düzeninde değişiklik olacağını bilen Meryem gerekli hazırlığı yapmış, yedek iç çamaşır, pijamalarını kendi odasına koymuştu.

-İlker yattıktan üç saat sonra uyandı. Türkân'a seslendi:

-Türkân abla yatağım ıslanmış.

Türkân kalktı, İlker'in yatağını kontrol etti. Doğruydu. Yatak ıslaktı. Meryem'e seslendi. Meryem:

-Bunu biliyordum. Onun için hazırlıklıydım. Akşam yatmadan önce sana vermeyi unutmuşum.

İlker için hazırladığı çamaşırları, pijamayı, yedek çarşafı, yatak örtüsünü getirdi. İlker'i kaldırdı, yıkadı, temizledi, kuruladı. Temiz çamaşırlarını, pijamalarını giydirdi.

-Bak halası, İlker tertemiz oldu. Haydi, şimdi güzelce uyu. Yeniden çişin gelirse Türkân Hala'na ya da bana seslenirsin.

Meryem ablasının güzelce uyu demesiyle olsaydı İlker uyuyacaktı. Olmuyor, kardeşinin annesinin kucağına oturarak kendinin dışlanmasına, pabucunun dama atılmasına bir türlü inanamıyordu. Bu yüzden uyku düzeni de iyice bozuldu.

Öğleden sonraları belli saatlerde gündüz uykusuna yatan İlker bundan da vazgeçti. Kim ne denli uğraşsa da gündüzleri uyutamıyordu.

İlker ne yapılırsa yapılsın kıskançlığının dozunu her gün biraz daha arttırdı. Bebek taklitleri yapmaya başladı. Başkalarının yanında Turaç'ı sever gibi görünüyor, onu yalnız yakalayınca gözünü oymaya çalışıyordu. Annesi ile arasına Turaç yüzünden sanki bir kırgınlık girdi. Babasına, Meryem'e... Türkân'la onlardan daha fazla yakınlık kurdu. Bu, Cevriye'yi ne denli üzse de sorunu çözmekte zorlandı. Haftalardır dışarıda oynamaya ve gezmeye bile çıkmak istemeyen

İlker, Tuna akşam işten geldikten sonra günün geç saatinde babasına, "Ben babaanneme gitmek istiyorum. Artık orada kalacağım. Beni oraya götürür müsün?" diye diretti. Zaten üzgün olan Cevriye onun bu isteğini duyunca ne yapacağını şaşırdı. İlker'i kucağına alarak onu bağrına basmak istedi. İlker onu iterek:

-Sen beni değil, Turaç'ı seviyorsun. Ben de babaanneme gideceğim işte! Haydi, baba beni götür!

Tuna:

-Çok geç oldu oğlum. Bu saatte çiftliktekilerin hepsi uyumuştur. Şimdi oraya gidersek onları rahatsız etmiş oluruz. Haydi, yatalım güzelce uyuyalım. Yarın ya da işlerimin durumuna göre öbür gün gidebiliriz. Bir de şunu sorayım. Yalnız mı gideceksin? Yoksa Meryem Ablan da birlikte gelsin mi?

Meryem ve Türkân'ı da Turaç'tan kıskanıyordu.

-Meryem Abla da Türkân Halam da bizimle gelsinler!

İlker çiftliğe gitmenin hayali ile o gece biraz daha rahat uyudu. Sabah kalkınca Meryem'e:

-Meryem Abla hazırlan. Benim giysilerimi ve oyuncaklarımı da toplayalım. Çiftliğe gideceğiz.

Meryem "Hayır, olmaz!" demek yerine ufak tefek hazırlık yapar gibi göründü. Bu durumda ne yapılabileceğini düşündü. Önce Cevriye ile konuştu. Ona artık İlker'e daha çok zaman ayırmasını ona yaklaşmasını söyledi. Gerekirse Turaç'ın bakımını daha çok kendisinin üstlenebileceğini dile getirdi. Aynı öneriyi Tuna'ya da iletti. Ona akşamları işten gelince önce İlker'i kucaklayıp sevmesini, onunla biraz daha fazla ilgilenmesinin yararlı olabileceğini anlattı. Hatta iş yerinden arada bir telefon ederek İlker'le konuşmayı denemesini söyledi.

İlker, sabah erkenden kalktı. Yakalayabilseydi babasına işe gitmeden önce çiftliğe gidelim diyecekti. Olmadı. Meryem'e:

-Babam nerede? Bizi çiftliğe babaanneme, anneanneme götürecekti.

Meryem:

-Bu gün çiftlikten önce seninle çarşıya çıkacağız, birlikte gezeceğiz. Sana oyuncaklar alacağız. Çocuk parkına gideceğiz. Orada oynayacağız. Salıncaklara, çarpışan arabalara bineceğiz. Karnımız acıkınca istediğin bir yerde yemek yiyeceğiz. Sonra markete uğrayıp babanı göreceğiz. İşlerini düzenleyip düzenleyemediğini soracağız. Ev için de alınacakları alacağız.

Haftalardır dışarı çıkmayan İlker bu öneriye karşı gelmedi:

-Türkân Halam da bizimle gelecek mi? diye sordu.

-Türkân Halanın okulu var. Dersleri ne zaman bitiyor bilemiyorum. Ona da telefon ederiz. Zamanı uyarsa en azından yemeği birlikte yeriz. Uymazsa başka bir gün hep birlikte çıkarız. Türkân Halan, Hâdi Enişte'nin arabasını da alır biraz daha uzaklara gider arabayla gezeriz. Belki bir ormana gider yürüyüş yaparız. Hayvanat bahçesine gideriz.

-Arabayı Türkân Halam mı sürecek?

-Evet, Türkân Hala'nın sürücü belgesi var. Artık o da baban gibi araba sürebiliyor.

-Helal olsun ona. Hâdi Enişte'nin arabası güzel olmasına güzel de hız yapabiliyor mu? Türkân Hala nasıl hızlı araba kullanabiliyor mu?

Meryem, İlker'le iyi bir iletişim kurmuştu:

-Türkân'ın kullandığı arabaya ben de senin gibi ilk kez bineceğim. Bilemiyorum da bence çok hızlı araba kullanmasına gerek yok. Sen büyüyüp sürücü belgesi ve araba alınca hız yaparsın.

O günü Meryem'le İlker planladıkları gibi dışarıda birlikte geçirdiler. Markete ellerinde yaptıkları alışverişin paketleri ile geldiler. İkisi de yorgundu. Tuna bürosunda kendini ziyarete gelen bir arkadaşı ileydi. Doğru büroya gittiler. Meryem içeri girmedi. Tuna ve arkadaşını selamladı. Elindeki paketleri bıraktı İlker'e:

-İlkerciğim, sen biraz babanlarla otur konuş. Ben markette çalışan arkadaşlarla görüşeceğim.

Tuna İlker'i kucakladı.

-Hoş gelmiş benim biricik oğlum. Bak amcası bu benim çok sevdiğim oğlum, İlker'im. Bu da Kerim Amcan, diyerek onları tanıştırdı. El sıkıştılar. Kerim, İlker'e güzel sözler söyledi. Söylediği sözlerle onu onore etti.

Tuna:

-Yorgun ama mutlu görünüyorsun. Umarım eğlenmişsindir. Yemek yediniz mi? Karnın aç ise yemek ısmarlayayım. Ya da dışarı çıkıp birlikte yemek yiyelim.

-Evet, yoruldum ama yorgunluğuma değdi. Karnım aç değil.

Market alışverişini de yaptıktan sonra Tuna onları eve bıraktı. İlker yorgundu. Haftalardır ilk kez kendi isteği ile gündüz uykusuna yattı, uyudu. Onun uyuması ile başbaşa kalan Cevriye ile Meryem konuşma fırsatı buldular. Meryem günü nasıl geçirdiklerini anlattı. Sonuç olumluydu. Artık Cevriye'nin aradaki buzları eriterek İlker'e daha fazla yaklaşması, daha çok zaman ayırarak ilgisini arttırması gerekiyordu. Yoksa İlker ile bağları kopma noktasına geliyordu. İlker'in çiftliğe gitme isteği bunun en önemli belirtisiydi. Bu bir türlü önlenmeliydi.

İlker uyanmadan Meryem markete gitti. Oturup Tuna ile de bu konuyu konuştu. Ona da çiftliğe götürülmesinin iyi olmayacağını, bunun kopukluk yaratacağını anlattı. Zaten İlker de o günün güzel geçirilmesinden sonra çiftlik konusunu unutmuştu.

Karabasan gibi geçen günler yavaş yavaş eski durumuna dönüyordu. Hem İlker hem büyükleri için çalışmalar, anlaşmazlıklar biraz daha azalıyordu. Bir de Turaç'ı görmeye, bebek kutlamasına gelenlerin İlker'e "Kardeşini seviyor musun? Aman ne güzel bebek" gibi kışkırtıcı sözleri olmasa... Meryem ile Cevriye kendi aralarında konuşarak bunun da önlemini aldılar. Eve gelen ziyaretçilerle İlker'i yüz yüze getirmemeye çalıştılar.

Türkân haftanın en yoğun geçen günlerinden birinde eve geldi. Daha İlker'i sormadan İlker onu kapıda karşıladı. Son günlerde hep Türkân İlker'e sarılır öperdi. O gün tersi oldu. Türkân'ı kapıda karşılayan İlker ona koştu sarıldı.

-Nerede kaldın Hala gözüm yollarda kaldı? Sen böyle gecikmezdin.

-Bazı günler işim çok oluyor bir tanem. Bu gün de ondan biri. Bak işte geldim. Üstümü değiştireyim, hemen geliyorum.

-Aman çabuk ol sana soracaklarım var.

Türkân epey zamandır İlker'in böyle neşeli olduğunu görmemişti. Aceleyle üstünü değiştirdi. Başka bir işe bakmadan onunla ilgilendi. İlker de soracakları konusunda acele ediyordu. İlker:

-Hala sen artık araba sürebiliyormuşsun.

-Kim söyledi?

-Meryem Abla.

-Evet, ama henüz arabam yok.

-Babamın arabasını sürersin.

-Buna izinli değilim. Babanın arabası özel, onu yalnız baban kullanabilir.

-Peki, Hâdi Enişte'ninkini kullanabilir misin?

-Evet, onu kullanabilirim. Ama önceden ondan izin almamız gerekir.

-Arabayı çok hızlı sürebilir misin?

-Hayır, ben hızlı bir sürücü değilim.

-Bir kere Hâdi Enişte'nin arabasına binmiştim. Yollar da boştu. Bastı gaza. Hâdi Enişte'nin arabasını al, sen ben Meryem Ablam üçümüz gezmeye çıkalım. Meryem Abla ne dedi biliyor musun? Üçümüz arabayla gezmeye çıkarsak kent dışına bir ormana, hayvanat bahçesine gidebilirmişiz. Ben bunu çok istiyorum.

-Hâdi Enişte ya arabasını vermezse?

-Meryem Abla söyledi. İstersen verirmiş.

Türkân, İlker'le Meryem'in daha önce plan kurduklarını anladı. Onlar konuşurken yanlarına gelen Meryem'e:

-İlker'i sen mi ayarttın? Diye sordu.

Meryem:

-Evet, bu günlerde İlker'e farklı seçenekler sunmam gerekiyordu. Bir de bunu düşündüm. Gördüğün gibi çok hoşuna gitti. Bana gerçekleşmeyecek bir plan gibi gelmedi. İşin bundan sonrasını sen üstleneceksin.

Türkân:

-Tamam, iyi düşünmüşsün. Fidan Ablam üzerinden Hâdi Abi'ye ulaşırım. Arabası çok kıymetli ama işin içinde İlker, sen ve ben olunca bu isteğimizi geri çevireceğini sanmıyorum.

İsteğini Fidan Ablası'na iletti. O, Türkân'a:

-Beni niçin araya sokuyorsun? Hâdi 'nin sizleri ne denli sevdiğini bilirsin. Bana hayır diyebilir ama sana asla hayır demez. Tam aksine bence sevinir. Zaten son günlerde "Şu kız bu denli koşuşturuyor, doğru dürüst bir yardımımız olmuyor" diyordu.

Türkân bu isteğini Hâdi 'ye söyledi. Fidan'ın düşündüğü doğru çıktı. Hâdi :

-İstediğin zaman arabayı alıp kullanabilirsin, dedi.

Bir Pazar, trafiğin fazla yoğun olmadığı günde hazırlıklarını yaptılar. Hâdi 'nin arabasını alarak ve yalnız üçü binerek yola çıktılar. İlker arka koltukta oturmak zorunda olduğunu biliyordu. Arka koltuğun tam ortasına oturdu. İki ön koltuğun arasından Halasının arabayı nasıl kullandığını merakla izledi. Arada bir:

-Hala, yol boş gaza bas da arabayı uçur! dese de sözünü dinletemiyordu.

Türkân arabayı usta bir sürücü titizliği ile yönlendiriyordu. Kent dışına çıkıp ormana doğru yaklaştıklarında bir araba onları izlemeye başladı. İçinde üç maganda vardı. Onları ilk fark eden Meryem oldu. Türkân'a, titreyen ama İlker'in dayanamayacağı bir sesle:

-Türkân Abla farkında mısın arkadan gelen araba galiba bizi izliyor?

-Yok, farkında değilim ama merak etme atlatırız. Şu çantamı içinde sprey var onu hazırla!

Meryem çantadan sprey tüpünü çıkartıp hazırladı. Türkân cep telefonunu çıkardı, arabayı yavaşlattı. Dörtlüleri yaktı, arabayı uygun bir yerde sağa çekti ve durdu. Telefonda konuşmaya başladı. Sanki karşıda onu dinleyen biri varmış gibi anlatıyordu. Bu arada arkadan gelen araba önlerine geçerek durdu. Türkân her şeye karşın gizlediği sprey tüpünü öbür elinde tutuyordu. Tam onlar arabadan inerken:

-Ormana iki kilometre kaldık. Nasıl oldu bilmiyorum. Araba birden teklemeye başladı. Çok uzakta değil misiniz? Komser abi yanınızda mı? O, uzun yıllar trafikte çalıştığı için arabadan anlar. Buraya ulaşmanız kaç dakika sürer? En geç beş dakika mı dediniz? Gecikmezseniz sevinirim. Yeğenimin folklor gösterisi var, ona yetişmek istiyoruz. Öpüyorum sizleri, görüşürüz.

Arabadan inenler Türkân'ın konuşmalarını bitirinceye değin beklediler, dinlediler, İçlerinden biri:

-Ben araba tamircisiyim. İsterseniz arabanın neyi var bir bakayım, dedi.

Türkân, gayet soğukkanlı:

-Buna gerek yok, galiba bizim gibi bir toplantıya katılacaksınız. Ona göre giyinip kuşanmışsınız. Üstünüzü kirletmeyin. Gideceğiniz yere gecikmeyin.

Magandalar oradan uzaklaşınca Türkân arabayı geliş yoluna çevirdi:

-Geri dönüyoruz. Benim aklıma gidebileceğimiz daha güzel bir yer geldi, dedi. Bu arada Meryem öbür arabanın plaka numarasını, markasını, rengini yazdı. Türkân gaza bastı, hızla oradan uzaklaştılar. Bildikleri başka bir ormana gittiler. Orası pek güzel değildi ama daha güvenliydi.

Arabayı park edip indiler. İlker uyuyakalmış, olup bitenden habersizdi. Ormanda yürürken Meryem:

-Türkân abla adamları nasıl atlattın öyle?

-Bırak atlatmayı neredeyse arabayı tamir ettirecektim. Arabada bir bozukluk olsa gerçekten tamir ettirirdim.

-Peki, neden geri dönmeye karar verdin?

-Bu işin kurnazlığı, ben kimseyle konuşmadım. Konuşur gibi yaptım. Arabada bir bozukluk olmadığını, kimsenin gelip arabaya bakmadığını fark ederlerse kendilerini nasıl atlattığımızı erkeklik gururlarına yediremezler, bize sataşmaya kalkarlardı. Gerçi sataşsalar da üstelerinden gelmeyi bilirdim. İtle dalaşmadan çalıyı dolaş, diye bir söz var bilirsin. Biz de ona uyduk itle dalaşmaktansa çalıyı dolaştık. Orada değil de burada rahat rahat dolaşıyoruz.

Meryem:

-Buna kadının fendi erkekleri yendi, diyebilir miyiz?

-Eh biraz da öyle sayılır.

Ormanda iki saat kadar yürüdüler. İlker gördüğü her yeni şeyle ilgili sorular sordu. Ağaçlar, kuşlar, böcekler, bitkiler, vb. Onun sorduğu tüm sorular Türkân ve Meryem tarafından yanıtlandı. Orman gezisinin bitiminden sonra hayvanat bahçesini gezdiler. İlker'in soruları burada daha bir çoğaldı. O sorular da yanıtlandı. İlker, Türkân Halasına ormanda ve hayvanat bahçesinde bol bol resim çekmesini söyledi. Ağaçlar arasında ve hayvanlarla resimleri çekildi. Eğer karnı acıkmasaydı, hayvanat bahçesinde akşama kadar kalırdı. Gene de açlığa direnerek orada kalış süresini uzattı. Çıkarken:

-Bura bizim eve uzak mı? Özel araba olmasa buraya gelinmez mi? Meryem Abla beni buraya gene getirir misin? Ben hayvanları çok sevdim. Onlara yiyecek getireceğim.

Meryem:

-Evimize çok uzak değil. Otobüsle ya da minibüsle gelinebilir. Ama buna gerek yok, babana söyleriz bizi getirir.

Türkân saatine baktı:

-Acıktık artık. Bu yakınlarda bildiğim güzel bir lokanta var, oraya gidelim de karnımızı doyuralım.

İlker:

-O lokantanın yakınında dondurmacı da var mı Hala?

-Var canım var. Önce karnımızı doyuralım sonra dondurmacıya da gideriz.

Yemekten sonra dondurmacıya gittiler. Orada dondurma yerken İlker hiç beklemedikleri bir soru sordu:

-Turaç da dondurmayı sever mi? Ona da dondurma alalım mı? Bir daha gelişimizde onu da hayvanat bahçesine götürelim. O hayvanlardan korkar mı?

Meryem iki soru arasındaki bağlantıyı kurmakta gecikmedi. Dondurmanın çocuklara zararı, Turaç yaşındakilerin hayvanlardan korkmaları İlker'in bu soruları anlamlıydı. Meryem:

-Hayır, İlkerciğim Turaç'a dondurma almayacağız. Hayvanat bahçesine de getirmeyeceğiz. O daha çok küçük. Ancak senin kadar büyüyünce dondurma yiyebilir, ormana ve hayvanat bahçesine gezmeye gidebilir.

Gün bitiyor hava kararıyordu. İlker Türkân'a:

-Saat belirlemedik. Niçin sordun?

-Peki, karanlıkta araba sürebilir misin?

-Elbette sürerim. Gitmek istediğin bir yer mi var?

-Evet, gitmek istediğim bir yer var.

-Neresiymiş ora?

-Çiftlik, çiftliğe gitmek istiyorum. Dedelerimi, ninelerimi özledim. Gidebilir miyiz?

-Gidebiliriz de Hâdi Enişte'ne ve babanla annene haber vermemiz izin almamız gerekiyor. Yoksa bizleri merak ederler.

-Ne bekliyorsun? Haydi, telefon et!

Türkân onlara telefon ederek İlker'in çiftliğe gitme isteğini bildirdi. Tuna:

-Ben de geleceğim, orada görüşürüz, birlikte döneriz, dedi.

Onlar çiftliğe geldiklerinde hava kararmış, neredeyse çiftliktekilerin yatma zamanı gelmişti. Kapıya bir arabanın yaklaştığını görünce merak ettiler. Türkân arabayı durdurmuş daha motoru kapatmamıştı ki, İlker aceleyle arabadan indi, "kornaya bas Türkân Hala!" dedi ardından var gücüyle bağırdı.

-Hüsmen Dede, Şevki Dede, babaanne, anneanne biz geldik! Bizi buraya Türkân Halam getirdi.

İlker'in bu bağırtısı, Türkân'ın sürücü kapısından indiğini görmeleri çiftliktekileri şaşırttı. Onlar daha bir söz söylemeden İlker konuşmasını sürdürdü.

-Türkân Halam, Hâdi Enişte'nin arabasını aldı. Sabahtan beri bizi gezdiriyor. Aman erkekler duymasınlar ama onlardan çok daha iyi ve dikkatli araba kullanıyor.

Bu sürpriz geliş, çiftliktekilerin hepsini şaşırttı. Hele bir de iki genç bayan, bir çocuk. Arabayı Türkân'ın kullanmış olması... Bu şaşkınlık sırasında en soğukkanlı davranan Hüsmen Ağa'ydı. Buna karşın o, şaşkınlığını başka türlü ifade edecekti. Kıymet:

-Nerden gelip nereye gidiyorsunuz, açlığınız susuzluğunuz nasıl?

İlker:

-Aç değiliz anneanne, Türkân Halam bizi bir lokantaya götürdü. Orada karnımızı doyurduk. Sonra da dondurmacıya gittik, dondurma yedik.

Meryem:

-Aç değiliz de ben bir çay demleyeyim.

Onlar bunları konuşurken kapı önünde ikinci bir arabanın farları parladı. Tuna'nın geliş günü değildi. Geldiği günlerde de bu denli gecikmezdi. Hacer:

-Hayrola! Peki, bu gelen kim?

Türkân:

-Merak etme, söylemeyi unuttum. Abim gelecekti. O olmalı.

Gelen Tuna'ydı. İlker'i ilk kez böyle gün boyu kent dışına acemi bir sürücünün eline bırakmışlardı. O merakla o da çiftliğe gelmişti. Onu karşıladılar. Hep birlikte salonda oturdular. İlker herkese o günün gezisini anlatıyordu. Hüsmen Ağa:

-Türkân kızım sana verilmiş bir sözüm vardı. Galiba yerine getirmenin zamanı geldi. Birkaç haftadır annen de sıkıştırıp duruyor. Hâdi Enişte'n ve Serdar Abin bu işten iyi anlıyorlar. Onlara söyleyelim de sana uygun, beğendiğin arabayı alsınlar.

-Acelesi yok baba. Buraya gösteriş olsun diye değil, İlker'in isteği üzerine geldik. Sakın yanlış bir sonuç çıkarma!

Hacer:

-Neden olmasın ki? Sen bunu çoktan hak etmedin mi? Üstelik ortada verilmiş bir söz de var.

İlker sanki kendine oyuncak araba alınacakmış gibi sevinerek:

Al Dede al! Sen Halamın "acelesi yok" dediğine bakma. O zaten hep böyle der. Arabayı sürerken bile hiç acele etmiyor. Al da bizi gezdirsin.

Konuşmaların biteceği yoktu. Tuna:

Hazırlanın gidelim, daha fazla gecikmeyelim. Cevriye merak eder.

Her zaman çiftlikteki hayvanları görmeden gitmek istemeyen, bunun için çiftlikte kalmak isteye İlker hemen ayağa kalktı.

-Zaten benim de uykum geldi, evimize gidelim.

Kıymet:

-Sen kal İlker yarın baban gelecek. Horozunu, tavukları, inekleri ve yavrularını görürsün.

İlker için evden ayrılıp gece yatısına başka yerde kalmak, evi tümüyle Turaç'a terk etmek olurdu. O düşünceyle:

-Anneanne ben annemi özledim. Hayvanları görme konusuna gelince daha çoğunu ve çeşitlisini hayvanat bahçesinde gördüm. Söz veriyorum arayı uzatmam gene gelirim.

Kalktılar, arabaya binerlerken İlker doğru Türkân'ın kullanacağı arabaya yöneldi. Babası:

-Nereye gidiyorsun İlker? Bizim arabaya binsen daha iyi olmaz mı? Arabalara ikişer ikişer binmiş oluruz.

-Olmaz baba, ben geldiğim arabayla dönmek istiyorum. Sonra erkek olmayan bir araba da bu gece vakti iki genç ve güzel bayanı görenler onları rahat bırakmazlar.

İlker'in bu esprisi hepsinin kahkaha ile gülmelerine neden oldu. Son günlerde İlker'in bu kabullenilmeye gereksinimi vardı. Şakasını sürdürdü.

-Hâdi Enişte arabayı verirken bana "Arabayı sana güvenerek veriyorum. Halan hatalı kullanırsa uyarırsın" demişti. Ona da verilmiş bu sözümü yerine ygetirmekle yükümlüyüm.

Yola çikarken Türkân, Hâdi 'ye, Tuna Cevriye'ye telefon ettiler. Hâdi , gönül rızası ile arabasını vermiş olsa da hep bir kuşku içindeydi. Cevriye ise Turaç doğalı İlker'den ilk kez bu denli ayrı kalmanın endişesini taşıyordu. Bu telefon konuşmaları Hâdi ve Cevriye'yi rahatlattı. İstanbul'da Hâdi 'nin ilk önce arabasını teslim etmeye gittiler. Onun tesliminden sonra Tuna'nın arabası ile eve döndüler. Cevriye, Turaç'ı uyutmuş onları bekliyordu.

İlker'in içeri girmesi ile annesine sarılması bir oldu. Hele ortada Turaç'ın görünmemesi İlker için bulunmaz bir fırsattı. Elbet Cevriye için de... Cevriye, İlker'i yanaklarından öptü:

-Seni çok özledim. Bu günün nasıl geçti? Yoruldun mu, acıktın mı?

-Günüm şahaneydi. Aç değilim ama oldukça yorgunum diyebilirim. Üstümü değiştirip odama gidip yatmak istiyorum.

Onun böyle haftalardır yatağına gitmemesinden sonraki isteği oldukça olumlu, beklenmeyen bir gelişmeydi. Cevriye:

-Yatağın hazır. Hiç anlatmayacak mısın?

-Anne yorgunum yarın anlatırım.

O geceyi düzenli bir uyku ve altını ıslatmadan geçirdi. Bu sonuçtan herkes memnundu. Meryem, İlker'in yatmasından sonra geziyi Cevriye'ye anlattı. Turaç'ın doğumundan sonra İlker'in ilk kez mutlu bir gün geçirdiğini, isteklerini hiç çekinmeden söylediğini, iştahlı bir yemek yediğini, söylenenlere karşı gelmediğini anlattı.

Bu gezi İlker'de olumlu davranışlara dönmenin dönüm noktası oldu.

* * *

Türkân ve diğerleri hep bir koşuşturmanın içindeydiler. Anne baba olan, bebek bekleyen gençler aynı zamanda iş yükünün ağırlığından neredeyse bunaldılar. Birbirlerini eskisi kadar arayıp sormaz oldular. Neyse ki imdatlarına cep telefonu yetişti. Herkes birer, bazıları birden fazla cep telefonuna sahip oldular. Birbirlerini göremeseler de telefonları aracılığı ile seslerini duyuyor, hal hatır soruyorlardı.

Aradan aylar geçtiği halde çiftlik buluşması gerçekleşmemişti. Zaten eskisi gibi küçük bir neden bulup bir araya gelmeleri zorlaşmıştı. Cevriye Türkân'a:

-Görevini aksatıyormuşsun gibime geliyor. Hani o eski çiftlikte toplu halde yediğimiz yemekler, geçirdiğimiz güzel akşamlar... Eğer kaybetmedinse programına bir bak bakalım yakın tarihte bir buluşmamız olacak mı?

Türkân:

-Turaç'ın kırkıncı günü var. Onu kutlamak mı istiyorsun?

-Onu geç! Daha önce de konuşmuştuk. Başkalarına da anımsatma! Yeniden bir göz at bakalım ne göreceksin?

-Kıymet Teyze ile Şevki amcanın 35. evlilik yıldönümleri var sırada ama tam günü belli değil. O zaman sordum ayını ve gününü tam olarak söylemediler.

-Ben sordum bana da söylemediler. Ben de annemden bir iş için evlenme cüzdanını istedim de oradan öğrendim. Elimizi çabuk, böyle bir günü kutlayacağımızı onlardan gizli tutalım ama gecikmeden de hazırlığa başlayalım. Şimdilik sen, ben ve Tuna bilelim. Sonra diğerlerine de haber veririz.

-İyi de süre kısa. Çağıracaklarımıza da haber vermek zorundayız. Eskisi gibi değil, herkes çoluk çocuğa karıştı. İşleri yoğunlaştı. Ne var ki şansımız var da Cumartesi gününe denk geliyor.

-Öyleyse hemen önce Tuna, sen ben işbölümü yapalım. Hemen hazırlığa başlayalım.

-Tamam yenge, bu akşam oturur konuşuruz. Meryem'i de işin içine sokarız. Sonra diğerlerine de haber veririz.

O akşam toplandılar. Yapılacak hazırlıkların plan ve programını yaptılar. Konuşmaları dinleyen İlker:

-Yaşasın babaannemle dedeme yaş günü kutlaması yapılacak. Ben de geleceğim, diye bağırdı.

Meryem:

-İlkerciğim bunu başkalarına söyleme. Onlara sürpriz yapmak istiyoruz.

İlker:

-Ama ben de onlara o gün için iyi bir hediye almak istiyorum.

Tuna:

-Olur, oğlum birlikte gider alırız. O güne değin babaanen ve dedenle karşılaşırsan onlara bundan söz etme.

-Hiç merak etmeyin söz etmem.

Görev bölümü yapıldı. Hazırlıklar başladı. Türkân evlilik yıl dönümü için hazırladığı kartları gizli notunu düşerek bazılarına elden verdi, vermediklerini postayla gönderdi. Her şeye karşın ardından bir de telefonda söyledi. Hacer Hanım ile Hüsmen Ağa'ya da böyle bir kutlamanın yapılacağını Tuna söyledi. Elden geldiğince gizli tutulmasını da tembihledi.

Hazırlığın İstanbul ayağının gizli tutulması sorun değildi. Sorun olan Hacer'in öncülüğünde çiftlikte yapılacak hazırlıktı.

Kıymet ile Şevki'nin kendileri için bir kutlama günü düzenleyeceği akıllarının ucundan bile geçmezdi. Kutlama gününden bir hafta kadar önce Tuna Cevriye'yi de alarak çiftliğe geldi. Onlara:

-Haydi, hazırlanın, İstanbul'a gidiyoruz! Yeni ve büyük bir giysi mağazası açılıyor. Orada çok uygun fiyatlarla giysiler satılıyor. Gidip oradan size giysi alalım. Özel günlerde giyeceğiniz doğru dürüst bir giysiniz kalmadığını görüyoruz.

Şevki:

-Tövbe tövbe... Düğün değil bayram değil. Yeni giysiler almak da nereden çıktı?

Cevriye:

-Düğünü bayramı beklersek sizi giydirmeyi daha çok bekleriz. Şimdiden alalım ki düğüne bayrama hazır olsun.

Tuna ile Cevriye'nin kararlı tutumunu görünce kaçış yolu bulamayacaklarını anladılar. Kıymet:

-Haydi Şevki Efendi hazırlan! Saçın sakalın da birbirine karışmış, bir de berbere gidersin.

-Olur, dedi Şevki. Seni de bir kuaföre götürsünler.

Cevriye kuaför lafını duyunca fırsatı kaçırmadı:

-Şimdi değil ama ileriki günlerde o da olacak.

Konuşmaya Hacer de katıldı. Kuaför sözü hoşuna gitti.

-Kıskanırım vallahi. Kıymet Hanım'ı kuaföre götürürken beni de götürün. Ben de saçıma bir şekil verdireyim. Çiftliğe yerleşeli kendimize doğru dürüst bakamadık. Neydi o eski günler? Düğün ve bayram öncesi mutlaka gider saçımızı başımızı yaptırırdık.

Kıymet ile Şevki hazırlandılar. Arabaya binerlerken Hacer:

-Siz burayı merak etmeyin. İsterseniz gitmişken İstanbul'da birkaç gün kalın. Buranın işlerini biz yaparız.

İstanbul'a gittiklerinde mutlaka iki gece kalırlardı. Bu iki gecenin birini Cevriye'lerde, diğerini de Fidanlarda geçirmeleri planlandı. Tuna, Cevriye ve Fidan onları alıp giysi ve ayakkabı mağazalarına götürdüler. Beğendikleri giysileri almalarına yardım ettiler. Hazır gelmişken Şevki'ye yedek gömlek, Kıymet'e çamaşır, çorap, ayakkabı ve giysiler aldılar. Daha fazla istekleri olup olmadığını sordular. Şevki:

-Ne yapıyorsunuz çocuklar? Bu yaşta bizi gelin ve damat gibi donattınız. Daha ne isteyelim. Çiftlikte bunları ne zaman nasıl giyeceğiz? Siz bizi bir de iş giysileri satılan yere götürün de bize daha çok gerekli giysileri alalım.

Şaka da olsa bu Şevki'nin çocuklarından ilk isteği idi. Tuna, hanımları bir pastaneye oturttu. Şevki'yi alarak iş giysileri satan bir mağazaya götürdü. Ona:

-Burada istediğin ve beğendiğin giysileri seçebilirsin. Ben bunlardan anlamam.

Şevki:

-Yapma be oğlum bir şaka yapayım dedim, ciddiye aldın.

-Olur mu baba. Bak ne güzel tulumlar, çizmeler var. İstediğini al.

-İyi de babanı buraya hiç getirdin mi? Ben bunları alırsam o ne düşünür?

-Meraklanma sende görsün beğenirse onu da getiririm. O da istediklerini alır.

-Birinci günde alışverişi bitirdiler. Kıymet ile Şevki hemen çiftliğe dönmek istedilerse de Hâdi :

-Hayatta bırakmam! Yarın ben izinliyim. Sizi alıp İstanbul'u gezdireceğim. Gitmek, görmek istediğiniz yerler varsa söyleyin. Oralara götüreyim. İsterseniz boğazda bir gemi gezisi yaparız.

-Şevki Kıymet'e bakarak:

-Çıldırmış bu gençler. Bu yaştan sonra bir de pavyona götürelim demesinler?

Kıymet:

-Hoşlanırsın değil mi? Şuna bak aklından neler geçiyor. Bari torunlarını da birlikte götür.

-Ters anlama Kıymet, gideceğimi kim söyledi?

-Bir de kim söyledi demez mi? Daha nasıl söyleyecektin?

Hâdi :

-Merak etme Kıymet yenge o taraklarda bizim de bezimiz yok.

Alışverişi yapıp çiftliğe döndüklerinde onlarla şakalaşma sırası Hüsmen Ağa ile Hacer Hanımdaydı. Hacer Hanım bu hazırlıkların ne için yapıldığını bildiğinden daha bir ölçülüydü yaptığı şakalarda. Ya Hüsmen Ağa? O sessiz sakin adam? Şevki ile Kıymet'e hep bir ağabey gibi yaklaşan Hüsmen Ağa:

Ne o paketler? Neler aldınız böyle? Yakında özel bir gün mü var da bizim haberimiz yok? Yoksa Bosna'ya gideceksiniz de hediyelik eşyalar mı aldınız?

-Şevki, alınan yeni giysileri göstermekten utandı. Onların yerine önce iş giysilerini çıkardı.

-Özel gün var mı yok mu bilmiyorum. Şimdilerde bir gezi de düşünmüyoruz. İş giysilerim giyilecek durumda değildi. Yeni iş giysileri aldım. Bunlarla daha rahat çalışabilirim.

Hacer Kıymet'e:

-Sen de kendine iş giysileri mi aldın koca İstanbul'dan?

-Hayır canım ne münasebet?

-Neler aldın görelim öyleyse.

Kıymet, önce Şevki'ye alınan diğer giysilerin paketlerini açtı. Onları gösterdi. Sonra kendine alınanların bazılarını... Hacer'e:

-Diğer paketleri içerde açar gösteririm, dedi.

Birlikte Kıymet'in yatak odasına ellerinde paketlerle gittiler. Orada iç çamaşırların sarılı olduğu paketleri açtılar. Hacer kendini tutamadı, güldü.

-Kız sen çıldırdın mı? Bu yaştan sonra ne bunlar? Şevki kardeş iş giysileri almış, sen markalı, pahalı ve ...... iç çamaşırı. Bunları ne zaman, nerede giyeceksin kuzum?

-Hacer Hanım gülme ne olur. Bunları ben seçmedim. Cevriye delisi beni mağaza mağaza gezdirdi. Tuna ile birlikte bize bunları aldılar. Bunları ne zaman nerde giyeceğimi ben de sormadım mı sanıyorsun? Her seferinde "o gün de gelecek anne" dediler. Dediler de o gün hangi gün, ne zaman gelecek ben de bilmiyorum. Hacer: "Ben biliyorum" diyecek oldu ağzını zor tuttu.

-İyi etmişsiniz, aldıklarınızın hepsi size yakışır. İkiniz de güle güle giyin, demekle yetindi.

Kutlama günü yaklaştıkça Tuna çiftliğe her gelişinde Birşeyler getiriyor, bunlar Kıymet ve Şevki'den gizli, Hacerlerin tarafında bir yerlere yerleştiriliyordu. İstanbul'dakiler kendilerine o gün için ek giysiler, verilecek hediyeler aldılar. Hacer, Hüsmen Ağa'yı alıp İstanbul'a götürdü. Ona ve kendine yeni bir şeyler aldılar.

Kutlama günü erkenden Cevriye, Türkân, Meryem, Esin Öğretmen çiftliğe geldiler. İlker ilk kez o gün sabahtan akşama kadar babasının yanında markette kaldı. Çiftliğe gelenler eli kolu sıvadı, hazırlığa başladılar. Yemekler yapıldı, etrafa bir düzen verildi. Bunlar yapılırken Kıymet Hanım'a elden geldiğince az görev verilmeye çalışıldı. O bu durumu merak edip sordukça Türkân:

-Ne merak ediyorsun Kıymet Teyze? Sen biraz daha Turaç'ı sev, onunla ilgilen. Bu akşam birilerine sürpriz yapacağız. Sen keyfine bak!

O sabah Hacer, Hüsmen Ağa'ya yapılacak kutlamanın kimler için olduğunu söylemişti. Çiftlikteki işleri düzene sokun, olası ise en geç öğlen evde olun da hazırlanırsınız, demişti. Öğlen Şevki eve geldi, yapılanları gördü. Ona Cevriye:

-Haydi baba, güzel bir banyo yap, traşını ol, yeni giysilerini giy hazırlan, dedi.

Şevki bir türlü bir şey anlayamadı:

-Bunları yapmamı benden niçin istiyorsun? Ne bu hazırlık, ne bu telaşınız? Haftalardır bir şeylerin hazırlığı içindesiniz. Ne olduğunu bir türlü anlayabilmiş değilim.

Cevriye:

-Peki, söyleyeyim babacığım. Bu gün sizin otuz beşinci evlilik yıldönümünüz. Bu hazırlıkların hepsi sizin için. Siz bunları ve daha fazlasını hak ettiniz. Biz de size layık bir kutlama akşamı düzenledik. Şimdi hiç itiraz etmeden, İstanbul grubu gelmeden lütfen dediklerimi yapar mısınız?

Şevki, Cevriye'nin söylediklerini yaptı. Yaparken de başkalarına duyurmadan Kıymet Hanım'a söylendi durdu.

Kutlamaya katılacakların hepsi geldi. Kutlama komitesi başkanı Türkân, açış konuşmasını yapmadan İlker yapılan hazırlıkları görünce:

-Bu gün kimin düğünü var? diye sordu.

Ona herkes gülümseme ile yanıt verdi. Türkân:

Bu gün, bu akşam burada Kıymet Hanım Teyze ile Şevki Bey Amca'nın otuz beşinci evlilik yıldönümlerini kutlamak için toplandık. Aylardır böyle bir araya gelmemiştik. Hepiniz hoş geldiniz. Ben sözü uzatmayacağım. İstiyorum ki bu akşam konu kahramanları olanlar yani Kıymet Teyze ile Şevki amca konuşsunlar. Gün onların günü... Bu mutlu günlerinde onları dinleyelim.

İlker:

-Anneannemle Şevki dedeme düğün mü yapıyoruz?

Meryem onu susturmaya çalıştı:

Hayır, İlkerciğim, düğün yapmıyoruz. Sana yaş günü kutladığımız gibi onların da evlenme yıldönümlerini kutluyoruz.

Kıymet Şevki'ye:

-Konuşma önceliğini sana veriyorum, lütfen buyur.

Şevki:

-Biliyorum bu kutlama ve bizi böylesine onore etme düşüncesi yine Türkân Kızımız'ın düşüncesinin ürünüdür. Öncelikle ona ve hepinize çok teşekkür ederim. Geri dönmek istemem. Bunu hiç de sevmem. Böyle bir gün düzenlemekle beni oralara siz sürüklediniz. Biz nişanımızı kuyumcuda aldığımız yüzükleri takarak yaptık. Düğünümüze de düğün denemezdi. Bu gün bizim otuz beşinci evlilik yıldönümünde düzenlediğiniz bu toplantı onların hepsinden daha üstün geldi. Bizi giydirdiniz donattınız. Çok iyi de hazırlık yapmışsınız. Ne diyeceğimi bilemiyorum. Gelecek günlerimizi hep birlikte böyle güzel, neşeli geçirelim dileğimi belirtmekle yetiniyorum.

Türkân:

-Plan ve program sorumlusu benim ama bu günün düşünce anası Cevriye yengem.

Söz sırası Kıymet Hanım'daydı:

-Ben ne diyeyim ki? Evlendiğimizde gelinlik giyemedim. Şu an üstümdeki giysiler bile o günkünden daha şık ve daha kaliteli. Oldu olacak bir de gelinlik giydirseydiniz...

Fidan:

-Biz düşünemedik. Alışveriş yaparken neden söylemedin hiç?

Türkân:

-Uygun bir gün olur onu da giydiririz.

İlker:

-Anneannem gelin mi olacak?

Meryem:

-Hayır, İlker, gelin olmayacak. Öylecikten giyecek.

Yapılan şakalar kimseyi rahatsız etmiyordu.

Hatice:

-Gelinlik kolay da Kıymet Hanım, ardından bir de balayı istemeyesin? Hani şöyle bir Londra, Paris...

Kıymet:

-Oraları istemem, benim uçak korkum var. Uçak yolculuğu yapamam.

Hacer:

-Yani uçakla değil de arabayla gidilebilecek bir yer olursa?

-Oraları da istemem. Bu yapılanlar bana yeter. Bakıyorum da siz de özendiniz. Bunları söylerken kendinize gelecek için program hazırlıyormuşsunuz gibi geldi bana. Türkân kızım, bunların evlilik yıldönümleri ne zaman?

-Bu gün kesin tarih söyleyemem ama yakında onların kırkıncı yılları doluyor.

Öncelikle Kıymet ve Şevki için sürpriz olan gece beklenenden daha güzel geçti. Aylardır hepsi bir araya gelememenin özlemi ile gecenin tadını çıkardılar.

Bir araya geldiklerinde yeme içme, şakalaşma, eğlenme yanında iş konularını da konuşuyorlardı. İşlerinde karşılaştıkları zorluklar, yenilikler... Türkân'a bir dolu sorular yanında arabayı ne zaman alacağını sordular. "Acelem yok" dedi.

* * *

Gazetenin Genel Yayın Yönetmeni çok sık olmasa da markete geliyor. Özellikle çiftlik ürünleri almak üzere alışveriş yapıyordu. Karşılaşabilirse Türkân'la ayaküzeri konuşuyorlardı. Eğer onunla uzun zaman karşılaşamazsa, Tuna'ya soruyor, ondan haber alıyordu. Nedense Türkân ile ilişkisini sürdürmek istiyordu.

Zafer, çalıştığı firmanın reklam işlerini yürütüyordu. İşi gereği medya dünyası ile sıkı ilişkileri vardı. Her gün bir yığın medya görevlisi ayağına gelerek reklam almaya çalışıyor, bu arada çeşitli hediyeler getiriyorlardı. Bununla da kalmıyor gazetelerine onu parasız abone ediyorlardı. Bu nedenle Zafer her akşam evine en az günlük üç gazete getiriyordu.

Meriç, doğum izni nedeniyle evde dinleniyordu. Türkân onu evinde görmeye gitti. Zafer işten dönmüş, Meriç'in isteklerini yerine getirmiş, gazetelerinin iç sayfalarını inceliyordu. Orada nasıl olduysa bir söyleşiye gözü takıldı. İlgisini çekti, söyleşiyi baştan sonra okudu. Söyleşinin konusu Kerkük Türkleri ve sorunlarıydı.

Türkân'ın Bosna-Hersek gezisinde topladığı belge, bilgi, çektiği resimleri anımsadı. Neredeyse bir yıldan fazladır da İletişim Fakültesi'ne devam ediyordu. Türkân'a:

-Türkân, bak sana ne göstereceğim, diyerek gazetenin o sayfasını gösterdi. Burada bir söyleşi okudum. Hemen sen aklıma geldin. Şu senin Bosna-

Hersek gezisini gazetelerden birinde söyleşi olarak yayınlatsak, ardından da benzeri söyleşiyi bir televizyonda yapsan. Bosna-Hersek konusu güncelliğini hâlâ koruyor. Ne dersin? Tanıdığım bir sürü gazeteci, medya patronu var. Hangisine söylesem beni kırmazlar. İstersen eğer bu konu üstünde düşün. Hazırlığını yap, karar verirsen hemen eyleme geçeriz.

Türkân:

-Bilemiyorum Zafer Abi. Fakültede yılsonu sunumum var. Bu günlerde onun çalışmalarını yürütüyorum. Hocalardan biri nerden duymuşsa benim lisede yaptığım sunumu, Bosna-Hersek'e yaptığım geziyi duymuş. Benden mutlaka o konuda bir sunum yapmamı istiyor. Bu benim için de iyi olur, dedim.

Zafer:

-İyi işte, gerekirse ve izinli olursa söyleşi yapacağın gazeteciyi o sunuma çağırırsın. Resimlerini çeker, sunumunu haber yapar. Sonra seninle yapacağı söyleşinin ön bilgisini verir. Reklâmın olur.

Türkân, bir anda Dilber'i, gazete patronu babası Melih Bey'i ve Genel Yayın Yönetmeni'ni aklından geçirdi. Genel Yayın Yönetmeni'nin iş teklifini geri çevirmişti. Başka bir gazetede yaptığı söyleşiyi görürse kendi gazetelerinin atlatıldığını düşünebilirdi. Bir de markette görüşmeleri vardı. Zafer'e:

-Önerin üzerinde düşüneceğim. Önce hocayla konuşayım. Sunumuma dışardan gazetecilerin gelmesine sunumumu haber yapmasına izinli olup olmadığını öğreneyim. Sonucu sana bildiririm.

Sunumu ile ilgili son hazırlıkları hocası ile görüşürken ona "Dışardan gazeteci gelebilir mi?" diye sordu. Hoca:

-Burası İletişim Fakültesi. Bizim dışarıya, özellikle medyaya açık olmamız gerekmiyor mu Türkân? Elbet gelebilir. Hatta yalnız gazete haberi değil, görüntülü televizyon haberi bile yapabilirler.

Bunun sevinci ile Türkân hemen Zafer'i aradı.

-Zafer Abi sunumuma gazeteci gelebilirmiş. Onu sana bildireyim, dedim.

Zafer:

-Tamam, Türkân, ben hemen gazetecilerle görüşüyorum. Ben görüştükten sonra istersen oraya gelecek gazeteci ile bir araya gelelim, sen onunla tanış. Belki birbirinize söyleyecekleriniz olur.

-Sen konuş Zafer Abi, benim görüşmeme gerek yok. Daha sonra tanışır konuşurum. Ha şunu da söyleyeyim, Hoca gelecek gazetecinin kamera kaydı yaparak görüntülü televizyon haberi de yapabileceğini söyledi. Öyle biri gelirse daha iyi olur diye düşünüyorum.

Zafer, en güvendiği gazetecilerden birini aradı. Ona yapılacak işi anlattı. Sunumun yapılacağı yeri, gününü ve saatini bildirdi. Daha sonra yapılacak söyleşi hakkında şimdiden hiçbir ipucu vermedi.

Türkân, fakültenin ilan panosuna yapacağı sunumun duyurusunu astı. Sunumun içeriğini, Bosna'da çektiği bir fotoğrafı bu duyuruya iliştirmeyi ihmal etmedi. Lisede yaptığı sunumda epeyce deneyim sahibi olmuştu. Buradaki izleyici kitlesi farklıydı. O da bunun bilincindeydi. Öğrencilerden, hocalardan başka dinleyicilerin, ne gibi soruların gelebileceğini, onların bu sunumdan ne gibi beklentilerinin olduğunu kestirebiliyordu. Bunun için kendini çok iyi hazırlamıştı. Burada daha fazla bilgi ve belgeye sahipti. Konuşmasını liseye göre daha özgür bir ortamda yapacaktı.

Genel Yayın Yönetmeni'ne yaptığı iş teklifinden ötürü bir gönül borcu vardı. Gelip gelemeyeceğini bilemiyordu ama gene de onu yapacağı sunuma çağırdı. O, gelemeyeceğini ayarlayabilirse gazeteden bir foto muhabiri gönderebileceğini söyledi. Bunu bir fırsat bilerek Dilber'e ödev fotoğraflarını çeken foto muhabirini gönderdi. Dilber'in bundan haberi yoktu. Foto muhabirini orada görünce şaşkınlıkla ona:

-Seni buraya kim çağırdı? Diye sordu.

-Çağıran olmadı görevle gönderildim.

-Bu grevi kim verdi? Babamın haberi var mı?

-Bilemiyorum. Babanızın her şeyden haberi olmaz. Bundan da haberi olmayabilir. Beni Genel Yayın Yönetmenimiz gönderdi.

-Bana bak madem buraya kadar gelmişsin, Türkân'ın sunumunu ve çekeceğin resimleri öyle bir haberleştir ki gazetede okuyan herkes bu sunumun başarısız bir sunum olduğu sonucunu çıkarsın.

-Dilber Hanım, ben gazeteciyim. Bu tür haberleri verirken oldukça yan tutmamaya çalışırız. Sonra ben burada bulunan tek gazeteci değilim. Başka gazeteden arkadaşlar da var. Onlar da bunun haber olarak gazetelerinde yazacaklar. Gördüğüm kadarıyla televizyon haberi için çekim yapılıyor. Biraz önce konuşma yapacak arkadaşınla söyleşi yapıyorlardı. Belli ki televizyon haberi de yapılacak. Tüm bunlar göz önünde iken benden nasıl bir haber yapmamı bekliyorsunuz? Anlayamıyorum.

-O zaman hiç haber yapma!

-Nasıl olur? Ben buraya haber almaya geldim. Bunun için görevlendirildim. Hem de Genel Yayın Yönetmenimiz tarafından Görevimi yapmazsam soruşturma açarlar.

-Sizi tekrar uyarıyorum. Ya dediğim gibi bir haber yazarsınız ya da bu konuyu babamla konuşurum.

-Beni görevlendiren Genel Yayın Yönetmeni. Ben haberi yazar, çektiğim resimlerle ona teslim ederim. Sonrasına ben karışamam o karar verir.

-Tamam, söylediğin gibi yap ve sorumluluktan kurtul.

Melih Bey'in gazetecisi kızı Dilber'in söylediği gibi yaptı. Türkân'ın konuşma sırasında resimlerini, ayrıca izleyicilerin de resimlerini çekti. Konuşmadan kendince önemli bulduğu bölümleri not ederek haberini yazdı. Hepsini götürdü Genel Yayın Yönetmenine verdi. Dilber ile karşılaşmasından aralarında geçen konuşmadan hiç söz etmedi. Yalnız "Bu haberi geçmeden patronla görüşseniz iyi olur" demekle yetindi. Patronun araması gecikmedi. Dilber babasına olanları anlatmakta gecikmemişti. Melih Bey pek âdeti olmadığı halde haberi ve fotoğrafları görmek istediğini söyledi. Genel Yayın Yönetmeni onları incelemiş, basılması için bir sakınca görememişti. Haber dosyasını aldı, patronuna götürdü. Melih Bey dosyayı aldı:

-Bunlar bende kalsın, demekle yetindi.

Türkân, konuşmasını oldukça kısa tutmaya çalıştı. O hep soru sorulmasını isterdi. Ona göre sorulan sorular izleyicilerin konuya duyduğu ilginin mihenk taşlarını oluştururdu. Ağırlık olarak Bosna-Hersek gezisine değindi. Dinleyicileri selamladı. Özetle şunları söyledi:

-Dünya genelinde tüm işgallere ve savaşlara karşıyım. Bosna-Hersek işgaline ise özel ilgi duyuyorum. Bunun birçok nedeni olsa da herhalde en büyük neden ailemin o topraklarda kökünün olmasıdır. Annem ve babam oradan göç ederek Türkiye'ye yerleşmişler. Bu nedenle beni bazı arkadaşlarım "Göçmen kızı Türkân" diye çağırırlar. Bu konuda bu, benim üçüncü ama özünde ikinci sunumum oluyor.

Daha önce Bosna-Hersek'i görmeden lisenin son sınıfındayken aynı sunumu iki farklı mekânda yaptım. Bu gün onlardan farklı bir sunumum olacak. Çünkü liseyi bitirdikten sonra Bosna-Hersek'e gittim. Oraları gezdim, gördüm. Bu benim için kısa süreli bir keşif gezisiydi. İnceleme gezisini ileriki yıllarda yeniden yapacağım.

Yaptığım o kısa süren gezimde epeyce bilgi, belge topladım. Fotoğraf ve kamera çekimi yaptım. Onlardan seçtiklerimden bir bölümünü sizlerle de paylaşmak istiyorum. Önce ben konuşayım. Konuşmamı uzatarak sizleri sıkmak yerine sizlerin konumuzla ilgili sorularınızı alıp yanıtlayacağım.

Hazırladığı kısa konuşmasını yaptıktan sonra peşpeşe gelen soruları yanıtladı. Aslında gelen sorular öyle ciddi sorular değildi. İzleyenlerin nelere ilgi duyduklarını anladı. Daha fazla bilgi vermek için soruları kesip yeniden konuşmaya başlamak yerine sorulan sorulara ayrıntılı yanıtlar verdi. Nasıl olduysa sonlara

doğru sorular da ciddileşmeye başladı. Onları da yanıtladı.
Bir gazetecinin yanında getirdiği resmi göstererek:

-Bu resmi çeken arkadaş ödül aldı. Siz bu resmin çekildiği ağacı gördünüz mü?

Gösterilen resimde yanan ormandan kaçan bir sincabın yangın yerine uzaktaki kocaman bir meşe ağacına tırmanışıydı ve resmin altında:

"Yanan ormandan kaçıp kurtulan sincabı ulu meşe ağacı bağrına bastı" yazıyordu. Türkân, yangın yerinde kendi çektiği resimleri göstererek:

-Evet, yanan ormanları gördüm, resimlerini çektim. O yangında yüzlerce hektar ormanda binlerce irili, ufaklı ağaç yanıp kül olmuş. Binlerce kuş, böcek, yılan, kertenkele, tilki, tavşan, kaplumbağa ve ormanda yaşayan diğer hayvanlar diri diri yanıp can vermişler. Kaçıp kurtulan bir sincabın resmini çekmek nasıl oluyor da gazetecilikte başarı ödülü alıyor? Ben bunu anlayamadım.

Önce derin bir sessizlik oldu. Ardından sınıf arkadaşlarından biri:

-Evet, Türkân arkadaşın sorusuna ben de katılıyorum.

Bu soru sanki tüm salondakilerin o gazeteciye sorusu gibi yankı buldu ve tüm salonu inleten bir alkış sesi yükseldi. Artık söz bitmişti. Bu, Türkân'ın geleceğe dönük en önemli mesajlarından biriydi. Başka soru soran olmadı. Türkân, sunumunu başarı ile bitirdi.

Böyle toplantılara katılan gazeteciler toplantının resmi bölümünde sormadıkları ya da soramadıkları soruları sonraya erteler, hem soru sorar, hem konuşmacının resimlerini çekelerdi. Aslında Türkân buna da hazırlıklıydı. Nedense gazeteciler bu kuralı uygulamadılar. Türkân'ın birkaç poz fotoğrafını çekmekle yetindiler.

Türkân'ın yaptığı sunumun değerlendirilmesi ve üzerinde yapılan tartışma o gün öğleden sonra sınıfında bir saat kadar sürdü. Sonuç hocaları ve sınıf arkadaşlarınca olumlu bulundu.

Sunumu izleyen gazetecilerin gazetelerindeki değerlendirmeleri birbirinden farklıydı.

Bir fotoğraf göstererek onunla ilgili soru soran gazeteci aldığı yanıtın öcünü alırcasına olumsuz yaklaşım yansıtan, bununla da kalmayıp gazetecilik etiğine yakışmayan bir haber yapmıştı. Yazdıklarında sunumun içeriğine değinmiyor, Türkân'ın giysilerinden, saçının şeklinden, renginden söz ediyordu.

Dilber'in Babası'nın gazetesi bir foto muhabiri görevlendirmesine, onun bir yığın resimle haber yazısı yazmasına karşın tek sözcükle de olsa onları gazetesine yansıtmamıştı.

Türkân ile söyleşi yapmaya hazırlanan gazete çok güzel bir haber yapmıştı. Farklı fotoğraflarla yazısıyla neredeyse yarım sayfa yer ayırmıştı. Yalnız Türkân'la değil, okulu, arkadaşları, hocaları ile ilgili de kısa bilgilere yer vermişti. Onunla yapacağı söyleşinin haberini de kırmızı renkli yazı ile okuyucularına duyurmayı bir fırsat olarak değerlendirdi.

Sunumun yapıldığı akşam televizyon kanallarının birinde kısa da olsa görüntülü ve Türkân'ın sesiyle haber geçildi. Bu Türkân'ın televizyon haberinde ilk kez yer almasıydı.

Televizyon ve gazete haberlerinden sonra Türkân İletişim Fakültesi'nde herkes tarafından tanınmaya başladı. Özellikle göçmen kökenli ailelerin çocuklarının ona yaklaşımı daha bir başkaydı. Mahalledekiler onu zaten tanıyorlardı. Onlar da Türkân'ın hiç düşünmediği bir soruyla girdi konuya:

-Bu söyleşi için kaç lira istersiniz? Televizyon söyleşisini ayrıca konuşuruz.

Türkân, beklemediği böyle bir soruyu yanıtlayacak durumda değildi. Zafer'e baktı. Ondan yardım ister gibiydi:

-Bilemiyorum, dedi.

Zafer gazeteciye:

-Toptan bir ücret mi, yoksa gün başına bir ücret mi düşünüyorsunuz? Diye sordu.

-Fark etmez. İkisinden biri olabilir.

Zafer:

-Siz gazetenin muhasebesi ile konuşmuşsunuzdur. Kafanızda bir sayı olmalı.

-Kafamda bir rakam var. Bu yalnız gazetede yapılacak söyleşinin karşılığı olan rakam. Bilmem Türkân Hanım'a uygun mu? Kafasındaki rakamı söyledi. Bu, Türkân'ın para karşılığı yapacağı ilk söyleşi, ilk gazetecilik göreviydi.

Zafer:

-Ne dersin Türkân? Sence uygun mu?

Türkân:

-Olur, uygun, diye yanıtladı.

Söyleşi için Türkân gazetedeki özel bir odaya gidecek orada ses kaydı yapılacaktı. Sonra gazetecinin bürosunda söyleşilerle devam edilecekti. Her gün saat kaçta orada olacağı belirlendi. Söyleşiyi yapacak gazeteci önceden hazırladığı soruları Türkân'a verdi.

-Bunları alıp inceleyin. Belki önem sırasına göre dizer, bazı soruları çıkarmayı düşünürsünüz. Sizin için çok önemli olan konunun sorularını hazırlar, bu listeye eklersiniz. Elinizde bulunup da bana verebileceğiniz yazılı bilgileri, fotoğrafları bana önceden verirseniz ben de onlar üzerinde çalışma fırsatı bulurum. Sonra birlikte onlardan bu söyleşide kullanılabilecekleri seçer sıraya koyarız. Ben onları inceledikten sonra yeni sorular da hazırlayabilirim. Elbet söyleşi sırasında çekeceğimiz resimler de olacak.

Türkân hazırlıklı gelmişti. Getirdiği belgeleri gazeteciye verdi. Kendi de ondan soruları aldı. Üç gün sonra belirlenen saatte gazetede görüşmek üzere ayrıldılar. Bu üç günde ikisi de gerekli çalışmalarını yaptılar. Türkân soru listesini inceledi. Bazılarının yanına eksi işareti koydu. Önemli bulduklarının altını çizdi. Kendisi sorulmasını istediği soruları hazırladı. Bunları yaparken Alman gazetecinin:

-Sen ne denli yansız ve gerçekçi haber hazırlarsan hazırla, ne denli konu ile ilgili çarpıcı görüntü kaydı ve fotoğraf çek, bunların ne kadarının yayımlanacağına gazetenin patronu ve onun emrinden çıkmayan yöneticileri karar verir, sözleri aklına geldi.

Acaba yapacağı söyleşide de bu uygulanacak mıydı? Gazetecinin verdiği soruları incelerken uygulanacağı izlenimini edindi. Çünkü sorular suya sabuna dokunmayı gerektirmeyen yanıtlar için düzenlenmişti. Ancak kendi hazırladığı soruların yanıtları yayımlanırsa, verdiği belgelerde yayıma yer verilirse istediği gibi bir söyleşi ortaya çıkardı.

İlk buluşmalarında söyleşiye başlamadan önce yine uzunca süren bir ön görüşme yaptılar. Bu görüşmede sorulacak soruları gözden geçirdiler. Gazetecinin seçtiği belgeleri fotoğrafları incelediler. Eğer başka yerlerin denetimine takılmazsa Türkân için uygun bir söyleşi olabilirdi.

Türkân, ses kaydının yapıldığı söyleşinin ilk anlarında bir hayli heyecanlandı. Bu heyecanı, o ana özgü bir heyecan değildi. O, kendinin söyleşisinin gazetelerde okunacağı günleri ve okuyucularını düşünerek heyecanlanıyordu. Dakikalar ilerledikçe, sorulan sorulara verdiği yanıtların rahatlığı ile bu heyecanın etkisinden kendini kurtardı.

İkinci gidişinde gazeteci ona birinci söyleşinin bant çözümünün ilgili fotoğraf ve belgelerle baskı düzenini gösterdi. Hepsi Türkân'ın beğeneceği denli güzeldi. Bunları görünce daha bir rahatladı, daha bir motive oldu.

Genel Yayın Yönetmeni, onun sunumundan sonra ilk karşılaşmasında Türkân'a ne söyleyeceğini bilemedi. Sunumunun ne denli verimli geçtiğini kendi görevlendirdiği gazetesinin foto muhabirinden dinlemiş, bunu haber olarak veren gazetelerden okumuştu. Kendi gazetesinde haber olarak verilmediğini Türkân bildiği halde nedenini pek de merak etmemişti. O, bunu Türkân'a açıklamak istedi. Bunun için zaman kolladı. Uygun bulduğu bir zamanda:

-Türkân Hanım sana karşı mahcubum. Açıklamakta zorluk çektiğim bir nedenle sunumun ilgili haberi yayımlayamadık. Haber dosyasına patron el koydu. Yayınına izin vermedi.

-Kendinizi üzmeyin, nedenini ben biliyorum. Hiç de önemsemiyorum.

-Sizce patron neden izin vermedi?

-Dilber'in kaprisleri yüzünden. Dilber arkadaşımız kendini aşmalı. Ciddi bir işe ve mesleğe soyunmuş. Bunun gereklerinin neler olduğunu, yerine nasıl getirileceğini öğrenmeli.

-Sizce bu konuda ne yapabilirim. Dilber Hanım'a nasıl yardımcı olabilirim?

-Anladığım kadarıyla patronunuz Melih Bey güngörmüş, deneyim sahibi biri. Ancak o kızına yardımcı olur.

-O da bunun bilincinde. Bu konuda bir uğraşı içinde olduğunu sanıyorum. Onun zorluğu ise hanımı ile kızının bazı konularda ortak cephe oluşturmaları.

Türkân:

-Kolay olmasa da çözülebilecek bir sorun olarak görüyorum.

Türkân, söyleşisinin yayımlanacağı gazeteye toplam on gün giderek yedi gün sürecek söyleşisini yaptı, bitirdi. Bu sürede yapılan çalışmalar sonucu hazırlanan söyleşi dosyasının tümünü yeniden gözden geçirdiler. Türkân gazeteciye:

-Bu dosya başka kimin denetiminden geçecek? Örneğin Genel Yayın Yönetmeniniz, patronunuz inceleme gereği duyacaklar mı? Sizce sansürlenecek bölümler, resimler olacak mı?

-Bunu nereden çıkardınız Türkân Hanım? Ben kendi yaptığım işin sorumlu ve yetkili gazetecisiyim.

Benim yaptığım haberi, söyleşiyi, önceden görmek isteseler de tek satırını bile değiştirmezler. Sizinle olan görüşmemiz bitti. Bu söyleşinin karşılığı olarak gazetemizin size bir ücret ödemesi gerekiyor. Bunun ne denli olacağına gazetenin para işlerinden sorumlu arkadaşımız karar veriyor. Ben dosyayı ona gösteririm. Umarım yakın zamanda bu miktarı belirler ve ödeme işlemlerini tamamlar.

Türkân ilk kez gazetecilikten para alacaktı. Ne kadar olabilir merak edip sormadı bile.

Gazete söyleşiyi yayımlamaya başlamadan üç gün önceden başlayacak duyurusunu yaptı. Yaptığı duyuruda konu adı Türkân'ın fotoğrafı, içeriğinden birkaç tümce verildi. O arada bu söyleşi için uygun görülen ücret Türkân'ın adına havale edildi.

Söyleşinin yayımlanmaya başlaması, gazetenin ve Türkân'ın beklediğinden daha büyük ses getirdi. Sunumları ile belli bir çevrede adını duyuran Türkân, artık ülke çapında, özellikle ülkenin çok farklı yerlerine yerleşmiş Bosnalı göçmenlerce okundu, tanındı.

Onu doğrudan tanıyanlar, telefon numarasını bilenler kutladılar, başarı dileklerini, ondan beklentilerini bildirdiler. Gazete aracılığı ile yurdun dört bir yanından ona kutlama iletileri geldi.

Birçok tanıdığı, akrabaları yanında kendisi de söyleşinin gazete kesiklerini biriktirdi, dosyaladı. Bu dosyalardan birini gazeteciliğinin ilk ürünü olarak tanıştığı arada bir haberleştiği Alman gazeteciye, birini de Bosna-Hersek'teki Mestan Amcası'na gönderdi.

Alman gazeteciden fazla gecikmeden uzunca değerlendirme içeren bir kutlama yazısı aldı. Aldığı diğer kutlama yazılarının dosyasına onu da koydu. O arada söyleşi ile ilgili bazı gazetelerde olumlu ve olumsuz yazılar çıkmış onların kesiklerini de dosyasında toplamıştı.

Söyleşi yaptığı gazeteci, yayımın bitmesinden sonra Türkân'ı arayarak Genel Yayın Yönetmeni'nin kendisi ile görüşmek istediğini söyledi. Türkân, belirlenen görüşme gününe elindeki dosya ile gitti. Gitmeden önce dosyasına bir düzen verdi.

Gazeteci ile birlikte Genel Yayın Yönetmeni'nin odasına girdiğinde onu birkaç sürpriz bekliyordu. Gazetenin patronu oradaydı. Gazeteci, Türkân'ı onlarla tanıştırdı. Onlar Türkân'ı kutladılar, önceden hazırlanan plaketi verdiler. Patron ayrıca gazeteciliğin sembolü sayılan değerli bir yazı takımı hediye etti. Genel Yayın Yönetmeni:

-Türkân Hanım, sizinle bir televizyon söyleşisi yapmayı düşünüyoruz. Bu söyleşiyi yapmak ister misiniz? Eğer olur derseniz görevli arkadaşımızı çağıralım, ön görüşmeyi hemen yapın. Canlı yayına çıkacaksınız. Görüş ve düşüncelerinizi daha çok insana ulaştırma fırsatı bulacaksınız.

Türkân:

-Böyle bir teklife bile hazırlıklı değilim. Düşünmem, iyi bir hazırlık yapmam gerekir. Kabul ediyorum diyebilirim ama lütfen bana biraz zaman tanıyın.

Onun böyle bir yanıtı en çok patronunun hoşuna gitti. Türkân'a:

-Yapacağınız hazırlıklar için arkadaşlar size yardımcı olurlar. Araya fazla zaman girmeden sıcağı sıcağına olursa iyi ses getirir.

Canlı yayın için prensipte anlaştılar. Patron gittikten sonra geri kalanlarla Türkân, bir süre daha gazetecilikle ilgili söyleştiler. Söyleşi bitiminde Genel Yayın Yönetmeni:

-Arabanız… ? Diye sordu.

-Henüz yok ama pek yakında almayı düşünüyorum.

-Arkadaşımız sizi gideceğiniz yere kadar götürsün.

-Lütfen zahmet etmeyin, ben bir taksiye atlar giderim. Gideceğim yer buraya pek uzak sayılmaz. Arkadaşınızı işinden alıkoymayayım.

Gazetecinin arabasına bindiler. Arabanın ön ve arka camında gazetenin logo çıktısı ve adı yapışıktı. Doğru markete gittiler. Marketin önünde öbür gazetenin Genel Yayın Yönetmeni'nin arabası duruyordu. Kendisi ise içeride Tuna ile çay içiyordu. Türkân o arabaya fazla yaklaşmadan:

-Lütfen burada durun, ben kuaföre uğrayacağım, dedi. Arabadan indi. Kendini getiren ile vedalaştılar. Marketin kapısına geldiğinde liseden bir arkadaşı ile karşılaştı.

Arkadaşı:

-Türkân bu ne hızlı tırmanış? Bakıyorum gazetenin arabası ile dolaşıyorsun. Söyle bakalım o özel şoförün mü?

Türkân:

-Kız bana bak dalga geçme, insan önce bir selam verir, neyin ne olduğunu sorar ondan sonra bir yorum yapar. Neyse, tüm bunları bırak da nasılsın? Kimleri görüyorsun? Ben son günlerde yoğun bir koşturmanın içindeyim. Pek kimseyle haberleşme fırsatım olmadı.

-Benden de al o kadar. Ben de yoğun bir koşuşturmanın içindeyim ama yakın gelecekte hepinizi bir araya getireceğim.

-Doğum gününü mü kutlayacaksın?

-Yok, daha önemli bir buluşma olacak.

-Yoksa sen evlenmeye mi karar verdin? Bizi düğününde mi buluşturacaksın? Patlatma insanı söyle!

-Evet, evliliğe karar verdim. Bu seferki buluşmamız nişan için. Düğünün nerede ne zaman yapılacağına henüz karar veremedik. Düğünü onun memleketinde yaparsak çoğu arkadaşım katılamayabilir.

-Kim şu damat adayı?

-Sürpriz yapsam?

-Bana mı?

-Yalnız sana değil, tüm arkadaşlarıma.

-Vay canına! Sen sır tutmayı da mı öğrendin?

-Sır benim olunca tutmasını hep biliyordum.

-Haydi, uzatma da söyle!

-Bir Japon erkeği ile evleniyorum. Hem de görücü usulü ile. Şimdilik daha fazlasını sormazsan sevinirim. Adamı babam görmüş, beğenmiş.

-Zengin olmalı. Babanı bilirim. Öyle yaş tahtaya basmaz.

-Tahminin doğru. Babamla adamın ailesi yıllardır ticaret yapıyorlarmış. Damat adayı babasının şirketinde önemli bir noktadaymış. Şimdilik bu kadar, zaten ben de pek fazla bilgi sahibi değilim. Görüşürüz hoşça kal.

Türkân, arkadaşı ile konuştuktan sonra markete girdi. Çevresine inceleyici bir gözle bakındı. Çalışanlardan biri:

-Hoş geldiniz. Tuna Bey'i arıyorsanız odasında bir konuğu ile görüşüyor. Cevriye Hanım da yeni çıktı.

-Anlaşıldı, sağ olun, diyerek abisinin bürosuna yöneldi.

Kapı önünde bir an içeri girip girmemekte ikileme kapıldı. Öylece dururken içerdekilerin çaylarını getiren işçi kapıyı açıp içeri girdi. O arada Tuna kardeşini gördü:

-Ne duruyorsun orada? İçeri gel! Bak kim var yanımda!

Genel Yayın Yönetmeni:

-Hoş geldiniz Türkân Hanım, ben de sizinle görüşmek için gelmiş sizi bekliyordum. Gazetede çıkan söyleşinizi okudum. Yalnız ben değil elbet başkaları da ve hepimiz de çok beğendik. Melih Bey, bu söyleşiyi neden bizim gazetede yapmadığımızı sordu.

-Melih Bey önce diğer haberin gazetesinde çıkmasına izin verseydi de ondan sonra bunları düşünseydi. O, bazı konularda Dilber engelini aşamaz. Sahi o neler yapıyor? Son günlerde okulda da pek görünmüyor.

-Dilber Hanım da söyleşinizi okumuş. Okuduktan sonra öfke ve kıskançlık dolu bir tepki göstermiş. Babasına, "bir konu bulalım da en yakında gazetemizde benim de bir söyleşim yayınlansın" demiş. Galiba onun hazırlığı içinde. Ben de fazla bir bilgiye sahip değilim.

Türkân:

-Buna sevindim. Demek kendini yapmak istediği işine veriyor. Eğer isterse yardımcı olabilirim. Belki onun motivasyonuna katkım olur.

-Ben de buna benzer bir istekte bulunmak için geldim. Patronumuz Melih Bey en kısa zamanda sizinle tanışmak, görüşmek istiyor.

-Görüşebiliriz ama ne zaman bilemiyorum. Defterime bir bakayım, sizi arar uygun zamanı bildiririm.

-Biliyorsunuz, belki duymuşsunuzdur, televizyon kanalımız da yayına başladı. Bu da aklınızda olsun. Melih Bey'le görüşürken bir program yapma önerisi gündeme gelebilir.

-Bunun olacağını sanmıyorum. Özellikle şimdilik. Ben söyleşimin yayımlandığı gazetenin yan kuruluşu olan televizyonda program yapmak için anlaştım. Onun hazırlığı peşindeyim. Bana sorarsanız patronunuz önce kızına bir program yaptırsın. Yoksa...

-Anlıyorum Türkân Hanım, Melih Bey'le görüşmeniz sırasında Dilber Hanımın görüşmenizin bir bölümüne katılmasına izin verir misiniz?

-Bir bölümüne ne demek? Bütününe katılabilir. Hatta isterse Dilber'le ayrıca her zaman oturup konuşabiliriz.

Türkân, çıkacağı televizyon canlı yayını için hazırlığa başladı. Bunu gazetede yaptığı söyleşiden daha fazla ciddiye alıyordu. Yapacağı en küçük bir hata ya da eksikliğin, geniş izleyici kitlesi tarafından büyük eleştirilere neden olacağını biliyordu. Yapılacak program ne bir paparazzi ne de magazin programı olmayacaktı. Gazetede yaptığı söyleşiden daha ciddi konulara değinmek istiyordu.

Bunun için önce kimlerle görüşüp onlardan ne gibi yardım alabileceğini düşündü, planladı. İlk aklına gelen fakültede televizyon yayıncılığının uzmanı olan, bu konuda öğrencilerine ders veren hocaları geldi. Dersine girmeyen hocalar olsa bile, onu yaptığı çalışmalardan ötürü tanıyorlardı.

Hocalarından görüşmek için zaman alması zor olmadı. Onlarla görüşmeye gitmeden önce her zaman olduğu gibi ön hazırlığını yaptı. Onlara soracağı soruları, onların söyleyeceklerini not edeceği defterini, kalemini hazırladı. Biri dersine giren, diğerleri ileriki sınıfta dersine girecek olan üç hocayla görüşerek onların görüşlerini aldı, onlara soracaklarını sordu.

Konuştuğu hocaların hepsi elden geldiğince konuşmalarında, sorulan sorulara vereceği yanıtlarda polemiğe neden olacak ayrıntıya girmemesini söylediler. Yuvarlak laflar yerine söyleyeceklerini kullanacağı sayılarla besleyerek güçlendirmesinin daha etkileyici, daha inandırıcı olduğunu salık verdiler.

Hocalarından biri:

İzleyicilerin önüne ilk kez bir canlı yayında çıkacaksın. Seni tanımayanlar bunun böyle olduğunu bilmezler. Seçtiğin konunun ciddiyeti doğrultusunda senden çok şey beklerler. Bunu derslerimizde de vurguluyoruz, ilk izlenim çok önemli. Gelecekteki yaşamını bu meslekle sürdüreceksin. Sana önerim yayına yaptığın hazırlıklar arasına yeteri kadar diksiyon dersi almayı da yerleştirmen. Bu arada giyim ve makyajın çok önemli unsurlar olduğunu da söylemeliyim.

***

Türkân, bu hazırlıkları yaparken Bosna-Hersek gezisinde tanıştığı, arada bir haberleştiği Alman gazeteciden bir mektup aldı. O, bir hafta sonra İstanbul'da yapılacak NATO toplantıları için oraya geleceğini, kendisi ile görüşmek istediğini, olanak bulabilirse bu toplantılara katılmasının iyi olacağını belirtiyordu. Türkân hemen bu toplantılara nasıl katılabileceğinin yollarını araştırdı. Bunun için ya basın kartı alacaktı, ya da toplantıların yapılacağı yerde bir görev üstlenecekti. Birincisi biraz zordu. Her basın kartı alan gazeteciyi güvenlik açısından oraya sokmuyorlardı. Aylar öncesinden izin alması gerekiyordu. İkinci yolu denedi.

Zafer abisinin çalıştığı firma üzerinden İstanbul'da geniş bir çevresi vardı, onu aradı. Ona isteğini bildirdi. Zafer'in girişimi ile orada geçici bir görev üstlendi. Bu görevi üstlenmesinde bildiği iki yabancı dil ve gazetede çıkan söyleşisi ona büyük kolaylık sağladı.

Alman gazeteci, toplantıdan bir gün önce geldi İstanbul'a. Onu havaalanında karşıladılar. Kalacağı otele bıraktılar. Türkân onun geleceğini, söyleşi yaptığı gazetenin patronuna bildirmişti. Patron bu fırsatı değerlendirmeyi bildi. Alman gazeteci ile Almanya'da yaşayan Türkler üzerine bir söyleşi yapılmasının yollarını aradı. Bunu sağlayabilmek için gazetenin arabalarından birini sürücüsü ile birlikte Alman gazetecinin emrine verdi.

Toplantıdan arta kalan zamanlarda Alman gazeteci ile Türkân bu arabayla İstanbul'u gezdiler. Bu arada patronunun söyleşi yapma önerisini Türkân gazeteci arkadaşına iletti. O, bu isteği seve seve kabul etti. Söyleşi bitince hemen yayımlanmamasını, bununla ilgili gerekli fotoğrafları Almanya'ya döner dönmez gönderebileceğini söyledi.

Toplantı bittikten bir gün sonra Almanya'ya dönecek olan gazeteciyi Türkân çiftlik evine götürdü. Oradakilerle tanıştırdı, orada ağırladı. Onun eksiksiz ve düzgün Türkçe ile konuşmasını görenler Alman olduğuna inanamadılar.

-Bu Almanya'da doğup büyümüş, Almanlığa özenen bir Türk olmalı dediler.

Alman gazeteci, Almanya'ya döner dönmez arşivinden seçtiği söyleşiye uygun resimleri hemen gönderdi. Gönderdiği resimlerde kendisi hep bir Türk ailesi, ya da Türk işyerlerinde Türklerle çektirdiği resimlerden oluşuyordu. Bu nedenle söyleşinin büyük başlığı şöyleydi.

"TÜRK DOSTU BİR ALMAN GAZETECİ İLE YAPILAN SÖYLEŞİ" İçeriğinde ise onun genç gazeteci Türkân'ı yakın tanıdığından, Türk dostu olduğundan, Türkçe'yi çok iyi bildiğinden söz ediliyordu. Söyleşide sorulan sorulardan biri şöyleydi:

-Konuştuğunuz bu güzel Türkçe'yi nerede öğrendiniz?

-Benim okuduğum ilkokulda Türk öğrenci sayısı daha fazlaydı. Okulda, mahallede hep Türk arkadaşlarımla oynuyorduk. Okulumuzda görev yapan Türk öğretmenler vardı. Onlar okul gezilerinde, yaptığımız okul etkinliklerinde, pikniklerde öyle iyi davranıyorlardı ki... Yedinci sınıfta ikinci yabancı dil olarak Türkçe'yi seçtim. Türkçe konuşmayı zaten biliyordum. Böylece bu dilde okuma yazmayı da öğrendim.

-Anneniz ve babanız yani aileniz bunu nasıl karşıladılar?

-Annem çat-pat Türkçe bilen bir Yugoslav göçmeni. Onun da çocukluğunda Türk arkadaşları olmuş. Babam uzun yıllar Türklerle birlikte çalışmış. Onlarla hiçbir sorun yaşamamış. Türk aileler annemle babamı evlerine yemeğe, çay içmeye çağırmışlar. Benim Türkçe öğrenmeme engel olmak yerine destek oldular.

-Türkçe'yi ikinci yabancı dil olarak seçtiğinizi söylediniz. Okul yönetimi ve Alman öğretmenlerin buna yaklaşımı nasıl oldu?

-Hiçbiri bunu neden yaptığımı sormadılar.

-Türkân Hanım'la nerede, nasıl tanıştınız?

-Ben gazetecilik görevi ile Bosna-Hersek'e gelmiştim. Türkân da oraya gezmeye gelmiş. Elinde kamerası, boynunda fotoğraf makinesi ile genç ve güzel bir bayan görünce dikkatimi çekti. Kim olduğunu sordum. Kendini anlattı. Öylece tanıştık. Türkân çok yetenekli ve istekli bir genç, geleceğin Türk medyasında başarılı bir gazeteci olacağına inanıyorum.

Alman gazetecinin gönderdiği fotoğraflar arasında Bosna-Hersek'te Türkân'la çekilmiş olanlar vardı. Onlar da söyleşinin fotoğrafları arasında gazetede yayımlandı.

Türkân, Alman gazeteci ile İstanbul'u gezerken bir televizyon programında ilk kez canlı yayına çıkacağını söyledi. Yılların gazetecisi, bu alanda büyük deneyimleri olan gazeteci Türkân'a:

-Bunu oturup konuşalım, dedi.

Bu konuşmayı çiftlikte yaptılar. Neyi nasıl yapması gerektiğinin üzerinde durdular. Gazeteci Türkân'ın heyecanını görünce:

-Başaracaksın Türkân. Bu, bir eşikten atlama sorunudur. Eşiği atladın mı sonu gelir. Almanların şöyle bir sözü var "Her başlangıç zordur". Rahat ol, bunu en iyi şekilde başaracağından kuşkum yoktur. Sana şimdiden başarılar diliyorum.

Alman gazeteci, Türkân'ı Almanya'ya davet etti. Hem de çiftlik evinde yemek sırasında herkesin önünde "Davetiyeyi istediğin zaman gönderirim, vize sorunun olmaz, dedi. Onu havaalanına bu kez Hâdi Eniştesi ile birlikte götürüp uğurladılar. Ayrılırken Türkân'a bir daha onu Almanya'ya beklediğini söyledi. Türkân ileri bir tarihte geleceğine söz verdi.

Canlı yayın programı için tüm hazırlıklarını bitirdi. Giysileri Esin Öğretmen ile seçtiler. Saç şeklinin ve makyajının nasıl olacağına da birlikte karar verdiler. Türkân giyindi, süslendi. Televizyon programına gitmek üzere kapıdan çıkarken onun bu denli şık ve güzelleşmiş olduğunu gören İlker:

-Artist gibi oldun Hala. Güzellik yarışına mı gidiyorsun? Yoksa görücüye mi çıkacaksın?

-Yok İlkerciğim. Bilemedin, hiçbiri değil. Bu akşam televizyona çıkacağım. Orada konuşacağım. Senin uyku saatin olacak ama belki uyumaz izlersin.

-Çok geç mi olacak? Öyle de olsa seni izlemek için uyumayacağım. Meryem Ablam hangi kanalda saat kaçta olacağını biliyor mu? O saate kadar Turaç uyumuş, babam işten gelmiş olur. Hep birlikte seni izleriz.

Türkân, tüm hazırlığını yaptı. Programın başlamasından bir saat önce televizyon binasına varmak için bir taksiye binerek yola koyuldu. Bu bir saatte yayın için gerekli son hazırlıkların yapılması gerekiyordu.

Programın sunucusu ile bir araya geldiler. Kameralar, ışıklar düzene sokuldu. İkisinin de oturma şekli, kamera açıları ayarlandı. Birkaç ön deneme yapıldı. Tüm bunlar Türkân'ın heyecanını biraz olsun yatıştırmak içindi.

Programın akışının nasıl olacağını sunucu açıkladı. Kısaca Türkân'ı tanıttı. Onunla hangi konular üzerinde konuşacaklarını belirtti.

Türkân tüm hazırlıklarına karşın ilk dakikalarda heyecanlıydı. Konuşmalar ilerledikçe bu heyecan yok oldu. Bir de program sunucusunun sık sık:

-Bunu çok güzel açıkladınız. Fazla ayrıntıya girmiyorsunuz ama anlattıklarınızla konumuzun ana hatlarını anlaşılır sade bir dille çok güzel ifade ediyorsunuz, gibi sözleri Türkân'ı daha da rahatlatıyordu.

Bazı soruları yanıtlarken ayrıntıya girerek televizyonun yayın politikasına ters düşmesi söz konusu olursa sunucu bir yolunu buluyor, ya konuşmasını kesiyor ya da konuyu saptırıyordu. Bunlarla da başa çıkamazsa reklâma giriyordu. Reklam yayını sırasında Türkân'ı uyarmaktan geri kalmıyordu.

Kırk beş dakika düşünülen yayın reklâmların uzatılması ile bir saati buldu. Programın bitiminde sunucu ve Türkân memnundular. Türkân kendine tanınan sürede ve söyleyeceklerinde belli kısıtlamalar olsa da söylemek istediklerinin çoğunu söyledi. Programın bitiminde sırtından büyük bir yükü atmışçasına rahatladı.

Konuşmasının saatini önceden bildirdiği herkes dikkatle izlediler. İletişim Fakültesi'ndekiler onu bir ders saatinde değerlendireceklerdi. Yakın dostları ve aile bireylerinin takdirini kazandı.

Onun televizyon konuşmasının nasıl geçeceğini en çok merak edenler; Melih Bey, eşi, kızı Dilber ile gazetesinin Genel Yayın Yönetmeni idiler. Dilber annesi ile, Melih Bey de Genel Yayın Yönetmeni ile birlikte izlediler. Programı izlerken ve bitiminde Melih Bey Genel Yayın Yönetmeni'ne:

-Bu hanımı işe alamadın, gazetede ya da televizyonumuzda bir söyleşi yapma işini de beceremedin. Bundan sonra ne yapabileceğini düşün. Bu gencin geleceği parlak gözüküyor. Bu programı kızım Dilber ve annesi izlemişlerse ki mutlaka izlemişlerdir, tepkilerinin ne olacağını merak ediyorum.

-Genel Yayın Yönetmeni:

-Efendim, inanın bana boş durmuyorum. Televizyon programı için teklifimi ilettim. Ne var ki geç kalmışım. Öbür televizyonla anlaşmışlar. Bu konuda elim çok da rahat değil. Ortada bir Dilber konusu var. Türkân'la konuşmalarımızda dolaylı olarak bu konuya değindim. Daha önce de belirttiğim gibi kızınız Dilber Hanım'ın bazı kuruntuları var. Eğer bunu bir türlü aşamaz ise anlamsız bir káprise dönüşebilir. Dilber Hanım'ı Türkân bizden daha iyi tanıyor. Ne de olsa ortak yönleri bizden daha fazla. O, her konu açıldığında kızınıza yardımcı olmak için elinden geleni yapacağını söylüyor.

-Bu eğitim, öğretim yılı böyle geçsin bakalım. Önümüzdeki yıl bazı yeni önlemler alabiliriz.

Türkân televizyon programından sonra eve ilk geldiğinde ilk yorumu İlker yaptı. Bu tek cümlelik bir yorumdu.

-Televizyonda artist gibiydin Türkân Hala, helal olsun sana!

Medya, her zaman güçlü bir iletişim organıdır. İster yazılı, ister görsel olsun. Hatta radyo bile. Her ülkede ulusal ve yerel ya da sınırlar ötesi yayın yapan, bu vericilerin hepsinin kendilerine göre izleyicileri her zaman vardır. Birisi Türkân'a televizyonda çıktığı programın bunca kişi tarafından izleneceğini söyleseydi hayatta inanmazdı. Ama sonuç ortadaydı. Onun kestiremediği denli çok insan tarafından izlenmişti. Yurt dışından bile.

Programın bitiminden hemen sonra onlarca tanıdığı telefon ederek kutladılar. Bunlardan biri Alman gazeteciydi:

-Türkân televizyon konuşmanı baştan sonra izledim. Seni kutlarım, çok harikaydın, diyordu.

Fakülteden arkadaşları, hocaları izlemişlerdi. Hocalardan biri yayını CD'ye kaydetmişti. Bunu derste öğrencilerle değerlendirmek istiyordu. Dilber dışında tüm sınıf arkadaşları daha ilk karşılaşmada onu kutladılar. Dilber'in kendinden uzak durduğunu gören Türkân:

-Dilber arkadaş, sen galiba beni televizyonda izleme fırsatı bulamadın. İyi kötü hiçbir yorum yapmıyorsun.

Dilber kaçış yolu bulamadı:

-İzlemez olur muyum? Hem de annemle birlikte izledik. Çok da beğendik. Ben diğer arkadaşların konuşmalarının bitmesini bekliyordum. Kutlarım gerçekten çok başarılıydın. Annem ne dedi biliyor musun? Bu Türkân arkadaşın bundan sonra yapacağı programlarda keşke bizim televizyon kanalımızı tercih etse. Hatta seni de yanına alsa, birlikte program yapsanız.

Sınıfta değişik televizyon yayını, önemli gazete haberleri masaya yatırılır, üzerinde konuşulur, değerlendirmeler yapılırdı. Türk dili nasıl kullanılmış, jest ve mimikler nasıl, nasıl olmalıydı, konu ve haberin özü iyi yakalanabilmiş mi, gazete haberlerinde resimle yazı birbirini tutmuş mu? ve benzerleri.

Türkân'ın gazetede yaptığı söyleşiden sonra televizyon söyleşisi üzerinde tartışılacak bir değerlendirme yapılacaktı. Söyleşiyi tüm öğrencilerin izleyememiş olabileceğini düşünen Hoca, CD'ye almıştı. Önce onu görüntüledi, sonra tartışmaya açtı. Örneğin öğrencilerden biri makyajı ve giysileri üzerinde konuşuyor, Hoca görüntüyü donduruyor "Anlat bakalım" diyordu. Eleştiren öğrenci değerlendirmesini yapıyor, sonra bu konuda başka düşüncesi olanlar dinleniyordu. Hareketleri, kullandığı dil, konuya hâkimiyeti, izleyicilerle göz göze gelmesi... Hepsi sırayla tek tek değerlendirildi. Olumlu ya da olumsuz eleştirilerin hepsini Türkân yanıtladı. Arkadaşlarından biri Türkân'a:

-Soruları yanıtlarken senden çok program sunucusu çekingen davranıyordu. Hatta bazı sorular tam yanıtlanmadan reklâmlara girmeyi yeğliyordu. Bu görüşümde yanılıyor muyum? Diye sordu.

Bu, Hoca açısından iyi yakalanmış bir ayrıntıydı. Onun da dikkatini çekmişti. Görüntüyü tam oraya getirdi. O bölümü yeniden gösterdi. Türkân'ın yerine soruyu Hoca yanıtladı:

-Arkadaşımız güzel bir ayrıntı yakalamış. Yeniden gösterince, olanlar diğerlerinizin de dikkatini çekti. Türkân, usta bir konuşmacı gibi söylemek istediklerini satır aralarına sıkıştırmış. O soruyu yanıtlarken satır araları dar geldiği için konuşmasını biraz uzatmak istemiş. Ne var ki programın akışını sunucu düzenlediği için o da bunun ayırtına vararak reklâmlara girmeyi tercih etmiş. Bence burası hepiniz için önem verilecek bir ayrıntı.

Sınıfın ve hocanın değerlendirmesi sonuç olarak çok olumluydu.

Programla ilgili tepkiler televizyona da geliyordu. Programdan üç gün sonra program

Yaptığı sunucu Türkân'ı aradı:

Uygun bir zaman söyle, patron seninle görüşmek istiyor. Araba gönderip seni aldıracağız.

Türkân:

Yarın öğleden sonra beni marketten alabilirler.

Patron, Türkân'ı kendi odasında karşıladı. Programla ilgili gelen değerlendirmelerden sonra onu yeniden kutladı. Onun için hazırlattığı özel şilti ve içinde para bulunan zarfı uzattı. Zarfı uzatırken:

-Biliyorum bu emeğinizin tam karşılığı değil ama lütfen azımızı çoğa sayın! dedi ve ardından şilti verdi. Türkân Hanım siz ilerde buna benzer çok daha üstün başarı ödülleri alacaksınız. Bu şilt onların gölgesinde kalacak. Yalnız şunu unutmayın ilkler çok önemlidir. Yürümeye başlayan bebeğin ilk adımı, ağzından çıkan ilk anlamlı sözcük, ilk yazılan tümceler, ilk yapılan resimler, ilk aşk ve... ve... bizden aldığınız bu şilti de lütfen öyle değerlendirin.

Türkân:

Gazetenizde yapma fırsatı bulduğum ilk söyleşi, televizyonunuzda yaptığım ilk canlı yayın, verdiğiniz bu şiltle beni onore ettiniz. Bunların hepsi benim için çok önemli. Hiç birini unutmayacağım. Bu tür çalışmalarımı sizinle birlikte sürdürmek isterim. Yalnız sizden bir isteğim var. Okulumu bitirinceye değin, benden derslerimi aksatacak bir gazetecilik görevi istemeyin. Okulumda başarılı olmak, okulda alabileceğim bilgileri eksiksiz almak istiyorum. Önümüzdeki yıllar daha çok okulla ve derslerimle ilgilenmek zorundayım. Hukuk Fakültesi'nden de dersler alacağım. Anlayacağınız işim oldukça yoğun olacak. Sizinle şimdilik ileri düzeyde çok zamanıma mal olacak programlar yapabileceğimi sanmıyorum. Patron, Türkân'ın ne demek istediğini anladı. Altta kalmamak için:

-Aman Türkân Hanım, biz de o yollardan geçtik. Sizi çok iyi anlıyorum. Yalnız sizden bir ricam olacak, ileriki yıllarda stajınızı bizim kuruluşumuzda yapacağınıza şimdiden söz verir misiniz?

Türkân:

-Eğer o güne kadar beni rahat bırakırsanız söz veriyorum.

Türkân, gerek duyduğunda, bir yere araba ile gitmek zorunda kaldığı bazı zamanlarda Zafer ya da Serdar'ın arabalarını alıyordu. Onlar arabalarını esirgedikleri için değil de onun güzel araba kullandığını gördükleri, artık bir araba sahibi olmayı hak ettiğine inandıkları için araba almasının gerektiğini söylüyorlardı. Aynı istek Tuna, Hüsmen Ağa, Cevriye, özellikle İlker'den de geliyordu. Türkân ise araba almakta istekli olmasına karşın başkasına yük olmak istemiyordu.

Öğretim yılı bitti. Yaz dinlencesi başladı. Market-in çoğalan müşterilerine çiftlik ürünlerini yetiştirmek zorlaşıyordu. Tuna'nın değişmez kuralı bu ürünleri taze satmaktı. Bunu yetiştirmekte de çoğu zaman zorlanıyordu. Onun her gün çiftliğe giderek mal getirmesi marketin işini aksatıyordu. Kendi arabasını, kendinden başkasının kullanması yasaktı. Bu nedenlerden ötürü Tuna'ya göre Türkân'ın bir araba alması, bu işlerde ona yardım etmesi zorunluydu. Bir gün Türkân'a:

-Hazırlan çiftliğe gidiyoruz. Babam seninle konuşmak istiyor, dedi.

Türkân:

-Daha dün çiftlikteydim. Babam benimle ne konuşmak istiyor olabilir ki?

Birlikte çiftliğe gittiler. Hüsmen Ağa, Tuna, Hacer ve diğerleri Türkân'ı karşılarına alarak:

-Bir yıla yakın zamandır sürücü belgen var. Çok iyi araba kullandığını, bir araba sahibi olmayı hak ettiğini hepimiz biliyoruz. Buna senin olduğu kadar bizim de gereksinmemiz var. Söyleyeceklerimize karşı gelme. Kendine bir araba beğen ve fazla gecikmeden beğendiğin arabayı alalım.

Türkân:

-Araba almayı hak ettiğimi sanmıyorum. Henüz araba satın alacak param yok.

Hacer:

-Sen araba almayı iki kere hak ettin. Birincisi okulunda başarılı bir öğrencisin. Yaptığın diğer etkinliklerde de öyle. İkincisi boş zamanlarda gerek çiftlik gerek market işlerinde çok çalıştın. Bunlar yetmiyor mu? Sonra sen arabanı al onunla yapacağın işlerle karşılığını ödersin.

Türkân bu konuda babası ve abisinin söylediklerini dinledikten sonra kaçış yolunun olmadığını anladı.

-Madem buna karar vermişsiniz. Ben bu karara uymak durumundayım. Kendim için küçük bir araba almayı düşünüyordum...

Tuna:

-Araba sık sık değiştirilmez. Alındı mı doğru dürüst biri olmalı. Biraz da çok amaçlı. Küçük arabaya ne sığar, kim sığar? Annemin de belirttiği gibi sen arabayı hem de iyi bir arabayı çoktan hak ettin. Yarından tezi yok uygun bir arabaya bakalım. Bu konuda Serdar, Zafer ve Hâdi de yardımcı olurlar. Onların bir dolu tanıdıkları var. Hele Hâdi . O araba işinden hepimizden daha çok anlıyor.

Kıymet:

-Türkân kızım, al şu arabanı da bunlara minnet etmekten kurtar. Ne zaman torunlarımı görmek istesem bir işleri çıkıyor. Ne beni ne anneni istediğimiz zamanda torunlarımıza götürmüyorlar. Elbet onları da bize getiremiyorlar.

Şevki:

-Ne yani Türkân arabayı alınca size dolmuşçuluk mu yapacak? Yoksa kendi işlerini mi görecek?

Türkân:

-Merak etme Şevki Amca. Arabalı yaşam hızlı yaşam demektir. Kendi işim çok fazla olmaz. Bunların torun özlemlerini şu ya da bu şekilde gideririm.

Arabanın alınma kararı diğerlerine de bildirildi. Herkes kendince ilgilendi. Serdar'ın bulduğu araba uygun görülerek satın alındı. Arabanın alınmasına en çok İlker sevindi. O, halasının kullandığı arabaya binmekten zevk alıyordu. Tuna'nın işi biraz hafifledi. Hacer ve Kıymet istedikleri zaman torunlarına, Hüsmen Ağa ile Şevki doktor kontrolüne gidebiliyorlardı. Eğer isterlerse İstanbul'daki hanımlar da birleşerek ve çocuklarını alarak çiftliğe çay içmeye gelebiliyorlardı. Henüz onlardan hiç birinin sürücü belgesi yoktu. Türkân'a özenmeye başladılar. Esin Öğretmen hanımlara:

-Biliyor musunuz? Araba kullanmak bir tür özgürlüktür. İsterseniz hep birlikte sürücü okuluna başlayalım. Sürücü belgelerimizi alalım. Hepimizin kocasının arabası var. Onları kullanırız. Bir bakarsınız kendimiz araba alırız.

Meriç:

-Bu bence de iyi bir düşünce.

Fidan:

-Hep birlikte başlamamız biraz zor olur. Hep birlikte başlarsak bizimkiler bunu toplu eylem olarak algılayabilirler. Bunu iyi düşünüp iyi planlayalım ama hiç gecikmeden mutlaka sürücü belgelerimizi alalım.

* * *

Toplumda insan tipleri vardır. Bazı insanlar kendi yapma güçlerinin, yeteneklerinin bilincinde değillerdir. Nerede durduklarını, nereye gideceklerini, ne zaman ne iş yapacaklarını bilemezler. Bu bilgisizlikten ötürü kararsızlığın handikapına kapılır, elle tutulur, gözle görülür yararlı bir eylemde bulunamazlar. Araştırmaz, sorgulamazlar. Başkalarının onlar için düzenlediği yaşam bandında sürüklenirler.

Bu tip insanların yaşam kalitesi düşük olur. Hele bu tipler yaşamın gençlik yıllarındaysalar, aranan değil, itilen, dışlanan insanlardır. Çünkü pek işe yaramazlar.

Bir de bunların karşıtı tipler vardır. Enerji dolu, hep koşuşturan, üretmek isteyen, araştıran, soruşturan insanlar. Bunlar nerede durduğunu, nereye gideceklerini çok iyi bilirler. Hep A ve B planları vardır. Kendi yollarını kendileri çizerler, yaşamın devingenliğinden yararlanmasını bilir, yaşam kalitelerini yükseltirler. Bunlar aranan, sorulan tiplerdir. Zaman ile kıyasıya yarışır, onun kölesi olmak yerine zamanı kendileri yönetirler. Yaşamda bedbin değil üretmenin haklı gururu ve mutluluğunu taşırlar.

Türkân, ikinci grupta yaşamayı tercih edenlerden biri. Okulu tatile girmeden önce tatil aylarında neler yapacağını neredeyse günü gününe planlamıştı. O arada iki gazeteden de yaz aylarında çalışmak üzere teklif aldı. İkisine de olumsuz yanıt verdi. Bu tatilde yapacağı en önemli iş kırk beş günlük Almanya gezisiydi. Alman gazetecinin davetlisi olarak gidecekti Almanya'ya. Vize işlemleri için gerekli başvuru çoktan yapılmıştı. Verilen bilgiye göre ise pek gecikmezdi.

Çiftlik buluşmalarından birini yapmanın da zamanı gelmişti. Yılları farklı olmakla birlikte gruptakilerden üçünün doğum günleri bir iki gün arayla aynı haftaya denk geliyordu. O hafta sonu hepsini birden kullanmaya karar verdiler. Serdar, Fidan ve Cevriye'nin doğum günleri kutlanacaktı. Meriç'in oğlu için de ilk kez bir kutlama yapılacaktı. Onun da bu arada çıkarılması istendiyse de Halide buna karşı gelerek:

-Torunum öbürlerinin gölgesinde kalır. Ben onun için kendi evimde bir kutlama yapmak istiyorum, dedi.

Toplantıyı düzenleme yükü ve sorumluluğu yine Türkân'ın sırtındaydı ama artık işi biraz daha kolaydı. Altında arabası vardı. Alınacakları almak ve taşımakta Meryem'in yardımı her zaman elinin altında büyük bir destekti.

Mayıs ortaları çiftliğin en güzel olduğu günlerdir. Baharın ılık temiz akşam Rüzgârı doğanın tüm güzel kokusunu en uç köşelere kadar yayar. Tüm bitkiler rüzgâra sanki "Bizden de bir koku al, bize de koku getir" der gibi cömertleşirler.

Daha önceleri olduğu gibi güne uygun tüm hazırlıklar el birliği ile yapıldı. Yaş sırasına göre yaptırılan üç katlı birbirinden farklı pastayı bayanlar, sırayla kestiler. İlker bir köşeye çekilmiş küskün gibi duruyordu. Tuna:

-İlker ne yapıyorsun orada? Bak pastalar kesiliyor, resimler çekiliyor. Haydi buraya gel sen de bize katıl!

İlker:

-Yanlış bir iş yapıyorsunuz. Halam yeni bir arabaya sahip oldu. Hiçbiriniz ona hayırlı olsun, güle güle kullan seni kutluyoruz demediniz. Bence Türkân Halamın arabaya sahip olması hepimiz için önemli.

Esin Öğretmen:

-İlkerciğim, onu daha önce hepimiz tek tek kutladık. O nedenle şimdi onun üzerinde yeniden konuşmadık.

-İyi de annemin, Fidan Halamın, Meriç Ablanın daha önce yaş günü kutlanmadı mı? Demek ki ikinci kez kutlamanın bir sakıncası olmuyormuş.

Durumu düzeltme görevi Türkân ile Meryem'e düştü. Onlar İlker'in koluna girerek masaya getirdiler. Ona:

-Bu duyarlılığın için teşekkür ederiz. Vermek istediğin mesaj yerine ulaşmıştır. Gel şimdi hep birlikte pastalarımızı yiyelim. Hacer İlker'i kucakladı. Ona:

-Aşk olsun İlker, demek Türkân Hala'nın arabası benim-bizim yaş günümüzden önemli? Dedi

Hacer:

-Uzatmayın canım, İlker'in de haklı olduğu bir yan var.

O akşamın gündeminde konuşulacak başka bir konu daha vardı. Meriç ile Zafer'in oğullarının adı. Onlar, oğulları dünyaya gelmeden önce konacak ad üzerinde epey kafa yormuşlardı. Öncelikle konacak isim H ile başlamayacaktı. Göçmen aileler H harfi ile başlayan sözcüklerde ve isimlerdeki ilk harfi yutarak konuşurlardı. Hasan'a Asan, Halil'e Alil derlerdi. Hatta çoğu zaman aradaki 'H' harfi bile kullanılmazdı. Ahmet'e Amet, Mehmet'e Memet derlerdi.

Çocuklara iki isim koyma modasına uyarak oğullarına Burak Han adını koydular. H yutulunca çocuk Burakan oluverdi. Bu, dayısı Serdar'ın hiç hoşuna gitmediği için o yeğenine kendince bir ad koydu: Toygar. Aile hangisi hoşuna giderse onu kullanıyordu. Kayıtlarda Burak Han ailede Toygar.

Toygar ismini babası Zafer de sevmiş, tutmuştu. O da Burakan demek yerine Toygar demeyi yeğliyordu. Bunun üzerinde uzun uzun konuşuldu. Sözü Esin Öğretmen bağladı:

-Bizim öğrencilerimiz arasında da buna benzer ikilemi çok görüyor yaşıyoruz. Herkes istediği ismi kullansın, ilerde hangi ismi benimserse onu kullanırız. Gerekirse kayıtlarda da değişiklik yapılabilir.

Halide:

-Benim Burak An'ıma kimse Toygar moygar diyemez. Neymiş o? Tor at der gibi.

Meriç:

-Anne tor atı nerden çıkardın? Toygar adamın ağzından dolu dolu çıkıyor. Bence bu daha güzel.

Muharrem Usta:

-Esin Gelin ne güzel söyledi. Yeter artık bunun üstünde fazla konuşmayın da konuşabileceğimiz diğer konulara dönelim. Herkesin işleri nasıl gidiyor? Gelecekle ilgili ne gibi plan ve projeleriniz var? Türkân kızımızda ne gibi değişiklikler var, onları gündeme getirelim.

İlker, çocukların yattığı odadan koşarak geldi:

-Meriç Teyze Toygar, Halide Anne Burak Han ağlıyor, Galiba altını kirletmiş. Odada bir koku var.

Türkân, vizeyi beklerken boş durmuyordu. Market ile çiftlik arasında sanki mekik dokuyordu. Arabayı alalı Tuna'nın çiftlikten markete sebze meyve taşıma işlerini o yüklenmişti. Bu, onun çok hoşuna gidiyordu. Akşamdan çiftliğe geliyor orada yatıyor, o çok sevdiği erken kalkıp temiz havada kuş seslerini dinlemenin zevkini çıkarıyordu. Sabah toplanmış sebze ve meyveleri, peyniri, yoğurdu, tereyağını, taze sütü marketin müşterileri gelmeden yetiştiriyor, tezgâha yerleştirilmesine yardım ediyordu.

Hukuk Fakültesi'ne gitti. Oradaki yetkililerle İletişim Fakültesi öğrencisi olarak oradan hangi dersleri kaçıncı sınıfta alabileceğini sordu. Bunun için yerine getirmesi gereken koşulların neler olduğunu öğrendi. Hukuk Fakültesi kendilerinden ders alabilmek isteyen diğer bölüm öğrencilerinde bazı koşulların yerine getirilmiş olmasını istiyordu. İstenenlerin hepsi Türkân'da fazlasıyla vardı. O, ikinci sınıftan başlayarak diğer üst sınıflarda da istediği dersleri alabilirdi. İlk seçmek durumunda olduğu ders Yargı Tarihi, Yargıya Giriş ve Yöntemlerdi. İleriki yıllarda Yurttaşlar Hukuku, Uluslar arası Hukuk ve Ceza Hukuku'nu ders olarak alabilecekti.

Fakülte kayıt bürosundan, kayıt için neler gerekiyorsa o bilgileri aldı. Öğretim yılının başlamasından üç hafta önce başlayacak kayıtlara gerekenleri hazırladı. Yaz dinlencesinde daha önce Suzan'a yazdığı mektuplardan birinde Bosna-Hersek'e geleceğini bildirmişti. Hatta Cevriye, İlker ve Turaç'ı da alarak kendi arabası ile Almanya gezi fırsatı doğunca Suzan'a verdiği sözü tutamayacağını, ona yine bir mektupla bildirdi.

Beklediği haber geldi. Alman Konsolosluğu istediği vizeyi alabilmek için gereken belgelerin listesini ve hangi tarihte başvurabileceğini belirten mektubu gönderdi. Türkân, birçok belgeyi önceden hazırlamıştı. Gelen listeye göre eksik olanları da tamamlayarak vizesini aldı. Arkadan hiç gecikmeden uçak biletini de. Zaten Alman Konsolosluğu vize için gidiş dönüş uçak biletini de istiyordu.

Almanya'ya uçacağı günü Alman gazeteciye bildirdi. Türkân'a kalacak yer ayarlayacak, havaalanında o karşılayacaktı.

Türkân yol hazırlığını tamamladı. Onu havaalanına Hâdi , Fidan, Cevriye ve İlker götürdüler. Vedalaşırken İlker:

-Hala çabuk dön! Gelirken bana alacağın oyuncakları sakın unutma! Diye seslendi.

Uçakta okumak üzere yanına bir kitap ve gazetesini almıştı. Üçlü koltuklardan ortadakine oturdu. Sağında pencere kenarında orta yaşlı, normal giyimli, kollarında ve boynunda bolca altın takılı bir bayan oturuyordu. Türkân'ın verdiği selamı ağızdaki cikletin çiğnenmesi, ilgisizliği ile lütfen aldı. Başını pencereye çevirerek dışarısını seyretmesini sürdürdü.

Sol yanına elinde uçakta verilen gazetelerden birer tanesinin oluşturduğu bir tomar gazete ile otuzuna merdiven dayamış bir erkek oturdu. Türkân'a selam verme gereğini duymadan yanından geçen hostese

İngilizce gazete olup olmadığını sordu. Hostesten "Yoktur" yanıtını alınca kendi kendine "Böyle bir uçakla yolculuk yaparsan elbet İngilizce gazete bulamazsın" dedi. Elindeki Türkçe gazetelerin her birine sırayla üç beş dakika göz gezdirdi. Onları ayağının altına fırlatarak karmakarışık bir gazete yığını oluşturdu.

Türkân, kendi gazetesine dalmış, göz ucu ile adamı izliyordu. Yolcular henüz tam yerleşmemiş, uçak havalanmamış, içki ve yemek servisi başlamamıştı. Genç adam hostese:

-Bana bir bardak beyaz şarap verir misiniz?

Hostes:

-Hemen efendim, dedi ve oradan uzaklaştı.

Aradan hayli zaman geçmesine karşın istediği şarap gelmedi. Adam bu kez otururken selam vermediği Türkân'ın duyacağı bir ses tonu ile:

-Merhaba, ben Adnan... Bankası'nın Berlin yatırım sorumlusuyum, dedi. Türkân gazetesinden başını bile kaldırmadan "Merhaba iyi yolculuklar" demekle yetindi.

Adamı Türkân'ın gözü hiç tutmamıştı. Adnan ısmarladığı şarabı gelmeyince ikinci bir hostese:

-Arkadaşınızdan şarap istemiştim, unuttu galiba.

Hostes:

-Şimdi yemek ve içki servisine başlıyoruz, getiririz efendim.

Bankacı Adnan Bey ortada kaldı. Yeniden Türkân'a:

-Siz kendinizi tanıtmadınız. Görünüşünüz üniversite öğrencisi izlenimi veriyor. Nerede okuyor, nerede ikamet ediyorsunuz?

Türkân:

-İstanbul İletişim Fakültesi öğrencisiyim. Berlin'e tanıdığım bir Alman gazetecinin davetlisi olarak geliyorum. Almanya'yı gezeceğim. Yani turistim.

Bankacı Adnan Berlin'i ve Almanya'yı sık sık ziyaret ettiğini bir sürü üst düzey Alman yönetici tanıdığını, bankalarının Berlin'de büyük yatırımlar yaptığını anlattı. O arada yemek servisi geldi. Ne içmek istediklerini soran hostese çiklet çiğneyen Bayan "Meyve suyu", Türkân "Viski lütfen" dedi. Kendine beyaz şarap ısmarlayan Bankacı Adnan şaraptan vazgeçti. "Lütfen benimki de viski olsun" dedi. Yemek sırasında da Adnan'ın çenesi hiç durmadı: bankacılıktan, dünya ekonomisinden, medyadan, yatırımlardan söz etti.

Türkân, kendi düşünceleri ile adamın düşündüklerinin hiç örtüşmeyeceğini anlayınca:

-Lütfen yemekten sonra beni rahat bırakın gazetemde okuyacak önemli birkaç yazı var onları okuyacağım.

Türkân solunda oturandan kurtuldu. Yemek yerken bu kez sağında oturan bayan ağzındaki sakızı çıkardı yemek tepsisinin sağında üst köşeye yapıştırdı. Gözü Türkân'ın viski bardağına takıldı. Besmele ile başladığı yemeğini hapur hupur yiyor, boynu kırılırcasına soluna bakıyordu. Türkân viskiyi zevkle içmek için değil bankacıya fark atmak için istemişti. Bankacının da viski istemesi ile aralarındaki fark kapanmış, sağ tarafında oturanla açık bir fark ortaya çıkmıştı. Kadın fazla sabredemedi, Türkân'a:

-Sen neyin nesi kimin fesisin? Gelip yanıma oturdun benimle konuşmak yerine yanındaki erkekle konuşmaya başladın. Adam yüz vermeyince sustun. Kadın başınla bir de viski içiyorsun. İnsan biraz şey olur.

-İnsan biraz ne olur?

-Ne bileyim?

-İyi o zaman ben sana söyleyeyim. Hanım hanım kibar olur. Çiğnediği sakızla yanındakini rahatsız etmez. Sakızı ağzından çıkarıp başkalarının göreceği yere koymaz. Yemek yerken biraz daha dikkatli olur, şapur şupur ses çıkarmaz. Besmele çektikten sonra yanındakine afiyet olsun ya da yarasın deme kibarlığında bulunur. Haydi, şimdi afiyet olsun.

Yemekten sonra uçağın inişe geçmesine daha bir saat vardı. İki yanındaki de uykuya daldılar. Türkân da bu arada keyfince gazetesini okudu.

Uçağın iniş anonsu ile uykulu, yarı uykulu diğer yolcularla birlikte Türkân'ın yol arkadaşları da gerinerek gözlerini açtılar. Sağındaki bayan pencereden dışarı bakıyor, uçak alçaldıkça Türkân'a:

-Bak bak işte bizim oturduğumuz cadde, şu yanındaki bizim parkımız. Onun yanındaki çinko örtülü bina benim eski işyerim. Onun biraz ilerisindeki bahçeli bina çocuklarımın okulu... O bunları söylerken solundaki Bankacı:

-Berlin'de kaç gün kalacaksınız? Nereleri göreceğinizi planladınız mı? Berlin büyük bir kent, büyük olduğu kadar da görülüp gezilmeye değer yerleri var. Paris ve Londra biraz daha farklı...

Türkân:

-Ben, gideceğim ülkenin ve kentlerin tarihini, bu günkü durumlarını incelerim. Berlin'de gezilip görülecek yerleri biliyorum. Nerelere hangi gün gideceğimin hepsini gezi defterime not ettim. Bu konuda Alman gazeteci arkadaşım da bana yardımcı olacak.

Uçağın alana inip perona yaklaşarak durması ile birlikte yapılan uyarılara karşın çoğu yolcu emniyet kemerlerini çözerek ayağa kalktılar. Bunlara Türkân'ın yanındakiler de eşlik ettiler. Türkân oldukça rahat yerinde oturuyordu. Bankacı baş üstü bagajındaki çantasını aldı. Bayan ise yerinde oturamıyordu. Türkân izin verse üzerinden atlayacak kadar sabırsızdı. Türkân gayet rahat, aceleci hanıma:

-Rahat ol, kapılar açılmadı. Hepimizi bu uçaktan indirecekler. Burada acele etsen de pasaport kontrolünde, bagajların gelişinde yine bekleyeceğiz.

Bayan:

-Ben Alman vatandaşıyım, pasaport kontrolünde beni yabancılar gibi bekletmezler. Ben şanslıyım, valizlerim de hemen gelir. Beni kızım arabası ile gelip alacak, onu fazla bekletmek istemiyorum. Damadım Alman. O da biraz sabırsız…

Türkân bunları dinlese de kuralları çiğnemek niyetinde değildi. Uçağın yolcu indirme kurallarına uyarak uçaktan indi.

Pasaport kontrolünden geçti. Dönen bandın kenarında diğer yolcular gibi valizini beklemeye başladı. Yol arkadaşı bayan söylediği kadar şanslı çıkmamıştı. O da daha valizlerini bekliyordu. Arka arkaya gelen valizlerini el arabalarına koydular. Gümrük polisinin denetimine girerken Türkân bayana yol verdi. O önde arkada kendi. Polis bayana valizlerde ne olduğunu soruyor bayan yetersiz Almancasıyla bir şeyler anlatmaya çalışıyordu. Türkân polise:

-Yardımcı olabilir miyim? Diye sordu.

Polisten önce kadından Türkçe:

-Söyle şu do...lara valizimde bir şey yok, dedi.

Polislerden biri Türkçe anlıyordu. Kadına:

-Valizlerinin tümünü boşalt! Üzerindeki altınları çıkar şu kabın içine koy! Dedi. Türkân'a da:

-Buyurun siz geçin.

Türkân gümrükten geçti. Kendini karşılayan gazetecinin yardımı ile eşyalarını onun arabasına yerleştirdiler.

Yaz aylarında Berlin'de akşam saat 10.00'da bile hava kararmaz. Hele bir de o günkü gibi bulutsuz bir yaz akşamı ise... Havaalanından ayrıldıklarında saat dokuz olmuştu. Hafif rüzgârlı bir yaz akşamının tadını çıkarmak isteyen Berlinliler, yazlık kahveleri doldurmuşlar, şen şakrak kimi kahve, çayla pastalarını yiyor, kimi birasını yudumluyor, kimisi de dondurma yemenin tadını çıkarıyordu. Bunları gören Türkân, yol yorgunluğuna karşın otele gidip yatmak istemedi. Gazeteci arkadaşına:

-Zamanın varsa şu kahvelerden birine oturalım, biraz dinlenir bir şeyler yer içeriz, dedi. Arabadan indiler, biraz oturdular. Türkân, sürekli çevresindeki insanları gözetledi. Onların neşeli konuşmalarını dinledi. O arada gazeteci Türkân'a gezi planını sordu. Hazırlanan gezi planına birlikte göz attılar. Bunlardan hangilerini birlikte yapacaklarını belirlediler. Bazı görüşmeler yapılacaktı. Alman gazeteci onları not etti. Önceden görüşme gününün belirlenmesi gerekiyordu.

Ertesi gün hemen planın uygulanmasına karar verdiler. Türkân oteline gitti. Yatmadan önce telefonla ailesini arayarak kısaca yolculuğunu anlattı. Oteline yerleştiğini söyledi. Duşunu aldı yattı.

Kaldığı otel odası 11. kattaydı. Penceresinden hayvanat bahçesi, onun bitişiğinde uzanan yemyeşil ağaçlar ve çimenlerle örtülü bir park ve tren istasyonu görünüyordu. Sabah uyanır uyanmaz pencereden dakikalarca dışarıyı seyretti. Elbet görünenler yalnız bunlar değildi. Caddeler, sokaklar, farklı yükseklikteki binalar, cadde ve sokaklarda yürüyen insanlar, arabalar! Sabahın saat onunda hayvanat bahçesi önünde orayı gezmeye gelen rengârenk giysileri, başlarında öğretmenleri ile yüzlerce öğrenci ilgisini çekti. Hayvanat bahçesinin kapısının açılması ile yine farklı giriş kapısından yüzlerce insan bahçeyi doldurdular. Güneşli bir yaz sabahında bir yandan hayvanlar besleniyor, öte yandan gölde yüzen kuğulardan, özel yapılmış yelerinde başını uzatan zürafa, hortumu ile su fışkırtarak gösteri yapan filler, her çeşit hayvanla ziyaretçiler birbirini selamlıyorlardı.

Türkân Berlin'e gelmeden bu kentle ilgili bilgi edinmişti. Daha ilk günün sabahında bunları görünce tahmininden daha fazlasını göreceğini anladı. Gazeteciye telefon ederek kalktığını, hazırlandığını zaman kaybetmeden Berlin gezisine başlamak istediğini söyledi.

İlk günü geziye havanın da güzel olmasından yararlanarak orman, park, göl kıyısından başladılar. Türkân'ın kamera ve fotoğraf makinesi görev yapmaya hazır hep yanındaydı. Gezdikleri yerler hafta arası olmasına karşın çoğunluğu yaşlı olmak üzere insanlarla doluydu. Buralarda en fazla ilgisini çeken her yaştan insanın bisiklet kullanması, sakat ve yaşlıların tekerlekli sandalyelerinde toplumun içine karışmasıydı.

Ormanın içinde göl kıyısında insanların dinlenmesi için yerleştirilmiş oturma bankları, çöp kutuları, göl ve ormanda yaşayan canlılar için uyarıcı yazılar, yer yer insanların dinlenebileceği, yiyip içecekleri bulunan onlarca tertemiz yazlık kahveler...

Türkân, gördüğü her güzelliğin resimlerini çekti. Kamera kaydını yaptı. İnsanlarla kısa söyleşiler yaptı. İlk gün onu çok yordu. Akşam için başka bir program yapmadılar.

Berlin'e gelmeden önce söyleşi yaptığı gazete Türkân'a:

-Döndüğünde bu gezinle ilgili söyleşi ve televizyon programı yapabiliriz. Ona göre bir gezi yap! demişti.

O da daha ilk günden gezi notlarını ona göre tutmaya başladı. Çekimlerini de bu notlara göre düzenledi.

Türkân daha ilk günden Berlin'in haritasını ve kentiçi ulaşım planını alarak yalnız gezeceği zaman başkalarına sormadan nereye nasıl gideceğini bilmek istiyordu. Yalnız gezeceği yerlere en yakınından başladı. Hayvanat bahçesi, onun içinde bulunan dünyanın en ünlü akvaryumlarından biri olan akvaryumu, tren istasyonunu gezdi. Buraları gezerken ilgisini en çok çekenler otel penceresinden gördüğü insan ve hayvanları, tren istasyonunda kentler arası trenlerin ışıklı levhada gösterildiği dakikada gelmesi, yolcuların hiç karmaşaya meydan vermeden inip binmeleri ve trenlerin tam zamanında hareket etmeleri oldu.

Tren istasyonunun bir köşesinde bir araya gelen ve orada çalışan Türk işçilerinin Türkçe konuştuklarını duyunca kendini bir anda Sirkeci Garı'nda sandı.

Türklerin çoğunlukta olduğu küçük İstanbul olarak adlandırılan Kreuzberg'e gittiğinde orayla ilgili duyduklarından fazlası ile karşılaştı. Konuşulan Türkçe, Türkçe değil, Almanca da Almanca değildi. Oradaki Türkler karma bir dil konuşuyorlardı. Bu iş yerlerinin adlarında da kendini gösteriyordu. Bunların resimlerini çekti, konuşmalarını kaydetti. Konuşmalardan bazıları:

-Gülizar Banof "Görlitzerr Bahnhof"

-Kesik Burun "Gesundburunnen"

-Bulaşık Ali "Blaschkoalle"

-Karan yazdım "Rapor aldım"

-Üç gün urlaubum var "Üç gün izinliyim"

İşyeri adlarından bazı örnekler:

-Schnell Terzi "Hızlı terzi"

-Schönste döner "En iyi dönerci"

-Kumasıh mağazası "Kumaş dükkânı"

-Restaurant lokantası "Lokanta lokantası"

Semt pazarında gezerken iyice şaşırdı. Satıcı, alıcı, satılan malların büyük bölümü Türk ve Türkiye'den gelmeydi. Burada anlamsız bağrışmalara tanık oldu.

-Kaya marka domatesler bunlar

-Gel abla gel bu portakallar Erzurum'dan geldi.

Bu bağıranlara merak ederek Almanca birkaç soru sordu. Yarıdan fazlası Almanca bilmediklerini söylediler. Buraya gelmişken bir Türk kahvesine girerek oradakilerle kısa bir söyleşi yapmak istedi. Aynı caddede belli aralıklarla bir dolu Türk kahvesi vardı. Hangisinin kapısını açtı ise hepsinde Türk erkeği doluydu. Her bir masada kâğıt ve okey oynayanlar ve onları seyredenler...

Yürürken karşısında bir spor kulübünün adını gördü. Oraya girerek en azından sporcu ya da yöneticilerle karşılaşmayı umuyordu. Kapıyı aralayıp içeri göz attı. Gördükleri diğer kahvelerden farksızdı. Yalnız burada maçların izlenmesi için dev ekran bir televizyon vericisi vardı.

Gözleme yapıp satan bir işyerinin önünden geçerken acıktığının farkına vardı. Taze yapılıp pişirilen gözlemeler mis gibi kokuyordu. Gözlemeyi yapan ve satanların hepsi bayandı. Yiyeceği gözlemeyi ısmarladı. O yapılıp pişinceye kadar orada çalışanlarla kısa bir söyleşi yapma fırsatı buldu. Onlara:

-Ne kadar güzel kendi işinizi kendiniz yapıyorsunuz. Kocalarınız nerede çalışıyor? diye sordu.

İçlerinden biri:

-Ne çalışması? Kocalarımız işsizler. Onları görmek istiyorsanız -eliyle işaret ederek- şu kahvedeler. Karınları acıkınca haber gönderirler., gözlemelerini yapar göndeririz.

Türkân:

-O kahvelerden birine girip onlarla konuşmak istedim buna cesaret edemedim. Hepsi erkek, benim oraya girip oturmamı nasıl karşılarlar bilemiyorum.

-Nasıl karşılayacaklar? Bir bayan girince ama hanımlardan biri olmayacak, çoğu ayağa kalkar, saygı ile selamlarlar. Yer verirler ne içeceğini sorarlar. Kendilerini rahatsız edici sorular sormadığınız sürece bu saygılarını sürdürürler. Rahatsız edici sorular sorarsanız önce yanınızdan ayrılırlar, sonra sizi rahatsız ederler.

-Sizce onları en çok rahatsız eden sorular ya da ifadeler nelerdir?

-Tuttukları takım ve partiyi kötülemeyeceksiniz. Almanlarla ilgili olumlu laf etmeyeceksiniz. Çocuklarının, torunlarının eğitim durumunu, hanımlarının, kızlarının, gelinlerinin ne iş yaptığını nerede çalıştıklarını sormayacaksınız. Belli ki siz Türkiye'den geliyorsunuz. Türkiye ve Türk politikasını sorun, çoğu yanlış bir yığın laf ederler. Berlin Belediye Başkanının adını bilmezler. 40 yıldır burada olmakla övünürler de Berlin'de gezilip görülmeye değer yerlere hiç gitmemişlerdir. Tiyatro, sinema, müze, park nedir bilmezler.

-Peki, ben onlarla ne konuşabilirim ki?

-Söylediklerimi.

-Verdiğiniz bilgiler için çok teşekkür ederim. Gözleme çok güzeldi. Elinize emeğinize sağlık.

Türkân'dan yediklerinin içtiklerinin parasını almak istemediler. Siz bizim konuğumuzsunuz, dedilerse de Türkân bunu kabul etmedi hesabı ödedi.

-Bir dahaki gelişimde kahvenizi içerim, diyerek ayrıldı.

Ara sokaklardan birine sapıyordu ki bir binanın giriş kapısında asılı Almanca- Türkçe yazılı işyeri ve dernek isimleri gördü. Onları okudu. Biri dikkatini çekti. Bu yabancı kadınların sorunlarına çözüm arayan bir kadın derneği adıydı. Açık olduğu gün ve saatlere baktı. Yarım saat sonra açılıyordu. Çevreyi biraz dolaşarak kırk dakika geçirdi. Derneğe geldi. Kapısını çaldı. Kapıyı açana kendini tanıtarak, sorumlulardan biriyle görüşmek istediğini söyledi. İçeri aldılar. Dernek sorumluları bir Alman ile görüşürken gelen Türk'ün durumuna bakar, onun Almanca konuşulanları anlamayacağı kanısına varırlarsa kapıyı açık tutarlar. Bazen de konuştukları odaya alırlar.

Türkân'ın Almanca anlamayacağını sanarak bir Alman yetkili ile konuşmasına karşın onu odasına aldı. Türkân onları Türkçe selamladı, kendini tanıttı. Dernek sorumlusu Türkân'ın söylediklerini Almanca'ya çevirdi. Türkân görüşmeyi anlamıyormuş gibi bir tutum takındı. Konuşulanların hepsini can kulağı ile dinledi. Dernek sorumlusu konuşulanların bazılarını Türkçe'ye çevirdi. O arada Türkân, soracağı soruları hazırladı. Görüşme bittikten sonra Alman konuk:

-Sizin konuşmalarınızın bazılarına katılabilir miyim? Başka bir görüşmem var ama yarım saat de zamanım var, dedi. Olur, yanıtını aldı.

Derneğin Türk görevlisi:

-Sizi beklettim kusura bakmayın. Yeniden hoş geldiniz. İstanbul'dan geliyormuşsunuz. Önce biraz İstanbul'u anlatın. Sonra buradan, buradaki insanlarımızdan söz ederiz.

Türkân:

-Alman konuğunuz Türkçe bilmediğine göre isterseniz konuşmamızı Almanca yapalım. Ne dersiniz?

-Siz İstanbul'dan geldiğinizi söylüyor, Almanca konuşmak istiyorsunuz. Bu nasıl olur?

Türkân Almanca:

-Ben Avusturya Lisesi'nde dört yıl Almanca okudum. Orada bize çok iyi dil öğrettiler. Yalnız Almanca'yı değil, Türkçe ve İngilizceyi de.

Şaşırma sırası Alman'daydı:

—Siz çok güzel Almanca konuşuyorsunuz.

Alman, bir Türk'ün özellikle Türkiye'den gezmeye gelmiş bir Türk'ün kusursuz konuşması ile İstanbul'u anlatmasını dinleyince:

-Bu gün zamanım yok ama sizinle mutlaka oturup konuşmak istiyorum. İsterseniz Gülten'le bir zaman ayarlayın. Dışarıda bir kafede de buluşabiliriz.

Alman gittikten sonra Türkân hazırladığı soruları Gülten'e sordu. Yanıtlarını not etti. Tekrar görüşmek üzere sözleşerek oradan ayrıldı.

Türkân'ın programında iki aile ziyareti vardı. Biri Türkiyeli, diğeri Bosna-Hersekli. Türk aile ile İstanbul'da markette tanışmışlardı. Bu aile Artvinliydi. İşçi olarak Almanya'ya gelip para biriktirince Yenibosna'da bir arsa almış oraya birkaç katlı ev yaptırmışlardı. Bu evin bir dairesinde izne geldiklerinde kendileri oturuyor, diğerlerini de kiraya veriyorlardı. İzne her gelişlerinde marketten alışveriş yaptıklarından orada çalışanlar ve Türkân'la da samimi olmuşlardı.

Türkân, Berlin'e geleceğini söyleyince mutlaka kendilerine uğramalarını hatta kendilerinde konuk olarak kalabileceğini söylemişler, adres ve telefon numaralarını vermişlerdi.

Bu aileye telefon etti. Ne zaman görüşebileceklerini sordu. "İstediğin zaman gelebilirsin" yanıtını almasına karşın, uygun bir görüşme günü saptadılar. Ev sahibi eğer bir sakıncası yoksa başka bir tanıdıklarını çağırıp çağıramayacağını sordu. Türkân, bir sakıncasının olmayacağını, kendisi açısından daha da iyi olacağını söyledi.

Belirlenen günün akşamı önceden kararlaştırıldığı gibi akşam yemeği öncesi bir araya geldiler. Konuk aile ile Türkân tanıştırıldı. Burada Türkân'ı bekleyen bir yığın sürpriz vardı. Gelen ailenin hanımı ve kızı ev sahibi erkeklerin elini sıkmadan selam verip başka bir odaya geçtiler. Evin gelini ve genç kızı ile hanımı ikiye bölündü. Gelin hanım da öbür odaya geçmek zorunda kaldı.

Çok güzel bir yemek sofrası hazırlanmıştı. Yemeğe oturulacağı zaman evin hanımı:

-Türkân Hanım isterseniz siz de mutfağa gelin biz hanımlar yemeği orada yiyeceğiz. Orada daha rahat edersiniz.

-Hayır, izninizle ben burada kalacağım. Bu kadar güzel hazırlanmış masada beni rahatsız edecek bir durum yok. Kocaman masa neden hepimiz bir arada yemek yemiyoruz?

Evin hanımı ve kızı Türkân'ı yalnız bırakmamak için erkeklerle birlikte aynı masada yemek yediler. Türkân konuk erkeğe:

-İsterseniz siz mutfağa gidin, yemeği ailenizle birlikte yiyin.

Konuk erkek:

-Neden? Birlikte oturmamızın sizce bir sakıncası mı var?

-Yok canım, benim için ne sakıncası olacak?

-Yemekten önce, yemek sırasında, yemekten sonra ev sahibinden çok, gelen konuklar konuşuyorlardı. Öbür odadan hanımın konuşmaları duyuluyor, oturma odasında kocası anlatıyor da anlatıyordu. Konuşması sırasında en çok "Biz, Erzurum'un Dadaşları" ifadesi geçiyordu. Arada bir:

-Madem gazeteciymişsiniz, İstanbul'a gidince bunları gazetenizde yazın! Yazın da Türk Milleti okusun.

Türkân, adamın anlattıklarının çoğunun boş laf olduğunu anladı. Arada söz alıp susturmaya çalıştı. Yanıtlamasının zor olacağı sorular sordu. O sorulan soruları pas geçip yine başka konulara giriyordu. Anlattıklarının ağırlık noktası; çok çalıştığı, iyi para biriktirdiği, bu paralarla Erzurum'da apartman ve işyerleri yaptırdığı, Berlin'de cami derneklerine olan üyeliği, burada nasıl çocuk okuttukları, Almanlara temizliği, yemek yemeyi öğretmeleri, hatta hatta Almanya'yı kendilerinin kalkındırdığı, vb.

O konuşurken Türkân soracağı soruları hazırladı. Bir fırsatla araya girdi:

-Kaç çocuğunuz var? diye sordu.

-İki kız, iki erkek.

-Neden bu kadar az? Sizin gibi Dadaş'ın en az altı çocuğu olmalı. Çocuklarınız ne yapıyorlar? Almanya'yı kalkındırırken umarım onlara da iyi bir eğitim alma olanağı tanımışsınızdır.

-Hamd olsun hepsine dini eğitimlerini verdik. Hepsi abdestinde namazında.

-Avrupa'nın göbeğinde yaşıyorsunuz. Lise üniversite öğrenimi ya da bir meslek eğitimi yaptılar mı?

-Bu bozuk toplumda okumalarına izin vermedim.

-Gördüğüm kadarıyla yetişkinler. Şimdi ne iş yapıyorlar? Evlendirdiniz mi?

-İkisini evlendirdik. Damat ve gelinimizi Erzurum'dan getirttik. İkisini de nişanladık. Onların nişanlıları da oradaki akrabalardan. Devletten yardım alıyorlar. Ayrıca çalışıyorlar.

-Hem yardım almak, hem çalışmak, nasıl oluyor bunu anlayamadım.

-Aldıkları yardım yetmediği için kaçak çalışıyorlar.

Araya ev sahibi girdi. Konuğuna:

-Büyük oğlanla gelin Hacca gideceklerdi, ne oldu? Diye sordu.

-Sosyal Daire izin vermiyor. Bakalım, rapor alabilirlerse gidecekler. Ön kayıtlarını yaptırdılar.

Türkân:

-Anlayamadım. Sosyal Yardım ve kaçak çalışarak kazanılan parayla Hacca nasıl gidiliyor? Böyle biri için Hac nasıl farz oluyor?

Dadaş Türkân'a:

-Senin bu işlere aklın ermez. Bizim cemaatin imamına sorduk. O bunun caiz olduğunu söyledi.

Bu konuşmaları öbür odada duyan hanımı kocasına destek için yanlarına geldi. O da Türkân'a:

-Ben Müftü yeğeniyim. Burada da hanımlara Kur'an öğretiyorum. Çocuklarımız kazandıkları para ile Hacca gidebilirler.

Türkân Hanım'a başka bir soru ile karşılık verdi:

-Kuran öğrettiğiniz hanımlar okuma-yazma dertlerini anlatacak kadar Almanca biliyorlar mı? Öğrettiğimiz Arapça Kuran'dan bir şey anlıyorlar mı?

-Hanımlarımız önce Kuran'ı öğrenecekler. Onun sayesinde öbür dünyada cennete gidecekler.

-İyi de bu dünya ne olacak?

-Bu dünya geçici, esas olan öbür dünya.

Evin kapısı açıldı. Ev sahiplerinin lise son sınıfta okuyan kızları Özlem piyano kursundan geldi. İçeri girer girmez doğru oturma odasına koştu. Türkân'ı kucakladı. Güler yüzü tatlı dili ile ona hal hatır sordu. Ardından konuklara hoş geldiniz demek için Rukiye'nin ve Dadaş Mükremin'in ellerini öptü. Mükremin onu kucaklayıp yanaklarından öperken göz ucuyla Türkân'a bakarak:

-Kızım sayılır. Elimizde büyüdü, dedi.

Özlem:

-Kızlar nerede?

Rukiye:

-Yalnız Mevlüde geldi. O da öbür odada. Galiba Kuran okuyor.

Özlem, Mevlüde'nin yanına gitti. O söylendiği gibi Kuran okumuyor, dilini pek anlamasa da Alman televizyonundan "aşk gemisi" dizisini izliyordu. Özlem onun rahatını bozmak istemedi. Kapıdan merhaba dedi, oturma odasına döndü. Türkân'ın karşısına oturdu.

Türkân:

-Okul ve piyano dersi nasıl gidiyor?

Özlem:

-Biliyorsunuz, okulumuz yaz dinlencesinde. Son sınıfa geçtim. Seneye üniversiteye başlayacağım. Piyano kursu da çok çok iyi. Mozart'tan, Bach'dan parçalar çalmaya başladık. Bir piyano konseri vermeye hazırlanıyoruz.

-Abin nasıl, nerede?

-Abimin üniversiteye başladığını biliyorsun. Onlar da tatile yeni girdiler. Japonya'dan bir öğrenci grubu bilimsel bir gezi için gelmişler, onlarla ilgileniyor. O da gelmek üzere."

Onlar konuşurken Rukiye sessizce kalkıp Mevlüde'nin yanına gitti. Mükremin cebinden çıkardığı 99'luk tespihini çekmeğe, dudaklarını kıpırdatmaya başladı. O arada Özgür Üniversiteli bir Japon kız ile içeri girdi. Doğru oturma odasına gelerek onları selamladı. Japon bayana oradakileri İngilizce tanıştırdı. Türk törelerini bilmese de Arap törelerini göz önüne alarak kimseyle el sıkışmadı.

Türkân ,Özlem'e sorduğu soruların benzerlerini Özgür'e de sordu. Ondan da hoşa gidecek yanıtlar aldı. Mükremin iyice rahatsız olmaya başladı. Saate baktı. Hanımına seslendi. Oturma odasına gelen Rukiye kapıdan, yeni gelenlere selam verdi. Kocası:

-Haydi hazırlanın. Artık kalksak iyi olur. Yarın sabah cami nöbetim var. Erken kalkıp sabah namazı için hazırlık yapmam gerekiyor, dedi.

Konuklar kendi kurallarına göre vedalaşarak gittiler. Türkân hiç sevmediği ve yapmadığı bir işi yaptı. Onların ardından:

-Allahınızı severseniz söyleyin bunlar kim? Nerede ve hangi zamanda yaşıyorlar? Sizin bunlarla nasıl bir ilişkiniz olabilir?

Anne ve babasından önce Özlem Türkân'ı desteklercesine:

-Evet baba, yıllardır abim ve ben de aynı şeyleri yaşıyoruz. Bizler için abuk sabuk laflar eden bu insanlarla ilişkimizi neden sürdürüyoruz ki?

Özlem'in babası:

-Biz bunlarla dostluk kurduğumuz yıllarda böyle değillerdi. Mükremin usta benim iş yerinden arkadaşım. Bizler Anadolu insanıyız. Geçmişe dayanan dostluklarımızı birden bozamayız. Zaten eskisi kadar sık görüştüğümüz de yok.

Konukların gitmesinden sonra Türkân, Özlem, Özgür geç saatlere kadar konuştular. İstanbul'dan, Berlin'den, kültür ve sanattan söz ettiler. Alman gazeteci Türkân'ı arayarak:

- Yarın ki programında ne var? diye sordu.

Türkân:

-Güne bağlı sabit programım yok birlikte gideceğimiz bir yer varsa ona uyarım.

-Oldu o zaman kahvaltıyı birlikte yapalım. Sonra eski Berlin Duvarı'nın yerini, örnek olarak bırakılmış duvarı, Doğu Berlin'i, Checkpoint Charlie'yi gezeriz.

Kahvaltıyı erken yapıp zaman kazanma konusunda anlaştılar. Kahvaltıdan sonra günün programına başladılar. Buralar Berlin'e gelen her yabancı için görülmesi ihmal edilmeyecek yerlerdi. Türkân buraları bol bol görüntüledi, arkadaşlarının anlatımlarından da yararlanarak notlar aldı. Yıkılıp yok edilmiş duvardan hiçbir iz bırakılmamıştı. İkiye bölünmüş kentin birleşmesinden sonra yapılan değişiklikler kentin bölünmüşlük havasını da özellikle kent merkezinde ortadan kaldırılmış olduğunu gördü.

Günün yorgunluğuna karşın o günün akşamını sinemaya giderek değerlendirdiler. Alman gazetecinin işleri vardı. Türkân yine yalnız kaldı. Daha önceleri alışveriş yaptığı Türk marketlerinden birinde eline Türk insanlarının iş yerlerini, Türk derneklerini, önemli Türk kuruluşlarının telefon ve adreslerini saptadı. Programında var olan gitmek istediği derneğin açık olduğu saatlere bakarak telefon etti. Yetkililerle hangi gün görüşebileceğini sordu, öğrendi. Kendisi İstanbul'da üniversiteye başlarken liseden bir arkadaşının üniversite öğrenimi için Berlin'e geldiğini biliyordu. Telefonundan onu aradı. Gideceği derneğin adını söyledi. Arkadaşı derneği yakından tanıyordu. Orada görüşmek üzere sözleştiler. Türkân'ı orada bekleyen bir sürpriz daha vardı. Fakülteden arkadaşlarından biri de Berlin'deydi. Dernek yöneticilerinden biri onun yakın tanıdığı idi. Bu arkadaşı aynı zamanda Dilber'in arkadaş grubundaydı.

İki arkadaşı ile dernekte buluştular. Üçüncüsü onlardan önce gelmiş birileriyle sohbet ediyordu. Bu iki arkadaşı bir araya gelince İstanbul'u ve okulunu anımsadı. Dernek görevlileri ile tanıştı. Onların çoğu da ya İstanbul Alman ya da Avusturya Lisesi'ni bitirerek buraya gelen insanlardı. Derneğin çalışmaları hakkında bilgi edinmek için sorular sordu. Aldığı yanıtlardan anladığı kadarı ile dernek kuruluş amaçlarının dışında iş görüşüyordu. Alman makamları, hatta politikacıları Alman medyası ile çok iyi ilişkiler içindeydiler. Bu ilişkiden edindikleri avantajları Almanya genelinde

Berlin özelinde yaşayan Türklerden yana değil, kendi çıkarları için kullanıyorlardı. Derneği basamak olarak kullanıp eyalet ve Alman parlamentosuna girenler vardı. Derneğin diğer Türk derneklerinden ayrıcalığı ve ayrılığı vardı. Bir dernek Almanya genelinde işlev yapan bir dernekti. İstanbul'dan gelen üç arkadaş dernekteki görüşmeleri bittikten sonra birlikte çıktılar. Türkân'ın kaldığı otele yakın bir kafede oturdular. Dilber'in yakın arkadaşı Türkân'ı kızdıracağını düşünerek Dilber'den söz açtı:

-Seninki nereye gezmeye gitti biliyor musun?

Türkân:

-Kimden söz ediyorsun? Benimki olan kimmiş?

-Dilber canım, ondan bahsediyorum.

-İyi de nerden benimki oluyor?

-Birbirinizi kıskanırcasına yarışıyorsunuz ya!

-Ne yarışmasından söz ediyorsun? Benim Dilber ile hiçbir konuda yarışmam söz konusu olamaz. Biz onunla farklı dünyaların insanlarıyız.

-Dilber öyle düşünmüyor ama! Nereden duymuşsa senin ve benim bu yaz Almanya'ya geleceğimizi duyunca fark atarım düşüncesi ile İngiltere'ye gitti. Bu günlerde Londra'da olması gerekiyor. İstersen arayayım da.

-Bütün bunlardan bana ne? Kapat şu Dilber konusunu. Konuşacağımız daha ciddi konular var sanıyorum. Arkadaşımızdan Berlin'i, buradaki üniversite eğitimini öğrenelim.

Berlin'de üniversiteye giden arkadaşlarının anlattıklarını dinlediler. Özellikle üniversite konusunda dinledikleri onlar için önemliydi. Bu konuda en iyi bilgiyi ondan edinebilirlerdi.

O akşam Türkân Bosnalı bir aileye konuk olacaktı. Arkadaşlarından ayrıldıktan sonra oraya gitti. Aile bireyleri ile tanışmıyordu. Ailede kaç kişinin bulunduğunu adlarını bu aileyle görüşmesini öneren Kıymet teyzesi ona yazdırmıştı.

Bununla da yetinmemiş özellikle ana-baba ile ilgili biraz daha ayrıntı bilgi vermişti. Türkân telefon ettiğinde karşısına çıkan Almanca konuşmuştu. Bu evin ortanca kızıydı. Ona geleceği saati bildirdi. Telefonu evin hanımı aldı Türkân'a aç gelmesini kendini yemeğe beklediklerini söyledi.

Türkân eve geldiğinde aile bireylerinin hepsi evdeydi. Yemek masası hazırlanmış onu bekliyorlardı. Selamlayıp tanışmadan sonra yemeğe oturdular. Önce İstanbul, oradakiler Bosna sonra ailenin Berlin'e gelme serüveni. Bu konuşmalarda en dikkatini çeken evin en büyük oğlunun Sırplı bir hanımla evli olmasıydı. Savaş öncesi gerçekleşen bu evliliğin savaştan sonra bir sorun yaratıp yaratmadığını sordu. Sırplı gelin:

-Ne gibi bir sorun yaratsın ki? Savaşı Yugoslavya'da yaşayan halklar çıkarmadı. Avrupa devletlerinin kışkırtması ile Yugoslav yöneticiler çıkardı. Savaşa karşın bu gün bile halklar birbirine düşman değiller.

Bu kadarı Türkân'a çok şey anlatmıştı. Konuyu kapatmaya çalıştı. Evin hanımı soruyla ilişkisi açısından, "Bizim aile uluslararası bir yapıda. Kızımın biri İtalyan ile evli. Biri Alman ile nişanlı. Öbür oğlumuz Polonyalı bir hanımla birlikte yaşıyor, iki de çocukları var. Yakında evlenecekler. Herkes Almanca konuştuğu için dil sorunları yoktu. Türkân'ın daha fazla soru sormasına gerek kalmadan konuşmalar sırasında bilmek istediği her şeyi öğrendi.

Oteline döndüğünde gideceği yerlerin listesine baktı. Türk öğrencilerin oluşturduğu üniversite bünyesinde çalışan ve Türk Üniversite öğrencilerinin sorunları ile ilgilenen dernek vardı. Berlin Teknik Üniversitesi'nde bulunuyordu bu dernek. Üniversite ise Türkân'ın oteline 20 dakika uzaklıktaydı. Önceden geleceği günü ve saati bildirdi.

Dernektekilerin bazıları ile ortak yönleri vardı. İstanbul'dan gelmek, aynı lisede okumuş olmak gibi. Onlarla da üniversite çerçevesinde konuştular. Üniversite binasının önemli bölümlerini gezdiler. İleriki günlerden birinde Türkân'ı ders ve seminer izlemeye çağırdılar. O günlerde gittiği ders ve seminerleri izledi. Bunlar Türkân için çok verimli görüşmeler ve izlemelerdi. Dernek yöneticileri ile söyleşi yaptı. Sorular sordu. Resimler çekti. Üniversitede ulusa bir sunum yapma düşüncesi ile bir dosya oluşturdu.

Alman gazeteci ile gidecekleri gün gelmiş çatmıştı. Onunla çalıştığı Berlin'in en büyük medya kuruluşuna gideceklerdi. Bu kurum üç gazete ile beş dergi yayınlıyordu. Bu arada pek fazla olmamak kaydı ile yıllıklar ve kitaplar da. Buraya bir tam gün ayırdılar. Denebilir ki o gün kurumun görülmeye değer yerlerini A'dan Z'ye gezdiler. Öğle yemeğini matbaanın lokantasında yediler. Türkân için mesleği açısından çok verimli bir gezi oldu. Çok yorulmuştu. Buna karşın ertesi gün yarım günlüğüne televizyon yayın kurumuna gittiler. Orada çalışanlarla tanıştılar, konuştular. Türkân için bu büyük bir yenilikti. Bir televizyon programına çıkmış, konuşmuştu ama film merkezlerini, arşivleri, yönetim odalarını pek görmemişti. Buradaki teknik araç ve gereçleri görünce iyice şaşırdı. Sanki tüm dünya buradakilerin gözü önünde, parmaklarının ucundaydı.

Pazar sabahı geç uyandı. Kahvaltısını yaptı. Berlin'de zor yakalanan güzel, güneşli bir günün tadını bir parka gidip gezerek çıkarmak istiyordu. Hazırlığını tamamlamış, dışarı çıkıyordu ki telefon çaldı. Arayan Gülten'di:

-Biliyorum Pazar günü bu saatte insan rahatsız edilmez. Hele bir de günün programını değiştirecek bir öneride bulunulacaksa çok geç oldu. Bana da akşam geç saatte haber verildi. O saatte de olsa seni aradım, ulaşamadım. Telefonun kapalıydı. Bu gün ikimiz de bizim dernekte çalıştığımız arkadaşa davetliyiz. Eğer olur dersen ben seni gelip otelden alırım.

-Ben de hazırlandım, dışarı çıkıyordum. Bu günkü planında güzel bir park gezisi yapmak vardı.

-Gideceğimiz yer arkadaşın yazlık evi. Yeşillikler içinde sessiz. Parkı aratmaz. Ormana ve göle yakın. İstersen günün bir bölümünü oralarda gezerek değerlendiririz.

-Tamam bekliyorum.

-Yarım saate kadar orada olurum.

Türkân zaten hazırdı. Gazetelerini aldı, onlara göz atarken Gülten'i bekledi. Birlikte konuşarak gidecekleri yazlık eve vardılar. Ev genişçe, koloni adı verilen bir bütünlüğün içindeydi. Küçük, tahtadan yapılmış evler, tertemiz ara yollar, akla gelebilecek her renk ve güzellikte çiçeklerle donanmış bahçeler. Evlerin arasında ne araba, ne motosiklet, ne bisiklet var. Müzik sesi bile duyulmuyordu. Arada bir ara yollarda gezdirilen köpeklerin karşılaşmalarıyla kuyruk sallayarak birbirlerine havlamalarının sesi duyuluyordu.

Üç hanım, bir Pazar gününde haftanın yorgunluğunu çıkarmak varken, başbaşa verip, dosyalarını masanın üstüne yayarak Almanya ve Türkiye'deki kadınların sorunlarını tartışmaya başladılar. Türkân daha çok Almanya'da yaşayan, Türk kadınlarının, genç kızların ve kız çocuklarının eğitim durumlarını ve diğer sorunlarını dinlemek bilgi edinmek istiyordu. Hangi konular üzerinde konuşacaklarını baştan saptadılar. Bunlar arasında Türkân'dan, Türkiye'de yaşayan kadınların sorunlarını dinlemek istiyorlardı. O, daha baştan:

-Bu benim bu güne kadar fazla ilgilendiğim bir konu değil, verebileceğim eksik bilgilerle sizi yanıltmak istemem, dedi. Böylece onları dinlemeyi yeğleyeceğini belirtti.

Onlar konuşuyor, anlatıyor, Türkân not alıyor, soracağı soruları hazırlıyordu. Anlatılanları dinledikçe duyduklarına inanmak istemiyor, büyük bir karamsarlığa kapılıyordu.

Kız çocuklarının eğitimi, hanımların birçoğunun okuma yazma bilmediklerini, çalıştırılmadıklarını, iş bulamadıklarını, yaşamlarının ve özgürlüklerinin kocalarınca sınırlandırıldığını, buna benzer daha birçok gerçeği öğrendikçe ne diyeceğini, ne soracağını şaşırıyordu. Bir ara:

-Memleketimizdeki Türk medyası, geldim geleli burada izlediğim Türk gazeteleri sizin dile getirdiğiniz bu gerçeklere hiç değinmiyorlar. Bu nasıl oluyor? Diye sordu. Gülten Alman arkadaşına baktı. Önce onunla konuşmasını istedi. O;

-Ben Türk Medyası'nı izleyemiyorum. Onlarının bu konuya yaklaşımlarının ne olduğunu pek bilmiyorum. Alman basınına gelince, bilirsiniz gazete ve televizyonlar izleyicilerine göre haber yapar, yazar, yayımlarlar. Alman medyasını düzenli izleyen Türklerin pek fazla olduğunu sanmıyorum. Bu nedenle yabancıların sorunlarına hep magazin türü yüzeysel yaklaşıyorlar. Ancak isim yapmış bir futbolcu, başka bir sporcu ya da iş insanının büyük atılımlarını haber yapıyorlar. Almanya'da yaşayan yabancıların bilgi ve kültür düzeyleri devlet yetkililerinin işine yarayacak uyum politikası ile ele alınıp değerlendiriliyor.

Türkân:

-Çok ilginç bir açıklama.

Gülten'e dönerek:

-Bu konuda senin düşüncen ne? Sanırım sen buradaki Alman yetkililer yanında Türk Devlet yetkilileri ile de bu konuları görüşüyorsun. Belki buradaki Türk Basını ile ve diğer Türk dernekleri ile.

Gülten:

-Buradaki Türk Devleti'nin temsilcileri sayı ve yetki olarak oldukça yetersiz. Bu nedenle bu sorunların çözümünde fazla etkili olamıyor. Türk basını da Alman basınından farksız. Okuyucunun düzeyine göre yayın yapıyor. İşin özüne fazla inemiyor. Türk Derneklerine gelince, biz toplum olarak örgütlenmeden korkarız. Bir derneğe üye olmak sanki bir suçmuş gibi gelir. Oldukça çok derneğimiz var. Üye sayısına, bunlardan aktif çalışanına gelince içler acısı bir durumdayız. Alman devleti bu derneklere verdiği ödeneği neredeyse sıfırladı. Bu nedenle bir çoğu kapandı. Açık olanlar ise varlıklarını zor sürdürüyorlar. Etkin bir çalışma yapamıyoruz. Hazırladığımız projeler Alman devleti'nce şu ya da bu bahanelerle kabul görmüyor, desteklenmiyor. Tüm bunlar etkinliğimizi azaltıyor.

Türkân:

-Demek biz burada yaşayan Türk toplumunu buradaki demokratik kitle örgütlerini ve diğerlerini yeteri kadar tanıyamıyormuşuz. Kırk yıldan fazla bir zamandan beri burada yaşayan, burada doğup burada yetişen insanlarımızın durumu demek bu. Bu yurttaşlarımıza hiçbir olanak tanınmadı mı? Tanındıysa bunu neden kullanmadılar? Tanınmadıysa haklarını neden aramadılar?

Yaz aylarında Berlin'de günler çok uzun olur. Akşamları saat on buçukta bile hava aydınlıktır. Yazlık evdeki görüşme ve konukluk bitti. Gülten'le Türkân birlikte otele döndüler. Onların daha konuşacakları vardı. Türkân:

-Anlattıklarınız benim için çok önemliydi. O denli de üzücü. Yıllardır yetkililerimiz var ve medya buradaki Türklerle ilgili o kadar abartılı ve övücü sözler söylediler, yazdılar ki bizler bunlara inandık. Gerçi onlar Türkiye'de yaşayanlar için de aynısını yapıyorlar. Sizlerle konuşurken İstanbul'da yaşayan insanlarımızı göz önüne getirdim. Pek de farklı değiller. Onların büyük çoğunluğu da göç ederek o kente yerleşmişler. Anadolu'nun köyünden kasabasından ya da başka ülkelerden. Ellerinden geldiğince yaşam mücadelesi vererek tutunmaya çalışıyorlar. Buradaki gibi birçoğunun sosyal güvencesi de yok. Devlet onlara sosyal güvence sağlayacağına, denetimsiz iş yapmalarına istedikleri gibi yaşamalarına göz yumuyor. Onlar da kendi aralarında, kendi düzeylerinde vahşi bir yarışla ekmek parası kazanıp yaşama tutunmaya çalışıyorlar.

Gülten:

-Parka gitmek istediğini söylemiştin. Önümüzdeki Pazar hava böyle güzel olursa birlikte gideriz. Seni o gün üç farklı parka götüreceğim. Bakalım oradaki gözlemlerin nasıl olacak. Pazar günü buluşmak üzere ayrıldılar.

Alman gazeteci yakaladığı boş gün için Türkân'ı aradı.

-Hazırlan Çarşamba günü günübirlik Hamburg'a gideceğiz. Bunun için sabah en geç yedide yola çıkmamız gerekiyor. Orada medyada yeni gelişmelerle ilgili bir toplantı var ona katılacağız. Bizimle birlikte iki arkadaş daha gelecek. Bu arada pazartesi ya da Salı günlerinden birini de sana ayırabilirim.

Türkân:

-Çarşamba günü için anlaştık. Salı günü için görmek istediğim yerleri söyleyeyim. Sana uygun mu? Oralara gidebilir miyiz?

-Neresi oralar?

-Katolik ve Protestan kiliselerini görmek oradaki din görevlileri ile görüşmek istiyorum.

-Ben iki kilisenin görevlilerini arar, sana dönerim.

-Alman gazeteci Türkân'ı yeniden aradı. Salı günü için görüşebileceğini söyledi.

Türkân pazartesi günü Şehitlik Camii'ne gitti. Şehitlerin mezarlarına dua okudu, resimlerini çekti. Caminin görevlileri ile konuştu, onlardan bilgi aldı. Caminin bahçesi, mimarisi ve içinin düzeni oldukça iyiydi. Hepsinin resimlerini çekti. Caminin imamı namaza gelen insanlarla konuştu. O gün ikindi namazından sonra kılınan cenaze namazına tanık oldu. Salı günü önce bir Katolik kilisesine gittiler. Ara günlerde kiliselerde kayda değer ibadet yapılmıyordu. Kilise yine de kalabalıktı. Papaz iki nikâh kıyacak, bir de vaftiz töreni yapacaktı. Ayrıca kilise ile işi olan başlıca insanlar da vardı. Bunları izledi. Kilise papazına sorular sordu.

Ardından Protestan kilisesine gittiler. Kilisenin bahçesi oldukça kalabalıktı. Öğrenci grupları gezmeye gelmişlerdi. Ayrıca akşam verilecek bir piyano konserinin hazırlıkları yapılıyordu. "Kilise bahçesi'nde piyano konseri" diye düşündü. Oradaki görevlilerle konuştu. Merak ettiklerini sordu.

Kiliseden ayrılırken Alman gazeteciye:

-Bir mabette piyano konseri nasıl oluyor?

Gazeteci:

-Kış aylarında içinde de konferanslar düzenlenir, konserler verilir. Hatta tiyatro gösterisi yapılır. Bu tür etkinlikler yapılırken din ayrımı da yapılmaz. Geçmiş yıllarda Türklerin bir kilisede Türk müziği konseri düzenlediklerini, başka bir kilisede de tiyatro oyunu sergilediklerini biliyorum.

Türkân gazeteciye hangi mezhepten olduğunu soracak oldu. Birden aklına Bosna-Hersek'te ilk tanıştıklarında söyledikleri geldi. İki gündür kafasında dinler konusu da vardı. Kiliseden çıkıp otele gidiyorlardı. Arabaları ile mezarlığın yanında ki kırmızı ışıkta durdular. Türkân gözünü mezarlığa çevirdi. Mezarlık duvarla çevrili olduğundan yalnız duvar boyunu aşan ağaçları, bir de mezarlığın giriş kapısının üzerindeki yazıyı görebiliyordu. Giriş kapısındaki mermer levhada, "Katolik Mezarlığı" yazıyordu. Merak etti arkadaşına sordu:

-İki mezhebin mezarlıkları ayrı mı?

-Kiliseler ayrı olduğu gibi mezarlıklar da ayrı iki mezhep birbirinin kilisesine gidip ibadet etmez. İki mezhebin din görevlileri, ibadetleri farklı. Bu farklılık mezarlıkta da kendini gösteriyor. Her mezhebin ölüsü kendi mezarlığına gömülür.

Çarşamba günü programladıkları gibi erkenden Hamburg'a gitmek üzere yola çıktılar. Dört gazeteci yol boyunca gazeteciliğin farklı yönlerini konuştular. Bu konuşmalar sayesinde yolculuk hiç sıkıcı gelmedi. Sergiyi gezdiler. Hamburg'da arabayla kısa bir kent turu yaptılar.

Dönüş akşamın karanlığına kaldı. Yorgun olsalar da yolculuk süresince bunu birbirlerine fark ettirmediler. Dönüşte daha çok Türkân'ı konuşturdular. Ondan Türkiye geneli, İstanbul özeli ile ilgili bilgiler aldılar. Berlin gezisi ile ilgili izlenimlerini dinlediler. İçlerinden biri üniversite'de gazetecilik dersi veriyordu. Türkân'a zaman bulabilirse gelip dersini izleyebileceğini söyledi, ders programını verdi.

Türkân'ın Berlin gezisinin bitmesine bir hafta zaman vardı. Bunun programı da elindeydi. Pazara kadar olan günlerde yetiştirebildiği kadarı ile müzeleri, galerileri gezdi. Cuma akşamı Berlin'de görev yapan Türk gazetecileri ile Türk Büyük Elçiliği basın ataşeliğinin bir toplantısı vardı. Bu toplantıya çağrılı değildi. Basın ataşeliği'ne telefon etti. Katılıp katılamayacağını sordu. Oradan katılabileceği yanıtını aldı.

Toplantıya katılanların çoğu Berlinli Türk iş insanlarından oluşuyordu. Onların yanında sivil toplum kuruluşlarının temsilcileri de çağrılılar arasındaydı.

Basın ataşesi, Büyükelçi, gazeteciler adına biri, konuşmalar yaptılar. Türk basınının Almanya'daki durumunu, sorunlarını, buradaki Türklere yaptığı hizmetleri anlattılar. Konuşma masasında oturan başka gazeteciler de vardı. Onların her biri kendi gazetesini temsil ediyordu. Söz alıp konuşmadılar, sorulan soruları yanıtlamak üzere beklediler.

Dinleyicilerin en önünde bu tür toplantılarda hep uygulandığı gibi konunun en yakın ilgililerine yer ayrılmıştı. Türkân, o yerlerden birine oturdu. Konuşmacıları dinlerken gerçek bir gazeteci gibi görev yaptı. Sorular, yanıtlar bölümüne geçince sormak istediklerini hemen sormadı. Neler soruluyor, nasıl yanıtlanıyor, bunu bekledi. O, toplantıya katılanların en yabancısıydı. Oradakilerin çoğu, birbirlerini tanıyor, birbirlerine isimlerini söyleyerek konuşuyorlardı. Konuşmacıların önünde uzaktan okunabilecek büyüklükte ve renkte ad, soyadı ve hangi basın kuruluşundan olduğu yazılı kartonlar vardı. Toplantıyı yöneten soruları almaya başladı. Soru sormak için söz alanlar önce uzunca bir konuşma yapıyor, ardından birkaç soruyu peşpeşe soruyordu. Sorular da sorudan çok masadakilere iltifat şeklinde sözlerdi.

Almanya ve Avrupa genelinde en çok satan gazetenin Berlin temsilcisi, masanın sağ yanında rahatça oturuyordu. Konuşmaların yapıldığı sırada ve daha sonrasında söylenenleri umursamaz bir tavırla gözlerini ile salondakilere bakıyordu. Elindeki kalemle önündeki kâğıda arada bir şeyler karalıyordu. Kâğıda yazı mı yazıyor yoksa resim mi çiziyor belli değildi. Kalemini yazıda kullanmadığı sürece sol elinde parmakları arasında oynatıp duruyordu. Çok pahalı ve markalı saatini sağ bileğine takmıştı. O, elini yine pahalı ve markalı kravatını, bileğindeki saatini göstermekte kullanıyordu.

Yanı başında oturan aynı gazetede görev yapan biri oturuyordu. Gazete ile ilgili soruları o yanıtlıyordu. Türkân, sorularını sormak için söz istedi. O da soracağı soruların temelini oluşturacak ön konuşmayı yaptı. Bir aydan fazla zamandır Berlin'de olduğunu, bu zaman içerisinde kendisinin de gazetecilik öğrencisi olması nedeniyle buradaki Türk gazetelerini düzenli alıp incelediğini ön bilgi olarak verdi. Ardından hazırladığı soruları kendini ayrıcalıklı gazeteci olarak göstermeye çalışan beyin yanıtlaması isteği ile sordu. Soruları şunlardı:

1- Gazetenizin belli bir yayın politikası var mı? Varsa nedir?
2- Avrupa'nın en çok satan Türk gazetesi olarak haber kalitenizi düzeltmeyi düşünüyor musunuz?

3- Yanlış haberden ötürü size gönderilen düzeltme yazılarını yanıtlıyor musunuz? Yanıtlamıyorsanız neden?

Adam önce bir toparlandı, "Bu sorular da nerden çıktı? Dercesine bakışlarını önce Türkân'a çevirdi, sonra yanındaki çalışanına dönerek:

-Şu soruları yanıtla! Dedi. Gazeteci söze başlıyordu ki Türkân:

-Ben soruyu kime sordumsa lütfen o yanıtlasın. Tersi durumunda yanıtsız kalmasını yeğler, sorularımı geri çekerim.

Türkân'ın sorduğu sorular arkasından söyledikleri salonda bulunan dinleyicilerin, özellikle de habercilerin dikkatini çekti. Herkes birden ona baktılar. Haberciler kameralarını ve fotoğraf makinelerini ona yönelttiler. Flaşlar Türkân'ın üzerinde patladı.

Baştan Türkân'a ve sorularına fazla ilgi göstermeyen büyük gazeteci işin ciddiyetini anladı. Eğer bu soruları bir başkası sorsa yanıtını doğrudan kendinden istememiş olsa geçiştirerek yanıtlardı. Bunu yapamayacağını anladı. Tüm bunlara karşın verdiği yanıtlar Türkân'ı tatmin etmedi. O da daha fazla ek sorularla üzerine gitmedi. Zaten fazla bir şey de beklemiyordu.

Türkân'dan sonra kayda değer sorular sorulmadı. Toplantının bitiminde Büyükelçiliğin hazılardığı açık büfede, hafif yiyecekler ve içecekler sunuldu. Yeme, içme sırasında Türkân ilgi odağı idi. Birçok dinleyici onun yanına geldi, onunla tanıştı. İçerde fotoğrafını çeken gazeteciler ona yönelttikleri sorularla kısa söyleşiler yaptılar. Bunlardan birkaçı Türkân'ı Berlin'deki gazete bürolarına çağırdılar. Onunla daha uzun söyleşiler yapmak istediler. Onun bu denli ilgi görmesi büyük gazetecinin gözünden kaçmadı. Onun yanına gelmeyi kendine yediremedi. Yardımcısı ile kartvizitini gönderdi. O da Türkân'la bürosunda görüşmek istiyordu. Türkân zamanının olmadığını belirterek yapılan davetlerin hiçbirini kabul etmedi.

Türkân için bu toplantı oldukça ilginç, ilginç olduğu kadar da verimli geçti. Ertesi gün Almanya'da yayınlanan Türk gazetelerinde bu toplantının haberi ayrıntıları ile verildi. Denilebilir ki bu haberlerin ağırlığı Türkân üzerinde yoğunlaşıyordu. Her bir gazetede Türkân'ın resimler, sorduğu sorular, oturum sonrası yapılan söyleşiler ve onun yanıtları.

Türkân bu gazetelerin hepsinden birer tane aldı. Haberleri okudu, inceledi, hepsini çantasına yerleştirdi. Öğleye doğru Alman gazeteci aradı. Onu, yaptıklarından ötürü kutladı. Türkiye'den arayarak kutlayanlar oldu. Bununla da kalmadı dışarı çıkıp Türklerin bulunduğu mekânlara gittiğinde onun resmini gazetede görenler ona dikkatle bakarak:

-Bu o bayan. Ben bunun resmini gazetede gördüm, diyenler ve konuşmak isteyenler vardı.

Gülten'le parkları dolaşacakları gün geldi, çattı. Bunu Türkân bilse de Gülten bir gün önceden telefon ederek anımsattı. Türkân Gülten'e:

-Ne gibi hazırlık yapayım? Yiyecek içecek alayım mı?

-Sen sadece fotoğraf makineni, kameranı, not defterini al. Bir de rahat giyin.

Verilen hava durumu raporuna göre sıcak, güneşli bir gün olacak. Gideceğimiz parklardan birinde, bizimkiler piknik yapacaklar. Yemek saatini oraya denk getirir, öğlen yemeğini onlarla birlikte yeriz.

Parklar için gezi programını Gülten hazırladı. O gün üç farklı parka gidecekler, oralardaki insanların Pazar gününü nasıl geçirdiklerini gözlemleyeceklerdi. Gülten Türkân'ı otelin önünden arabasına bindirdi. Önce kent dışında, göl kenarında bir ormana götürdü. Burada at, bisiklet sporu yapılabilecek yerler, köpek parkı, insanlar için koşu yolları vardı. Ormanın içinde yerleştirilmiş pinpon masalarında gençler pinpon oynayabiliyorlardı.

Pazar sabahının erken denecek saatinde burada ata binen, bisiklet süren, koşan, köpeğini gezdiren az da olsa pinpon oynayan gençleri gördü. Göl kıyısı ile orman arasında piknik yapacak şekilde düzenlenmiş alanda insanlar yavaş yavaş piknik sepetlerinden çıkardıkları yiyecek ve içecekleri ile kahvaltılarını yapıyor, bazıları günün ilerleyen saatlerinde pişirecekleri et ürünlerinin yerlerini hazırlıyorlardı.

Ormandan gelen kuş sesleri ile gölde yüzen ördeklerin, uçan ve suya dalan martıların sesleri birbirine karışıyordu. Pikniğe gelen çocuklar büyüklerinin yardımı ile kendi karınlarını doyurmadan göldeki ördek, kaz, martı ve kuğuları besliyorlardı.

Göl kıyısında bulunan kafelerden birine oturup kahvaltı yaptılar. Kahvaltı öncesi ve sonrasında Türkân epeyce görüntü aldı. Kahvaltı yaparken de garsonlardan birine rica ederek Gülten'le birlikte fotoğraf çektirdiler.

Türkân:

-Buraya Türklerin ve diğer yabancıların gelmeleri yasak mı? Onlara hemen hemen hiç rastlamadık. Yoksa onlar daha geç mi geliyorlar?

Gülten, Türkân'a:

Gel, bu gün için seninle bir anlaşma yapalım. Gün boyu sen gözlemlerini yap. Ben hiç yanında değilmişim gibi görüntüleri al, notlarını tut. Ancak çok merak edip kendi kafanda aydınlatamadığın bir soru olursa benden yardım iste. Gün boyu az soru soracağına söz verdi.

Göl ve ormanın sessizliğinden kentin ortasında denebilecek parka gittiler. Burada oldukça kalabalık ve Berlin'de yaşayan her ulustan insanlarla karşılaştılar. Buradakiler kahvaltılarını çoktan bitirmiş, öğle yemeğinin hazırlığını yapıyorlardı. Burası park değil, insanların sere serpe, rengârenk giysileri, kalabalık aileleri ile bir araya geldikleri panayır alanı gibiydi. Bebek arabalarından tutun da tekerlekli sandalyeye ve bunların içindeki insanlara kadar herkes buradaydı.

Bir yanda şişe dizilmiş etler, ağır baharat kokulu sucuklar, mangallık tavuk, but ve kanatları, hamsiler paketlerinden çıkarılıp hazırlanıyor, bir yandan mangallar yakılıyordu. Burası da yemyeşil alanlar, yer yer yükselen ağaçlarla kaplıydı. Mangallardan çıkan kömür kokulu dumanlar parkın üstünü sis bulutu gibi kaplıyordu.

Erkekler kebap işi ile uğraşırken bayanlar salata, cacık hazırlıyordu. Çocuklar ve gençler ise ip atlıyor, top oynuyor, koşuşturuyorlardı. Yüksek sesle müzik çalmak yasak olsa da, her aile kısık sesle farklı müzik dinlemeyi ihmal etmiyorlardı.

Kebaplar, diğer yiyecekler hazır olunca yere serilmiş büyük iki sofranın çevresine daire şeklinde erkekler ve bayanlar ayrı ayrı oturdular. Birbirini tanıyan ya da yakın komşu olan ailelerin oluşturduğu kümelerdi bunlar. Neredeyse tüm piknik alanındakiler topluca bir düğün yemeğine oturmuş gibiydiler.

Türkân ile Gülten, Gülten'in ailesinin yanına gittiler. Onlar da hazırlıklarını bitirmiş, sofraya oturmak üzereydiler. Türkân üstündeki ağırlıkları bırakıp, piknik alanında küçük bir tur olarak gözlemler yaptı, fotoğraflar çekti. Bu alanın bir insan mozaiği oluşturduğunu gördü. Bira, rakı, şarap eşliğinde karnını doyuranlar, sofrasında sudan başka içecekleri olmayanlar, vejetaryenler, yemekte çatal kaşık kullanmayanlar...

Epeyce fotoğraf çekip, gördüklerinden bazı notlar aldı. Gülten'lerin yanına döndü. Sofrada otururken bir yandan yemeğini yedi bir yandan da oradakilerle mini bir söyleşi yaptı.

Yemekten sonra bir bölüm erkekten oluşan grup topluca alanın ortasında öğle namazını cemaat olup kıldılar. Bunlar Türk erkekleri idi. Ardından Arapların oluşturduğu bir grup aynı yerde aynı işi yaptı. Hanımlardan ne cemaatle ne de ayrı namaz kılanını göremedi. Onlar erkekler namaz kılarken sofrayı topladılar, bulaşıkları yıkadılar, kahve pişirip çay demlediler.

Yemek sofrasındaki grup yemek, namaz, bulaşık işinden sonra dağıldı. Erkeklerin bir kısmı kağıt oyununa daldı. Bazıları tavla oynarken yemekte ölçüyü kaçıranlar kendilerine rahat bir yer buldu, bir yaygı sererek sırt üstü yattılar. Hanımlardan küçük çocuğu olanlar onlarla ilgilendi. Diğerlerinin bazıları elişi, yün örgüsü yaparken bazıları da erkeklere çay kahve servisi yaparak hizmet ettiler.

Aceleyle karnını doyuran Türkân, piknik alanındaki bu ilginç görüntülerin hepsini yakalamak için koşuşturdu. Epeyce yoruldu. İşlerini bitirip Gülten'lerin yanına dönerken uzaktan davul ve zurna sesi duyuldu. Açık bir arabada gelin ve damat, arkasında davul ve zurna çalanlar, onlara eşlik eden onlarca araba dolusu insan piknik alanına girdiler. Çocukların ve gençlerin oynadığı boş alana halay oluşturup oynayarak girdiler. Birkaç dakika içinde piknikçiler alanın çevresinde bir seyirci çemberi oluşturdular. Bununla da kalmadılar, halaya katılanlar oldu.

Bu gösteri uzun sürmedi. On dakika sonra düğün alayı orayı terk etti. Türkân bunun ne olduğunu anlayamadı. Olup bitenlere piknik alanında güvenliği denetleyen atlı polisler hiç karışmadılar. Onlar da diğerleri gibi atlarından inmeden olanları izlediler. Gülten, Türkân'ın soru sormasına kısıtlama koymuştu. O nedenle soru sorulmadan açıklamayı yaptı.

Evlenen gençler Makedonya'dan gelip Berlin'e yerleşen ailelerin çocuklarıydılar. Makedonya'nın küçük bir bölgesinde töreler gereği Cumartesi başlayan düğün, Pazar günü öğlen saat on ikiye kadar devam eder. Ondan sonra gelin ile damat onlara katılan arkadaşları, müzik grubu kent turuna çıkarlar. Davul zurnayı müzik grubu yerine Türk arkadaşları tutmuşlar. Kent turu bittikten sonra yeniden düğün salonuna dönülür, orada bekleyenlerle vedalaşılır, ondan sonra eve dönülür. İşte bu görüntüler onlardı. Açıklamasını yaptı. Türkân:

-İlginç bir gelenek, demekle yetindi.

Türkân:

-Biz kalkalım.

Gülten'in annesi:

-Ne o? Ateş almaya mı geldiniz? Doğru dürüst bir şey yemediniz. Çay demlendi, kahve hazır, birer bardak bir şeyler için. Tatlılardan yiyin. Nereye gideceksiniz? Oturup dinlenin.

Gülten:

-İşimiz var anne. Türkân'ın fazla zamanı yok. Onunla bir park daha dolaşacağız. Akşama... daha sözünü tamamlayamadan babası annesine:

-Bırak gençleri ne işleri varsa görsünler. Akşam birlikte bize gelirler. O zaman hem konuşuruz hem de evde sakladığın tatlılardan, böreklerden yerler.

Gülten Türkân'a baktı O:

-Tamam, akşam geliriz, dedi.

Arabayla giderken Gülten Türkân'a:

-Yolumuz epey uzak. Neyse ki Pazar günü yollar boş. Kentin güneyinde, bataklık alanda düzenlenmiş bir parka gidiyoruz. Oradaki düzeni, sessizliği ve güzellikleri görünce dinlenirsin. Bu parkın üç giriş kapısı var. Her kapının önünde geniş birer araba park yeri bulunuyor. Parka giriş paralı. Diğer özelliklerini gidince görürsün.

Parkın en güzel giriş kapısına geldiler. Park yeri bulabilmek için epeyce beklediler. Boşalan bir yere park ettiler. Giriş kapısı bir saray bahçesinin giriş kapısı gibiydi. Yan taraftaki bisiklet, park yerinde yüzlerce bisiklet duruyordu. Onun yanında isteyen yaşlılar, yürümekte zorluk çekenlerin yararlanabileceği onlarca tekerlekli sandalye. Biletlerini alıp içeri girdiler. Sağ tarafta parkın planı asılıydı. Gülten, çok sık gelip gezdiği parkı iyice tanıdığı için bu plana bakma gereği duymadı. Türkân ise daha girer girmez gördüğü güzelliğe bakmaktan o planı fark etmedi bile. Hemen fotoğraf makinesine sarıldı. Gülten:

-Dur, acele etme! Fotoğraf çekmeye buradan başlarsan diğer güzelliklere filmin yetişmez, dedi.

Parkın içinde yavaş yavaş yürüyorlardı. Zaten bu parkı ilk görenin daha hızlı yürümesi olası değildi. Her adımda insanın gözü farklı bir güzelliğe takılıyordu. Parkı sağ taraftan başlayarak yürürlerken Türkân gerçekten nereye bakacağını, neleri fotoğraflayacağını bilemiyordu. Biraz ilerlemişlerdi. Solunda motor sesi, çocuk sesine karışmış park trenini gördü. Ona bakayım derken bir göl, göl kıyısında çatısı Göreme'deki peri bacalarını andıran bir örtü ile kaplı kafe-lokanta gözüne çarptı. Yürümek için o yana öneldi. Gülten kolundan tuttu:

-Acele etme! Oraya da gideceğiz, dedi. Türkân, Berlin'e geleli ilk kez çiçeklerin kokularını duyumsuyordu. Parkın güney kapısına doğru yürürlerken parkın içinde var olan üç tepeden birine yaklaşmışlardı.

Gülten:

-Çok sabırsızsın. Gel şu tepeden biraz seyredelim. Parkın üçte biri buradan görülüyor. Gördüklerimizi birkaç tümce ile anlatayım da biraz merakını gidermiş olayım.

Tepede yan yana yerleştirilmiş oturma banklarından birine yerleşerek çevreye baktılar. Ayak uçlarından başlayan eğimli çimler üzerinde mayosu ile güneşlenenler, çimde yuvarlananlar, gül bahçesi, diğer iki tepenin donandığı güzelliklere baktılar. Türkân gördükleri karşısında derin bir nefes aldı. Gülten'e:

-Soru yasağı hala sürüyor mu?

-Bu güzellikler karşısında ölüler dile gelir. Soru yasağını sana büyük haksızlık olur. Sor bakalım, seni dinliyorum.

Türkân:

-Burada mangal yakılmaz mı?

-Hayır yasak! Daha kapıdan girerken mangalı içeri sokmazlar. İlerde biraz sonra göreceğimiz özel hazırlanmış ocakta insanlar sırayla kızartmalarını yaparlar.

-Almanlar gittikleri her yere köpeklerini götürürler. Burada hiç köpeğe rastlamadık.

Gülten gülümsedi:

-Burası köpeksiz köy. Bu parka köpekle gelmek yasak!

Biraz dinlendikten sonra kalktılar. Yan yana bulunan çocuk parkını, su oyunları oynanan bölümleri, sadece yıldız çiçeklerinin ekili olduğu alanları gezdiler. Türkân durmadan fotoğraf çekiyordu. Biraz ilerlediler. Birden konuşulan sesler farklılaştı. Türkçe konuşmalar duyulmaya başlandı. Fazla olmamakla birlikte oraya piknik yapmaya gelmiş Türk aileler vardı. Onlar etlerini Gülten'in anlattığı yerde pişiriyor, yanındaki ağaçların gölgesinde kurdukları yer sofrasında yiyorlardı.

Oradan gül bahçesine yürüdüler. Bahçenin düzenini, gül çeşitlerini gören Türkân, beklediği gül kokusunu alamayınca onların yapma gül olduğunu sandı. Gölün bir kıyısına geldiler. Orada elektronik model gemilerini kumanda ile yarıştıranları izlediler. Biraz ilerde göle girip serinleyenleri gördüler.

Göl birkaç parçadan oluşuyordu. Küçük parçaların esas gövdeye bağlandığı yerler üzerinde mimari estetik verilmiş köprülerle süsleniyordu. Köprülerin üzerinden geçerken mini bir boğaz görüntüsü yaşanıyordu. Hele en yüksek ve en uzun olan biri vardı ki burada durup o güzelliği seyretmemek, fotoğraf çekmeden geçip gitmek olası değildi. Türkân da bunu yaptı.

Parkın geniş alanlarından birine geldiler. Göle uzanan büyük yeşil alan üç tepeden birinin yamacını oluşturan yayvan bir bayır. Buraya uçurtma alanı adı verilmiş. Çocuklar ana-babaları, eğitmen, öğretmen ve diğer büyüklerinin yardımları ile uçurtmalarını uçuruyorlardı. Aynı alanın yanlarını süsleyen ağaçların gölgesinde, hemen yanındaki güneşli bölümde insanlar oturuyor, uzanıp güneşleniyorlardı.

Parkta boru iskeletli çelik elek levha ile yapılmış binlerce sandalye ve şezlong denebilen, yatınca rahat edilebilecek taşınabilen oturaklar vardı. İnsanlar bunlardan yararlanarak rahat ediyorlardı.

Kısa süreliğine buradaki tepeye çıktılar. Oradan park farklı görünüyordu. Bu görüntüyü seyrettiler. Buranın egemen sesi gölde yüzen ve uçurtma uçuran çocukların bağırıp çağrışmalarıydı. Tepeden indikten sonra üçüncü tepeye kadar yürüyecekleri uzunca bir yol vardı. Elbet ana yola bağlı yan yollar da. Bu sapak yolların her biri güzelliklerle doluydu. Onlar atlanıp gidilemezdi. Oralara saptılar. Parkın içinde bulunan iki büyük lokanta-kafeden birinin önüne geldiler. Burada inşa edilmiş oldukça yüksek göstergeleri, onların gölgesinin düzgün görüneceği beton bir alan vardı. Bu alanın üzerinde enlem, boylam ve rakamlar ince hesaplarla yazılıp çizilmişti. Gülten Türkân'a:

-Bu, bir güneş saati. Ben buna bakarak şu anda saatin kaç olduğunu söyleyebilirim. Haydi, bir de sen dene bakalım bulabilecek misin?

Saatin kaç olduğunu bulmak için uğraşan yalnız Türkân değildi. Ana-babalar ve öğretmenler de çocuklara aynı ödevi vermişler, onlar da bunu çözmeye çalışıyorlardı. Türkân fazla zorlanmadan güneş saatini çözdü. Gülten'e:

-Bir kahveyi hak ettim. Yorulduk da oturup dinlenelim. Kahvemizi içelim, dedi.

Gülten:

-Yirmi dakikalık bir yürüyüşümüz kaldı. Üçüncü tepeye tırmanacağız. İnişte göl kıyısında daha güzel bir mekân var, kahvemizi orada içeriz.

Tepenin kıvrımlı yolunu tırmandılar. Oradan kentin yüksek binalarını, havaalanından kalkan ve iniş yapan uçakları gördüler. Tepenin göle bakan dik yamacından koşarak indiler. Göl kıyısında yarım ay şeklinde terası olan kafeye geldiler. Tüm masalar doluydu. Garson içerde boş bir masa gösterdi.

-Yorgun görünüyorsunuz, oturun dinlenin. Dışarıda ilk boşalan masaya sizi alırım, dedi. Gerçekten yorgundular. Oturdular. İkindi güneşinin güzelliğini terastan seyretme isteğinin sabırsızlığı içindeydiler. Garson, dışarıda boşalan masayı onlara verdi. Gölde yüzen balık, ördek, kuğular geniş yaprakları üzerinde beyaz laleler gibi açmış nilüferler onlara gülümsüyor gibi geldi.

Türkân:

-Kafe ve pastaları ben ısmarlıyorum, dedi.

Gülten:

-Ben yalnız kahve içeceğim. Sana da aynısını yapmanı öneririm. Pasta yiyerek iştahımızı kaçırmayalım. Annemin akşama neler hazırladığını kestirebiliyorum. Onları bize yedirmek için ne denli ısrarlı olacağını da.

Biraz dinlendiler. Kahvelerini içtiler. Türkân, yazacağı son satırları defterine not etti. Park ile ilgili gözlemlerini akşam evde yapacaklardı. Kalkıp girdikleri kapıdan çıkmaya yöneldiler. Türkân:

-Bu güzellikten ayrılmaya içim elvermiyor. Sanki ayaklarım geri geri gidiyor.

Gülten:

-İstersen bir daha geliriz.

-O kadar zamanım kalmadı.

Türkân'ı akşam evlerine çağırdıkları için ailesi piknikten biraz erken döndüler. Türkân ile Gülten eve geldiklerinde annesi düşündüğü gibi bir yığın hazırlığa girişmişti. Babasının yardımı ile yapmak istediklerini neredeyse bitirmişti. Kızlara:

-Yorulmuş ve terlemişsinizdir. Hemen birer duş alın! Dinlenirsiniz. O zamana kadar ben de masayı hazırlarım, dedi.

Önce Türkân, ardından Gülten duşlarını aldılar. Gülten duşta iken Türkân masanın hazırlanmasına yardım etmek istediyse de buna izin verilmedi. Gülten'in babası:

-Gel şöyle otur, Türkân Hanım. Piknik yerinde doğru dürüst konuşamadık. Şimdi bir bahane bulup gitmezseniz konuşma fırsatı olur. Sanırım birbirimize anlatacaklarımız var.

Sofra hazırlanıncaya kadar Gülten de duşunu aldı, geldi. O yorgunlukta ve dar zamanda yapılan hazırlığı gören Türkân:

-Demek tüm anneler böyle. Benim annem de gün boyu çiftlikte çalışır, yorulur ama sofrasında bir eksik bulamazsınız.

Yemeğe oturdular. Gülten'in babası:

-Çalıştığımız yıllarda sofraya oturup keyfini çıkaramıyorduk. Şimdi artık acelemiz yok. Hem sohbet edelim, hem yemeğimizin tadına varalım. Gülten de işe bizim gibi sabahın köründe gitmiyor. Enikonu otururuz.

Yemeğin ortalarına doğru Türkân'ın telefonu çaldı. Arayan Alman gazeteciydi.

-Bir Türk milletvekili ile otele yakın bir yerdeyiz. Durumun uygunsa sana uğramak istiyorduk.

-Şu anda otelde değilim. Sanıyorum gelmem epeyce geç olur. Bu akşam görüşmemiz olanaksız.

Gülten'in Ailesi aslen Zonguldaklıydı. Babası Almanya'ya gelmeden önce üç yıl kadar İstanbul'da çalışmıştı. O yılların İstanbul'unu az çok tanıyordu. Almanya'ya geldikten sonra ise arabayla ya da uçakla gitseler bile İstanbul'dan düz geçiyorlardı. Büyük kentte üç yıl çalışmış olmak ona çok şey kazandırmıştı. Önce Münih'e gelmiş, orada üç yıl çalıştıktan sonra hanımı ve çocuklarını da alarak Berlin'e taşınıp yerleşmişler. Gülten Berlin'de doğup büyümüş. Eğitimini de burada yapmış.

Gülten'in babası Berlin'de köklü bir firma olan Siemens'te çalışmış. O önce Türkân'ı konuşturmak isteyerek bazı sorular sordu. Türkân ise sorulanlara uzun uzun yanıt vermek yerine zaman kazanıp Gülten'in babasını dinlemek istiyordu.

Almanya'ya gelip burada yaşayan, özellikle birinci kuşak diye adlandırılan ilk gelenlerin anlatacakları çok, çok fazlaydı. Genellikle nereden başlayacaklarını, hangi sıraya göre sürdüreceklerini, nasıl bitireceklerini bilemezlerdi. Onlara göre karşılaştıkları ve yaşadıkları zorlukların her biri bir diğerinden daha önemliydi. Türkân, buna daha önce tanık olduğundan biliyordu. Kafasında hemen ilk geldiği günler, çalışma barınma koşulları, sonraki yıllar ve şimdiki durum şeklinde bölümler tasarladı. Bunlar hakkında soracağı sorularla konuşulacakları belli bir yönde belli bir çerçeveye oturtacaktı.

Gülten'in babası da diğer Almancılar gibi Almanya Serüvenini anlata anlata bitiremeyenlerdendi. Yaşının ilerlemesi, yaşadığı zorluklar, başından geçen olaylar ilk yılların anısının çoğunu unuttursa da, iz bırakanları sık sık anlatıyordu. Her anlatışta da hanımı ve çocukları:

-Yeter artık, bizler de ezberledik dedikçe o,

-Ama bunları Türkân'a ilk kez anlatıyorum, diyordu.

Almanya'ya gelmeden nasıl bir hazırlık yaptığını, bu düşüncenin ona nereden geldiğini, tren yolculuğunu, Münih'te karşılanmalarını, ilk iş yerini, orada çalışan farklı ülkelerden gelen Alman işçilerle ilişkilerini, ustabaşının, işyeri sahibinin tutum ve davranışlarını sıraladı. Sıraladıkları oldukça zor günleri içeriyordu.

Sonraki yıllara geçti. Almanca'yı nasıl öğrendiğini, Berlin'e gelmeye, çocuklarını ve hanımını getirme kararına nasıl vardığını söyledi. O yılların yıkık dökük Berlin'ini nasıl onardıklarını Siemens'teki çalışma koşullarını anlatıyordu ki, hanımı sözünü kesti. Amacı daha kısa konuşmasını sağlamaktı.

-Sendikaya nasıl üye olduğunu, nasıl işyeri temsilcisi seçildiğini de anlatır mısın? diye sordu. Bu soru ve yanıtı Türkân için çok önemliydi.

-Dur sıra ona gelmedi, dediyse de Türkân,

-Tam sırası! Bunu ben de merak ediyorum.

Onların isteklerini geri çevirmedi. Anlatmaya oradan devam etti:

-Ben Münih'te trenden inince kendimi başka bir dünyada sandım. Baktım, çocuğu, genci, yaşlısı hep Almanca konuşuyorlar. Kendi kendime ilk işim bu dili öğrenmek olmalı dedim. Nasıl öğrenebileceğimi düşündüm. Gerekli girişimlerde bulundum. Zor kolay kendimi anlatacak kadarını ilk üç ayda öğrendim. Benim Almanca konuştuğumu gören Türk ve Alman iş arkadaşlarım daha bir yaklaştılar. Birbirlerine dertlerini anlatamayınca beni araya soktular. Bu baştan işverenin de hoşuna gitti. Zamanla ben Almancamı ilerletip haklarımızı aramaya başlayınca, işverenimiz bundan rahatsız olmaya başladı. Bir gün beni çağırdı, her şeye karışmamamı söyledi. Ben, bunlar bizim yasal haklarımız değil mi? deyince iyice kızdı. Çalıştığım bölümü değiştirerek beni daha ağır bir işe verdi.

Bir kahvaltı sırasında Türk arkadaşlardan biri Berlin'de çalışan arkadaşından mektup aldığını orada çalışma koşullarının ve saat ücretinin daha uygun olduğunu, isterlerse gelip hemen işe başlanabileceğini yazıyordu. Bu, benim için bir fırsat oldu. Münih'i pek sevmemiştim. İş yerindeki tatsızlık... Berlin'den gelen mektup... Birkaç arkadaşımızla Münih'teki işimizden ayrıldık. Berlin'e gelerek o arkadaşı bulduk. O, bizi Siemens'e götürdü. Hemen işe başladık. Bu arada ben okuduğumu anlayacak, basit yazışmaları yapacak, Alman iş arkadaşları ile bir konu üzerinde tartışacak kadar Almancamı ilerletmiştim.

Siemens Berlin'de değil de İstanbul'un Zeytinburnu'nda bir fabrika gibiydi. Çoğunluğu Türkler olmak üzere en az yirmi fabrika gibiydi. Çoğunluğu Türkler olmak üzere en az yirmi farklı ülkeden gelmiş işçiler çalışıyordu. Çalışan Almanlar ya büro işlerinde ya da ustabaşı, mühendis olarak görev yapıyorlardı. Alman ustabaşılardan biri bana, "Sen akıllı birine benziyorsun. Diğer arkadaşlarından farklısın. Gel öncülük et de öncelikle Türk arkadaşlarını ve diğer yabancı işçileri sendikaya üye yapalım. Böylece haklarımızı daha kolay alırız" dedi. Ben Münih'te ağzımın payını almıştım. Buna karşın duyduklarım aklıma yattı. Gerekli formları doldurarak sendikaya üye oldum.

Türkân, sabredemeyerek sordu:

-Sizden başkalarını da sendikaya üye yapabildiniz mi?

-O zaman, az önce de belirttiğim gibi fabrikada çok sayıda Türk işçisi çalışıyordu. Eğer yarısını sendikaya üye yapabilseydim, bu işyerinde işçilerle ilgili kararların alınmasında söz sahibi olurduk.

-Sendikaya karşı işçi arkadaşlarının yaklaşımı nasıl oldu? Kaç kişiyi sendikalı yapabildiniz?

-Bu konuda büyük bir hayal kırıklığına uğradım. Bırak üye olmayı bazıları sendikanın adını duyunca kaçtılar. Hepi topu otuz arkadaşı üye yapabildim. Onlardan yarısı bir yıl sonra üyelikten ayrıldılar. Sendika üyeliği yerine başka derneklere üye olmayı yeğlediler.

-Sendika ve işyeri temsilciliği?

-İnsan dernekçilik, sendikacılık gibi görevler yüklenince kendi ayrılmak istese de çevresindekiler buna izin vermez. Bizimki de öyle oldu. Fabrikada çalışan işçilerin sendika temsilciliği görevine seçildim. Sendika üyesi olmayan, olup da istifa eden Türk arkadaşlarım, işleri düştükçe, haksızlığa uğradıkça peşimden koşuyorlardı. Başka zamanlarda yanıma bile yaklaşmıyor, benden uzak durmaya çalışıyorlardı. Çoğu kırsal kesimden geldiği için örgütlenmenin ne olduğunu bilmiyorlardı. Türkiye'ye gidip geldikçe de özellikle o yıllarda onlara sendikaya üye olmanın tehlikeli olduğu anlatılıyordu. O yıllarda Türkiye'de bunun tehlikeli olduğu doğruydu. Almanya'da ise tam tersiydi. Sendikalarda örgütlenmeye, işveren de devlet de hoşgörü ile bakıyordu

-Sonra?

-Ben ve benimle birlikte birkaç arkadaşım sendikada kalmayı sonuna kadar sürdürdük. Sendikalı olmayan birçok arkadaşımızı işten çıkardılar. Haklarını arayamadıkları için yıllarca işsiz kalanlar oldu.

-Onları görenler sendikalı olmak istediler mi?

-Nerdeee? Zaten Berlin duvarı yıkıldı. Her şey birbirine karıştı. Sendikalar kan kaybettiler. Berlin'deki fabrikaların çoğu kapandı. Teknik ilerleme işverenlerin işine yaradı. Bilek gücü ile yapılan işlerin çoğunu makineler yapmaya başladı. Akşam duvarların yıkılışına bayram edenler sabahleyin çalıştıkları işyerinin kapısı önünde buldular kendilerini.

-Duvarların yıkılmasını birebir mi yaşadınız? Doğurduğu sonuçlar?

Gülten devreye girdi:

-Türkân, o konuyu başka bir güne bırakalım. Uzun hikâye, babam bir girerse sabahı ederiz. İstersen sen sorunu sor, ondan sonra yatalım ne dersin?

-Tamam, dedi Türkân ve sorusunu sordu.

-Bu gün buradaki vatandaşlarımızın genel durumu ne? Geleceklerini nasıl görüyorsunuz?

-Vatandaşlarımızın bu günkü durumları görünürde kötü değil. İlk geldiğimiz yıllar hiçbirimizin iş aş sorunumuz yoktu. Buraya çalışmak için çağrılmış ve gönderilmiştik. Çağıranlar, "işimiz bitti, artık gidin" gönderenler "Sakın gelmeyin, oralarda kalın" diyorlar. İki ülkede de işsizlik sorunu var, Bir Türkler Almanya'ya gelince yalnız işçi olarak kalmadık. Okuyan çocuklarımız, gençlerimiz, iş veren durumuna gelmiş iş insanlarımız var. Buna karşın işsiz, eğitimsiz olanlarımız daha çok. Alman Devleti; işsizlik parası, sosyal yardımla biraz para veriyor. İnsanlar üretmeye değil, tüketmeye alıştırıldığından verilen yardımlar yetmiyor. Bu gün insanlarımızın çoğu Türkiye'den para getiriyor. Hani şu yemekten, içmekten kısarak yatırım yapılan paralardan. Bunu Alman yetkililer çok iyi biliyorlar. Eğer bir gün bu günün işsizleri bu para kaynağını bitirirlerse, yine Türkiye'den destek para getiremez olurlarsa, buradan aldıkları kendilerine yetmeyecek, yetkilileri zorlayacaklardır. İşte o gün Alman Devleti buradaki sosyal yardımla geçinenlere dönüş yolunu gösterecektir. Belki buna da gerek kalmadan birçoğumuz kendiliğinden burayı terk etmek durumunda kalacağız.

Türkân:

-Sizi yordum. Anlattıklarınız için teşekkür ederim. Ben de epey yorgunum. Sabah erken kalkmam gerekiyor. Size iyi geceler. Ben yatmaya gidiyorum, dedi.

Türkân için yorucu ve bir o kadar da verimli bir gün ve gece geçmişti. Gülten erken denecek bir saatte işe gitti. Anası, babası ve Türkân kahvaltıyı birlikte yaptılar. Türkân otele dönmeden biraz gezdi. Dönüş günü yaklaşıyordu. Hediyelikleri almalıydı. Özellikle İlker'in istediklerini... Bunun için Alman mağazaları, Türk exportlarını dolaştı. Kalite ve fiyat karşılaştırması yaptı.

Türk exportlarından birine yaklaştı. Camda asılı bir duyuru gördü. Dikkatle okudu. Almanya'da yaşayan Türklerin dil sorunu ve iki dilde eğitim konusunun tartışılacağı bir panelden söz ediliyordu. Panelin nerede hangi gün ve saatte yapılacağı yazılıydı.

İçeri girdi. Alacaklarına göz gezdirirken konuşulanlara da kulak verdi. Konuşanlar dükkân sahibi ile panele konuşmacı olarak katılacaklardan biriydi. Onlara yaklaşarak kendini tanıttı. Panel konusuna ilgi duyduğunu söyledi. Panele izleyici olarak katılıp katılamayacağını sordu. Konuşmacı, panelin herkese açık olduğunu dile getirdi. Türkân'a panelin yapılacağı tiyatronun yerini ve nasıl gelebileceğini tarif etti.

Bu konuşmalardan sonra alışverişe geçildi. Türkân oradan alacaklarını aldı. Diğer mağazalardan aldıklarıyla otele döndü.

Panel hafta arası bir günün akşamıydı. Tam zamanında Tiyatrom'a gelerek yerini aldı. Salon çok büyük değildi. Dinleyici sayısına panelin program ve diğer konuşmacılarına baktı. Gelenlerin sayısı az sayılmazdı. Konuşmacıların kim oldukları karşılarında yazılıydı. İzleyicilerin çoğunun birbirini tanıdıkları konuşmalarından belli oluyordu.

Panele on beş dakika ara verildiğinde Türkân Tiyatrom'un Müdürü, diğer konuşmacılarla da tanıştı. Onlara diğer izleyicilere bazı sorular sordu. İzinlerini alarak fotoğraflarını çekti.

Panel'in sıkıcı havasını dağıtmak için arada bir müzik dinlendi, skeçler yapıldı, şiirler okundu. Konu iki dilli eğitim olduğundan bunların bazıları iki dilde sunuldu.

Paneli Türk Veliler Birliği adına, İsmail Bey düzenleme görevini üstlenmiş, sunuculuğunu da o yapıyordu. İsmail Bey, panelin konusuna uygun anonim bir şiir bulmuş, bunu kendi yazdığı ile uzatmıştı. Bu şiirleri Tiyatrom'dan genç öğrenci oyuncuları okudular. Büyük beğeni ile alkışlandılar. Bu şiirler Türkân'ın da hoşuna gitti. İsmail Bey'den aldi. Bunları kendisinin de kullanıp kullanamayacağını sordu. İsmail Bey:

-Şiirin ilk bölümü anonim, benim yazdıklarımı da istediğin yerde kullanabilirsin, dedi.

O şiirler şöyleydi:

I. BÖLÜM

BİLMİYORUM Kİ, WAS ICH MACHEN SOLL!!!
Türkiye'de doğmuşum, aber ich lebe in Deutschland.
Almanya'ya geldiğimde, kannte ich niemand.
Düşündüm ki, das ist ein schönes Land.
Bilmiyorum ki, was ich machen soll!

Zar zor habe ich die Deutsche Sprache gelernt.
Baktım ki, ich habe meine Muttersprache verlernt!
Çoğumuza ne Türkçe noch das Deutsch ist richtig bekannt,
Bilmiyorum ki, was ich machen soll!

Deswegen size bir sözüm var.
Deutschland olmuş bize dar.
Und jetzt iki yarım vatanım var.
Bilmiyorum ki, was ich machen soll!

Gehe ich in die Turkei, Almanya'yı gözlerim,
Bleibe ich in Deutschland, Türkiye'yi özlerim,

Jeden Tag düşünürüm derin derin,
Bilmiyorum ki, was ich machen soll!

In Deutschland "Auslander" diyorlar bana,
In der Türkei "Almancı" taktılar adıma.
Deutsche(r) ya da Türk müyüm söylenmiyor bana.
Bilmiyorum ki, was ich machen soll!

Anonim
Sadeleştirme: İsmail ÖNDER

II. BÖLÜM

Woher komme ich, acaba sonum belli mi?
Âşık Veysel, Namık Kemal, Nazım Hikmet mi?
Oder Goethe, Schiller, Bertolt Brecht mi?
Sonst kaybolacağım, verin kimliğimi,
Doğruyu söyleyin, bırakın menfaati.
Bilmiyorum ki, was ich machen soll!

Anavatan vatandaşlığa gir diyor,
Vaterland zorlarız yavrum biraz diyor,
Hani çift dilli, çift kültürlü gerçek,
Hâlbuki bana bir Doppelpass yetecek.
Bilmiyorum ki, was ich machen soll!

Diler gönlüm daha neler diler,
Doopelpass'ı vielleicht bir gün verirler.
Sanki bir başka Lösung varmış gibi,
Bunun üstüne politika güderler.
Bilmiyorum ki, was ich machen soll!

CDU'la, FDP'si, SPD ile Yeşiller'i hatta die Linke'si
Ich frage mich, daha iyisi hangisi?
Büyük Meclis'ten kimse duymaz sesimi,
Gelen vurdu, giden de, ben anlamadım mı?
Bekle mezara kadar sen o hakkını,
Bilmiyorum ki, was ich mchen soll!

Ich fühle mich wohl umutlanınca,
Alles wird besser birlik olunca
Görecek onlar zincir kopunca
Nereye koşturduk 40 yıl boyunca.
Biliyorum artık, was ich machen soll!

İsmail ÖNDER

Panelin ikinci bölümünde izleyicilerin sorularını yanıtladı. Türkân'la tanışan İsmail Bey arada bir ona bakıyor, soru sormasını bekliyordu. Ondan bir tepki gelmeyince bu kez:

-Aramızda Türkiye'den gelen genç gazeteci bir konuğumuz var, Türkân Hanım. Eğer soracağı varsa soruyu alalım, dedi.

Türkân:

-Soru sormak yerine bu verimli çalışmanız için sizleri kutluyorum. Bir yabancı ülkede ana dilimizin bu denli saldırıya hem de yöneticiler tarafından uğradığını, buna karşın sizler gibi anadili sevdalılarının nasıl bir uğraşı verdiğinizi bilmiyordum. Bu gün burada sizleri dinledikten sonra anadilin, özellikle başka bir ülkede yaşayanlar için korunup geliştirilmesinin önemini ve zorluğunu bir daha anladım. İşinizin zor olduğu görülüyor. Söz konusu bir ulusun anadili olunca bu zorluğun aşılacağına inanıyorum. Sizleri kutluyor, yeniden başarılarınızın devamını diliyorum.

Panelin bitiminden sonra Türkân, İsmail Bey, Tiyatronun Türk Müdürü, Berlin Türk Veliler Birliği Başkanı ile Tiyatro çalışmaları, Türk çocukların okul sorunları hakkında kısa söyleşiler yaptı.

Paneli izlerken kapalı tuttuğu telefonunu açtı. Gelen mesajlara, arayan numaralara baktı. Daha öne söyleşisinin yayınlandığı gazeteden aramışlar. Yanıt alamayınca mesaj yazmışlar. Türkân'a ne zaman döneceğini soruyorlardı. O bunlara bakarken Alman gazeteci aradı:

-Nerelerdesin yarın akşam için hiç kimseye söz verme, bilet bulamadığım için sana söyleyememiştim. Rus topluluğunun bale gösterisi var. Bir arkadaşımın zorunlu işi çıkmış, gidemeyeceği için bale gösterisinin biletlerini bana verdi. Bu kaçırılmaz, dedi.

Türkân hemen "olur" dedi. Bale gösterisini canlı olarak ilk kez izleyecekti. Hem de Berlin'in en büyük en lüks salonlarından birisinde. Sırf o akşam giymek için özel giysiler aldı. Kuaföre gitti, saçlarını yaptırdı.

Salona girip daha gösteri başlamadan salonun yapısı, ışıklandırılması, gelen izleyicilerin şıklığı, kibarlıkları onu büyüledi. Bale gösterisindeki sanatın incelikleri, izleyicilerin tepkilerini gözledikçe kendinden geçti.

Kendini arayan, mesaj gönderen gazeteciye geri döndü. Yazacak konu sıkıntısına düşen gazete Türkân'ın Berlin izlenimlerini yayımlamanın peşindeydi. Onun için aradıklarını öğrendi. Onlara İstanbul'a döneceği günü söyledi. Söyleşiyi yapacağı gazeteci uçağının saat kaçta ineceğini kendini havaalanında karşılamak istediğini söyledi. Türkân buna gerek yok dediyse de ısrarlara dayanamayarak olur demek zorunda kaldı.

Berlin'de son hazırlıklarını yaptı. Oteline döndü. Eşyalarını yerleştirip notlarını düzene koymak istiyordu. Berlin'de olan iki arkadaşı buluşmuş bir gece kulübüne gitmeye karar vermişlerdi. Biri:

-Türkân'ı da arayalım, dedi. O bu günlerde dönecekti. Dönmeden önce birlikte eğleniriz.

Türkân'ı aradılar. Türkân:

-Çok yorgun ve uykusuzum. Yarın yola çıkacağım. Yatıp dinlenmek istiyorum, dediyse de olmadı.

O geceyi arkadaşları ile eğlenerek geçirdi. Sabaha karşı geldi, yattı. Bir türlü uyku tutmadı. Yorgun ve uykusuz olmasına karşın gazetede ilk bir iki gün yayınlanacak notlarını düzene soktu. Uçakta genç bir çift ile yanyana oturdular. Yol arkadaşlarına:

-Ben oldukça yorgun ve uykusuzum. Uyumak, dinlenmek istiyorum. Uçaktaki servis görevlilerine yemek ve içmek istemediğimi söyler misiniz lütfen? Dedi.

Onlardan "olur" yanıtını aldı. Daha uçak havalanmadan kenara yaslanarak gözlerini kapattı. Yapılan konuşmaların etkisiyle uyansa da gözlerini açmadı.

İstanbul'a geldiğinde onu abisi Tuna ve söyleşi yapacağı gazeteci birlikte karşıladılar. Gazeteci istiyordu ki havaalanından gideceği yere kadar yol boyunca onunla bir ön görüşme yaparak zamanı değerlendirsin. İlker, babası ile gelmemiş olsaydı bunu yapabilirlerdi. İlker, Türkân'a öyle bir sıkı sarıldı ki onu ayıramadılar. Akşamüzeri gazetede buluşmak üzere ayrı arabalara bindiler. İlker:

-Hala gel yanıma otur, seni çok özledim. Sana sarılmak, seni koklamak, öpmek istiyorum.

Türkân:

-Sarılıp öpmek istiyorsun da, İlkerciğim ben yol yorgunu ve terliyim.

-Olsun ben öyle istiyorum, diyerek Halasını arabanın arka koltuğuna çekti.

Ona yaslandı, eve varana değin bir yığın soru sordu. Bir ara Tuna:

-İlker, fırsat ver de Halanla biraz da ben konuşayım, dediyse de bu fırsatı bir türlü yakalayamadı.

Önce markete uğradılar, sonra Tuna onları eve götürdü. Onları evde bekleyen Cevriye ile Meryem kapı önünde karşıladılar. Turaç uyuyordu. Türkân onun uyuduğu odaya yönelince İlker'in yüzü birden değişti. Meryem:

-Yeni uyudu, odasına girerseniz hemen uyanır diyerek Türkân'ı engelledi.

Türkân:

-Yorgun ve uykusuzum. Bir duş alıp biraz dinlenmem gerekiyor. Kalkınca hazırlık yapıp gazeteye gideceğim, dedi.

Biraz dinlendikten sonra kalktı. Hazırlıklarını yaptı. Gazeteye gitti. Oradaki görüşme epeyce uzun sürdü. O nedenle çiftliğe gidemedi. Tuna, sabah erken kalkıp gitti. Çiftliktekiler merakla Türkân'ın neden gelmediğini sordular. Tuna, yorgun olduğunu, akşam gazeteye gittiğini oradan geç döndüğünü, sabahleyin ekenden onu uyandırmak istemediğini söyledi. Hacer annelik duygu ve özlemi ile:

-Vay kızım vay! Kim bilir ne kadar koşuşturmuştur?

Babası Hüsmen:

-Bu kız daha okulunu bitirmeden bu kadar yoruluyor. Yarın okulu bitirip gazetecilik mesleğine başlayınca kim bilir nasıl olacak?

Kıymet:

-Karışmayın kıza, o akıllıdır. Hem işini yapar, hem de bizleri ihmal etmez Bakın göreceksiniz, Uyanır uyanmaz atlar arabasına doğru buraya gelir. Kahvaltısını burada yapar.

Hacer ve Hüsmen ikisi aynı anda:

-Umarız öyle olur Kıymet Hanım, dediler.

Kıymet'in öngörüsü doğru çıktı. Türkân uyanır uyanmaz İlker'i de alarak doğru çiftliğe geldi. Daha Tuna oradan ayrılmamıştı.

İlker, halasının kendisine aldığı farklı hayvan sesi çıkaran oyuncağını gömleğinin altına sakladı. Arabadan inip eve girerken oyuncağın düğmesine basarak kuzu sesi çıkardı. Çiftliktekilerin önceliği Türkân olduğundan bu sesi duymadılar. İlker de bunun farkındaydı. Başka düğmelere basmadı. Hoş beş, hal hatır sorulduktan sonra Kıymet, İlker'e sarılmak istediyse de o, sakladığı oyuncağa dokunulur endişesiyle buna izin vermedi. Kuzu sesi çıkaran düğmeye yeniden bastı. Şevki:

-Bir kuzu melemesi duydum. Siz de duydunuz mu?

Onlar da duyduk, duymadık derken at kişnemesi düğmesine bastı. Kıymet:

-Aaa... Bu ses de nereden geliyor, bir at kişnemesi? Bu çiftlikte hiç at yok.

İlker: "Hele durun daha ne sesler duyacaksınız" dercesine gülümseyerek onlara baktı. Bastığı düğmeyle uzunca bir eşek anırtısı duyuldu. Hacer:

-Üstümüze iyilik sağlık. Galiba çiftliği basıyorlar, diyerek ayağa kalktı.

İlker:

-Yok, babaanne yok çiftliği basmıyorlar. Halam bana bir oyuncak almış. Bu seslerin hepsi ve daha fazlası ondan çıkıyor. Bakın size bir de bülbül sesi dinleteyim de rahatlayın.

Sakladığı oyuncağı gömleğinin altından çıkardı. Diğer düğmelerine de basarak tüm sesleri dinletti.

Ancak bu konuşmalar bittikten sonra Türkân'a Berlin gezisi ile ilgili soruları sormaya başladılar. Türkân sorulara yanıt vermeden ve Berlin gezisini anlatmaya başlamadan önce konuşulanlara yanıt niteliğinde Annesi ve Babasına:

-İlerde yapmayı düşündüğüm meslek çok yorucu, zaman isteyen, fazla hareketlilik gerektiren bir iş. Buna şimdiden alışmalısınız. Belki beni yanınızda olmaktan daha çok gazete ve televizyonlarda göreceksiniz. Hiç haberiniz olmadan da başka bir kente, başka bir ülkeye gidebilirim. Bazen nereye gidip geldiğimden haberiniz bile olmayabilir. Evde sizin yanınızda olduğum zamanlarda da sık sık ve uzun süren telefon konuşmalarıma, saatler süren internet haberleşmelerime katlanmak durumunda kalırsınız. Biliyorsunuz dün buraya gelmeden gazeteye gitmek zorunda kaldım.

Hacer:

-Şimdi buradasın. Okulun açık değil. Yanımızda kaç gün kalabileceksin?

Türkân çiftliktekilerin söylediklerinde haklılık payı aradı. Onlardan birden bire kopmanın doğuracağı sonuçları düşündü. Annesine:

-Gazetede birkaç günlük işim var. Bu arada marketten de uzak kaldım. Abime yardım etmem gerekiyor. Bazı müşteriler beni sorup duruyorlarmış, onlarla da konuşmalıyım.

Az ve yerinde konuşan babası söze karıştı.

-Neden söyleşi yapmak için sen gazetecilerin ayağına gidiyorsun? Söyleşi yapmak isteyenler onlar değil mi? Öyleyse onlar neden buraya gelmiyorlar? Gelip söyleşiyi burada yapsınlar. Onların buraya gelip gitmeleri burada söyleşi yapmaları için ellerinde her olanak var. Hem sen yolda zaman kaybetmezsin.

Türkân "Neden olmasın?" diye düşündü. Gazetedeki söyleşi yapacağı görevliye telefon ederek babasının önerisini iletti. Gazeteci "Tamam düşünürüm. Patrona da sorarım. Sonra sana dönerim." dedi. İki saat sonra:

-Türkân Hanım patronla konuştum uygun gördü. Yarın çiftliğe geleceğim. Bana adresi verir, yolu tarif eder misiniz? Bir de rahat bir ortam hazırlarsanız daha verimli çalışma olanağımız olur.

Üç gün sürecek söyleşiyi çiftlik evinde yaptılar. Bu üç günde Türkân markete de gitmedi. Ana-babası ile bol bol hasret giderdi. Belki de bu çiftlikte en uzun son kalışı olacaktı. Bir yanda söyleyişi yaparken öte yandan on gün sürecek yayında başladı gazetede.

Gazeteci çiftliğe gelirken her gün gazete de getirdi.

Türkân'ın Berlin izlenimlerini anlatan bu dizi yazı çok ilgi gördü. Özellikle Almanya'da ve Berlin'de çalışıp kesin dönüş yapanlar, Berlin'e gezmeye gidip o kenti görenler yazı dizisini dikkatle izlediler. Gazeteye mektup yazarak ve telefon ederek kutlayanlar ve katkıda bulunmak isteyenler çıktı. Tüm bunlar televizyonda yapılacak canlı yayın söyleşisinin hazırlıklarının çabuklaştırılmasını teşvik etti. Gazetedeki yayın biter bitmez televizyonda bu söyleşinin canlı yapılmasına karar verdiler.

Türkân televizyonda bu tür programların haftanın hangi günü ve günün hangi saatinde daha çok izlendiğini araştırdı. Saptamalarına göre en uygun saat haber kuşağından önceki saat idi. Haber saatinden sonra tüm kanallar dizi yayını yapıyorlardı. İzleyiciler bu dizilere kendilerini öyle bir kaptırmışlardı ki erkek izleyiciler bile takımlarının maçlarını özetinden seyrediyorlardı.

Yalnız burada bir sorun vardı. Türkân ilk kez canlı yayına çıkacak, izleyicilerin sorularını program içinde yanıtlayacaktı. Eğer yayın, gazetedeki gibi ilgi görürse ayrılan süre yetersiz kalabilirdi. Haber saati değiştirilemeyeceğinden yayını kesmek zorunda kalırlardı. Yayının uzun tutulması için daha erken başlaması gerekiyordu. Bunu televizyonun program yapımcıları ile görüştüler. Öyle yapmaya karar verdiler.

Yazı dizisinin son beş gününde televizyonda yapılacak canlı yayının duyurusu, günü ve saati ile yapıldı. Yayın için tüm hazırlıklar tamamlandı.

Canlı yayının ilk dakikaları Türkân'ın konuşması ile başladı. Ardından program yapımcısının sorduğu sorulara verilen yanıtlarla sürdü. Telefonla soruların gelmesi gecikmedi. Sorulan her soruya Türkân çok rahat yanıt verdi. Telefonla gelen sorular öngörülenden fazlaydı. İstanbul'dan, başka illerden, Almanya, İngiltere, Fransa, hatta Amerika'dan bile telefon soruları geldi. Soruların ağırlık noktası "Dürüst, tarafsız gazetecilik nasıl olur? Siz olsanız şu haberi nasıl yazardınız? Bu mesleği neden seçtiniz?" gibi sorulardı. Programın ilerleyen dakikalarında Alman gazeteciden bir soru geldi. Ardından Melih Bey'in Genel Yayın Yönetmeni'nden. Bu, soru sormak yerine:

-Telefonunuza girmekte zorlanıyoruz. Biraz önce Dilber Hanım Londra'dan aradı. Programa telefonla katılmak istiyor, bir türlü hattınıza giremiyormuş. Selam söyledi. Başarı diledi.

Zaman ilerlemiş, programın sonuna gelinmişti. Program sunucusu, izleyicileri artık telefon etmemeleri konusunda uyardı. Son beş dakikayı konuşulanları, telefonla sorulan soruların yanıtlarını toparlamaya ayırdılar.

Türkân açısından oldukça verimli bir program olmuştu. Bunun böyle olduğu sorularla yayına katılmak isteyenlerin ve katılabilenlerin çokluğundan belliydi.

* * *

Yaz dinlencesi bitiyordu. Türkân için oldukça yoğun ve verimle geçen bir yaz dinlencesi. İnsanlar kendilerine değişik zamanlarda gelecek için program yaparlar. Yılın başlangıcında, mevsimlik, aylık, haftalık, günlük programlar. Türkân'ın elinde hep birbirine bağlı birkaç program birden olurdu. Örneğin çiftlikte yapılan toplantılar, okulu, dersleri ile ilgili program, gezi programı, hafta sonu programı gibi...

Çiftlik toplantısı ile ilgili programa baktı. Kâğıt üstünde oldukça yüklü bir program gözüküyordu. Doğum günleri, evlilik yıldönümleri, tarihi belli olmayan yeğenlerin sünnet düğünleri, bayram buluşmaları gibi... Bunların planlanma görevini üstlenmişti. Hepsinin hazırlığını yapma görevini üstlenmeye gücü ve zamanı yoktu. Önce kimlerin doğum günü, evlilik yıldönümünü çiftlikte grupla kutlamak istediğini sordu. Bunu saptadıktan sonra sorumluluğu paylaşmayı önerdi. Bunu herkes kabul etti. Böylece yükünü azalttı.

Okulun açılışına bir hafta kala Suzan'dan bir mektup aldı. Suzan mektubunda kardeşi Rüstem ve kendisinin birer hafta arayla nişanlanacaklarını eğer gelebilirse ikisinin de nişan törenine katılabileceğini yazıyordu. Belirlenen tarihte okul açık olacağından Suzan'a nişana gelemeyeceğini, eğer düğünleri yaz aylarına denk gelirse bu mutlu günlerinde mutlaka bulunmak istediğini belirtti.

Berlin dönüşü gazete söyleşisi, televizyon programı telaşından markete zaman ayıramayan Türkân okul açılmadan kalan zamanını markette geçirdi. Market onun yalnız çalışma yeri değil, tanıdıkları ile görüşme yeriydi de. Gelen müşterilerin çoğu ona öyle çok soru soruyorlardı ki neredeyse iş yapmaya fırsat bulamıyordu. En çok sorulan sorular,

"Haftalardır görünmedin nerelerdeydin? Merak ettik doğrusu. Gazetede çıkan söyleşi yazıların çok güzel. Daha kaç gün sürecek. Televizyondaki canlı yayını hayranlıkla izledik. Böyle başka programa çıkacak mısın?"

Sorulan soruları, istenen açıklamaları ile insanların hayranlığını çoğaltıyordu.

* * *

Fakültenin ikinci sınıfının dersleri başladı. Haftada üç gün öğleden sonraları hukuk fakültesinde seçtiği derslere gidiyor, diğer zamanlarda iletişim fakültesinde oluyordu. İkinci yılın dersleri epeyce farklılaşmıştı. Radyo, televizyon, internet haberciliği ile ilgili bir yığın ders vardı. Sınıfındaki arkadaşları da farklılaşmıştı. Birinci sınıftakilerin bazıları ile artık ortak dersleri yoktu. Onların yerine yeni arkadaşlar gelmişti.

Öğrencileri çok iyi tanıyan, hatta onları izleyen hocalardan biri bir ders saatinde bir önceki yılın sınıf listesini alarak kimin nerede olduğunu neredeyse tek tek saydı. Onun verdiği bilgiye göre kaydını bir yıl donduranlar, başka fakülteye gidenler, üniversite giriş sınavına girerek bölüm değiştirenler, yurtdışında eğitime gidenler vardı.

Dilber ikinci sınıfa zar zor geçmişti. Onun ikinci sınıfta zorlanacağını bilen ailesi, öğrenimini İngiltere'de sürdürmesinin daha uygun olacağını düşünerek oraya göndermişti. Ondan söz açılınca yakın arkadaşlarından biri:

-Dilber Londra Üniversitelerinden birinde okuyor. Bu arada babasının sahibi olduğu gazeteye de haberler yazıp gönderiyor.

Bunu duyanlar gönderdiği haberleri merak edip,

"Elinde gazete ve haber örnekleri var mı? Ne tür haberler gönderiyor? Merak ettik doğrusu" dediler. Bunu söyleyen öğrenci Dilber'in yakın arkadaşıydı. O haberleri içeren birkaç gazeteyi çantasından çıkararak gösterdi.

Dilber'in gönderdiği haberlerin gazetedeki yeri magazin sayfası olması gerekirken babasının hatırına gazetenin sorumlu görevlileri onu kültür ve dış haberler sayfalarına yerleştirmişlerdi. Oralarda bulunmaması gereken bu yazıların öyle pek haber niteliği de yoktu. Bilen birileri tarafından incelendiğinde Londra'nın bulvar gazetelerinden alınmış Kral Ailesi ile ilgili üçüncü sınıf haberlerdi. Hoca yorum ve değerlendirmeyi öğrencilerine bırakarak susmayı yeğledi. Türkân'ın söyleyecekleri vardı. O da önce diğer arkadaşlarının konuşmalarını bekledi. Sınıftakilerin hepsi Dilber'i tanımıyordu. Onlardan biri;

-Siz buna haber, o arkadaşınıza da bunları gönderdiği için gazeteci mi diyorsunuz? Türkân arkadaşın yaptığı söyleşileri okudunuz mu? Bence gazetecilik onun ki gibi olur.

Bu konuşmadan sonra başka söz alan olmadı. O konu fazla üstünde durulmadan kapandı.

İkinci ders saatinde aynı hoca her ders yılının başında yaptığı gibi öğrencilerine o öğretim yılında neler yapmayı, hangi dersleri seçmeyi planladıklarını sordu. Bununla ilgili önerilerde bulundu. İlk sözü Türkân'a verdi. O söze başlamadan bir öğrenci:

-Hocam Türkân arkadaşımız yaz tatilinde Berlin'e önemli bir gezi yaptı. Bildiğim kadarıyla bu turistik bir gezi olmanın ötesinde bir inceleme hatta bir araştırma gezisiydi. Bence önce onu dinlesek daha iyi olur.

Önce ana hatları ile Berlin gezisini, ardından o öğretim yılında neler yapacağını anlattı. Ardından diğer öğrencileri dinledi.

Türkân yeni öğretim yılının başlaması ile çiftlik ve marketteki işleri neredeyse tümüyle bıraktı. Tüm zaman ve enerjisini derslerine verdi.

Hukuk fakültesinde devam ettiği dersler onun görüş ufkunu daha bir genişletti. Var olan yasa maddeleri, yeni yapılan ek değişiklikler bunların yorumlanması uygulanması.

Paneller, açık oturumlar, konferanslarla daha yakından ilgileniyor, elinden geldiğince bunlara katılıyor, can kulağı ile konuşulanları, tartışılanları dinliyordu. Bununla da kalmıyor, bunları haber yapıp gazetelere gönderiyordu.

İkinci yarıyıl başlangıcında iletişim fakültesinden gelen öğrencilere yılsonunda sunum yapmak üzere ödev konusu seçmeleri söylendi. Bunun için de iki haftalık zaman tanındı. Bu konularda deneyim sahibi olan Türkân herkesten önce konusunu seçti, yazılı olarak bildirdi. Konusu "Medyada Haber Çarpıtma"ydı.

Hukuk fakültesinin hocalarından bazıları ile hukuk öğrencileri başka fakültelerden gelen konuk öğrencilere daha bir soğuk yaklaşıyorlardı. Bunun ayrımına varan Türkân rahatsızlık duymak yerine kendini kabul ettirmenin yolunu aradı. Derslere hep erken geldi. En ön sıralardan kendine yer seçti. Arkadaşları ile bilgi alışverişi yaptı. Hocalara dikkat çekici sorular sordu.

Onun yaşındakiler sözlü, nişanlı bazıları da evliydiler. Türkân bırakın bunları flört etmeye bile zaman bulamıyordu. Eğer giyimi, açık konuşması, hareketliliği, sürekli koşuşturuyor olması göz önünde bulundurulmasaydı çevresindekiler ona "Rahibe mi olacaksın sen?" derlerdi.

Zaten çiftliktekiler dolaylı yollarla "ne zaman evleneceksin? Şehirli kızların erkek arkadaşları olur, senin ki yok mu?" diye arada bir soruyorlardı. Onlara;

-Evliliğe zamanım yok acele etmeyin. Demekle yetiniyordu.

Türkân gibi güzel ve akıllı bir bayan evlilik konusunda ne düşünürse düşünsün. Onun adına düşünen başkaları da olurdu elbet. Bunları çiftliktekiler gibi oyalamak da olanaksız gibiydi. O yaşına gelinceye kadar kısa süreli platonik aşklar yaşadı. Bunların hiçbirini ne âşık olduğu erkeklere hissettirdi ne de başkalarına anlattı. En yakını olduğu sır ortağı yengelerine ve Esin

Öğretmeni'ne bile. Lisede, iletişim fakültesinde ona arkadaşlık teklif eden erkekleri nazikçe geri çevirdi.

Hukuk fakültesinin genç asistanlarından biri Türkân'a ilgi duyuyordu. Cüneyt Bey kendini öğrencilik yıllarında derslerine, okulu bitirince de bilimsel çalışmalara adamıştı. O da flörte, evliliğe zaman bulamamıştı. Şık giyimli, bakımlı, oldukça kibar biriydi. Hocalarına karşı saygı sınırlarını hiç zorlamaz, öğrencilerle iletişim kurmasını bilirdi. O bu özelliği ile fakültede en tanınan asistanlardan biriydi.

Yakınında ona ilgi duyan bir sürü genç kız vardı. Yakın geleceğin programına evliliği yerleştirmediği için onları görmezlikten geliyordu. Ailesi yanında değildi. Onlar Hatay'ın bir köyünde yaşıyorlardı. İstanbul'a pek gelip gitmezlerdi. Cüneyt her memlekete gidişinde özellikle son yıllarda anası ve babası evlilik konusunda ne düşündüğünü, artık zamanın gelip geçtiğini söylüyorlardı.

Cüneyt onlara hep "Hele durun, acele etmeyin. Okul bitsin iş güç sahibi olayım, ondan sonra düşünürüz" diyordu. Babası onun bu düşüncesini doğru bulsa da annesi,

-Oğlum köyün en güzel kızlarını kaçırdın. Senin yaşındaki erkekler birden fazla çocuk sahibi oldular. Bir an önce evlen de mürüvvetini görelim.

Hocalar da Cüneyt'e takılmaya başladılar. Özellikle de diğer kürsü ve bölümlerin hocaları. O bunlara saygısında hata yapmadan verdiği yanıtlarda hep bilimin önceliğinden söz ediyordu. Hocalardan biri o bilinen sözü söyledi:

-Her başarılı erkeğin arkasında bir kadın varmış.

Cüneyt:

-Ben birlikte olacağım kadını arkamda, önümde değil yanı başımda, omuz omuza vererek zorlukları birlikte aşmak istiyorum. Öyle birine ise bugüne dek rastlamadım.

İyi, çalışkan, disiplinli biri olduğunu ancak evlilik konusundaki bu düşüncelerini en iyi bilen kürsü hocası da ona;

-Galiba zamanı geldi, dedi.

Bunu söylerken aklına birini koymuştu. Aklından geçeni ad vermeden Cüneyt'e anlattı. Cüneyt'in son zamanlarda zihnini uyandıran genç bayanla hocanın anlattığı neredeyse bire bir örtüşüyordu. Hocaya ilk kez:

-Bakalım, kısmet, dedi.

Dedi ama Cüneyt'in kafasında başka sorular da oluştu, "Ya onun yaşamında biri varsa? Sözlü ya da yüzük takmayan nişanlı ise? Bunların hiç biri olmasa da yapacağı evlenme teklifini kabul etmezse?"

Bu sorular, halamın söyledikleri, kendinin ilk kez ciddi duygularla genç bir bayana ilgi duyması. Bir genç kıza hem de öğrencisi olan genç bir kıza bu duygularını nasıl açacaktı.

Üstelik bu genç kız yani Türkân da bu taraklarda bezi olmayan biriydi. O fark etmese de Cüneyt'in Türkân'a bakışlarını fark eden öğrenciler vardı. Onlar kendi aralarında bir karara varmışlardı bile; "Cüneyt Bey Türkân'a âşık". Bunu önce Türkân'a mı yoksa Cüneyt Bey'e mi söyleyeceklerini bilemiyorlardı. Kendilerince doğru olanı seçtiler.

-Cüneyt Bey'in bakışlarının farkında mısın?

-O herkese bakıyor, bakması gerekiyor. O bu günün asistanı geleceğin hocası.

-Doğru herkese bakıyor da sana daha bir farklı bakıyor.

-İyi de benim farkına varamadığım bu bakışlardan siz ne anlam çıkarıyordunuz?

-Cüneyt Bey bekârmış.

-Söyleyin evlensin.

Cüneyt Bey'e gizliden gizliye ilgi duyan bir öğrenci:

-Evlenecek evlenmesine de daha gönlünün prensesini bulamamış.

-Bundan bana ne arasın bulsun.

Hep birlikte bir kahkaha ardından

-Aramasına gerek kalmamış. Prenses ayağına gelmiş.

Türkân konuşmayı daha fazla uzatmadan oradan ayrıldı. Tek başına Hukuk Fakültesi'nin kitaplığına yürürken söylenenlerin ilk değerlendirmesini kafasında yapmaya çalıştı.

O güne kadar ona, onun yaşamına, davranışlarına ileri geri az da olsa söz söyleyenler olmuştu. Söylenenlerin çoğu onu övücü sözlerdi. Arada bir annesi ve babası çok koşuşturduğunu, çok yorulduğunu, çiftliğe sık sık gelmediği için çok özlediklerini ve hatta mesleğinin ileride onu çok yoracağını bile söylüyorlardı da, onun evlenmesi ile ilgili pek az laf etmiyorlardı. Türkân'ın kendisi de bu kadar iş, okul gibi koşuşturmanın arasında bu konuyu düşünmeye zaman bulamamıştı.

Arada gün yüzüne çıkmış, açığa vurulmuş doğrudan ona yapılmış bir teklif olmasa da arkadaşları kulağına kar suyu kaçırmışlardı. Ortada ete kemiğe bürünmüş biri vardı. Yapılacak teklif karşısında nasıl bir tepki vermeliydi? Onu düşünüyordu.

Bir an o teklif getirmeden ben uygun bir dille "olmaz" desem diye aklından geçirdi. Ya arkadaşlarımın öngörüleri yanlışsa, Cüneyt Bey'in aklından böyle bir düşünce geçmiyorsa! Bu yapılan teklife hayır demekten daha kötü olurdu. Cüneyt Bey'in ilgisinin olup olmadığını anlamak için hiç yapmadığını yaptı. Üç gün Hukuk Fakültesi'ndeki derslere gitmedi. Eğer bu günler içinde Cüneyt Bey arkadaşlarına veya geldiğinde kendisine niçin gelmediğini sorarsa ona karşı ilgisi olup olmadığını anlayacaktı.

İkinci gün arkadaşlarının biri haberi ulaştırdı. Cüneyt Bey Türkân'ın neden gelmediğini, iyi olup olmadığını merak etmiş. Bununla da kalmayıp kayıt odasındaki dosyalardan Türkân'ın numarasını almış ve üçüncü günün akşamı onu aramıştı. Türkân yaptığı telefon konuşmasındaki ses tonundan, cümlelerden durumun ciddiyetini anladı. Konuşmalarındaki heyecanı kendi de gizleyemedi. Böylece karşıdakine belli bir ipucu verdi.

Derslerde oturduğu yeri değiştirdi. Birbirlerine bakışlarının dikkat çekmesini bu yolla önlemeye çalıştı. Bir süre böyle sürdüyse de bu durumun açıklığa kavuşmaması ikisini de rahatsız etmeye başladı. Sonunda Cüneyt Bey'in bir hamle yapmasına zemin hazırlamayı düşünerek soru sorma bahanesi ile odasına gitti. İkisi de heyecanlıydı. Sormak istediğini sordu. Odadan çıkarken Cüneyt Bey:

-Bir dakika Türkân! Üç gündür okula gelmedin, eğer ders notlarını arkadaşlarından alamadıysan, onları vereyim, dedi.

Türkân kapının yanındayken Cüneyt o günlerin ders notlarını arayıp buldu. Onları Türkân'a verirken elleri titredi. Yavaş ve kibar bir ses tonu ile:

-Türkân... Şey... Sizinle bir ara konuşmak istiyorum. Size söyleyeceklerim var. Ancak bunun üniversite ortasımda olmasını istemiyorum.

Türkân biraz daha rahattı. Zaten böyle bir teklif geleceğini biliyordu:

-Olur, konuşalım, ne zaman nerede uygun görürseniz.

Gecikmeden o anda görüşecekleri yer ve zamanı saptadılar. Bir gün sonrası için buluşmaya karar verdiler. Ertesi gün Türkân'ın Hukuk Fakültesi'nde dersi yoktu. Türkân böyle durumlarda sır ortağı Esin Öğretmen'i arardı, onunla paylaşırdı. Gene öyle yaptı. Esin Öğretmen:

-Cüneyt Bey'i tanımıyorum. Senin de yeteri kadar tanıdığını sanmıyorum. Görüşün konuşun. Hemen olur deme bu işler şakaya gelmez. Gerekirse ilerde bir araya gelir onu tanımaya çalışırız. Uygun olacağını düşünürsek o zaman kararını da sen verirsin. Şimdilik kimseye bunu anlatma!

Türkân ile Cüneyt sakin bir pastanenin saklı masalarına oturdular. Aşkın ve sevdanın iki acemisi duygularını açıklamak yerine önce ana hatları ile özgeçmişlerinden, sonra ülke, eğitim sorunlarından söz ettiler.

Güncel politikaya girdiler. Bunları anlatırken birbirlerinin yaşamda ortak paydalarını arıyor gibiydiler. Bu buluşmadan memnun olmalılar ki sohbetleri uzun sürdü.

Bundan sonraki buluşmalarına değin davranışlarına dikkat edeceklerine söz verdiler. İkinci üçüncü buluşma derken bir fırsatını bulup birbirlerine duygularını açıkladılar. Teklif Cüneyt'ten geldi. Türkân hemen olur demek yerine zaman istedi. Ama daha ilk günden geçmiş yaşamlarındaki ortak paydanın gelecekte de olabileceği anlamına gelemeyeceğini söyledi. Özellikle üzerinde durduğu konu meslek farklılığıydı.

Gazetecilik belli çalışma düzeni olmayan, sürekli hareket gerektiren bir meslekti. Bazen günler, hatta haftalarca bir haberin peşinde koşması gerekebilirdi.

Cüneyt ise bilim adamı olmayı yeğlemişti. O hep evinde ya da üniversitede çalışmak, okumak, araştırmak durumundaydı. Kesin karara varabilmek için Türkân her şeyi ince eleyip sık dokuyordu.

Cüneyt Bey'in sade yaşamına biraz canlılık geleceği yerde durgunlaşmış, dalgınlaşmıştı. Bunu ilk fark eden kürsünün hocası oldu. Yılların deneyimine sahip olan hocanın kürsüsünden farklı kişilik sahibi yüzlerce genç geçmişti. O asistanı Cüneyt Bey'in çalışmalarının sekteye uğramasından korkuyordu. Bunu önlemek için asistanına neler olduğunu sordu. Cüneyt en yakını bildiği, babası kadar sevdiği hocasına Türkân'ı sevdiğini ancak şimdilik beklediği karşılığı alamadığını söyledi. Hocası, Türkân'ı derslerden tanıyordu:

-Direneceksin, evlat, sabırlı olacaksın. Eğer gerçekten seviyorsan sevginin gücü tüm engelleri aşar.

Ona ulaşmanın eğer hayır demişse "hayır"ı "evet"e çevirmenin yolu yöntemi var.

Cüneyt hocasının söylediklerinin çoğunu anlayamadı. Buna karşın epey rahatladı. Öğrenciler ikisinde birbirlerine ilgisiz davranmalarından anlamlar çıkardılar. Dedikoduya dayanan yorumlar yapmağa başladılar:

"Cüneyt Bey iyice âşık. Belli ki Türkân onu reddetmiş. Zavallım bu yaşa değin kitapların dünyasından başını kurtaramamış. Kim bilir Türkân'a ne demiş? Şu Türkân da hiç sözünü esirgemez. Mutlaka dobra dobra konuşmuştur. Hele birkaç gün bekleyelim kokusu çıkar."

Bunları sessizce dinleyen, Cüneyt Bey'e ilgi duyan, onun gibi içine kapanık kızlardan biri:

-Ne de dedikoducusunuz. Bunlar size yakışıyor mu? Cüneyt Hoca Türkân'a mı kaldı?

Dersin başlama zili çalmasaydı bu değerlendirme daha sürerdi. Türkân'ın derslerde oturma yerini değiştirse de davranışlarında hiç değişiklik yoktu. Derslerde her zamanki gibi hep katılımcı bir tutum içindeydi. Cüneyt konusunu aile çevresinde şimdilik yalnız Esin Öğretmen biliyordu. Eğer anne ve babası duysalar okulu bırakma pahasına da olsa bu evliliğe hemen olur verirlerdi. Türkân bunu çok iyi bildiği için Cüneyt'e vereceği olumlu yanıtı, onunla olan arkadaşlık ilişkisini anne, babasından sonuna kadar gizleyecekti.

Cüneyt'in teklifinden Türkân'ın hiç etkilenmediği söylenemez. Esin Öğretmenin açık kapı bırakması, genç öğrencilerin arkadaşlık ilişkileri, eğlencelere el ele tutuşup gelmeleri, dans edip eğlenmeleri farklı bir şekilde dikkatini çekmeye başladı. Suzan ve kardeşi bile nişanlanıyorlardı. Hatta Meryem bir konuşması sırasında bir erkeği beğendiğini ona ilgi duyduğunu söylüyordu.

İlk konuşmalarının üstünden haftalar geçti. Cüneyt'ten bir hamle yapmasını bekledi. Olmayınca bir fırsatını bulup kendi söyledi. Hatta oturup konuşacakları yeri ve zamanı belirlediği yerden söz etti. Cüneyt hemen olur dedi.

Türkân da Cüneyt de neler konuşacaklarına hazırdılar. Belli ki ileriye yönelik birkaç adım daha atacaklardı. Bu yüzden ikisi de biraz daha rahattılar. Konuşacaklarını konuştular. Söyleyeceklerini söylediler. İkisi de sanki ağır bir yükten kurtulmuş gibi hafiflediler. Onlar için başka sorunlar vardı ve bunlar daha da ciddiydi.

Her yıl hukuk fakültesinin esas ya da konuk öğrencileri seçecekleri bir konuda yazılı bir ödev ya da sözlü bir sunum yapmakla yükümlüydüler. Sözlü sunum yapacak öğrencilerin sayısı üçü beşi geçmezdi. Bunların kim olacağına hocalar karar verirlerdi. Bu kararı verirken ölçü olarak seçilen konu yanında yıl içinde derslere etkin katılımı da göz önüne alırlardı.

Türkân sözlü sunum yapmak için seçilen öğrencilerin arasına girmeyi başardı. Sunacağı konuyu belirledi ve görevli hocalara bildirdi. Konusu itiraz edilmeden beğenildi. Seçtiği konu üzerinde Cüneyt ile konuştular. Eğer aralarında gönül ilişkisi başlamasaydı sunumda Türkân'a o yardımcı olacaktı. Bu durumda bunun uygun olmayacağına ama Cüneyt'in önereceği birinin bu görevi üstlenebileceğine karar verdiler.

İletişim Fakültesi'ne Türkân'la Cüneyt'in ilişkisi haberinin ulaşması gecikmedi. Geleceğin magazin ve dedikodu gazetecileri bu konuyu ciddiye alarak gündemlerine oturttular.

Çok yakından tanıdıkları arkadaşlarına şaka yapmak hoşlarına gidiyordu.

Türkân iki fakültede de kendine yapılan şakaları kaldırmasına kaldırırdı da onlara yanıt verecek zamanı yoktu. Biraz bunlardan kaçmak biraz da yapacağı sunumun hazırlıkları için çalışmalarına yoğunlaştı. Arkadaşları arasında fazla görülmez oldu.

Elbet Cüneyt Bey'e de takılan şaka yapan arkadaşları vardı. O bunlara:

-Yapmayın arkadaşlar. Ortada fol yok yumurta yok. Bütün bunları nereden çıkarıyorsunuz? Olsa bile bu sizleri neden bu denli ilgilendiriyor? diye soruyordu.

* * *

Bu söylemler, Türkân'ın yapacağı sunumu ciddiye alarak kendini onun hazırlığına vermesi sırasında Cevriye yengesi:

-Türkân annemle babamın bir ay sonra evlilik yıl dönümleri. Ne dersin bir sürpriz yapalım mı?

-Yapmasına yapalım da hazırlıklar için benim hiç zamanım yok. Sorumluluğu sen ve Meryem üstlenirsiniz. Bizler de yardımcı oluruz. Gereği ne ise hep birlikte yaparız.

Cevriye sorumluluğu üstlenmeyi kabul etti. En başta Tuna ve Meryem olmak üzere diğerlerinin de yardımı ile tüm hazırlıklar gizli gizli tamamlandı.

Çiftliğin eğlence kadrosu hep bir araya geldiler. Türkân'ın Cüneyt ile aralarında geçenleri hala yalnız Esin Öğretmen biliyordu. Türkân çiftliğe daha az gelip gittiğinden oradakileri ve diğerlerini daha az görüyordu. Bu nedenle de onda var olan davranış değişikliğini pek fark edemiyorlardı.

Hacer Hanım önsezileri güçlü olan biriydi. Kendilerine hazırlanan evlenme yıldönümü kutlanırken, konuşma sırası önceliği ona verildi. Sözlerine başlarken:

-Ben ne bileyim ne konuşayım. Bosna-Hersek'te de burada da günümüz toprak ve hayvanlarla uğraşmakla geçti. Buraya gelince Türkân ve sizler sayesinde sizleri, İstanbul'u ve yakın çevreyi görme şansımız oldu. Sizlerle burada bir araya gelince, sizlerin anlattıklarını dinledikçe ufkumuz açılıyor. Eh biraz da televizyon izleme fırsatımız oluyor. Biraz çekiniyorum ama Türkân kızımıza önemli bir soru soracağım. Elbette izin verirse?

Türkân annesine, onun düşüncelerine saygı duyardı. Önsezilerinde yanılmadığını da bilirdi:

-Anne bugün senin ve babamın özel gününüz. Başkalarına soru sormasan...

-Soracağım soru bizim bu özel günümüzle biraz ilintili bir soru olacak.

Türkân'ın kafasındaki çember daraldı.

-Benimle ne ilgisi olabilir ki?

-Önce sorabilir miyim onu söyle.

Türkân'a kaçış yolu yoktu.

-Senin düşüncelerin, soruların, söylediklerin hep güzel olmuş bana yol göstermiştir. Seni dinliyorum sorabilirsin.

-Ailenin ve aile dostlarının tüm gençleri evlendiler. Hepsi çocuk sahibi oldular. Biliyorsun Suzan da nişanlandı. Yakında onun ve kardeşi Rasim'in bile düğünleri olacak. Sende hiçbir kıpırtı yok. Bu gün harekete geçsen ya da niyet etsen söz, nişan, düğün yılları alır. Hele anne olman daha da uzun sürer. Yanında sana uygun bir eş, kucağında bir çocuk görmek bizi mutlu eder."

Annesinin birden bire böyle bir konuya girmesi babasını da sevindirdi. Diğerleri buna farklı tepki verdiler. Türkân ile Esin Öğretmen renk vermemeye çalıştılar. Ancak konu kahramanı olan Türkân tüm zekâsını kullanarak annesini kırmadan hedef değiştirdi:

-Haydi, toparlanın herkes eşleri ile yanyana otursun. Çocuklarınızı da aranıza alın. Meryem sen de Kıymet teyzenin yanına gel. Bu güzel günü fotoğraf karelerine yerleştirelim. Sonra ben Meryem ile yer değiştiririm.

Herkes Türkân'ın söylediklerine uydu. Meryem fotoğraf çekerken birkaçı yer değiştirdi. Türkân Kıymet ile anasının arasında ayakta durdu. Bir fırsatla annesinin kulağına:

-Anne birinden bir şeyler duydum mu, dedin.?

Kıymet'e ise:

-Annemin söylediklerini yabana atmayacağım. İşimi (okulumu) sen seçtin. Eş seçiminde de destek ve önerilerini dikkate alacağım.

Türkân günlerin nasıl geçtiğinin ayırdında değildi. Hani insan zamanı nitelikli kullanmaya başlayınca günlere hatta aylara bölünmüş zaman kesitleri yetmez olur. İşte Türkân böyle günleri yaşıyordu. Bir yanda öğretim yılı sonu sınavlar, öte yanda yapacağı sunumun hazırlığı. Bunun yanında ne kadar duymak istemese, duyduklarını umursamasa da Cüneyt'le ilişkisi konuşuluyordu.

İletişim Fakültesi'nde sınıf arkadaşlarından birinin nişan töreni vardı. Arkadaşlarını bu eğlenceye çağırdı. Türkân gitmekte gönülsüzdü. Arkadaşlarına karşı oyunbozan olmamak için gitti. Kendisine söyleneceklere vereceği karşılığı hazırladı. Oranın havası beklediğinden farklı oldu.

Dilber'in yakın arkadaşlarından biri oradakilere Dilber'le ilgili beklenmedik bir haber verdi. Dilber'in Londra'da bir İngiliz ile nişanlandığını söyledi. Dedikodu bu haber üzerinde yoğunlaşınca Türkân iyice rahatladı. Buna karşın:

-Sizler nasıl insansınız anlamıyorum. Geleceğin gazetecileri, toplumu vereceğiniz gerçek haberlerle bilgilendirmeye soyunan sizler, bir dedikodu konusu gündeme gelince ağzınızı ve kulaklarınızı dört açıyorsunuz. Günlerce gözünüz başka olup biteni görmüyor.

-İyi de bunlar dedikodu değil ki. Dilber gerçekten bir İngiliz ile nişanlanmış. Hatta uzak doğu kökenli bir İngiliz ile dedi Nagehan.

Türkân'ın Hukuk Fakültesi'nde yapacağı sunuma üç hafta vardı. Sunumu ile ilgili duyuruları iki fakültenin de duyuru camlarına astı. Hazırladığı el ilanlarını dağıtmaya başladı. Dışarıdan izleyici çağırıp çağıramayacağını ilgililere sordu. Onlardan önce isimleri belirtilmek üzere sınırlı sayıda izleyici çağırabileceğini öğrendi. Bunların isim listesini hazırlayıp ilgililere verdi.

Sunumunu yaparken yanında olacak Cüneyt'in arkadaşı ile birkaç kez görüştüler. Sunum sırasında nelere dikkat etmesi gerektiğini konuştular. Hazırladığı sunumun tümünü Cüneyt'e verdi. Onu incelemesini istedi. Cüneyt yazılı metni biraz sert buldu. Bazı yerlerini işaretledi, buraları çıkarmasının daha iyi olacağını belirtti. Türkân;

-Bunların hepsi doğru! Hepsinin elimde yazılı belgeleri var. Görüldüğü gibi birçoğunun fotoğrafı ve yazılı orijinalinin gazete kesitleri, gazetelerin adı ve yayın tarihleri yazılı. Bunlar tek tek farklı tarihlerde okuyucuya sunulunca sert olmuyor da toplu halde sunulunca, üzerinde yorum yapılınca mı suç oluyor? Hazırladığım konuşmamdan tek sözcük bile çıkarmam. Hatta sözlü sunum sırasında daha çarpıcı ekler yaparım.

Cüneyt Türkân'ın huyunu suyunu bildiği için fazla üzerine gitmedi. Ancak sunum sırasında ve sonrasında başına gelebilecekler için onu uyarmayı görev bildi. Sunum hukuk fakültesinin en büyük salonlarından birinde yapılacaktı. Salon bir gün önceden hazırlandı. Her zaman olduğu gibi salonun orta bölümünde en öndeki iki sıra hocalara ayrıldı.

Sunumun başlamasına yarım saat kala hukuktan, gazetecilikten öğrenciler ve diğer davetliler doldurdu. Ön sıranın izleyicileri de gelip yerlerini aldılar. İzleyiciler arasında gazeteciler ve televizyoncular vardı.

Türkân'ın baştan fark edemediği dinleyicilerden iki de bayan.

Sunumu yönetecek Hukuk Fakültesi Asistanı ile Türkân yerlerine oturunca salonda sessizlik egemen oldu. Artık söz sırası onlardaydı. Asistan önce kısa bir yaşam öyküsü ile Türkân'ı tanıttı. Ardından sunumun konu başlığını, sunumunun süresini, nasıl yapılacağını söyledi. Konu başlığı:

"MEDYADA HABER ÇARPITMASI"ydı.

Önce Türkân konuşacak ardından soru-yanıt bölümüne geçilecekti. Sunumun süresi uzun olduğundan konuşmanın bitiminde yirmi dakika ara verilecek, verilen aradan sonra soru-yanıt bölümüne geçilecekti.

Türkân sunum yapmakta deneyim sahibiydi. Buraya da çok iyi bir hazırlıkla gelmişti. Konuşmasına başlamadan önce elindeki konuşma metnini ve belge dosyasını masanın üzerine yerleştirdi.

Gazetecilik ve hukuk öğrencileri grup halinde otursalar da karışık oturanlar da vardı. Kendi aralarında şu tür konuşmalar geçti:

-Amma havalı sanki yılların usta gazetecisi

Bunu mu dinleyeceğiz bunun anlatacaklarından ne çıkar?

-Ön sıralara bak iki fakülteden de dinlemek için hocalar gelmiş.

-Hâdi onlar neyse şu televizyoncu ve gazetecilerin ne işi var?

-Eee bunları Cüneyt Bey düzenlerse böyle olur.

-Ben kaçıyorum arkadaş. Kapalı çarşıda bir tur atmak bundan daha iyi olacak gibi geliyor. Gel çıkalım.

-Yanılıyorsunuz. Ben daha önce bunu dinledim. Ön yargılı olmayın. Türkân'ın konuşmasından hepimiz çok şey öğreneceğiz. Her şeyden önce konuşma cesaretini.

Türkân salondakileri selamlayarak konuşmasına başladı. Önce gazetecilik görevinin ne olduğundan ya da olması gerektiğinden söz etti. Bu mesleğin iş olsun diye, para kazanmak için yapılmaması gerektiğini, bunlardan daha öte özveri istediğini, yaşayan, yaşamını yitiren gazetecilerden örneklerle anlattı.

Türkân konuşmasına elindeki gazete kesitlerini, çıkan haberleri içeren üç dosya ile devam etti. İlki Bosna-Hersek'in Sırp işgali sırasındaki bir haberdi. Buna şöyle bir giriş yaptı:

Başlanmış, yarım kalmış, katledilmiş aşklar. Yaşanmamış, yaşanamamış sevgiler. Doğmadan öldürülmüş bebekler, anasız babasız, ata sız kamış çocuklar. Korkulu düş ve kâbus görmenin sonuçlarına katlanamayacak kadar gücünü kaybetmenin acısıyla uyuyamayanlar. Uyusalar da gördükleri acılı düşlerle uyananlar. Tüm bu olayların yaşandığı bölgeden size bir haber okuyacağım.

"Sırp askerlerinin havadan bombaladığı orman yanıp kül oldu. Verilen bilgiye göre ormanda bulunan üç köyün hepsi yanmış. Haberin bundan sonrasına dikkatinizi çekerim diyerek elindeki resmi gösterdi, yazıyı okudu. Resimde bir sincabın ormandan kaçarak bir tarla ortasında bir ceviz ağacına tırmanışı, onu yakalayıp koruma altına almak isteyen bir Sırp askerinden söz ediliyordu. Son cümlesi ise şöyleydi:

İçi merhamet dolu bir askerin yaralı sincabı kurtarmak için çırpınışı"

Haber ne denli çarpıcı değil mi? Yanan yüzlerce önüm ormanda telef olan binlerce farklı cinsten hayvan, yüz binlerce karıncasından kelebeğine kadar böcekler, ağaçlar, köylerdeki insanlar, onların bağı bahçesi, evcil hayvanları. Bunların hepsi bir yana bırakılıyor. Sayın gazetecimiz yaralı sincap ile sözüm ona merhametli Sırp Askerini haber yaparak okuyucularına sunuyor. Ne muhteşem gazetecilik değil mi?

Başka bir örneğe geçiyorum, Haber başlığı; ***"ABD'li Askerlerin İnsancıl Davranışı":*** Olay batılı güçlerin Amerika'nın öncülüğünde Irak'ı işgali sırasında binlercesinden bir örnek. On kişilik Iraklı bir ailenin evi Amerikan askerlerince basılıyor. Aile bireyleri sorgusuz sualsiz acımasızca öldürülüyor. Ailenin hamile olan genç gelini samanlıkta otun sapın arasına gizleniyor. Korkudan oracıkta çocuğunu doğuruyor. Göbeğini kendi kesiyor. Ağlayan bebeğin sesini duyan askerlerden biri oraya koşarak anneyi öldürüyor. Bebeği kucağına alarak dışarı çıkıyor. Diğer askerler ve subaylar onu kurtarmak için ellerinden geleni yapıyorlar. Sanki diğer on kişiyi öldüren kendileri değilmiş gibi. Bu da gazetenin flaş haberi olarak yayınlanıyor. Bunu okuyanların içi burkuluyor. Haberin flaşından gözleri kamaşıyor.

Üçüncü haber örneği memleketimizden: Haber devletin el uzatmadığı Doğu Anadolu'dan değil, yaşadığımız kent İstanbul'dan. Haber başlığı; ***"Buna Süper Zekâ Derler"***

"Bir taşra kentinden gelerek İstanbul'a yerleşen ailenin dramı; Adam üç evli, on altı çocuk babası, eşlerinden biri halasının, biri babasının kızı, üçüncüsü ise uzaktan akraba. Hanımlarından biri ile beş çocuğunu köyünde bırakmış. Onlardan ikisi sağır ve dilsiz. İstanbul'dakilerden üçü geri zekâlı diğerleri okula gitmek yerine sokakta su, mendil, çiklet satarak ekmek parası kazanıyor. Hanımlardan biri evlere günlük temizlik işine gidiyor, diğeri dilencilik yapıyor. Su satan çocuğun zekâsı birilerince keşfediliyor. Gazetecimizin bundan haberi oluyor ve bunu yukarıdaki başlıkla haber yapıyor. Yukarıda verdiğim aile dramına tek sözcükle de olsa değinmiyor. İşte bu da bir gazetecilik klasiği.

Türkân baştan da belirttiği gibi konuşmasından çok soru yanıt bölümüne önem veriyordu. Söyleyeceklerini burada bitirdi. Oturumu yöneten:

-Şimdi yirmi dakika ara veriyoruz. İkinci bölümde Türkân Hanım sorularınızı yanıtlayacak, dedi.

Dinleyicilerin sorularını yöneltmelerinin ötesinde tartışmaya varacak düşüncelerini açıklamaları için sabırları yoktu. Biri:

-Ara vermesek olmaz mı? Biz gazetecilerin zamanı değerli Başka haberler peşinde koşmamız gerekiyor.

Buna katılan başkaları da oldu, ara vermeyi önleyemediler.

Verilen arada daha Türkân yerinden kalkmadan soru yağmuruna tutuldu. Dinleyicilerin çoğu yerinden kalkmadı. Böyle toplantılarda verilen aradan sonra ön sıralarda oturanların çoğu ikinci bölüme kalmazdı. Onlardan pek azı terk etti. Soru yanıt bölümü başladı. Sorular ağır, uzun, Türkân'ı kızdırmaya yönelik sorulardı.

O bekleyen sakinliği, elindeki belgelere dayanarak yanıtladı tüm soruları:

-Bu hanım gazeteciliğe yeni bir renk getirecek, diye seslendi.

Bir başkası:

-Hele bir işe başlasın gazete patronları onun nasıl gazetecilik yapacağının düzenini verirler.

Soruların başka bir deyişle yorumların arkası gelmiyordu. Hocalardan biri:

-Daha fazla uzatmayın. Çok güzel ve de verimli bir konuşmaydı. Türkân'ı kutluyoruz.

Konuşma, soru-yanıtlar bitti, ama tartışmaya varan konuşmalar salonun dışına taştı.

Cüneyt Bey gelip Türkân'a:

-Yeter artık çok yoruldun. Gidip bir yerlerde dinlenelim, diyerek onu kurtardı. Elbet bunun yankıları, değerlendirmeleri bir gün sonraki gazetelere olduğu gibi hukuk ve iletişim fakültelerine de yansıdı.

* * *

O yılın yaz dinlencesine üç hafta vardı. Türkân o yazın bir bölümünü Bosna-Hersek'te geçirecekti. Ondan önce Cüneyt'le konuşarak bir karara varması da gerekiyordu. Önce onu hallettiler. Söz kesildi. Tatlılar yendi.

Türkân'ı ailesinden istemeye gelenler arasında Cüneyt'in ana-babası yanında Hocalar da vardı. Bunlar çiftliğin üst düzey konukları olmuşlardı. Bu çiftliktekileri epeyce telaşlandırdı.

Kıymet:

-Hele durun, telaşa gerek yok. Bu çiftlik bundan sonra daha çok üst düzey konuklara ev sahipliği yapacak, dedi.

Türkân epeyce rahatlamış olarak yaz tatiline başladı. Bosna gezisinin tüm hazırlıklarını bitirdi. Cüneyt'in bu geziden haberi olmasına karşın düşüncesini henüz açıklamamıştı. Türkân'la yaptıkları ilk görüşmelerden birinde onun söylediği, "Mesleğimiz pek uyuşmayacak, ben gazeteci olarak sürekli dışarıda olmak zorunda kalacağım" tümcesi aklına geliyordu. Bunun ilk belirtisi şimdi, öne çıkmıştı bile. Nikâhlı, evli hatta nişanlı bile olsa düşüncesini söyler "gitmesen olmaz mı?" diyebilirdi. Diyemedi. Onun yerine daha dikkatli olmasını, serüvene atılmamasını tembihlemeyi yeğledi. Sözlenmiş olması bu geziyi engellemese de daha kısa süreli bir plan yapmasını sağladı. Gidiş dönüş için uçağı tercih etti. Ona göre bilet aldı.

Onun gitme isteğine gönüllü olmayan yalnız Cüneyt değil, hemen hemen ailenin tümüydü. Kendi içinde de kapalı bir burukluk vardı. Suzan'a söz vermemiş olsaydı belki gitmekten vazgeçebilirdi.

Cüneyt Türkân'ı uçağa bindirmek üzere çiftlikten aldı. Havaalanına yalnız götürerek uğurlayacaktı. Ne var ki İlker'den kurtulamadı. İlker, Cüneyt Abisi ile de çok iyi anlaşmıştı ama içten içe halasını ondan kıskanıyor, onu bir başkası ile paylaşmak istemiyordu.

Her yola çıkanın ardından bir tas su dökülür. Bu kez Türkân'ın ardından kovalarca su döküldü. O da yetmedi,"Çabuk dön kızım!" diyen dillerin ettiği dualara açılan eller eşlik etti.

Gezi iki haftalık düşünüldü. Gideceği hafta sonu Suzan'ın düğünü olacağından o haftayı düğün hazırlığı ile geçirdiler. Düğünden önce Mestan'ın Saraybosna'dan, Hanna'nın Arnavutluk'tan akrabaları gelmişti. Düğün evi oldukça kalabalıktı.

Türkân damat adayı ve Rasim'in nişanlısı ile tanıştı. Fırsatını bulsa gidip bir otelde kalacaktı. Buna Suzan'ın ailesi izin vermedi. Geldiğinin ikinci günü Hanna'nın akrabalarını pek gözü tutmadı. Hele küçük kardeşleri pek düzgün insanlara benzemiyorlardı.

Düğün başladığında onların tutum ve davranışları daha bir göze batmaya başladı. Onlar pek yüz vermedi elinden geldiğince mesafeli davrandı. Ne var ki onlar yapmacık kibarlıkları ile Türkân'a yaklaşmaya çalışıyorlardı.

Birkaç kez birlikte dışarı çıkmayı teklif ettilerse de Türkân onları reddetti. Onların düğün gününde kendi aralarında ve telefon konuşmalarından dillerini anlamasa da bir şeyler çevirdiklerini sezdi. Daha bir dikkatli olmaya çalıştı.

Bu sezgilerini uygun bir dille Mestan'a ve Suzan'a da anlattı. Onların söylediklerini dinleyince sezgilerinde yanılmadığını anladı. Hanna ise farklı bir tutum içindeydi. Bilerek ya da bilmeyerek Türkân ile akrabalarının yakınlaşması için uygun ortamı yaratmaya çalışıyordu.

Türkân düğünün bitiminde ne yapıp ne edip onlardan uzaklaşmanın yollarını aradı. İçindeki korku düğünden zevk almasını engelliyordu. Düğün evinde gece gündüz kendini kolluyor, kendine en güvenli yeri arıyordu.

Aldığı tüm önlemlere karşın Hanna'nın Arnavut Mafyası'nın önde gelenlerinden olan kardeşlerinden kendini kurtaramadı. Suzan'ın düğün konvoyunu oluşturacak arabalara binerken kendini onların arabasında buldu. Arabaya biner binmez onu uyuttular, ellerini ve gözlerini bağladılar. Konvoydan ayrılarak oradan uzaklaştılar. Kimliğini, pasaportunu, cep telefonunu aldılar.

Türkân kendine geldiğinde gecenin yarısıydı. Gözleri kapalı olduğundan bunun ayırdında değildi. Ancak kaçırıldığının farkındaydı. O geceyi yolda geçirdiler. Sınırı geçip Arnavutluk topraklarına girince gözlerini açtılar.

Türkân'ın korku içinde attığı çığlığa kahkaha ile güldüler.

- Ben neredeyim? Siz kimsiniz?" diye bağırdı.

Çat pat Türkçe bilen biri:

-Korkma güvenli bir yerdesin. Sakın direnmeye kalkarak bize ve kendine yaşamı zorlaştırma!

Türkân sonun başlangıcında olduğunun ayırdına vardı.

Suzan gidince düğüne gelenler oradan ayrılmaya başladılar. Mestan Türkân'ı göremeyince nerede olduğunu sordu. Rüstem, Suzan'la gitmiş olabileceğini söyledi. Hanna:

-Bizimkiler de yok birlikte bir yere gitmiş olabilirler mi? diye sordu.

Rüstem Hanna'nın akrabalarının düzgün adamlar olmadığını biliyordu:

-Allah belalarını versin Türkân'ı kaçırdılar." diye bağırdı.

Bunu duyanların hepsi telaşa kapıldı. Mestan'ın söylediklerinin doğru olacağını kabul ettiler. Mestan Hanna'ya:

-Doğru Arnavutluk'a gideceğiz. Türkân'ın başına bir şey gelmeden onu kurtaracağız. Yoksa...

Hanna;

-Gidelim gitmesine de bunu başarabileceğimize inanamıyorum. Ben onların ne bela olduklarını biliyorum.

Her gün İstanbul'dakilerden birini arayarak onlarla konuşan Türkân'dan üç gündür haber alamayınca onlar da telaşa kapıldılar. Mestan'ı aradılar. Aldıkları yanıt hiç hoş değildi. Gecikmeden bir araya gelerek çözüm üretmeye çalıştılar. Tuna ile Serdar'ın hiç vakit kaybetmeden onu aramak için Saraybosna'ya gitmesine karar verdiler. Çiftliğe haber bir gün sonra iletildi. Onlar daha büyük telaşa kapıldılar. Kıymet ve Şevki Sırp kuşatması sırasında insan kaçırma eylemlerinin sık görüldüğünü biliyorlardı. İlk akıllarına gelen bu oldu. Şimdilik bunu Hacer ve Hüsmen'e söylemediler.

Tuna ile Serdar'ın gidişinin iki gün sonra çiftlik evini polisler bastı. Hacer onları görünce Sevinçle;

-Türkân'ımdan haber mi getirdiniz? diye sordu.

Komiser:

-Hayır getirmedik. Türkân'ı götürmeye geldik.

-Ama Türkân kayıp!

Komiser onu dinlemeden;

-Eve girin, aramaya başlayın! emrini verdi.

Evde arama yaptılar. Türkân'la ilgili ne varsa toplayıp götürdüler. Bununla da kalmadılar Türkân'ın en kısa zamanda gelip teslim olması için çiftliktekilere baskı yaptılar. Hacer:

-Kızım kayıp, devletseniz onu bulun! diye bağırdı.

Tuna ile Serdar'ın çabaları olumlu bir sonuç vermedi. Göçmen kızı Türkân'ın nerelere göç ettiği bilinmiyor. Artık o kayıp Türkân oldu.